R & L

Marek Halter

Die Geheimnisse von Jerusalem

Roman

Aus dem Französischen von Iris Roebling

Rütten & Loening
Berlin

Die Originalausgabe unter dem Titel
Les Mystères de Jérusalem
ist 1999 bei den Éditions Robert Laffont in Paris erschienen

ISBN 3-352-00587-7

1. Auflage 2002

Einbandgestaltung Bea Klenk
Druck und Binden GGP Media, Pößneck
Printed in Germany

www.ruetten-und-loening.de

Prolog

Sie erreichten Mizpa lange vor Mittag. Die Strecke erschien ihnen kürzer, als sie erwartet hatten. Ritter Gottfried hatte sich von sieben Pilgern und zwei Eseln mit Packsätteln für das Gold begleiten lassen. Sie besaßen ausreichend Waffen, um sich gegen einen Hinterhalt der Ungläubigen zur Wehr setzen zu können, doch die Gegend war seit Monaten ruhig, und die Sarazenen waren bis hinter den Jordan zurückgetrieben. Auf der Südseite des Hügels, die Schußweite einer Armbrust von einem Bauerndorf entfernt, das ganz von Schafen und Dromedaren umgeben war, erahnten sie den Eingang zu mehreren Höhlen.

Seit einer Stunde wiederholte Achar, ein Mönch aus der Normandie, der in der Gluthitze des Gelobten Landes verloren war, im Geiste die Worte des sehr alten Schriftstücks – nie zuvor hatte er ein so altes, noch eines aus einem so merkwürdigen Material gesehen –, das Pater Nikitas, der klügste der Kreuzritter, wie durch ein Wunder aus der Asche der Großen Synagoge in Jerusalem gerettet hatte: *In der Höhle von Bet ha-MRH dem Alten, in der dritten Kammer des hinteren Bereichs: fünfundsechzig Goldbarren.*

Er erinnerte sich auch Wort für Wort an die Erklärung, die der Pater ihnen gegeben hatte: »MRH hat im Hebräischen drei Bedeutungen: Merah, der Aufständische, Mareh, der Standhafte, und Marah, der Traurige, der Leidende. Das entscheidet sich aus dem Zusammenhang. Und dort steht: ›Bet ha-MRH der Alte‹. Wenn ich MRH auf Jeremia beziehe, paßt alles zusammen. Er war der Aufständische, weil er den Willen Gottes dem des Sedekias vorzog, der in der Stadt Notzucht und einen liederlichen Lebenswandel einführte. Er war der Standhafte, weil er den Lügen des Hananja, der Jerusalem an Ägypten ausliefern wollte, keinen Glauben schenkte. Und er war der Traurige, weil ihn die notwendige Zerstörung Jerusalems durch Nebukadnezar so schmerzte wie die Bestrafung seines eigenen Kindes.«

Jetzt aber befanden sie sich nicht vor einer Höhle, sondern vor zehn, zwanzig. Achar fragte sich gerade, ob sie wohl alle untersuchen müßten, da sagte Pater Nikitas: »Wir müssen die Zisterne der Festung finden. Es wird die Höhle sein, die zu Füßen der Zisterne abgeht.«

Woher wußte er das?

Die Sonne stand noch nicht sehr hoch, als einer der Pilger die alte und abgenutzte, mit Bronzescharnieren ausgestattete Steinplatte fand, welche die Zisterne bedeckte. Jetzt brauchten sie nur noch den Abhang hinunterzusteigen, um den Eingang zu einem Hohlraum zu finden, der gerade so hoch war, daß ein Mann hindurchgehen konnte.

Ritter Gottfried ging mit einer Fackel vor, dicht gefolgt von zwei Kreuzrittern. Unauffällig gab Pater Nikitas Achar ein Zeichen.

»Noch nicht!« murmelte er.

Kurz darauf kehrte der Ritter aufgeregt zurück.

»Es gibt dort drinnen eine ganze Flucht von Räumen. Ohne weitere Lichtquellen kann man kaum etwas erkennen, aber es ist der perfekte Ort, um einen Schatz zu verbergen. Kommen Sie mit uns, Pater, Sie haben doch die Angaben …«

»Ich habe ein Grunzen gehört«, meldete sich einer der Kreuzritter, der ihn begleitet hatte und weniger überzeugt schien als sein Herr.

»Das Grunzen deines Darms!« scherzte Gottfried.

»Ich habe es auch gehört«, widersprach der andere Kreuzritter. »Es könnte sehr wohl ein Tier sein, das dort seine Höhle hat.«

»Das stimmt«, pflichtete ein dritter bei.

»Dann«, ordnete der Ritter an, »gehen wir alle zusammen

bewaffnet hinein. Auf diese Weise werden wir, wenn nötig, beherzter brüllen können! Wir brauchen ohnehin jede Hand, um die Barren zu tragen.«

Während die anderen sich bereit machten, wandte Pater Nikitas sich mit einem weichen Lächeln an Achar und führte ihn ein Stückchen weg.

»Bleib hier. Geh nicht in diese Höhle, mein Sohn.«

»Ich werde Euch nicht allein lassen, Pater! Der Ritter ist …«

»Schweig, Achar, und hör mir gut zu! Zur Stunde sind die Schriftrollen, die ich aus den Trümmern der Großen Synagoge geborgen habe, ebenfalls zu Asche geworden, wie der neue Patriarch von Jerusalem es gewollt hat. Du weißt, wo die Abschriften sind. Sollte dieses Abenteuer eine böse Wendung nehmen …«

»Aber, Pater …«

Ungeduldig umfaßte der Pater Achars Arm.

»Ruhig, mein Sohn, wir haben nicht viel Zeit. Sollte mir ein Unglück zustoßen, wäre es gut, du stecktest die Abschriften in die Ledertasche, in der wir die Rollen gefunden haben. Ich habe sie sorgfältig gewachst und geölt. Sie kann noch einige Jahrhunderte überdauern.«

»Pater!«

»Schweig, Achar. Lege die Abschriften in die Tasche und verstecke sie unter den Steinplatten der Synagoge. Eine von ihnen ist dunkler als die anderen, unter ihr ist gerade genug Platz.«

»Herr im Himmel!«

»Ja, der Allmächtige … Kann ich mich auf dich verlassen, mein Sohn?«

»In der Synagoge, Pater?«

»Die Juden kennen die Bedeutung der Zeit besser als wir.«

»Aber warum?«

»Weil das Gedächtnis der Menschheit wichtiger ist als alles andere, es ist das wahre Gold Gottes. Außerdem gibt es noch weitere Gründe, die ich dir nicht nennen kann und die du besser nicht kennst.«

»Wie werde ich den Mut dazu aufbringen?«

»Aus Freundschaft zu mir, Achar. Vergiß nicht: Über alles, was du heute siehst, über alles, was du sehen wirst, mußt du Stillschweigen bewahren, sonst ist dein Leben verwirkt. Und nun wisse, daß ich dich liebe.«

Der alte Weise küßte den Mönch auf die Stirn.

Einen Augenblick später gingen sie alle in die Höhle, ein rauchender Fackelzug, der von den Felsen und der gelben Erde verschluckt wurde. Achar fühlte, wie die Angst ihm die Kehle zuschnürte.

Es blieb still.

Dann hörte man erst einen, danach zehn Schreie. Die Öffnung der Höhle schien zu beben, doch das war nur eine Täuschung, hervorgerufen durch den starken Lichtschein, der mit einemmal aus ihrem Inneren kam. Die Schreie verstärkten sich und kamen näher. Achar sah einen Pilger auftauchen, der völlig in Flammen stand, von den Beinkleidern bis zu den Haaren. Vor Schmerz schreiend, stürzte der Mann zu seinen Füßen nieder, bevor er stumm verbrannte. In den Händen hielt er einen Goldbarren, der leuchtete wie das Feuer selbst.

Das Licht im Innern der Höhle wurde so stark, daß die Sonne, die über den Rand der Festung glitt, dagegen verblaßte. Achar spürte, wie ihn die Kräfte verließen, und rannte zum Ausgang der Höhle. Gerade noch sah er, wie das Feuer im Inneren der Erde erstrahlte und einige Gestalten sich darin krümmten, dann gab es ein Aufheulen, ähnlich dem des Windes, und das starke Licht erlosch mit einem Schlag. Mit der Kraft eines galoppierenden Stieres stieß eine gewaltige Druckwelle Achar in einer Wolke aus Staub hinaus ins Freie.

Neben den verkohlten Resten des Pilgers fiel er zu Boden. Der Goldbarren leuchtete dicht bei seinem Gesicht.

»Pater Nikitas, Pater Nikitas! Was habt Ihr mit mir gemacht?« stammelte Achar.

Erster Teil

1

Es war nicht ganz ein Uhr morgens. Zu dieser Stunde war der Shore Parkway, der Straßenring, der Brooklyn wie eine Halskrause umschließt, frei von Staus. Es hatte aufgehört zu regnen, aber es war so kalt, daß der Nebel aus der Lower Bay an der ausgebesserten Straße festfror. An jeder Ausfahrt der Schnellstraße bliesen die Verkehrsampeln und die Straßenlaternen blinkende, weiche Lichtblasen auf, die aussahen wie Luftballons und von der Nacht nicht weggetragen wurden.

Als er den Buckel erreichte, an dem es nach Coney Island abging, fing Aarons alter Honda wie immer an zu zittern. Man hätte so viele Teile an diesem Auto ersetzen müssen, daß es gar nicht lohnte, darüber nachzudenken. Aaron zog es vor, das Vibrieren der armen alten Maschine als Ausdruck der Zufriedenheit eines treuen Tieres anzusehen, das die Nähe des Stalls wittert. Wenn man schon die Realität nicht ändern konnte, so konnte man sie sich wenigstens in der Vorstellung neu entwerfen. Seit der Ermordung seines Vaters und seiner Schwester, seit anderthalb Jahren also, die er sich mit seiner Mutter eine armselige Zwei-Zimmer-Wohnung teilte, hatte Aaron Adjashlivi keine Gelegenheit ausgelassen, diese Welt seiner Vorstellung zu vervollkommnen.

In dem Moment, als er die Brücke passierte, die über den Meeresarm führt, überholten ihn zwei Autos mit überhöhter Geschwindigkeit. Gleichzeitig drängten ihn beide nach rechts ab. Mit einer heftigen Lenkbewegung drückte Aaron sich gegen die Leitplanke. Zwei Sekunden lang war er auf alles gefaßt. Daß die Autos anhalten würden und er in die Gravesand Bay springen müßte! Aber sie verschwanden wieder, bevor er das Ende der Brücke erreicht hatte. Unwillkürlich mußte Aaron auflachen, und seine Finger zitterten auf dem Lenkrad. Nun brachte er es schon fertig, sich ganz allein Angst einzujagen.

In seinem geometrischen, im gelben Dunst halb verwischten Lichtermeer erschien Little Odessa wie losgelöst von Brooklyn: eine winzige russische Halbinsel, die unschlüssig am Saum von New York trieb, ein Tropfen aus Beton und Asphalt, kurz davor, im Seegang unterzugehen, ganz wie seine Bewohner, die mit den Füßen, aber noch nicht mit dem Kopf in Amerika angekommen waren. Die nicht mehr ganz russisch und doch auch noch nichts anderes waren.

Nach zwölf Jahren Überlebenskampf in der amerikanischen Wirklichkeit konnte Aarons Mutter noch immer keine zweihundert Worte Englisch, wußte dafür aber fünfzehn Sorten Bagles mit Marmelade zu unterscheiden. Und mit Hilfe eines Dolmetschers hätte sie in Langley vor den Bossen des FBI eine ausführliche Vorlesung darüber halten können, wie die Organisazija erpreßte, drohte, manipulierte, psychisch folterte, sich Menschen gewaltsam gefügig machte und liquidierte – was die vierzigtausend entlang der Brighton Beach Avenue, dem heruntergekommenen Herzen von »Little Odessa«, eingepferchten Emigranten alles erdulden mußten.

Vor dem New Yorker Aquarium bog der Honda links ab. Aaron sah noch einmal auf das Zifferblatt des Armaturenbretts. Er war zu lange in der Bibliothek geblieben und noch länger bei der, die vielleicht eines Tages seine Frau werden würde. Seine Mutter würde sich ängstigen, und das mit Recht. Auch ihm gefiel es nicht, sie nachts allein zu lassen, besonders seit die Artikel des Journalisten erschienen waren. Eigentlich müßten sie beide schon längst am anderen Ende der Welt sein. Nur lag das andere Ende der Welt eben jenseits ihrer finanziellen Möglichkeiten. Selbst wenn sie sich ein Jahr lang aus der Kasse des Waschsalons, den seine Mutter führte, bedient hätten, wären sie nicht mal bis nach Mexiko gekommen! Das war eine Tatsache, die man mit der Vorstellungskraft nur schwerlich verändern konnte.

Aaron trat aufs Gaspedal, um noch bei Grün über die Ampel zu kommen. Der Honda holperte klappernd und quietschend über einen Gullydeckel. Im Gegensatz zum Shore Parkway war auf der Brighton Beach Avenue noch viel Verkehr. Die Videoverleihe waren noch geöffnet, ebenso wie die Bars und Restaurants, in deren Schaufenstern die Namen der Gerichte auf kyrillisch angeschlagen waren. Er brauchte noch fast zehn Minuten, um das schäbige dreistöckige Gebäude der 208 zu erreichen.

Glück gehabt, direkt vor dem Waschsalon unter den Fenstern der Wohnung war ein Parkplatz frei. Aaron stellte den Motor ab, ohne zu vergessen, ihm in Gedanken für die vollbrachte Anstrengung zu danken und ihm eine gute Nacht zu wünschen.

Er griff nach seinem Rucksack mit dem Laptop darin und stieg aus. Es schien noch kälter und feuchter zu sein als in Manhattan. Er schloß den Honda ab. Vier Autos weiter öffnete sich die Tür eines 92er Lincoln. Der Mann, der ausstieg, schob eine Dunstwolke vor sich her.

Aaron trug das Gedächtnis ganzer Jahrhunderte in sich, die Folge der Ruhelosigkeit und der ständigen Gefahr. Er haßte den Argwohn, der in seinem Blut und seiner Seele nistete, aber er wußte auch, daß er allein das Leben bis zu ihm hin ermöglicht und die Seinen manchmal geschützt hatte. Sowie der Fahrer des Lincoln den Fuß auf den Bordstein gesetzt hatte, war es Aaron, als ginge ein Stromstoß durch seine Brust. Mit einem flüchtigen Blick sah er, daß der Kerl eine Wollmütze trug. Es dauerte nur den Bruchteil einer Sekunde, bis sich der merkwürdige Kontrast zwischen der luxuriösen Limousine und der einfachen Kopfbedeckung in eine Gewißheit verwandelt hatte. Trotzdem blieb Aaron wie angewurzelt auf dem vor Nässe glänzenden Bürgersteig stehen. Als weigerte er sich noch zu begreifen, als gönnte er sich in einem winzigen Augenblick der

Lähmung den ganzen Rest eines Lebens, das er nicht vollenden würde. Erst als er den blonden Schnurrbart des Mannes mit der Wollmütze genau erkennen konnte, kam ein Schrei über seine Lippen.

Mit dem rechten Arm preßte er seine Tasche an sich, machte kehrt und fing im Losrennen von neuem an zu schreien. Der Mann mit der Wollmütze blieb stehen und schob seinen Blouson hoch. Hinter ihm heulte der Lincoln einmal leicht auf, bevor er sich behäbig vom Bürgersteig entfernte.

Aaron kam keine zehn Meter weit. Der Mann mit der Wollmütze richtete die Mündung einer mit einem Schalldämpfer aus sehr hellem Stahl versehenen 45er auf ihn. Man hörte ein zweifaches Husten. Aaron stöhnte auf, bevor er den Boden berührte. Als er auf dem Bürgersteig aufschlug, tat ihm sein Kopf mehr weh als seine Brust. Er hatte Zeit für ein kurzes Schluchzen und die zweifelnde Frage, ob sich jemand finden würde, um sein Andenken zu bewahren. Dann wurde die Nacht weiß, und die Welt fiel in Schweigen.

Der Mann mit der Wollmütze ließ den Arm sinken, während er sich seinem Opfer nährte. Er beugte sich herunter, um den Rucksack an sich zu nehmen, und überprüfte in aller Ruhe, ob dieser tatsächlich den Computer enthielt. Im dritten Stock ging ein Fenster auf. Aarons Mutter beugte sich heraus. Sie fing in dem Moment an zu schreien, als der Mann unter ihr in dem Lincoln verschwand.

2

Tom wußte nicht mehr, wie er stehen sollte. Alle zwanzig Sekunden wechselte er die Haltung, wobei er sich mal mit der einen, mal mit der anderen Schulter gegen den Türrahmen lehnte. Schließlich stellte er sich vollkommen gerade auf die Schlafzimmerschwelle. Suzan bewegte sich schnell und kantig wie eine Marionette. Mit beiden Armen schaufelte sie die Kleidungsstücke aus dem Ankleidezimmer, um sie in die zwei geöffneten Taschen auf dem Bett zu stopfen. Bei jedem Hin- und Rückweg achtete sie darauf, seinem Blick auszuweichen. Als sie wieder Richtung Ankleidezimmer ging, wiegten sich ihre Hüften, ohne daß sie es wollte, unter dem Kimono, den sie gemeinsam in einer Boutique in der Prince Street gekauft hatten. Tom für seinen Teil konnte es nicht lassen, Suzans geschlossene Lippen genau zu betrachten, diese Lippen, die er so gern geküßt hatte und die jetzt zu einem verkrampften, wütenden Spalt gefroren waren.

Schließlich entschloß er sich dazu, die Türschwelle zu verlassen. Es war sechs Uhr morgens und schon viel zu spät, um das Schlimmste noch verhindern zu können. Wenn er sie weiter ansah, würde er anfangen zu schreien, vielleicht sogar zu weinen, was er sich bis an sein Lebensende nicht würde verzeihen können. Die Nacht war schon sinnlos und entsetzlich genug gewesen, so daß er sich jetzt zurückziehen konnte. Jedenfalls war er erschöpft.

Er ließ sich auf das Sofa im Wohnzimmer fallen und schloß die Augen, so wie er es als ganz kleiner Junge in Duluth, Minnesota, getan hatte, um den Wutanfällen seines Vaters zu entfliehen. Damals hatte er sich vorgestellt, daß Wesen ohne Arme und Beine ihn in ihrem Ufo für äußerst spannende Versuche auf die dunkle Seite des Mondes mitnähmen. Aber das war zwanzig Jahre her. Heute war er fast dreißig und glaubte nicht mehr an die kleinen Wesen ohne Arme und Beine. Außerdem wußte er, daß die dunkle Seite des Mondes nur eine staubige Ödnis war, in der minus hundertachtzig Grad Celsius herrschten – ungefähr die Temperatur von Suzans Blick!

Wenn er an seine Kindheit dachte, fühlte Tom sich an seinen Großvater, den Wanderprediger, erinnert, der täglich zwanzigmal einen Anlaß fand, aus dem Lukas-Evangelium zu zitieren, eine Angewohnheit, die Tom damals auf die Palme gebracht hatte. Und trotzdem war dieses ständige Zitieren wie genetisch vererbt auf ihn übergegangen. Mit Erstaunen und zwischen Verärgerung und amüsierter Nostalgie schwankend, hatte er festgestellt, daß ihm in Momenten der Anspannung die von seinem Großvater bevorzugten Zitate in den Sinn kamen, lückenlos, als seien sie für allezeit in seine Seele eingeschrieben. Auch in einem Moment wie diesem hätte der Großvater sicherlich das passende Zitat gefunden. Etwa: *Weh euch, wenn euch jedermann wohlredet* ... Ja, das traf es genau!

Begonnen hatte alles, oder besser: ausgebrochen war alles am Tag davor. Um seine Serie von Artikeln über die Russenmafia zu feiern, die in der *New York Times* erschienen war, hatte er Suzan ins Restaurant im Righa Royal Hotel, zwei Schritte vom MOMA entfernt, eingeladen. Das hatte einen etwas naiven und selbstgefälligen Touch: »Wir beide auf dem Dach der Welt.« Und bestimmt war er ziemlich stolz auf sich, aber er hatte auch Grund dazu: ein ganzes Jahr Arbeit, eine gefährliche Recherche in den dunkelsten Winkeln von Little Odessa, eine einzigartige Quelle in Brighton Beach und damit Informationen über die Organisazija, wie sie niemand je zuvor gehabt hatte. Nicht einmal die Polizei, die vor noch nicht allzu langer Zeit durch den Sprecher des FBI-Büros von New York hatte verkünden lassen, daß »die Eigenschaft ›russisch‹ ein zur

Bezeichnung einer mafiösen Bande unbrauchbares ethisches Merkmal ist«. Kurz, eine hervorragende Arbeit, mit der die Verkaufszahlen der Zeitung um ein Viertelprozent gestiegen waren. Seit einer Woche war er, wenn er die Redaktion durchquerte, nicht mehr ein Unbekannter unter vierhundert anderen unbekannten Journalisten. Sogar die Praktikanten blickten von ihren Computern auf, um ihm guten Tag zu sagen. Sharping, der Boß, hatte ihm eine Glückwunschkarte überbringen lassen. Er hatte ungefähr zwanzig Gratulationsanrufe erhalten, auch von Leuten, die er vor zehn Jahren noch angehimmelt und als seine Vorbilder betrachtet hatte. Selbst Bernstein, sein Chefredakteur, bekannt dafür, sich lieber den Magen von einem Geschwür zerfressen zu lassen, als sich ein Kompliment abzuringen, hatte ihm ein leichtes Lächeln geschenkt. Von nun an gab es den Journalisten Tom Hopkins. Und er war stolz auf sich, ja, und wünschte sich, Suzan möge es auch sein.

Also hatte er sie ins Righa ausgeführt, wo sie in den dreizehn Monaten ihres Zusammenlebens noch nie hingegangen waren. Der Blick auf den westlichen Central Park und die Fünfte Avenue war atemberaubend. Am Rand des riesigen schwarzen Park-Rechtecks schienen die tausendfachen Lichter, mit denen die Gebäude gespickt waren, der Erdkrümmung zu folgen. Vollkommen zufrieden, mit einem Glas Chablis in der Hand, betrachtete Tom diesen märchenhaften Ausblick, als er hörte, wie Suzan ihm mit trockener Stimme ankündigte:

»Ich muß dir etwas sagen.«

Der Tonfall verhieß nichts Gutes. Ein Schauer lief ihm über den Rücken. Trotzdem hob er mit einem leichten Lächeln sein Glas, damit sie fortfuhr.

»Vor drei Wochen hat mir Mona Ellison von NBC eine Stelle als Sprecherin der Regionalnachrichten um Mitternacht angeboten«, fuhr Suzan fort. »In Seattle. Ich hatte bis gestern Zeit, mich zu entscheiden.«

»In Seattle?«

»Ja, ihr zufolge ist es eine Stelle zur Ausbildung für ein Jahr, damit sie sehen, wie ich mich vor der Kamera gebe. Anschließend könnte ich eine bessere Sendezeit bekommen oder vielleicht sogar an die Ostküste zurück ...«

»In Seattle?« wiederholte Tom, wobei er seinen Wein betrachtete, als habe er sich in Sojaessig verwandelt.

»Seattle, im Staat Washington. Weißt du, die große Stadt am Pazifik, gegenüber von Japan?«

»Ich weiß, wo Seattle liegt, Suzan!«

»Um so besser.«

»Und was wirst du Ellison antworten?«

»Ich habe Mona heute morgen angerufen. Sie ist sehr froh, daß ich zugesagt habe. Sie wird mir helfen, eine Wohnung zu finden. Morgen nachmittag muß ich dort sein ...«

»*Jeesus*!« schnaufte Tom.

In einem Zug trank er sein Glas Sojaessig aus, dann blickte er auf die irdischen Sterne von East Manhattan hinab und fragte:

»Warum hast du mir nicht eher davon erzählt?«

»Ich habe auf den richtigen Moment gewartet, aber der hat sich nicht ergeben.«

»Aber jetzt paßt es?«

Suzan zog nur die Schultern hoch. Die Bedienung machte Anstalten, sich dem Tisch zu nähern, um die Bestellung aufzunehmen, doch Tom war so geistesgegenwärtig, die Hand zu heben und mit der Karte zu wedeln. Sie machte auf dem Absatz kehrt.

Suzan setzte sich auf und sah Tom direkt ins Gesicht. Er glaubte, sie würde anfangen zu lachen wie über einen guten Scherz. Aber es war nur ein verzerrtes Lächeln.

»Du wirst dich daran gewöhnen«, sagte sie.

»Ich verstehe nicht. Wenn wir irgendein Problem hätten ...«

Es war, als bräche ein Deich, den man zu oft ausgebessert hatte.

»Ich bitte dich, Tom, also wirklich! Spiel jetzt nicht den Ahnungslosen! Machen wir uns nichts vor, und versuchen wir lieber, wie erwachsene Menschen über Tatsachen zu reden! Ich verlasse dich, weil ich nicht auf der Welt bin, um die Hamburger des zukünftigen Starjournalisten Tom Hopkins aufzuwärmen. Ich werde es jetzt machen wie du. Ich werde mich ausschließlich meiner Karriere widmen. Ganz ehrlich, Tom! Kannst du mir sagen, was ich mit dieser verdammten Russenmafia zu schaffen habe? Bist du dir im klaren darüber, daß du seit sieben Monaten nicht einmal wahrgenommen hast, daß es mich gibt? Du bist nach Hause gekommen, wenn ich schon schlief, oder du bist aus dem Haus gegangen, bevor ich wach war. Ich aber durfte darauf warten, daß der Nachfolger von Adolph Ochs* sich alle sechs Wochen dazu herabläßt, mit mir zu frühstücken. So war das nicht ausgemacht, Tom. Du hast die falsche Frau erwischt ... Und vor allem, erzähle mir nicht, daß alles anders wird, jetzt, wo du mit deinen Rußkowskis fertig bist! Morgen geht es von vorne los, da bin ich sicher, mit irgend etwas anderem. Eine Reportage über Zombis in Grönland! Und was soll ich solange machen? Im Tiefkühlfach auf dich warten? Ich bin auch Journalistin, auch wenn der Herr von der *New York Times* die kleinen Leute vom Fernsehen nur verachtet. Ich habe auch eine Karriere vor mir! *Vor* mir, verstehst du Tom? Und nicht an der Seite eines Typen, der vergessen hat, daß man ab und zu im selben Bett schläft!«

»Suzan ...«

»Nein, Tom, bitte nicht! Ich weiß, was du sagen willst ... Spar dir die Mühe. Es ist, als hättest du es bereits gesagt! Ich hätte gern mit dir zusammen gelebt. Und ich hätte auch akzeptiert, daß du ein bißchen um den Pulitzer kämpfst, wenn wir wenigstens ein richtiges Leben gehabt hätten. Irgend etwas, das der Liebe zwischen einer Frau und einem Mann ähnelt, versteht du? Aber davon sind wir Lichtjahre entfernt, mein Freund. Du schläfst öfter mit deinen ehrgeizigen Projekten als mit mir. Und ich bin es nicht gewohnt, mich mit den Resten abzufinden. Als ich aufgehört habe, mir Sorgen zu

* Gründer der *New York Times*.

machen, daß irgend so ein Ex-Kommunist dich niederschießen könnte, wußte ich, daß ich wirklich genug habe.«

Tom blieb vor lauter Vorwürfen ein paar Sekunden lang die Luft weg. Dann überkam es ihn. Mit verzerrtem Lächeln seufzte er:

»*Wer im Geringsten treu ist, der ist auch im Großen treu; und wer im Geringsten unrecht ist, der ist auch im Großen unrecht.*«

»Nun ist es aber gut!« stieß Suzan hervor, wobei sie mit der Gabel, die sie nicht brauchte, herumfuchtelte. »Ich habe mehr als genug von deinen lächerlichen Zitaten! Für wen hältst du dich eigentlich?«

»Suzan, warum habe ich die ganze Zeit das Gefühl, daß du rasend eifersüchtig bist?«

»Scher dich zum Teufel!«

Das Essen war an dieser Stelle beendet, und Tom erreichte Suzan erst an der Ecke der Siebenten Avenue, wo sie gerade in einem Taxi verschwand.

Der Rest der Nacht verging mit eruptionsartigen Anfällen von Wut und Streit, und es fielen Worte, die manchmal mehr trafen als ein Schuß. Nun war es kurz nach sechs Uhr morgens. Tom war geschafft. Suzan würde aus seinem Leben verschwinden, und er hatte nicht mehr die Kraft, auch nur den leisesten Einspruch dagegen zu erheben.

Im Badezimmer hörte man, wie kleine Fläschchen aneinanderschlugen. Tom öffnete die Augen und sagte sich, daß er nichts verpassen dürfe von dem, was jetzt geschah. Ein Journalist mußte immer Zeitzeuge sein, egal, wie die Zeiten gerade waren. Suzan erschien. In jeder Hand trug sie eine Tasche. Ihre blonden Haare verschwanden unter einer pastellgelben Baskenmütze. Ihr Kinn, spitz wie eine Lanze der Cheyennes, lugte aus einem roten Rollkragenpullover hervor, über den sie einen Umhang aus dicker, rosafarbener Wolle mit blauen Punkten geworfen hatte. Wildlederstiefel bedeckten ihre schwarzgelbe Strumpfhose bis zu den Knien. Tom vermochte nicht zu sagen, was sie fühlte, denn sie ging zur Wohnungstür, ohne ihn einmal anzusehen. Er blieb auf dem Sofa liegen, während sie eine der Taschen abstellen mußte, um die Kette zu lösen und die Tür aufzuschließen, die sie hinter sich nicht wieder zuzog.

Tom rührte sich nicht. Nach einem Moment der Stille verspürte er mit Erstaunen eine gewisse Erleichterung, eine warme und beruhigende Woge, die seinen ganzen Körper durchströmte. Das erste Mal in seinem Leben hatte er einen Liebeskampf geführt und ihn bereits in der ersten Runde durch einen K.o.-Schlag verloren. Das Ausmaß der Schäden zu begutachten blieb später noch Zeit. Im Moment war er froh, daß es vorbei war.

Er erhob sich, schloß die Wohnungstür, schob die Riegel wieder vor und holte sich dann einen Joghurt aus dem Kühlschrank.

Während er den Becher in kleinen Schlucken leerte, ließ er sich ein Bad ein. Auf seiner Uhr war es Viertel nach sechs, als er den Joghurt wegstellte, um in das fast kochende Wasser zu steigen. Fünf Minuten später war er eingeschlafen. Das Telefon weckte ihn kurz vor sieben. Er stieg aus dem lauwarmen Wasser.

Es war Bernsteins Stimme.

»Sie sind wach?«

»Sieht so aus.«

»Wunderbar. Werden Sie noch ein bißchen wacher, und bewegen Sie Ihren Hintern. In einer halben Stunde treffen wir uns in der Redaktion.«

»Was ist los?«

»Eine Menge Ärger für Sie, mein Kleiner.«

Bernstein legte auf. Ein Meister der Bündigkeit: Fassen Sie sich kurz, mein Freund. Heute haben die Leute für nichts mehr Zeit. Wieso sollten sie sie mit der Lektüre Ihrer Artikel verschwenden?

Mit seinen vierundfünfzig Jahren hatte Ed Bernstein vom Journalismus alles und von den Wirren des Lebens das Wichtigste gesehen. Er hatte in Vietnam angefangen, wo er einer der drei Journalisten gewesen war, die noch den Fall von Saigon kommentierten und dann in den allerletzten Hubschrauber stiegen. Dann hatte er drei Jahre lang aus Chile und dem Libanon berichtet, wo ihm eine explodierende Granate ein halbes Ohr wegriß. 1983, nachdem die Zeitung einen Pulitzer-Preis für seine Reportagen über Beirut eingefahren hatte, war Bernstein vier Monate, als Syrer getarnt, im Iran geblieben. Zwei Jahre später hatte Reagan ihm unter vier Augen eine Ohrfeige angedroht, falls er weiterhin behauptete, das Weiße Haus triebe mit den Narcos in Zentralamerika illegalen Waffenhandel. Es hatte innerhalb der Zeitung eine heftige Auseinandersetzung gegeben um die Frage, ob man ihn unterstützen sollte, aber Bernstein hatte beschlossen, daß es Zeit sei, seßhaft zu werden und als Redakteur zu arbeiten. Seitdem kompensierte er seine Langeweile, indem er die gesamte Redaktion terrorisierte. Ein Aufschlag seiner kleinen hellen Augen genügte, und wenn er behauptete, daß Ärger ins Haus stand, dann gab es keinen Zweifel: Der Ärger würde kommen.

Es war nicht mehr ganz dunkel, aber auch noch nicht ganz hell, als Tom am Times Square aus dem Taxi stieg. Er brauchte die Wagentür nicht einmal hinter sich zuzuschlagen, ein Transvestitenpärchen stieg direkt nach ihm ein. Glucksend kamen sie in Scharen auf ihren entsetzlich hohen Absätzen die 42ste Straße hinunter, die falschen Wimpern schon halb von den Lidern gelöst. Seit drei Wochen führte der Bürgermeister in Manhattan einen Kreuzzug gegen das Laster, wobei er sogar versprach, die Sexshops zu schließen. Die Szene antwortete darauf mit einer Dauerorgie.

Das Gebäude der *New York Times* begann gerade erst, sich mit seinen unzähligen Angestellten zu füllen – es mußten einige Tausend sein. Tom durchquerte einen halb leeren Redaktionsraum. Bernsteins Büro lang am anderen Ende. Es war nur durch Glasscheiben abgetrennt, wie ein Aufsichtszimmer im Schlafsaal eines Pensionats; im Augenblick waren die Jalousien heruntergelassen. Bernstein saß hinter seinem Schreibtisch und streichelte die Reste seines linken Ohres, was ein Anzeichen von ziemlicher Nervosität war. Seine Augen verengten sich, als ziele er auf etwas. Aber er lächelte ihm fast freundschaftlich zu – zumindest sah es so aus. Sofort sagte sich Tom, daß er sich getäuscht hatte, daß seine Lage nicht dramatisch, sondern nur ungewiß war. Es gibt Momente, in denen ein leichtes Kräuseln des Wassers einen glauben läßt, die Stunde des Ertrinkens sei noch nicht gekommen.

Ihm gegenüber standen zwei Männer: italienische Anzüge, Seidenkrawatte, Tränensäcke, spöttisches Lächeln. Jeder von ihnen hielt einen Becher Kaffee in der Hand. Sie brauchten nicht erst ihre Dienstmarken zu zeigen, damit man wußte, was ihr Geschäft war. Bernstein wies in ihre Richtung und stellte sie mit seiner merkwürdig hohen Stimme vor.

»Tom, das ist Lieutenant Bervetti vom NYPD*, und das Sergeant Merlent vom FBI. Sergeant Paulaskas vom 60. Distrikt sollte ebenfalls zu uns stoßen, aber offenbar hat er Besseres zu tun.«

Tom spürte, wie ihm das Blut in den Adern gerann. Bernstein hatte hier gerade mit dem Zaunpfahl gewunken. Der 60. Distrikt, das war das Kommissariat der Brighton Beach Avenue. Und das hieß …

Bervetti hatte ebensoschnell begriffen wie er und grinste über das ganze Gesicht.

»Wir werden Sie nicht länger auf die Folter spannen, Mister Hopkins. Sergeant Paulaskas hat in dieser Nacht in der Brighton Beach Avenue einen jungen Mann vom Bürgersteig aufgelesen. Tot. Zwei Kugeln in den Rücken, abgefeuert von einer 45er aus weniger als zehn Meter Entfernung, saubere Arbeit. Aaron Adjashlivi …«

Bervetti ließ drei Sekunden verstreichen, in denen Merlent seinen Kaffee austrank, und fügte hinzu:

»Sagt Ihnen der Name was?«

* New York Police Department.

Tom wurde aschfahl.

Aaron Adjashlivi – und ob ihm das etwas sagte! Sechs Monate Zusammenarbeit, Freundschaft, Vertrautheit, Respekt vor dem Mut eines zweiundzwanzigjährigen Jungen, der jedes Risiko in Kauf genommen und sich für Ehrlichkeit und Gesetz entschieden hatte ... Aaron mit den beinahe grünen Augen, begeisterter Kenner des Jazz der fünfziger Jahre und ebenso der jüdischen Geschichte, dessen Traum es war, ein großer Hebräischlehrer zu werden. Aaron mit der Ernsthaftigkeit eines alten Mannes, verrückt vor Wut, besessen von dem Wunsch, seinen Vater und seine Schwester zu rächen und seiner Mutter ein friedliches Leben zu ermöglichen. Aaron, der ihm völlig vertraute und dem er es verdankte, daß er eine ganze Seite in der *New York Times* veröffentlichen konnte und sechs weitere in der Wochenendbeilage, einschließlich Werbeseiten! Aaron mit zwei Kugeln im Rücken!

Merlent nickte, während er seinen leeren Becher zerknüllte und treffsicher in Bernsteins Papierkorb warf.

»Sieh an! Man könnte meinen, daß Sie damit in der Tat etwas anfangen können. Das Gegenteil hätte uns überrascht.«

Der Sergeant zog aus seiner Tasche eine durchsichtige Plastiktüte mit einem sorgfältig gefalteten Blatt Papier und wedelte damit herum.

»Die Leute vom 60. haben das im Schlafzimmer des Jungen gefunden: eine Telefonnummer und eine E-Mail-Adresse in einem Buch auf hebräisch, glaube ich. Die Nummer gehört zu einem Handy, für das Sie am sechsten Juni letzten Jahres den Vertrag unterzeichnet und mit dem sie praktisch nicht telefoniert haben. Man könnte meinen, daß es vor allem dazu diente, Anrufe zu empfangen, besonders Nachrichten für die Mailbox. Wie Sie sich denken können, haben wir das ausprobiert, und, in der Tat, es hat funktioniert. Sie sehen, Mister Hopkins, Aaron Adjashlivi hat sich um ein Uhr morgens ins Jenseits befördern lassen, es ist noch nicht einmal acht Uhr, aber wir haben schon ganz schön gearbeitet.«

Bervetti löste ihn mit einem kleinen Lachen ab.

»Interessant, was die Journalisten heute für moderne Techniken verwenden! Adieu Kugelschreiber und Notizblock, könnte man meinen.«

Tom begann sich zu fürchten vor dem, was jetzt kommen würde. Und dabei gab es nichts zu sagen, solange die beiden Polizisten ihre Nummer abzogen. Man konnte ihnen nur zuhören.

»Wissen Sie«, fing Bervetti wieder an, »im NYPD haben wir Ihre Artikel mit großem Interesse gelesen. So viele aufschlußreiche Informationen. Besonders die Passagen über die Unfähigkeit unserer Behörden, unsere geradezu nicht vorhandene Kompetenz, unsere krankhafte Weigerung, Little Odessa als Vorhof der Hölle anzusehen, und das berechtigte Mißtrauen der Bürger von Brooklyn sowie der Steuerzahler der Vereinigten Staaten ganz allgemein angesichts einer so dämlichen Polizei wie der unsrigen ... Das ist die Sorte Komplimente, die wir immer gern gedruckt sehen!«

Bernstein gluckste. Er amüsierte sich gut – oder wollte zumindest diesen Eindruck erwecken. Merlent unterbrach den galligen Wortschwall des Lieutenants.

»Ich vermute, daß wir Adjashlivi als Ihre einzige Quelle für all die Artikel betrachten können, oder?«

Tom sah kurz zu Bernstein hinüber, der ihm bedeutete zu schweigen. Merlent seufzte.

»Eine nunmehr endgültig versiegte Quelle ...«

»Ob dieser Junge nun tot ist oder nicht – Hopkins muß Ihnen nicht sagen, welches seine Quellen sind«, warf Bernstein ein. »Ich sage bewußt: seine Quell*en*. Es gibt niemals nur eine bei einer so bedeutenden Arbeit.«

Merlent und Bervetti sahen sich beide gleichermaßen erstaunt und entzückt an. Tom wußte, daß jetzt eintreten würde, was er seit einigen Minuten am meisten fürchtete.

»Das versichert man uns jedesmal«, sagte Bervetti scherzhaft, während der Sergeant vom FBI eine Mappe aus seiner

Aktentasche nahm. »›Gute Journalisten achten darauf, daß Zeugenaussagen sich decken‹, und so weiter. Wir haben auch das hier bei Adjashlivi gefunden …«

Merlent schwenkte einen Stapel Blätter, die in zwei offensichtlich unterschiedlichen Handschriften beschrieben und mit Randbemerkungen versehen waren: die Entwürfe der Artikel, die Aaron korrigiert hatte. Bernstein riß seine hellen Augen auf. Er hatte soeben begriffen, daß Bervetti recht hatte: der Junge war Hopkins' einzige Quelle …

»Das kommt wohl nicht so oft vor, daß ein Journalist seine Artikel von seinen Spitzeln korrigieren läßt, was?« fragte Bervetti mit einem breiten Grinsen.

»Aaron war kein Spitzel«, widersprach Tom, der nicht mehr an sich halten konnte. »Er war viel mehr als das …«

»Halten Sie den Mund, Hopkins!« fuhr Bernstein ihn barsch an. »Hören Sie sich an, was die Herren noch zu sagen haben, und seien Sie in Gottes Namen still!«

Bervetti nickte, immer noch grinsend. Er hatte seinen Spaß. Merlent räusperte sich.

»Ich bin mit Ihrem Chef nicht einverstanden, Mister Hopkins. Ich denke ganz im Gegenteil, daß Sie uns einiges zu sagen hätten. So ist die Lage, wie sie sich uns heute morgen darstellt: Es scheint erwiesen, daß Mister Adjashlivi die einzige Quelle Ihrer Insider-Informationen war. So einzig, daß die Mitglieder Ihrer sogenannten Russenmafia ihn ohne weiteres aufspüren und ebensoleicht töten konnten. Beim gegenwärtigen Stand der Ermittlungen kann man ohne Übertreibung sagen, daß Sie – zumindest teilweise – die moralische Verantwortung für diesen Mord tragen.«

»Reden Sie keinen Unsinn«, fuhr Bernstein noch einmal dazwischen. »Das ist doch eine abwegige Anschuldigung! Ein Mann, der Informationen weitergibt und damit sein Leben riskiert, ist selbst verantwortlich für sein Tun. Nicht der, der ihm zuhört! Verdrehen Sie nicht die Tatsachen, Sergeant!«

»Das Problem ist«, fuhr Merlent fort, ohne Bernstein auch

nur die geringste Aufmerksamkeit zu schenken, »daß Adjashlivi offenbar noch andere Informationen besaß als die, auf die sich Ihr Artikel stützt. Der Mörder hat, nachdem er ihn auf offener Straße erschossen hat, sich die Zeit genommen, seinen Laptop mitzunehmen …«

»Und weil auch wir einige Spitzel haben, sogar in Brighton Beach«, mischte sich Lieutenant Bervetti ein, »wissen wir, daß der Tod des Jungen nicht nur eine Bestrafung war. Er war auch eine vorbeugende Maßnahme …«

»Wissen Sie, um welche Informationen es sich handelt, Mister Hopkins? Informationen von solcher Wichtigkeit, daß sie den Tod eines Menschen wert sind?« fragte Merlent, wobei er die Stimme senkte. »Sie erwecken den Eindruck, der Junge sei beinahe ein Freund für Sie gewesen. Er wird Ihnen doch sicherlich mehr anvertraut haben, als Sie in Ihrer Arbeit ausplaudern konnten.«

Ein Schweigen breitete sich aus, das so schwer wog wie Aarons Tod. Sechs Augen waren auf Tom gerichtet; er fühlte sich, als könnte er nie wieder ein einziges Wort über die Lippen bringen.

»Aaron war ein klasse Typ … Nicht so, wie Sie denken. Aber er hat mir nicht alles anvertraut, und wir hatten keine weiteren Artikel geplant.«

»*Wir* hatten …?« griff Bervetti ihn sofort mit gespieltem Erstaunen an. »Sie haben tatsächlich gemeinsam geschrieben?«

»Aaron hätte Ihnen niemals auch nur einen Bruchteil seines Wissens anvertraut«, brach es aus Tom hervor. »Denn er war überzeugt, daß Sie hundert Jahre brauchen würden, um sich in Bewegung zu setzen! Sie wissen genausogut wie ich, wie sein Vater und seine Schwester umgebracht wurden. An den Füßen aufgehängt und geköpft. Das ist nun fast zwei Jahre her, und das Kommissariat vom 60. Distrikt ist nicht einmal in der Lage gewesen, zwei Polizisten für die Ermittlungen abzustellen! Aaron hat sich gerächt, Lieutenant. Er wußte, was er tat. Er hat sie gewollt, diese Artikel. Um das zu tun, wozu Sie nicht in der Lage sind: die Wahrheit ans Licht zu ziehen und ihr die gebührende Aufmerksamkeit zu verschaffen!«

»Indem er Ihnen vertraut hat ... Na, das ist ihm ja gelungen!« spottete Bervetti.

»Das reicht«, warf Bernstein ein und hob die Hände in Richtung Tom.

»Es nützt nichts, sich aufzuregen«, stimmte Merlent zu. »Sie haben ja nicht ganz unrecht, Tom. Aber was 1994 galt, gilt heute nicht mehr. Das FBI hat die Organisazija ernsthaft im Visier. Alles, was wir von Ihnen wollen, ist, daß Sie mit uns zusammenarbeiten. Warum haben die Aarons Computer mitgenommen? Was hofften sie so Wichtiges darin zu finden?«

Tom, Aaron ... Diese Vertraulichkeit auf einmal, nach all den Anschuldigungen! Es fehlte nicht viel, und Merlent würde ihn in seine Arme schließen. Tom seufzte.

»Ich habe keine Ahnung. Wir haben uns in den letzten Wochen nicht gesehen. Nicht einmal am Telefon miteinander gesprochen. Sie müßten das wissen!«

Bervetti verdrehte die Augen. Er glaubte ihm kein Wort. Er machte einen Schritt in Richtung Redaktionsraum, der sich langsam füllte. Die Wortfetzen aus Bernsteins Büro würden dort bald ihre Wirkung tun.

»In jedem Fall«, sagte der Lieutenant vom NYPD aggressiv, »werden Sie als Zeuge geladen, Hopkins. Und Sie können mit allen Mitteln versuchen, die Schlammschlacht zu umgehen – den Tod des Jungen werden Sie für den Rest Ihrer Tage auf dem Gewissen haben!«

3

Es nimmt alles immer mit dem Herzen seinen Anfang. Ich habe gute sechzig Jahre gebraucht, um das zu verstehen. Bis dahin hielt ich es für den Schauplatz unserer Empfindungen: Wut zerreißt es, Kummer bricht es, Glück läßt es höher schlagen. Und ich habe mir gern ausgemalt, daß im Herzen eines jeden nur Großmut, Güte und Gerechtigkeit wohnen. Was ich aber noch bis in die letzte Faser meines Körpers würde spüren müssen, war, daß unser Herz ein Muskel ist, der in seinem Pulsieren unser Schicksal einschließt, den Atem des Lebens und die Gewaltsamkeit des Todes.

Es war ein schöner Tag im März. Die Luft in Paris war frisch, aber die Sonne wärmte schon das Gesicht, und die ersten blassen Schatten lagen über dem Pflaster. Wie jeden Tag war ich zum Frühstücken zur Place des Vosges gegangen, wo ich Zeitung las und die Stimmung des Tages einsog. Um zehn Uhr war ich mit meinem Freund André N. verabredet, dem ich einige Abschriften von alten Texten für einen Vortrag versprochen hatte, den er über die »Schriften der Reisenden im Hochmittelalter« vorbereitete.

Kurz vor unserer Verabredung war ich wieder zu Hause. Zehn Uhr verstrich. André verspätete sich wie gewöhnlich. Am Vorabend hatte ich einen Stapel Bücher für ihn bereitgelegt. Leicht gereizt durch das Warten, zog ich das unterste hervor und schlug es dort auf, wo ein Lesezeichen steckte. Es war eine Schrift des Rabbi Obadia Mi-Bartenora aus Florenz, die von seiner Ankunft in Jerusalem im Jahr 1488 berichtete. Ich setzte mir geistesabwesend die Brille auf und stellte mich in die Nähe des Fensters, um die Passage im Sonnenlicht dieses schönen Morgens zu lesen.

Am Dreizehnten des Monats Nissan 4248 gelangten wir mittags an die Tore Jerusalems. Als wir die Stadt betraten, kam uns ein Rabbiner der Aschkenasim entgegen, der in Italien aufgewachsen war. Sein Name war R. Jacob di Colombano. Er führte mich in sein Haus, und ich wohnte das ganze Osterfest über bei ihm. Jerusalem ist zu einem Großteil zerstört und trostlos. Es ist überflüssig zu sagen, daß keine Stadtmauer es umgibt. Nach dem, was man weiß, zählen die Einwohner der Stadt viertausend Familien, von denen siebzig jüdisch sind. Alle sind sie arm und mittellos. Fast niemand mehr ißt Brot. Wer immer in der Lage ist, sich für ein Jahr Brot zu beschaffen, wird an diesem Ort als reich angesehen. Die Witwen sind zahlreich, alt und verlassen, aschkenasisch, sephardisch und aus anderen Ländern: sieben Frauen auf einen Mann …

Das laute Hupen eines Lieferwagens, der unter meinem Fenster geparkt hatte, ließ mich zusammenfahren. Ich warf einen Blick auf die Straße, mit einem unerklärlichen Anflug von Unruhe, als ob mein Herz sich bei der Ankündigung einer verhängnisvollen Nachricht zusammenzöge. Völlig grundlos. Den Druck, der mir auf der Brust lag, wollte ich vertreiben, indem ich die Lektüre wiederaufnahm.

In Wahrheit sind die Juden aus der Sicht der Muselmanen keine Fremden in dieser Gegend. Ich habe dieses Land in seiner Breite und Länge durchwandert, niemand erhebt seine Stimme, um zu spotten. Sie haben viel Mitleid mit dem Fremden, besonders wenn er die Sprache nicht spricht. Wenn sie Juden in großer Anzahl an einem Ort sehen, so wollen sie ihnen nichts Böses.

Ich glaube, wenn es an der Spitze dieses Landes einen klugen und besonnenen Mann gäbe, könnte er der Herrscher und Richter der Juden ebenso wie der Muselmanen sein. Aber es gibt ihn nicht unter den Juden in dieser Gegend, einen besonnenen Mann, gelehrt und klug, imstande, mit seinen Brüdern in Einklang zu leben. Es sind alles ungehobelte Leute, die sich untereinander hassen und nur an sich selbst denken …

Mit einem Schlag verschwammen Wörter und Linien, Wände und Möbel vor meinen Augen. Eine lodernde Flamme schnitt mir durch die Brust und nahm mir den Atem. Ohne daß es mir bewußt war, ließ ich das Buch fallen und klammerte mich am Fenstergriff fest. Meine Knie brachen weg, meine Beine trugen mich nicht mehr. Bevor ich einen Stuhl erreichen konnte, brannte meine ganze Brust wie Feuer. Schnaufend und mit geschlossenen Augen hatte ich noch die Kraft, mir zu sagen, daß der Tod zu mir kam und mich mitnahm.

Und dann doch nicht. Ebenso plötzlich, wie es aufgeflammt war, erlosch das Feuer wieder und hinterließ nur einen dumpfen Schmerz. Als sei mein Herz zu einem mit Lappen umwickelten Hammer geworden, der nur noch zu gedämpften Schlägen in der Lage war. Vor Angst lief es mir eiskalt den Rücken hinunter.

Tief atmend griff ich zum Telefon und rief meinen Freund Patrick an, einen Herzspezialisten, der mir ein Jahr zuvor schon einmal geholfen hatte. Als Patrick auflegte, nachdem er mir zugesichert hatte, auf der Stelle zu kommen, klingelte endlich André. Er fand mich zitternd und bleich, an die Armlehnen meines Sessels geklammert.

Eine Dreiviertelstunde später studierte Patrick den Papierstreifen, den die Nadel des Elektrokardiogramms beschriftet hatte. Die zackigen Schwankungen der schwarzen Linie enthielten meine Zukunft. Patrick verzog das Gesicht und schüttelte den Kopf.

»Diesmal ist es ernst, mein Lieber. Ich befürchte, daß wir mit den hübschen kleine Ballons, die wir dir in die Adern pusten, nicht davonkommen werden ...«

»Glaubst du?«

»Das glaube ich.«

Er ergriff mein Handgelenk und drückte es, wobei er sich zu einem Lächeln zwang.

»Mach dir keine Sorgen, Marek. Es ist ernst, aber nicht aussichtslos! Du wirst das alles hervorragend überstehen. Ab sofort gehst du kein Risiko mehr ein.«

Ich teilte seinen verordneten Optimismus nicht. In meiner schmerzenden Brust ging noch immer die Angst um.

»Was muß ich tun?« fragte ich und erriet die Antwort bereits.

»Ein paar Dinge zusammenpacken und dir etwas Gutes zum Lesen einstecken.«

»Sofort?«

»Sofort. Ich fahre dich zur Herzklinik im Norden, sobald du fertig bist.«

Es war noch nicht Mittag, als wir Paris durchquerten. Der Tag war immer noch genauso schön. Auf den Bürgersteigen, im Schatten wie in der Sonne, gingen die Menschen mit all dem Ernst umher, den man besitzt, wenn man jeden Tag eines Lebens ausfüllen muß. Der Boulevard Sébastopol war wie immer verstopft. Um die Gare de l'Est herum kam der Verkehr fast vollständig zum Erliegen. Hübsche Frauen hinter dem Steuer verloren die Geduld, junge Paare schlenderten, sich bei den Händen haltend, an den Schaufenstern vorbei. Zwischen den stehenden Autos schlängelten sich Jugendliche auf Inlineskates durch. Überall, bis hinauf in den blauen Himmel, pulsierte das Leben.

Patrick warf mir einen ebenso freundschaftlichen wie professionellen Blick zu.

»Geht's? Fühlst du dich besser? Hinterm Bahnhof müßten wir leichter durchkommen.«

Ich nickte. Mein Blick blieb an einem alten Mann hängen, der unschlüssig neben einer Bank stand. Plötzlich überfielen mich alte, dunkle Erinnerungen. Ich dachte an meinen Urgroßvater Meir Ichiel, der an Herzversagen gestorben war. Sein ganzes Leben über hatte er davon geträumt, am Fuße eines der Hügel, die Jerusalem umgeben, begraben zu werden – »damit ich«, sagte er, »am Tag der Auferstehung als einer der ersten in die Stadt gehen kann«. Seine Kinder aber waren viel zu arm, um für seine Überführung in die Heilige Stadt aufkommen zu können. Man hat ihn bescheiden auf dem alten jüdischen Friedhof von Warschau beigesetzt.

Auch mein Großvater Abraham war herzkrank. Er war Chasside um den Rabbiner von Gur und auch ein wenig Zionist; er hat mir oft von Jerusalem erzählt. Doch er starb nicht am Herzen, er kam während des Aufstandes im Warschauer Ghetto ums Leben.

Mein Vater Salomo hatte seine Krankheit zu spät bemerkt. Eines Abends, kurz nach unserer Ankunft in Frankreich, brach er zusammen. Nach Auskunft des Arztes war sein Herz bereits in einem jämmerlichen Zustand. Er riet mir am Telefon, ihm heiße Wickel umzulegen und seine Brust zu massieren.

Unter dem Druck meiner Hände knackten seine Knochen. Schließlich spürte ich seinen Herzschlag. Ein erstes Röcheln kam aus seiner Brust. Mein Vater öffnete die Augen und richtete einen stummen Blick auf meine Mutter, dann auf mich. Erst zitterten seine Lippen, ohne einen Ton hervorzubringen. Dann sagte er deutlich:

»Was wird dort sein?«

Die Frage überraschte mich.

»Du wirst sehen«, sagte ich, »alles wird gut.«

Ich log. Ich hatte seine Worte mißverstanden. Mein Vater wollte Gewißheit über seine Zukunft, über das Leben danach, über dieses gefürchtete Verlöschen der Seele, die wie eine Kerze, die lange gebrannt, geleuchtet und geknistert hatte, sich in der Hitze ihrer eigenen Flamme verzehren und im tropfenden Wachs zerfließen würde. Ich aber dachte, er spräche von diesem unumgänglichen, im Grunde schmerzlosen Übergang vom Leben zum Tod. Ich hatte mich getäuscht. Er lächelte traurig, schüttelte noch einmal den Kopf und hörte auf zu leben. Seit diesem Moment hat das Mißverständnis, das die letzten Augenblicke seines Lebens getrübt hatte, mir unaufhörlich auf der Seele gelegen.

Ich verstand nur zu gut, weshalb ich auf einmal an diese Toten dachte. Aber alle brachten sie mir, das war das Erstaunliche, auf die eine oder andere Weise Jerusalem in Erinnerung. Mein Vater, dem die Geschichte der Familie sehr viel bedeutete, hatte während des gesamten Krieges einige Dokumente bei sich aufbewahrt, die seine alten elsässischen Wurzeln wie auch die außerordentliche, seit Gutenberg gehaltene Treue der Familie zum Druckerhandwerk bezeugten. In Kokand, an Tagen, wo es uns bis auf die dreißig Gramm Brot, die uns zustanden, an allem fehlte, haben ihn seine Freunde oft mit diesen Dokumenten aufgezogen.

»Du hättest besser daran getan, etwas von dem Schmuck aufzuheben statt diesen alten Papierkram. Mit dem Schmuck könntest du auf dem Schwarzmarkt wenigstens ein paar Nahrungsmittel kaufen. Mit deinen Papieren kannst du weder deine Beerdigung noch deinen Grabstein bezahlen!«

Unter diesen Dokumenten liebte mein Vater ganz besonders einen fast neunhundert Jahre alten Text. An seiner Seite habe ich ihn immer wieder gelesen, wobei ich im wahrsten Sinne des Wortes spürte, wie sich die Vergangenheit vom Pergament auf die Haut meiner Finger übertrug. Es war der Brief eines unserer Vorfahren, eines Halter, der in einem Dorf nahe bei Hagenau gewohnt hatte. Gegen Ende des zehnten Jahrhunderts unternahm er eine Reise nach Jerusalem. Er hatte den Auftrag, der jüdischen Gemeinde in der Heiligen Stadt die von den Juden im Elsaß zusammengetragenen Gelder zu überbringen. Ich kannte diesen kurzen Text auswendig und schöpfte aus ihm die gleiche Kraft wie aus einem Gebet. Mit halbgeschlossenen Augen sagte ich ihn mir auf, während das Auto meines Freundes mich ins Krankenhaus und zu einer ungewissen Fortsetzung meines Lebens brachte.

Es grüßt Euch aus der ewigen, Gott treu ergebenen Stadt der Leiter der Akademien von Zion. Gott hat gewollt, daß die Juden in den Augen der Muselmanen Gnade finden. Nachdem die Araber Palästina eingenommen haben, sind sie in Jerusalem eingezogen. Seitdem leben die Juden mit ihnen zusammen, wobei sie ein-

gewilligt haben, die Stätte im Austausch gegen das Recht, an ihren Toren beten zu dürfen, zu pflegen und sauberzuhalten. Das Leben ist hier außerordentlich hart, die Nahrung rar, und die Möglichkeiten zur Arbeit sind sehr begrenzt. Außerdem beuten die Araber die Juden durch hohe Abgaben und Steuern aus. Wenn sie sich dagegen auflehnen, wird ihnen das Recht aberkannt, sich auf dem Ölberg zu versammeln, wo nach Hesekiel 11, 23 die göttliche Kraft wohnt: »Und die Herrlichkeit des Herrn erhob sich aus der Stadt und stellte sich auf den Berg, der im Osten vor der Stadt liegt.« Kommt ihnen zu Hilfe, steht ihnen bei, rettet sie – in Eurem eigenen Interesse, beten sie doch auch für Euer Heil.

Dieser ferne Vorfahr hatte einen festen Platz in der Erinnerung und den Gedanken meines Vaters eingenommen und später auch in den meinen. Als ich vor wenigen Stunden eine vierhundert Jahre jüngere Beschreibung gelesen hatte, war der Tod wie ein Staubkorn um mich herumgetanzt, um dann selbst wieder zu Erde zu werden, wie es in der Genesis heißt. War das ein Zeichen? Oder waren es nur die Angst vor dem Ende und der körperliche Schmerz, die mich erschütterten und mich einen einfachen Zufall als den noch unverständlichen Wink des Schicksals interpretieren ließen?

»Wir sind da«, sagte mein Freund.

Er erklärte mir, wie die Hindernisbahn für Herzkranke aussah, die mich erwartete. Genug, um mich endgültig aus meinen Überlegungen zu reißen und in eine sehr unmittelbare Gegenwart zurückzurufen.

Jerusalem vergaß ich vollkommen.

Die Befürchtungen meines Medizinerfreundes wurden von den Analysen und Diagnosen seiner Kollegen bestätigt. Dieses Mal mußte ich eine Bypass-Operation über mich ergehen lassen. Noch vor dem Abend kam der Professor, mich abzuhören. Er hatte einen iranischen Akzent, ein entspanntes, warmes Lächeln und viel Feingefühl.

»Werden Sie mich operieren?« fragte ich ihn, als hoffte ich noch auf eine andere Lösung.

»Aber ja.«

In wenigen einfachen Worten erklärte er mir, was er tun würde: meine Brust öffnen, die verstopften Arterien- und Venenstücke herausschneiden und sie durch andere ersetzen. Aus seinem Mund klang das Ganze wie einfache Klempnerarbeit. Ich konnte noch so angespannt sein, seine Gelassenheit beruhigte mich schließlich.

»Und danach?«

»Wonach?«

»Wenn Sie die schlechten Arterienstücke ausgetauscht haben werden.«

»Na, dann ist es vorbei. Wir nähen alles wieder zu, und Sie sind tauglich für die zweite Hälfte Ihres Lebens!«

»So einfach ist das?«

»Aber sicher. In der Medizin bewährt sich nur das Einfache!«

Er lachte und zog dann die Augenbrauen hoch.

»Ich werde die Krankenschwestern bitten, Ihnen den Bart abzunehmen.«

»Mir den Bart abnehmen? Unmöglich!«

Wieder lachte er.

»Doch, sicher, Monsieur Halter! Das ist Vorschrift. Wir werden Ihnen auch die Brust rasieren.«

»Ganz wie Sie wollen, was die Brust angeht, aber was den Bart betrifft: keine Chance!«

Er lachte nicht mehr. Ohne recht zu wissen, warum, war ich außer mir und im Begriff, aufzustehen, meine Schuhe anzuziehen und zu gehen, als sei der Verlust meines Herzens nichts im Vergleich zum Verlust meines Bartes!

»Keine Chance! Noch nie habe ich mir den Bart abrasiert, und noch nie habe ich mich ohne Bart gesehen.«

»Monsieur Halter, ich muß Ihnen etwas erklären«, entgegnete der Chirurg ruhig, als spräche er zu einem verzogenen

Kind. »Wenn während der Operation nur das kleinste Barthaar oder auch nur der Bruchteil eines Barthaares in die offene Wunde gelangen sollte, würden wir es in jedem Fall zu spät bemerken. Es riefe eine verheerende Infektion hervor, wir müßten Sie nochmals aufschneiden und …«

»Einverstanden, Herr Professor«, unterbrach ich ihn. »Sie haben Ihre Argumente, ich die meinen. Ich kenne mein Gesicht nicht ohne Bart. Bin ich schön oder häßlich? Bin ich überhaupt noch ich selbst? Überlegen Sie doch nur einen Moment, was passieren könnte. Sie machen eine hervorragende Operation. Alles verläuft großartig. Ich wache in bester Verfassung auf. Und dann entdecke ich mein Gesicht. Aber dieses neue Gesicht, das mir nicht gehört, das verabscheue ich. Wer ist dieses Ich, das da vor mir steht? Was für ein Schock! Und was passiert dann? Streß, Stechen im Herz, ein Krampf, Bypässe platzen, alle Ihre Bemühungen waren umsonst … Tod!«

Dem Chirurgen verschlug es für einen Moment die Sprache. Dann begann er laut zu lachen.

»Vielleicht gibt es eine andere Lösung …«

»Es *muß* eine andere geben.«

»Wir könnten Ihnen das Gesicht verbinden und dabei nur einen Schlitz für den Atemschlauch lassen. Das ist nicht gerade orthodox, aber … Und es wird auch für Sie nicht besonders angenehm sein. Sie werden das Gefühl haben, in der Haut einer Mumie zu stecken!«

Ich fand mein Lächeln und meinen Humor wieder.

»Das mit der Mumie geht in Ordnung. Wenn dann wirklich etwas schiefgehen sollte, bin ich wenigstens schon fertig für die letzte Reise!«

Am nächsten Tag verband man mir also, bevor ich in den Operationsbereich kam, das Gesicht, wobei mein geliebter Bart unter der Mullbinde verschwand. Der Professor hatte recht, es war nicht angenehm, aber auch nur relativ unangenehm, verglichen mit dem bohrenden Gedanken daran, daß mein Leben sich in den nächsten Stunden entscheiden würde!

In dem Augenblick, als man mich auf den Operationstisch legte, überkam mich ein unbekanntes Gefühl. Unbewußt versuchte ich, so lange wie möglich wach zu bleiben. Plötzlich wurde mir klar, daß ich auf der Schwelle zum Nichts stand, daß es mich zu sich rief wie einen Geliebten – nicht, damit ich sofort darin versank, sondern um mich in eine schmerzlose Umarmung gleiten zu lassen. Zu meiner großen Überraschung war es ein tröstliches Gefühl; ich verspürte überhaupt keine Angst, nur noch eine merkwürdige, befreiende Erregung.

In diesem Moment erschien mir Jerusalem! Wie ein Schiff trieb es still auf offener See. Seine Mauern, vergoldet von der Sonne und so vielen ehrfürchtigen Blicken, stiegen aus den bläulichen Wogen der Berge. Am Qubbet el-Sakhra, dem Felsendom, brach sich ein Sonnenstrahl und blendete mich wie ein Lichtsignal. Da wußte ich, daß die Stadt mich umfing und beschützte in dem undurchdringlichen künstlichen Schlaf, in den ich nun versank.

4

»Was glauben Sie, wo Sie hier sind?« brüllte Bernstein. »Hat man Ihnen nie gesagt, daß diese verdammte Zeitung die beste ist? Die seriöseste in der ganzen Welt? Was geht eigentlich in Ihrem Hirn vor?«

Er schlug mit der Faust auf den Tisch. Die Narbe an seinem Ohr wurde feuerrot. Tom war sich sicher, daß der gesamte Redaktionsraum außerhalb des Glasbüros mithörte.

»Daß wir uns da richtig verstehen, Hopkins, der ganze sentimentale Schwachsinn über Ihre Freundschaft mit dem Russen ist mir vollkommen egal. Und zu der moralischen Schuld, die der Lieutenant Ihnen da aufbürden will: Das ist Quatsch. Aber überlegen Sie mal, wie wir dastehen werden, falls unsere beiden Komiker in New York herumspazieren und überall erzählen, daß Sie Ihre Artikel zusammen mit einem geschrieben haben, der bald eine Leiche sein würde. Ohne eine weitere Quelle! Herr Gott noch mal! Ich kann kaum glauben, was ich da sage ... Ohne weitere Quellen, ohne abzugleichen! Und mich auch noch zu belügen!«

Bernstein stöhnte auf und verdrehte die Augen.

»Aber was sage ich ›falls‹? Natürlich werden sie es in ganz Manhattan verbreiten! Warum sollten sie sich zurückhalten, nach alldem, was Sie über die geschrieben haben?«

Einen Moment lang war es still. Eine Stille, die alles in Bernsteins Büro erstarren ließ. Tom hütete sich davor, etwas zu sagen. Wahrscheinlich war er kreidebleich vor Angst. Nur mit Mühe konnte er seine Hände daran hindern zu zittern; er wünschte, sein eigener Schatten möge ihn verschlucken. Die Stille wurde unerträglich.

»Es tut mir aufrichtig leid, Chef. Ich weiß, daß es Mist war. Aber man gleicht doch nur ab, wenn …«

Bernsteins Blick ließ ihn verstummen.

»Ein Wort noch, Hopkins, und ich mache Hackfleisch aus Ihnen! Es gibt keine Entschuldigung für das, was Sie uns angetan haben. Ich sage sehr wohl *uns*, der Zeitung im ganzen!«

Bernsteins Finger richteten sich wie eine Rakete, die bereit war, durch ihn hindurchzugehen, auf Toms Brust.

»Selbst wenn alle Ihre Informationen wahr sind – und es ist wahrscheinlich, daß sie es sind –, müssen Sie sie bei einer solchen Sache dennoch mit anderen abgleichen. Und dann geben Sie diesem Jungen Ihren Artikel zur Korrektur? Ich glaube, ich träume … ein Alptraum. Sie müssen total verrückt sein!«

Erneute Stille. Plötzlich war Tom sicher, daß Bernstein für ihn ebenso wie für die Zeitung einen Ausweg suchte. Ed mochte ihn, trotz der ganzen Brüllerei, er hatte ihn das auf seine Weise spüren lassen. Er glaubte an ihn. Er wußte, daß Tom ein großer Journalist werden konnte, daß er den Mut und die Kraft dazu hatte. Und auch wenn er mit Aaron wissentlich gegen die Vorschrift verstoßen hatte, würde Bernstein sich wohl denken, daß er einen Grund gehabt hatte – wenn auch einen schlechten –, so viel zu riskieren. Aber er wollte diesen Grund nicht kennen.

Schließlich seufzte Bernstein und schloß für einige Sekunden die Augen. Als er sie wieder öffnete, hatte sein Gesichtsausdruck sich verändert.

»Stimmt es, daß Ihr Aaron Ihnen nicht erzählt hat, womit er in der letzten Zeit beschäftigt war?«

Seine Stimme war um vier Oktaven tiefer gerutscht.

»Wir haben uns das letzte Mal vor einer Woche gesprochen. Er arbeitete über die Geschichte Jerusalems. Ich sehe nicht, inwiefern das die Mafia oder die Polizei betreffen könnte.«

»Es gibt kaum etwas, das sie nicht betrifft. Das wissen Sie so gut wie ich. Er könnte Ihnen etwas weitaus Wichtigeres verschwiegen haben.«

»Das glaube ich nicht. Er suchte Texte über Jerusalem, alte Texte. Für ihn war das wichtig, mehr nicht. Ich glaube, daß er seit dem Mord an seinem Vater und seiner Schwester nach Israel gehen wollte. Wir haben nie offen darüber gesprochen; ich hatte manchmal auch den Eindruck, daß ihm nicht viel daran lag.«

»Und wenn er Sie getäuscht hat? Er hatte vielleicht gute Gründe, den Mund zu halten. Jedenfalls finde ich es merkwürdig, daß die ihn so schnell umgelegt haben.«

»Er hat mich nicht getäuscht, Ed! Selbst wenn ich gegen die allerheiligste Regel verstoßen habe, weiß ich, daß er mich nicht getäuscht hat. Er hat sich gerächt. Und ich war damit einverstanden, das Werkzeug seiner Rache zu sein. Wir haben das besprochen. Er ist gestorben, weil die Organisazija es nicht duldet, wenn ihr einer die Stirn bietet.«

»Der Journalismus hat mit Rache nichts zu tun, Hopkins. Es war dumm, auf dieser Basis zu arbeiten.«

Tom spürte, wie die Wut ihm wieder neue Kraft gab, sich zu verteidigen.

»Okay, das weiß ich. Aber seine Rache hat es mir ermöglicht, an Informationen heranzukommen, die niemand sonst hatte. Verdammt, Ed, alle hier«, er zeigte auf den Redaktionsraum hinter den Glasfenstern, »alle hätten so gehandelt wie ich. Das wissen Sie genau! Sie selbst haben mir einmal gesagt: Man muß die Motivation dessen, der uns Informationen gibt, kennen – nicht bewerten!«

»Ich habe Ihnen vor allem gesagt, daß es für Sie keine Entschuldigung gibt. Erwarten Sie nicht, daß ich eine für Sie finde. Schreiben Sie mir eine taktvolle Meldung über den Jungen und eine weitere von maximal fünfzig Zeilen über Ihre brillante Vorgehensweise bei dieser Ermittlung. Falls das Gerede über Ihre Heldentat an die Oberfläche gelangt und man sich entschließt, Sie zu entlassen, dann wird Ihnen das gleich als Grabinschrift dienen!«

Bernstein setzte sich die Brille auf und griff nach dem Stapel

Blätter, die er Korrektur lesen mußte. Mit weichen Knien ging Tom zur Tür. Bevor er die Schwelle überschritten hatte, holte Bernsteins Stimme ihn wieder ein.

»Wie kommt es, daß Sie schon wach waren, als ich Sie heute morgen angerufen habe? Sie waren doch nicht etwa in Brooklyn heute nacht?«

»Aber nein!«

Tom unterbrach sich und überlegte, ob es der richtige Moment war. In seiner jetzigen Lage …

»Ich habe mich die ganze Nacht über mit Suzan gestritten. Um sechs Uhr morgens hat sie entschieden, den Kontinent zwischen uns zu legen.«

Bernstein zögerte, dann brach er in schallendes Gelächter aus. Seine Schultern versetzten sein ganzes Jackett in Bewegung. Er sah aus wie ein alter Vogel kurz vor dem Abflug.

»Na, da werden Sie ja vom Leben gerade richtig verwöhnt! Sieht so aus, als könnte es Ihnen noch eine ganze Menge beibringen. Nutzen Sie das!«

Der Vormittag verstrich wie in einem bösen Traum. Kannten seine Kollegen aus dem Redaktionsraum auch nicht alle Einzelheiten der Katastrophe, so wußten sie doch in weniger als zwei Stunden genug, um Tom alle Spielarten heuchlerischen Mitleids, der Mißgunst und sogar beleidigter Journalistenehre vorzuführen. Von einem Augenblick zum nächsten stürzte er vom gerade erst erklommenen Sockel des Ruhms auf den Boden des Mülleimers, auf den einige gerne noch den Deckel gedrückt hätten.

Unter diesen Umständen wurde es zu einer nicht nur quälenden, sondern auch heiklen Aufgabe, eine kurze »Meldung« über Aarons Tod zu schreiben. Tom hatte die Anschuldigungen des Lieutenant vom NYPD noch im Ohr: »Sie können mit allen Mitteln versuchen, die Schlammschlacht zu umgehen – den Tod des Jungen werden Sie für den Rest Ihrer Tage auf dem Gewissen haben!« Dabei hätte es dieser Bemerkung gar nicht bedurft. Der Vorwurf der moralischen Mitschuld war, im Gegensatz zu Bernsteins Behauptung, weder abwegig noch Quatsch. Aaron kannte die Risiken, die er einging, indem er sich über das Gesetz des Schweigens in Little Odessa hinwegsetzte, besser als jeder andere. Er war mutig und hatte bereits viel verloren. Aus seinem Glauben und seiner Würde heraus fand er wahrscheinlich, das kurze Leben eines freien Mannes sei mehr wert als ein dem erniedrigenden Willen einer Bande sadistischer Krimineller unterworfenes Dasein. Aber ist man sich denn immer darüber im klaren, welches Risiko man eingeht? Hofft man nicht um so mehr auf ein Wunder, je größer die Gefahren sind, denen man sich aussetzt? Wie sein Großvater in Anlehnung an Lukas sagte: *Wenn ein Hausherr wüßte, zu welcher Stunde der Dieb kommt, so ließe er nicht in sein Haus einbrechen.*

In Wirklichkeit hatte Tom, und sei es nur durch sein Vorhaben, diese Artikel zu schreiben, Aaron dazu angestiftet, der Organisazija die Stirn zu bieten. Und damit trug er sehr wohl einen Teil der Verantwortung an seinem Tod. Er würde damit leben und sich vielleicht wirklich einen anderen Job suchen müssen!

Gegen Mittag war er zu nichts mehr in der Lage. Die Sätze tanzten sinnentleert auf dem Bildschirm seines Computers. Seit sechsunddreißig Stunden hatte er kein Auge zugetan. Es war Zeit, schlafen zu gehen und vielleicht im Schlaf eine Lösung zu finden.

Unauffällig verließ er den Redaktionsraum und nahm die Subway, um zu seiner kleinen Wohnung in der Cayler Street, im Norden von Brooklyn, zu gelangen. Bis dahin hatte Aarons Tod ihm erspart, allzuviel an Suzan zu denken. Aber als er die Tür hinter sich schloß, glaubte er sie noch einmal zu sehen, wie sie mit hochgerecktem Kinn das Zimmer durchquerte, ohne ihm die geringste Beachtung zu schenken.

Er ging duschen. Das Wasser entspannte seine Muskeln, half aber weder seiner Seele noch seinem Herzen. Als er ins

Wohnzimmer zurückkam, hatte er erneut ein merkwürdiges Gefühl. Alles war an seinem Platz. Die Möbel, die Bücher, die persönlichen Dinge wie die Gebrauchsgegenstände waren da, wo sie hingehörten. Dennoch hatten sie sich unmerklich verändert in ihrer allgemeinen Beschaffenheit, ihrer Farbe und Größe, bis hin zu Wänden und Decken, die anders aussahen als vorher, farblos und erdrückend.

»Verdammt«, sagte Tom laut zu sich selbst. »Liebe ich sie so sehr, oder werde ich verrückt?«

Er drückte die Wiedergabetaste seines Anrufbeantworters. Suzans Stimme kam schneidend aus dem Gerät: »Ich bin es. Ich komme morgen früh mit einer Freundin vorbei, um meine restlichen Sachen zu holen. Du brauchst übrigens nicht da zu sein. Es wäre sogar besser. Ich lasse den Schlüssel dann im Briefkasten.«

Tom war wie versteinert, die nachfolgende Stimme hörte er nicht mehr. Als Abschiedsgruß konnte man sich wahrlich etwas Gefühlvolleres einfallen lassen. Suzan ließ ihm aber auch nicht den Hauch einer Chance. Das war keine Trennung mehr, das war eine Abrechnung. Mit einer wütenden Bewegung stellte er den Anrufbeantworter ab, zog die Vorhänge zu und legte sich hin. Noch eine Viertelstunde lang ging er im Geist die verletzendsten Dinge durch, die er Suzan bei der nächsten Gelegenheit an den Kopf werfen würde. Dann fiel er in den Schlaf, wie ein Blinder, der ins Leere stürzt.

Der Himmel war einheitlich trübe, als Tom wenige Stunden später sein Auto nahm, um nach Little Odessa zu fahren. Auf Höhe der Wythe Avenue nahm er die 278, dann den Shore Parkway. Trotz des Verkehrs brauchte er weniger als eine Stunde, um Sheepshead Bay zu erreichen. Es regnete nicht mehr, aber der Wind vom Atlantik war immer noch genauso kalt. Das trostlose Grau-in-Grau von der Straße bis hinauf zu den Wolken schien der ebenso natürliche wie unabänderliche Farbton dieser Halbinsel zu sein. Bei Tage wirkten die endlosen Häuserreihen, unterbrochen von Brachland, verlassenen Baustellen und Betonruinen, weniger finster als in der Nacht, weil eine Geschäftigkeit wie in einem Ameisenhaufen dieses erstaunliche Ghetto belebte.

Fünfzig Meter von der Brighton Beach Avenue 208 entfernt fand er einen Parkplatz vor einem verfallenen Hauseingang, den man mit Hilfe von Brettern und Plastikfolien zu einem Laden umfunktioniert hatte. Ein altes Mütterchen in einem Campingstuhl bot dort Wollsocken zum Verkauf an, die sie selbst strickte, während sie auf Kunden wartete, die wahrscheinlich nie kommen würden. Man mußte sich kneifen, um glauben zu können, daß man hier kaum ein Dutzend Meilen von der Wall Street entfernt war!

Während er den Wagen abschloß, bemerkte Tom die Blicke dreier Jugendlicher. Er lächelte ihnen zu, schaltete aber betont auffällig die Alarmanlage ein, die einmal laut aufheulte wie ein alter Hund. Vielleicht würde das reichen, damit er sein Auto in einer Stunde wiederfände. Er überquerte die Avenue und ging die fünfzig Meter zur Wäscherei zurück, die Aarons Mutter führte. Als er näher kam, sah er, daß sie geschlossen war. Beinahe wäre er in einen feuchten dunklen Fleck getreten, den er zu spät erkannte: Aarons Blut. Tom machte einen Satz zur Seite und wurde von Übelkeit gepackt.

Er verlangsamte seinen Schritt. An der matten Scheibe der Wäscherei war mit Tesafilm ein in einer feinen blauen Schrift beschriebener Zettel angebracht. Die Nachricht war auf russisch verfaßt, aber Tom erriet ihren Inhalt. Er stieß die Eisentür neben dem Laden auf, deren elektrisches Sicherheitsschloß schon seit langem defekt war. Er kannte das Gebäude, weil er Aaron ganz zu Beginn seiner Recherche und ihrer Bekanntschaft zwei- oder dreimal hier aufgesucht hatte. Später hatten sie es vorgezogen, sich an unauffälligeren Orten zu treffen. Das Treppenhaus war sauber und sichtlich gepflegt, aber eiskalt und feucht.

Im dritten Stock klopfte er vorsichtig an die Tür. Niemand

antwortete. Er klopfte lauter, bevor er bemerkte, daß einer der beiden Knöpfe neben der Mesusa wahrscheinlich ein Klingelknopf war. Er drückte ihn, und ein sturmartiges Geläut ertönte, aber es löste in der Wohnung keine Reaktion aus. Tom dachte, Aarons Mutter könnte vielleicht bei der Polizei oder im Leichenschauhaus sein; es war sogar möglich, daß Aarons Mörder gerade dabei waren, ihr eine Lektion zu erteilen. Das war ihnen durchaus zuzutrauen. Er verfluchte sich, daß er nicht gleich am Morgen hergekommen war. Als er die Treppen wieder hinunterging, fragte er sich, was er nun tun sollte. In Anbetracht der Beziehungen, die er zu den Polizisten des 60. Distrikts hatte, war es besser, das Kommissariat zu meiden. Wieder auf der Straße, kam er zu dem Schluß, daß er nur warten und hoffen konnte, daß Frau Adjashlivi bald nach Hause käme. Er wechselte erneut die Straßenseite, denn er wollte nicht noch einmal Aarons Blut begegnen.

Auf dem Rückweg zu seinem Wagen kaufte er die Nachmittagszeitungen in einem Laden, in dem man auch hervorragende Schapkas bekam, die in Omsk oder Nishni Nowgorod hergestellt wurden. Es war kaum anzunehmen, daß die Steuern auf ihre Einfuhr die Kassen des Staates New York erreichten.

Er wartete eine Stunde, wobei er oberflächlich die Nachrichten des Tages sichtete, bis er merkte, daß er einen Bärenhunger hatte. Dank des am Vorabend abgebrochenen Festessens hatte er seit einer Ewigkeit nichts mehr zu sich genommen. Auf der Brighton Beach Avenue mangelte es nicht an Fast-food-Läden. Für zwei Dollar fünfundzwanzig wickelte ihm eine junge, sehr blonde und sehr freundliche Frau eine Plastikgabel in zwei Papierservietten, bevor sie ihm ein Papptöpfchen mit geschmortem Grünkohl und Kalbsfrikadellen füllte. Er ging wieder zum Wagen, legte eine CD ein und begann erneut zu warten, während er sich ein Quartett von Beethoven anhörte.

Kurz bevor es dunkel wurde, hielt ein schwarzer 92er Lincoln vor dem Haus Nummer 208. Eine Frau um die Fünfzig, etwas rundlich, mit kurzem, gelocktem, schon grauem Haar stieg aus. Die Tür schloß sich hinter ihr, das Auto fuhr wieder weg, und ohne einen Blick für das, was um sie herum geschah, stieß die Frau die Eisentür auf und ging ins Haus.

Tom wartete noch eine Viertelstunde. Als er sicher war, daß niemand mehr vor der 208 herumschlich, stellte er den CD-Player aus und stieg aus dem Wagen. Er vermied das alberne Geläut und klopfte nur leicht mit den Fingerspitzen an die Tür. Frau Adjashlivi öffnete ihm sofort, als habe sie hinter der Tür gestanden. Ihm fielen gleich ihre hellen und trockenen Augen auf. Sie schien nicht eine Träne vergossen zu haben, aber in ihrem Gesicht stand Verzweiflung. Sie schaute ihn kaum eine Sekunde an und erklärte dann, noch ehe er sich vorstellen konnte:

»Ich weiß, wer Sie sind. Aaron hat mir gesagt, daß Sie kommen zu mir, falls etwas passiert. Es ist etwas passiert, nicht wahr?«

Durch ihren Akzent waren ihre Worte schwer verständlich. Aber ihre etwas rauhe Stimme besaß einen Charme, den die Sorgen nicht völlig ausgelöscht hatten. Tom dachte, daß sie vor fünfzehn oder zwanzig Jahren eine schöne Frau gewesen sein mußte. Sie ging ihm voraus in ein enges Zimmer voller Nippes, dessen Wände mit einer uralten, düsteren Rosentapete verkleidet waren. Sie setzte sich in einen grünen, mit Samt bezogenen Sessel. Tom zögerte, sich zu setzen, und blieb schließlich stehen.

»Es tut mir wirklich sehr leid, Frau Adjashlivi. Ich mochte Aaron sehr, und ich ...«

Sie unterbrach ihn, als habe sie ihn nicht gehört.

»Sie haben mich mit Auto geholt. Dasselbe, womit Mörder weggefahren ist. Ich habe gesehen. Da, durch das Fenster. Er hat Aaron getötet und ist mit dem Auto weggefahren. Sie haben mir gesagt, ich soll schweigen. Ich sage nichts zu Polizei und nichts zu niemand. Und sie werden Geld geben für die Synagoge und das Grab von Aaron. Sie mögen, daß man sich schämt.«

Eine Stille entstand, die Tom den Hals zuschnürte.

Frau Adjashlivi schüttelte leicht den Kopf und fuhr fort:

»Sie sind verrückt. Sie glauben, daß sie machen Angst. Ich habe keine Angst. Vorbei die Angst. Früher ich hatte Angst. Jetzt, Aaron ist tot, vorbei die Angst ...«

Sie verschränkte die Hände, preßte sie vor die Brust, dann sah sie Tom an.

»Es stimmt. Aaron hat gesagt, daß Sie Freunde sind. Er hatte Vertrauen. Aber er wollte Rache, stimmt's? Wozu nutzt das, Rache? Zum Sterben.«

»Frau Adjashlivi, Aaron wollte, daß die Leute wissen, was hier vor sich geht. Aber vielleicht hätten wir es anders angehen können. Ich habe wirklich nicht geglaubt, daß sie ihn in den Artikeln so leicht wiedererkennen. Die Wahrheit ...«

Tom zögerte etwas vor dem klaren Blick, der ihn musterte.

»Die Wahrheit ist, daß ich mich verantwortlich fühle für das, was passiert ist.«

»Überhaupt nicht.«

Frau Adjashlivi schüttelte unerwartet heftig den Kopf.

»Aaron wollte, was Sie gemacht haben. Er hat mir gesagt, und ich wußte. Die, die getötet haben, ich kenne. Ich kenne sehr gut ...«

Ihr Blick wanderte über die alte Tapete, über die Nippes, und ihr Mund fing an zu zittern.

»Monja, sie haben getötet. Monja, sehr hübsche Monja, meine kleine Djewotschka ... Vorher haben sie ...«

Ihr Mund bebte so sehr, daß sie verstummte. Dieses Mal waren ihre Augen feucht. Tom wußte, was sie sagen würde. Er kannte all die entsetzlichen Einzelheiten der Hinrichtung von Aarons Schwester und seinem Vater. Er brauchte sie nicht noch ein weiteres Mal zu hören, doch Frau Adjashlivi schien darauf zu bestehen. Mit übergroßer Anstrengung sagte sie:

»Bevor sie getötet haben, haben sie gewaltigt … mehrere Männer. Und Jewgeni hat gesehen. Ich bin sicher, daß er gesehen hat, Jewgeni. Aufgehängt an den Füßen und dann das Messer in Hals. Wie man macht mit Schwein. Der Allmächtige, geheiligt werde Sein Name, ich bin sicher, daß Er auch gesehen hat. Er sieht viel. Sieht noch mehr als ich.«

Plötzlich hatte Tom das Bedürfnis, irgend etwas zu sagen. Er stürzte sich auf den erstbesten Gedanken.

»Wenn Sie weggehen wollen, Frau Adjashlivi, wenn Sie New York verlassen wollen, kann ich Ihnen helfen. Ich könnte Sie sogar gleich mitnehmen …«

»Um zu gehen wohin?«

Sie schaute ihn mit leichter Verwunderung an, ihre hellen Augen waren wieder trocken. Bevor Tom antworten konnte, hob sie die Hand.

»Sie haben Aaron nicht wegen der Zeitung getötet.«

Stumm ließ sie einen Augenblick verstreichen, erhob sich dann plötzlich aus ihrem Sessel und verließ den Raum. Er hörte Geräusche im Nebenzimmer, und schließlich kam sie mit einer Diskette wieder, die in einer durchsichtigen Plastikhülle steckte; sie hielt sie mit spitzen Fingern.

»Die Polizei hat nicht gefunden. Aaron hat gesagt, für Sie, wenn etwas passiert. Und es passiert etwas, nicht wahr?«

Vorsichtig nahm Tom die Diskette, die sie ihm entgegenhielt.

»Aufpassen. Aaron hat gesagt: Vorsicht, sehr, sehr wichtig. Für Sie. Die anderen wollten auch, für Böses. Er sie verstecken, für Gutes. So. Ich, ich weiß nicht, was ist. Er hat nicht gewollt sagen. Aber Sie, Sie müssen für ihn jetzt machen. Er würde wollen. Bei uns Juden kein Verzeihen, aber die Toten brauchen Erinnerung der Lebenden. Wenn Sie Aaron lieben, machen Sie für seine Erinnerung. Der Allmächtige, geheiligt werde Sein Name, wird helfen.«

Kurz schwiegen beide. Sie streifte seine Hand und murmelte leise:

»Jetzt gehen. Aufpassen.«

Ohne ein weiteres Wort schob sie Tom aus der Wohnung. Er stotterte noch, kurz bevor die Tür sich schloß, ein Auf Wiedersehen, war aber nicht sicher, ob sie ihn gehört hatte. Dann ließ er die Diskette in seine Tasche gleiten und stieg die Treppen hinunter, wobei er sich fragte, ob Bernstein heute morgen nicht recht gehabt hatte: Aarons Tod stand, im Gegensatz zu dem, was die Polizei glauben wollte, nicht in direktem Zusammenhang mit den Artikeln. Er mußte schnellstens diese Diskette lesen.

Draußen war es schon vollkommen dunkel, und es fing wieder an zu regnen. Das bunte Neonlicht spiegelte sich auf dem schmutzigen Teer der Brighton Beach Avenue. Tom erreichte den Wagen im Laufschritt.

In dem Augenblick, in dem er sich in den fließenden Verkehr einordnete, sah Tom, der unwillkürlich seinen Rückspiegel überwachte, ein Auto mit ausgeschalteten Lichtern, das aus einer Durchfahrt zwischen zwei Gebäuden herausgeschossen kam. Es ordnete sich in seine Spur ein, wobei es einem Taxi erlaubte, sich dazwischenzudrängeln. Tom beobachtete es im Rückspiegel und sah, wie die Scheinwerfer angeschaltet wurden. Das konnte ein Zufall sein. Jedoch hatte er die Warnung von Aarons Mutter noch deutlich im Ohr.

Er fuhr fast einen Kilometer die Brighton Beach Avenue entlang; das Auto folgte ihm. Das Taxi verschob sich und wechselte die Spur; das Auto kam näher, Tom erkannte den wie bei einem elektrischen Rasierapparat vergitterten Kühlergrill eines Buick Le Sabre. Vorn erahnte er die Umrisse zweier Gestalten. Er fuhr an der Abzweigung zum Shore Parkway vorbei und bog fünfhundert Meter weiter rechts in Richtung Bensonhurst ab. Seine Verfolger taten dasselbe.

5

Das Erwachen war unangenehm, aber die Operation war gut verlaufen. Sobald ich in der Lage war, eine Unterhaltung zu überstehen, waren Freunde und Ärzte bemüht, mich davon zu überzeugen, daß alles, wirklich alles, zum besten bestellt war.

»Der Chirurg hat sehr gut gearbeitet!« rief Patrick aus, bevor er mit einem breiten Lachen hinzufügte: »Dein Herz ist wie neu. In ebenso gutem Zustand wie dein Bart! Dir ist es zu verdanken, daß es so etwas wie eine Premiere gegeben hat.«

Es wäre übertrieben gewesen, mein Herz für rundherum erneuert zu halten. Dennoch begann ich im Laufe der Stunden und Tage, in denen ich meine Sicherheit wiedergewann, zu glauben, es werde sich mir wirklich ein neues Leben eröffnen, eine Art Zugabe. Eines Nachmittags, an dem mein Freund, der Herzspezialist, mir einen Besuch abstattete, fragte ich ihn nach ein paar wechselseitigen Scherzen:

»Bernard, sage mir die Wahrheit. Es war knapp, nicht wahr?«

Er verzog die Mundwinkel zu einem skeptischen Lächeln.

»Sagen wir, es gab ein echtes Risiko.«

Optimistisch fügte er hinzu:

»Marek, du weiß besser als jeder andere, daß man im Leben die Dinge nehmen muß, wie sie kommen. Wir zwei haben oft darüber gesprochen: Liegt nicht der Reiz des Lebens in der Gefahr? Was jetzt zählt, ist, daß du noch einmal zum Kind wirst: Deine Zukunft liegt vor dir! Darin besteht die Größe der Medizin, mein Lieber, daß sie zusätzliches Leben gewähren kann. Du wirst mir sagen, daß Gott dabei keine geringe Rolle spielt und daß Er es ist, der dir dieses schöne Geschenk macht.«

Damit war er nicht weit von der Wahrheit entfernt. In der

Benommenheit der ersten Tage meiner Genesung ließ dieser Gedanke mich nicht mehr los. Ich hatte eine Extraportion Zeit geschenkt bekommen, nun lag es an mir, daraus das Beste zu machen. Und in dieser Stimmung, getragen von Dankbarkeit und von der Süße meines wiedergeschenkten Lebens, kam mir erneut der Gedanke an Jerusalem. War es reiner Zufall gewesen, daß der Tod sich mir näherte, während ich alte Texte über Jerusalem suchte? Jetzt, da mein Leben zurückgekehrt war in die Zeit, erschien mir auch meine Vision, kurz bevor ich in der Narkose versunken war, in einem anderen Licht. Gewährte mir der Allmächtige einen Überschuß an Leben nur, um mich zu zwingen, meine Schulden gegenüber Jerusalem zu begleichen? War es die alte Beschwörung der Juden am Tage des Passahfestes, *Nächstes Jahr in Jerusalem!*, die diese Bilder in mein schwindendes Bewußtsein sandte?

Kaum gestellt, war die Frage auch schon beantwortet. Aber sie warf so viele weitere Fragen auf! Seit langer Zeit plante ich, ein Buch über Jerusalem zu schreiben. Mein Verleger ermutigte mich. Doch nachdem ich seiten- und kapitelweise Blätter angesammelt hatte, hatte ich den Plan aufgegeben. Wie konnte man über die historische und spirituelle, unermeßliche Größe dieser mehrfach heiligen Stadt schreiben? Wie ihr gegenwärtiges Brodeln und ihre Besessenheit von der Vergangenheit erzählen? Wie auf die zentrale Frage nach dem »Warum?« eine Antwort finden? Warum hatte der Herr aus einem Dorf namens Salem Jerusalem gemacht, warum, wo doch zur selben Zeit glanzvolle, reiche Städte voller Gelehrter wie Babylon, Athen, Damaskus oder Alexandria erblühten und die Welt regierten? Warum hatte der Allmächtige so nachdrücklich den Sinn, die Liebe und den Schmerz der Menschen auf diese Stadt gelenkt? Warum hatte er aus ihr den einzigen Ort des Glaubens, des Leids und der glanzvollen Heiligkeit gemacht? Der Talmud sagt: *Nachdem Er Erde und Himmel geschaffen hat, hat Gott die ganze Schönheit und Herrlichkeit Seiner Schöpfung in zehn gleich große Teile geteilt. Neun Teile Schönheit und Herr-*

lichkeit sprach Er Jerusalem zu, und nur einen Teil dem Rest der Welt. Ebenso hat Gott das ganze Leid und die ganze Trauer der Welt in zehn Teile geteilt. Neun Teile des Leids und der Trauer der Welt sprach Er Jerusalem zu, und nur einen Teil dem Rest der Welt.

Nun, da ich in der Schlaflosigkeit und dem Halbdunkel meines Krankenhauszimmers dahintrieb und von einer Erinnerung zur nächsten glitt, unterwegs auf dem holprigen Pfad des Gedächtnisses und der Einbildungskraft, schien mir, als verfolgte ich auf den Spuren der arabischen Armeen, angeführt vom Kalifen Omar, den Einzug nach Jerusalem, der die Stadt aus allen Welten des Geistes und des Glaubens bereichern sollte: Es kamen die Omaijaden, die Abbasiden, die Perser und ihre Sufis, gebildete Ägypter und sogar Ghasali, der berühmte islamische Theologe, der, aus Bagdad anreisend, dort verweilte. Später waren es die Mamelucken und die Ottomanen ... Sie sind heute noch dort, in ihrer traditionellen Kleidung. Mit ihren Gebeten erfüllen sie die muslimischen Heiligtümer der Stadt und beleben mit ihren Farben und ihrer Zungenfertigkeit die nach Gewürzen duftenden Straßen um das Damaskustor.

Mir war klargeworden, daß das Licht und die Gerüche immer am stärksten in Erinnerung bleiben und daß diese Farben und diese Gerüche, wie auch die Verflechtung Jerusalems mit der Geschichte, mich wie ein geheimes Band zugleich in meine eigene Kindheit zurückführten. Wenn ich die schwere und so vielgestaltige Luft Jerusalems atme, muß ich an die Meinen und an Kokand denken, im fernen Usbekistan, wohin der Krieg meine Eltern, meine kleine Schwester Berenice und mich verschlagen hatte. Auf der einen Seite des Ferganabeckens lagen die Gebirge Tienschan und der Pamir, auf der anderen die Wüsten Karakum und Kysylkum. 1943 drängten sich Zehntausende von Flüchtlingen in den Barackenlagern, die rund um die Stadt errichtet worden waren. Wir hatten Hunger. Lebende Skelette stolperten in den Straßen umher und brachen plötzlich zusammen. Sie wurden mit *arbas*, hohen, zweirädrigen Karren, eingesammelt und am Rand der Wüste abgelegt. Wie in Jerusalem, so duldete man auch in Kokand nicht die Nähe des Todes.

Eines Tages kam meine kleine Schwester an die Reihe. Meine an Typhus erkrankten Eltern lagen in der Dorfschule, die zu einem Krankenhaus umfunktioniert worden war, zu zweit in einem winzigen, ärmlichen Bett. Ich hatte Berenice einem Kinderheim anvertraut. Dort starb sie, verhungert, wie man mir sagte. Sie war zwei Jahre alt. Ihr Tod auf dieser Flucht, so weit weg von allem, selbst vom Krieg und vom Ghetto, muß meine Mutter tief erschüttert haben, obwohl sie darüber nie mit mir gesprochen hat.

Mich an meine Mutter zu erinnern, auch das heißt, das Bild von Jerusalem in mir wachzurufen. Sie war schön und eine Dichterin. Eine Dichterin und schön, so wird sie mir immer im Gedächtnis bleiben. Ich sehe sie noch heute, wie sie zu den unpassendsten Stunden ihre jiddischen Gedichte schreibt, und ich höre sie von anderen geschriebene Gedichte in polnisch, französisch oder russisch rezitieren. Sie war von so anziehender Schönheit, daß die Bewunderung, die ich ihr entgegenbrachte, leider von vielen anderen Männern geteilt wurde. Ich war eifersüchtig. Ich war noch eifersüchtiger als selbst mein Vater, für den der Erfolg seiner Frau auch eine Huldigung an seinen eigenen Geschmack bedeutete. Sie hatte braunes Haar, schwarze Mandelaugen, die oft spöttisch, manchmal traurig blickten, ebenmäßige Gesichtszüge und eine hübsche kleine Nase. Ihre hohen Wangenknochen erinnerten an den Wind auf weiten Ebenen und weckten in denen, die sie trafen, ein süßes brennendes Fernweh. Wenn man sie sah, ahnte man nicht, welche Kraft in ihr steckte. Man schätzte sie eher zerbrechlich und schüchtern ein, manche stellten sich sogar vor, sie sei leicht zu beherrschen; aber die sahen sich bald von ihr beherrscht. Sanft verkehrte sie die Rollen, ohne jedes Aufsehen, mit einem Lächeln, wobei sie glauben machte, es sei besser so für alle.

Meine Mutter, eine blasse Blume, die zwischen den grauen Steinen eines schlichten Hofes in der Świętogorskastraße in Warschau das Licht der Welt erblickt hatte, die oft schon verpflanzt worden war, die schließlich in Paris wiedererblüht war, verbarg unter ihrer Schönheit und Frische eine große Charakterstärke. Alle wichtigen Entscheidungen hat sie getroffen, besonders die, welche uns dreimal das Leben gerettet haben: die Flucht aus dem Ghetto Richtung Rußland und Usbekistan, die Abreise aus Rußland Richtung Polen und die Flucht von Polen nach Frankreich.

Meine Mutter hat mir auch die Liebe zu Jerusalem wie die zu unserer Tradition vererbt. Wenn sie am Freitagabend die Kerzen für den Sabbat anzündete, grüßte sie die Generationen, die uns vorausgegangen waren und die ebendiese Geste wie eine Beschwörung des Lebens immer aufrechterhalten hatten, und gleichzeitig erwies sie damit der schlichten Schönheit des Rituals und der Einmaligkeit des Augenblicks ihre Ehrerbietung.

»Versetze nicht den alten Grenzstein«, sprach der König Salomo. »Aber wo, Herr, sollte man ihn denn hinstellen«, fragte meine Mutter, »außer wenn man unbedingt einen ganz anderen Weg einschlagen möchte?« Aber das traf auf sie nicht zu. Die Poesie begeisterte sie über alles, eine Poesie aus Liebesliedern und unermüdlichen Gebeten zu Gott.

Deine Heiligkeit blendet mich,
O Jerusalem!

Bei der Ankunft vor deinen Toren
Wie ein Kind
Bei der Ankunft seiner Mutter

Im gleißenden Licht
Deiner Mauern

Fürchte ich das Gefüge deiner Steine …

Erschöpft bin ich in dieser Nacht schließlich eingeschlafen, als die Morgenröte sich im fahlen Licht eines Pariser Frühlingstags zeigte.

An diesem Tag bat ich meine Frau Clara, mir eine Karte von Jerusalem zu bringen und sie an die Wand des Zimmers zu heften, in dem ich noch einige Zeit verbringen sollte, bevor ich wieder nach Hause zurückkehren konnte.

»Willst du deinen Roman über Jerusalem wiederaufnehmen?« fragte sie mich scharfsinnig wie immer.

»Ich weiß nicht«, antwortete ich vorsichtig. »Mal sehen, was mein Herz dazu sagt.«

Was ich nicht wußte, war, daß beim Allmächtigen, gesegnet sei Sein Name, die Würfel bereits gefallen waren.

6

Als Tom am Prospect Park ankam, war der Buick mit seinen zwei Insassen noch immer hinter ihm. Sie gaben sich keinerlei Mühe, nicht aufzufallen. Das was so irritierend, daß Tom sich fragte, ob er nicht paranoid wurde. Schließlich war der Verkehr dicht in Brooklyn, Tausende von Autos fuhren nach Manhattan oder Queens. Gut möglich, daß er sich das alles nur einbildete.

Es gab einen sehr einfachen Weg, das herauszufinden. Nachdem er den Park durchquert hatte und einen knappen Kilometer auf der Flatbush Avenue entlanggefahren war, wechselte er die Spur und bog scharf nach links in Richtung der Universitäten ab. Der Buick ging hart hinter ihm in die Kurve. So schnell wie möglich fuhr er die Fulton Street hoch bis zur U-Bahnstation Lawrence. Dort bog er rechts ab, dann noch einmal rechts in die Myrtle Avenue. Nun hatte er die Antwort: Der Buick folgte ihm wie ein Schatten. Tom schaffte es gerade so, daß ein Auto sich zwischen sie schob, bevor er sich wieder in den leuchtenden Strom der Flatbush Avenue einreihte, der sich mit mittlerer Geschwindigkeit Richtung Manhattan Bridge ergoß.

Zum ersten Mal verspürte er so etwas wie Angst. Daß man ihn verfolgte, war nicht wirklich überraschend. Daß man sich wenig darum kümmerte, ob er es merkte, oder sogar Wert darauf legte, es ihn wissen zu lassen, war ungleich beunruhigender. Warum bedrohte man ihn auf diese Art und Weise? Ganz offensichtlich wußten die Russen nichts von Aarons Diskette; andernfalls hätten sie nicht gezögert, die Wohnung von Frau Adjashlivi zu durchsuchen und Aarons Mutter, falls nötig, umzubringen, um sie zu finden. Sie wollen, daß ich aufgebe, dachte Tom, daß ich eine Heidenangst bekomme, mich in mein Loch verkrieche und die Sache fallenlasse. Daß ich unter keinen Umständen versuche herauszufinden, warum Aaron sterben mußte!

Über den Rückspiegel warf er den unbeirrbaren Umrissen des Buick einen giftigen Blick zu. Ja, er hatte Angst, aber noch nicht genug, um wie ein Hase davonzulaufen. *Hütet euch vor dem Sauerteig der Pharisäer, welches ist die Heuchelei. Es ist aber nichts verborgen, was nicht offenbar wird, und nichts geheim, was man nicht wissen wird*, pflegte der Evangelist Lukas wie auch Toms Großvater zu sagen. »Das gilt euch, ihr Scheißkerle!« schimpfte Tom laut vor sich hin, wobei er seinen Wagen nervös auf die Überholspur Richtung Manhattan Bridge lenkte. Nun kam es nicht mehr in Frage, daß er nach Hause fuhr, um die Diskette zu lesen. Er mußte schnell zur Zeitung kommen. Nur dort war er sicher.

Es schien ihm, als würde er eine Ewigkeit brauchen, um den Times Square zu erreichen. Der Fahrer des Buick ließ ihm nie mehr als zehn Meter Vorsprung, und ihn abzuhängen, daran war nicht zu denken. Tom hatte einen Führerschein, aber nicht die Erlaubnis, am Nascar teilzunehmen.

Er stellte den Wagen auf einem Parkplatz in der Siebenten Avenue, Ecke 44ste Straße Ost ab. Weil er keine Lust hatte, mit der Diskette in seiner Tasche auf dem Bürgersteig herumzuspazieren, sprang er in ein Taxi, das in der Nähe des Wärterhäuschens stand. Der Fahrer, ein Puertorikaner mit rasierten Schläfen, kreischte los, als Tom ihm die Adresse der *Times* nannte.

»Oh, Mann! Das ist doch gleich nebenan! Solltest mal deine Beine benutzen, ist gut für die Gesundheit!«

Als einzige Antwort hielt Tom ihm einen Zehn-Dollar-Schein hin. Der Puertorikaner zuckte mit den Schultern und bediente die automatische Kupplung.

»Jeder wird sein Geld los, wie er möchte, nicht wahr?«

Als das Taxi vor der Zeitung hielt, überholte der Buick es in Schrittgeschwindigkeit. Hinter den Scheiben des Wagens, in denen sich die Neonlichter spiegelten, sah Tom ein rundes und sehr blasses, merkwürdig flaches Gesicht, das sich ihm zuwandte. Es sah aus wie eine Qualle, die zwischen fluoreszierenden Algen an ihm vorüberglitt. Eine Sekunde lang hefteten sich durchsichtige Augen an seinen Blick. Reflexartig und aus Angeberei hob er die Hand und winkte mit den Fingern, was ironisch wirken sollte.

Der Buick fuhr Richtung Broadway davon, und Tom rannte zum Eingang des *Times*-Gebäudes. Es war kurz vor Mitternacht, als er endlich vor seinem Computer saß.

Die Diskette enthielt einen einzigen Ordner mit dem Namen »Für Tom«. Tom öffnete ihn, und es erschienen zwei Dateien. Die eine hieß »Lies mich«, und die andere trug anstelle eines Namens nur drei Sternchen. Tom klickte die erste an.

Lieber Tom,

wenn Du diesen Brief liest, dann, weil mir etwas passiert ist, wie meine liebe Mutter zu sagen pflegt. Etwas Endgültiges, wie ich vermute …

Vor allem möchte ich Dir sagen, daß Du Dich in keinem Fall für meinen Tod verantwortlich fühlen darfst – denn genau darum geht es. Wenn hier der eine dem anderen etwas schuldig ist, dann bin ich es, und nicht Du.

Ich habe Dir über den Tod meines Vaters und meiner kleinen Schwester nicht die ganze Wahrheit gesagt. Nicht aus Mißtrauen, sondern weil es mir – solange das möglich war – besser schien, Du wüßtest es nicht. Leider haben sich die Dinge seit einigen Tagen verändert. Selbst wenn es schwerfällt, das anzunehmen, so glaube ich doch, daß man mich bald wird loswerden wollen. Wenn sie mich umbringen – Du kannst Dir nicht vorstellen, wie merkwürdig es ist, solche Sätze zu schreiben –, dann möchte ich, daß wenigstens einer weiß, warum. Es gibt nur zwei Menschen auf der Welt, denen ich eine solche

Sache anvertrauen kann: meiner Mutter und Dir, Tom Hopkins. Ich bin sicher, Du wirst verstehen, warum ich Dich und nicht sie ausgewählt habe.

Zuerst muß ich Dir eine Geschichte erzählen: die des Jerusalemer Tempelschatzes.

1952 haben Beduinen vom Stamm der Ta'amira in einer Höhle über dem Toten Meer, auf jordanischer Seite, durch Zufall eine fast zweitausend Jahre alte Kupferrolle gefunden. Das sagt Dir vielleicht etwas, denn zwischen Jericho und Massada wurde damals eine ganze Bibliothek von Bibeltexten, aber auch von Kommentaren und Weltuntergangsprophezeiungen, kurz Dutzende in hebräisch oder aramäisch verfaßter Schriftrollen gefunden. Sie haben alles in Frage gestellt, was man bis dato über die Zeit des Judentums vor und nach der Einnahme Jerusalems durch die Römer im Jahr 70 nach Christus, und damit auch über Jesus und die Anfänge des Christentums, zu wissen glaubte. Seitdem beziehen sich die Gelehrten auf sie als die »Schriften vom Toten Meer« oder die »Rollen von Qumran«.

Aber die Rolle, die von den Beduinen der Ta'amira gefunden wurde, ist anders als die anderen. Die Wissenschaftler, die sie untersuchten, vor allem ein deutscher Spezialist, ein gewisser K. G. Kuhn, entdeckten, daß sie nicht, wie die anderen, biblische Texte enthielt, sondern eine merkwürdige Liste, die das Versteck eines Schatzes zu beschreiben schien.

Auch ihr Kupfer ist ungewöhnlich rein, es enthält nur ungefähr ein Prozent Zinn, was sie wohl vor der Oxidation und damit vor der Zerstörung bewahrt hat. Vor einigen Jahren war eine französische Forschergruppe damit beauftragt, die Rolle zu restaurieren und eine möglichst genaue Abschrift anzufertigen, damit man sie lesen könne.

Heute befindet sich das Original der Schriftrolle wieder in Jordanien, wo es im Archäologischen Museum von Amman aufbewahrt und, wie es scheint, in einer Vitrine gemeinsam mit einigen Dutzend antiker Pergamentfragmente ausgestellt wird. Sie wird Tag und Nacht von einer großen Zahl von Soldaten und Polizisten in Zivil bewacht. Aber der Text der Rolle ist inzwischen übersetzt, und man kann ihn sich relativ leicht beschaffen.

Kuhn glaubte, dort seien vierundsechzig Verstecke aufgeführt, vierundsechzig geheime, nahe der Altstadt von Jerusalem gelegene Orte, an denen unglaubliche Reichtümer gelagert sind. Der Inhalt eines jeden Verstecks ist genau bezeichnet: Schriften, Kultobjekte, rituelle Gefäße, wertvolle Steine. Und vor allem Gold und Silber! Die Menge des Goldes oder des Silbers ist immer in der Maßeinheit der damaligen Zeit, in Talenten, angegeben. Wenn man alles zusammenzählt, enthalten die Verstecke etwa 4630 Talente. Das genaue Gewicht eines Talents ist schwer zu ermitteln, aber soweit ich verstanden habe, besteht der Schatz, so es ihn tatsächlich gibt, aus ungefähr 60 Tonnen Edelmetall. Bei circa 9000 Dollar pro Kilo kommt man auf über eine halbe Milliarde Dollar!

Einziges kleines Problem: Die Hinweise auf die Verstecke sind verschlüsselt. Ein Kode für Eingeweihte. Heute versteht keiner mehr diese Rätsel, jedenfalls gelingt es seit dreißig Jahren niemandem, sie zu lösen. Die Ortsangaben sind recht verwirrend, wie bei einer Schnitzeljagd: »In der Grabstätte des Ben Rabbah ha-Shalshi« oder »In dem Bassin östlich von Kohlit« (den gesamten Text findest Du in der anderen Datei). Natürlich weiß heute kein Mensch mehr, wer dieser Ben Rabbah war, noch, wo sich das Bassin oder auch nur Kohlit befinden!

In den 2000 Jahren, die seit der Beschriftung der Rollen vergangen sind, wurden die Ortsnamen mehrfach geändert, zuerst von den Christen, dann von den Arabern und dann wieder von den Juden. Es gibt wohl alte biblische Karten, vor allem in der Pariser Nationalbibliothek, die Hinweise geben können. Aber sie werden sicher sehr ungenau sein, man muß sie interpretieren, ganz wie die Ortsangaben.

Letztes kleines Ärgernis: Du wirst sehen, daß das vierundsechzigste Versteck ein an den Schatzsucher gerichtetes spöttisches Augenzwinkern ist. Dort ist nämlich angegeben, daß es den Schlüssel zu dem Kode, also das Geheimnis der anderen Verstecke, enthält, »mit Erklärungen und Maßangaben und genauer Beschreibung«. Jetzt muß man nur noch das 64. Versteck selbst finden: »Im Gang des Lisse-Felsens nördlich von Kohlit, der sich gegen Norden hin öffnet und an dessen Eingang sich Gräber befinden!«

Verstehst Du jetzt, was ich meine?

Im Grunde haben sich die Geschichte und das Leben in Jerusalem über den Schatz gelegt und seine Spuren verwischt. Vielleicht sind einige Verstecke schon durch Zufall vor Jahrhunderten entdeckt und ausgeraubt worden. Kurzum, der Tempelschatz von Jerusalem macht dich meschugge, noch bevor er dich reich macht!

Dennoch ist mein Vater seinetwegen gestorben.

Vor fünfzehn Jahren, als ich noch ein Kind und Monja gerade geboren war, haben wir Georgien verlassen, um in Moskau zu leben. Das war der letzte Versuch, in der UdSSR zu bleiben, den mein Vater sich vor der Auswanderung nach Amerika einräumte. Er hatte als Elektriker ziemlich schnell Arbeit in der Lenin-Bibliothek in der Wosdwishenkastraße gefunden. Er war sehr zufrieden damit, es war ein sicherer und ruhiger Job. Die Gebäude der Bibliothek zerfielen zusehends, wie der Rest des Landes: mangelnde Instandsetzung, mangelnde Kredite. Die elektrischen Anlagen stammten aus den fünfziger Jahren und hätten völlig erneuert werden müssen. Der Direktor lebte ständig mit der Angst vor einem Kurzschluß, der seine kostbaren Sammlungen in Rauch hätte aufgehen lassen. Mein Vater wurde eingestellt, um zu flicken, was noch zu flicken war. So ist er also von morgens bis abends hinter irgendwelchen Schäden hergewesen, und das gut und gerne drei Jahre lang, bis zum Februar 1985.

Er hat mir nicht alle Einzelheiten erzählt, aber aufgrund einer Panne im Kellergeschoß entdeckte er eines Tages, daß der für die alten Manuskripte zuständige Kurator einen einträglichen Handel mit den Dokumenten trieb, die er konservieren sollte. Dieser Kerl war auch Professor am Historischen Museum am Roten Platz. Er hieß und heißt immer noch: Moses Jefimowitsch Sokolow.

Es gibt, wie Du vielleicht nicht weißt, in Moskau noch Zehntausende alter, zum Teil sehr alter Dokumente, die wahrscheinlich in Kellern oder dunklen Büros vergraben sind! Sie kommen aus allen Ländern Europas und aus dem Mittleren Osten. Darunter finden sich Papyrusrollen, aramäische Schriften und hebräische Texte aus der vorchristlichen Zeit. Die wertvollsten waren immer unter Verschluß, außer für Sokolow, versteht sich! Und Sokolow hat heimlich einige dieser Seltenheiten an Sammler oder manchmal auch an andere Museen im Westen verkauft.

Für meinen Vater, der diesen Handel entdeckt, sieht alles so einfach aus. Er sagt sich, daß er auch unser Schicksal verbessern könnte, indem er ein oder zwei Manuskripte stiehlt und damit endlich seinen großen Traum verwirklicht: nach Amerika auszuwandern! Er ist kein Gelehrter wie Sokolow, und er kennt die Kanäle der Käufer nicht. Aber er ist wild entschlossen und glaubt noch, daß in den Vereinigten Staaten alles möglich ist. Dort wird er sicherlich einen Käufer finden. Die Amerikaner sind reich, die kaufen alles …

Einen ganzen Tag lang denkt er nach. Dann sagt er sich: Es ist in Ordnung, ich kann es machen. Bedingung: Er muß die Dokumente stehlen, solange er im Keller, in Sokolows Höhle, arbeitet, die normalerweise durch eine gepanzerte Tür verschlossen ist. Und die ganze Familie muß Moskau verlassen, sobald er die Schriften aus der Lenin-Bibliothek entwendet hat.

Am nächsten Tag geschah ein Wunder: Sokolow wurde krank. Eine ziemlich ernste Sache mit den Lungen, man brachte ihn ins Krankenhaus. Vielleicht hatte er auch Schwierigkeiten mit der Partei – damals wußte man nie, was »Krankheit« bedeutete … Wie auch immer, es kam unverhofft: Der Kurator würde für mindestens zwei Wochen ans Bett gefesselt sein. Man gab meinem Vater Anweisung, die Reparaturen in aller Eile zu beenden. Ein Milizsoldat bewachte die Sammlungen. Er war alt und vom Wodka zerrüttet, am Nachmittag konnte er sich kaum noch auf den Beinen halten. Mein Vater war nie sehr gläubig, aber in diesem Moment sagte er sich, daß Gott ihm wohl ein Zeichen gebe. Außerdem fiel, solange Sokolow nicht da war, das Risiko weg, daß man auf den Diebstahl aufmerksam wurde und ihn, den kleinen Elektriker Jewgeni Adjashlivi, damit in Verbindung brachte, noch bevor er weit von Moskau entfernt war.

Er hatte notiert, wo Sokolow die wertvollsten Schriften aufbewahrte. Drei nahm er mit: zwei kleine, kaum größer als ein Briefumschlag, und einen Papyrus von fast fünfzig Zentimetern Länge. Er versteckte sie in der Blechbüchse, die seine Zinnstäbe zum Löten enthielt. Drei Tage später brachen wir zur Krim auf. In Dalnik, ganz in der Nähe von Odessa, kannte mein Vater Leute, die Familien in Containern auf die andere Seite des Schwarzen Meeres brachten; seit Breshnews Tod im Jahr 1982 wurde es immer leichter, die UdSSR zu verlassen, wenn man die entsprechenden Mittel besaß. Im Frühling des besagten Jahres war es so leicht wie nie zuvor: Tschernenko, dieser Greis, verstarb, während wir in Dalnik waren. Alles ging den Bach runter. Vielleicht nicht so wie heute, aber fast.

Kaum zwei Monate später haben wir in Coney Island eine Wohnung gesucht!

So einer war mein Vater. Wenn er eine Entscheidung getroffen hatte, konnte ihn nichts mehr aufhalten.

Dennoch begann er auf der Reise nach Westen nachzudenken und sich Sorgen zu machen. Je mehr er nachdachte, um so schwieriger erschien ihm, was er sich im Keller der Wosdwishenkastraße so einfach vorgestellt hatte. Wie sollte er die Papyri zu Geld machen, wo er doch nicht einmal genug Englisch sprach, um sich eine Hose zu kaufen? Und an wen sollte er sich wenden? Es kam nicht in Frage, sich an die Russen der Gemeinde zu wenden: Das würde nur Ärger bringen. Man würde ihm die Schriften klauen oder ihn verraten. Und angenommen, er fände einen seriösen Antiquar, dann würde der doch wissen wollen, wie er zu den Papyri gekommen sei, wo er doch nicht einmal verstand, was genau sie enthielten. Ein unseriöser Antiquar jedoch, vielleicht sogar alle Antiquare, würde ihn ausnutzen und ihn dazu bringen, die Papyri zu einem Schleuderpreis zu verkaufen ... Als er Sokolow belauscht hatte, hatte er mitgekriegt, daß diese sehr alten Dokumente jüdisch sein mußten. Aber er würde sich sicherlich nicht trauen, damit in eine Synagoge zu gehen, um sie dort vorzuzeigen. Seine Scham war zu groß. Oder aber er müßte sie den Rabbinern aushändigen ...

Sobald wir in Coney Island waren, bestätigten sich all seine Befürchtungen. Little Odessa war unser neuer Dschungel, und ohne Geld war es hier sogar noch schwieriger zu leben als in Moskau! Bis zu diesem Zeitpunkt hatte mein Vater natürlich meiner Mutter von den Papyri noch nichts erzählt, aber er hatte sie glauben lassen, daß er genügend Geld habe, um sich in Amerika niederzulassen ... Eine Woche nach unserer Ankunft erklärte er ihr, daß uns gerade noch genug bliebe, um genau einen Monat davon leben zu können.

Zwei Jahre lang schliefen die Papyri in dem Plastikalbum mit den Fotos von meinen Großeltern. Mein Vater und meine Mutter schlugen sich durch wie alle Russen in Brooklyn. Und wir überlebten. Aber mein Vater bekam langsam Gewissensbisse. Außerdem geschah noch etwas anderes. Jetzt, wo er sich nicht mehr verstecken mußte, fühlte er sich mehr und mehr als Jude. Er begann, eifrig in die Synagoge zu gehen, und befand, daß die ganze Angelegenheit mit den Papyri nur ein Umweg gewesen sei, über den der Allmächtige ihm den Willen und die Kraft gegeben hatte zu tun, was er sich seit jeher wünschte: nach Amerika zu gehen! Noch konnte er sich nicht dazu entschließen, und doch sagte er sich, daß er eines Tages die Schriften aus dem Album nehmen und sie einem Rabbiner übergeben würde.

Aber dann … Im August 1988 habe ich mich mit den Ukrainern der Balagula-Bande am Manhattan Beach geprügelt. Ich versuchte wie alle, geschmuggeltes Benzin zu verkaufen. Zwei Messerstiche habe ich eingesteckt. Es tat sehr weh, aber es schien nicht weiter schlimm zu sein. Meine Mutter hat mich gepflegt, wie sie es immer getan hat. Ärzte, Medikamente und Krankenhäuser haben wir stets gemieden: Wir hatten nichts, womit wir hätten bezahlen können, und auch nicht die geringste Versicherung. Das echte amerikanische Leben! Und wir wollten auch keinen Ärger mit der Polizei. Meine Eltern hatten noch immer nicht die berühmte Green Card.

Meine Wunden entzündeten sich, und in meinem Zimmer begann es übel nach Wundbrand zu riechen. Eines Morgens stieg mein Fieber so hoch, daß ich ins Delirium fiel. Ohne ein Wort nahm mein Vater den kleinsten Papyrus aus dem Album und suchte einen jüdischen Arzt aus Gravesand auf. Daraufhin verbrachte ich zwei Wochen in einer piekfeinen Klinik, und meine Wunden verheilten. Am Tag meiner Entlassung fragte der Arzt meinen Vater, ob er noch andere Papyri habe. Er versicherte ihm, dies sei nicht der Fall, aber nachdem er mehrere Stunden in der Synagoge verbracht hatte, verschwand er und blieb bis zum nächsten Abend fort. Er kam mit leeren Händen wieder. Erst Jahre später, am Tag vor seinem Tod, habe ich erfahren, warum. Er hatte sich der beiden Papyri entledigt, die ihm noch geblieben waren. Wo? Das blieb ein Geheimnis.

»In Sicherheit, dort, von wo sie niemals hätten entwendet werden dürfen!«

Mehr hat er mir darüber nicht sagen wollen: »Du brauchst es nicht zu wissen. Es ist schon mehr als genug, wenn du weißt, daß dein Vater über Jahre ein Dieb der Erinnerung war!« Ich bin sicher, daß er Sokolow nichts gesagt hat.

Es tut mir leid, Tom, daß ich so weit ausholen mußte, aber langsam fängst Du sicher an, den Rest zu erraten.

Im März 1985, gleich nach seiner Rückkehr in das Kellergeschoß der Wosdwishenkastraße, hat Sokolow den Diebstahl bemerkt. In seiner Unwissenheit hatte mein Vater mit dem großen Papyrus das wichtigste all seiner Dokumente an sich genommen: einen Text, der relativ genau das vierundsechzigste Versteck der Kupferrolle beschreibt! Seit Jahren wußte Sokolow, daß er damit höchstwahrscheinlich den wichtigsten Schlüssel zum Rest des Schatzes in Händen hielt! Als die Arbeit der Franzosen ein fehlerfreies Lesen der Rolle ermöglichte, war er sich sicher. Natürlich hat er diese Erkenntnis niemals öffentlich gemacht. Er wartete geduldig, bis er die Freiheit und die Mittel hatte, auf eigene Faust direkte Nachforschungen in Jerusalem anzustellen.

Du kannst Dir seine Wut vorstellen, als er den Diebstahl entdeckte! Er brauchte nicht lange, um die Identität des Schuldigen zu erraten: der kleine Elektriker, der die heruntergekommene Anlage der Bibliothek reparierte. Aber was sollte er tun? Den Direktor der Bibliothek alarmieren? Die Polizei, den KGB? Vielleicht würde man meinen Vater und die Schriften wieder aufspüren, aber das würde Sokolow nichts nützen. Der Schlüssel des Schatzes käme an die Öffentlichkeit. Oder ein anderer, der weniger verletzbar war als mein Vater, einer aus der Partei, würde davon profitieren. Aus und vorbei mit den Tonnen von Gold!

Also hat Sokolow geschwiegen und der Zeit vertraut, wohl ahnend, daß der Elektriker Adjashlivi nicht so schnell Gelegenheit haben würde, die Papyri zu verkaufen. Sieben Jahre lang hat er gewartet.

Verstehst Du, mein Freund? Sieben Jahre Schweigen. Er muß jeden Tag, jede Woche ängstlich darauf gewartet haben, daß jemand die Nachricht von dem Fund eines überwältigenden Schatzes in der Nähe von Jerusalem meldete! Du kannst Dir vorstellen, was für eine Sorte Mensch das sein muß. Solltest Du ihm jemals begegnen, was ich hoffe, erinnere Dich daran.

Der Tempelschatz aber blieb verschollen, und Sokolow erntete die Früchte seiner Geduld.

1992, Untergang der Sowjetunion und Beginn der Glanzzeit der Mafiosi. Innerhalb von sieben Jahren war Sokolow sehr reich geworden. Sowie das alte System zusammenbrach, bot er seine Dienste freizügig der Mafia an: Unterabteilung Kultur und Verkauf ehemals sowjetischer Kunstschätze! Als Gegenleistung bediente er sich der Mafiosi, um uns wieder aufzuspüren. Die Jagd begann. Sie war nicht sehr schwierig. Nachdem er sichergehen konnte, daß wir weder in Rußland noch in Georgien waren, erriet er schnell, daß wir entweder nach Israel oder Little Odessa gegangen sein mußten. Und die Werbung für den »Waschsalon Adjashlivi« war im russischen Telefonbuch von Brooklyn eingerahmt!

Sokolow kam höchstpersönlich nach New York. Er traf meinen Vater und bedrohte ihn. Mein Vater erzählte ihm Märchen: Er habe die drei Schriften für einen Apfel und ein Ei an einen Antiquar in der Kicks Street verkauft. Der Antiquar hatte seinen Laden zwar bereits vor drei Jahren geschlossen, aber die Ausrede erschien meinem guten Papa schon ausreichend. Sokolow begriff natürlich sehr schnell, daß mein Vater ihm Unsinn erzählte. Er ließ meine kleine Schwester entführen. Monjas Freiheit und Unversehrtheit gegen die Papyri …

Am Abend der Entführung erzählte mein Vater mir endlich die ganze Geschichte. Er weinte vor Scham und Schuldgefühl. Für mich aber war der Augenblick, in dem ich später erfuhr, wie sie sie umgebracht haben, noch entsetzlicher. Ich habe ihn gefragt, ob er Monja retten werde. Er hat mir geantwortet: »Ich kann nicht, Aaron! Ich habe mit diesem Diebstahl eine zu große Sünde begangen: Ich habe das Böse entfesselt. Ich habe es aus dem Keller der Wosdwishenkastraße in die Welt hinausgeführt. Wenn dieser Sokolow die Papyri noch einmal in die Hände bekommt, wird er nach Jerusalem gehen und den Schatz entweihen, die Heilige Stadt entweihen. Dafür wird er so viele Juden töten wie nötig …«

Wir haben uns gestritten. Ich habe ihm gesagt: »Wenn du ihm die Schriften nicht gibst, wird er dich umbringen, und

Monja wird er noch vor dir töten. Du weißt, was das für Typen sind, du kennst sie seit Jahren!«

Er nickte: »Ja, ja, mein Sohn, ich weiß. Ich weiß es genau. Sie werden uns töten. Aber danach wird es keinen weiteren geben, der getötet werden muß!«

Ich glaube, ich hatte Lust, ihn zu schlagen. Ich schrie: »Denkst du denn gar nicht an uns? Wie kannst du so etwas tun? Da kannst du ja gleich auf Monja schießen, das wird sie genauso sicher umbringen!« Er antwortete mir, ohne laut zu werden, daß er dies wohl wisse, daß aber der Allmächtige es ebenso wisse. Geheiligt werde Sein Name.

Was ich auch sagte, er wiederholte nur, daß er sich von Anfang an geirrt habe. »Als ich die Papyri gestohlen habe, hätte ich nach Israel gehen sollen statt hierher. Wenn du die Wahrheit wissen willst: Ich habe das Goldene Kalb angebetet. Aber woher sollte ich das wissen? Ich hätte dem Allmächtigen näher sein müssen, geheiligt werde Sein Name! Leider habe ich niemals einen Fuß in eine Synagoge gesetzt. Ich habe einen Fehler nach dem anderen begangen, mein Sohn. Das ist die ganze Wahrheit.«

Wieder bat ich ihn, Monja zu retten und Sokolow alles zu erklären. Noch war es möglich. Er hat sich erhoben und mich angeschaut, als hätte ich noch immer nichts verstanden. Dann hat er die Hand auf meinen Kopf gelegt: »Hältst du mich für so leichtgläubig, mein Sohn? Glaubst du, sie ließen uns am Leben und Monja in Brighton Beach herumlaufen, wenn ich sage, wo die Schriftstücke sind? Aaron, wir sind bereits tot. Das einzige Übel, das ich ihnen antun kann, die einzige Macht, die ich gegen sie ausspielen kann, ist das Schweigen. So wirst du vielleicht überleben, und auch deine Mutter.«

Es war noch nicht ganz hell, als er von uns wegging, nachdem er mit meiner Mutter gebetet hatte. Als er in der Tür stand, sagte sie zu ihm: »Ich weiß nicht, was du vorhast, Jewgeni. Nie habe ich gewußt, warum du eher das eine als das andere tatest, warum wir lieber hier- als dorthin gehen mußten.

Bis heute hat es mich nicht gestört. Aber dieses Mal kommst du nicht ohne Monja wieder, oder ich bin diejenige, die dich töten wird.«

Den Rest kennst Du.

Naja, fast.

Wer weiß, ob mein Vater nicht recht hatte? Ob ich nicht meinerseits die Papyri wiederfinden und Monja rächen wollte.

Tom Hopkins, Dir, der Du mein einziger Freund warst während dieser letzten Monate, werde ich sagen, warum Sokolow mich töten will. Du kannst es dann dabei belassen oder über das nachdenken, was ich Dir vorschlagen werde.

7

Es war fast vier Uhr morgens, als Ed Bernstein ihm in einem lila-grün gestreiften Morgenmantel und mit Augenlidern, die sich kaum über seinen trägen Blick hoben, die Tür öffnete. Im Licht der Deckenbeleuchtung sah der nachwachsende Bart auf seinen Wangen aus wie Metallstaub. Er musterte Tom, als stünde ein Wahnsinniger vor ihm.

»Jetzt, Hopkins«, sagte er mit benommener Stimme, »gehen Sie zu weit!«

»Ich muß Sie unbedingt sprechen.«

Bernstein musterte ihn noch einmal von Kopf bis Fuß, und Tom begriff, daß er einen passenden Satz suchte, den er ihm an den Kopf werfen konnte, bevor er ihm die Tür vor der Nase zuschlagen würde.

»Ed, lassen Sie mich reinkommen. Seit gestern sind mir die Russen auf den Fersen. Ich habe unvorstellbare Dinge erfahren. Sie hatten recht, was Aarons Tod betrifft. Es gab noch einen anderen Grund, etwas, das Sie kaum glauben werden!«

»Ich kann es schon jetzt kaum glauben«, seufzte Bernstein.

Seine Hand ließ die Klinke los. Er drehte sich um und verschwand im Flur.

Mit zwei Schritten war Tom in der Wohnung und verschloß sorgfältig die Tür hinter sich.

»Ich mache Kaffee«, sagte Bernstein.

Tom ging ins Wohnzimmer, das gleichzeitig auch als Büro oder Archiv diente, ganz wie man wollte. Tom räumte einen Stapel mexikanischer Zeitschriften zur Seite und ließ sich in einen Sessel fallen. Bis Bernstein mit dem Kaffee wiederkam, war er fast eingeschlafen.

»Herrgott noch mal, Sie haben mich doch wohl nicht mitten in der Nacht aus dem Bett geholt, um in meinen Sesseln zu pennen!« schimpfte sein Chef.

»Ich kann mich nicht einmal mehr erinnern, wann ich das letzte Mal geschlafen habe.«

»Ich schon, sehr gut sogar. Worum geht es?«

»Es ist eine unglaubliche Geschichte ...«

Tom erzählte in allen Einzelheiten von seinem Zusammentreffen mit Aarons Mutter, von seiner Rückfahrt und dem Inhalt der Diskette. Als er wieder Atem schöpfte, war Bernstein hellwach und schüttelte ungläubig den Kopf.

»Dieses junge Mädchen ist also für ein blödes Stück Papier gestorben? So was kriegen nur die Juden fertig! Erst kommt die Vergangenheit, dann das Leben! Jüdisch und russisch obendrein – abgesehen von den Juden kenne ich keine größeren Dickschädel als die Russen. Anders hätte der Kommunismus wohl nie funktioniert ... und auch Israel würde es nicht geben. Dieses arme Kind hatte überhaupt keine Chance.«

Tom hatte Bernstein noch nie zuvor so sentimental erlebt. Es mußte daran liegen, daß er mitten in der Nacht so unsanft geweckt worden war.

»Könnte ich noch etwas Kaffee haben, Ed? Mir wird langsam schwindlig.«

Bernstein seufzte und erhob sich aus seinem Sessel.

»Nun ja. Vielleicht wollen Sie auch etwas essen? Ich habe den Eindruck, diese Art von Geschichten weckt Ihren Appetit. Sie haben das Gefühl, mitten in einem Roman gelandet zu sein, nicht wahr? Und Sie finden das aufregend!«

Tom gelang es zu lächeln.

»Es ist besser als ein Roman. Ich wollte immer Journalist werden, um auf eine solche Geschichte zu stoßen! Und im Moment habe ich das Gefühl, auf der Welt zu sein, um diese hier zu erleben ...«

Bernstein glitt in seinen Pantoffeln Richtung Küche und schüttelte den Kopf.

»So was habe ich in Ihrem Alter auch gesagt. Aber passen Sie auf, Sie werden ein bißchen zynisch, mein Junge.«

Während Bernstein sich in der Küche zu schaffen machte, ließ Tom sich etwas kaltes Wasser über das Gesicht laufen. Nein, das war kein Zynismus. Erleichterung darüber, nicht schuld an Aarons Tod zu sein, das gewiß, und eine große Erregung bei der Aussicht, daß er seiner Arbeit als Journalist nachgehen und gleichzeitig tun könnte, worum Aaron ihn gebeten hatte.

Bernstein kam mit dem Kaffee, zwei verpackten Bagles, holländischem Käse, einem Glas Milch und zwei leeren Gläsern zurück. Er stellte das Tablett auf zwei Bücherstapel und holte eine Flasche Bourbon aus einem kleinen, mit iranischen Ornamenten verzierten Möbelstück, einem Überbleibsel aus der Zeit seiner großen Reportagen. Er füllte die Gläser zur Hälfte. Das eine gab er Tom, als er aus dem Bad wiederkam.

»Trinken Sie einen Schluck Bourbon, dann die Milch und dann den Kaffee. In dieser Reihenfolge. Bevor Sie tot umfallen, wird Ihr Verstand hellwach sein ... Was enthält die andere Datei auf der Diskette?«

»Die englische Übersetzung der vierundsechzig Rätsel aus der Kupferrolle ... Recherchen zu den Dorfnamen zu Lebzeiten Jesu oder auch früher, zu den Namen der Menschen, die in der Rolle erwähnt werden, schließlich Hinweise für weitere Recherchen: wo man suchen muß, wo man die Karten findet und so weiter, außerdem eine Liste der Orte, an denen sein Vater die Papyri versteckt haben könnte: Bibliotheken, Archive der Synagoge ... Aaron hat sie sich alle sorgfältig angesehen, er hat die Fragen, die er dabei gestellt hat, sowie die erhaltenen Antworten notiert. Das hat ihn aber nirgendwohin geführt ...«

»Moment, war er wirklich so bekloppt, die Schatzsuche auf eigene Faust wiederaufzunehmen?«

»Nein! Er wollte nur, daß Monjas Tod nicht ganz und gar sinnlos war. Sein Plan bestand darin, die Papyri wiederzufinden und dann zu tun, was sein Vater unbedingt hatte vermeiden wollen: die ganze Geschichte an die Öffentlichkeit bringen, vom Diebstahl aus der Bibliothek bis zu den Morden.«

»Mir Ihrer Hilfe natürlich.«

»Warum nicht? Stellen Sie sich das doch mal vor, Ed! Wenn dieser Papyrus tatsächlich den Schlüssel zu den Rätseln der Kupferrolle enthalten sollte, hätte er, als Geschenk an die Forscher der Universität von Jerusalem zum Beispiel, die Entdeckung des Schatzes ermöglichen können. Sokolow hätte alles verloren und wäre vielleicht sogar im Knast gelandet, Aaron hätte etwas Konkretes gegen ihn in der Hand gehabt ...«

»Schöner Traum«, sagte Bernstein mit spöttischem Lächeln und trank einen Schluck Bourbon.

»Er hatte keine Wahl. Entweder er schwieg für immer und ließ Staubschicht über Staubschicht sich anhäufen, wie Sie sagen, oder er suchte den Beweis dafür, daß Sokolow seinen Vater und Monja wegen des Schatzes getötet hatte. Und der Beweis waren die Papyri, die sein Vater versteckt hatte. Ohne sie hätte niemand die Geschichte geglaubt, schon gar nicht die Polizei! Selbst wir nicht. Sie hätten mich niemals eine einzige Zeile von einer solchen Geschichte veröffentlichen lassen ohne einen Beweis.«

»Stimmt genau.«

»Und heute glauben Sie sie auch nur, weil Aaron tot ist!«

»Ich habe nicht gesagt, daß ich sie glaube. Ich höre Ihnen nur zu, Hopkins! Also hat Sokolow gewußt, daß Aaron die Papyri suchte, und ihn umgebracht? Warum, wo er doch nichts gefunden hat?«

Tom schwieg einen Augenblick, die Augen geschlossen. Die von Bernstein zusammengestellte Mischung begann eine leichte Euphorie in ihm auszulösen, und er fühlte sich, als würde er sich aufspalten: Sein Geist blieb vergleichsweise luzide, während sein Körper schwerer und schwerer wurde. Ohne die Augen wieder zu öffnen, fuhr er, wie zu sich selbst gewandt, fort:

»Aaron vermutete, Sokolow behielte ihn im Auge in der

Hoffnung, daß er ihn zu den Papyri führen werde. Also hat er ein Jahr lang den braven jüdischen Studenten gespielt, der mehr und mehr Zeit in den Bibliotheken und Synagogen verbringt, um etwas über die Geschichte Israels, Jerusalems und des Schatzes zu erfahren. Er ist selbst dabei fraglos immer mehr zu einem ernsthaft gläubigen und praktizierenden Juden geworden. Das ist eine merkwürdige Sache – ich werde darüber nachdenken müssen. Weil nichts geschah und er sich auch nicht bedroht fühlte, hat er seine Deckung schließlich aufgegeben und sich auf die Suche nach den Schriften gemacht, indem er verschiedene Leute befragte … Aber er hat nichts gefunden. Bis ihm irgendwann Zweifel kamen, ob sein Vater sie am Ende nicht zerstört oder von einer Brücke geworfen hatte. Das war nicht nur gut möglich, es wäre auch einfach gewesen …«

»Und das hat er wahrscheinlich auch getan, der Idiot!« sagte Bernstein zähneknirschend, mit einer vom Bourbon gesteigerten Feindseligkeit.

»Glaube ich nicht, und Aaron auch nicht: Um sie in den Hudson zu schmeißen, hätte Vater Adjashlivi nicht für vierundzwanzig Stunden verschwinden müssen. Aaron denkt, daß er New York verlassen hat. Um wohin zu gehen? Er kannte niemanden, aber er hat in der Synagoge jemanden kennenlernen können, der ihn zum Beispiel auf eine andere Synagoge verwiesen hat. Und dieser Jemand erinnert sich heute nicht mehr daran – das alles ist fünf Jahre her – oder verschweigt es ganz bewußt. Es gibt da noch irgend so eine Sektengeschichte, aber das ist eine Vermutung.«

»Eine Sekte? Bei den Juden?«

»Die Karäer. Eigentlich war Aarons Vater Karäer. Das ist eine Sekte, die etwa im achten Jahrhundert in Babylon entstanden ist. Die Karäer erkennen den Talmud, das gesprochene Gesetz, nicht an, nur die Thora, das geschriebene Gesetz. Ihnen ist das vielleicht bekannt, aber mir mußte Aaron es erklären. Die Karäer haben große Ehrfurcht vor den alten

Texten. Vor Jahrhunderten haben sie Israel und den Mittleren Orient verlassen und sich in Mitteleuropa angesiedelt, bis nach Georgien. Aber wie dem auch sei, es ist eine Sackgasse. Vater Adjashlivi ist seine Sache gelungen: Die Papyri sind heute ebenso unauffindbar, wie wenn sie in der judäischen Wüste vergraben wären!«

»Das erklärt immer noch nicht, warum die Russen Aaron getötet haben.«

»Dazu komme ich jetzt.«

Tom trank sein Glas Milch aus und goß sich noch einen Kaffee ein. Vor Müdigkeit verkrampfte sich seine Schultermuskulatur. Aber sein Geist blieb klar. Während er sprach, verstand er Aarons Geschichte besser als vorher, als er sie auf dem Bildschirm des Computers gelesen hatte. Er fragte sich, was die Männer aus dem Buick in diesem Moment wohl taten. Obwohl er Ed gesagt hatte, daß sie seit gestern hinter ihm her waren, hatte er sie nirgends ausmachen können, als er aus der Redaktion gekommen war, und es schien, als habe auch niemand versucht, ihm bis hierher zu folgen. Er wußte nicht, ob er darüber besorgt oder erfreut sein sollte. Vielleicht war das ja das Ziel dieser Art von Beschattung: einen so lange in Alarmzustand zu halten, bis die Wachsamkeit schließlich nachließ. Was Aaron am Ende passiert war …

»Hopkins, ich bin es nicht, der Sie gebeten hat zu kommen! Wenn Sie ein Nickerchen machen wollen, sagen Sie es lieber gleich!«

»Nein, ich bin fast fertig. Aaron hat die Papyri nicht gefunden, aber das konnte Sokolow nicht wissen. Je mehr Aaron gesucht hat, um so weniger hat er gefunden und um so unachtsamer wurde er. Eines Abends sind Sokolows Männer dann in den Waschsalon seiner Mutter gekommen, als er gerade die Abrechnung machte. Sie haben ihn die ganze restliche Nacht verprügelt und ausgequetscht. Schließlich hat er zugegeben, die Papyri – vergeblich – gesucht zu haben. Er hatte keine Wahl. Er hat versucht, sie glauben zu machen, er habe nur das

Rätsel eines der Verstecke entschlüsseln, nach Jerusalem gehen und sich ein bißchen Gold unter den Nagel reißen wollen. Das war glaubwürdig, aber Sokolow ist alles andere als ein Idiot. Er hat ihm die Geschichte natürlich nicht abgekauft, sondern nur so getan, in der Absicht, ihn und das, was er bereits herausgefunden hatte, zu benutzen. So hat er zunächst nur Aarons Notizen und seinen Laptop mitgenommen. Am nächsten Tag sind sie wiedergekommen und haben sie ihm zurückgegeben: »Such weiter. Wenn du was findest, sagst du es uns. Wenn du uns auch nur das Geringste verschweigst, stirbt deine Mutter vor deinen Augen. Denk an deinen Vater und deine Schwester!« Er saß in der Klemme! Wieder ging die Erpressung los ... Aaron hat verstanden, daß sie ihn nie wieder in Ruhe lassen würden. Was auch immer er täte, sie würden ihm ständig auf die Finger gucken. Zu diesem Zeitpunkt hat er mich kontaktiert, um mir zu erzählen, wie die Mafia in Little Odessa funktioniert. Es blieb ihm nur noch dieses eine Mittel, um Zeit zu gewinnen: Falls die Polizei die Artikel jemals benutzen sollte, um dem Ameisenhaufen einen Tritt zu versetzen, bekäme Sokolow das zu spüren. Und wenn nicht, hätte Aaron sich wenigstens ein bißchen gerächt, indem er die Aufmerksamkeit auf die Organisazija lenkte.«

»Warum Sie als Ansprechpartner?«

»Ich weiß nicht.«

Bernstein setzte zu einer Bewegung in Richtung Bourbon an, hielt sich aber zurück.

»Und nun?«

»Ich werde tun, worum er mich bittet.«

»Das wäre?«

»Seine Nachfolge antreten.«

»Sind Sie nicht ganz klar im Kopf?«

»Aaron ist ... war überzeugt davon, daß Sokolow nun alles in Bewegung setzen wird, um den Schatz zu finden, oder wenigstens einen Teil davon. Mit den Informationen, die er zusammengetragen hat, ist es vielleicht möglich, zwei der Rätsel zu lösen. Sokolow weiß das. Ich aber habe eine Länge Vorsprung vor ihm: Ihm fehlen noch die Einzelheiten. Aaron hat mir Hinweise gegeben, Ansatzpunkte für die Suche, die nicht in dem Computer waren, die der Mörder vorgestern mitgenommen hat. Man muß bestimmte Namen auf den Karten überprüfen, die in der Pariser Nationalbibliothek liegen, und dann in Jerusalem … Entweder ich finde eines der Verstecke vor Sokolow und schreibe eine Reportage, in der die ganze Geschichte aufgedeckt wird, oder ich finde es nicht, träfe dann aber mit großer Wahrscheinlichkeit auf die Mafia, die gerade die Wüste umgräbt. In beiden Fällen kann man daraus einen sensationellen Artikel machen, meinen Sie nicht?«

Bernstein schaute Tom mit großen Augen an, schüttelte den Kopf und schlug sich mit der flachen Hand gegen die Stirn.

»Ein Typ, der seine Sache so geschickt angestellt hat, daß er dabei umgekommen ist, legt Ihnen eine schwachsinnige Idee nahe, und Sie marschieren blindlings hinterher!«

»Und das sagen Sie mir, Ed? Ich würde doch nur meinen Job als Journalist machen: dabeisein, wenn es geschieht, und bezeugen können.«

»Reden Sie keinen Unsinn. Im günstigsten Fall wären Sie nur ein Störenfried, und die werden nicht zögern, Sie bei der erstbesten Gelegenheit umzulegen.«

»Das ist gut möglich, ja. Sie kennen mich, sie haben mich mit Aaron gesehen, sie folgen mir schon jetzt, und sie wissen, wer ich bin. Ich glaube jedoch nicht, daß sie das Risiko eingehen werden, einen Journalisten zu töten, so wie sie einen kleinen, unbekannten, russischen Juden umgelegt haben. Besonders jetzt, da *Sie* die Geschichte kennen!«

»Quatsch! Sie werden es vielleicht geschickter anstellen, aber das ist alles!«

Tom setzte sich auf und hämmerte mit der Faust auf sein Knie.

»Ed, es ist sinnlos, mich davon abbringen zu wollen. Sie wissen genausogut wie ich, daß ich diese Reportage machen muß – aus vielen Gründen, und Sie kennen sie alle! Einverstanden, die Sache ist riskant. Wenn aber Sokolow wirklich versuchen sollte, den Schatz zu stehlen, und ich dabeisein sollte – die *New York Times* dabeisein sollte, stellen Sie sich das doch mal vor!«

»Besser noch kann ich mir das Fiasko vorstellen, das Sie erwartet, mein Junge … Lauter Typen, die im Sand wühlen, jeden Stein umdrehen und scheitern, wie alle Verrückten seit eh und je, die auf Schatzsuche gehen! Und das alles zwischen Palästinensern und Israelis, die es ausnutzen werden, um einmal mehr in die Menge zu schießen. Solche Reportagen kennen wir und haben sie schon tausendmal gelesen. Man muß beknackt sein, um auch nur eine Sekunde zu glauben, daß Sie oder selbst Sokolow in der Lage wären, einen Schatz auszugraben, der seit zweitausend Jahren oder noch länger verschollen ist. Und dann noch in Jerusalem! Kein Mensch versteht diese Stadt, und kein Mensch versteht Ihre Rätsel. Also, gehen Sie schlafen.«

»Ed, Aaron ist dafür gestorben.«

»Das ist nicht meine Sache.«

Es entstand ein bedrückendes Schweigen. Schließlich bemerkte Bernstein mit zusammengekniffenen Augen, die vor Ironie funkelten:

»Glauben Sie ja nicht, daß Sie dafür den Pulitzer bekommen, mein Freund. Vielleicht den George-Polk. Wissen Sie, was das ist?«

»Ja, sicher, der Preis für's größte Risiko.«

»Der Preis für den allergrößten Idioten unter den Journalisten, richtig. Und denken Sie daran, daß Polk auch nicht zurückgekommen ist!«

»Soll das heißen, daß Sie mich mit dieser Reportage beauftragen?«

»Das ist doch wohl nicht Ihr Ernst!«

»Ed!«

»Kommt nicht in Frage. Diese Geschichte hat kaum Hand

und Fuß! Sie haben keine Ahnung, wo Sie sich da hineinbegeben. Es kommt nicht in Frage, daß die *Times* sich in irgendeiner Weise daran beteiligt. Schon gar nicht mit Ihnen!«

»Ich werde trotzdem hinfahren, das wissen Sie.«

»Wunderbar. Das kommt mir gelegen. Es ist nicht schlimm, wenn wir Sie eine Zeitlang nicht sehen müssen. Nehmen Sie zwei Monate Urlaub. Die Reisekosten übernehmen Sie.«

»Alles, worum ich Sie bitte, ist, mit den Büros in Paris und Jerusalem zusammenarbeiten zu können, wenn es nötig ist.«

»Ich verspreche gar nichts. Ich verspreche Ihnen nicht einmal, in zwei Monaten noch Ihren Namen zu kennen.«

Ed lächelte, und auch Tom lachte leise und streckte sich.

»Ed, Sie an meiner Stelle, in meinem Alter, Sie würden genau dasselbe tun, nicht wahr?«

Bernstein erhob sich mit erschöpftem Gesichtsausdruck. Doch seine Augen funkelten.

»Lassen Sie mich in Frieden, und gehen Sie schlafen, mein Junge.«

Tom holte seinen Wagen vom Parkplatz auf der Siebenten Avenue. Es waren keine Russen in Sicht. Kein einziger weit und breit. Es sei denn, sie hätten gelernt, sich unsichtbar zu machen.

Bald müßte es hell werden, aber noch herrschte kaum Verkehr, und er kam ohne Schwierigkeiten und ohne Eile zurück nach Greenpoint. Erst als er den Schlüssel ins Schloß seiner Wohnungstür schob, ahnte er, was ihn erwartete: Der Schlüssel drehte sich nicht, aber die Tür öffnete sich trotzdem!

Es war nichts übriggeblieben, was nicht zerschlagen, zerrissen oder aufgeschlitzt gewesen wäre! Sie hatten das im großen Stil betrieben und sehr gründlich. Sogar der Teppich war zerschnitten und herausgerissen worden, die Fächer des Kleiderschrankes waren ausgeräumt und die Tennisbälle halbiert!

Toms erste Reaktion war, sich dafür zu beglückwünschen, daß er Aarons Diskette zerstört hatte, nachdem er die Dateien per E-Mail an das Pariser Büro der *New York Times* geschickt hatte.

Die zweite war festzustellen, daß Sokolows Männer nicht wirklich etwas gesucht hatten. Der Russe dürfte zu intelligent, zu schlau sein, um auch nur eine Sekunde zu glauben, Tom könnte irgend etwas Wichtiges in seiner Wohnung gelassen haben. Nein, sein Ziel war es, Eindruck auf ihn zu machen, ihm noch einmal die Botschaft zu übermitteln: Gib auf, ich bin der böse Wolf! Aber das war ein Fehler. Es hatte die entgegengesetzte Wirkung. Wenn Sokolow sich so große Mühe gab, ihn einzuschüchtern, dann hieß das, daß auch er etwas befürchtete und daß Aaron recht hatte: Tom konnte das Sandkörnchen sein, das in der Lage war, die Mafia daran zu hindern, die Geschichte von Jerusalem in aller Stille zu schänden!

Seine dritte Reaktion war dann doch, sich zu sagen: Verdammt! Sein Blick fiel auf das Ledersofa, das er mit Suzan für mehr als 3000 Dollar gekauft hatte und das nun sorgfältig zerschnitten war, auf seine in Fetzen gerissene Kleidung sowie seine chinesischen Teller, die er fortan nur noch als Puzzle würde gebrauchen können. Plötzlich erinnerte er sich an die Botschaft, die Suzan ihm im vorigen Jahrhundert seines Lebens, dem Kalender nach allerdings erst gestern, hinterlassen hatte: In einer, höchstens zwei Stunden würde sie hier sein, um ihre Sachen abzuholen. Wie sollte er ihr erklären, daß es nichts mehr mitzunehmen gab, daß ihr nicht einmal ein Waschlappen blieb, der nicht zerrissen und wie alle Erinnerungen an ihr gemeinsames Leben reif für die Mülltonne war. Er überlegte gut zwanzig Sekunden, wobei er sich fragte, ob er ein bißchen aufräumen sollte, um den Schock zu lindern. Da kam ihm gerade im rechten Moment wieder einmal ein Lukaszitat in den Sinn: *So ihr denn das Geringste nicht vermöget, warum sorget ihr um das andre?* Es gab nur eine äußerst notwendige und realisierbare Sache, die er tun konnte: schlafen. Komplett angezogen, ließ er sich auf das zerstörte Sofa fallen und versank innerhalb weniger Sekunden in Morpheus' Armen.

Er wurde durch ein merkwürdiges Knirschen geweckt. Es war hell, und er sah Suzan, wie sie auf dem Geschirr umherging. Sie schrie nicht. Aber vielleicht suchte sie ein Messer, um es ihm ins Herz zu stoßen. Als sie sah, wie er sich aufrichtete, wich sie mit angstverzerrtem Gesicht zurück, als erwartete sie, daß er ihr wie ein wildes Tier an die Gurgel spränge.

»Du bist vollkommen wahnsinnig«, murmelte sie mit gebrochener Stimme. »Warum hast du das getan?«

Tom sah, daß es unmöglich war, ihr die Wahrheit zu erklären. Er hätte schon Glück, wenn Suzan nicht auf der Stelle zum Anwalt gehen würde. Ein weiterer guter Grund, New York zu verlassen! Nackt und bloß, sozusagen.

Er kramte die Autoschlüssel aus seiner Tasche hervor.

»Das Auto ist als einziges noch ganz. Bis jetzt, zumindest. Du kannst es nehmen, wenn du willst. Es gehört dir ...«

8

Seit drei Wochen war ich nun wieder zu Hause. Ich dachte noch immer an Jerusalem und meinen Roman, aber ohne große Energie. Im Grunde nahm ich, je weiter meine Genesung voranschritt, desto mehr das Leben wieder auf, das ich vor meinem Herzanfall geführt hatte. Wie vorher verflog die Zeit mit tausend Aktivitäten und mit ihr der Mut, eine Aufgabe anzugehen, von der ich im voraus wußte, sie würde schwierig sein. Zu diesem Zeitpunkt erhielt ich einen Anruf von einem amerikanischen Journalisten. Er sprach kaum Französisch, und wir wechselten nach den ersten Worten ins Englische:

»Mister Halter? Tom Hopkins von der *New York Times*. Ich würde Sie gern treffen.«

»In welcher Angelegenheit?«

»Äh, also sagen wir mal, eine Reportage … ein Gespräch …«

»Ein Interview?«

»Ja … nun, nicht ganz …«

Sein Zögern erschien mir merkwürdig und nicht sonderlich einladend. Aber welcher Schriftsteller wäre nicht geschmeichelt, wenn die *New York Times* ihn interviewen wollte? Ich schwankte zwischen Vorsicht und Eitelkeit. Schließlich entschied meine postoperative Müdigkeit für mich: Ich lehnte höflich ab. Dann aber rief der Amerikaner am nächsten Tag wieder an.

»Ich bitte Sie inständig, wir müssen uns unbedingt treffen. Es ist sehr wichtig.«

Der Tonfall hatte sich geändert. Er versuchte nicht mehr, mir zu imponieren. Ich hatte sogar den Eindruck, aus seiner Stimme so etwas wie Verzweiflung herauszuhören.

»Es ist«, fing er wieder an, »im Grunde sehr wichtig für mich. Entschuldigen Sie bitte wegen gestern, es geht in Wirklichkeit nicht darum, einen Artikel über Sie zu schreiben. Das heißt, noch nicht. Aber ich versichere Ihnen, daß ich Ihnen nicht Ihre Zeit stehlen werde. Sie können mir helfen … Ich … In Brooklyn wurde ein junger Jude erschossen. Ich trage einen Teil der Verantwortung für seinen Tod, jedenfalls … Also, es ist kompliziert, um genau zu sein, und ich kann Ihnen das nicht so einfach am Telefon erzählen. Ich muß nach Jerusalem reisen, dabei brauche ich Hilfe, es gibt Dinge, die ich nicht verstehe, und man hat mir gesagt …«

Sein Gestammel hörte plötzlich auf, als hinge es irgendwo über einem Abgrund und ich könnte diesen Abgrund ausfüllen. Wenn der Mensch mit dem Tod konfrontiert war, wird er wachsamer. Ich glaube schon, daß meine Hand am Telefon sich zusammenzog, als ich ihn »Jerusalem« sagen hörte. Und doch hegte ich noch zu viele Bedenken.

»Ich bezweifle nicht, daß es Ihnen ernst damit ist, Mister Hopkins, auch nicht, daß Sie sich in einer schwierigen Lage befinden. Trotzdem sehe ich nicht, womit ich Ihnen helfen könnte. Ich bin nur Schriftsteller.«

Am anderen Ende der Leitung blieb es still. Dann sagte er plötzlich:

»*Er antwortete und sprach zu ihnen: Wer zwei Röcke hat, der gebe dem, der keinen hat.*«

»Von wem ist das?« fragte ich leicht verlegen.

»Aus dem Lukas-Evangelium.«

»Ah, und was hätte ich Ihrer Meinung nach zu teilen?«

»Ihr Wissen, Mister Halter.«

Ich lachte laut auf, erleichtert über soviel Naivität und sogar ein bißchen gönnerhaft.

»Aber, guter Freund, ich habe nicht mehr davon als Sie!«

»Eben doch. Über Jerusalem, über die jüdische Geschichte wissen Sie unendlich viel mehr als ich. Und genau das fehlt mir. Ich weiß, wer Sie sind und was Sie geschrieben haben.

Alles, worum ich Sie im Moment bitte, ist, mir eine Stunde ihrer Zeit zu widmen und mich anzuhören.«

War es das Lukas-Zitat, das mich ins Wanken brachte, oder war ich geschmeichelt, daß man mir einige Kenntnis nachsagte? Oder war es doch die Neugierde, die schließlich über alles siegte?

Der Amerikaner kam mit fünfminütiger Verspätung. Ein großer, hagerer Kerl, der die unvermeidlichen Jeans trug und eine Jacke, die nur aus Taschen bestand. Seine Gesichtszüge waren fein, intelligent, mit einem großen, sehr markanten Mund. Er mochte ungefähr dreißig Jahre alt sein, vielleicht älter. Seine Locken und seine sehr hellen, eindringlichen Augen verliehen ihm jedoch etwas entwaffnend Jungenhaftes. Hopkins gehörte zu jener Sorte Mensch, die einem direkt in die Augen schaut, ein bißchen zu lange, als gelte es, das Herz des Gegenübers zu ergründen. Er war unbestritten ein sehr schöner Mann, und er bewegte sich mit jener besonderen Anmut, die, ebenso männlich wie kindlich, ein bißchen unbeholfen und eigensinnig wirkt und andere Männer oft aufbringt, aber Frauen sehr anrührt.

Wir setzten uns an meinem Arbeitstisch einander gegenüber, und er erzählte mir seine Geschichte nahezu in einem Atemzug. Als er geendet hatte, ging ich ihm ein Glas Wodka holen, das er sich redlich verdient hatte.

»Ich kenne die Kupferrolle«, sagte ich, während ich sein Glas füllte. »Es waren die Spezialisten der EDF, der französischen Elektrizitätsgesellschaft, die sie wieder instand gesetzt haben. Irgendwo in meinem Büro habe ich wahrscheinlich sogar eine Transkription der vierundsechzig Rätsel, wie Sie sie nennen, und sicherlich auch ein paar gelehrte Anmerkungen zu dem Thema.«

Hopkins nickte überglücklich.

»Aber das alles hat nichts Geheimnisvolles«, fügte ich sogleich hinzu. »Ich verstehe nicht, was Sie von mir erwarten.«

Er leerte sein Glas und fuhr sich nervös über den Nasenrücken, wobei er seine engelhaften Locken schüttelte.

»Warten Sie. Sie werden gleich verstehen. Ich habe die letzten beiden Tage in der Bibliothèque Nationale verbracht, wie mein Freund Aaron mir geraten hat. Um mir die alten Karten anzusehen. Erst einmal hatte ich wahnsinnige Schwierigkeiten, überhaupt in dieses Heiligtum des französischen Geistes vorzudringen. Dann gab es noch mal einiges Hin und Her, bis ich die Dokumente einsehen durfte, nicht einmal die Originale, sondern nur Kopien auf Mikrofilm. Und dann, als ich sie vor der Nase hatte, waren sie mir absolut unverständlich! Wissen Sie, für mich ist Hebräisch wie Chinesisch. Ich kann nicht einmal die Buchstaben des Alphabets entziffern, geschweige denn Karten aus dem achten oder zwölften Jahrhundert!«

Ich konnte ein Lachen nicht unterdrücken.

»Ich sehe sehr genau, wo die Schwierigkeit liegt. Aber wieso brauchen Sie mich, um jemanden zu finden, der Ihnen helfen kann, sie zu lesen? Ihre Zeitung wird doch wohl …«

»Nein, nein! Ich brauche keinen Übersetzer. Ich brauche Sie. Sie müssen mich nach Jerusalem begleiten und mir helfen, die Rätsel der Kupferrolle zu lösen und die Verstecke zu finden. Nicht alle, aber zwei oder drei, das wäre schon sehr gut …«

»Was erzählen Sie da?«

»Es geht nicht darum, die Karten oder die Texte nur zu lesen, sondern sie in ihrer historischen Bedeutung zu verstehen, sie interpretieren zu können, Anspielungen zu erkennen, indem man Wissen über Vergangenheit und Gegenwart mit einbringt.«

»Einverstanden, aber Sie haben sich den Falschen ausgesucht. Es gibt Fachleute für so etwas. Dazu gehöre ich nicht, weit gefehlt! In Jerusalem selbst gibt es hervorragende Spezialisten. Abgesehen davon, daß meiner Meinung nach …«

»Nein, nein! Fachleute kommen nicht in Frage! Wenn ich meine Geschichte einem Fachmann erzähle, einem Historiker, einem Wissenschaftler, wissen Sie, was dann passiert? Entweder wird er mich rausschmeißen, weil ich mich in Dinge einmische, die mich nichts angehen, oder er wird sich unter den Nagel reißen, was ich ihm zutrage, um anschließend jede kleinste seiner Entdeckungen hinauszuposaunen. Und das war es dann. Ich kenne solche Leute! Außerdem will ich Ihnen ganz offen sagen: Wenn dieser Fachmann Israeli ist, glauben Sie, daß er dann bereit sein wird, auch nur das geringste zu unternehmen, ohne darüber mit wer weiß wie vielen Rabbinern oder sogar der israelischen Polizei gesprochen zu haben? Wenn man mich aber aus Israel ausweist, werde ich überhaupt nichts mehr steuern können. Um Sokolow zu ködern, muß ich behutsam vorgehen. Im verborgenen agieren. Jeder Fachmann wird so viel Krach schlagen, daß ich schon raus sein werde, bevor es überhaupt losgeht.«

»Einen Augenblick, Mister Hopkins … Ich bin nicht ganz sicher, ob ich Sie richtig verstanden habe! Schlagen Sie mir etwa gerade vor, mit Ihnen in Jerusalem auf Schatzsuche zu gehen und dabei mein Leben zu riskieren in einem Konflikt mit der russischen Mafia, der nur Sie persönlich etwas angeht?«

»Genau! Außer, daß der Konflikt nicht ganz so persönlich ist, wie es scheint.«

Ich lachte, allerdings etwas gezwungen.

»Das ist nicht Ihr Ernst!«

»Mein voller Ernst.«

»Unmöglich, Mister Hopkins. Da hat man Sie falsch über mich informiert.«

»Im Gegenteil! In der Bibliothek war ich ziemlich verloren und, offen gesagt, auch wütend. Eine junge Frau hat mir ihre Hilfe angeboten. Ich habe sie gefragt, ob sie nicht jemanden kenne, hier in Paris, der über Jerusalem und die jüdische Geschichte genug wisse, um mir etwas unter die Arme zu greifen. Da nannte sie mir als erstes Ihren Namen. Sie kannte alle Ihre Bücher.«

»Wie sah sie aus?«

»Groß, hübsch, hellbraune Haare. Sie hat mir ihren Vornamen genannt: Pauline.«

»Versuchen Sie nicht, mir zu schmeicheln! Sie arbeitet mit mir zusammen, sie recherchiert für eines meiner Projekte! Da ist es nur normal, daß mein Name ihr in den Sinn kam. Aber sie wußte nicht, um was es ging.«

Hopkins war kaum irritiert.

»Warten Sie! Ich habe mich auch im Büro der *Times* über Sie informiert. Alles, was mir gesagt wurde, hat mich davon überzeugt, daß ich für dieses Abenteuer keinen besseren Partner finden könnte! Bedenken Sie doch, Sie sprechen sogar Russisch! Das könnte sich als sehr nützlich erweisen. Sie fühlen sich in Jerusalem wie zu Hause, Sie haben dort Freunde. Auch das wird uns nützen … Sie werden alle Spezialisten besuchen können, die Sie brauchen, um Ihre Untersuchungen voranzutreiben, ohne das Ziel Ihrer Recherchen offenbaren zu müssen; mit Ihnen werden sie sprechen, mit mir nicht. Außerdem weiß ich, daß Sie gern Verborgenes entdecken, und Sie sind fasziniert von der jüdischen Geschichte. Wissen Sie, ich habe über all das nachgedacht, ich habe Sie nicht zufällig angerufen. Sie sind für mich die perfekte Person. Ein halber Tag vor den Karten hat ausgereicht, um mir klarzumachen, daß ich es allein niemals schaffen werde.«

Er sprach mit einer solchen Überzeugung, daß er mich einige Jahre früher durchaus mitgerissen hätte, um so mehr, als er auch etwas Charmantes hatte: die Beseeltheit von einer Sache, die Unerschrockenheit, die Berge versetzt.

»Mein lieber Freund, Sie vergessen zwei Dinge in Ihrem sympathischen Katalog meiner Vorzüge. Erstens wurde ich gerade am Herzen operiert …«

»Das hat man mir gesagt, ja. Aber alles ist gut verlaufen, nicht wahr? In einer Woche werden Sie sich schon nicht mehr daran erinnern! Und ich bitte Sie ja auch nicht darum, durch die Wüste zu rennen oder sich mit Sokolow zu schlagen. Machen Sie sich keine Sorgen, die Rolle des Rambo übernehme ich.«

Er lachte herzhaft.

»Sehr komisch, aber Sie vergessen, daß es zweierlei ist, einen Plan zu fassen und ihn umzusetzen. Außerdem übergehen Sie die allereinfachste Frage: Warum sollte ich mich in ein so verrücktes Abenteuer stürzen? Der Herrgott hat mir wohl, wie es scheint, eine kleine Extraportion an Leben gewährt, und die möchte ich so lange wie möglich ertragreich nutzen!«

»Erzählen Sie mir nicht, es ließe Sie kalt, wenn ein russischer Mafioso, ein ordinärer Killer in der Maske eines Gelehrten, den Tempelschatz und die möglicherweise darin enthaltenen Dokumente raubt!«

»Noch ist nichts geraubt worden, und das wird auch gewiß nicht geschehen.«

»Aber sicher! Im übrigen versucht Sokolow es bereits. Und er geht dafür über Leichen! Das ist jemand, der die Vergangenheit ebenso zerstört wie die Gegenwart. Reicht Ihnen das nicht? Haben Sie nicht ein Buch geschrieben über die Erinnerung, die man bewahren und lebendig erhalten muß?«

»Sie haben es sicherlich nicht gelesen.«

»Das ist hier nicht das Thema. Das Thema lautet: Stellen Sie sich eine Sekunde lang das Buch vor, das Sie aus dieser Geschichte machen könnten! Sie sagen, daß Sie gerade eine ›Extraportion‹ erhalten haben. Gibt es für Sie ein interessanteres Projekt als dieses?«

Ohne es zu wissen, hatte er den wundesten Punkt getroffen, aber ich tat unbekümmert.

»Ganz wie für Sie, der Sie davon träumen, die große Reportage für die *Times* zu schreiben.«

»Aber sicher!«

»Sie haben nicht die geringste Chance! Und, ganz ehrlich, die Sache interessiert mich nicht. Es ist zu spät. Vor zwanzig Jahren vielleicht ...«

Dieses Mal schien ihn meine Entschlossenheit zu erreichen. Bestürzt betrachtete er das Zimmer um uns herum, den überfüllten Schreibtisch, die Bücherregale.

»Entscheiden Sie sich nicht sofort. Ich kann bis morgen warten.«

»Wie großzügig!«

»Ich habe nicht viel Zeit, ich muß vor Sokolow beim ersten Versteck ankommen.«

»Sie werden es nicht finden. In dreißig Jahren hat niemand etwas gefunden.«

»Sie suchen eben nicht richtig. Aber ich bin sicher, Sie könnten mit Aarons Hinweisen etwas anfangen ... Er hat hervorragend gearbeitet, ohne die Vorurteile eines Gelehrten. Es ist die Arbeit eines jungen Mannes voller Gespür für die Dinge, eines Unschuldigen, der gefühlt hat, daß der Tod ihm auf den Fersen war, und der vor ihm ans Ziel gelangen wollte.«

Ich antwortete nicht. Mit einem leisen Seufzer stand er auf und streckte mir die Hand entgegen.

»Sie haben recht. Ich werde nach Jerusalem gehen, auch ohne Sie. Wenn Sie allerdings einwilligten, mir zu helfen, hätte ich eine echte Chance, Aaron zu rächen und elende Mafiosi daran zu hindern, das Gedächtnis eines Landes und eines Volkes zu plündern, das Ihnen, wie ich sehr wohl weiß, mehr bedeutet als alles andere.«

9

Es wurde eine sehr schlechte Nacht, und dieses Mal konnte ich nicht die Folgen der Operation dafür verantwortlich machen. Die merkwürdige Unterhaltung mit dem jungen Amerikaner ging mir nicht aus dem Sinn. Sein Vorschlag war total verrückt und zugleich entsetzlich verlockend. Ich hatte ihm genug gute Gründe für eine Absage genannt. Doch wie konnte ich vor so vielen Fügungen, die mich immer enger mit Jerusalem verbanden und mich immer unübersehbarer auf seine Geheimnisse stießen, die Augen verschließen? Konnten Zufälle, die sich in dieser Form wiederholten, noch Zufälle sein?

Aus eigener Erfahrung wußte ich, daß eine intensive Beschäftigung mit der Geschichte Jerusalems bestehende Gewißheiten immer nachhaltig erschütterte ... Der Tempelschatz war dafür ein hervorragendes Beispiel. Das Rätsel der Rätsel sozusagen. Unzählige Gelehrte hatten dort ihren Geist und ihr Wissen eingesetzt. Seit Jahrhunderten hieß es, daß er geheimnisvolle Texte enthalte oder enthalten haben solle. Man erzählte es sich hinter vorgehaltener Hand, wie ein unaussprechliches Geheimnis. Tatsächlich bestand der Wert des Tempelschatzes, im Gegensatz zu dem, was der junge Hopkins – oder auch die Mafia – glaubten, keineswegs in Tonnen von Gold. Er war vielmehr wertvoll, weil er möglicherweise unerhörte Erkenntnisse über die erstaunlichste Periode der christlichen, muslimischen und jüdischen Geschichte enthielt. Die Wahrheit über die Geburt der drei monotheistischen Religionen, die Wahrheit über Jerusalem!

Hopkins war voller Begeisterung, weil er nicht wußte, was

er da in Wirklichkeit anging. Ich wußte es auch nicht, aber, wenn ich das so sagen darf, mit etwas weniger Naivität.

Während ich so schlaflos im Bett lag, brauchte ich nicht lange, um mich zu erinnern, daß ich schon einmal mit der Geschichte solch einer Schatzsuche zu tun gehabt hatte. Einer sehr alten Geschichte, die ich aber damals nur mit mäßiger Aufmerksamkeit verfolgt hatte.

Eines schönen Herbsttages vor drei oder vier Jahren, als ich mit den ersten Entwürfen meines Romans beschäftigt war, hatte ich mich, kaum war ich in Jerusalem angekommen und hatte meinen Koffer aufgemacht, in einen dunklen Laden in der Altstadt begeben. Der *mocher sefarim*, der Buchhändler, empfing mich mit der Schalkhaftigkeit eines alten Mannes, der die Neugier von seinesgleichen auf Anhieb erkannte. Er hieß Rab Chaim.

»Sie suchen Geschichten über Jerusalem?« fragte er mich. »Die Bibel reicht Ihnen also nicht?«

Seine Höhle war zum Bersten vollgestellt mit lackierten Holzschränken, in denen sich Tausende von Bänden stapelten. An der niedrigen Decke baumelte eine nackte Glühbirne und spendete ein kümmerliches Licht. Unter einer mit Fliegendreck verschmutzten Glasplatte schmückte eine Ansicht von Jerusalem die Wand. Ein Stapel Fotoalben lastete schwer auf einem zerbrechlichen niedrigen Tisch. Das erste war betitelt: »Mea Shearim: die hundert Tore«. Ich betrachtete die Schwarzweißfotografien, die mich an Zeichen auf einer Höhlenwand erinnerten. In welche Zeit gehörten diese Kindergesichter, die über einen heiligen Text gebeugt waren, diese Gestalten in den abgetragenen Kaftanen, zusammengekauert in schlecht beleuchteten Werkstätten, diese langgliedrigen Jugendlichen, die einer Frau nachsahen, und diese um die Thorarollen tanzende fröhliche Menschenmenge?

Ich war erstaunt, bei einem alten orthodoxen Buchhändler diese Bilder einer Welt zu entdecken, die Bilder ablehnte, und ertappte mich dabei, wie ich mit der Lupe diese Gesichter erforschte. Hoffte ich in ihnen einen Zug meines Großvaters Abraham wiederzufinden? Ich glaubte einen verschneiten Hof in Polen zu erkennen – Schnee ist so selten in Jerusalem! Es war der Dorfplatz von Grodzisk, in der Nähe von Warschau, wohin meine Mutter mich manchmal mitnahm, um Purim zu feiern. Polen vor dem Krieg ... Mea Shearim! Traum oder Wirklichkeit? Rab Chaim musterte mich mit einem durchdringenden Blick.

»Warum interessieren Sie sich so sehr für die Vergangenheit?«

»Ich würde gern verstehen.«

»Verstehen? Was gibt es da zu verstehen?«

»Vielleicht folgendes: Warum hat in dieser fünfmal tausendjährigen Stadt, die abseits aller Handelsrouten erbaut wurde und wie viele andere von der Zeit hätte ausgelöscht werden sollen, warum hat die Geschichte entschieden, hier ihr Lager aufzuschlagen?«

Rab Chaim schüttelte den Kopf.

»Es ist nicht die Geschichte, mein Freund, sondern Gott, gesegnet werde Sein Name!«

»Warum hat dann Gott Seinen Atem auf diese Stadt gelenkt, sie ausgesucht und unter allen ausgezeichnet? Warum Jerusalem und nicht Byzanz oder Athen, Damaskus oder Alexandria?«

»Fragen«, gab der alte Mann zurück. »Fragen ... Wozu?«

Seine Lippen verzogen sich, und er kniff seine Augen zusammen, es sollte wohl ein Lächeln sein. Er ließ ein Schweigen verstreichen, als koste er dessen ganzen Reiz aus. Dann trat er ins Dunkel des hinteren Ladenteils und murmelte:

»Vielleicht habe ich etwas für Sie. Etwas Interessantes. Aber ich weiß nicht mehr, wo ich es hingeräumt habe. Ach, mein Gedächtnis!«

Er verließ den Raum, um nach ein paar Minuten mit verändertem Gesichtsausdruck wiederzukommen.

»Ich finde es nicht. Dabei besaß ich ein ganzes Paket,

Bücher und sogar Schriftstücke, ich bin mir ganz sicher … Hier ist alles, was ich Ihnen anbieten kann.«

Mit einem Ausdruck der Enttäuschung, der sogleich durch das Lächeln seiner Augen widerrufen wurde, hielt er mir einen großen braunen Umschlag hin. Ich öffnete ihn und entdeckte etwa zehn sehr weich anzufühlende Pergamentbögen. Unter den aufmerksamen Blicken von Rab Chaim zog ich einen davon aus dem Umschlag, er war mit einer großen engen Schrift bedeckt, die allerdings schon sehr verblaßt war.

»Das sieht mir ganz nach Altfranzösisch aus«, nahm Rab Chaim das Gespräch wieder auf.

Mit einer genüßlichen Geste strich er sich über den Bart.

»Es ist eine merkwürdige Geschichte …«

»Wieso merkwürdig«, wiederholte ich halb abwesend, da ich schon dabei war, ein paar Wörter zu entziffern.

»Man hat dieses Schriftstück in einer Ledertasche gefunden, als man das Fundament einer neuen Synagoge in der Altstadt aushob. Es heißt, genau an dieser Stelle habe bereits zur Zeit der Kreuzzüge eine Synagoge gestanden. Das ist Jerusalem: Sowie man an der Gegenwart kratzt, stößt man auf die Vergangenheit!«

Zufrieden über diese Metapher, entblößte Rab Chaim seine kariösen Zähne. Er nahm das Gespräch wieder auf und zeigte dabei auf den Bogen Pergamentpapier, den ich vorsichtig zwischen den Fingerspitzen hielt:

»Die Gläubigen der neuen Synagoge sagen, zusammen mit diesem sei ein anderer, auf hebräisch verfaßter Text gefunden worden, welcher aus der Feder eines jüdischen Schreibers aus dem Mittelalter stammt. Eines Mannes aus der Zeit der Kreuzzüge, um genau zu sein …«

»Kann man ihn einsehen?«

»Also wirklich, mein Freund! Wer weiß schon, wo er sein könnte? Falls er nicht verschwunden ist! Diese alten Texte verschwinden so schnell!«

»Haben Sie eine Vorstellung von seinem Inhalt?«

Noch einmal erhellte der Schalk das alte Gesicht des *mocher sefarim*.

»Angeblich soll ... Aber Sie wissen doch, wie es immer heißt: Den Topf, der kocht, kann man vom Feuer nehmen, nicht aber das Gerücht abstellen, das in einer Synagoge umgeht!«

»Und weiter?«

»Angeblich soll der Schreiber in allen Einzelheiten erzählen, wie ein junger Mönch ihn aus dem Massaker während der Belagerung Jerusalems durch die Christen gerettet und ihn dann mehrere Monate lang versteckt gehalten hat. Vielleicht war es auch kein Mönch, nur ein Geistlicher. Jedenfalls hat er ihn aus den Klauen der Pilger errettet, die Juden wie Araber mit aller Gewalt ausrotteten.«

Rab Chaim wandte sein Gesicht dem schwachen Licht der einzigen in seiner Höhle aufgehängten Glühbirne zu, die unaufhörlich hin und her schwankte.

»In jeder Zeit, auch in der unmenschlichsten«, fügte er flüsternd hinzu, als spräche er zum Allerhöchsten, »findet sich immer einer, der seine Menschlichkeit bewahrt.«

Ehrfurchtsvoll betrachtete ich die Pergamentbögen, die er soeben vor mich hingelegt hatte.

»Besitzen Sie dieses Schriftstück schon lange?«

»Seit Jahren, mein Freund, seit Jahren!«

Er breitete seine dünnen Arme aus, die in einem abgetragenen Gehrock steckten, und sein Schatten brach sich auf den Bücherregalen.

»Wenn Sie wüßten, wie oft man versucht hat, es mir abzukaufen!«

»Wieviel ist es wert?«

Rab Chaim lachte trocken und machte mit der Hand eine abweisende Bewegung.

»Die Vergangenheit kann man nicht kaufen. Man muß sie sich verdienen.«

Mit meinem Gesichtsausdruck deutete ich wohl Widerspruch

an, denn sogleich verfinsterte sich die Miene des alten Buchhändlers. Mit einer Hand, die so leicht war wie ein Spatzenfuß, begann er mich zum Ausgang zu schubsen.

»Los, los … Und kommen Sie morgen wieder. Dann werde ich vielleicht mein Gedächtnis und ein paar alte Dinge für Sie wiedergefunden haben!«

Ich sagte ihm, daß ich schon morgen nach Paris zurückmüsse.

»Na dann, auf ein andermal!«

»Ja, vielleicht«, erwiderte ich. »Bis zum nächsten Mal.«

Von diesen alten Juden, wie er einer war, mit ihren immer gleichen Geschichten und ihrem komplizenhaften Blick, war ich schon vielen begegnet! Und ich meinte auch ihn nie wiederzusehen.

Ein paar Wochen später in Paris türmten sich vergebens acht bis zehn Fassungen des ersten Kapitels meines Romans auf meinem Arbeitstisch. Trotz all meiner Anstrengungen kam dieses Buch nicht in Schwung. Verdrossen und entmutigt entschloß ich mich, um auf andere Gedanken zu kommen, endlich das Schriftstück zu lesen, das Rab Chaim mir anvertraut und das ich in einem Winkel meines Arbeitszimmers verstaut hatte, bis ich Zeit haben würde, es zu entziffern. Mit einem altfranzösischen Wörterbuch machte ich mich an eine Aufgabe, die mir schnell um einiges schwieriger erschien, als ich gedacht hatte – allerdings auch um einiges spannender. Zwei Tage und, dank meiner häufigen Schlaflosigkeit, auch noch fast eine Nacht übertrug ich so genau wie möglich dieses erstaunliche Geständnis.

»Morgen ist der erste Tag im April im Jahre des Herrn eintausendeinhundert. Im Winter hat es so viel geregnet über der Heiligen Stadt und ihrer Umgebung, daß der Berg Zion und das Tal Kidron grün geworden sind wie die Wiesen in Lothringen. Pilger, die aus Bethlehem kommen, berichten, daß dort, obschon man noch zu Allerheiligen nur Einöde und eine Gluthitze antraf, seit Weihnachten die Schafe und die Hammel auf den Wiesen weiden und die Hügel bis oben mit Blumen bedeckt sind. Sie bestätigen mit Tränen in den Augen, daß der gesegnete Petrus, der Eremit, in seinen Visionen an die Wahrheit gerührt hat. Bald wird der Messias unter uns sein, und unsere Sünden werden gesühnt werden. In Jerusalem, das wir vom Antichristen und von den ungläubigen Horden befreit haben, werden, wie in den Heiligen Schriften gesagt, Milch und Honig fließen.

Möge Christus der Herr mir vergeben, wenn die Angst mich befürchten läßt, die Pilger könnten sich geirrt und die vorübergehende Milde einer Jahreszeit mit dem heiligen Anzeichen für Seine Wiederkehr verwechselt haben.

Denn ich habe, während der neun Monate, die wir nun in der Heiligen Stadt weilen, nicht einen Tag erlebt, an dem der Himmel in der Dämmerung nicht zu einem feuerroten Meer wurde, als würde er immerfort die Woge von Blut und Tod widerspiegeln, die Jerusalem unter sich begraben hat, als wir es endlich von den Ungläubigen und den Verrätern befreiten. Und heute im Morgengrauen, Gott möge mir verzeihen, habe ich, dessen bin ich mir sicher, den übelriechenden Atem Satans eingesogen und nicht den lebendigen Odem des Messias.

Pater Nikitas, Ritter Gottfried von Vich und ein halbes Dutzend seiner Leute, die alle die Klingen, Pfeile und Feuer der Türken, der Araber und Sarazenen überlebt haben, sind heute zu Tagesbeginn gestorben, weil sie sich zu nah an diese Ausgeburt der Hölle herangewagt haben. Ich bin der einzige Überlebende dieser Grausamkeit und nun auch der einzige, der um das Geheimnis weiß. Deswegen möchte ich es mit dieser Beichte vergraben. Möge unser allmächtiger Herr sich meiner erbarmen und mich in seiner Gnade erretten. Möge er meinen Glauben bestärken, mir die Augen öffnen und meine Hand beruhigen, die zittert, während ich diese Zeilen schreibe. Amen.

Die Belagerung Jerusalems im vergangenen Juli stellte eine

entsetzliche Prüfung für die Christen dar. Die Sarazenen drehten den Spieß um. Nachdem sie die Zisternen vergiftet und ihre Herden weit entfernt verborgen hatten, aßen sie sich im Inneren der Mauern satt, während wir draußen verdursteten und verhungerten. Damit wir nicht allzusehr an die Leere in unseren Mägen dachten und um unsere Willenskraft aufrechtzuerhalten, hat Pater Nikitas uns am Abend die sehr alte und wechselhafte Geschichte der Heiligen Stadt erzählt. So kam es, daß er uns den tieferen Sinn der Worte aus Matthäus erklärte: *Wenn ihr nun sehen werdet den Greuel der Verwüstung stehen an der heiligen Stätte, von dem gesagt ist durch den Propheten Daniel – wer das liest, der merke auf! –, alsdann fliehe auf die Berge, wer im jüdischen Land ist.*

Pater Nikitas hatte es erkannt. Je leerer unsere Mägen waren und je stärker unsere Kehlen brannten, desto mehr beflügelte uns der göttliche Zorn.

Nach vier Wochen des Wartens kamen Boote in Jaffa an mit dem, was wir benötigten, um Türme, Leitern und Katapulte zu bauen. Wir gingen Bäume fällen bis hin zu den Bergen von Jericho, und einen ganzen Tag und eine Nacht lang entlud sich unser Zorn über Jerusalem. Die Bestrafung für die Kränkungen war entsetzlich. Es heißt, im Innern der Stadtmauer habe es vierzigtausend Ungläubige, Sarazenen oder Juden gegeben. Sie starben alle.

Sie versuchten nicht, sich zu verteidigen, sie wollten nur fliehen. Und fliehen konnten sie nicht. Die Ritter spalteten sie vom Kopf bis zum Gürtel oder enthaupteten sie mit einem einzigen Schwerthieb, was ihnen manchmal erst gelang, nachdem sie ihnen die Arme oder die Hände abgeschlagen hatten. Zweitausend Juden schlossen sich in der Synagoge ein. Man setzte sie in Brand. Den ganzen Nachmittag über hörte man sie schreien in den Flammen. Am Abend floß überall das Blut in Strömen, die manchmal so tief waren, daß man bis zu den Knien darin watete, wie auf den Stufen rund um den Vorhof des Tempels von Salomo. Man rutschte und fiel von einer

Stufe zur nächsten. Die verstümmelten Kadaver wurden mitgerissen, Hände und Beine trieben darin und vereinten sich mit Körpern, zu denen sie nicht gehört hatten. In der Nacht nahm einem der Geruch des Blutes den Atem. Es war unmöglich, zu schlafen oder etwas zu essen. Schwindel ergriff einen wie am Rande eines Abgrunds. Die Pilger plünderten die Häuser im Licht ihrer Fackeln.

Als man in den folgenden Tagen die Toten aus der Stadt brachte, um sie entlang der Straße nach Bethlehem zu Scheiterhaufen aufzutürmen, waren diese so hoch wie Häuser, und man zählte zweiundvierzig von ihnen. Aber niemand außer Gott, Gott allein kennt die Zahl der Toten.

Seit diesem schrecklichen Tag wache ich in jeder Nacht auf, der Geruch des Blutes droht mich zu ersticken, und die Schreie der verbrannten Juden suchen mich heim. Manchmal sehe ich sogar im Traum einen Ungläubigen, der mich lachend umarmen möchte, dessen Arme aber an den Schultern abgetrennt sind!

Ich habe meine Angst vor diesen Nächten Pater Nikitas anvertraut. Er hat gelächelt und mit seiner sanften Stimme gesagt: ›Mein lieber Sohn, der Allmächtige wohnt in unseren Nächten ebenso, wie Er unsere Tage lenkt. Vielleicht verlängert Er in dir die Schlacht, weil Er fühlt, daß du nicht ausreichend überzeugt bist von Seinem gerechten Zorn? Bete, mein Sohn, bete, und du wirst wissen, warum das Blut fließen muß.‹

Nachdem Jerusalem von den Sarazenen befreit war, gab es viel Jubel für die Tapferen und große Zufriedenheit mit den Rittern, die aus den Häusern das Gold herausholten. Manchmal fanden sich darin unglaubliche Mengen. Im Dezember kam der Erzbischof von Pisa, Seine Exzellenz Daimbert, um in der Mission dem päpstlichen Willen gemäß unser Patriarch zu werden. Da begann der Schrecken, den ich bis in meine Träume hinein erahnt hatte – Gott und Pater Nikitas mögen mir vergeben –, sich wie eine Wüstenschlange anzuschleichen.

Am zwanzigsten Tage des Januar rief Seine Exzellenz Daimbert Pater Nikitas zu sich, von dessen großem Wissen er erfahren hatte. Er sagte zu ihm: ›Ich, Daimbert, will Jerusalem von allem häretischem Dreck befreien. Die Herren des Kreuzes haben es durch die Klinge und das Feuer von seinem fauligen Fleisch gereinigt. Ausgezeichnet. Aber es steht noch aus, es von dem Geist zu reinigen, der allzu lange in der blasphemischen Gülle gelegen hat. Wie Ihr vielleicht wißt, haben die Juden eine Manie für das geschriebene Wort. Es heißt, sie würden die Schriften in Verstecken aufbewahren, die mitunter mehrere Jahrhunderte alt sind. Es gab leider viele Juden in der Heiligen Stadt. Man kann sich eine Überschwemmung durch dieses spirituelle Teufelszeug leicht vorstellen. Diese Art von Grabstätten der Geheimlehre sind sicherlich überall in Jerusalem versteckt, vor allem unter der Asche der Synagoge. Findet sie, macht diese gottlosen Papiere aus, und verbrennt sie.‹

Am nächsten Tag kam Ritter Gottfried von Vich beim ersten Morgengrauen zusammen mit sieben seiner Pilger zu uns. Er komme auf Anordnung des Patriarchen, uns zu helfen, die Trümmer der Synagoge zu durchsuchen. Er nahm uns zur Seite und sagte uns: ›Seine Exzellenz legt euch die größte Verschwiegenheit über die Mission ans Herz. Und noch etwas vergaß er euch zu sagen. Er glaubt, die Juden könnten unter ihrer Synagoge Gold versteckt haben. Das entspricht offenbar ihrem Wesen. Wenn wir davon welches ausgraben, sollen wir es ihm zum Wohle seines Amtes überlassen. Es ist auch möglich, daß Pater Nikitas unter den Papieren, die wir aus der Synagoge entfernen, den Hinweis auf weitere Verstecke findet. Auch das liegt in ihrem Wesen. Diese müssen wir genauso durchsuchen.‹

Fünf Tage lang haben wir vergeblich die Trümmer der Synagoge abgetragen. Die Asche reichte uns bis zum Knie. Sie bestand vor allem aus den Knochen der Juden, die dort umgekommen waren. Manchmal gruben wir einen Schädel mit geöffnetem Mund aus. Es fiel mir sehr schwer, wenn ich das sah, nicht die Schreie zu hören, die zwischen diesen Zähnen hervorgestoßen worden waren, welche jetzt, sobald man sie streifte, ausfielen.

Zur großen Verdrossenheit des Ritters Gottfried wurden die Steinplatten auf dem Boden der Synagoge eine nach der anderen vergebens hochgehoben. Es begann zu regnen, und die Suche, die sinnlos zu sein schien, wurde unterbrochen. Es regnete und schneite sogar zwei Tage lang. Die feuchte Kälte ließ Schimmel in den Häusern entstehen, die man nie ausreichend beheizen konnte. Wieder fehlte Holz, das man in großen Mengen für die Belagerung benutzt oder schon verbrannt hatte. Da erinnerten sich drei der Pilger des Ritters an zwei übriggebliebene, halb verbrannte Fenstersturze aus Zedernholz in der Südmauer der Synagoge, der einzigen, die noch stand. Als es Abend wurde, gingen sie dorthin, stellten sich aber aufgrund der Dunkelheit oder ihrer Hast so ungeschickt an, daß die Mauer über ihnen zusammenbrach, wobei sie die beiden Eifrigsten erschlug. Der dritte hatte das Glück, daß ihm nur die Beine gebrochen wurden. Am nächsten Morgen, als es hell geworden war, erahnte Pater Nikitas, der sich selbst ein Bild von dem Unfall machen wollte, eine Ledertasche im Staub der Trümmer. Die Juden hatten ein Versteck in der Mauer angelegt, und ohne ihren Einsturz hätten wir es niemals gefunden.

Die Tasche enthielt sechs Rollen. Zwei von ihnen, die durch ihr Alter zu trocken und durch den Einsturz der Mauer beschädigt waren, zerfielen Pater Nikitas zwischen den Fingern. Später, als er die Bruchstücke untersuchte, stellte er fest, daß sie wenigstens zum Teil in der alten babylonischen Schrift beschrieben waren. Die vier anderen, die mit hebräischen Zeichen aus schwarzer Tinte bedeckt waren, hatten eine Länge von drei bis fünf Fuß.

An dieser Stelle meiner Geschichte, muß ich ein erstes Geheimnis preisgeben.

Pater Nikitas bat mich eindringlich, eine Abschrift anzufertigen, so schnell oder langsam, wie ich die Rollen las, wobei ich noch ein blutiger Anfänger war auf diesem Gebiet des Wissens, in das er mich kürzlich eingeweiht hatte. Und ich tat es. Tag für Tag, Nacht für Nacht tat ich es so gut als möglich.

Aber ich schwöre bei Gott, der mich durch den Blitz erschlagen möge, wenn ich lüge: Weil ich zu beschäftigt war damit, die hebräischen Buchstaben so schön zu übertragen, wie sie auch im Original waren, habe ich nicht versucht, den Sinn der Sätze zu ergründen. Allerdings kann ich versichern, daß sich der Brief des Propheten Jeremia darunter befand, wahrscheinlich eine Wiedergabe der Worte Jesajas. Ich glaube auch, daß eine der Schriftrollen das Buch der Weisheit war. Das Dogma empfiehlt diese Texte nicht, aber es verbietet sie auch nicht.

Dann aber habe ich einen Satz deutlich gesehen, während ich, ganz als wollte ich meinen Geist etwas entspannen, die Bruchstücke einer der ältesten Rollen, die fast völlig zerstört war, zusammengesucht habe. Es waren nur zwei Zeilen, die, obgleich leicht verständlich, sehr rätselhaft waren: *In der Höhle von Bet ha-MRH dem Alten, in der dritten Kammer des hinteren Teils: fünfundsechzig Goldbarren*. Heilige Muttergottes!

Als ich meine Entdeckung Pater Nikitas zeigte, wies er mich darauf hin, daß MRH im Hebräischen drei Bedeutungen habe: Merah, der Aufständische, Mareh, der Standhafte, und Marah, der Traurige, der Leidende. Das entscheidet sich aus dem Zusammenhang.

Weil ich damals mit der Abschrift des Briefes des Propheten Jeremia beschäftigt war, kam mir folgende Idee. Wenn ich die unterschiedlichen Bedeutungen von MRH auf Jeremia bezog, paßte alles zusammen. Er war der Aufständische, weil er den Willen Gottes dem des Sedekias vorzog, der in der Stadt Notzucht und einen liederlichen Lebenswandel einführte. Er war der Standhafte, weil er den Lügen des Hananja, der Jerusalem an Ägypten ausliefern wollte, keinen Glauben schenkte. Und er war der Traurige, weil ihn die notwendige Zerstörung

Jerusalems so schmerzte wie die Bestrafung seines eigenen Kindes.

Dies würde bedeuten, daß sich die Höhle mit den Goldbarren in Mizpa befand, nur drei Meilen nordöstlich von Jerusalem, dort, wo Jeremia gelebt hatte und gestorben war, nachdem Babylon die Herrschaft über Juda übernommen hatte – Heilige Muttergottes!

Nachdem wir in der Nacht mit Ritter Gottfried und sieben Pilgern aufgebrochen waren, die uns beim Abtragen der Synagoge geholfen hatten, kamen wir heute morgen bei Tagesbeginn in Mizpa an. Wir hatten zwei Esel mit Packsätteln, um das Gold zu tragen, und Waffen, um uns gegen einen Hinterhalt der Ungläubigen zur Wehr setzen zu können. Dabei war die Region schon seit Monaten ruhig, und die Sarazenen waren bis hinter den Jordan zurückgetrieben. Zu unserer Rechten ließen wir den Berg Skopus hinter uns, dessen Gipfel als erster den Tag anzeigte, und Hazor umgingen wir, weil der Ritter wollte, daß unsere Expedition sich so heimlich wie möglich vollzöge.

In Mizpa, oben auf dem Hügel, standen wir vor einer halb verfallenen Festung. Pater Nikitas erklärte uns, daß ihre Grundmauern aus der Zeit des Jeremia stammten. Etwas entfernt konnten wir das Dorf erkennen mit Bauern, Schafen und Dromedaren. Auf der Südseite des Hügels erahnte man den Eingang mehrerer Höhlen. Ich fragte mich gerade, ob wir sie wohl alle untersuchen müßten, da sagte Pater Nikitas: ›Wir müssen die Zisterne der Festung finden. Es wird die Höhle sein, die zu Füßen der Zisterne abgeht.‹

Die Sonne stand noch nicht sehr hoch, als einer der Pilger die alte und abgenutzte, aber mit Bronzescharnieren ausgestattete Steinplatte fand, welche die Zisterne bedeckte. Um sie anzuheben, wären wenigstens sechs Mann nötig gewesen. Anschließend brauchten wir nur noch den Abhang hinunterzusteigen, um den Eingang zu einem Hohlraum zu finden, der gerade so hoch war, daß ein Mann hindurchgehen konnte.

Ritter Gottfried ging mit einer Fackel voran, dicht gefolgt

von zwei Pilgern. Pater Nikitas gab mir ein Zeichen, nicht zu folgen. ›Noch nicht!‹ murmelte er.

Kurz darauf kehrte der Ritter sehr aufgeregt zurück. ›Es gibt dort drinnen eine ganze Flucht von Räumen. Ohne weitere Lichtquellen kann man kaum etwas erkennen, aber es ist der perfekte Ort, um einen Schatz zu verbergen. Kommt mit uns, Pater, Ihr habt doch die Angaben …‹

Pater Nikitas wandte sich mir mit seinem weichen Lächeln zu und führte mich ein Stückchen weg, während die anderen sich bereit machten. ›Bleib hier‹, sagte er. ›Geh nicht in diese Höhle, mein Sohn, und höre mir gut zu. Zur Stunde sind die Schriftrollen, die ich aus den Trümmern der Großen Synagoge geborgen habe, ebenfalls zu Asche geworden, wie der neue Patriarch von Jerusalem es gewollt hat. Du weißt, wo die Abschriften sind. Sollte dieses Abenteuer eine böse Wendung nehmen …‹

Ich wollte widersprechen, aber er verschloß mir den Mund. ›Ruhig, mein Sohn, wir haben nicht viel Zeit. Sollte mir ein Unglück zustoßen, wäre es gut, du stecktest die Abschriften in die Ledertasche, in der wir die Rollen gefunden haben. Ich habe sie sorgfältig gewachst und geölt. Sie kann noch einige Jahrhunderte überdauern. Lege die Abschriften in die Tasche und verstecke sie unter den Steinplatten in der Synagoge. Eine von ihnen ist dunkler als die anderen, unter ihr ist gerade genug Platz …‹

Mein Erstaunen hätte größer nicht sein können. Zitternd fragte ich: ›Warum?‹ Er antwortete mir: ›Weil das Gedächtnis der Menschheit wichtiger ist als alles andere, es ist das wahre Gold Gottes.‹ Ich bekreuzigte mich. ›Pater, in der Synagoge! Wie kann ich es wagen?‹

Pater Nikitas trat einen Schritt zurück und betrachtete mich sanft. ›Die Juden kennen trotz ihrer Fehler die Bedeutung der Zeit besser als wir. Tu, worum ich dich bitte, dann kümmere dich um deine Studien, und bewahre dein Schweigen. Und nun wisse, daß ich dich liebe.‹

Dann küßte er mich auf die Stirn.

Einen Augenblick später gingen sie alle in die Höhle. Erst blieb es still. Dann hörte man einen, danach zehn Schreie, und die Öffnung der Höhle schien zu beben, doch das war nur eine Täuschung, hervorgerufen durch den starken Lichtschein, der mit einemmal aus ihrem Inneren kam. Ich sah einen Pilger auftauchten, der völlig in Flammen stand, von den Beinkleidern bis zu den Haaren. Schreiend vor Schmerz hielt er in seinen Händen einen Goldbarren. Man hörte im Erdreich ein Aufheulen, ähnlich dem des Windes, und die Geräusche eines Einsturzes. Das starke Licht erlosch. Aus dem Eingang der Höhle quoll eine ungeheure Staubwolke wie der Atem aus einem Mund im Winter.

Ich habe nicht gewagt, den Goldbarren aus den Überresten des Pilgers an mich zu nehmen. Er ist nicht für mich.

Erst mit beginnender Dunkelheit bin ich nach Jerusalem zurückgekehrt, wobei ich vermieden habe, gesehen zu werden. Ich habe mich entschieden zu tun, worum Pater Nikitas mich gebeten hat.

Gott hat aufgehört, mich zu führen, denn ich weiß nicht mehr, wo das Gute und wo das Böse liegen. Aber ich glaube, daß in Jerusalem noch nicht Milch und Honig fließen und daß es vielleicht niemals dazu kommen wird.

Ich lege diese Beichte den beiden Abschriften bei, die ich in den Händen eines jüdischen Schriftgelehrten zurücklassen werde, den ich aus Mitleid der Gewalt der Kreuzritter entrissen habe. Ich werde ihn bitten, die Ledertasche gemäß den Anweisungen Pater Nikitas' in der Synagoge zu verstecken. Morgen werde ich in Jaffa an Bord gehen, wo ein Boot nach Antiochia ablegt.

Möge Pater Nikitas recht haben und das Gedächtnis der Menschen unsere finsteren Zeiten überdauern. Möge Gott mir vergeben.

Ausgefertigt von Achar von Esch, im Morgengrauen des ersten Tages im April eintausendeinhundert.«

»Eine merkwürdige Geschichte!« hatte Rab Chaim zu mir gesagt, als er mir das Manuskript anvertraute. Die Beichte dieses Gerechten, der vor fast einem Jahrtausend verstorben war, hatte mich damals mehr als nur berührt. Einmal mehr war es mir erschienen, als gäbe mir Jerusalem ein Zeichen. Aber der tiefere Sinn dieses Rufs entzog sich mir, so wie sich mir auch der Roman entzog, den ich zu schreiben begonnen hatte. Letztlich hatte ich nur einen Zeugenbericht über gerettete und hingemetzelte Juden und eine Geschichte aus der Zeit der Kreuzzüge gelesen. Erst in dieser Nacht, nach Hopkins' Besuch, fiel es mir wie Schuppen von den Augen.

Wie kam es, daß ich den Zusammenhang nicht schon eher erkannt hatte? Warum hatte ich nicht, als ich diese Pergamentbögen las, an die verschlüsselten Sätze aus der Kupferrolle gedacht?

Und dabei war es geradezu augenfällig!

Schnell begab ich mich in das Durcheinander meines Büros. Dort fand ich sowohl die Abschrift der Rolle als auch meine Übersetzung der Beichte des Achar von Esch wieder. Das siebente Versteck der Rolle war ausführlich, Wort für Wort, auf dem Pergament beschrieben: *In der Höhle von Bet ha-MRH dem Alten, in der dritten Kammer des hinteren Teils: fünfundsechzig Goldbarren.*

Zitternd wurde mir mitten in meiner durchwachten Nacht bewußt, daß dieser Mönch von nichts anderem berichtet hatte als von dem bereits unternommenen Versuch, den Tempelschatz zu finden! Das Drama in der Höhle, der Tod Pater Nikitas', der vielleicht, wenn man zwischen den Zeilen las, ein Jude war, dieses geheimnisvolle und unzugängliche Gold, diese alten Texte, die es zu erhalten galt ... Ja, es ging nur um den Schatz! Der Ritter und dieser Daimbert waren, brutal und überzeugt davon, im Recht zu sein, auf ihre Art nur so etwas wie eine mittelalterliche Mafia! Nikitas hatte das verstanden. Durch einen geheimnisvollen Schachzug und um den Preis seines Lebens hatte er den Schatz und die Texte gerettet!

Das bedeutete auch, daß im Laden von Rab Chaim, wie er es versprochen hatte, vielleicht weitere Schriften auf mich warteten. Ich malte mir aus, daß sie Bruchstücke der Antwort auf die Frage enthielten, die mich umtrieb: Warum Jerusalem? Ja, in diesem Augenblick dachte ich ganz egoistisch nur an meinen Roman ... Eine andere Schatzsuche schien mir in dem Augenblick nicht von Bedeutung zu sein

Wie jedesmal, wenn ich im Begriff war, eine wichtige Entscheidung zu fällen, flatterten in meinem Gehirn die Wörter plötzlich umher wie verängstigte Vögel. Fiebrig suchte ich mein Manuskript wieder zusammen, als enthielte es am Ende nicht nur die Fragen, die mich umtrieben, sondern auch den Faden, der mich vielleicht den Antworten näher brachte.

Die Usbeken sagen: »Wenn der Tag gekommen ist, fällt die Festung.« Es wurde gerade erst hell, als ich zum Hörer griff und Hopkins in seinem Hotel weckte.

»Ich habe nachgedacht, Mister Hopkins. Es ist wahrscheinlich nicht sehr vernünftig, aber ich nehme Ihren Vorschlag an.«

»Sie ... was?«

»Wachen Sie auf, Mister Hopkins. Ich bin einverstanden. Ich fahre mit Ihnen nach Jerusalem.«

»*Jeesus*!« rief er. »Nennen Sie mich Tom! Das ist großartig!«

Zweiter Teil

10

Der Flug der El-Al aus Rom erreichte Tel Aviv am späten Vormittag mit einer Viertelstunde Verspätung. Wegen Überlastung des Ben-Gurion-Flughafens mußte der Pilot gut zehn Minuten über dem Meer kreisen, bevor er landen konnte. Gerade als die Stewardeß in einem kaum verständlichen, aber wunderbar klingenden Englisch die Verlängerung ihrer Verspätung »for only fiu minuts« ankündigte, spürte Tom, daß sich die Maschine zur rechten Seite neigte.

Lächelnd betrachtete er durch das kleine Fenster Israel, das sich unter ihm erstreckte. Tausende niedriger Häuser bedeckten den grünen Küstenstreifen wie zufällig hingeworfene Zuckerstückchen. Weiter hinten, in einer Färbung zwischen Grau und reinem Weiß, erhoben sich die sanften, ungeordneten Hügel Jordaniens.

Der Winter ging langsam in einen warmen Frühling über. Seit einigen Tagen schon lag ein zäher Nebel schwer über den Stränden und verdeckte teilweise die Reihe luxuriöser, hypermoderner Gebäude an der Uferpromenade von Tel Aviv. In der Ferne versuchte Tom, das ewige Weiß Jerusalems zu erkennen, aber er konnte nur das Band der Autobahn ausmachen, das sich zwischen den Hügeln Judäas verlor.

Schließlich kündigte der Pilot die Landung an. Tom warf einen Blick auf die Gesichter, die ihn umgaben. Einmal mehr fragte er sich, ob nicht einer dieser Passagiere der Organisazija angehörte. Er bezweifelte es. Wahrscheinlicher war, daß die Russen bereits in Jerusalem am Werk waren.

Nach seinem ersten Besuch war Tom nicht wieder bei dem Schriftsteller gewesen. Marek hatte über Pauline, seine

Assistentin, die Nachforschungen in der Bibliothek selbst organisiert. Während der zehn folgenden Tage hatten sie sich nur zweimal gesehen, um Karten und andere Dokumente in Augenschein zu nehmen. Beide Male hatten sie sich in einer englischen Bar nahe der Place des Ternes getroffen, wo es nur wenige Tische gab, was es leicht machte, eventuelle Beschatter zu erkennen. Für diesen Fall hatten sie ein Zeichen vereinbart, um einander nicht anzusprechen.

»Wissen Sie was«, hatte Marek schließlich halb gereizt, halb ironisch gesagt, »mit Ihrem Sicherheitsgetue fühle ich mich in meine Kindheit zurückversetzt. Dieses Versteckspiel erinnert mich an wenig angenehme Dinge. Ich hoffe, daß ich mich hier nicht umsonst zum Clown mache!«

Tom hatte geantwortet:

»Sie haben Aaron getötet, ohne zu zögern. Nach allem, was ich von ihnen weiß, sind sie in Paris genausogut wie in Brooklyn in der Lage, Killer zu finden, und in Jerusalem ist es, wie ich vermute, noch viel leichter.«

»Reizend!«

»Im Moment«, hatte Tom sich verbessert, der seinen neuen Partner nicht verschrecken wollte, »laufen wir keine Gefahr, angegriffen zu werden. Ich befürchte vielmehr einen Diebstahl oder einen einfachen ›Unfall‹, der es ihnen ermöglicht, die Karten und unsere Notizen an sich zu bringen. Nehmen Sie sich in acht bis zu unserer Abfahrt. Vorsicht ist besser als Nachsicht, nicht wahr?«

Marek hatte gelacht und ungläubig den Kopf geschüttelt.

»Genau das sagt mir mein Arzt auch immer. Aber lassen Sie uns soweit wie möglich bei der besprochenen Rollenaufteilung bleiben: Sie sind Rambo, und ich bin der kluge historische Kopf.«

Und eben das war der Fall. Anhand der Hinweise, die Aaron zurückgelassen hatte, war es Marek gelungen, innerhalb kürzester Zeit Fotokopien der Karten von Jerusalem und Umgebung zu erhalten, die bis zu zehn Jahrhunderte alt waren. Er hatte Tom erklärt, wie sie zu lesen seien, der verblüfft war, wie viele Schreibweisen ein Wort – der Name eines Dorfes oder die Inschrift des Grabmals – aufweisen konnte und wie viele Ungewißheiten das mit sich brachte!

Tom hatte vorgeschlagen, daß sie nicht gemeinsam nach Jerusalem reisen sollten. Auch die Dokumente wurden getrennt befördert. Während Marek, ausgerüstet mit den Karten und den alten Büchern, die man nicht per Internet übertragen konnte, direkt nach Tel Aviv flog, hatte Tom alle seine Notizen in einer verschlüsselten E-Mail an das Büro der *New York Times* von Jerusalem geschickt und einen Flug nach Rom genommen. Er hatte eine Nacht im Guarnieri verbracht, einem kleinen, ansehnlichen Hotel oberhalb der Piazza del Popolo. Bevor er nach Tel Aviv weiterreiste, war er, sowohl zu seinem Vergnügen als auch, um mögliche Verfolger auszumachen, den ganzen Abend über den Corso Emanuele geschlendert und dann durch das belebte Wirrwarr der kleine Straßen von der Piazza Navona bis zum Trevibrunnen. Wenn alles gut ging, würde er Marek an diesem Nachmittag im King David in Jerusalem wiedertreffen, bereit für die Schlacht …

Tom nahm seinen einzigen Koffer entgegen und ging durch die Paß- und Zollkontrolle, was ihn eine gute Dreiviertelstunde kostete. Bevor er sich für ein Taxi anstellte, tauschte er tausend Dollar in Schekel. Sicherheitshalber. Der Fahrer des Taxis warf ihm ein breites Lächeln zu, als er das Wort Jerusalem aussprach.

»Ah, Jerusalem! Jeder will Jerusalem sehen. Werden Sie die Stadt besichtigen?«

Tom nickte, Tourismus ging in Ordnung. Während er sich ständig vergewisserte, daß ihnen kein Auto folgte, lauschte er mit einem Ohr dem Wortschwall des Chauffeurs. In der Stunde, die sie brauchten, um die Randbezirke von Jerusalem zu erreichen, erzählte dieser ihm, wie sein zweiundzwanzigjähriger Sohn die Vereinigten Staaten von Amerika im Greyhound-Bus durchquert hatte.

Vor zwei Jahren hatte Tom anläßlich der Unterzeichnung des Osloer Abkommens einige Tage in Israel verbracht. Inzwischen war Yitzhak Rabin ermordet worden, und die Verträge von Oslo waren praktisch dabei, null und nichtig zu werden. Aber das klare, fast harte Licht, in dem Jerusalem erstrahlte, hatte sich nicht verändert. Und es rief immer noch dasselbe Gefühl hervor: den Eindruck, an einen fremden und erhabenen Punkt der Welt gelangt zu sein, an dem sich die ganze Kraft der Sonne bündelte. Das Weiß der Häuser, die auf den Hängen verstreut lagen, war über das Kreideweiß der nackten Felsen, das Grau der Olivenbäume und die dunkelgrünen Inseln der Kiefern getupft. Gegenüber dieser blendenden Helligkeit schienen die harten, dunklen Schatten seltsam gegenständlich.

Am Rande der Altstadt, im Herzen dieses lichten und zerbrechlich zarten Jerusalem, sah das riesige King David aus wie eine Kaserne der Kolonialzeit. Sobald man jedoch die Drehtür passierte, rief einem der Luxus der Eingangshalle wieder in Erinnerung, daß man sich in einem der schönsten Hotels der Stadt befand. Auf Mareks Rat hin hatte Tom dort zwei mittelgroße Zimmer in der ersten Etage reserviert: Um das gesamte Stockwerk verlief ein Balkon, der eine unauffällige Verständigung zwischen ihnen ermöglichte.

Der Portier bestätigte ihm, daß man für den Nachmittag einen Herrn Halter erwarte. Ein junger Zimmerkellner, fast noch ein Jugendlicher, der in eine schwarze Livree gezwängt war, an der ein Schild mit seinem Namen auf hebräisch und englisch prangte, führte ihn zu einem großen, modernen und ebenso komfortabel wie beliebig eingerichteten Zimmer. Die Terrassentür führte auf einen umlaufenden Balkon. Die Trennwände zwischen den Abschnitten waren niedrig genug, um über sie hinwegsteigen zu können.

Marek hatte ihm erzählt, daß das King David 1946, während des Unabhängigkeitskrieges, teilweise durch ein antibritisches, von der Gruppe Stern verübtes Attentat zerstört worden war.

Er hatte ihm jedoch verschwiegen, daß es eine so schöne Aussicht bot. Tom warf einen kurzen Blick auf die Mauern der Altstadt und auf die grünen Hänge, die sich von dort aus fast bis zum Hotel erstreckten. Er würde Marek fragen, warum diese Art Tal zwischen der Altstadt und dem Hotel frei blieb von Baustellen, wo doch sonst alles voll war davon. Ein Aufjuchzen lenkte seinen Blick zum Swimmingpool. Viele Leute drängten sich dort rund um das Becken. Junge Frauen im Badeanzug plauderten miteinander und rieben sich mit Sonnencreme ein. Männer lasen, Zigarre rauchend, Zeitung und kühlten dabei ihre Füße im Wasser. Kinder kreischten vergnügt. Das sorglose Jerusalem …

Nachdem er rasch seinen Koffer ausgepackte hatte, blätterte Tom in seinem Adreßbuch und griff zum Telefonhörer. Die Sekretärin vom Büro der *New York Times* antwortete ihm in bestem Englisch.

»Nein, mein Herr, Herr Zylberstein ist zur Zeit nicht in Jerusalem.«

Tom nannte seinen Namen und fragte, ob er die Person sprechen könne, die die elektronische Post durchsah.

»Einen Moment bitte, bleiben Sie dran.«

Eine halbe Minute verstrich, dann meldete sich eine andere freundliche, leicht rauhe Frauenstimme:

»Guten Tag, Mister Hopkins! Welch eine Ehre für uns, einen Kollegen aus New York bei uns begrüßen zu dürfen! Ich nehme an, Sie wollen die Post abholen, die Sie sich selbst zugeschickt haben?«

»Ja, aber ich …«

»Machen Sie sich keine Sorgen, ich habe den Kode, den Sie benutzt haben, sofort durchschaut! Seien Sie nicht böse, Computer sind meine Welt. Dafür bezahlt man mich hier.«

»Ich bin nicht böse, ich …«

»Na, um so besser! Sie können vorbeikommen, wann Sie wollen.«

»Gut, ich … jetzt gleich?«

»Wunderbar. Ich erwarte Sie. Übrigens, ich heiße Orit. Orit Karmel.«

Wütend legte Tom den Hörer auf. Was war denn das für eine Frau, die ihn nicht einen Satz zu Ende bringen ließ? Ihre Stimme war nicht unangenehm, aber offenbar stand die Seele einer Pfadfindergruppenleiterin dahinter!

Eine halbe Stunde später reichte ihm eine junge Frau in khakifarbenem Kimono und Armeehose die Hand. Ihre tiefschwarzen, glänzenden Haare, die zu einem lockeren, von einer großen grünroten Plastikspange gehaltenen Knoten zusammengebunden waren, umrahmten eine hohe Stirn, auf der sich bereits ganz leicht die Spur dreier Falten andeutete. Sie war nicht sehr groß und mußte ihren Kopf zurücklegen, um Tom in die Augen zu sehen. Ihr Blick war sehr klar, ein bißchen feucht und funkelnd vor Neugierde – oder Ironie. Tom bemerkte noch ihren Mund, der ein bißchen zu groß, aber makellos gezeichnet war, ihre schmale Taille und die üppige Brust, die man sich warm und lebendig vorstellte, so wie die Hand, die sie ihm reichte.

Zu einem anderen Zeitpunkt hätte er sie mit mehr Wohlwollen betrachtet. Vielleicht wäre ihm ganz einfach aufgefallen, daß sie schön war. Aber dem unvermittelten Empfang am Telefon und dem prüfenden Blick, der ihn von Kopf bis Fuß musterte, folgte ein spöttischer Angriff, auf den Tom in keiner Weise gefaßt war.

»Also«, fing sie an, wobei sie die Augenlider etwas senkte, »wissen Sie, ich habe Sie mir genau so vorgestellt, wie Sie sind! Ich meine, äußerlich. Voll und ganz das New Yorker Outfit ... Ich habe Ihre Geschichte mit den Russen aus Brooklyn, der Mafia und all dem verfolgt. Ich meine den Tod von diesem armen Jungen, Ihrem Informanten! Spitzenarbeit, aber schon eine dieser Geschichten, die einen merkwürdigen Nachgeschmack haben, oder?«

Tom blieb die Luft weg. Welches Recht hatte diese Frau, ihn so anzugreifen? Hätte er sie nicht gebraucht, um an seine Notizen zu gelangen, er hätte sie liebend gerne dort stehenlassen. Er flehte zu Gott, in den nächsten Tagen nicht auf sie angewiesen zu sein. In der letzten Zeit waren die Frauen, verdammt noch mal, nicht auf seiner Seite. Mit der giftigsten Miene, die ihm möglich war, fragte er:

»Sind Sie immer so, Miss Karmel?«

Ihre blaugrünen Augen blitzten auf, und sie verzog reizend die Mundwinkel. Leider können die schlimmsten Schlangen eine anmutige Erscheinung haben, dachte Tom. Eine Tatsache, die man gerade in einem Wüstenland niemals vergessen durfte, wollte man am Leben bleiben.

»Orit«, sagte sie gespreizt, »Orit … Wenn man mir mit ›Miss Karmel‹ kommt, fühle ich mich wie meine eigene Großmutter. Was verstehen Sie unter ›immer so‹?«

»Na, ich würde sagen, so direkt.«

»Sie meinen schroff und schnell!« fügte sie lachend hinzu. »Immer, Mister Hopkins – darf ich Sie Tom nennen? Wissen Sie, alle Leute glauben, Jerusalem sei Geschichte, die Altstadt und all das … Das mag stimmen, aber es ist auch eine Stadt, die immer auf hundertachtzig ist, Sie werden sehen. Natürlich nur, falls Sie lange genug bleiben, um es festzustellen. Hier müssen Sie sich beeilen, sonst gehören Sie schon zur Vergangenheit, noch ehe Sie die Gegenwart verstanden haben.«

»Ausgezeichnet! Dann laden wir doch gleich mal diese Mail runter.«

»Okay, okay! Man könnte meinen, ich hätte Sie beleidigt.«

Sie sagte das, als sei es ihre geringste Sorge, aber Tom war froh, als sie auf dem Absatz kehrtmachte und ihn in das Zimmer führte, das hier als Redaktionsraum diente und das vollgestellt war mit Computern und Ordnern. Sie griff nach einer Diskette und hielt sie ihm hin, immer noch mit diesem gewitzten Lächeln, das sie anscheinend niemals ablegte.

»Ich vermute, Sie haben einen Laptop? Hier ist alles drauf.«

»Haben Sie die Dateien geöffnet?« knurrte Tom, der Mühe hatte, sich zu beherrschen.

»Nun ... geöffnet nicht gerade. Das war nicht nötig, um sie zu speichern.«

»Die Dateien waren verschlüsselt, eben damit niemand sie aus der Mailbox herunterladen konnte!«

»Oh, das war doch nur ein läppischer kleiner Kode. Da gibt es einen Trick ... Wenn Sie wollen, erklär ich es Ihnen. Ich könnte Ihnen auch eine etwas wirkungsvollere Verschlüsselungsmethode zeigen.«

Unter Toms wütendem Blick gefror ihr Lächeln.

»Ich dachte wirklich, daß Sie so Zeit sparen würden!«

Tom ließ die Diskette in die Innentasche seiner Jacke gleiten und entschied, daß es besser war zu gehen, bevor er ernstlich böse wurde. Aber er war kaum durch die Tür, als er erneut ihre tiefe Stimme vernahm, die in Wirklichkeit noch etwas rauher klang als am Telefon.

»Wir haben ein Fax an den Times Square geschickt, um zu erfahren, worüber Sie arbeiten, und ob wir Ihnen helfen können. Sie haben geantwortet, daß Sie zur Zeit mit keiner Reportage betraut sind, und, äh ... sie haben durchblicken lassen, daß Sie der Redaktion nicht mehr angehören. Ist das wahr?«

Tom drehte sich um und sah, wie sie lächelnd mit dem Fax wedelte.

»Das ist korrekt. Ich habe einen ausgedehnten Urlaub angetreten, Miss Karmel. Jedenfalls bin ich Ihnen dankbar, daß ich die Mailbox des Büros nutzen durfte ... Ich möchte Sie auch gar nicht länger stören. Vergessen Sie mich einfach.«

»Ach, und jedes Mal, wenn Sie in Urlaub fahren, schicken Sie sich selbst kodierte Dateien an das Büro vor Ort?«

Tom verschlug es die Sprache – nicht so Orit, die mit breitem Lächeln hinzufügte:

»Ich bin eine Frau, auch wenn man das nicht sieht. Mir entgeht keine Geheimniskrämerei. Es geht um die Mafia, nicht wahr? Die Russen ... Sind Sie ihretwegen hier?«

»Sie sind eine Frau, und das sieht man, Miss Karmel. Da gibt es keinen Zweifel. Aber ich werde Ihnen etwas von Mann zu

Mann sagen, von Journalist zu Journalist: Was ich hier tue, geht Sie gar nichts an!«

»Tom! Aber warum verstehen Sie das gleich falsch? Ich wollte Ihnen nur Hilfe anbieten, falls …«

»Sehr schön, aber vielen Dank, ich brauche keinerlei Hilfe.«

Mit drei Schritten stand sie neben ihm. Tom roch ihr leichtes Moschusparfüm, als sie ihre langen Finger auf seinen Arm legte. Er hätte nur sein Handgelenk bewegen müssen, um die kleine Tasche ihres militärisch anmutenden Kimonos zu streifen, der sich über ihren Brüsten spannte. Er wich einen Schritt zurück, aber Orit war jetzt todernst, vielleicht sogar wütend.

»Hören Sie, Sie irren sich vollkommen! Ich möchte mich nicht in Dinge einmischen, die mich nichts angehen. Ich mache meinen Job, das ist alles! Und ich warne Sie: Sie kennen Jerusalem nicht. Hier ist alles sehr speziell. Ohne Kontakte können Sie in dieser Stadt rein gar nichts ausrichten …«

»Na schön«, seufzte Tom, als stünde er vor einem störrischen Kind. »Sie werden mir helfen. Wissen Sie, wo ich einen Geländewagen mieten kann?«

Tom erwartete, daß sich ihre Miene noch mehr verfinstern würde, aber sie lachte aus vollem Hals.

»Haben Sie vor, den Negev zu durchqueren?«

»Nein, nur den Dschebel el-Mintar.«

»Wo ist das? Im Sinai?«

Er lächelte, einigermaßen zufrieden mit sich selbst.

»Sehen Sie. Und Sie glauben, alles über Jerusalem zu wissen … Das liegt weniger als zwanzig Kilometer von hier entfernt.«

Dieses Mal zeigte sie sich endlich getroffen. Ein Schmollen umspielte ihren schönen Mund, und sie drehte ihm den Rücken zu.

»Nie davon gehört, aber wenn Sie es sagen! Ich werde Ihnen die Adressen für den Geländewagen geben.«

Ich für meinen Teil kam mit dem Nachmittagsflug der Air France am Ben-Gurion-Flughafen an. Wie jedesmal, wenn ich den Fuß auf israelischen Boden setzte, war ich verunsichert. Und dabei kannte ich dieses Land so gut! War das nicht in einem gewissen Sinne das Haus meiner Familie und damit auch das meine? Unter seinen Einwohnern allerdings fand ich mich kaum wieder. Gehörten wir wirklich demselben Volk an? Wie bei jedem meiner Aufenthalte fragte ich mich, sowie ich die Zoll- und die Paßkontrolle hinter mir gelassen hatte, mit welcher Zauberei es gelang, hier aus dem Juden einen Israeli zu machen.

Das Taxi brachte mich nach Jerusalem. Es war kurz nach sechzehn Uhr, als der Wagen vor dem Hotel zum Stehen kam. Das King David hatte sich nicht verändert. Hopkins war angekommen.

»Er hat sein Zimmer heute morgen bezogen. Aber wie ich sehe, ist er schon wieder ausgegangen, mein Herr«, präzisierte der Portier. »Er hat nach Ihnen gefragt, aber keine Nachricht hinterlassen.«

Tom Hopkins mit seiner Eile und seinem Sicherheitstick! Seit ich bereit war, einzusteigen in sein Projekt oder auch sein Abenteuer, ganz wie man wollte, hatte ich ein bißchen das Gefühl, bei einem Spiel mitzumachen. Es gefiel mir, abgesehen von einer gewissen Hast, auch wenn ich mir über meine Rolle kaum im klaren war, noch über den Gewinn oder den Schaden, den ein Sieg oder eine Niederlage mir bringen konnten.

Wenigstens hatte mich diese Geschichte nach Jerusalem zurückgeführt! Die Ergriffenheit und die Aufregung schnürten mir den Hals zu, als ich die Terrassentür meines Zimmers öffnete. Noch bevor ich meine schweren Koffer auspackte, setzte ich mich für ein paar Minuten auf den Balkon und genoß das einzigartige und köstliche Schauspiel, das sich mir bot. Ich hatte Tom davon überzeugt, das King David als »Hauptquartier« zu nehmen – in seinen Worten gesprochen – und besonders die erste Etage des Hotels, weil ich die pragmatischen Argumente kannte, die diesen jungen tatendurstigen Mann verführen konnten. Der wahre Grund, weshalb ich hier wohnen wollte, war das Vergnügen, das ich in diesem Moment genoß.

Für ein geübtes Auge war zwischen den flachen Dächern, den Spitzen, den Minaretten und den Kuppeln hinter der Festung die Grabeskirche zu erkennen, auch die grünen Zwiebeln der russisch-orthodoxen Kathedrale oder die Turmspitze der Sankt-Anna-Kirche. Noch weiter hinten zeichnete sich unter dem makellosen Blau des Himmels der Berg Zion mit der Kirche Dormitio Sanctae Mariae ab, die an genau dem Ort erbaut ist, an dem das Abendmahl stattgefunden und Jesus das Passahfest gefeiert hat. Etwas näher, zu Füßen des Hotels, zwischen dem luxuriösen Swimmingpool und den Mauern der Altstadt, erstreckte sich als sanfter Hang, was einmal das antike Gehenna gewesen war. Das »Würgetal«, wie der Prophet Jeremia es nannte, nachdem der König von Babylon, Nebukadnezar, dort Tausende der Bewohner Judäas umgebracht hatte. An diesem Ort haben auch die Kanaaniter, die Moloch verehrten, früher die Kinder geopfert. Der helle Lehmboden, auf dem vereinzelte Zypressen standen, war mit kurzem Gras bewachsen, das zu diesem Frühlingsanfang schon grün war. Es war ein nacktes Gelände zur Erinnerung an den Tod und das tausendjährige Leid, von einer merkwürdigen Schönheit auch dort, wo heute die Kinder, jüdische und arabische, Fußball spielen konnten, ohne sich um die vergangenen Schrecken zu kümmern, aber sicherlich bereit, gegen künftige zu kämpfen.

Vor allem aber bot sich mir wie immer ein phantastisches Schauspiel des Lichtes. Jerusalem war aus Licht gemacht. Aus *einem* Licht, sollte ich sagen. Die hohe Lage ebenso wie ein beständiger, leichter Wind, der im Dezember oder Januar zum Sturm werden kann, sorgen in der Heiligen Stadt für eine stets reine Luft. Hier dämpft nichts die Kraft der Sonne. Sie scheint so stark, so rein, daß man im Sommer den Schatten in den kleinen Straßen nicht sucht, um sich zu erfrischen, sondern vielmehr, damit die Augen sich erholen können. Es heißt, daß, als der alte Tempel noch stand, an jedem Morgen die Tore für einige Augenblicke unsichtbar wurden. Das Gold, das sie bedeckte, verwandelte sich in der aufsteigenden Sonne in einen glühenden Spiegel, und kein Blick konnte dem aus der Verbindung von himmlischem Licht und Metall geborenen Glanz standhalten.

So war ich in diese Schönheit versunken und in mich häufig beschäftigende Gedanken zu den biblischen Aufrufen zur Erinnerung, die 169 »Erinnere dich« oder »Sachorim«, als hielten die Weisen, obwohl sie um die Zerbrechlichkeit der Erinnerung wußten, sie dennoch für das einzige Mittel gegen das Böse, als ein Geräusch zu meiner Rechten mich hochfahren ließ.

Für den Bruchteil einer Sekunde war ich darauf gefaßt, eine Horde russischer Killer auftauchen zu sehen. Aber aus der Terrassentür trat nur der Amerikaner, der mich überschwenglich begrüßte. Mühelos sprang er mit seinen langen Beinen über die kleine Mauer, die unsere Balkone voneinander trennte, an seiner sorgenvollen Stirn jedoch konnte ich ablesen, daß es ein Problem gab. Wir wechselten ein paar Worte über unsere jeweiligen Reisen, bevor ich ihn fragte:

»Sie sehen aus, als hätten Sie schlechte Nachrichten.«

»Nein, nein ... nicht wirklich.«

Worauf ein Schweigen folgte, das seinen Widerspruch Lügen strafte.

»Mein lieber Tom, ich möchte nicht neugierig sein, aber ich erinnere Sie daran, daß wir von nun an im selben Boot sitzen, wie man so schön sagt. Wenn es irgendein Problem gibt, wäre es besser, sie ließen es mich wissen ... Und befürchten Sie vor allem nicht, mir Angst zu machen. Dank Ihnen bin ich ja vollständig darüber im Bilde, daß mein Leben künftig nur noch an einem seidenen Faden hängt!«

Er deutete ein Lächeln an und hob die Hand, als wolle er einen unangenehmen Gedanken verscheuchen.

»Nein, es ist nichts Wichtiges. Nur eine unangenehme Begegnung. Ich bin zum Büro der *Times* gegangen, um unsere Notizen abzuholen. Leider ist das Mädchen, das meine E-Mail empfangen hat, eine richtige Klette. Eine von der frustrierten Sorte, unfähig, eigenständig eine Recherche durchzuführen, und offenbar der Meinung, daß die Arbeit des Journalisten darin besteht, die Informationen der anderen zu klauen. Wahrscheinlich verbringt sie ihre Tage vor dem Computer in der Hoffnung, daß ihr eine gute Geschichte fix und fertig von einer Internetseite in den Schoß fällt!«

»Ah, ich verstehe, Sie verläßt sich auf die göttliche Vorsehung«, gab ich, amüsiert über seine Empörung, zurück.

»Solche Leute sind eine Plage. Sie wollte unbedingt wissen, warum ich hier bin, warum meine Dokumente kodiert sind und so weiter. Wenn Sie das gesehen hätten! Die Diskretion in Person. Sie hat sogar ein Fax nach New York geschickt.«

»Also weiß sie Bescheid?«

Jetzt entspannte Tom sich und lachte offen.

»Nein! Sie haben ihr gesagt, daß ich der Redaktion nicht mehr angehöre ... Das ist abgesprochen mit Bernstein. Sie hat jedoch geahnt, daß etwas im Busch ist. Und weil sie denkt, ich stünde allein da, hofft sie, davon zu profitieren. Naja, das ist unwichtig! Ich habe übrigens ein Auto gemietet.«

»Schon?«

»Einen Toyota Geländewagen. Nicht ganz neu, aber in gutem Zustand. Genau das, was wir brauchen. Im übrigen hätte ich gern, da Sie jetzt hier sind und ich die Diskette habe, daß wir noch einmal Zwischenbilanz ziehen. Ich würde gern eine kleine Erkundungsfahrt machen und möchte wissen, wie dieser Dschebel el-Mintar aussieht.«

»Heute ist es ein bißchen spät, finden Sie nicht?« legte ich zaghaft Widerspruch ein. »Lassen Sie uns morgen anfangen. Ich habe noch nicht mal meine Koffer ausgepackt.«

Tom schaute mich mit diesem einschmeichelnden Lächeln an, das er nur allzugut einzusetzen wußte, und fuhr sich durch seine blonde Mähne.

»Alles, was ich möchte, ist, daß wir unsere Karten bereitlegen und den Weg nach Hirkania ausfindig machen. Anschließend werden Sie alle Zeit der Welt haben, sich einzurichten. Ich werde allein fahren. Nicht nötig, Sie Staub schlucken zu lassen!«

Drei Minuten später half er mir, mit Reißzwecken eine große Karte an die Wand meines Zimmers zu heften, auf der die Geschichte Jerusalems nachgezeichnet war. Drei Stadtmauern waren darauf zu sehen. Ihre Umrisse waren das Ergebnis archäologischer Forschungen, die sich ihrerseits an antiken Schriften orientierten. Die erste Stadtmauer umschloß nur die ursprüngliche Siedlung und den Tempel. Die zweite dehnte sich nach Nordwesten aus und umfaßte die heiligen Orte der Christen. Nach Christus umschloß die dritte, die bis in unsere Tage Bestand hat, das Ganze. Jüngste Funde hatten schlagkräftige Beweise für diese Hypothese erbracht. Auch die Klagemauer, von der seit Jahrhunderten Gebete zum Himmel steigen, scheint danach tatsächlich die westliche Wand des antiken Tempels zu sein.

Neben dieser Karte, die uns als Anhaltspunkt dienen sollte, brachten wir einen Satz vergrößerter Fotokopien alter Karten an. Insgesamt waren es vier: Zwei deckten den Norden und den Süden ab, vom Jordanischen Bergland bis zum Toten Meer, eine weitere beschrieb einen kreisförmigen Bereich rund um den Skopusberg im Norden von Jerusalem, und die letzte umfaßte das Judäische Hügelland und die Hebronberge. Jede Karte war gesprenkelt mit Namen von unbekannten Orten, deren genaue Lage wir mit größtmöglicher Präzision auszumachen versuchten. Auf diese Weise geschmückt, veränderte mein Zimmer augenblicklich sein Aussehen.

»Ich hoffe, daß man mich nicht bitten wird, das Hotel zu verlassen, wenn die Zimmermädchen diese Wand entdecken«, murmelte ich.

»Machen Sie sich keine Sorgen, Marek. Wir geben ihnen zwanzig Dollar, und sie werden die Karten und die Reißzwecken vergessen«, gab Tom, pragmatisch wie immer, zurück.

In Paris hatte ich ihm die Schwierigkeiten erklärt, denen wir begegnen würden. Die Verzeichnisse aus der Zeit der Bibel konnten den aktuellen Karten nur annähernd entsprechen. Mit Ausnahme von Jerusalem, Jericho und Qumran hatten alle Namen sich geändert. Die Spuren und die Ruinen, die uns eine Orientierung erlaubten, konnten sich verändert haben, vom Wüstensand verdeckt oder ganz verschwunden sein. Zahlreiche Kriege hatten dort stattgefunden. Die Menschen hatten über Jahrhunderte hinweg die Steine benutzt, um neue Häuser zu bauen. Selbst von den Friedhöfen war manchmal nur noch eine Andeutung geblieben. Nicht ein einziger in der Kupferrolle erwähnter Ort war der Topographie des modernen Israel verpflichtet. Wo lagen Sekaka, Bet Horon und Rabba heute? Niemand wußte das wirklich.

»Aber seien Sie unbesorgt«, beruhigte ich meinen neuen Begleiter, »die fehlende Verbindung zwischen den alten Bezeichnungen und den heutigen Ortsnamen läßt sich mit viel Geduld, Intuition und Wissen rekonstruieren. Nehmen Sie zum Beispiel die Beschreibung des 33. Verstecks:

Dort heißt es: *In der Höhle nahe dem Brunnen, der zu dem Hause des Hakkoz gehört, grabe sechs Ellen tief: sechs Goldbarren*. Ein Schatz im Hause des Hakkoz: eine interessante Idee, wenn man bedenkt, daß *Hakkoz* der Name einer Priesterfamilie ist, deren Abstammung bis zur Zeit König Davids zurückreicht. Man findet den Namen Hakkoz in der Epoche, in der die Juden aus dem babylonischen Exil zurückgekehrt sind. Derselbe Name taucht mit Regelmäßigkeit während der hasmonäischen Zeit auf. Hat Judas Makkabäus nicht Eupolemus als Botschafter in Rom ernannt, den Sohn des Johannes, eines Sohnes des Hakkoz? Wunderbar. Überdies erwähnt das Buch Nehemia anläßlich des Wiederaufbaus der Mauern von Jerusalem einen gewissen Meremot, Sohn des Uria, Sohn des Hakkoz; und bei Esra lesen wir, daß der von Babylon nach

Jerusalem überführte Tempelschatz dem Priester Meremot, Sohn des Uria, anvertraut wurde! Wie Sie sehen, Tom, wissen wir einiges. Aber immer noch nicht das Entscheidende: die Lage des Hauses Hakkoz. Stand es nun innerhalb oder außerhalb von Jerusalem? Es bedürfte eines Wunders, um das zu erfahren!«

»Was für einer Art Wunder?«

»Eines Textes, eines Schriftstücks … In Jerusalem, wie auch beim Rätsel des Schatzes, geht es immer um die Schrift. Wir brauchen ein Wunder, um auf eine Schrift zu stoßen, die einen Hinweis auf die Lage des Hauses enthält oder wenigstens die Entwürfe des Baumeisters Meremot aufzählt.«

»Wenn ich richtig verstehe«, hatte Tom geknurrt, »ist Ihre Darstellung der Fakten vollkommen entmutigend. Versuchen Sie gerade, mir klarzumachen, daß wir uns wie alle anderen an den Rätseln der Kupferrolle die Zähne ausbeißen werden?«

»Das ist wahrscheinlich. Aber nicht ganz sicher. Doch Ihr Ziel ist ja, wenn ich mich recht entsinne, nicht, den Schatz zu finden, sondern die russische Mafia in eine Falle zu locken, während sie ihn sucht, nicht wahr?«

»Richtig. Aber ich verstehe nicht …«

»Warten Sie einen Moment, Tom. Möglicherweise haben *sie* Informationen, über die wir nicht verfügen. Ein anderes Manuskript zum Beispiel, das wir nicht kennen, wie das, das Aarons Vater gestohlen hat.«

»Das bezweifle ich. Sokolow hätte nicht Aaron, seinen Vater und seine Schwester getötet, wenn er über ein weiteres Dokument verfügte, das so eindeutig wäre. Seine Brutalität ist nur ein Zeichen von Schwäche. Wenn er versucht hat, mir in New York Angst zu machen, dann nur, weil er nicht mehr in der Hand hat als wir! Das ist zwar nicht zu beweisen, aber ich könnte drauf wetten.«

»Eben das glaube ich auch. In diesem Fall dürfen wir den Schatz – oder seine Verstecke – nicht in beliebiger Reihenfolge oder aufs Geratewohl suchen. Es wäre vernünftiger, sich in ihre Lage zu versetzen und sich die Frage zu stellen: Wo könnten sie suchen?«

»Einverstanden.«

»Das schränkt das Gebiet unserer Nachforschungen ein. Wir müssen uns auf die Orte konzentrieren, die wir – wie Ihr Sokolow – mit Gewißheit auf den alten Karten ausmachen können. Auf diese Weise können wir sie treffen.«

»Nicht schlecht«, hatte Tom mit einem verschmitzten Lächeln zugestimmt.

So kamen wir zu der Ansicht, daß das erste Versteck der Rolle vielleicht am leichtesten zu entdecken sei: *In Horebbeh, das im Tal von Achor liegt, unter den Stufen, die nach Osten führen, (grabe) vierzig Ellen im Westen: eine Truhe aus Silber und verschiedene Gefäße. Gewicht: siebzehn Talente.*

Nachdem ich mich zwei oder drei Tage lang in einen Wust von Papieren gestürzt hatte, hatte ich mit einer vielleicht etwas übertriebenen Sicherheit zu Tom gesagt:

»Einige Gelehrte, wie Milik, glauben, das Tal von Achor heiße heute Wadi Nuweime. Die Nachforschungen in dieser Richtung haben jedoch nichts ergeben. Meiner Meinung nach könnte es sich eher um die Verlängerung des Wadi Qumran handeln, an den Grenzen des Dschebel el-Mintar. Außerdem ist dieses *Horebbeh* meiner Meinung nach keine Ruine – ›churba‹ auf hebräisch –, wie es zumeist heißt. Es könnte sich auch um den Namen eines Dorfes handeln, das heute Hirkania heißt. Es ist bekannt dafür, daß sich dort die Überreste eines Friedhofs aus der Zeit der Hasmonäer befinden. Die Stufen, um die es geht, werden wohl dort in der Nähe sein. Einziges Problem: Auch wenn einige Gräber noch bestehen sollten, so ist es sehr wahrscheinlich, daß die *Stufen* verschwunden sind. Und mit ihnen auch der Anhaltspunkt für das Rätsel!«

»Verdammt, wenn immer alles verschwunden ist, werden wir nie etwas finden können!« regte Tom sich auf.

»Außer wenn Sie vor Ort und angesichts der Überreste, die Sie dort vorfinden, Ihr Hirn anstrengen, mein Freund. Jedem sein Teil der Abmachung: Ich gebe Ihnen den Ort an, der mir wahrscheinlich vorkommt – mit einem Unsicherheitsfaktor von neunzig Prozent –, und Sie mimen den Archäologen ...«

»Großartig!«

Erneut von seinem unverwüstlichen Optimismus ergriffen, las Tom, ausgerüstet mit einer Lupe, nun meine Notizen noch einmal und trug mit einem roten Stift auf der Karte seinen Weg ein, indem er ihn mit den alten Karten abglich.

»Von Jerusalem aus muß man also die Straße nach Jericho nehmen. Sie führt am Fuße des Ölbergs vorbei, umgeht den Jüdischen Friedhof ...«

»Den können Sie nicht verfehlen: Sie werden sehen, daß die Gräber am Hang stufenförmig angelegt sind.«

»Im Grunde gibt es zwei mögliche Strecken. Ich kann über Al-Ubeidiyah fahren. Anschließend aber führt der Weg in jedem Fall mitten durch die Wüste! Dieser Dschebel el-Mintar ist nicht besonders groß, nehme ich an?« murmelte er, ohne den Kopf zu heben.

»Groß genug, um sich darin zu verirren, und darauf kommt es an.«

»Mit der Karte dürfte ich es schaffen, im schlimmsten Fall fahre ich nach Osten und komme wieder ans Tote Meer.«

»Sie vergessen etwas«, sagte ich, wohl wissend, daß es überflüssig war. »Sie sind nicht in einem gewöhnlichen Land. Sie werden durch abgeschiedene arabische Dörfer kommen. Zur Zeit ist die Spannung zwischen Juden und Arabern ziemlich groß. Wenn sie Sie mit Ihrem schicken Geländewagen ankommen sehen, könnten sie das mißverstehen.«

Er zuckte mit den Schultern und gewährte mir ein kleines Augenzwinkern, das mich beruhigen sollte.

»Sie haben vergessen, daß ich Journalist bin, Marek. Ich bin daran gewöhnt, mich auf unsicherem Gebiet zu bewegen. Wenn man Ärger sucht, gibt es nichts Besseres als Brooklyn!«

»Wenn Sie es sagen.«

»Machen Sie sich keine Sorgen! Vor Einbruch der Dunkelheit

werde ich zurück sein. Ich will nur eine kleine Runde drehen, um einen Eindruck zu bekommen von dem, was uns erwartet.«

»Wunderbar«, willigte ich ohne rechte Überzeugung ein, abgesehen von der, daß jeder die Wirklichkeit auf seine Weise austesten muß, um seine Grenzen kennenzulernen.

»Eins noch«, fügte er hinzu, während er die Karte zusammenfaltete. »Gestern in Rom habe ich an diesen Buchhändler und an die alten Texte gedacht, von denen Sie mir erzählten.«

»Rab Chaim und die Beichte des Achar von Esch?«

»Genau … Sie sagten, daß die Beichte des Mönches auf weitere Texte anspiele, die den Schatz betreffen könnten. Werden Sie den Buchhändler besuchen?«

»Gleich nachdem ich geduscht habe. Aber machen Sie sich nicht zu viel Hoffnung. Es ist nicht ausgeschlossen, daß es diese Texte gibt, aber sie zu bekommen würde an ein Wunder grenzen. In dem Durcheinander des Ladens von Rab Chaim etwas zu finden ist sicherlich genauso schwierig, wie die Stufen aus der Zeit der Bibel in Hirkania zu entdecken.«

»Wir müssen es trotzdem versuchen. Können Sie sich den Vorsprung vorstellen, den wir dann vor den Russen hätten?«

»Wir haben bereits darüber gesprochen, und ich kann mir das gut vorstellen. Ich gehe gleich hin, wie ich gesagt habe.«

»Entschuldigung!«

Er winkte ab.

»Ich dränge Sie, aber wir haben keine Zeit zu verlieren!«

Jetzt war ich an der Reihe zu lachen.

»Mein lieber Tom, Sie werden sehen, daß hier keine einzige Minute verlorengeht. Sie sammeln sich alle auf einem Haufen, was die Sache noch um einiges komplizierter macht.«

Er trat auf den Balkon, um zu seinem Zimmer zu gehen, und blieb kopfschüttelnd auf der Schwelle der Terrassentür stehen:

»Sie wollen mich um jeden Preis davon überzeugen, daß in Jerusalem nichts so ist wie anderswo, nicht wahr?«

»Ich will Sie von gar nichts überzeugen, mein Freund. Sie werden selbst entdecken, was es hier zu lernen gibt.«

11

Ich traf den alten Rab Chaim so wieder an, wie ich ihn verlassen hatte: lebhaft, lächelnd, mit seinem *streimel*, seinen Schläfenlocken und dem abgetragenen schwarzen Kaftan. Unwandelbar schien er hier seit Anbeginn der Welt seines Amtes zu walten, Wächter über die alterslosen Texte, die lehren, daß alles göttlich ist und daß das Ganze die winzigen Elemente der Unendlichkeit enthält und daß jeder einen Teil des Messias in sich trägt, wodurch er an der Offenbarung teilhaben kann.

Zu meiner großen Überraschung und Freude erkannte er mich gleich wieder.

»Herzlich willkommen, herzlich willkommen!« sagte er zu mir. »Setzen Sie sich. Es wurde Zeit, daß Sie wiederkommen.«

Er erriet mein Erstaunen, ihn so unverändert anzutreffen.

»Mir geht es ausgezeichnet«, kicherte er zufrieden. »Dem Viertel aber, dem geht es schlecht!«

Die Israelis hatten in der Tat umfangreiche Sanierungsarbeiten vorgenommen. Ich hatte Schwierigkeiten gehabt, in dem alten Stadtviertel, das etwa hundert Meter von der Klagemauer entfernt lag, die Straße wiederzuerkennen.

»Ich vermute, Sie wollen noch mehr über die Geschichte Jerusalems wissen. Das ›Warum‹, von dem Sie sprachen! Seit Monaten wartet hier etwas auf Sie ...«

Ohne Umschweife zog er zwischen den Gebetsbüchern eine Mappe aus Karton hervor. Rötlich, mit braunen Flecken von der Feuchtigkeit, lag sie dort griffbereit, als habe der alte Mann mich seit meinem letzten Besuch jeden Tag erwartet. Ich dachte an Toms Eile und an das, was ich ihm kurz vorher im Hotel über die Zeit gesagt hatte, und ich wünschte, er hätte sehen können, wie gewandt Rab Chaim hier mit Vergangenheit und Zukunft jonglierte. Als habe er wieder meine Gedanken gelesen, hielt mir der alte Buchhändler lächelnd die Mappe hin.

»Seien Sie vorsichtig, die Zeit hat sie zerbrechlich gemacht. Es handelt sich um ein altes, ein sehr altes Manuskript ... Vielleicht werden Sie dort finden, was Sie suchen.«

Wir legten das wertvolle Objekt an den einzigen freien Platz auf dem Tisch. In der Mappe mußten sich an die zwanzig dicke Pergamentbögen befinden. Vorsichtig löste ich das Band, das sie zusammenhielt. Gerade als ich den kartonierten Deckel öffnen wollte, legten sich Rab Chaims dürre Finger um mein Handgelenk.

»Warten Sie!« sagte er und nahm mir die Mappe wieder aus den Händen, um sie wie einen Tabernakel zu öffnen. »Das ist der entscheidende Augenblick. Mit der Feuchtigkeit klebt das alte Papier zusammen und zerreißt wie nichts.«

Er legte einen der fleckigen, an den Rändern teilweise ausgefransten Bögen vor mich hin. Die schöne, schräge Schrift, die ihn bedeckte, war etwas verblaßt und hier und da verwischt.

»Werden Sie das lesen können?« fragte Rab Chaim mich, ohne die Mappe loszulassen.

»Ja, ich glaube schon.«

Der Text war auf hebräisch verfaßt, mit ineinander verschlungenen Buchstaben und einigen in Versalien geschriebenen Wörtern.

Das Folgende ist wert, übertragen zu werden, damit es künden möge von dem Ort der Gräber unserer Väter, durch deren Verdienste die Welt besteht. Denn selbiges ist gewiß, wie mich ein Mann lehrte, der mit dem ehrenwerten Rabbi Jonathan Cohen aus Lunel im Lande Israel war und dessen Name Rabbi Samuel bar Simson ist. Er begleitete ihn in das Land Goschen, durchquerte an seiner Seite die Wüste und kam mit ihm nach Jerusalem.

Von diesem Punkt an werde ich sprechen wie der Verfasser selbst in seinem Brief. All dies trug sich zu im Jahre 1210.

Ich las diese wenigen rätselhaften Sätze noch zweimal, als habe sich der Text über die Jahrhunderte mit anderen, verborgenen Bedeutungen angereichert, die es zu entdecken galt.

»Das ist die Einleitung zu einer Reisechronik«, nahm Rab Chaim das Gespräch wieder auf. »Sie werden auch Zeugnisse von Reisenden finden, die Jerusalem vor über tausend Jahren besucht haben. Ist das nicht erstaunlich?«

Erstaunlich, ja. Und doch war ich in Wahrheit enttäuscht. Ohne es mir selbst einzugestehen, hatte ich im Grunde gehofft, Rab Chaim möge in seinem Fundus von Dokumenten die Schriften verwahren, auf die der Mönch Achar angespielt hatte. Ohne allzusehr daran zu glauben, fragte ich:

»Erinnern Sie sich an die Beichte des Mönches, die Sie mir das letzte Mal anvertraut haben?«

»Leider erinnere ich mich an so viele Dinge, daß ich manchmal einige davon vergesse ... Aber dieses nicht. Ich erinnere mich.«

»Der Mönch behauptete, zusammen mit seiner Beichte hebräische Papyri, die eventuell aus der Zeit Jesu stammten, versteckt zu haben. Ich hatte gedacht, daß Sie diese Schriften vielleicht besäßen?«

»Ja ... wirklich sehr alte Texte. Vielleicht etwas zu alt für meinen bescheidenen Laden.«

Er ließ einen Moment verstreichen, wobei er den Blick nicht von mir abwandte, und plötzlich fühlte ich mich unwohl. Dann lächelte er mich an und entblößte dabei seine schlechten Zähne.

»Es ist nicht ausgeschlossen, daß sie hier irgendwo sind, aber *Oje, oje, oje*! wie soll ich sie nur wiederfinden?«

Die Ladenglocke unterbrach ihn. Zwei Männer um die dreißig mit kurzen Haaren und sehr hellen Augen traten ein. Ich dachte gleich, daß sie gut Russen oder Ukrainer sein könnten. Mit ihren Jeans und ihren bunt bedruckten Hemden sahen sie überhaupt nicht aus wie die gewöhnliche Kundschaft von Rab Chaim. Gleichzeitig fühlte ich, wie er sich verspannte, als seien diese Unbekannten nicht unbekannt für ihn, und ich merkte, daß ihr Besuch in ihm eine Wut auslöste, die ich ihm niemals zugetraut hätte. Sie näherten sich zwischen den Bücherstapeln und den überladenen Möbeln. Als sie mich bemerkten, musterten sie mich, tauschten einen verärgerten Blick und deuteten einen förmlichen Gruß an, bevor sie wieder hinausgingen, ohne auch nur ein Wort gesagt zu haben.

»Komische Leute«, bemerkte ich möglichst beiläufig, als sie draußen waren.

»Komisch! *Oje!* Nein, komisch überhaupt nicht. Seit zwei Wochen bedrängen sie mich jetzt, und Sie werden nicht erraten, warum: Damit ich ihnen all das hier verkaufe!« Mit einer ausladenden Bewegung seines dünnen Arms bezeichnete er die staubige Höhle, die sein ganzes Leben enthielt. »Leute wie diese! Den Laden von Rab Chaim kaufen!«

»Merkwürdig, wirklich.«

»Sie bieten mir mehr Geld, als ich in meinem ganzen Leben gesehen habe. Aber sie sind verrückt!« begann der alte Mann wieder, wobei er seiner Wut freien Lauf ließ. »Dafür ist es ein bißchen zu spät, daß Rab Chaim seinen alten Papierkram in Geld verwandelt. Ich weiß seit langem, daß diese Texte eine Goldgrube sind. Aber so, wie man Augen braucht, um sie lesen, und Grips, um sie verstehen zu können, so braucht man auch eine Seele, um dieses Gold hier berühren zu dürfen. Und diese … ach, es gibt kein Wort dafür … Ich weiß, was sie mit den Schriften machen wollen: Sie verbrennen. *Oje!* Sie ganz einfach verbrennen! Sie geben einen Dreck auf die Geschichte und auf die Erinnerung! Sie geben einen Dreck auf die Wahrheit und glauben sich unsterblich, weil sie Geschäfte machen! Den Laden, den wollen sie. Daß ich ihn aufgebe, damit sie einen Souvenirshop daraus machen können, oder was weiß ich. *Oje, oje, oje!* Vielleicht werde ich unter einem Stapel von alten Schriftstücken sterben oder an Altersschwäche, aber mit Sicherheit nirgendwo anders als hier!«

Ich wußte nicht, was ich sagen sollte. Ich verstand seine Wut und fand keine Worte, um ihn zu beruhigen, so gerechtfertigt schien mir seine Empörung. Doch Rab Chaim brauchte meine Unterstützung nicht. Seine Laune so schnell ändernd wie ein im Wind sich drehendes Blatt, kam er auf unser Thema zurück, als habe nichts ihn unterbrochen.

»Ja, ja«, sagte er leicht glucksend, »wer weiß, ob ich da nicht die Papyri habe, die zu der Beichte des Mönchs gehören? Ich glaube, mich zu erinnern, daß ... Bitte warten Sie einen Augenblick.«

Er verschwand im Hinterzimmer seines Ladens. Ich hörte das leise Rascheln von Papieren, die umgeschichtet werden, und begann erneut zu hoffen. Wenn nun doch ... Rab Chaim kam kopfschüttelnd zurück, ohne jedoch sein Lächeln aufzugeben.

»Nein! Ich brauche Tage, um dort irgend etwas zu finden. *Oje, oje!* Ein Elend, diese mangelnde Ordnung«, fügte er hinzu, wobei er die Hände zusammenschlug und seine schlechten Zähne zeigte. »Aber Sie haben es nicht eilig, nicht wahr? Wer wäre schon so verrückt, sich auf den Spuren der Geschichte zu beeilen?«

Ich dachte abermals an Tom, und mit einem Kopfnicken bedeutete ich ihm, daß ich noch einige Tage warten könnte.

»Jetzt, wo wir davon sprechen, erinnere ich mich, die Schriften zweier Gelehrter aus der Zeit der Kreuzzüge in Händen gehalten zu haben, in denen die Geschichte unserer Stadt haarklein erzählt wird. Das ist es doch, was Sie suchen, nicht wahr?«

»Ganz genau!«

»Ziemlich interessante Texte. Die Gelehrten hatten eine Tafel entziffert, die unter den Resten der alten kanaanäischen Festung Lachisch gefunden wurde. Ein Schreiber, der vor 2585 Jahren der Eroberung Jerusalems durch Nebukadnezar, den

König von Babylon, beiwohnte, hat dort die Stadt vor ihrer Zerstörung beschrieben. Sie hatten auch einen Text über den Streit gefunden, der um die Ermordung Gedaljas entbrannte.«

Gedalja, der aus Juda stammende Statthalter Nebukadnezars in Jerusalem, wurde von fanatischen Juden umgebracht. Die Propheten, die entsetzt waren über diese Ermordung eines Juden durch andere Juden, ordneten ein öffentliches Fasten an – das Fasten von Gedalja –, das seitdem am Tage nach Rosh ha-Shana, dem jüdischen Neujahr, abgehalten wird. Eben das war es, was wir brauchten: einen Zeugenbericht aus genau der Zeit, in welcher der Schatz vergraben wurde!

»Ich weiß, woran Sie denken«, sagte Rab Chaim, der mein Schweigen diesmal falsch deutete. »Damals hatten die Propheten mehr Ehrfurcht vor unseren Werten als heute …«

»Das liegt daran, daß es heute keine Propheten mehr gibt«, antwortete ich ihm etwas gedankenlos. Und dann fragte ich, wobei ich meine Aufregung so gut wie möglich zu beherrschen suchte:

»Glauben Sie, daß Sie sie diese Texte haben?«

»Sie haben, schon, nur, ob ich sie greifbar habe, das ist die Frage, genau wie bei den anderen Texten auch … Aber Sie kommen gerade richtig: Es dürfte leichter sein als bei den Papyri des Mönchs.« Erneut zeigte er seine schlechten Zähne. »Ein italienischer Gelehrter hat vor zwei Tagen bei mir vorbeigeschaut, um nach Dokumenten dieser Art zu fragen. Ich habe angefangen zu suchen. Kommen Sie morgen abend wieder und …«

Da ließ uns das Glöckchen an der Tür hochschrecken. Aber dieses Mal nickte Rab Chaim zufrieden.

»*Oje*, der Allmächtige hat in meinen Gedanken gelesen!«

Ein Mann um die Fünfzig in einem beigefarbenen Leinenanzug, der seinen fülligen Körper elegant umspielte, betrat den Laden. Mit einem breiten Lächeln lüftete er einen Panamahut. Sein volles, pomadeglänzendes Haar ließ ihn aussehen wie einen alten Tangotänzer. Sein Blick war intelligent, und der

Mund und die sinnliche Nase dürften mehr als eine Frau verführt haben.

»Professor Calimani«, sagte Rab Chaim, »der italienische Gelehrte, von dem ich Ihnen eben erzählt habe.«

Der Professor lächelte noch breiter und streckte mir die Hand entgegen.

»Giuseppe Calimani.«

»Ich kenne einen Calimani.«

»Sicherlich meinen Cousin, den Schriftsteller. Er und ich, wir gehören der einzigen jüdischen Familie an, die Venedig seit der Entstehung des Ghettos 1516 niemals verlassen hat. Aber ich bin nur ein unbedeutender Bibliothekengänger. Ich lehre vergleichende Religionswissenschaften – zumindest der Religionen, die sich auf Jerusalem berufen.«

Calimani sprach hebräisch mit einem leichten Akzent und in einem heiteren und warmen Tonfall. Auch ich stellte mich ihm vor. Rab Chaim unterbrach mich, um zu betonen, daß ich ebenfalls Texte über das alte Jerusalem suchte.

»Für einen Roman?« fragte Calimani.

»Ja, vielleicht ...«, antwortete ich ausweichend.

»Wenn es mir gelingt zu finden, was Sie beide suchen«, sagte Rab Chaim verschmitzt, »müssen Sie sich die Lektüre teilen.«

»Mit Vergnügen!« beteuerte Calimani aufrichtig. »Ich gehöre zu denen, die glauben, daß die Geschichte alle angeht. Je mehr wir sind, die um die Vergangenheit wissen, um so weniger Schaden werden die Lügen der Gegenwart anrichten können! Aber soll das heißen«, fügte er, an den alten Buchhändler gewandt, hinzu, »daß Sie die Texte über Gedaljas Tod noch immer nicht gefunden haben?«

»*Oje*, *oje*, auch Sie sind zu ungeduldig!« rief Rab Chaim aus. »Morgen, vielleicht morgen! Schauen Sie morgen noch einmal vorbei.«

Calimani lachte und zwinkerte mir zu.

»Wenn ich kein Hebräisch könnte, wäre ›morgen‹ das erste Wort, das ich von Rab Chaim gelernt hätte. Nun gut, da wir also warten müssen und vielleicht bald unsere Lektüre miteinander teilen werden – haben Sie Zeit, mit mir einen Kaffee zu trinken?«

Wie immer neugierig darauf, einen Menschen kennenzulernen, dessen Bildung meinen Horizont erweitern konnte, nahm ich gerne an. Kurz darauf fanden wir uns in den engen Straßen wieder und wurden sogleich von den Touristenströmen verschluckt, die sich aus dem armenischen Viertel in die Altstadt schoben, um zur Klagemauer zu gelangen. In dem Gedränge sagte ich zu Calimani, ohne mir dessen so recht bewußt zu sein, auf französisch:

»Gegenüber vom Jaffator gibt es ein nettes Café.«

»Sehr schön, wenn wir heil dort hinkommen!« knurrte Calimani und hielt die Krempe seines Hutes fest, um ihn in der Menge nicht zu verlieren.

»Wie ich höre, sprechen Sie sehr gut französisch.«

»Ich war einige Zeit mit einer Französin verheiratet«, sagte er und verteilte gleichzeitig Stöße mit den Ellbogen, um sich einen Weg zu bahnen. »Eine wundervolle Geliebte, aber der Charakter …«

Wir setzten uns an einen Tisch, der soeben frei wurde. Der Kellner diskutierte in aller Ruhe mit einem alten Araber, dem Chef. Von der leicht erhöhten Terrasse aus konnten wir die Aussicht genießen. Zu unserer Rechten führte eine Gasse zum Heiligen Grab und zur Via Dolorosa hinauf. Ebenfalls zu unserer Rechten verlief der Bab el-Silsilah mit seinen arabischen Verkaufsständen bis hinunter zu der bescheidenen Treppe, die Richtung Haram el-Sharif und zum Felsendom hinaufführt. Zu unserer Linken erstreckte sich das alte armenische Viertel, das wir soeben durchquert hatten, und dahinter lag das jüdische. Am Rande dieses Viertels, auf einem Platz, der an den Berg Morija angrenzt, auf dem sich die Al-Aksa-Moschee erhebt, zog die Klagemauer unaufhörlich die Massen an.

Endlich kam der Kellner, um unsere Bestellung entgegenzunehmen. Als er sich von unserem Tisch entfernte, sagte

Calimani unvermittelt, als sei er mit einer Überlegung zu Ende gekommen, die ihn bis dahin beschäftigt hatte:

»Ist Ihnen aufgefallen, daß der Koran Jerusalem nicht kennt? Er erwähnt es nie, weder unter diesem noch unter einem anderen Namen. Und dabei hat doch der Islam, der Letztgeborene in der Familie der monotheistischen Religionen, auf die gemeinsame Quelle nicht verzichten können, ohne Gefahr zu laufen, in der Wüste zu verdursten, nicht wahr? Und wie hätte er sich auf die Abstammung von seinen beiden älteren Geschwistern, der Thora und den Evangelien, berufen können, wäre er nicht selbst im Hause des Vaters geboren, wäre er nicht selbst dort ein und aus gegangen?«

Der Professor war ganz offensichtlich einer von der redegewaltigen Sorte. Wenn er einen Gedanken gefaßt hatte, vergaß er darüber, Luft zu holen.

»Doch diese Lücke ist meisterhaft geschlossen worden. Die 17. Sure – Sie wissen, die, in der die Nachtfahrt des Propheten ›von der heiligen Moschee zur fernen Moschee‹ erwähnt ist – enthält ein paar rätselhafte Zeilen. Und diese Zeilen liefern den Stoff für die Legenden, die den Text des Koran begleiten. Diesen Legenden zufolge meint die heilige Moschee Mekka und die ferne Moschee Jerusalem. Nur wenige Jahrzehnte nachdem der Islam in der Stadt Einzug gehalten und der Omaijadenkalif Abd al-Malik genau über dem ehemaligen jüdischen Tempel den Felsendom errichtet hat, läßt sein Sohn an der Südseite des Plateaus die Al-Aksa-Moschee erbauen …«

»… die ›ferne Moschee‹, und erfüllt so nachträglich den heiligen Text«, fuhr ich fort, um ihm nicht nachzustehen. »In Jerusalem geht der Traum oft der Realität voraus … Das ist eine Form der Weisheit.«

Calimani seufzte.

»Ach ja, soviel Weisheit vereint auf so wenig Raum!«

»Und soviel Haß …«

»Das ist normal. Es steht sehr viel auf dem Spiel.«

»Was steht auf dem Spiel?«

»Die Ewigkeit, mein Lieber. Die Ewigkeit. Der Traum aller Menschen.«

»Was führt Sie dieses Mal nach Jerusalem?« fragte ich in der Hoffnung, wir würden uns nicht in philosophischen Allgemeinplätzen verlieren.

»Dasselbe wie Sie: die Geschichte! Genauer gesagt, ich bin eingeladen, an einem Kolloquium teilzunehmen, das von der Hebräischen Universität organisiert wird. Thema der Diskussionsrunden ist die italienische Renaissance. Die Veranstaltung beginnt in wenigen Tagen.«

Endlich kam der Kellner mit dem Kaffee. Nachdem er unseren Tisch mit einem feuchten Tuch abgewischt hatte, das offensichtliche Fettstreifen auf dem zerkratzten Resopal hinterließ, stellte er umständlich zwei Tassen schwarzen, gezuckerten Kaffee und zwei Gläser Wasser vor uns hin.

Zwei junge blonde Frauen im Minirock schlenderten an uns vorbei und unterhielten sich laut. Vielleicht Skandinavierinnen. Der Kellner drehte sich um und blickte ihnen nach, als betrachte er einen Sonnenuntergang. Er ging erst, nachdem sie in der Menge verschwunden waren.

»Er läßt sich Zeit. Auf eine gewisse Weise macht man sich die Zeit zu eigen, wenn man sie sich läßt, nicht wahr?« sagte Calimani lächelnd. »Ganz wie unser lieber Rab Chaim. Da haben wir jemanden, der es versteht, mit der Zeit in Einklang zu leben ... Jedesmal, wenn ich in Jerusalem bin, schaue ich in seinem Laden vorbei. Aber ich fahre nie mit den Texten zurück, von denen er mir erzählt hat. Manchmal frage ich mich, ob sie außerhalb seines Kopfes überhaupt existieren.«

»Wissen Sie, daß irgendwelche Leute versuchen, ihm seinen gesamten Papierkram abzukaufen und ihn aus seinem Laden rauszuschmeißen?«

»Ach.«

»Kurz bevor Sie kamen, waren zwei Männer da. Als sie mich gesehen haben, sind sie sofort wieder gegangen. Gelehrte waren das gewiß nicht. Eher die Sorte Leute, die gern Hand anlegen.«

»Sind Sie sicher?«

Calimani runzelte die Stirn und schien mit einemmal sehr ernst.

»Rab Chaim hat mir selbst gesagt, daß man ihn seit einiger Zeit bedrängt. Offenbar hat man ihm viel Geld geboten, damit er weggeht. Er lehnt es natürlich ab. Allein die Vorstellung macht ihn wütend. Er ist überzeugt davon, daß die seinen Laden übernehmen wollen, um darin irgendein lukratives Geschäft zu eröffnen, und daß sie seine Bücher und seine Schriften vernichten werden.«

»Das sollte mich wundern!« rief Calimani mit schriller Stimme aus.

Dann fügte er in einem anderen Ton hinzu:

»Die Vergangenheit ist unbezahlbar. Der Inhalt des Ladens von Rab Chaim ist ein Vermögen wert, und das weiß er!«

Dieser Professor Calimani machte mich langsam neugierig, und ich sah ihn mit anderen Augen. Das Gesicht im Schatten seiner Hutkrempe verborgen, nippte er an seinem Kaffee, bevor fortfuhr:

»Wäre es indiskret, Sie zu fragen, was genau Sie bei Rab Chaim suchen – abgesehen von dem Text über den Tod des Gedalja?«

Natürlich war das indiskret. Aber wenn ich vage bliebe, würde der gestrenge Tom Hopkins es mir nicht nachtragen. Und ich hätte gerne gewußt, worauf Calimani hinauswollte.

»Ich suche vor allem Zeugnisse des alltäglichen Lebens in Jerusalem während der ersten christlichen Jahrhunderte. Texte von Reisenden beispielsweise, die es gegen Ende der römischen Herrschaft besucht haben.«

Giuseppe Calimani trank seinen Kaffee und nickte zwei- oder dreimal.

»Aus den ersten christlichen Jahrhunderten, sagen Sie?«

Er sah mich direkt an und zog die Augenbrauen hoch.

»Sie sind nicht der einzige, der hofft, derartige Schätze bei Rab Chaim zu finden! Das Problem ist nur Rab Chaim selbst: ›morgen, morgen ...‹ Man muß wirklich eine Engelsgeduld haben mit unserem Buchhändler. Außerdem weiß niemand, was sein Laden tatsächlich alles enthält. Wahrscheinlich nicht einmal er selbst. Für eine Inventur braucht man Jahre. Ich glaube nicht eine Sekunde daran, daß man ihm den Inhalt seiner Ali-Baba-Höhle abkaufen will, um ihn zu zerstören.«

»Wozu dann?« fragte ich zunehmend interessiert.

»Haben Sie von den Schriften vom Toten Meer gehört?«

Ein Zittern ging durch meine Unterarme. Ich begann daran zu zweifeln, daß meine Begegnung mit diesem merkwürdigen Professor Calimani zufällig war. So ruhig wie möglich antwortete ich:

»Ja, so wie jeder andere auch.«

Calimani nahm seinen Hut ab, fuhr sich mit seinen beringten Fingern über die Stirn und setzte ihn wieder auf.

»Wissen Sie, daß einige dieser Texte noch immer nicht entschlüsselt sind und daß andere noch von Forschern zurückgehalten werden, die sie aus unerklärlichen Gründen, teilweise politischer Natur, nicht veröffentlichen wollen?«

»Nein, das wußte ich nicht, warum?«

»Weil diese Schriften neue Fakten über die genaue Lebenszeit Jesu liefern können. Präzisierungen, die möglicherweise die Ursprünge des Christentums in Frage stellen würden ...«

»Kaum zu glauben! Wollen Sie sagen, daß Jesus nicht zu Beginn des christlichen Zeitalters gelebt hat? Das ist doch reine Erfindung!«

»Sehr viel weniger, als Sie annehmen! Haben Sie von Pater Roland von Vaux von der Jerusalemer École biblique et archéologique française gehört, der 1971 gestorben ist? Oder von Professor Norman Golb von der Universität Chicago? Oder auch von dem Engländer John Allegro?«

»Nein«, gestand ich mit einem leichten Lächeln. »Ich könnte Ihnen sogar unterstellen, daß Sie mir da Romanfiguren erfinden.«

Giuseppe Calimani entspannte sich und lachte zufrieden.

»Was beweist, daß das ganze Leben ein Roman ist! Wenn Sie Lust haben, können Sie meine Behauptungen in den Werken dieser Autoren überprüfen. Das ist mehr als spannend! Doch die entscheidenden Beweise für das, was sie vorbringen, sind noch im Boden von Jerusalem vergraben.«

Zufrieden mit seiner Überlegenheit als Gelehrter und dem Anstrich des Geheimnisvollen, den er der Sache verlieh, bestellte er uns großzügig einen weiteren Kaffee. Ich begann mich zu fragen, was für ein Spiel er da trieb. Plötzlich fing Calimani von selbst an, über die Kupferrolle und den Schatz zu sprechen. Ich unterbrach ihn nicht. Mir ist seit langem klar, daß es viel mehr Zufälle gibt, als man wahrhaben möchte. Aber Calimani sah mir entschieden nicht nach Zufall aus. Zu intelligent, zu gewitzt …

»Viele Leute sind gestorben, weil sie diesen Schatz finden wollten!« schloß er mit einem Seufzer.

»Und wo ist diese Rolle heute?« fragte ich, als ob ich es nicht wüßte.

»In Amman, fünfundsiebzig Kilometer von hier entfernt.«

»Spannend! Aber in was für einem Zusammenhang kann dies alles mit Rab Chaim und den Leuten stehen, die seinen Laden und seine Bestände aufkaufen wollen?«

Giuseppe Calimani beugte sich zu mir über den Tisch und hämmerte seine Worte mit dem Zeigefinger auf das Resopal.

»Die Rolle stammt aus der Zeit, als der Tempel zerstört wurde, im Jahre 70 nach Christus, also im ersten Jahrhundert unserer Zeitrechnung. Einige behaupten, sie handele vom Tempelschatz, den die Wächter des Allerheiligsten vor der Plünderung durch die Römer bewahren wollten. Aber die Beschreibung der Verstecke ist nicht eindeutig. Nach eingehenden Untersuchungen des Dokuments sind die Wissenschaftler zu der Überzeugung gelangt, daß der Text kodiert ist. Ganz offensichtlich besitzt Rab Chaim Schriften, die aus dieser Zeit stammen. Wer weiß, ob nicht jemand den ganzen Laden samt Inhalt kaufen will, um sich die zu sichern.«

»Glauben Sie, es sei mit Hilfe solcher Zeitzeugnisse noch möglich, einige der Verstecke zu finden?« fragte ich, wobei ich instinktiv zurückwich.

»Einige wahrscheinlich schon. Doch zuerst muß man natürlich die besagten Schriftstücke finden.«

Jetzt sahen wir uns direkt an. Er hatte warme, tiefbraune Augen. Ich dachte, daß in Italien sogar die Augen eines Mafioso warm und tiefbraun sein konnten. Wie zur Bestätigung meines Gedankens sagte er:

»Allein die Gelehrten unter sich würden doch Vater und Mutter erschlagen, um solche Texte in die Finger zu kriegen! Und, wie gesagt, nicht nur für das Gold des Schatzes. Für das Wissen. Für dieses Wissen, das zu einer unglaublichen Macht werden kann!«

Ich sagte kein Wort. Wenn das eine Drohung war, so gab es nichts hinzuzufügen.

»Rab Chaim ist weniger ahnungslos, als er vorgibt. Und ihm ist wohl bewußt, daß er weit mehr riskiert als den Verlust seines Ladens.«

»Man müßte wirklich skrupellos sein, um einen Mann seines Alters anzugreifen«, protestierte ich schockiert.

»Für manche heiligt der Zweck jedes Mittel, das brauche ich Ihnen nicht zu erklären.«

Dieses Mal dürfte mein Unbehagen spürbar gewesen sein. Calimani wedelte mit seinen Fingern und lehnte sich, nun wieder lächelnd und mit heiterer Miene, zurück.

»Es tut mir leid. Diese Geschichte scheint Sie ernsthaft zu beunruhigen ... Aber zu uns zweien, vielleicht könnten wir Rab Chaim davon überzeugen, etwas Schlimmes zu vermeiden.«

War das ein Angebot? Und was meinte er mit »überzeugen«? Ich mußte nicht antworten. Calimani fuhr fort, wobei sein listiger Blick unentwegt auf mir ruhte:

»Suchen Sie diese Schriften aus den ersten christlichen Jahrhunderten wirklich, um einen Roman zu schreiben? Oder sind Sie auch …«

»Nein, nein«, unterbrach ich ihn so ungezwungen wie möglich. »Ich bin nur jemand, der Geschichten erzählt, ich lebe sie nicht … Oder ich habe sie bereits erlebt. Aber es war interessant, Ihnen zuzuhören, Professor.«

Ich erhob mich und reichte ihm die Hand.

»Ich muß in mein Hotel zurück. Man erwartet mich dort. Aber wir werden uns sicher noch einmal über den Weg laufen …«

»Es wird mir ein Vergnügen sein«, sagte er und lüftete seinen Hut.

»Was Rab Chaim angeht, so hoffe ich, daß Sie sich täuschen.«

»Das hoffe ich auch«, bekräftigte er mit entwaffnender Aufrichtigkeit. »Aber ich täusche mich so selten.«

12

Tom kam, abgesehen von dem Kamikaze-Verkehr auf den israelischen Straßen, ohne Schwierigkeiten aus Jerusalem raus. Zwischen Touristenbussen, Eselskarren und Autos jenseits jeder Altersgrenze versuchten einige Wahnsinnige, auf zehn Kilometern zwanzig Sekunden Vorsprung herauszuschlagen. Daher zog er es vor, die Straße nach Jericho kurz vor einem Stück Autobahn zu verlassen. Mit vollem Vertrauen in seine Karte bog er nach rechts ab in Richtung eines Dorfs, das El-Azariya hieß.

Nach fünf Kilometern auf einer völlig ausgefahrenen Piste erschien das Minarett der Moschee über kleinen grauen Häusern mit ihren Terrassendächern, die hier und da von einer hübschen rissigen Kuppel unterbrochen wurden. Langsam durchfuhr er den Ort, während die Kinder ihn musterten, ihn und sein schönes Auto mit israelischem Kennzeichen. Um Mareks Warnung zu widerlegen, winkte er ihnen zu, und sie grüßten ihn strahlend zurück. Er entfernte sich von El-Azariya, als gerade der Ruf des Muezzin zum Abendgebet erklang.

Gute zehn Kilometer verlief alles bestens. Noch war die Straße eine Fahrbahn aus löchrigem Teer auf dem graugelben Boden. Aber plötzlich verwandelte sie sich in eine staubige Piste, einen Pfad, der sich längs der niedrigen Hügel entlangschlängelte, von einem Tal zum nächsten, als würde er nirgends enden.

Tom hielt den Toyota an, um noch einmal auf die Karte zu schauen. Eigentlich führte die Straße, wenn sie auch schlecht war, bis zum Dorf El-Ubeidiya. Erst dort ging der Weg nach Hirkania ab. Nicht ein Dorf war zu sehen. Nur nackter Boden und links, in einer kleinen Vertiefung, ein gerades Rechteck mit Olivenbäumen. Er mußte sich in El-Azariya geirrt haben. Plötzlich erinnerte er sich daran, rechts eine geteerte Straßen gesehen zu haben, als er die Kinder gegrüßt hatte. Vielleicht war das der richtige Weg.

Er überlegte, ob er zum Dorf zurückfahren oder weiter diesem Weg folgen sollte, der in dieselbe Richtung zu führen schien wie die auf der Karte eingetragene Straße. Ein bißchen aus Trotz und auch wegen des Vergnügens, mit dem Geländewagen in die Wüste vorzustoßen, entschied er sich für die zweite Möglichkeit.

Nach einer halben Stunde Staub, einer unglaublichen Anzahl von Kurven – obwohl nichts, weder eine Steigung noch sonst ein Hindernis, sie erfordert hätte – und vier winzigen überwundenen Hügeln war immer noch kein Dorf in Sicht. Und auch kein Feld, kein Esel, kein Mensch. Ab und zu ein alter Feigenbaum oder eine halb verdorrte Pinie, bei denen man sich fragte, wie sie es schafften, in dieser trostlosen und trockenen Landschaft zu überleben. Von Zeit zu Zeit verliefen neben der Strecke kleine Mauern, die einige Jahrhunderte zuvor Felder eingegrenzt haben mochten.

Einer plötzlichen Eingebung folgend und überzeugt davon, daß er sich allzuweit Richtung Nordosten bewegt hatte, verließ Tom die Piste an der Biegung einer dieser Steinmauern. Durchgeschüttelt wie in einem Mixer, fuhr er auf ein kleines Tal zu. Marek hatte ihm genau dargelegt, daß Hirkania auf Höhe des Toten Meeres lag, er aber erklomm eine Steigung nach der anderen! Er mußte unbedingt wieder in tiefere Gegenden kommen und sich exakt nach Osten wenden. Vorausgesetzt, Osten läge direkt vor ihm. Denn als er abwärts fuhr, verlor er die Sonne aus dem Blick, die zwischen den Hügeln in seinem Rücken unterging …

Der Geländewagen schlug sich wacker auf dem steinigen Terrain. Schließlich wurde der Boden weicher, weniger holperig und steinig. Tom beschleunigte, und der Motor brummte zufrieden, befreit in der ausgedehnten Weite des kleinen Tales. Mit einem Lächeln auf den Lippen und trunken von einem unerwarteten Freiheitsgefühl, holte Tom das Äußerste aus dem Toyota heraus. Der Staub wurde so dicht, daß er die Scheibenwischer anschalten mußte, um – was für ein Wunder! – direkt vor sich einen alten Beduinen auf einem Moped mit einem kleinen Anhänger voller Wassermelonen zu sehen.

Wo kam der her, wo fuhr er hin?

Tom machte eine Vollbremsung, die den Geländewagen ins Schlingern brachte und eine Staubwolke aufwirbelte. Der Mann ging vom Gas und hielt sein Moped sanft an, bevor er eine Hand hob, um Nase und Mund zu schützen. Noch bevor der Staub sich gelegt hatte, stieg Tom aus. Er näherte sich dem Mann mit einem Lächeln und streckte ihm die Hand entgegen. Der Beduine zögerte, dann berührte er seine Brust und bot Tom mißtrauisch seine faltige Handfläche dar.

»Ich suche Hirkania«, sagte Tom.

Der Mann nickte zögernd.

»Hirkania?« versuchte Tom es noch einmal mit veränderter Aussprache.

Der Mann sah ihn wortlos an.

»El-Ubeidiya« sagte Tom. »El … Ubeidiya? Hier lang oder dort?«

Sein Finger zeigte zuerst nach links, dann nach rechts.

Der Mann deutete vielleicht ein Lächeln an. Er machte eine merkwürdige Handbewegung, wie um den Staub zu vertreiben, dann betätigte er den Gashebel. Der Mann, das Mofa und die Wassermelonen entfernten sich leicht schlingernd, eine blaue Rauchwolke hinter sich herziehend. Tom schaute ihnen nach, bis er merkte, daß er auf einem Weg stand, der noch schlechter zu erkennen war als der erste.

»Mist, verdammter!«

Er betrachtete die Reihe niedriger Hügel, in deren Richtung der Beduine sich entfernte. Kahle Hänge, staubiger und steiniger Boden, so weit das Auge reichte. Noch einmal breitete er auf der Kühlerhaube die Karte aus und versuchte, sich anhand der Schraffierungen, die die Erhebungen kennzeichneten, zu orientieren. Unmöglich. Im Osten oder wenigstens in der Richtung, die er für Osten hielt, zitterte ein silberner Nebelstreifen in der Luft, der wohl das Tote Meer anzeigte. Das war der einzige Anhaltspunkt, abgesehen von der kleinen Staubwolke in der entgegengesetzten Richtung, die der Mann mit dem Moped aufgewirbelt hatte. Er hatte sich völlig verfahren.

Außerdem hatte er nicht daran gedacht, den Tank zu füllen, nachdem er das Auto abgeholt hatte, und es blieb ihm nicht genug Benzin, um eine Fahrt aufs Geratewohl wagen zu können. Wenn doch wenigstens der Typ auf dem Moped …

»Mist, verdammter!«

Er faltete die Karte zusammen, sprang hinter das Lenkrad und ließ den Motor aufjaulen. Wütend legte er den Gang ein und wendete, den Fuß auf dem Gaspedal. Was war er doch für ein Idiot! Er hatte nicht einmal begriffen, daß er nur dem Mann mit den Wassermelonen hätte folgen müssen, der ihn wahrscheinlich dazu eingeladen hatte.

Glücklicherweise fuhr das Moped, verlangsamt durch den Anhänger, kaum schneller als zehn Kilometer pro Stunde. Die Staubwolke, die es aufwirbelte, war noch sichtbar. Tom fuhr direkt auf sie zu. Er drosselte das Tempo erst, als er den Beduinen sah, und näherte sich dann langsam.

Der hob nur, ohne sich umzudrehen oder zu verlangsamen, die linke Hand, als wolle er sagen: Es wird Zeit, daß du mich einholst, mein Guter!

Wütend auf sich selbst, hatte Tom ein Lukas-Zitat auf der Zunge. Darin war genau die Rede vom judäischen Bergland. Aber es war wie mit Hirkania: Sogar vom Weg der Zitate seines Großvaters war er abgekommen.

Sie ließ sich gut an, die Schatzsuche! Marek würde ihn mit einem netten Lächeln unter seinem Bart und mit halb zusammengekniffenen Augen so anschauen, wie als er ihm gesagt hatte: »Sie werden selbst entdecken, was es hier zu lernen gibt, mein Freund!«

Mist, verdammter!

So fuhren sie eine Stunde lang kaum schneller als Schrittgeschwindigkeit. Die Sonne war hinter dem Horizont verschwunden; und der Osten war jetzt gut zu erkennen, weil der Himmel dort von Minute zu Minute schwärzer wurde. An einem Hang tauchten die ersten Häuser eines Dorfes auf. Der Beduine hielt an und zeigte darauf. Er lächelte. Fast hätte Tom im Geländewagen einmal richtig Gas gegeben. Er konnte sich aber noch rechtzeitig zurückhalten. Auch er hielt an, stieg aus dem Toyota und näherte sich dem Mann. Wortlos reichten sie sich die Hände.

Erst als er das Dorf hinter sich gelassen hatte und wieder auf einer geteerten Straße war, konnte Tom schließlich auf einem Hinweisschild, das halb von fingerdicken Löchern, vielleicht Einschlägen von Munition, zerfressen war, den Namen Siyar el-Ganam lesen. Das lag um einiges zu weit im Südwesten, in der entgegengesetzten Richtung von Hirkania, und weniger als einen Kilometer von der Straße nach Hebron entfernt!

Als Tom den Toyota auf dem Parkplatz des King David abstellte, war es dunkel. Schlechtgelaunt betrat er die große Hotelhalle.

»Man erwartet Sie schon seit einem Weilchen, mein Herr«, sagte der Portier und zeigte auf die Sessel, die zwischen ein paar Pflanzen in der Halle standen.

Als er sich vorsichtig näherte, erkannte Tom Marek, obwohl er ihm den Rücken zuwandte. Eine Frau beugte sich zu ihm herüber. Er hörte ihr Lachen, bevor er ihr Gesicht sah. Ihre Lippen waren geschminkt, und eine neue Spange, dieses Mal aus Horn, hielt ihr Haar zurück. Sie trug noch immer ihre Militärklamotten. Natürlich, Orit Karmel, die Klette!

Wie sie ihn um den Finger wickelt, dachte er, bevor er fühlte, wie Wut sich in seinen Frust mischte. Eine doppelte

Wut. Zum einen, weil er zugeben mußte, daß diese Klette sehr attraktiv war. Und dann, weil das, verflixt noch mal, heute ein vertaner Tag war, an dem nichts so funktioniert hatte, wie er es wollte!

Sie saßen vor zwei Gläsern Fruchtsaft. Durch das halb geöffnete Fenster drangen eine leichte Brise und die Schreie der Kinder herein, die noch an dem beleuchteten Swimmingpool spielten. Marek und Orit wandten sich ihm mit einer solchen Einstimmigkeit zu, daß Tom eine schon erworbene Verbundenheit witterte, die ihm nichts Gutes verhieß.

»Ah, Tom!« rief Marek ehrlich erfreut aus. »Ich hatte mir schon Sorgen gemacht!«

»Dazu besteht kein Anlaß!« brummte Tom.

»Orit brauche ich Ihnen nicht vorzustellen, nicht wahr?«

»Vielleicht doch?« sagte Orit lächelnd. »Meiner Meinung nach sollten wir noch einmal von vorne anfangen: Orit Karmel, ich stehle Sensationen.«

Tom übersah die Hand, die sie ihm entgegenstreckte.

»Was hat sie hier zu suchen?«

»Setzen Sie sich«, sagte Marek. »Sie sehen müde aus.«

»War es schön im Dschebel el-Mintar?« fragte Orit mit ihrem bezauberndsten Lächeln.

»Was haben Sie ihr erzählt?« knurrte Tom und zeigte mit dem Finger auf Orit.

Marek hob die Hand und lehnte sich in seinem Sessel zurück.

»Machen Sie es sich bequem, trinken Sie etwas, und wir werden Ihnen alles erklären ...«

Orit nickte.

»Ich muß Ihnen etwas beichten und Sie über etwas informieren. Es wäre besser, Sie würden sich setzen.«

Tom zögerte. Orits Augen verunsicherten ihn. Zu aufmerksam, zu leuchtend. Genauso der Mund, den der Konturstift allzu sinnlich erscheinen ließ. Er seufzte und ließ sich in den Sessel fallen, den Marek ihm zuwies.

»Na schön. Ich höre Ihnen zu.«

»Haben Sie Hirkania gefunden?« fragte Marek.

Tom warf ihm einen vernichtenden Blick zu.

»Ich habe gesagt, daß ich Ihnen zuhöre: Was macht Miss Karmel hier?«

»Sie hat nach Ihnen gefragt, als ich eben meinen Schlüssel holen wollte, das heißt vor fast einer Stunde«, sagte Marek ruhig.

Er lächelte betont.

»Ich hatte den Eindruck, die Person aus dem Büro der *New York Times* wiederzuerkennen, von der Sie so herzlich erzählt haben …«

»Die Klette«, fügte Orit lachend hinzu.

»Großartig!« schnaubte Tom, ohne Orit zu beachten. »Meine Güte, Marek, so hatte ich Sie mir nicht vorgestellt!«

»Wie meinen Sie das, Tom?«

»Als einen Verräter!«

»Hey«, rief Orit und ergriff Toms Arm. Er befreite sich von ihrer Hand, als hätte sie ihn gebissen. »Beruhigen Sie sich! Marek trifft keine Schuld. Ich werde Ihnen alles erklären. Deswegen bin ich hier!«

»Super!«

»Nun hören Sie schon auf zu murren, und hören Sie mir zu, wollen Sie das wohl tun?«

War ihre Wut gespielt? Tom fragte sich das, aber die Autorität, die von dieser Frau ausging, war nicht ohne Charme.

»Zuerst möchte ich mich entschuldigen«, setzte sie wieder an. »Es war mein Fehler, ich habe mich ungeschickt angestellt. Aber die Vorstellung, Sie kennenzulernen, hat mich in eine seltsame Aufregung versetzt und …«

»Sie waren aufgeregt, mich kennenzulernen? Wieso denn das?«

»Lassen Sie sie ausreden, Tom«, unterbrach Marek ihn vorsichtig.

»Wie reizbar Sie sein können, das ist ja unglaublich!« sagte

Orit mit einer Grimasse und sprach zunehmend schneller. »Noch mal: Ich habe mich ungeschickt angestellt, okay. Ich habe ihre Notizen gelesen, okay. Ich weiß, warum Sie hier sind: Ich habe Ihre Artikel über die Russenmafia gelesen – das habe ich Ihnen bereits gesagt –, ich habe die Verbindung zu dem Tod Ihres Informanten gezogen, und was ich nicht wußte, aber geahnt habe, hat Marek mir netterweise gerade erzählt! Der Schatz und all das … Jedenfalls ist das keine Sensationsmeldung: Hier weiß jeder, daß es ihn gibt, diesen verdammten Schatz. Aber Ihre Falle für die Mafia, das ist echter Journalismus!«

»Jeesus!« stöhnte Tom und schloß die Augen.

»Ich glaube nicht, daß Orit eine Spionin ist, Tom«, mischte Marek sich ein, der sich sehr zu amüsieren schien. »Nur die Frau gewordene Neugierde …«

Orit warf ihm ein verführerisches Lächeln zu, legte dann die Hände wie zum Gebet zusammen und verneigte sich vor Tom.

»Tom Hopkins, es tut mir leid, ich hätte nicht … Aber nun ist es, wie es ist, ich habe es getan. Gut, und daher weiß ich, daß Sie jemanden von hier brauchen, weil Sie sich schon bei Ihrem ersten Ausflug in der Wüste verfahren haben …«

»Das habe ich nicht gesagt!« brauste Tom auf.

»Ach wirklich? So hatte ich es aber verstanden. Außerdem brauchen Sie jemanden, weil, äh, Marek, also ich meine …«

»Mein Herz«, soufflierte Marek. »Mein Herz erlaubt es mir nicht mehr, so schnell zu laufen wir früher!«

»So sieht es aus. Also brauchen Sie mich.«

»Sie?«

»Ich spreche Hebräisch und Arabisch. Und Sie? Dieses Land ist mein Land, seit meiner Kindheit bewege ich mich darin. Und Sie? Ich kann mit einem Revolver und sogar mit einer AK-47 umgehen. Und Sie? Ich habe Freunde, die massenweise Dinge über die Vergangenheit von Jerusalem wissen und die Ihnen helfen können. All das wird Ihnen ohne mich fehlen. Ich habe sogar noch weitere Kontakte, die sich als äußerst nützlich erweisen können. Wir werden später noch darüber sprechen. Natürlich nur, wenn es zu diesem ›später‹ kommt.«

Es folgte ein kurzes Schweigen. Marek und Tom waren platt angesichts dieser Selbstsicherheit. Sie zweifelten nicht eine Sekunde daran, daß Orit die Wahrheit sagte.

»Okay«, sagte Tom, wobei er sich aufrichtete wie ein Boxer, der sich aus den Seilen hochrappelt. »Sie sind genial, und das sieht man auch. Aber warum sollte ich Ihnen vertrauen?«

»Weil Sie keine andere Wahl haben. Und weil ich Ihnen sympathisch bin, nicht wahr?«

Tom zuckte mit keiner Wimper.

»Diese Geschichte ist meine Geschichte! Sie haben nicht das Recht, eine einzige Zeile darüber zu schreiben!«

Orits Lachen war in der ganzen Halle zu hören. Innerhalb eines Augenzwinkerns verwandelte sich das James-Bond-Girl in ein schelmisches kleines Mädchen.

»Wie dumm Sie sein können! Ich bin keine Journalistin, Tom. Ich bin im Büro der *New York Times* von Jerusalem nur angestellt, um ein Informationsnetzwerk im Internet einzurichten! Ich habe in meinem ganzen Leben noch keinen einzigen Artikel geschrieben! Noch nicht eine Zeile! Meine Arbeit ist es, Informationen zu sammeln und sie in Umlauf zu bringen … Wenn ich dazu aufgefordert werde, nur wenn ich dazu aufgefordert werde, Mister Hopkins! Sie können darüber Erkundigungen einholen, bei wem Sie wollen!«

Tom blieb stumm. Sein Blick wandte sich von Orits leuchtendem Gesicht ab, um Mareks Blick zu kreuzen. Dieser nickte leicht mit dem Kopf.

»Gut, okay, das ist etwas anderes«, gab Tom zu. »Aber es erklärt nicht, warum Sie unbedingt bei dieser Geschichte mitmachen wollen.«

»Drei Gründe«, antwortete Orit trocken. »Erstens: Ich wäre froh, wenn man der Russenmafia zuvorkommen könnte. Sie haben keine Vorstellung davon, was die damit anrichten kann:

Erpressung, Drogen, Korruption! Israel braucht so etwas nicht. Man sieht es mir vielleicht nicht an, aber ich liebe mein Land über alles. Zweitens: Das ist die interessanteste Geschichte, die zu erleben ich jemals die Möglichkeit hatte. Selbst wenn Computer mich interessieren, so nehme ich doch auch gern am Leben teil.«

Wieder umspielte Orits schelmisches Lächeln ihren Mund.

»Drittens: gefallen Sie mir ziemlich gut …«

Tom wurde feuerrot.

»Präzise Ausdrucksweise und Motivation, das jedenfalls kann man schon einmal feststellen«, sagte Marek nachdenklich und leise lächelnd.

»Sie gefallen mir natürlich auch!« rief Orit aus, ohne daß man hätte sagen können, ob ihre Naivität geheuchelt war. »Anders, aber …«

»Na also, dann ist ja alles bestens«, gab Marek lachend zurück. »Jetzt müssen wir uns nur noch an die Arbeit machen. Nicht wahr, Tom?«

»Ich habe nicht den Eindruck, als ließe man mir die Wahl.«

Orit reichte ihm die Hand.

»Machen Sie nicht so ein Gesicht, Tom. Sie werden es nicht bereuen. Und Sie werden der Chef sein, versprochen!«

Sie lachte. Dieses Mal drückte Tom ihr kurz die Hand.

»Hat Ihr greiser Buchhändler Texte für Sie ausgegraben?« fragte er Marek, so als wollte er den Pakt schon wieder vergessen, den er soeben geschlossen hatte.

»Vielleicht werde ich morgen welche bekommen. Rab Chaim ist kein Mann, der es eilig hat. Gestern und morgen sind seine bevorzugten zeitlichen Bezugspunkte! Dafür aber …«

Marek zögerte eine Sekunde. Orit nutzte diese Stille.

»Es gibt noch etwas, das ich Ihnen nicht gesagt habe …«

»Ach ja«, entgegnete Tom in Verteidigungshaltung.

»Eigentlich ist das der Grund, der mich bewogen hat, hierherzukommen«, fing sie wieder an, wobei sie Marek einen Blick zuwarf. »Wir haben im Büro einen merkwürdigen Anruf erhalten, am späten Nachmittag. Jemand hat gefragt, ob Sie in Jerusalem angekommen seien.«

»Ich?«

»Er hat wortwörtlich gesagt: ›Ist der amerikanische Journalist Hopkins angekommen?‹ Ich habe ihn gefragt, wer er sei. Er hat mir geantwortet: ›Ein Freund von ihm. Wir haben eine Verabredung für eine gemeinsame Arbeit.‹ Er sprach englisch mit einem Akzent …«

»… der russisch klang, wie mir scheint, nach dem, was ich glaube verstanden zu haben«, vervollständigte Marek den Satz.

Er wiederholte die von Orit zitierten Worte, wobei er ein bißchen seinen Akzent herausstrich, worüber Orit lachen mußte, während Toms Miene sich verfinsterte.

»Als Marek mich eben angesprochen hat«, nahm Orit den Faden wieder auf, »hatte ich den Eindruck, er sei der merkwürdige Anrufer … Dann haben wir miteinander gesprochen, und ich habe schnell verstanden, daß …«

»Sokolow! Natürlich. Er weiß es bereits. Keine Ahnung, wie er das geschafft hat, aber er weiß, daß ich hier bin. Er will mir einfach zu verstehen geben, daß er jede meiner Bewegungen überwacht. Sonst hätte er mich im Hotel anrufen können … Das ist ganz sein Stil.«

»Ist das sehr schlimm?«

»Ich hätte gern etwas mehr Zeit in der Haut des Jägers als in der des Wildes verbracht.«

»Wollen Sie sagen, daß vielleicht sogar in diesem Moment jemand dabei ist, uns zu beobachten?«

»Wenn nicht Sie es schon sind, die mich beobachtet, ja …«

»Oh, ich bitte Sie, kommen Sie mir nicht wieder mit diesen Spinnereien!« sagte Orit und fächelte sich mit der Hand Luft zu. »Auf jeden Fall können wir gern so schnell wie möglich anfangen. Ich kann Sie gleich morgen früh nach Hirkania fahren.«

Tom warf Marek einen Blick zu und zuckte schweigend mit den Schultern.

»Angriff ist angeblich die beste Verteidigung«, murmelte der. »Jedenfalls liegt Hirkania, wie Sie heute Nachmittag feststellen konnten, mitten in der Wüste. Da merken Sie sofort, ob Sie verfolgt werden.«

»In diesem Fall werden wir unseren Spaziergang zu einer touristischen Rundfahrt umfunktionieren«, fiel Orit ein.

Tom ließ einen Augenblick verstreichen. Er war todmüde.

»Einverstanden.«

Er erhob sich schwer aus seinem Sessel.

»Aufbruch im Morgengrauen. Sie treffen mich wieder hier …«

»Wir könnten alle drei zusammen zu Abend essen«, schlug Orit vor. »Ich kenne ein …«

»Nicht heute abend«, schnitt Tom ihr das Wort ab. »Ich bin erschöpft. Der Tag war lang, und ich würde mir wünschen, daß der morgige besser wird. Die Festgelage heben wir uns für später auf.«

Er entfernte sich nach einem kurzen Gruß in ebenso schlechter Stimmung, wie er gekommen war. Orit und Marek sahen ihm nach. Als Orit ihren Blick abwandte, sagte Marek:

»Ich kenne ihn noch nicht sehr gut, aber ich glaube, daß er trotz allem ein guter Kerl ist. Vielleicht forciert er ein bißchen seine Rolle als Journalist, ohne bislang sein Talent gezeigt zu haben.«

»O nein, seine Artikel über die Mafia von Brooklyn waren sehr gut, das kann ich Ihnen versichern«, widersprach Orit mit glänzenden Augen.

»Hm«, brummte Marek skeptisch.

Ohne daß er genau wußte, warum, fing Tom an, ihn zu ärgern. Oder war es Orit, die ihm von den Locken des Amerikaners allzu schnell erobert schien?

»Seit einer Generation«, sagte er mit einem hinterhältigen Lächeln, »versuchen die jungen amerikanischen Journalisten alles, um Robert Redford und Dustin Hoffman in *Die Unbestechlichen* zu ähneln!«

Orit mußte kurz auflachen.

»Richtig! Aber Hopkins hat eine Entschuldigung: Er sieht fast so gut aus wie Redford, finden Sie nicht?«

Marek zog zweifelnd eine Augenbraue hoch. Aber bevor er etwas Passendes erwidern konnte, fragte ihn Orit mit einem strahlenden Lächeln:

»Und Sie, Marek, würden Sie heute abend mit mir essen gehen?«

13

Am nächsten Tag stand ich wie immer früh auf. Ich bestellte ein Frühstück und setzte mich auf den Balkon. Es war etwas kühl, aber den Tempelberg zu bewundern, wie er im zunehmenden Licht des frühen Morgens seine Schönheit entfaltete, war für mich jedesmal wieder ein Ereignis, das ich mir nicht entgehen lassen konnte. Das Leben selbst schien in diesen Augenblicken zu entstehen und unter der sanften Berührung der Sonne zu erbeben.

In der Nacht hatte das Geräusch einer Detonation mich aus dem Schlaf gerissen. Ich hatte einen kurzen Schußwechsel gehört und dann nichts mehr. Im Hotel war es still geblieben, aber ich mußte ein paar Seiten lesen, bevor ich wieder einschlafen konnte. Dann, an diesem Morgen, nicht die geringste Spur von Gewalt. Nur das Leuchten der Stadt, der Verkehrslärm, bereits das laute Hupen und ein Mann in blauer Kleidung, der den Swimmingpool des Hotels säuberte. So war Jerusalem …

Ich verzehrte gerade genüßlich einen Toast, als Tom auf seinen Balkon trat. Er schien bester Laune zu sein und verkündete mir, Orit habe gerade angerufen: Sie würden in einer Viertelstunde nach Hirkania aufbrechen.

Ich erinnerte mich an meine Bemerkungen vom Vortag und fühlte mich unangenehm beschämt und eifersüchtig …

»Viel Glück«, sagte ich. »Und seien Sie vorsichtig dieses Mal.«

»Kein Problem. Ich werde einen echten Leibwächter haben«, sagte er und winkte mir kurz zu, bevor er wieder in sein Zimmer ging.

Orit! Ich war, mehr noch, als ich es tags zuvor gezeigt hatte, beeindruckt von der Sicherheit und dem Charme unserer neuen Partnerin. Über ihre auffällige Schönheit und ihre pfiffige Intelligenz hinaus besaß die junge Informatikerin diese gewisse Art junger Israelinnen, die sich weder durch die Religion noch durch die Tradition einschränken ließen. Sie war ein gutes Beispiel für die Generation von Frauen, die in den westlichen Gesellschaften den Ton angaben. Ihre Mütter hatten ihnen den Weg bereitet, und sie sahen es nun als eine Selbstverständlichkeit an, daß auch sie das Leben in vollen Zügen genießen konnten, und nicht nur ihre Ehemänner und Liebhaber. Das Leben in einem so instabilen Land wie Israel mit seinen täglichen Gefahren und Kämpfen verlieh ihnen überdies besondere Stärke, Ausdauer und Mut ... Warum also sollten sie nicht so auftreten, wie sie wirklich waren? Warum sich auf das Erscheinungsbild der Unterwerfung, auf über-mütterliches Gebaren und den frauenfeindlichen Mief einschränken lassen, den die Gesellschaft des Mittleren Orients so sehr schätzte?

Von nun an waren die Regeln der Verführung in Bewegung geraten und verunsicherten die Männer, welcher Natur sie auch waren. Vielleicht verunsicherte auch mich diese scharfe Umkehrung der Rollen. Und vielleicht war das der wahre Grund, weshalb ich abgelehnt hatte, allein mit der schönen Orit zu Abend zu essen – und nicht die Müdigkeit, die ich ebenso unbeholfen wie Tom angeführt hatte.

Den halben Vormittag zerbrach ich mir den Kopf über das Versteck des Schatzes, das wir als nächstes suchen wollten. Es war Rätsel Nummer sieben der Kupferrolle, eben jenes, welches in der Beichte des Mönches Achar von Esch erwähnt wurde: *In der Höhle von Bet ha-MRH dem Alten, in der dritten Kammer des hinteren Bereichs: fünfundsechzig Goldbarren.*

Dank der Beichte konnten wir mit Recht annehmen, daß es sich um Mizpa handelte. Jedenfalls schien es einen Versuch wert, es mit diesem Mizpa des Jeremia, nördlich von Jerusalem, zu probieren. Aber wo befanden sich heute das Dorf und die Höhlen?

Als ich die Texte und die Karten untersucht und verglichen hatte, war mir klargeworden, daß man bisweilen Mizpa mit Gibea verwechselte, das zur Zeit des Königs Saul »Gibea Gottes« hieß. Aber zwei andere Orte weiter im Osten und weiter im Norden konnten ebensogut als Gibea angesehen werden ... Unserem Ziel so nah, wie es uns die Schrift des Mönches annehmen ließ, waren wir also doch noch nicht am Ende unserer Mühen angekommen. Im besten Fall hatten wir vielleicht einen kleinen Vorsprung vor Sokolow, der Tom so sehr beeindruckte. Vorausgesetzt, er verfügte nicht über ein anderes Schriftstück.

Genervt davon, immer wieder an derselben Stelle hängenzubleiben, und für meinen Geschmack etwas zu stark auf die eigene Unfähigkeit verwiesen, entschloß ich, mir etwas die Beine zu vertreten. Ich ging los, um mich direkt gegenüber vom Hotel auf die sonnenbeschienene Terrasse des Gebäudes vom YMCA zu setzen, dessen hoher Turm die Stadt überragte.

Nachdem ich einen Kaffee bestellt hatte, schlug ich die *Jerusalem Post* auf. »Bombenattentat in der Nähe des Damaskustores: zehn Juden verletzt« las ich auf der Titelseite. Das erklärte sicherlich die Explosion in der Nacht. Der zweite Titel kündigte die nächste Reise des israelischen Premierministers nach Washington an, wo der Friedensprozeß wieder in Gang gebracht werden sollte.

Ich mußte unwillkürlich daran denken, daß ich Tom noch nichts von Professor Calimani erzählt hatte. Und dabei machte mich der Italiener um so nachdenklicher, je öfter ich an ihn zurückdachte, und ich zweifelte immer stärker daran, daß unser Zusammentreffen ein Zufall gewesen war. Was hatten die Drohungen zu besagen, die der Italiener in bezug auf das Leben von Rab Chaim ausgesprochen hatte – oder in bezug auf das meine? War Calimani einer der Guten oder einer der Bösen? Ich wußte es nicht! Aber bevor ich Tom, der in jedem Schatten Jerusalems einen von Sokolows Schergen zu erkennen meinte, in seiner Unruhe noch anspitzte, wollte ich mehr herausfinden über diese merkwürdige Person. Ich hatte mir vorgenommen, Rab Chaim am Nachmittag zu diesem Thema etwas näher zu befragen.

Eine Viertelstunde später blätterte ich noch immer in der Zeitung, als das Verrücken eines Tisches mich aufsehen ließ. Mein Blick schweifte unwillkürlich über die Terrasse, und da bemerkte ich sie. Sie trugen nicht mehr die bunten Hemden vom Vortag, aber es waren eindeutig die beiden Männer, die in den Laden von Rab Chaim gekommen und wieder rausgegangen waren, als sie mich gesehen hatten. Die beiden »Käufer«!

Dieses Mal waren sie dezent in Schwarz gekleidet, Jackett und Polohemd. Rechts vor mir sitzend, tranken sie ihren Kaffee. Einer der beiden drückte ein Handy an sein Ohr und nickte, während er sprach. Ich versteckte mich ein bißchen ungeschickt und nicht ohne ein Gefühl der Lächerlichkeit hinter meiner Zeitung. Hatten sie mich aufgespürt? Oder mich erkannt? Unmöglich, das zu erfahren. War es ein Zufall, daß sie hier waren, oder folgten sie mir?

Nachdem ich sie einige Minuten beobachtet hatte, zweifelte ich daran. Ganz offensichtlich beachteten sie mich nicht. Ich weiß nicht genau, warum, doch ich beschloß, den unverhofften Glücksfall für einen Rollentausch zu nutzen und ihnen zu folgen, sobald sie die Terrasse des YMCA verlassen sollten.

Der Mann telefonierte noch ein paar Minuten. Er sagte wenig und hörte vor allem zu, wobei er ständig nickte. Sein Kollege war in die Betrachtung des Tennisplatzes versunken, der rechts an die Terrasse des Cafés angrenzte. Schließlich steckte der erste sein Handy wieder in die Tasche, sie wechselten drei Sätze und standen auf.

Ich warf ein paar Münzen neben meine Kaffeetasse, und als ich am Rand der Terrasse ankam, sah ich, wie sie in Richtung eines weißen BMW mit einem Tel Aviver Kennzeichen gingen. So unauffällig wie möglich ging ich schnell zu den wartenden Taxis an der Einfahrt des Parkplatzes vom YMCA. Ein alter Volvo setzte dort zwei Mädchen in Tenniskleidung ab. Ich hielt ihnen die Tür auf und sprang dann in das Auto. Der BMW überholte das Taxi gerade, als ich die Tür wieder schloß.

»Können Sie diesem Auto folgen?« fragte ich den Fahrer.

Es war ein Mann meines Alters, und er schien wenig begeistert von dem Vorschlag.

»Wie im Film?« spottete er. »Das ist nicht so mein Geschäft, und ich habe nur dieses Auto, um meinen Lebensunterhalt zu verdienen, guter Mann.«

»Ich bitte Sie doch nur darum, ihnen zu folgen ... sie also nicht aus den Augen zu verlieren. Für fünfzig Schekel Aufschlag auf den Fahrpreis. Es wird nichts zu Bruch gehen!«

»Hm ... achtzig Schekel!«

»Äh ...«

Das Auto hatte sich noch nicht einen Millimeter vorwärts bewegt. Er ließ das Lenkrad los und hob mit einem breiten Lächeln seine Handflächen zum Himmel.

»Einverstanden, aber Sie werden gar nichts bekommen, wenn Sie hier stehenbleiben!«

Schließlich fuhr er knurrend los. Es war ein Glück, daß der BMW etwa hundert Meter weiter, an der Ecke des Bibelinstitutes, im Stau stand, andernfalls wäre er längst im Verkehr verschwunden.

»Geht es um eine Frau?« fragte der Chauffeur, als der BMW die Spur wechselte, um einen Lieferwagen zu umfahren.

»Nein ... nur um eine sehr alte Geschichte!«

Der gute Mann kicherte.

»Man lebt hier wie in einem Fahrstuhl, nicht wahr? Die ganze Zeit gerät man vom Allerältesten zum Allerneusten. Sogar in Liebesdingen!«

Schließlich langten beide Autos hintereinander beim Mamillateich an. Der BMW bog, wie ich es geahnt hatte, nach rechts ab und nahm die kurvige Straße, die zum Jaffator und zur Zitadelle hinaufführt: Wir fuhren in die Altstadt, und mir kam ein Gedanke, der mir wenig gefiel.

Der BMW hielt auf einem Parkplatz am Fuße der Stadtmauer. Ich hatte gerade noch die Zeit, das Wettrennen zu bezahlen – die achtzig so leicht verdienten Schekel –, bevor ich sah, wie die beiden Männer vom Gewühl der kleinen Straßen des armenischen Viertels verschluckt wurden. Einer der beiden trug eine große, leuchtend blaue Sporttasche, die an seiner Hand herunterhing, als sei sie leer. Mit ihrer schwarzen Kleidung war es nicht leicht, sie in der Menge zu verfolgen, aber jetzt hätte ich wetten können, daß sie schnurstracks auf den Laden des Buchhändlers zugingen! Der Anrufer auf der Terrasse des YMCA hatte ihnen sicher Anweisungen erteilt. Auch das hätte ich wetten mögen! Ich warf mir vor, nicht schneller reagiert und mit dem Buchhändler heute vormittag über Calimani gesprochen zu haben.

Die beiden Gestalten liefen rasch, und mein Herz fing schon an, etwas zu stark in meiner Brust zu schlagen, als ich hinter ihnen in die Straße mit dem Laden einbog. Ich fragte mich, was ich wohl tun würde, aber ich hatte kaum Zeit nachzudenken. Als gingen sie überhaupt kein Risiko ein, nahm derjenige, der die Tasche trug, mit einer Ungeniertheit, die noch beunruhigender war als ihr Aussehen, irgend etwas aus seiner Jackentasche – im ersten Moment dachte ich, es sei eine Granate, später habe ich erfahren, daß es nur eine große Stahlschraube war! Mit viel Schwung warf er sie aus dem Handgelenk heraus in das von Staub getrübte Schaufenster. Es zersprang mit einem lauten Klirren. Ich hörte, wie ein Tourist aufschrie, und auch ich dürfte aufgeschrien haben.

Die beiden Männer betraten den Laden. Instinktiv folgte ich ihnen, wobei ich die Passanten zur Seite stieß, die bereits zurückwichen. Ich kam gerade rechtzeitig, um einen der beiden Männer dabei zu erwischen, wie er die Türen der Vitrinen aufriß, die Bücherstapel umstieß und darauf herumtrampelte. Aus dem hinteren Teil des Ladens hörte ich Rab Chaims schrille Stimme.

»Sie sind wahnsinnig! Aber Sie sind ja völlig verrückt!« brüllte ich ein bißchen unbeholfen in Richtung des Mannes, der schon nach dem nächsten Schrank griff, um ihn umzukippen.

Er drehte sich um und war verdutzt, mich zu sehen. Sein Erstaunen dauerte nur wenige Sekunden. Aus seiner hinteren Hosentasche holte er einen Gegenstand, der aussah wie ein kurzes Fernrohr. Noch bevor er sich bewegen konnte, so eingeengt zwischen dem Berg von Büchern, die er gerade umgeworfen hatte, ergriff ich einen halb zerbrochenen Stuhl und schleuderte ihn nach ihm. Ich hörte ihn deutlich auf russisch fluchen und fast gleich darauf aus dem hinteren Teil des Ladens ebenfalls auf russisch jemanden rufen:

»Verdammte Scheiße, Slawa, was machst du da? Komm und hilf mir den Alten erledigen, er nervt!«

Darauf folgte erneut ein Schrei von Rab Chaim, der mir eine Gänsehaut bereitete. Bemüht, selbst nicht über den Wust von Papieren zu stürzen, aber bevor der Russe unter dem Schrank hervorkam, sprang ich in den Durchgang, der zum hinteren Teil des Ladens führte. Ich hatte Schmerzen in der Brust, doch um sich zu schonen, war es nun zu spät!

Obwohl alles mehr als echt war, hatte ich den Eindruck, einem Puppentheater beizuwohnen! Rab Chaim, dessen Kaftan zerrissen war und dessen Schläfenlocken und graue Haare zerwühlt waren wie ungesponnene Wolle, beschimpfte seinen Peiniger auf jiddisch. Der andere fluchte auf russisch und drehte ihm den rechten Arm auf den Rücken, wobei er versuchte, mit seiner freien Hand Mappen in seine große Sporttasche zu stopfen. Rab Chaim, der weder wesentlich größer noch wesentlich stärker wirkte als ein Kind, hüpfte bei jedem Stoß, den ihm der Russe versetzte, aufheulend vor Schmerz auf der Stelle und trat auf seinem *streimel* herum. Außerdem streckte er seine gichtigen Finger nach den Augen des Russen aus, der ihm schließlich in die Hand biß. Rab Chaim kreischte, während ich auf russisch und mit größtmöglicher Überzeugungskraft zu brüllen anfingen, in der Hoffnung, es möge annähernd der Wahrheit entsprechen:

»Aufhören! Laßt Rab Chaim los! Ihr sitzt in der Falle, auf der Straße ist die Polizei!«

Das Erstaunen darüber, mich in seiner Muttersprache sprechen zu hören, lähmte den Russen eine halbe Sekunde lang. Ich sah, wie Rab Chaim sich mir zuwandte und wie seine Lippen sich bewegten, ohne daß ich auch nur das geringste vernahm. Dann warf der Russe ihn wie ein altes Paket gegen ein Regal. Dieses Mal hörte ich deutlich, wie sein Kopf gegen einen Holzpfosten schlug.

»Dreckskerl!«

Weil mir nichts Besseres einfiel, warf ich meine Hände um den Hals des Russen, wobei ich versuchte, mein ganzes Gewicht einzusetzen. Er umfaßte meine Handgelenke, aber ich drückte weiter fest zu. Dann sah ich, wie sein Blick über meine Augen glitt und hinter mir erstarrte. Ich hatte den Eindruck, er würde sterben. Kaum hatte ich die Zeit, an seinen Gehilfen zu denken, als ein Schmerz wie eine harte Klinge durch meine Schulter ging. Meine Muskeln zogen sich zusammen, und ich konnte nicht mehr atmen. Kurz vorm Ersticken sah ich, wie meine Arme sich vom Hals des Russen lösten, als gehorchten sie mir nicht mehr. Ein neuer, heftigerer Schlag traf mich am Hals. Ein tausendfach verzweigter Baum aus Licht ging durch meinen Körper. Mir war, als könnte ich fast fühlen und sehen, wie mein Herz zerriß.

Als ich das Bewußtsein wiedererlangte, befand ich mich noch immer im hinteren Teil der Buchhandlung, ausgestreckt auf einer chaotischen Schicht aus Schriftstücken, Ordnern und Büchern, deren ranziger und schimmeliger Geruch mir in die Nase stieg.

Neben mir kniete Professor Calimani mit besorgtem Blick und hielt meine Hand.

»Ah, na endlich!« sagte er auf französisch. »Sie haben sich ganz schön Zeit gelassen!«

14

Der Weg nach Jericho erschien ihm anders, steiler als am Vortag. Nach dem Sonnenaufgang wurde das Licht schnell so intensiv, daß das Grau der Steine von Jerusalem und das ockerfarbene Braun der Wüste ineinanderzufließen schienen.

Auch der Verkehr war dichter. Lastwagenkolonnen, oft von der Armee, kreuzten mit lautem Motorenlärm und Geratter zwischen den Scharen von Privatautos. Ein Reisebus überholte sie mit Vollgas, wobei er auf den gegenüberliegenden Seitenstreifen ausschwenkte und eine große Staubwolke aufwirbelte. Überrascht bremste Tom, bis er fast zum Stehen kam, während er darauf wartete, daß er wieder freie Sicht hätte. Orit sagte kein Wort und wandte nicht einmal den Blick ab. Als sei er die Verkörperung ihrer beider Gedanken, flog ein rostbrauner Vogel mit weiten Schwingen und gegabeltem Schwanz über den Geländewagen und stieß einen gellenden Schrei aus. Tom beschleunigte erneut, ohne ein Wort zu sagen.

Dabei war er gutgelaunt aufgestanden und nicht einmal richtig verstimmt gewesen darüber, seine kleine Expedition mit Orit durchführen zu müssen. Kaum war sie jedoch im Hotel angekommen, immer noch so merkwürdig gekleidet, wie ein kleiner Soldat, und mit einer über die Schulter gehängten Ledertasche ausgerüstet, hatte sie auch schon begonnen, die Chefin zu mimen.

Sie war einmal um den Geländewagen herumgegangen, hatte die Reifen überprüft und anschließend die Heckklappe aufgemacht, um das Material in Augenschein zu nehmen. Sie hatte die beiden Schaufeln und die Hacke, die er tags zuvor gekauft hatte, prüfend in die Hand genommen und sogar seine Umhängetasche geöffnet, die einen kleinen tragbaren Computer und seinen Fotoapparat enthielt. Tom traute seinen Augen kaum!

»Sie haben weder einen Kompaß noch ein Seil, keine Taschenlampe und noch nicht einmal einen Benzinkanister«, hatte sie zusammenfassend festgestellt und dabei den Mund verzogen, als hätte er zwölf Fehler in seinem Schulaufsatz gemacht.

»Wozu?« hatte er gefragt. »Wollen Sie bis zum Kilimandscharo kommen oder den Sinai bei Nacht durchqueren?«

»Spielen Sie nicht den Dummkopf. Vielleicht müssen wir in einen Brunnen oder einen Graben oder wer weiß was steigen.«

»Den Graben, den werden wir selbst ausheben. Sie wissen ja nicht einmal, wonach wir suchen.«

»Ohne Seil und Taschenlampe können wir nicht aufbrechen. Sie haben sich schon gestern verfahren. Reicht Ihnen das nicht als Warnung?«

»Sie wissen doch überhaupt nicht, ob ich mich verfahren habe! Jetzt jedenfalls, wo Sie da sind, sehe ich kein Problem. Selbst die Wüste würde es nicht wagen, uns einen so üblen Streich zu spielen!«

Sie hatte nur ein unverständliches Wort auf hebräisch gemurmelt, dessen Bedeutung er jedoch erahnen konnte.

Nachdem sie ihn drei Sekunden lang schweigend gemustert hatte, hatte sie mit den Schultern gezuckt und auf die östliche Ecke der alten Stadtmauer gezeigt.

»Es ist kein großer Umweg. Die Straße nach Jericho geht zwar im Norden ab, aber wir werden zuerst die Straße nach Hebron nehmen. Es gibt einen großen Baumarkt direkt hinter dem Bahnhof im Baq'a-Viertel. Dort werden wir finden, was wir brauchen. Dann fahren wir über Talpiyyot auf die Straße nach Jericho, wenn Sie wollen.«

Er wollte überhaupt nichts, und sie hätte ihm genausogut den Weg zum Mond erklären können. Schließlich aber hatte er nachgegeben. Sie hatten mehr als eine Stunde verloren, um für fast siebenhundert Dollar zusätzliches Material zu besorgen, darunter einen Aluminiumkoffer, der innen mit Schaumstoff ausgeschlagen war und den man mit einem Zahlenkode verschließen konnte!

»Wenn wir etwas finden sollten, dann müssen wir wissen, wohin damit, nicht wahr? Aller Wahrscheinlichkeit nach wird es zerbrechlich sein!«

»Warum gibt es so etwas hier zu kaufen? Wozu wird das normalerweise gebraucht?« hatte Tom, erstaunt über die Perfektion des Koffers, gefragt.

Orit hatte ihn mit einem schläfrigen Blick bedacht, die Lider über ihren feuchten Augen halb geschlossen.

»Normalerweise? Um Sprengstoff oder Bomben zu transportieren. Nitroglyzerin ... Solches Zeug. Wir sind schließlich in Israel.«

Tom hatte sich gefragt, ob wohl alle Frauen auf der Welt so geworden seien wie Suzan und Orit – entsetzliche Aussicht!

Sie fuhren eine Weile schweigend. Am Fuße des Ölbergs, auf der Höhe des jüdischen Friedhofs, kamen sie auf die Straße nach Jericho. Kurz nach der Ausfahrt Bethanien ging es bergab in die judäische Wüste. Orit hatte angekündigt:

»Nach Ma'ale Adummim müssen wir rechts abbiegen, Richtung Nabi Musa.«

»Ich weiß. Ich habe mir die Karte angesehen«, gab Tom trocken zurück.

»Eine Piste auf einer Karte zu erkennen und in der Wirklichkeit ist nicht immer dasselbe«, beharrte sie.

»Wenn Sie es sagen.«

Sie hatten noch drei Lastwagen überholt und zwanzig Sekunden geschwiegen, dann war sie plötzlich explodiert.

»Was haben Sie? Ich dachte, wir hätten uns gestern abend verständigt. Stimmt das nicht, haben wir uns nicht geeinigt? Was ist los? Sie benehmen sich wie ein Kind, dem man sein Spielzeug wegnehmen will. Alles, was ich tue, ist, Ihnen zu helfen, weil ich *weiß*, daß Sie es alleine nicht schaffen können.

Und daß es gefährlich ist! Also was ist los? Ich werde Sie schon nicht fressen. Man könnte meinen, Sie hätten noch nie mit einer Frau zusammengearbeitet. Ist es das? Mache ich Ihnen Angst? Ja, das ist es! Ich könnte schwören, daß ich Ihnen eine Heidenangst einjage! Warten Sie einen Augenblick, dann werden Sie mal sehen, was Angst heißt …«

Neben Tom, der wie versteinert war und, ohne es selbst zu bemerken, den Fuß vom Gas nahm, drehte sie sich auf ihrem Sitz herum und holte einen Revolver aus ihrer Ledertasche!

»Hier. Ich bin sogar bewaffnet! Peng, peng, gefällt Ihnen das?«

»*Jeesus!* Wo haben Sie die denn her?«

»Aus meiner persönlichen Sammlung. Um die Männer zu erschießen, die ich in die Wüste führe.«

Auf ihren Wangen breiteten sich rote Flecken aus, und ihre Brust hob sich bei jedem ihrer unkontrollierten Atemzüge aus ihrem Dekolleté heraus. Ihr Mund war zu einem spöttischen Lachen verzogen. Dabei sah Tom bei dem einzigen Blick, den er ihr zuwarf, daß sie kurz vor den Tränen stand. Das erschütterte ihn, doch er entgegnete ihr kalt:

»Hören Sie auf, Unsinn zu reden!«

»Sie sind es doch, der unaufhörlich erzählt, Ihre Mafiosi seien zu allem bereit, oder? Sind *Sie* denn auch zu allem bereit? Oder spielen Sie Reporter wie Tim mit seinem Hund Struppi?«

Tom brachte den Geländewagen auf dem Seitenstreifen zum Stehen. Die Lastwagen, die er soeben überholt hatte, fuhren unter lautem Gehupe so dicht an ihnen vorüber, daß der Toyota in ihrem Luftzug schwankte.

»Packen Sie diese Waffe weg, und beruhigen Sie sich.«

»Ich bin völlig ruhig. Und ich mache Sie auch darauf aufmerksam, daß es heutzutage eher gefährlich ist, sich in arabische Dörfer vorzuwagen, die so weit von den großen Straßen entfernt liegen. Die Spannungen steigen wieder zwischen Palästinensern und Israelis und …«

»Das habe ich bereits gehört. Ich habe nicht die Absicht, auf Araber zu schießen. Ich bin keine hitzköpfige …«

»Sagen Sie es nicht, oder ich haue Ihnen eine runter!« schrie Orit außer sich und hielt Tom, der erschrocken zurückwich, ihren 38er unters Kinn.

Eine bedrückende Stille trat ein, die nur von Motorengeräusch und dem Pfeifen der Reifen auf dem Asphalt unterbrochen wurde.

»Auch ich bringe keine Araber um!« schrie Orit mit heiserer Stimme. »Weder Araber noch sonst irgend jemanden. Ich liege mit niemandem im Krieg. Selbst wenn manch einer glaubt, ihn mir erklären zu müssen.«

Sie zögerte, dann knurrte sie noch:

»Verflixt! Sie wußten ganz genau, was ich sagen wollte!«

Sie warf den Revolver auf den Rücksitz und stieg aus dem Toyota. Tom schloß die Augen und zwang sich dazu, tief durchzuatmen. Selten hatte er sich in seinem Leben so unwohl gefühlt, nicht einmal bei seinen Auseinandersetzungen mit Suzan. Im Grunde verstand er nicht mehr, warum er sich so aggressiv gegen diese junge Frau verhalten hatte.

Orit hatte sich ein paar Meter vom Geländewagen entfernt und stand reglos da, das Gesicht der schier unendlichen Weite aus Staub und Steinen zugewandt. Er fragte sich, ob sie weinte, bevor er an den Revolver dachte und ihn an sich nahm, um zu überprüfen, ob er gesichert sei. Es sah so aus. Im Umgang mit Waffen hatte er in der Tat wenig Übung. Er ließ den 38er in Orits Ledertasche gleiten. Als er wieder aufsah, kam sie auf den Geländewagen zu. Sie öffnete die Tür und setzte sich mit eingefallenen Wangen und abwesendem Blick auf ihren Sitz. Geweint zu haben schien sie nicht.

»In Ordnung«, sagte sie. »Es war mein Fehler, ich hätte nicht so sehr darauf bestehen sollen. Fahren Sie mich nach Jerusalem. Sie werden nur einen Vormittag verloren haben.«

Tom hatte seine Hände auf das Lenkrad gelegt, sie angeschaut und keine passende Antwort gefunden. Er hatte den Wagen wieder gestartet, den ersten Gang eingelegt und eine Lücke im Verkehr ausgenutzt, um den Toyota genau nach Osten,

Richtung Jericho, zu steuern. Orit hatte ihm einen sehr kurzen Blick zugeworfen und sich jeden Kommentars enthalten.

Nun fuhren sie seit mehr als zehn Kilometern, ohne daß einer von beiden die Zähne auseinanderbekam.

Vor ihnen und zu ihrer Rechten erstreckte sich bis zum Horizont die Tiefebene des Toten Meeres.

Tom warf einen Blick in den Rückspiegel, zögerte und sagte dann in möglichst neutralem Ton:

»Es sieht so aus, als ob uns niemand folgt.«

Schweigen. Er setzte erneut an:

»Mit der Geschicklichkeitsralley, die wir vorhin veranstaltet haben, haben wir sie vielleicht aus dem Konzept gebracht. Möglich, daß sie vor uns sind.«

Immer noch Schweigen. Aber Tom sah, daß Orit ruhiger atmete. Der Staub zwang sie, die Fenster geschlossen zu halten, und in der zunehmenden Hitze des Wageninneren nahm ihr ungewöhnliches, leicht herbes Parfüm die Luft ein. Nicht unangenehm.

Schließlich bemerkte sie:

»Man könnte meinen, es ärgere Sie, daß uns niemand folgt.«

»Ich wüßte gern, woran ich bei ihnen bin. Bislang war Sokolow mir immer voraus. Ich würde ihm gern einmal zuvorkommen. Im Grunde bin ich nur deswegen hier: um die Russen zu überraschen, wenn sie gerade eine Ruine durchsuchen und ausplündern … Nicht ich bin es, Sokolow ist der Schatzsucher.«

Er überholte einen Lieferwagen, der überladen war mit in Plastik eingewickelten Matratzen, und fügte hinzu:

»Ich muß gestehen, daß mir diese Strategie zunehmend abstrakt erscheint. Bevor ich New York verlassen habe, war alles glasklar in meinem Kopf. Jetzt weiß ich nicht mehr genau, wer hier wen überraschen wird!«

Unmerklich bewegte Orit den Kopf, aber ihr Blick blieb auf die bläulichen Lichtreflexe des Toten Meeres gerichtet. »Langsam denke ich«, fuhr Tom fort, »daß es mir sehr gefiele, einen

Teil des Schatzes selbst zu finden! Das wäre auch eine Reportage wert ...«

Orit blieb stumm. Sie fuhren an Ma'ale Adummim vorbei, wo die Autobusse aufgereiht standen, schön einer neben dem anderen wie Kühe an der Tränke. Rechts und links der Straße gingen Pisten ab. Selten zeigten Schilder an, wo sie hinführten, und wenn, waren sie auf hebräisch oder arabisch verfaßt und daher für Tom nicht zu entziffern. Wenn Orit weiter schmollte, würden sie am Ufer des Toten Meers ankommen, bereit für ein neues Gefecht.

»Ich mag Ihr Parfüm«, sagte Tom etwas zögernd. »Was ist das?«

Er glaubte schon, sie würde wieder nicht antworten. »Amber«, sagte sie schließlich, und es klang, als unterdrückte sie dabei ein Lachen.

»Ja?«

Sie hatte ihren neckischen Tonfall wiedergefunden.

»Bernsteinharz. So große Stücke.« Sie zeigte es mit ihren Fingern. »Man geht damit sanft über die Haut. Eine sehr orientalische Technik. Die Männer machen das ganz gerne hier.«

Wieder schwiegen sie einen Kilometer lang. Plötzlich hob sie die Hand und zeigte nach rechts, auf eine Piste, die durch ein staubiges Schild ausgewiesen war.

»Nabi Musa.«

Der Geländewagen brummte zufrieden auf dem ungeteerten Weg. Hinter ihnen bildeten sich Staubwolken, aber sehr bald wurde die Strecke steinig. Der Großteil des Dorfes Nabi Musa lag etwas abseits der Strecke, auf der linken Seite. Sein Minarett wies über den flachen Dächern in den Himmel. Männer saßen vor Läden mit blauen Holz- oder Eisentüren, die vom Rost angefressen waren. Aufmerksam, bewegungslos sahen sie ihnen zu, wie sie vorbeifuhren. Etwas weiter trafen sie auf einige Jugendliche, die eine Herde Schafe vor sich hertrieben, und noch etwas weiter begegneten sie einer Beduinenfrau, die einen Esel führte, auf dem drei kleine Jungen thronten.

Tom dachte an sein Zusammentreffen mit dem Wassermelonenmann, zog es aber vor, nicht davon zu erzählen. Er kramte in seiner Tasche nach der Sonnenbrille. Das Licht brannte ihm in den Augen. Die Weite dieser völlig kahlen, nur hier und da von Felsschluchten durchzogenen Landschaft hatte etwas Erdrückendes. Auf der anderen Seite des Toten Meeres flimmerten die Felsen Jordaniens schon in der Hitze, zerklüftet und zerknittert wie Elefantenhaut. Überall herrschte eine sonderbare Harmonie des Abgenutzten, des Verbrannten und der Kargheit der Natur, wo doch immer noch und immer wieder Leben entsprang.

Tom zeigte mit dem Finger auf einen unerwartet grünen Streifen zu seiner Linken.

»Was ist das?«

»Das Wadi Qumran. Dort hinten geht es zum Wadi En-Nar hinunter. Aber wir werden bald einen anderen Weg kreuzen. Dann müssen wir rechts abbiegen, also wieder weg vom Toten Meer, um zu dieser Art Hügelgrab zu gelangen, das man dort drüben sieht, gleich nach der Schlucht. Das ist Hirkania, genau dieser Buckel.«

»Okay«, gab Tom zu. »Sie kennen die Ecke wirklich in- und auswendig.«

»Ich habe eine Woche meines Militärdienstes hier verbracht, Tag und Nacht zu Fuß auf Patrouille«, bemerkte Orit.

»Alles klar«, sagte Tom. »Sie hatten übrigens recht. Ich meine, ich wäre noch dreimal im Kreis gefahren, bevor ich etwas gefunden hätte.«

Langsam fuhr er dichter heran. Ruinen und grob behauene, wie von einem unersättlichen Tier angenagte Steinblöcke tauchten aus dem Staub auf. Ungefähr zehn Meter weiter oben bedeckte ein Haufen runder, blankgeschliffener Felsblöcke ein Netz aus Spalten und Rissen, die in dem brüchigen Boden klafften.

»Man kann es kaum glauben«, sagte Orit, die seinem Blick

folgte, »aber zur Regenzeit entstehen dort oben manchmal Wasserfälle, die alles auswaschen!«

An manchen Stellen erahnte man die Spuren eines Weges, vielleicht auch früherer kleiner Straßen. Auf der rechten Seite kamen Grabmale zum Vorschein: der Friedhof.

»Jemand war vor kurzem hier«, rief Orit aus.

»Wie?«

»Schauen Sie doch, oberhalb dieser Mauer sind frische Reifenspuren! Heute abend werden der Staub und der Wüstenwind sie verwischt haben.«

Tom sah, allerdings ohne zu verstehen, was Orit sagen wollte. Äußerst erregt suchte er Osten, wobei er vor sich hin murmelte:

»*Unter den Stufen, die nach Osten führen, grabe vierzig Ellen …*«

»Sie sind dort drüben, vielleicht.«

Orit zeigte auf ein Mauerstück am Rande eines leichtes Abhangs, der sanft zu einem tiefen Riß in der Erde abfiel.

Jetzt verstand Tom den Zweck der Seile: Scheinbar platt und hart, war der Boden jedoch überall eingerissen wie ein sehr alter Stoff.

Sie überquerten den Friedhof mit seinen schiefen, zerbrochenen Grabsteinen und erreichten den Punkt, auf den Orit gezeigt hatte. Von den Stufen waren nur noch vier geblieben. Aber unter ihnen öffnete sich senkrecht ein frisch ausgehobener Graben. Die ausgehobene Erde war etwas dunkler als der umliegende Sand. Spuren von Sohlen mit grobem Relief waren dort noch eingeprägt, als hätten die Schuhe sich eben erst daraus gelöst. Am äußeren Rand des Grabens war eine etwas größere Grube zum Vorschein gekommen, die auf einer Seite ausgemauert war.

»Na schön«, sagte Tom, »jetzt wissen wir, warum niemand uns gefolgt ist!«

Er schaute Orit an und hatte Lust hinzuzufügen: »*Sie* waren beim Morgengrauen hier, *sie*.« Aber er hielt sich gerade noch zurück.

15

Der junge Mediziner begutachtete den Streifen des Elektrokardiogramms, der ratternd aus seiner kleinen Maschine herauslief. Er nickte und lächelte mir zu.

»Alles in bester Ordnung«, sagte er. »Die Auswirkungen Ihrer Operation sind kaum noch zu erkennen! Was Ihre kleine Gymnastik von eben anbelangt: alles vorbei. Mehr Angst als tatsächlicher Schaden … Der Herzrhythmus ist wieder normal. Allerdings sollten Sie so etwas in Zukunft besser vermeiden.«

Wir waren in meinem Zimmer im King David. Durch die zugezogene Terrassentür hörte ich Calimani, der draußen unverständliche Laute in sein Telefon bellte.

Der Arzt löste die Saugnäpfe von meiner Brust und untersuchte meine Narbe mit einem Ausdruck der Bewunderung, als würde er gerade ein Kunstwerk betrachten.

»Hervorragende Arbeit!« kommentierte er begeistert.

»Sieht so aus«, gab ich, etwas peinlich berührt, zurück.

Er sammelte seine Instrumente zusammen, während ich mein Hemd wieder zuknöpfte und mich mit noch etwas schweren Beinen aufsetzte. Calimani telefonierte noch immer.

Hätte ich die Kraft gehabt, ich hätte dem Professor einen Faustschlag versetzt, als er mich in Rab Chaim Hinterzimmer weckte, so sehr war ich davon überzeugt, er sei der Anstifter des Überfalls gewesen. Zu meinem großen Erstaunen aber hatte er eine aufrichtige Besorgnis und eine beeindruckende Effizienz an den Tag gelegt. Er hatte die Schaulustigen aus dem Laden geschubst, gleichzeitig sein Handy gezückt, Polizei und Notarzt benachrichtigt und schließlich Rab Chaim warm zugedeckt. Der alte Buchhändler schien übel zugerichtet. Er blutete aus der Nase und war bewußtlos, vielleicht lag er sogar im Koma.

Die Polizei hatte mich nur so lange einbehalten, wie ich brauchte, um den Überfall zu schildern und eine Beschreibung der beiden Russen abzugeben. Meine Verfolgungsjagd hatte ich verschwiegen und gesagt, ich sei zufällig dort gewesen. Ich hatte lediglich von der mit Ordnern, Mappen, Manuskripten und alten Texten gefüllten Tasche berichtet. Auf die Frage: »Haben Sie eine Vorstellung, um was es in den Texten gehen könnte?«, hatte ich geantwortet: »Nicht die geringste.« Calimani, der mir zuhörte, hatte gelächelt und mir zugezwinkert, wovon er selbst in einem Moment wie diesem nicht abließ.

Anschließend hatte ich größte Mühe, zu erreichen, daß man mich nicht auch noch ins Krankenhaus, sondern einfach ins Hotel brachte. Der Professor hatte darauf bestanden, mich zu begleiten und einen Arzt zu benachrichtigen.

Dieser Arzt verließ schließlich das Zimmer, und Calimani steckte seinen runden Kopf herein.

»Also, wie lautet das Urteil?«

»Alles in Ordnung ...«

»Wunderbar!«

»Und Rab Chaim?«

»Schlecht, leider. Ich hatte gerade die Unfallstation von Bikur Holim dran. Was ich befürchtet hatte: Schädelbruch und eine Hirnblutung. In seinem Alter ...«

»Ich frage mich, ob es nicht besser gewesen wäre, ich wäre nicht eingeschritten. Der Russe hätte ihn nicht gegen das Regal geschleudert, und ...«

»Unsinn. Sie werden sich doch jetzt wohl nicht schuldig fühlen. Diese Irrsinnigen hatten sicher nicht vor, ihm etwas Gutes zu tun. Mit oder ohne Sie, Rab Chaim hätte sich verteidigt wie ein Derwisch, und die Russen hätten ihn am Ende erschlagen! Diese Leute sind zu allem fähig«, fügte Calimani freundlich hinzu und klopfte mir auf die Schulter. »Ohne Ihr

Einschreiten wäre er vielleicht tot. Das war ganz schön mutig von Ihnen, ehrlich gesagt!«

»Eher unüberlegt als mutig ... Womit haben sie mich eigentlich niedergeschlagen?« fragte ich, um das Thema zu wechseln.

»Mit einer Art elektrischem Schlagstock. Polizei und Armee benutzen so etwas. Allein durch die Berührung bekommen Sie einen Stromstoß, den man dosieren kann von einer einfachen Lähmung des Gegners bis zum tödlichen Schlag. Zweimal, so dicht hintereinander, da haben sie Ihnen eine gute Dosis verpaßt ... Rab Chaim hätte das vielleicht nicht überstanden.«

Er trug einen neuen, ebenso eleganten Leinenanzug. Das Einstecktuch war kaum verrutscht, ebenso wie seine pomadisierten Haare.

»Setzen Sie sich auf die Terrasse«, forderte er mich auf. »Ich werde uns etwas zu essen bestellen. Derartige Abenteuer machen mich hungrig. Sie nicht? Und ein Glas Weißwein wird uns guttun!«

Ein bißchen verblüfft darüber, so an die Hand genommen zu werden, setzte ich mich auf den Balkon. Unwillkürlich warf ich einen Blick zu Toms Zimmer. Offenbar war er noch nicht wieder aus Hirkania zurück. Jetzt, wo ich am eigenen Leib erfahren hatte, mit wem wir es zu tun hatten, empfand ich mehr Respekt vor seinen Warnungen und hoffte, daß weder er noch Orit ein Risiko eingingen.

Sicherlich hatte ich zu leichtfertig geurteilt. Ich hatte Orit ermutigt, sich unserem Abenteuer anzuschließen, weil ich die Anwesenheit einer Frau ziemlich verführerisch fand, gewiß, aber auch getrieben von der Neugierde des Schriftstellers, der gern an den Regungen der Herzen und der Seelen teilhat, die sich um ihn herum suchen und finden! Nicht eine Sekunde hatte ich gedacht, es könnte richtig gefährlich werden. Aber jetzt schwebte Rab Chaim zwischen Leben und Tod ... Außerdem hatten wir vergessen, einen Weg zu vereinbaren, um Kontakt zu halten. In der judäischen Wüste gab es Telefonzellen sicher nicht gerade in Hülle und Fülle, und ich wußte nicht, ob

Tom oder Orit über ein Handy verfügten! Im Grunde schien es mir, als habe ich mich trotz Toms Warnungen in ein Abenteuer gestürzt, das mich völlig überforderte. Die Mafia war die Mafia, und ich wußte genug über die russischen Banden, weil ich in Moskau und Sankt Petersburg gesehen hatte, wie sie zu Werke gingen! Wie hatte ich nur so unüberlegt und naiv sein können?

Calimani setzte sich neben mich und seufzte zufrieden.

»In fünf Minuten sind sie da… Kommen Sie, Schluß mit den Grübeleien! Entspannen Sie sich, teurer Freund, es ist alles in Ordnung.« Er lachte und klatschte sich mit den Händen auf die Schenkel. »Genießen Sie diese Ruhe und diese Aussicht! Das ist Jerusalem: Die Aufwallungen der Gewalt und des Hasses gehören ebenso dazu wie die Ruhe, die Konzentration und das Licht! Wie ich diese Stadt liebe!«

»Haben Sie eine Vorstellung, was die in dem Laden geklaut haben?« unterbrach ich ihn, in diesem Augenblick wenig aufgelegt für Poesie.

»Nicht wirklich. Die Manuskripte und Abschriften, die Rab Chaim für Sie zur Seite gelegt hatte, befürchte ich. Er hatte mir heute früh davon erzählt. Das ist wirklich dumm! Drei Minuten früher, und … Als ich vor dem Buchladen ankam, habe ich den Menschenauflauf und die zerbrochene Scheibe gesehen und sofort begriffen! Aber gerade als ich den Fuß in den Laden setzte, verschwanden die beiden Typen mit der Tasche, und mich haben sie rückwärts auf die Bücherstapel geschubst. Fast hätte ich meinen Panama verloren! Ich hätte ihnen folgen können, aber ich befürchtete, Rab Chaim ermordet aufzufinden, also …«

Ich ließ ein kurzes Schweigen verstreichen und fragte:

»Sie sagen, Sie haben Rab Chaim heute morgen gesehen … Wollen Sie nicht ein wenig von sich erzählen, Professor? Ich glaube, es gibt noch viele Teile, die mir fehlen, um Ihr Bild in meinem Kopf zu vervollständigen!«

Er lachte, und sein rechtes Augenlid zuckte.

»Zusammengefaßt wollen Sie sagen: Was machen Sie da an meiner Seite und warum?«

»Genau«, gab ich zu.

Er lachte. Bevor er sich mir wieder zuwandte, verweilte sein Blick auf einer Gruppe hübscher Frauen, die sich am Swimmingpool niederließen.

»Nun, es wird Ihnen merkwürdig erscheinen, aber ich hielt Sie für einen dieser russischen Gangster!«

Immer noch glucksend, hob er die Hände, als formte er eine Statue in der Luft.

»Ja, sogar für ihren Chef ...«

»Mich?«

»Ihr Akzent, Ihr Gebaren, vielleicht Ihr Bart ... Ich weiß, das ist absurd, aber ... Warten Sie, lassen Sie uns die Dinge noch einmal von Anfang an betrachten, und Sie werden verstehen.

Ich bin seit etwa zehn Tagen in Jerusalem, und ich habe gute Freunde unter den Forschern hier. Wie immer, wenn ich in der Stadt bin, eilte ich gleich nach meiner Ankunft zu Rab Chaim. Durch Zufall war er gerade wieder an Texte von Reisenden aus dem Mittelalter herangekommen. Er erzählt mir davon, und ich bitte ihn, sie mir zu überlassen. ›Unmöglich‹, sagt er, ›ein altes Versprechen, das ich einem Kunden gegeben habe.‹ Ich frage nach, er erzählt mir von Ihnen, und ich sage zu ihm: ›Sehr schön, vielleicht werden wir sie gemeinsam studieren können!‹ In dem Moment erscheinen unsere beiden russischen Schergen. Ich habe den Eindruck, Rab Chaim ist über ihre Anwesenheit verärgert, und verschwinde aus Taktgefühl. Zwei Tage später statte ich ihm einen kleinen Besuch ab, und er erzählt mir von dem unglaublichen Angebot der beiden Spaßvögel. Wir stellen ein paar Thesen auf: Rab Chaim will in der Sache nur eine Immobilienangelegenheit sehen. Das Viertel ist im Wandel begriffen, es wird gebaut, was das Zeug hält. Das Argument erscheint mir jedoch etwas schwach, und ich wüßte gerne mehr darüber. Reine Spekulation eines alten

Skeptikers, der sich fragt, ob da nicht gerade jemand dabei ist, einen großen Coup vorzubereiten. Niemand weiß, was man in der Höhle von Rab Chaim finden kann, oder?«

Es klopfte vorsichtig an der Tür; ein junger Mann betrat mein Zimmer mit einem Servierwagen. Der Professor unterbrach sich mit einem Ausruf der Freude. Mit genüßlich geschlossenen Augen kostete Calimani den Wein aus Jericho und bestrich dann, noch bevor der Kellner gegangen war, eine große Matze mit Taramas.

»Ah, für Taramas und Weißwein vom Jordan würde ich durch die Hölle gehen! – Wo war ich stehengeblieben? Ja ... Also, die Immobilienthese! Ich glaube nicht daran und stelle in meinem Umfeld vorsichtige Fragen. Zuerst erfahre ich nichts Besonderes. Dann sagt mir ein alter englischer Freund, Spezialist für hebräische und aramäische Texte der Essener, daß er ein merkwürdiges Fax von einem russischen Kollegen bekommen habe mit der Bitte, diesem den genauen Standort eines alten Brunnens zu bestätigen und ihn einige ›Verschlußsachen‹ einsehen zu lassen, wie in unserer Fachsprache die für einen öffentlichen Zugang zu wertvollen und zu empfindlichen Stücke heißen. Der besagte Kollege ist bekannt dafür, schon zu Sowjetzeiten unterderhand gewisse Papyri weiterverkauft und sich jetzt mehr oder weniger mit der Mafia eingelassen zu haben. Und da hat es klick gemacht in meinem kleinen Hirn. Ich laufe zu Rab Chaim und frage ihn, ob diese ›Käufer‹ Russen sind. Er antwortet mir: ›Mehr Russen als Juden, leider!‹ Ich sage zu ihm: ›Sehen Sie sich vor mit diesen Leuten!‹ – Essen Sie nichts?«

Calimani schaute mitleidig auf meinen unberührten Teller.

»Nur zu, nur zu! Wollen Sie etwas von diesen Spießen? Huhn und Paprika mit Kümmel ... Eine Delikatesse! Und ein bißchen Auberginenmousse ... Obwohl ich hier derjenige bin, der erzählt, haben Sie noch nichts angerührt!«

»Fahren Sie fort«, sagte ich lachend. »Ich nehme mir gleich etwas, das verspreche ich Ihnen.«

»Ich weiß, ich weiß, ich habe einen mütterlichen Zug!« sagte er augenzwinkernd. »Meine Frauen haben das immer gemocht. Also, am Anfang mögen sie es. Dann, nach zwei, drei Jahren, steht die Emanzipation vor der Tür … Ach was, man muß mit seiner Zeit leben. Die Frauen befreien sich, und wir, wir suchen uns neue Frauen.«

»Sind Sie verheiratet? Ich meine, im Augenblick.«

Er nahm einen gehörigen Schluck Wein.

»Nein, im Augenblick nicht. Vielleicht werde ich langsam etwas alt fürs Heiraten: Ich war sechsmal verheiratet! Ich fange schon an zu glauben, daß … Es ist nicht sehr orthodox, nicht wahr? Vielleicht sollte ich Abbitte leisten, bevor der Allmächtige mir die entscheidende Frage stellt!«

Er seufzte, und während wir beide ein Stück Huhn vertilgten, das in der Tat sehr schmackhaft war, dachten wir einige Augenblicke an all die Fragen, die der Allmächtige uns stellen könnte.

»Gut, zurück zu unserer Geschichte. Ich denke also an die Russen und komme zu dem Schluß, daß mal wieder jemand versucht, das Rätsel der Kupferrolle zu knacken. Ich überspringe jetzt ein paar kleine Vorahnungen, und dann kommen Sie, Ihre Fragen zum Ursprung Jerusalems …

Bei unserem kleinen Gespräch gestern abend setze ich ein paar Banderillas, um zu sehen, wie Sie darauf reagieren, und sofort habe ich den Eindruck, Sie werden vorsichtig. Zurückhaltend wie ein Backfisch, sobald ich die Rolle erwähne! Zu zurückhaltend … Sie selbst bezeichnen sich als Schriftsteller? Das riecht mir nach Tarnung – es tut mir leid, bedauerlicherweise kenne ich Ihre Bücher noch nicht! Also, heute morgen, ganz früh, finde ich mich bei Rab Chaim ein und sage ihm: ›Vorsicht, Vorsicht, mit diesem Herrn Halter, das ist vielleicht der Mann, der Ihnen den Laden abkaufen will, und sicherlich ein Mafioso.‹ Er lacht mich aus. Ich versuche, ihn zu überzeugen, er kümmert sich nicht darum und zeigt mir die Schriftstücke, die er gerade für Sie zusammensucht. Es kommt nicht in Frage, daß er sie Ihnen nicht gibt, wo er sie Ihnen doch versprochen hat ... Ich gehe beleidigt weg und sage mir, daß dieser alte Verrückte nicht mehr erkennt, mit wem er es zu tun hat. Daraufhin finde ich, als ich in der Universität ankomme, Faxe von Freunden, die ich in Venedig und in Paris kontaktiert habe. *Mea maxima culpa*! Vor meinen Augen habe ich die Liste Ihrer Bücher und all die positiven Dinge, die man über Sie sagt. Ich komme mir vor wie ein Idiot. So sieht es aus ...«

Calimani fing an zu lachen und zwinkerte mir über seinen Bauch hinweg noch einmal zu.

»Ich habe diese Mahlzeit von Ihrem Zimmer aus bestellt, aber Sie sind mein Gast. Das bin ich Ihnen schuldig!«

»Sie schulden mir rein gar nichts! Auch ich war nach unserer Unterhaltung gestern abend so gut wie sicher, daß Sie der Hintermann der beiden Russen seien, die Rab Chaim belästigt haben!«

Wir mußten beide herzlich lachen. Calimani nutzte die Gelegenheit, um nachzuschenken. Dann folgte ein kurzes Schweigen, das nur von den vertrauten Geräuschen des Swimmingpools gestört wurde. Ich wußte, daß Calimani noch nicht fertig war, und erriet dieses Mal die Frage, die ihm auf der Zunge lag. Er nahm sich die Zeit, sein Glas auszutrinken, ehe er sie stellte.

»Gleichwohl habe ich mich nicht völlig getäuscht, oder? Sie sind nicht nur wegen Ihres Romans hier. Oder zumindest hat Ihr Roman etwas mit dem Tempelschatz zu tun.«

Sein rechtes Augenlid zuckte, und seine Augen funkelten vor Neugierde. Seit einigen Minuten wußte ich, daß ich ihm entweder die Wahrheit gestehen oder eine sorgfältig konstruierte Lüge auftischen mußte.

Noch gab nichts mir die Gewißheit, daß der Professor kein doppeltes Spiel trieb. Ich war nicht bei Bewußtsein gewesen, als er in den Laden gekommen war. Rab Chaim war nicht mehr in der Lage, seine Warnungen zu bestätigen. Und selbst wenn, wäre das keine Garantie. Calimani konnte durchaus den

Guten mimen, um mich für sich zu gewinnen und mir langsam die Würmer aus der Nase zu ziehen.

Drei Gründe bewogen mich schließlich dazu, mich ihm anzuvertrauen. Der erste war rein logischer Natur: Leugnen half nichts. Zumal, wenn er schon Bescheid wußte! Außerdem bezweifelte ich, daß Sokolow, so wie Tom ihn mir beschrieben hatte, irgend etwas mit einem echten Wissenschaftler teilen würde, schon gar nicht seine möglichen Erfolge!

Der zweite Grund war strategischer Natur: Sollte der Professor wirklich auf unserer Seite stehen, wäre er eine große Hilfe. Trotz Toms schmeichelhafter Einschätzung meiner Fähigkeiten stieß ich angesichts der Rätsel der Kupferrolle an meine Grenzen. Der Professor hingegen war ein echter Gelehrter, und er hatte Beziehungen zu anderen Forschern, die sich als nützlich erweisen konnten. Außerdem gelangte ich langsam zu der Ansicht, daß wir um so mehr Chancen hätten, je zahlreicher wir wären ... Der dritte und entscheidende Grund war schließlich – bedauerlich für ihn, aber so war es nun mal: Calimani, seine Energie, seine pomadisierten Haare, sein fast kindliches Vergnügen an den schönen Dingen des Lebens und sogar sein Augenzwinkern wurden mir immer sympathischer. Wenn ich bedachte, wie fürsorglich er sich um Rab Chaim gekümmert hatte und mit welcher Herzlichkeit er mir begegnete – nein, dieser Mann konnte nicht schlecht sein. Vertraue nur dieses eine Mal auf deine Intuition, dachte ich mir!

»Ja, Sie haben recht. Ich bin nicht nur wegen meines Romans hier«, sagte ich daher. »Obgleich ich das Gefühl habe, jeden Tag, gegen meinen Willen, ein Stückchen tiefer darin zu versinken.«

»Ah«, machte er mit vollem Mund. »Erzählen Sie!«

Er hörte mir so aufmerksam zu, daß ich glaubte, er würde mir Beifall klatschen, als ich geendet hatte. Doch er erhob sich mit den Worten:

»Ich bestelle Kaffee. Das können wir jetzt brauchen. Für mich zwei, und für Sie?«

Als er wieder auf den Balkon zurückkam, setzte er sich kopfschüttelnd und rieb sich die Hände.

»Was für eine Geschichte, was für eine Geschichte! Ich kann es kaum erwarten, Ihren amerikanischen Freund kennenzulernen.«

»Ich bezweifle, daß er Ihre Freude teilt ... Er wird schwerste Verdächtigungen gegen Sie erheben und es mir sehr übelnehmen, daß ich Ihnen das alles erzählt habe.«

»Machen Sie sich keine Sorgen! Ich werde mich von meiner besten Seite zeigen ...«

Dann wurde er plötzlich wieder ernst. Sein Blick schweifte über die Stadt, die unter der größten Hitze des Tages dahindämmerte. Es war die Stunde, zu der in Jerusalem die Schatten länger werden und der Berg Zion sich hinter die Stadtmauer zu ducken scheint. Die weißen Minarette der Moscheen aus der Altstadt strahlten noch weißer, und die am Stadtrand verstreuten Häuser waren nicht mehr von der grauen Erde zu unterscheiden.

»Ich muß Ihnen in aller Offenheit etwas sagen. Ich bin wie Sie begierig darauf, die Vergangenheit dieser Stadt zu ergründen. Gleichwohl weiß ich, daß die Vergangenheit, hier wie an jedem anderen Ort, zu einem gefährlichen Spiel werden kann. Sie wissen das, mein guter Freund, die enthüllte, neubesehene Geschichte kann Kriege und unbezähmbaren Haß hervorrufen! In Jerusalem ist die Vergangenheit sowohl der Quell des Lebens als auch eine tödliche Waffe. Was dieser Schatz möglicherweise enthält, könnte ...«

Er unterbrach sich, als wäge er jedes seiner Worte sorgfältig ab.

»Auch wenn unsere hektische Zeit sich bemüht, es vergessen zu machen, basiert die heutige Welt vollständig auf den Grundfesten, den Pfeilern, den Bögen und den Gewölben der Vergangenheit. Nichts ist denkbar: kein Computer, keine Grenze, keine Stadt, keine Straße, keine Familie ... nichts lebt, entsteht und überdauert ohne die Kraft weit zurückliegender

Wurzeln. Sie brauchen nur einen Pfeiler dieser Konstruktion zu erschüttern, indem sie ihn in ein neues Licht setzen, und das ganze Gebäude wird in seinen Grundfesten erzittern. Zum Ursprung von Jerusalem hinabzutauchen bedeutet, in die Gebärmutter der westlichen Welt einzudringen ... Kurzum, der Tempelschatz birgt das Risiko ...«

Er zögerte nochmals und biß sich auf die Oberlippe.

»Sagen wir einfach, daß die Mafia meines Erachtens bei weitem nicht die größte Gefahr eines solchen Abenteuers darstellt!«

»Einer alten Weisheit zufolge tötet die Vergangenheit den, der sich nach ihr auf die Suche begibt«, murmelte ich. »Nur wer seine Vergangenheit tötet, entkommt ... Aber Sie haben es gerade erst gesagt: Was sind wir ohne Vergangenheit?«

»Umherirrende Seelen, ohne Körper und ohne Gewicht ... Seelen, die jedem Höllenkreis bei Dante entkommen ... Ja, die Verfehlung ist besser als das Nichts. Fehler können wiedergutgemacht werden, oder sie verweisen zumindest auf das Gute, so wie der Schatten des Schmetterlingsflügels auf diesen verweist. Während er versucht, Sokolow davon abzuhalten, den Schatz an sich zu reißen, tut Ihr Freund Hopkins etwas Gutes. Aber weiß er auch, bis zu welchem Grad er sich dem Bösen aussetzt, wenn er die Erde öffnet, um ihr zu nehmen, was in ihr verborgen ist?«

Ich wußte, woran er dachte. Nachdenklich verweilten wir beide einen Moment. Vielleicht auch etwas erschöpft von so vielen Worten. Dann aber fügte er hinzu, kurz bevor ein Zimmermädchen anklopfte, um den Kaffee zu bringen:

»Natürlich wissen Sie das alles selbst, und Sie haben sich trotzdem entschieden, ihm zu helfen, nicht wahr? Ich verstehe Sie ... Man kann dem Verlangen, den Ursprung zu ergründen, nicht widerstehen.«

Das Zimmermädchen, eine schlanke, junge Araberin mit von einem Band zusammengehaltenen Haaren und schwarzem Lidstrich, räumte die Überreste des Essens behende ab und ließ uns vor unseren Kaffeetassen zurück.

»Professor ...«

»Giuseppe! Ich bitte Sie, nennen Sie mich Giuseppe!«

»Giuseppe, werden Sie uns helfen? Sie kennen die Geschichte Jerusalems besser als ich ...«

Er trank seine erste Tasse Kaffee in einem Zug, ohne die Freude zu verbergen, die ihm meine Bemerkung bereitete. Dann lachte er und zwinkerte mir zu.

»Das ist nicht die Frage, mein lieber Marek – Sie gestatten, daß ich ...? Ich werde Ihnen helfen, weil«, dabei streckte er die Finger seiner rechten Hand aus und legte sie um seinen linken Zeigefinger, »zum einen, weil ich entsetzlich finde, was Rab Chaim zugestoßen ist, zum zweiten: weil ich furchtbar, ja schrecklich neugierig bin, zum dritten: weil ich noch nie wirklich Schatzsuche gespielt habe und langsam mal damit anfangen sollte, zum vierten und vor allem: weil ich überzeugt bin, daß hier, in Jerusalem, nichts zufällig geschieht, und mit Sicherheit nicht eine Begegnung wie die unsrige! Wir befinden uns hier im Hexenkessel des göttlichen Willens, mein Freund!«

»Sie wollen sagen, daß hier alles von Gott erdacht, in die Wege geleitet und vorausgesehen wird?« fragte ich, ungläubig lächelnd. »Daß hier niemand seinem Schicksal entgeht?«

»Ganz genau, ganz genau! – Lesen Sie noch mal die Bibel ...«

Er ließ seine Finger los, um auf den Felsendom vor uns zu zeigen, der unter der Frühlingssonne weiß leuchtete.

»Schauen Sie«, rief er aufgeregt. »Schauen Sie: Dort, an genau diesem Ort, befand sich der Tempel, der Tempel des Königs Salomo, der Tempel Israels, der von Jeschua ausgebessert, von Hesekiel in Gedanken geschaut, von Serubbabel wieder aufgebaut, von Judas Makkabäus gereinigt und von Herodes vergrößert und eingerichtet wurde.«

»Ja«, sagte ich geduldig, die Fortsetzung abwartend.

»Wissen Sie, warum er auf diesem Hügel hier und auf keinem anderen erbaut wurde?«

»Weil König Salomo es so entschieden hat, oder?«

»Nein, nicht Salomo, mein Lieber, sondern Gott! Es war der Allmächtige, der es so entschieden hat!«

Er tupfte sich die Stirn ab, bevor er vorsichtig eine schwarze Haarsträhne, die heruntergerutscht war, wieder zurechtlegte. »Kennen Sie die Geschichte von der Grille und dem Olivenbaum? Sie stammt aus dem Midrasch …«

»Nein«, gab ich zu.

Calimani schloß seine Augen halb, und sein italienischer Tonfall wurde noch um eine Nuance singender.

»Salomo zögert, schlimmer, er zweifelt … Er weiß nicht, wo der Tempel errichtet werden soll. Natürlich hat er bereits die Fundamente ausheben lassen, aber jedesmal sind sie durch Katastrophen verheert worden: Überschwemmung, Erdbeben, Brand … Immer wieder, wenn Salomo sich für einen Ort entscheidet, durchkreuzt eine neue Katastrophe seine Wahl! Salomo zweifelt und fürchtet sich!«

Die alten Geschichten habe ich immer gemocht – sie zu erzählen und sie anzuhören. Steht nicht geschrieben, daß Gott den Menschen erschaffen hat, damit dieser Ihm Geschichten erzähle? Calimani fügte, wie zu erwarten war, den richtigen Tonfall und die richtigen Gesten hinzu.

»Stellen Sie sich Salomos Kummer vor! Wie den Tempel errichten – und wo? *Oje, oje*, wie man hier sagt. Dann aber durchstreift der König, besorgt und nachdenklich wie immer, in einer schlaflosen Nacht Jerusalem. Fast aus Versehen gelangt er zum Fuße des Berges Morija. Erschöpft von seiner Grübelei, lehnt er sich an den Stamm eines Olivenbaumes. Da wird er plötzlich Zeuge eines merkwürdigen Reigens. Ein gutes Stück von ihm entfernt, taucht aus der Dunkelheit ein Mann auf, die Arme voller Weizengarben. Er legt sie auf einem Feld ab, das angrenzt an das, von dem er sogleich neue Garben holt. Anschließend verschwindet er. Dann sieht der erstaunte König eine weitere Gestalt kommen, die genau dasselbe macht wie die erste, allerdings in umgekehrter Richtung …

Salomo, der Gerechtigkeit sehr verbunden, denkt daran, die

Männer, die er für Diebe hält, festnehmen zu lassen. Die kleine Grille jedoch, die ihn auf seinen Spaziergängen immer begleitet, rät ihm, bis zur nächsten Nacht zu warten. In der folgenden Nacht wohnt Salomo also an demselben Ort einem noch viel außergewöhnlicheren Geschehen bei. Dieses Mal begegnen sich die beiden mit Weizenähren beladenen Männer. Doch anstatt sich zu beschimpfen oder einander zu schlagen, fallen sich die beiden in die Arme. Als sie vom König aufgefordert werden, sich zu erklären, erzählen sie Folgendes: Sie sind Brüder. Beim Tod ihres Vaters haben sie dessen Feld in zwei gleich große Teile geteilt. Nun hat der eine seitdem geheiratet und ist Vater von drei Kindern, während der andere ledig geblieben ist. Weil dieser findet, sein Bruder brauche für die vielen Mäuler, die er zu stopfen hat, auch mehr Weizen als er selbst, bringt er ihm, um sein Feingefühl nicht zu verletzen, nachts heimlich davon. Der verheiratete Bruder aber fühlt sich seinerseits im Vorteil, da seine Frau und seine Kinder ihm bei der Arbeit helfen. Also hat er entschieden, seinen Weizen mit dessen Bruder zu teilen, der sich von morgens bis abends allein abmüht und für die Ernte Arbeiter zu Hilfe nehmen muß.«

Zufrieden darüber, daß meine Aufmerksamkeit nicht nachließ, machte der Professor eine Pause. In kleinen Schlucken trank er seinen Kaffee aus und lieferte dann mit vor Schalk und Vergnügen leuchtenden Augen das Ende der Geschichte.

»Der König ist sehr gerührt, schließt die beiden Brüder in seine Arme und bittet sie, ihm ihr Feld zu verkaufen: den Ort, der allein würdig ist, daß man an ihm das Heiligtum Gottes errichte! Der Grundstein wurde genau dort gelegt, wo die Brüder nachts ihre Weizengarben austauschten. Dieses Mal störte nichts den Bau des Tempels!«

Und so ist Jerusalem um den Tempel herum entstanden, der an einem Ort der Brüderlichkeit errichtet wurde!« faßte Calimani zusammen und beobachtete meine Reaktion.

»Schöne Geschichte, mein lieber Giuseppe. Außer, daß sie

mir im Hinblick auf den Zufall nicht das geringste zu beweisen scheint …«

»Hm …«, sagte Calimani, wobei er die Hände mit einem schelmischen Lächeln über seinem Bauch faltete. »Darin erkenne ich den französischen Einfluß auf Ihren Geist! In den kommenden Tagen werden Sie sehen, was das ist, Ihr Zufall!«

Er blinzelte mir so auffällig zu, daß ich ein Lachen nicht unterdrücken konnte.

»Lachen Sie nur, lachen Sie nur! – Nun gut, wenn es Ihnen recht ist, werde ich das Hotel wechseln und sehen, ob hier noch ein Zimmer frei ist. Wenn möglich, nicht allzuweit von dem Ihren entfernt. Wir werden zusammenhalten müssen, mein lieber Marek!«

16

Die zwei Tassen vor ihnen auf dem Plastiktisch waren leer. Die lärmende japanische Reisegruppe schickte sich an, die Cafeteria zu verlassen und zu den Bussen zurückzukehren. Langsam räumten die Kellnerinnen die Tische ab und schwatzten dabei miteinander. Sie waren nun fast die einzigen Gäste in dem großen achteckigen Saal, der den Parkplatz überragte und den Blick freigab auf die ebenen, sich wie eine Computersimulation bis zum Toten Meer erstreckenden Ländereien.

Tom starrte orientierungslos und nachdenklich auf vier vor den geometrischen Mauern des »Klosters« von Qumran aufgereihte Palmen, deren letzte krank zu sein schien. Ein junger Fremdenführer gestikulierte vor einer Gruppe fünfzigjähriger New Yorkerinnen, die sich alle mit dem gleichen weißen Stoffhut mit Nikezeichen vor der Sonne schützten. Derweil erzählte Orit, die neben ihm saß und zu ihrer alten Redseligkeit zurückgefunden hatte, ihm die Geschichte der Essener, von den Regeln des Sektenlebens und ihrer Gründung 160 vor Christus als Reaktion auf die Hellenisierung.

»Sie waren Juden, aber sie glaubten an die Ankunft zweier Erlöser. Der eine sollte ein König vom Stamme Davids und der andere vom Geschlecht Aarons sein. Den Rollen zufolge, die man 1947 entdeckt hat, wurde der Begründer ›Lehrer der Gerechtigkeit‹ oder ›Lehrer des Geistes‹ genannt. Nun behaupten einige, Jesus sei nicht nur Essener gewesen, sondern vielleicht auch Hohepriester. Das habe ich irgendwo gelesen. Ich glaube, es lag daran, daß …«

Tom hörte ihr zu und nickte dabei unmerklich mit dem Kopf. Er mochte ihre Stimme immer mehr. Und ihren Amberduft. Ihr Wissen überraschte ihn, und gleichzeitig dachte er sich, daß es dumm war, überrascht zu sein. Sie hatte offensichtlich ein fundiertes Studium absolviert, auch wenn sie mit einem 38er in ihrer Handtasche herumspazierte. Doch eigentlich hörte er die Geschichte der Essener kaum, denn er war mit den Gedanken woanders: Auf dem Friedhof von Hirkania den frisch ausgehobenen Graben zu entdecken hatte ihm gründlich die Laune verdorben.

Wieder und wieder hatten sie die Gruben untersucht, um wenigstens herauszufinden, ob ihre Vorgänger irgend etwas gefunden hatten. Aber es rieselten nur Sand und Steine durch ihre Finger. Orit behauptete optimistisch, daß die Mafiosi keinen Erfolg gehabt haben könnten. Sie sagte, alle antiken Gegenstände in den Ruinen hätten sich in großen Tongefäßen befunden und seien niemals schutzlos vergraben worden. Und da sich nicht die geringste Spur von zerschlagenem Tongeschirr fand … Nur konnten sie den Krug natürlich auch mitgenommen haben. »So etwas trägt man nicht einfach weg«, hatte Orit protestiert. »Sie werden es sehen, wenn Sie einen davon finden!« Eine Aussicht, an der Tom ernsthaft zu zweifeln begann.

Nachdem sie den Graben abgeschrieben hatten, waren sie zehnmal über den Friedhof gegangen, allerdings mehr, um ihren Frust loszuwerden, als in der Hoffnung, auch nur den kleinsten Hinweis zu finden. Hinweis auf was überhaupt, fragte sich Tom.

Schließlich hatte Orit diese Idee gehabt: Um den Tag nicht ganz zu vergeuden, und weil sie nicht weit von Qumran entfernt waren, konnten sie genausogut dort vorbeifahren und frühstücken. Wenigstens hätte Tom dann einmal diesen berühmten Ort gesehen!

Er hatte ihr nicht gestanden, wie erniedrigend er die Aussicht fand, sich in einen Touristen zu verwandeln. Aber mit eingezogenem Schwanz ins King David zurückzukehren, um Marek von ihrem Mißerfolg zu berichten, war auch nicht gerade verlockend. Außerdem dachte er seit kurzem, daß vielleicht …

Plötzlich wurde er sich der Stille bewußt. Orits Stimme drang nicht mehr an sein Ohr, und er wäre beinahe aufgesprungen. Er drehte sich zu ihr um und sah, daß sie ihn beobachtete. Hier drinnen wirkten ihre Augen noch viel heller als draußen im gleißenden Sonnenlicht. Sie hatte die Brauen hochgezogen, und ihr Mund grub eine ausgeprägte, aber reizvolle Falte in ihre linke Wange.

»Sie haben mir überhaupt nicht zugehört, oder?«

»Ich …«

»Sie können es ruhig sagen.«

»Nein, nein, es ist nur …«

»Doch, doch.«

»Orit!«

»Wie eine Idiotin lassen sie mich hier meinen Text abspulen …«

»Ich glaube, ich habe eine Idee!«

»Sieh an.«

Tom erhob sich hastig und zog ein paar Schekel aus seinem Portemonnaie.

»Können Sie an der Kasse bezahlen?«

»Ist sie das, Ihre Idee?«

»Wir treffen uns am Auto …«

»Haben Sie Angst, daß ich mit den Japanern wegfahre?«

Er rannte aus der Cafeteria und sprang mit ein paar Sätzen die Treppen zum Parkplatz hinunter. Beim Auto angekommen, zog er seinen Rechner hervor, der nicht viel größer war als eine Zigarrenkiste. Bei offener Tür setzte er sich schräg auf den Sitz und rief erst die Datei mit der Liste der vierundsechzig Verstecke auf, dann die Notizen, die er während seiner Diskussionen mit Marek gemacht hatte.

Als Orit bei ihm ankam, hämmerte er fieberhaft auf den kleinen Tasten herum. Tom lächelte sie an und hob stolz den Computer in die Höhe.

»Ich habe alle Aufzeichnungen da drin.«

»Ein Psion, ich weiß … Aber wenn Ihre Idee genauso gut ist

wie die, Ihr ganzes Material unbewacht im Auto zu lassen, dann können Sie sie gleich aufgeben«, knurrte sie.

Ohne auf den Vorwurf einzugehen, hob Tom die rechte Hand zum Zeichen des Friedens und legte sie, scheinbar unbeabsichtigt, auf Orits Handgelenk.

»Hören Sie sich das an! Versteck Nummer zwei: *In der Grabstätte des Ben Rabbah ha-Shalshi: einhundert Goldbarren*. Marek sagt dazu: ›Schwierig zu identifizieren. Der Name Ben Rabbah erinnert natürlich an Rabbah, den biblischen Ort, der, einige Kilometer von En Kerem und Abu Gosh entfernt, im judäischen Bergland liegt. Allerdings ist das nicht mehr als eine einfache Gleichsetzung der beiden Wörter, nichts sonst stützt diese Hypothese. Merkwürdig an diesem Versteck: Es gibt keinerlei Hinweis bezüglich des Ortes – außer, daß eine Grabstätte sich zwangsläufig auf einem Friedhof befindet. Aber auf welchem? Einbahnstraße. Hier müssen wir Grips und Logik einsetzen. Das Versteck Nummer drei lautet: *In der großen Zisterne, die auf dem Vorhof des kleinen Säulenganges gelegen ist, welcher von einem durchlöcherten Stein versperrt ist, in einem Winkel seines hinteren Teils, gegenüber der oberen Öffnung: neunhundert Talente*. Hier dagegen, eine Fülle von Details …‹«

Tom hob den Kopf.

»Nur daß dieser Vorplatz und diese Zisterne nicht mehr existieren!«

Er ließ das Dokument über das Display laufen.

»Gehen wir weiter. Immer noch die Überlegungen von Marek: ›Im Versteck Nummer vier ist *der Hügel von Kohlit* angegeben, in Nummer fünf *Manos* und so weiter. Zusammenfassend läßt sich sagen, daß das Versteck Nummer zwei herausfällt, weil es keine geographischen Angaben enthält. Was schließen wir daraus?‹«

Tom unterbrach sich erneut und richtete seinen Finger direkt auf Orits Brust.

»Was schließen Sie daraus?«

»Also …«

»Strengen Sie sich etwas an!«

»Daß es sich um denselben Ort handelt wie bei dem vorherigen Versteck?«

»Bingo! Und wo verortet man das Versteck Nummer eins?«

»Die Stufen … Ich meine den Friedhof von Hirkania!«

»Marek sagt: ›Der Ort Rabbah liegt weit jenseits des Tals von Achor, und dabei gibt das Versteck Nummer eins ausdrücklich *das Tal von Achor* an. Warum sollte also das Versteck Nummer zwei gleich im Anschluß und ohne weiteren Hinweis erwähnt werden, wenn es tatsächlich in Rabbah läge? Die Rätsel der Rolle folgen einer gewissen räumlichen Logik: Fast die Hälfte des Schatzes befindet sich in der Altstadt, um den Tempel herum oder innerhalb seiner Mauern, in den historischen Bauwerken, entlang der Befestigungsmauern oder auf großen Friedhöfen der nahen Umgebung. Sie bilden einen Rundgang. Genauso die etwa zwanzig Verstecke außerhalb Jerusalems. Es gibt eine geographische Folgerichtigkeit: Man geht von einem Punkt zum nächsten, indem man von Norden nach Süden fortschreitet, und nicht kreuz und quer! Man kann sich also fragen, ob es sich bei dem Versteck Nummer zwei nicht um eine Falle handelt: Das Grab eines Sohnes oder eines in Rabbah Geborenen, ja, der aber nicht in seinem Geburtsort beerdigt ist. Die Falle würde hier hinpassen, weil das zweite Rätsel sowohl das schwierigste ist als auch das, hinter welchem sich die größte Menge Goldes verbirgt. Könnte sich dieses Grab dann nicht an demselben Ort befinden wie der erste Teil des Schatzes?«

»Auf dem Friedhof von Hirkania!«

»Steigen Sie ein!« befahl Tom.

»Hundert Goldbarren!« murmelte Orit, als sie die Tür zuschlug.

»Davon muß doch wenigstens einer übriggeblieben sein!« Sie holten den Bus der Japaner ein, bevor sie die Küstenstraße von Jericho nach En Gedi erreichten. Die Piste war zu schmal, um ihn überholen zu können. Tom schwenkte aus, gab auf dem von ausgetrockneten Kikujus bedeckten Gelände Gas und wirbelte dabei eine solche Staubwolke auf, daß der Busfahrer sich mit lautem Hupen beschwerte.

»Gibt's ein Problem?« fragte Tom unschuldig, während er in den vierten Gang schaltete.

Orit setzte ihre Sonnenbrille auf und lächelte.

Sie schritten den ganzen Friedhof ab, und ihre Euphorie schwand zusehends: Immer wenn Tom die Überreste eines alten Grabsteins hochhob, fand er darunter nichts als Ameisennester.

»Hey!« sagte Orit plötzlich. »Beruhigen wir uns, und denken wir nach!«

»Alles ist zerstört, auf den restlichen Stelen ist nicht eine Inschrift mehr lesbar. Wenn wir wenigstens einen Hinweis auf die Himmelsrichtung hätten, Norden oder Süden oder ...«

»Genau, was haben wir? Wir haben ein Wort: *Grabstätte*.«

»Davon gibt es keine einzige hier. Das ist die falsche heiße Spur.«

»Wie wenig ausdauernd Sie sein können«, knurrte Orit. »Natürlich gibt es keine Grabstätte mehr. Nicht nach zweitausend Jahren! Es gibt keine *mehr*!«

»Feiner Unterschied!«

»Sie haben doch nicht geglaubt, sie seien unbeschadet erhalten geblieben. Wenn das der Fall wäre, wäre der Schatz schon lange gehoben. Aber der feine Unterschied liegt darin, daß eine Grabstätte nicht nur *über* dem Boden, sondern auch *im* Boden errichtet wird. Haben Sie das noch nie bemerkt?«

Orit hatte sich ganz dicht neben ihn gestellt. Anstrengung und Hitze verstärkten ihren betörenden Duft. Tom rieb sich unter der Sonnenbrille die Augen.

»Okay. Und jetzt?«

»Jetzt«, sagte Orit mit einem breiten, weichen Lächeln, das ironisch wirkte, »müssen wir graben, guter Mann! Mit dem

Stiel der Schaufeln klopfen, ob wir hören, wo etwas hohl klingt, und dann buddeln.«

»Spitze!«

Systematisch klopften sie fast zwei Stunden lang unter der sengenden Sonne eine Reihe nach der anderen ab, buddelten und gruben alle paar Schritte den Boden mit einer Sorgfalt um, als ginge es um ihr Leben. Vergebens.

Der Durst wurde unerträglich – Orit hatte nicht an alles gedacht. Wie bitteres Mehl klebte der Staub in Mund und Nasenlöchern. In einer schlammigen Spur klumpte er mit dem Schweiß zusammen, der in Strömen über Toms Rücken und Brust lief. Orit hatte ihre Bluse aus der Hose gezogen, um sich besser bewegen zu können und etwas Luft an ihren Oberkörper zu lassen. Schließlich richtete sie sich mit einem leichten Stöhnen auf, zog die Handschuhe aus und stemmte ihre Hände in die Hüften. Toms Blick blieb an der glänzenden Haut zwischen ihren Brüsten hängen. Im selben Augenblick löste Orit mit einem Seufzer der Erleichterung die Spangen, die ihr Haar zusammenhielten, und ließ es in einem seidigen, lebendigen Fluß über ihre Schultern bis auf die Hüften fallen. Dann warf sie den Oberkörper nach vorne, und die schweren Haare flogen durch die Luft, bevor sie mit der Geschmeidigkeit eines kostbaren Tuches wieder herabfielen. Anschließend schüttelte sie heftig den Kopf, richtete sich wieder auf und rollte die schwarze Masse mit einer einzigen Bewegung wieder zu einer weichen Kordel auf, die zu einem neuen Knoten wurde, glatt, fest und makellos.

Tom beobachtete sie fasziniert, als würde er einem ebenso heiligen wie sinnlichen Ritual beiwohnen. Orit wandte ihm das Gesicht zu. Einen Moment verharrte sie so, die Wangen mit staubigem Schweiß beschmutzt. Dann hob sie die Handschuhe wieder auf und sagte:

»Machen wir weiter.«

Es blieb nur noch ein Drittel des Friedhofes, das umgegraben werden mußte.

Erschöpft und wütend packte Tom mit beiden Händen die Stele, hinter der Orit grub, und zog sie unter Aufbietung all seiner Kräfte mit einem gewaltigen Ruck zu sich heran. Als sie nachgab, stieß Orit einen Schrei aus und versank mit einemmal bis zu den Oberschenkeln in dem rieselnden Staub.

»Jeesus!«

Das Gewicht der Stele drückte ihn nach hinten. Als er auf seinen Hintern fiel, sah er, wie die Erde vor ihm rissig wurde, zerbröckelte und sich in einen Trichter verwandelte, in dessen Mitte Orit versank. Mit ausgebreiteten Armen krallte sie sich in den Boden. Aber die Erde rann ihr durch die Finger wie Wasser. Jetzt verschwanden ihre Hüften in dem gierigen Ocker.

»Tom!« rief sie. »Tom!«

»Jeesus!«

Er befreite sein unter der Stele eingeklemmtes Bein und rollte sich auf die Seite, als ein kurzes Grollen hörbar wurde. Der Trichter verbreiterte sich um einen Meter. Orit versank bis zur Brust darin und schrie auf.

»Hier!« rief Tom und hielt ihr die Schaufel hin. »Halten Sie das Blatt fest. Halten Sie es fest, verdammt! Wenn ich näher komme, werde ich auch erfaßt!«

Sein Oberkörper hing schon über dem Trichter, und er hatte keinen Halt mehr. Orit warf mit schmerzverzerrtem Gesicht die Arme nach vorne und umklammerte das Schaufelblatt. Erneut hörte man ein Grollen, dieses Mal leiser. Etwas unter ihnen schwankte. Der Boden öffnete sich und gab einen kalten, stinkenden Rülpser von sich, der wie eine Blase durch den Sand aufstieg. Immer mehr Erde verschwand in der Öffnung, die größer und größer wurde. Orit schrie auf, während Tom sich mit aller Kraft nach hinten warf und gleichzeitig den Griff der Schaufel auf seine Brust zog.

Er zog so heftig, daß Orit, plötzlich von der Erde befreit, die in der Tiefe verschwand, gegen ihn geworfen wurde und die Schaufel losließ. Sie klammerten sich aneinander, ohne daß etwas anderes, woran sie sich hätten festhalten können, in Sicht gewesen wäre. Schreiend kippten sie in den Abgrund, während Orits dichtes Haar sich wie ein schützendes Netz über ihre Gesichter legte.

Der Fall war überraschend schnell zu Ende. Tom stieß mit dem Knie gegen eine Mauer.

Dann war es still.

Die Zisterne oder das Grab, in das sie soeben gefallen waren, war kaum drei Meter tief und zur Hälfte mit lockerer Erde gefüllt. Orit, die rittlings auf Tom saß, richtete sich auf und nahm ihr Haar zusammen. Sie war von oben bis unten mit Erde bedeckt. Beide schauten sich um und fingen wild an zu lachen.

»Ich dachte, ich falle in die Hölle«, schluchzte Orit zwischen zwei Lachanfällen. »Ich dachte, es ist vorbei!«

Immer noch von Lachen geschüttelt, stützte sie sich auf Toms Brust ab, streckte die Hand aus und säuberte ihm Gesicht und Haare.

»Ich denke, jetzt können wir uns duzen, oder?«

»Äh …«

»Glaubst du, daß wir in einem Grab sind?«

»Keine Ahnung.«

»Ich habe meine Spangen verloren«, murmelte sie.

Tom beobachtete sie, und sein Lächeln wurde breiter. Es kam über ihn, die Worte kamen von ganz allein aus seinem Mund.

»*Und er führte ihn nach Jerusalem und stellte ihn auf des Tempels Zinne und sprach zu ihm: Bist du Gottes Sohn, so wirf dich von hier hinunter; denn es steht geschrieben: ›Er wird seinen Engeln befehlen über dir, daß sie dich bewahren. Sie werden dich auf den Händen tragen, auf daß du deinen Fuß nicht an einen Stein stoßest.‹ Jesus antwortete und sprach zu ihm: Es ist gesagt: ›Du sollst Gott, deinen Herrn, nicht versuchen.‹*«

»Was erzählst du da?«

Orit wich zurück und löste sich von Toms Bauch.

»Der heilige Lukas! Eine der Lieblingspassagen meines Großvaters«, murmelte Tom. »Ich glaube, es gefiele ihm ganz gut, mich in dieser Situation zu sehen.«

Orits Miene verfinsterte sich, sie war enttäuscht und beleidigt.

»Bin ich der Teufel?«

»Aber nein, was für ein Unsinn!«

»Und was für ein Unsinn erst, den heiligen Dingsbums zu zitieren, wenn man gerade in ein Loch gefallen ist!«

Tom setzte sich auf und rieb sich das rechte Knie.

»Hat sich der Engel weh getan?« fragte sie ironisch.

»Nichts passiert.«

Er schüttelte den Kopf und fing wieder an zu lachen.

»Als ich klein war, habe ich immer von so etwas geträumt!«

Vom Rand des Grabens rieselte noch sandige Erde.

»Wir werden hier trotzdem wieder raus müssen«, sagte Orit und hob schützend die Hand.

»Ja, die Seile werden uns zu guter Letzt noch nützlich sein«, sagte Tom, als er sich wieder aufrichtete.

»Schade, daß sie im Geländewagen sind!«

»Wenn Sie auf meine Schultern klettern ... kannst du dich hochziehen und sie holen. Dann, das verspreche ich, werde ich mich nicht mehr von ihnen trennen!«

Aufmerksam untersuchte er den Schacht. Wenn er die Arme ausbreitete, konnte er fast beide Wände berühren. Die eine der Mauern formte einen Halbkreis, die andere aber war völlig gerade. Die Steine waren sorgfältig aneinandergefügt und mit einem Minimum an Mörtel befestigt. Sie fühlten sich erstaunlich kühl, fast feucht an. Tom verzog das Gesicht zu einer Grimasse.

»Wenn die Goldbarren hier sind, dann sind sie jetzt jedenfalls verschüttet ...«

Er unterbrach sich und tat einen Sprung nach hinten.

»Mist, es geht wieder los!«

Zu seinen Füßen fing die Erde wieder an, einzufallen und

wegzurutschen, dieses Mal sehr langsam. An der geraden Mauer bildete sich ein Trichter von vielleicht fünfzig Zentimetern Durchmesser, der sich beständig vergrößerte.

»Schnell!« rief Tom und stieß Orit auf die gegenüberliegende Seite. »Klettern Sie raus, bevor wir den oberen Rand der Mauer nicht mehr erreichen!«

»Okay, beeilen wir uns, aber du mußt mich duzen!« murmelte Orit und ergriff seine Schultern.

Tom lächelte unmerklich. Er umfaßte ihre Taille, dann ihre Oberschenkel, um sie auf seine Schultern setzen zu können. Unter anderen Umständen hätte er die Berührung mit ihrem warmen, festen Körper sehr genossen. Als sie endlich mit ihren Füßen auf seinen Schultern stand, fing er an zu schwanken und in der allzu lockeren Erde zu versinken.

»Schnell«, knurrte er, wobei er sich mit Händen und Schultern gegen die Mauer stützte.

»Ich tue, was ich kann«, stieß Orit hervor, »aber …«

Eine Staubwolke ging auf beide nieder, als sie auf dem Rand der Mauer Halt suchte.

»Es rutscht überall, ich kann mich nirgends festhalten!«

Tom ergriff Orits Schuhe und stemmte sie, so hoch er nur konnte.

»Ah!«

Er versank bis zu den Waden in der Erde, fühlte etwas Festes unter sich und stemmte noch einmal.

»Ich hab's geschafft!« rief Orit. »Ich hab's geschafft.«

Sie streckte sich, so weit sie konnte, und erreichte die benachbarte Stele. Mit einer Hand klammerte sie sich daran fest und zog sich hoch, bis sie wieder festen Boden unter den Füßen hatte.

»Ich hab's geschafft!« schrie sie noch einmal.

»Komm nicht an den Rand!« rief Tom ihr zu. »Geh schnell das Seil holen, das senkt sich hier immer weiter ab!«

Dabei rutschte die Erde nur auf einer Seite weg, was reichlich merkwürdig war. Tom grub zu seinen Füßen im Boden, um zu erfahren, worauf er gestoßen war, als er Orit hochgestemmt hatte, aber er fand nur die Schaufel, die mit ihnen heruntergefallen war.

Unter seinen Augen verschwand die Erde wie angesaugt. Der gesamte Boden bewegte sich jetzt, und Tom mußte rückwärts gehen, um auf der Stelle zu bleiben. Die Anlage der Mauer, die nach und nach zum Vorschein kam, wurde immer dunkler und gleichmäßiger. Als er einen Blick nach oben warf, sah Tom, daß er bald vier Meter unter der Erde war. Er erinnerte sich nicht mehr, wie lang das Seil war, das sie am Morgen gekauft hatten.

Etwas Merkwürdiges kam in der Mauer zum Vorschein. Als würde die Anordnung der Steine ein Bild ergeben. Das Sonnenlicht draußen war sehr stark, aber der Boden der Grube verdunkelte sich unaufhörlich, da die Mauern so schwarz und mit einer dunklen Schicht bedeckt waren, die zähflüssig zu sein schien.

Tom kniete sich hin und ließ sich vorsichtig zum Hals des Trichters gleiten. Er stemmte das Schaufelblatt gegen einen Stein und den Schaft gegen seine Brust, um sich von der Mauer fernhalten und sie gleichzeitig genau betrachten zu können.

»Tom! Tom! Alles in Ordnung?«

»Soweit man das von jemandem sagen kann, der im Fahrstuhl zum Zentrum der Erde unterwegs ist! Wie lang ist das Seil?«

»Zehn Meter!«

»Orit?«

»Ja!«

»Das ist nicht die Grabstätte von Ben Rabbah, das ist ein Brunnen!«

Auf Höhe seiner Knie kam ein steinerner Bogen zum Vorschein und darunter der Hohlraum, in den die Erde entschwand. Ein leichtes Plätschern stieg zusammen mit einem kühlen Luftzug daraus hervor: Der Brunnen war mit einem unterirdischen Wasserlauf verbunden!

Tom erinnerte sich an eine Bemerkung von Marek: »Vergessen Sie nicht, daß die jüdischen Propheten lange vor Jesus den Besitz materieller Güter angeprangert haben: Gold, Silber und wertvolle Steine waren in ihren Augen nicht rein. Deswegen hatten die Priester die Angewohnheit, Geld und Kultobjekte vor den Blicken und dem Zugriff der wechselnden Eroberer in Verstecken zu verbergen, die in der Nähe von Quellen oder Aquädukten gelegen waren, also von Wasser, dem einzigen Element, das diese Reichtümer reinigen konnte.«

Dann bemerkte er, daß der Stein rechts in der Ecke, der ihm einen Augenblick zuvor aufgefallen war, weil er im makellosen Mauerwerk des Halbrunds leicht zurückstand, kein Stein war. Zu glatt, zu glänzend.

»Tom! Ich habe das Seil an zwei Stelen festgemacht, ich werfe die Enden runter.«

Auf der Stelle tretend, richtete er sich auf und hieb mit dem Schaufelblatt gegen den falschen Stein. Es prallte mit einem sehr leicht zu identifizierenden Geräusch ab: Metall gegen Metall …

»Tom? Hörst du mich? Ich werfe jetzt das Seil runter.«

Er machte ein paar Schritte zur Seite, um der Abdeckung gegenüber zu stehen, und dachte daran, Orit nach einer Taschenlampe zu fragen, aber er war zu ungeduldig. Das Seil schlug immer wieder gegen seinen Rücken, während es auf den Boden der Grube fiel. Er zog es zu sich heran und band es sich um die Hüfte.

»Tom, verdammt, bist du noch da?«

»Ja!« schrie er nur.

Während Orit oben weiter nach ihm rief, versuchte er, das Schaufelblatt zwischen die Abdeckung und das Mauerwerk zu schieben. Aber die Fuge war zu fest, er mußte dagegenhämmern, damit sie zersprang. Die Schläge hallten im Brunnen wider.

»Was ist los, Tom?« rief Orit, leicht verärgert.

Die Abdeckung löste sich und fiel schwer auf die Erde, die

jetzt nicht mehr wegrutschte. Das plätschernde Geräusch des Wassers war immer noch zu hören. Tom hob die Abdeckung auf und wußte das Gewicht sofort zu deuten: Bronze. Bronze, die niemals rostet! Mit dem Stiel der Schaufel stocherte er in der vollkommen dunklen Höhle herum. Sie war nicht tief, zwanzig Zentimeter vielleicht.

Nein! Sie war doch tiefer, aber irgend etwas hinderte den Stiel daran, weiter vorzudringen. Was er berührte, war weich.

Tom lief ein Schauer über den Rücken. Die Härchen auf seinen Unterarmen richteten sich auf. Er näherte sich mit der Hand und berührte etwas, das sich zusammendrücken ließ und dabei halb zerbrach. Er versuchte, die andere Hand zu Hilfe zu nehmen. Da schrie Orit auf, und das Seil spannte sich.

Vorsichtig zog Tom die Sache zu sich hin; sie war gleichzeitig weich, bröckelig, hart und schwer. Er konnte kaum noch atmen, das Herz schlug ihm bis zum Hals. Das Ding fühlte sich an wie eine Tasche. Eine lederne Tasche. Sie enthielt etwas Längliches …

»Ich habe es!« schrie er. »Ich habe es gefunden! Ich habe es gefunden!«

17

Calimani hatte keine Zeit verloren. Er hatte noch ein Zimmer in der ersten Etage des King David bekommen, das auch auf den Balkon hinausging, allerdings ein paar Türen von Toms entfernt. Also war er mit dem Taxi losgefahren, um seine Koffer zu holen, und ich hatte die Zeit genutzt, um mich ein wenig auszuruhen.

Das Telefon riß mich aus dem Schlaf. Ich hoffte, es sei Tom, doch Calimani trompetete in den Hörer:

»So, es ist geschafft. Ich würde Ihnen gerne etwas zeigen, haben Sie einen Moment Zeit?«

Es war nach achtzehn Uhr. Ich begann mich ernsthaft um Tom und Orit zu sorgen. Während ich auf Calimani wartete, rief ich in der Rezeption an, um mich zu vergewissern, daß niemand eine Nachricht für mich hinterlassen hatte. Dann rief ich im Büro der *New York Times* an, wo man mir sagte, Miss Karmel sei an diesem Tag nicht im Büro … Ihre private Nummer hatte ich nicht. Zwar hätte ich sie herausfinden können, aber ein Schamgefühl, das ich nicht weiter zu ergründen suchte, hielt mich zurück. Dann erschien Calimani auf dem Balkon: ohne seinen Hut, mit einem neuen Anzug, dieses Mal in einem intensiven Braun, und einem beigefarbenen Lacoste-Hemd. Das war, wie ich vermutete, sein »Freizeitlook«.

»Praktisch, diese kleinen Mauern«, sagte er, wobei er auf die Balkone hinter sich zeigte … »Obwohl, es ist etwas unangenehm, einfach so vor den Zimmern vorbeizugehen, die mich von Ihnen trennen. Man könnte mich leicht für einen Dieb halten. Was auch bedeutet, daß die Zimmer nicht besonders sicher sind. Haben Sie daran gedacht?«

Er roch nach Eau de Cologne.

»Ehrlich gesagt, nein.«

»Hmm ... Wir werden ja sehen. Schauen Sie!«

Er reichte mir einen Folianten mit einem Umschlag aus altem, rissigem Leder, das mit schwarzen Flecken übersät war, als wäre es verbrannt: die Spuren unzähliger Nächte der Lektüre beim Licht der Öllampen. Ich las den Titel: *Reisetagebuch des Johann von Mandeville*.

»Er hat Jerusalem um 1350 herum besucht«, kommentierte Calimani, während er mir das Buch wieder aus der Hand nahm. »Ich habe es letzte Woche im Laden eines syrischen Händlers in der Altstadt entdeckt. Es gibt darin zwei oder drei Passagen, die Sie interessieren könnten.«

Ohne Umstände setzte er sich an den Platz, den er sich zum Mittagessen ausgesucht hatte, und begann in dem Buch zu blättern. Mir blieb nichts anderes übrig, als mich auch zu setzen.

»Hier! Hören Sie sich das an: *Von Bethlehem nach Jerusalem sind es nur zwei Meilen. Auf dem Weg von Jerusalem, eine halbe Meile von Bethlehem entfernt, gibt es eine Kirche, genau an dem Ort, an dem die Engel den Hirten die Geburt unseres Herrn Jesu verkündet haben. Dann kommt Jerusalem, die Heilige Stadt, zwischen zwei Bergen gelegen. Sie hat weder Fluß noch Quelle, aber das Wasser wird in Rohren von Hebron hergeleitet.*«

Er hielt inne und machte eine sehr professorale Geste mit der linken Hand:

»Seit jeher mußte Jerusalem sich dem Wasserproblem stellen. Die Zisternen der Stadt reichten nicht aus. Auch die Gihonquelle nicht. Ausgrabungen haben drei Aquädukte zutage gefördert, von denen einer entlang der Straße von Jerusalem nach Bethlehem verlief ... Aber das ist Ihnen wahrscheinlich bekannt.«

Ich nickte.

»Ich bitte Sie, fahren Sie fort.«

»*Früher hieß Jerusalem Jebus, bis zu der Zeit des Königs David, der es Jebusalem nannte. Dann kam der König Salomo, der es Jerosolomia nannte. Danach hieß man es Jerusalem …«*

Giuseppe Calimani brach in schallendes Gelächter aus.

»Manchmal wird die Geschichte von der Ideologie verformt, aber öfter noch von der Unwissenheit! Wie zum Beispiel im vorliegenden Fall. Der jüdischen Tradition zufolge befand sich der Berg Morija, auf dem Abraham den Altar für die Opferung Isaaks erbaute, außerhalb der Mauern der Stadt Salem. Der Patriarch nannte diesen Berg Jeru. König David hat den Berg Jeru der Stadt angeschlossen und die beiden Namen zusammengefaßt: *Jeru-Salem*. Die Vorleser der Bibel, in der dieser Name mehr als sechshundertfünfzigmal erwähnt ist, sprechen ihn *Jeruschalajim* aus, was man mit ›Stadt des Friedens‹ übersetzen kann.«

Der Professor blätterte in dem Buch und murmelte:

»Warten Sie, das ist nicht das Interessanteste. Es gibt eine Stelle, an der …«

Er unterbrach sich plötzlich und sah auf, gerade als ich selbst die Tür zu Toms Zimmer gehört hatte.

»Ah, ein Geräusch bei Ihrem Freund!«

Die Terrassentür öffnete sich. Tom erschien auf dem Balkon. Er sah aus, als sei er von Kopf bis Fuß in ein Schlammbad getaucht worden. Seine Augen waren rot, seine Handgelenke aufgeschürft und blutig, seine Jeans zerrissen. Rings um den Ausschnitt, den die Sonnenbrille abgedeckt hatte, leuchteten Stirn und Wangen krebsrot von einem Sonnenbrand. Als er Calimani bemerkte, zögerte er einen Augenblick. Er wandte sich um, und ich dachte, er würde wieder in seinem Zimmer verschwinden, aber er schloß nur die Tür.

»Was ist Ihnen denn zugestoßen?«

Er entblößte seine Zähne in einem breiten Lächeln, das sofort wieder verblaßte, als er Calimani anschaute.

»Ich bin in ein Loch gefallen … Nichts gebrochen, machen Sie sich keine Sorgen.«

»Und Ihre Handgelenke?«

»Orit hat heute morgen ein Seil gekauft und hatte es eilig, es zu benutzen«, scherzte er. »Glücklicherweise, übrigens. Aber es ist nichts passiert. Das schwierigste war, den Portier davon zu überzeugen, daß ich ich bin und daß er mir den Schlüssel zu meinem Zimmer geben kann.«

Sein Blick schweifte unaufhörlich zu Calimani, der an meiner Seite mit dem Stuhl kippelte.

»Wo ist Orit?« fragte ich.

»Ich habe sie zu Hause abgesetzt. Auch sie hatte ein Bad nötig! Und Sie sind ...?«

»Professor Giuseppe Calimani«, antwortete Calimani und streckte ihm mit einer leichten Verbeugung die Hand hin. »Sie müssen Tom Hopkins sein.«

Tom sah erst die ausgestreckte Hand und dann mich an.

»Das ist eine lange Geschichte«, begann ich. »Auch hier ist seit dem Morgen so einiges passiert. Vielleicht möchten Sie erst duschen, bevor ich Ihnen alles erzähle?«

Er wollte nicht und setzte sich auf das Mäuerchen zwischen unseren Zimmern.

»Fangen Sie an«, seufzte er. »Heute bin ich bereit, mir alles anzuhören!«

Calimani assistierte mir sehr gut bei der Beschreibung unseres Zusammentreffens und des Überfalls auf Rab Chaim. Er war sehr überzeugend. Zu meiner großen Überraschung verzichtete er auf verschnörkelte und gelehrige Ausschweifungen und beschränkte sich auf die Fakten; am Ende stellte ich selbst noch einmal und mit mehr Gewißheit als am Morgen fest, daß er genau der richtige Mann zur richtigen Zeit war, im Grunde der, den Tom von Anfang an gesucht hatte.

Wahrscheinlich kam der Amerikaner zu demselben Schluß. Ich erriet es an seinem Gesicht. Ich kannte ihn jetzt gut genug, um zu wissen, daß er mit seinen Vorbehalten nicht hinter dem Berg hielt, wenn er welche hatte. Nichtsdestoweniger bewahrte er aus Prinzip eine gewisse Zurückhaltung. Als wir geendet hatten, schwieg er zehn lange Sekunden, während derer

Calimani gespielt ungezwungen die Bügelfalten seiner Hose zurechtrückte. In gewisser Weise, dachte ich, habe ich zwei Schauspieler vor mir.

»Okay«, sagte Tom, wobei er meinen Blick suchte. »Warum nicht? In jedem Fall ist Sokolow uns voraus. Er ist vor uns in Hirkania gewesen ...«

»Und Sie haben nichts gefunden!« schlußfolgerte Calimani mit einem Augenzwinkern.

»Ich bin nicht so sicher, ob *die* irgend etwas gefunden haben«, antwortete Tom mit einem kleinen Lächeln.

»Wahrscheinlich nicht«, stimmte der Professor zu, dann sagte er, zu mir gewandt:

»Um offen zu sein, mein lieber Marek, und ohne Sie kränken zu wollen, ich habe eben im Taxi noch einmal darüber nachgedacht, und ich bin nicht sehr überzeugt von Ihrer Gleichung Horebbeh = Hirkania. Irgend etwas stimmt da nicht. Ich würde diese Stufen weiter nördlich, im Jordantal, verorten, denn ...«

»Das ist im Augenblick nicht mehr das Problem«, unterbrach ihn Tom mit einem triumphierenden Lächeln. »Denn *die* haben zwar wahrscheinlich nichts gefunden, aber ...«

Wir starrten ihn an.

»Sie haben etwas gefunden?« rief Calimani, der aufgesprungen war, mit schriller Stimme aus. »Was haben Sie gefunden?«

»Professor ... Marek vertraut Ihnen, und ich vertraue ihm. Auch wenn er sein Vertrauen für meinen Geschmack etwas zu schnell und zu großzügig gewährt. Wenn das so weitergeht, sind wir bald eine richtige kleine Bande ... Naja, vielleicht ist es besser so. Wie dem auch sei, ich nehme Marek als Zeugen: Sollten Sie nicht derjenige sein, der Sie vorgeben zu sein, sollten Sie uns betrügen, Professor, dann werden Sie es bereuen! Ich werde Sie als einen der Verantwortlichen an Aarons Tod betrachten, genau wie Sokolow. Und wie Sie wissen, können die Worte eines Journalisten ebenso tödlich sein wie Kugeln.«

Calimani lachte kurz und unschuldig auf.

»Diese freundliche Ansprache ehrt Sie, mein Lieber. Bewahren Sie sich Ihren Vorbehalt, und stellen Sie mich auf die Probe! Ich habe vollstes Verständnis.«

»Hmm ...«, knurrte Tom. »Machen Sie sich nicht über mich lustig. Ich halte mich nicht für einen Cowboy, falls Sie das annehmen. Nicht alle Amerikaner sind Cowboys.«

»So wie nicht alle Italiener Mafiosi sind, mein Freund. Vor allem nicht russische Mafiosi«, gluckste Calimani mit dem unvermeidlichen Augenzwinkern und zufrieden, das letzte Wort zu haben.

Tom erhob sich und ging zu seinem Zimmer.

»Kommen Sie, ich möchte Ihnen etwas zeigen.«

Auf dem niedrigen Tisch lag, neben einem offenen Aluminiumkoffer, ein schwarzer Gegenstand. Calimani atmete schneller. Ohne es zu merken, stieß er zwei kurze Schreie aus, als er mit Tom vor dem Beutel aus halb zerrissenem Leder niederkniete. Ich selbst dachte nur noch, daß unglaublich sei, was wir da sahen.

»Wir müssen vorsichtig sein«, flüsterte Tom, als befände er sich plötzlich an einer heiligen Stätte. »Sehen Sie, das Leder ist hart geworden. Ich habe es bereits zerbrochen, als ich es aus dem Brunnen geholt habe.«

»Aus dem Brunnen?« fragte Calimani erstaunt.

»Ich werde Ihnen alles erzählen. Schauen Sie!«

Tom öffnete den rissigen Beutel. Eine Art Gazestoff kam zum Vorschein, der indigoblau gewesen sein mußte, nun aber vom braunen Tannin des Leders durchtränkt war. Tom hob eine Ecke des Stoffs an, die fast sofort zwischen seinen Fingern zerfiel. Darunter lag eine sehr eng gewickelte Papyrusrolle neben einem länglichen Gegenstand. Dieser war graugrün, außer an wenigen Stellen, wo er matt ockerrot glänzte: die Farbe alten, sehr alten Goldes!

Calimani sagte ein paar Worte auf hebräisch, aber so leise, daß ich sie nicht verstand.

»Marek, halten Sie bitte die Ränder der Tasche fest«, bat Tom.

Die Berührung mit dem alten Leder ließ mich erschauern. Tom zog den Goldbarren heraus. Mit seinen Fingerspitzen wischte er den Schimmel von dem kostbaren Block. Er war flacher, schmaler und länger als heutige Goldbarren. Seine Kanten waren runder und unregelmäßiger. An einem Ende war er merkwürdig platt gedrückt. Als Tom ihn umdrehte, bemerkten wir in ihn eingeritzte Zeichen, die jedoch kaum wie eine Schrift – weder Hebräisch noch Aramäisch – aussahen, eher wie eine Reihe geometrischer Formen.

Calimani kreischte auf und strahlte wie ein Kind:

»Das ist Gold. Das ist wirklich Gold.«

»Wahrscheinlich mehr als zwei Pfund«, stimmte Tom zu, wobei er ihm den Goldbarren reichte.

»So altes Gold! So alt! Nehmen Sie, Marek ...«

Es fühlte sich erstaunlich weich an.

»Ich vermute, das hat nichts zu tun mit der Kupferrolle und dem Tempelschatz. Es ist ein reiner Glücksfall!«

Während wir die Tasche und ihren Inhalt betasteten und bewunderten, erzählte Tom uns von den zumindest riskanten Umständen, unter denen er den Beutel entdeckt hatte.

»Der Kupferrolle zufolge enthielt die Grabstätte von Ben Rabbah ha-Shalshi etwa hundert Goldbarren«, faßte er zusammen. »Aber außer dieser Tasche habe ich nichts gefunden. Ich meine, nicht einmal ein leeres Versteck. Zum Schluß habe ich die Erde am Boden des Brunnens weggenommen. Nichts ... Ich bin sicher, daß wir nicht in einer Grabstätte waren.«

»Vergessen wir nicht«, sagte ich, »daß nichts uns garantiert, daß die Verstecke in all der Zeit nicht entdeckt worden sind, ob absichtlich oder versehentlich, bei Bauarbeiten zum Beispiel ... Auch wenn der Professor nicht an den Zufall glaubt!«

Calimani lächelte verschmitzt.

»Kommen wir jetzt nicht wieder auf den Zufall zurück. Sie haben hundert Goldbarren gesucht, mein lieber Tom, und Sie haben nur einen einzigen gefunden. Da wiederholt sich die Geschichte der *mea shearim*, nur umgekehrt.«

»Ich kann Ihnen nicht folgen«, sagte ich.

»Ich auch nicht«, murmelte Hopkins.

Calimani richtete sich auf und nahm, fast reflexartig, seine professorale Haltung ein.

»In Kapitel sechsundzwanzig der Genesis steht geschrieben«, sagte er, »daß Isaak aufgrund der Trockenheit das Land Kanaan verließ, um zu Abimelech, dem König der Philister, zu gehen. Dieser gestattete ihm, seine Ländereien zu bewirtschaften. Isaak säte ein Kornmaß Weizen, und weil der Herr ihn liebte, erntete er hundert Maß ...«

»Wer?« knurrte Tom ungeduldig. »Wo ist der Zusammenhang?«

»Ihnen stand, als Belohnung für Ihre Anstrengungen, ein Weizenmaß zu«, sagte Calimani, wobei er mit dem Finger an die Decke zeigte. »Wenn Sie dieses Maß aber säen, und wenn Sie vom Herren geliebt werden, können Sie wie Isaak nachher das Hundertfache ernten.«

»Und warum *mea shearim*?« fragte er.

»Auf hebräisch sind hundert Maß *mea shearim*: die Weisheit des Gebets säen und verhundertfachen. Auf diese Weise hat eine Gruppe frommer Juden am Ende des neunzehnten Jahrhunderts die ersten hundert Häuser außerhalb der Altstadt erbaut. Mea shearim, hundert Maß, bedeutet auch ›die hundert Tore‹ ...«

Ich hatte mich oft gefragt, woher der Name des berühmten orthodoxen Viertels käme ... Jetzt hatte ich die Antwort. Tom schüttelte nur enttäuscht den Kopf. Ich dagegen verstand, warum Calimani diese Geschichte anbrachte. Er war immer darum bemüht, die kleinen Zeichen des ewigen Gottes hervorzuheben, die uns auf unserem Weg zwischen Licht und Schatten geleiteten ...

Calimani zog nun geschäftig seinen Kugelschreiber aus der Tasche, um die Falten der Gaze in dem ledernen Beutel auseinanderzuschieben.

»Marek, helfen Sie mir, das Schriftstück hervorzuholen. Tom, können Sie mir ein sauberes Handtuch bringen?«

Calimani zeigte mir den Papyrus, der sich noch unter dem Stoff und dem Leder des Beutels befand. Während Tom ins Badezimmer stürzte, holten wir mit größter Vorsicht die zerbrechliche Rolle heraus. Sie war hauchdünn.

»Höchstens ein Blatt!« murmelte Calimani. »Er könnte uns vielleicht die Herkunft des Goldbarren und seine Funktion erklären, und warum er versteckt wurde ...«

»Könnte er auch weitere Verstecke bezeichnen?« fragte Tom, während er ein hellblaues Handtuch auf dem Tisch ausbreitete.

»Vielleicht.«

»Es wäre besser, ihn nicht hier auszurollen«, sagte ich. »Wir werden ihn zerbrechen.«

»Ich will ihn nicht ausrollen«, murmelte Calimani, während er eine winzige zusammenklappbare Lupe aus seinem Jackett holte und die Rolle vorsichtig mit seinem Stift drehte. »Wenn ich wenigstens entziffern könnte, was in dem Text erwähnt wird ...«

Unsere Köpfe neigten sich über den zierlichen Schatz, der um einiges wertvoller war als das Gold. Aber selbst ohne Lupe sah man, daß die Schrift kaum zu erkennen war. Die Tinte schien von der Zeit verschluckt worden zu sein.

»Können Sie etwas erkennen, Giuseppe?« fragte ich ebenso ungeduldig wie skeptisch.

Der Professor antwortete nicht gleich. Sein Eau de Cologne ergab zusammen mit der Pomade und dem unangenehmen Geruch der schimmligen Tasche und des Papyrus' ein betäubendes Gemisch. Tom und ich wichen beide zurück. Trotz der Anspannung tauschten wir ein komplizenhaftes Lächeln. Calimani kniete wie ein wildes Tier über seine Beute gebeugt und murmelte noch, während er seine Lupe über dem Manuskript hin und her bewegte:

»Gehen Sie ein bißchen mehr zur Seite, Sie nehmen mir das Licht!« Schließlich schüttelte er den Kopf.

»Nein … Es gelingt mir nicht«, gab er mit großer Enttäuschung zu. »Ich kann nur ein einziges Wort entziffern: Jerusalem, dreimal wiederholt. Der Rest des Textes hat allzusehr unter der Zeit gelitten. Es sei denn, die Rückseite enthielte auch einen Text. Das kommt manchmal vor, und dieser hält sich besser. Aber man muß ihn in jedem Fall einem spezialisierten Labor vorlegen.«

Er untersuchte noch einmal das Schriftstück, bevor er seufzend seine Lupe weglegte:

»Nein, ich kann es nicht lesen …«

»Jetzt stellt sich die Frage, was wir damit tun sollen. Mit dem Goldbarren und dem Schriftstück«, sagte ich.

»Es obliegt unserem Freund Tom, darüber zu entscheiden«, antwortete Calimani. »Er ist der Entdecker.«

Tom nickte müde.

»Ich denke schon ein Weilchen darüber nach, und diesmal will ich Sie gern hinzuziehen!«

Er unterbrach sich mit einem kurzen Lachen.

»Mein Großvater hat immer gesagt, der Reichtum vergifte das Vergnügen und sei Ursprung mancher Sorgen … Jetzt ist es soweit, oder?«

»Wenn Sie sich als den Besitzer dieser … Dinge betrachten«, gab Calimani mit einem Anflug von Argwohn zurück.

»Nein, das tue ich nicht. Aber das löst nicht unser Problem. Nehmen wir einmal an, ich übergäbe den Goldbarren der Polizei mit der Behauptung, ich hätte ihn zufällig gefunden. Vielleicht wird man mir glauben, aber ich müßte dennoch sagen, wo und wie dieser wundersame Zufall sich zugetragen hat. Und also müßte ich ihnen erklären, warum ich zusammen mit Orit den Friedhof von Hirkania umgegraben habe … Damit ist also das Problem nicht gelöst! Ich vermute, daß die Israelis weder die Wahrheit noch die Lüge schätzen werden. Orit mit ihrem speziellen Humor hat sogar eine Gefängnisstrafe angedeutet. Im besten Fall werde ich als Grabräuber des Landes verwiesen!«

»Das ist wahr«, stimmte Calimani zu, während er sich auf das Bett setzte. »Es wäre besser, nichts zu behalten …«

»Einen Moment, Professor«, unterbrach ihn Tom. »Ich vermute, Sie hätten gern, daß ich diesen Papyrus einem Forschungsinstitut anbiete … Aber denken Sie doch einmal nach. Ich kann ebensowenig beim Archäologischen Institut der Hebräischen Universität anklopfen wie bei irgendeinem anderen Forschungsinstitut, selbst bei einem privaten, und ganz einfach verkünden: Guten Tag, meine Damen und Herrn, ich habe hier diese Kleinigkeit für Sie! Ich hätte dasselbe Problem wie mit der Polizei, und wenn ich es nicht hätte, würde Sokolow nach mir dort vorbeifahren, um das gute Stück zu kaufen.«

»Forscher sind keine Gangster.«

»Kommen Sie, Professor! Sie wissen ganz genau, wie es läuft! Das wäre nicht das erste Mal.«

Calimani kniff die Augen zusammen und nickte leicht mit dem Kopf.

»Bei dem Gold, ja«, sagte er. »Bei dem Papyrus … Hören Sie, ich kann ihn unauffällig zwei befreundeten Forschern zukommen lassen. Vor ihnen müssen wir uns nicht rechtfertigen. Ihre Neugierde wird sich ganz auf diese Rolle richten.«

Toms und sein Blick kreuzten sich, und er hielt für einen kurzen Augenblick inne – lang genug für das unvermeidliche Augenzwinkern.

»Natürlich nur, wenn Sie mir vertrauen!«

Tom zuckte mit den Schultern, fuhr sich mit den Fingern durch seinen erdverschmierten Haarschopf und schaute mich an.

»Warum nicht?« antwortete ich auf seine unausgesprochene Frage. »Das wäre nicht unser größtes Risiko.«

»Und der Goldbarren?«

»Einfach in den Hoteltresor«, fügte ich hinzu. »Das ist ebenso sicher wie anderswo auch, sehr viel einfacher, und man kommt leichter ran.«

Tom rieb sich unentschlossen die Augen.

»Marek hat recht«, sagte Calimani.

»Und wie werden Sie die Rolle transportieren?« fragte ihn Tom. Dann zeigte er auf den nagelneuen Metallkoffer.

»Ich könnte Ihnen den geben, aber das wäre ein bißchen auffällig. Wenn Sokolow uns überwachen läßt, wird dieser Koffer zu viel Aufmerksamkeit erregen.«

Calimani sah Sekunden lang auf den Balkon, dann erhellte sich sein Gesicht.

»Ich besitze eine sehr schöne Hutschachtel, die habe ich immer bei mir. Sie ist genau das Richtige!«

Es folgte ein kurzes Schweigen, und eine seltsame Anspannung lastete auf uns, als wäre uns bewußt geworden, daß wir soeben unmerklich und endgültig eine gewisse Grenze überschritten hatten. Unser wie auch immer geartetes Schicksal nahm langsam Form an.

»Ich gehe sofort meine Hutschachtel holen«, sagte Calimani ungeduldig. »Morgen bin ich den ganzen Tag an der Universität beschäftigt. Ich möchte diesen Payrus schon heute abend mitnehmen.«

»Könnten Sie, wenn es Ihnen nichts ausmacht«, fragte mich Tom, sobald Calimani auf dem Balkon verschwunden war, »auf den Goldbarren aufpassen, während ich duschen gehe? Ich halte diesen Dreck nicht mehr aus.«

Er warf einen kurzen Blick auf seine Uhr.

»Danach werden wir ihn zum Tresor bringen.«

»Wir haben Orit nicht nach ihrer Meinung gefragt«, sagte ich etwas hinterhältig zu ihm.

»Das macht nichts. Äh ... ich meine, wir sind für heute abend in der Altstadt verabredet.«

»Ah!«

»Zum Abendessen. Also, das ist kein ... Sie will mir einen einheimischen Journalisten vorstellen, der uns eine große Hilfe sein kann.«

»Ich verstehe«, unterbrach ich ihn mit einem Nicken. In der Tat, ich verstand. Mein Freund Hopkins hatte an einem einzigen Tag eine Menge Gold gefunden.

18

Die Nacht brach schnell herein. Auf dem Bürgersteig spielten zwei Geiger eine traurige Melodie.

»Das sind russische Juden«, sagte Orit. »Seit sie hier angekommen sind, haben wir in Israel ebenso viele Geigen wie Maschinenpistolen.«

Sie trug zu Toms Überraschung ein ärmelloses Kleid aus graurosa Musselin und passend dazu zierliche Ballerinas statt der üblichen Stiefel. Ihr schwarzes Haar fiel locker auf ihre Schultern.

Sie gingen nebeneinander, und manchmal berührten sich ihre Hände oder ihre Schultern. Noch vor einer Stunde war Tom völlig erschöpft gewesen. Nun war er einfach zufrieden und gelöst, weil er hier an der Seite von Orit spazierengehen konnte. Als wäre er zur rechten Zeit am rechten Ort. Als hätte er etwas nicht Faßbares und doch Wesentliches vollbracht.

Zu seinem großen Erstaunen hatte sie, als er ihr von Professor Calimani und ihrer Entscheidung bezüglich des Goldbarrens und des Textes berichtet hatte, nur: »Wunderbar!« gesagt.

Um sie herum gingen Schaufensterbeleuchtungen und Laternen an. Die Gassen wurden enger, intimer. Eine Gruppe orthodoxer Juden mit ihren schwarzen Kaftanen und großen Hüten bewegte sich auf sie zu. Tom und Orit wichen zur Seite, um sie durchzulassen.

»Wo gehen wir hin?« fragte Tom, während er sich einen Weg bahnte zwischen den Schaulustigen und den Tischen der Cafés, die bis auf die Straße reichten.

Orit drehte ihre Haare auf und wandte sich zu ihm um.

»Essen! Ich habe Hunger wie eine Wölfin, du nicht?«

»Nein, wie eine Wölfin nicht … Wie ein Maulwurf, der aus seinem Loch herausgekrochen ist, schon!«

»Aber nein, doch kein Maulwurf! Du sahst sehr nach … einem Goldgräber aus! Das war nicht übel«, fügte sie hinzu.

»Und wo essen wir?« fragte Tom in der Hoffnung, sein Sonnenbrand würde eine andere Röte überdecken.

»Wir sind im Shemesh verabredet. Das ist ein angenehmes Lokal, nicht weit von hier, Ben-Yehuda-, Ecke Histadruthstraße.«

»Shemesh?«

»Das bedeutet ›Sonne‹. Wegen des Orangensaftes: Sie schenken einem so oft nach, wie man möchte! Dayan und Rabin sind nach dem Sechs-Tage-Krieg oft dort hingegangen.«

Als sie ankamen, war nur ein einziger Tisch von einer französischen Reisegruppe besetzt. Orit zeigte auf einen anderen, der etwas abseits am Fenster stand.

Sofort kam ein Kellner mit der legendären Karaffe voll frisch gepreßtem Orangensaft, während ein anderer ein Dutzend kleiner Teller mit orientalischen Salaten vor sie hinstellte. Während sie davon naschten, erzählte Tom ihr von dem Überfall auf Rab Chaim. Sie hörte ihm zu, ohne ein Wort zu sagen, als würde sie an etwas völlig anderes denken. Nach und nach füllte sich der Raum.

»Ist er zu spät?« fragte Tom plötzlich.

»Wer? Ach, Charles? Ja, er ist immer zu spät! Du wirst sehen, er ähnelt einem kleinen aufgeregten Bären«, sagte sie liebevoll.

Israelis, Touristen und ein paar Soldaten hatten mittlerweile alle Tische besetzt, zwischen denen die Kellner – zum Großteil Araber – stapelweise Teller und heiße Fladenbrote hin und her trugen. Plötzlich blieb ein kleiner Mann neben ihnen stehen. Orit juchzte auf vor Freude. Ein bißchen übertrieben, dachte Tom, der schlagartig wieder auf jede ihrer Äußerungen überempfindlich reagierte.

»Charles Rosen«, stellte sich der Neuankömmling mit tiefer Stimme vor.

Etwas schwerfällig nahm er Platz und begann sofort mit Orit hebräisch zu sprechen, ohne Tom weiter zu beachten. Weil Tom ihr Gespräch nicht verstehen konnte, achtete er um so aufmerksamer auf ihre Gesten, auf jede Nuance ihrer Mimik. Ganz offensichtlich kannten sie sich sehr gut.

Rosen wirkte jugendlich, trotz seiner grauen Haare und der sich andeutenden Glatze. Die Leidenschaft, mit der er erzählte, verlieh ihm einen besonderen Charme. Orit hörte ihm mit großer Aufmerksamkeit zu, stellte Fragen und pflichtete ihm bei. Sie hielt ihr Haar mit der linken Hand zusammen und hatte das Gesicht auf die rechte gestützt. Danach zu urteilen, wie sie sich ansahen und berührten – sie legte eine Hand auf seinen Arm, seine Finger strichen über ihre Schulter – mußten sie wirklich sehr vertraut miteinander sein. Tom fragte sich, ob sie ein Liebesverhältnis gehabt hatten oder noch hatten.

»Tom …«

Orit ergriff sein Handgelenk, und er fuhr hoch, glücklich wie ein Idiot, daß sie auch ihn berührte.

»Entschuldigen Sie«, sagte er, »ich war gerade etwas abwesend. Wir hatten einen anstrengenden Tag …«

»Sieht ganz so aus«, sagte Rosen lachend. »Nein, runzeln Sie nicht die Stirn, Orit hat mir nichts verraten.« Er lachte noch immer. »Sie hat mir nur anvertraut, daß sie mir nichts sagen kann und daß das, was sie mir verschweigt, außergewöhnlich ist! Genau die Dosis, um meine Neugierde anzustacheln! Aber ich werde es schon noch erfahren, hier kommt alles raus, immer.«

Seine Augen blitzten schelmisch.

»Ich vergaß: Unsere liebe Orit hat auch erwähnt – ich hoffe, ich darf das sagen –, daß Sie einen saumäßigen Charakter haben und sehr mißtrauisch sind! Trotzdem scheinen Sie im großen und ganzen ein netter Typ zu sein – meint sie!«

Orit lächelte Tom unschuldig an.

»So …«, beschloß Rosen seine Ausführungen.

Orit stocherte in den Resten eines Salates herum.

»Ich möchte, daß du ihm etwas über die Zahlenlehre erzählst«, sagte sie dann wie nebenbei. »Besonders das, was die Rolle der Ta'amira betrifft.«

»Die Kupferrolle?«

Rosen riß seine runden Augen auf, bevor er leise durch die Zähne pfiff und etwas herablassend lächelte.

»Sieh mal an! Daran arbeiten Sie also. Da sind Sie nicht der erste, mein Freund, und all die anderen haben sich die Zähne ausgebissen! Es heißt sogar …«

»Das weiß er alles! Erzähle uns etwas über die Zahlen, Charles, nur die Zahlen!«

Rosen neigte sich zu Tom herüber.

»Sie mögen ja ein schwieriger Charakter sein, aber ich kann Ihnen nur raten, sich vor ihr in acht zu nehmen! Sie werden vielleicht bemerkt haben, daß sie nicht die Anschmiegsamkeit in Person ist.«

»Charles!«

»Okay, okay.«

Er schloß die Augen, griff nach einem Stück Fladenbrot und begann zu reden, als würde er einen Text ablesen.

»Die 64 Verstecke in der Rolle erinnern durch die Zahl 64 selbst und durch ihre Anordnung an andere, vergleichbare numerische Systeme. Zum Beispiel das Schachbrett … Das Schachbrett besteht aus 64 Feldern, acht mal acht, auf denen zwei Armeen zu je sechzehn Spielsteinen bewegt werden, von denen je acht die sogenannten Offiziere sind. Diese acht ›Personen‹ entsprechen den acht Trigrammen des I Ging, des großen, jahrtausendealten chinesischen Buches der Wandlungen. Man glaubt, daß ihre 64 Grundkonstellationen oder ›Hexagramme‹ den Schlüssel zum Verständnis des Universums und seiner Transformationen enthalten. Diese Theorie aus dem alten China erinnert an die Metapher des Aleph, die Borges in seiner gleichnamigen Erzählung entwickelt: ›Ich sah die Welt im Aleph und das Aleph in der Welt und die Welt im Aleph.‹« Rosen unterbrach sich, griff nach einer Gabel und begann, sie zwischen Daumen, Zeigefinger und Mittelfinger zu balancieren. »Borges schreibt, daß das Aleph, der erste Buchstabe des hebräischen Alphabets, der außerdem als numerisches Zeichen für eins steht, aussieht wie ein Mann, der auf Himmel und Erde zeigt, und daß es das kabbalistische ›Ein Soph‹, das unendliche, reine, göttliche Prinzip darstellt. Er erwähnt auch einen ›Punkt, an dem alle Punkte zusammenlaufen‹. Können Sie mir folgen?«

»Ganz und gar nicht«, sagte Tom kopfschüttelnd. »Was hat das mit der Rolle zu tun?«

»Kannst du dich nicht etwas verständlicher ausdrücken, Charles?« kam Orit ihm zu Hilfe.

Rosen warf Tom einen vorwurfsvollen Blick zu und legte seufzend seine Gabel weg.

»Einverstanden. Kommen wir auf das Schachbrett zurück … Der chinesischen Tradition zufolge soll das erste Schachspiel zwischen dem König Wu, dem mythischen Begründer Chinas, und dem Himmel stattgefunden haben. Die 64 Felder bilden in ihrer Abfolge von schwarz und weiß wie Nacht und Tag, weiblich und männlich, Yin und Yang eine Art Mandala, das das Aufeinandertreffen der kosmischen Mächte in der Welt symbolisiert. Das Mandala, ich sage es noch einmal ganz deutlich, ist eine geometrische Figur, die das Wesen eines Gottes oder einen Achetyp der Strukturen des Universums darstellt und häufig als Grundriß für Klöster oder Tempel diente …«

Tom, der wider Willen von Rosens Verbalakrobatik beeindruckt war, schaute noch einmal zu Orit und schüttelte verständnislos den Kopf.

»Gedulden Sie sich ein wenig«, sagte Rosen. »Sie werden den Zusammenhang noch verstehen. Die alten Chinesen verzeichneten acht irdische und himmlische Phänomene: Himmel, Erde, Blitz, Berge, Wind, Feuer, See, Meer. In ihren

Augen war der Raum in acht genau bezeichnete Regionen unterteilt: Norden, Süden, Westen, Osten, Nordosten, Nordwesten, Südosten, Südwesten. Ebenso ließ sich auch die Gesellschaft in acht Pole einteilen: den Vater, die Mutter, die drei Söhne und die drei Töchter. Zu diesen Größen fügen sich weitere, die immer in acht Elemente unterteilt sind, wie die acht Winde ... Sie werden feststellen, daß diese Elemente, untereinander kombiniert, indem man immer zwei miteinander paart, wiederum 64 Figuren ergeben. Aus der Perspektive des I Ging veranschaulicht das, noch bevor man das Orakel betrachtet, das sich am Ende daraus ergibt, auf bestechende Weise den Wert dieses Spiels: Darin einzutreten, seine Deutung zu beherrschen, und damit seine letzte Bedeutung, erlaubt dem Spieler, sich in den Lauf des Kosmos' einzuordnen, seine Geheimnisse zu entziffern und dann, mit dem Schicksal konfrontiert, seinem persönlichen Leid einen höheren Sinn zuzuschreiben.«

»Anders gesagt«, unterbrach ihn Orit, »leben wir in einem Netz von symbolischen Übereinstimmungen, einem Kraftfeld von Chiffren, die alle aus irgendeinem magischen, undurchdringlichen und unumstößlichen Grund Sinn annehmen und hervorbringen. Und dieser Sinn bildet selbst einen Schatz, auch wenn er nur zum Träumen anleiten sollte, zum Erträumen weiterer Zusammenhänge, weiterer geheimnisvoller Offenbarungen?«

»Ganz genau«, bestätigte Rosen mit einem Lächeln.

»Ein Schatz, den nie jemand besitzen wird«, sagte Tom, der in der Tat langsam zu verstehen begann. »Nur eine flüchtige Vision, eine Fata Morgana der Logik und des Geistes ...«

»Des Geistes, ja!« nahm Rosen den Faden auf. »Niemand kann also jemals wen auch immer davon abhalten, selbst auf dem Boden eines Kerkers oder einer Höhle nicht, diese Fata Morgana zu erleben. Solange er die Zahlen interpretiert, ist der Mensch, der diesem mystischen Spiel nachgeht, im Himmel.«

Rosen beugte sich, völlig begeistert, zu Tom herüber, wobei er seine Gabel gegen das Holz des Tisches drückte.

»Als guter Christ könnten Sie auch die Tatsache bedenken, daß in einigen Texten erwähnt wird, Jesus sei in der 64. Generation nach Adam geboren. Wenn man annimmt, daß eine Generation 33 Jahren entspricht, ist 64 mal 33 gleich 2112. Nun ist aber 2112 auch ein makelloses Palindrom. Und zum Schluß möchte ich noch hinzufügen, daß Jesus im Alter von 33 Jahren gekreuzigt wurde, das heißt, da unser Leben genaugenommen bei Null beginnt, im zweiunddreißigsten Lebensjahr – der Hälfte von 64, der Hälfte des Universums. Zweiunddreißig plus eins: diese eins, das Symbol der Einheit, beschließt und krönt den Gang des Sohnes der Menschen auf Erden, um ihn als Sohn Gottes zu preisen ...«

Tom hob seine Hände, als fiele der Sand im Brunnen von Hirkania noch immer auf ihn herab.

»Sind Sie etwa gerade dabei, mir zu erklären, daß die Rolle der Ta'amira ein Hirngespinst ist?«

»Ich glaube, es hat sie wirklich gegeben. Das Hirngespinst würde also auf einer durchaus realen, historischen, logischen und spirituellen Grundlage basieren, aus einer Zeit, in der das eine vom anderen nicht zu trennen war. Dann sind die Jahrhunderte vergangen, die ursprüngliche Realität ist in Tausenden von Entwicklungen und Veränderungen aufgegangen, und es bleibt von ihr nur der spirituelle Sockel, auf den sie sich stützte. Sie folgen, ohne sich dessen bewußt zu sein, eher einer Fata Morgana als den Spuren eines Schatzes.«

»Die vergangene Wirklichkeit kann manchmal in einer sehr ... realen Form wieder auftauchen«, sagte Tom mit einem kleinen Lächeln in Orits Richtung.

»Ein Fragment dieser Wirklichkeit, das schon. Aber nicht die ganze«, beharrte Rosen. »Machen Sie sich keine Illusionen, Sie können ganz Jerusalem und seine Umgebung umgraben, es wird Ihnen doch niemals gelingen, die Vergangenheit wieder zusammenzusetzen. Das werden Sie nicht schaffen!«

»Es ist auch nicht mein Ziel.«

»Nein, natürlich nicht«, stimmte Rosen zu. »Doch was immer Sie vorhaben, rechnen Sie damit, daß Sie mit dieser Suche in ein Schloß aus unsichtbaren Karten eintreten, von denen keine einzige berührt werden kann, ohne daß es sich auf die anderen auswirkt.«

»Anders gesagt: Sowohl mein Suchen als auch mein Finden unterliegen einer höheren Logik, meinen Sie das? Und diese Logik strebt einer Einheit entgegen, die schließlich mein Schicksal bestimmt.«

»Bei allem, was Sie hier tun, denken und wahrnehmen können, schon«, bekräftigte Rosen mit einem ruhigen Lächeln. »Das schließt natürlich auch Ihre Bekanntschaften ein …«

»Ist es das, was du mir verständlich machen wolltest?« fragte Tom Orit, die sich wohlweislich zurückgehalten hatte.

Sie sah ihn an, ohne zu antworten, errötete aber zu Toms großem Erstaunen. Oder war es die Beleuchtung?

»Was für eine merkwürdige Idee«, murmelte er.

Denselben Satz wiederholte er, als er sich mit Orit allein wiederfand und sie in der kühlen Nachtluft Richtung Jaffator gingen. Das Treffen war zum Glück mit einer weniger angestrengten Unterhaltung und in ausgelassener Stimmung ausgeklungen. Aber jetzt, wo Tom mit Orit allein war, kam er noch einmal darauf zu sprechen.

»Was für eine merkwürdige Idee, mich mit diesem Typen zusammenzubringen … Oder eher mit seinen Theorien! Ich bin, ehrlich gesagt, nicht sicher, ob ich alles verstanden habe.«

Er glaubte Orit leise lachen zu hören.

»Aber nicht doch …«

»Ich fange an, mich zu fragen, wer du bist, wer du *wirklich* bist.«

Dieses Mal war Orits Lachen nicht zu überhören.

»Dein guter Engel, du weißt es nur noch nicht.«

Tom verlangsamte seinen Schritt.

»Du weißt Dinge, die ich nicht weiß, und willst mich auf diese Weise davor warnen? Ein bißchen kompliziert, nicht?«

Orit blieb stehen und blickte zu ihm hoch.

»Du hast Charles sehr wohl verstanden. Ich bin sicher, Marek hat dir schon erklärt, daß Jerusalem absolut einzigartig ist. Hier erzittert jedes Haus, wenn man an den Steinen eines einzigen rührt, sei es das von Moslems, Christen oder Juden.«

»Und wenn ich mit einer Frau in einen Brunnen falle und einen Goldbarren finde, der zweitausend Jahre alt ist«, setzte Tom den Gedanken fort, »dann erzittert gleich die ganze Geschichte. Ja, ich weiß. Und wie es scheint, sind wir weit entfernt von einer Reportage über die Mafia«

Orit schaute ihn lächelnd an. Mit ihrem bunten Kleid und in dem Spiel von Licht und Schatten, das sie im matten Glanz der alten steinernen Stadtmauer miteinander verband, erschien sie ihm völlig verändert. Sie hatte nichts mehr von der tatkräftigen, selbstsicheren, fast aggressiven Frau, die ihn den ganzen Tag über begleitet hatte.

»Hat das auch für uns eine Bedeutung?« hörte Tom sich fragen und trat einen Schritt auf sie zu.

Orit hob die Hand und legte sie auf seinen Mund. Er erschauerte am ganzen Körper.

»Das ist nur ein weiteres Rätsel, das es zu entschlüsseln gilt«, sagte sie mit ihrer tiefen, lachenden Stimme.

Sie zog ihre Hand zurück, bevor Tom sie ergreifen konnte.

»Ich finde, das sind viel zu viele Rätsel für einen armen, pragmatischen Amerikaner wie mich.«

»Du schlägst dich gar nicht so schlecht«, murmelte sie und wich einen Schritt zurück.

Tom hatte Lust, sie zu berühren. Ein heißes Verlangen packte ihn, aber er wagte nicht einmal seine Hand zu heben. Dann ließ Orit in einer Bewegung, mit der sie ihr Haar zurücknahm, die magische und sinnliche Aura, die sie umgab, zerplatzen. Mit einer Stimme, wie sie sie Stunden zuvor gehabt hatte, fragte sie:

»Wie sieht das Programm für morgen aus?«

Tom brauchte ein paar Sekunden, um sich zu entscheiden. Er nahm den Weg in Richtung Jaffator wieder auf und murmelte:

»Mizpa, Versteck Nummer sieben: *In der Höhle von Bet ha-MRH dem Alten, in der dritten Kammer des hinteren Bereichs: fünfundsechzig Goldbarren*.«

»Dann gehen wir jetzt schön brav schlafen, denn das wird ein langer Tag morgen. Ich nehme ein Taxi nach Hause.«

19

»Wie ich Ihnen gestern abend bereits sagte, habe ich nicht viel Zeit«, wiederholte Calimani und trank seinen Kaffee aus.

Während der Nacht hatte sich der Himmel mit einer dicken Wolkendecke bezogen, und seit dem Morgengrauen fiel ein feiner Sprühregen. Es war früh, noch vor sieben Uhr. Über Jerusalem lag eine unerwartete Stille. Der übliche Lärm der Stadt hatte sich in eine fremdartige und gedämpfte Liebkosung verwandelt.

Sie hatten sich alle zum Kriegsrat in Mareks Zimmer versammelt, das mit den Karten an den Wänden, den Büchern, den Notizheften und den Fotokopien von Schriftstücken, die sich bis auf das Bett stapelten, kaum noch einem Hotelzimmer glich.

Als Marek Calimani die schöne Orit vorstellte, war ihm das Funkeln in den Augen des Italieners nicht entgangen. Allerdings war Toms Art, Orit anzusehen, noch interessanter: Ganz anders als am Tag zuvor, bedachte er sie nun mit zärtlichen und zugleich ängstlichen Blicken. Orit gab sich ihm gegenüber gewollt neutral, genauer gesagt: ein bißchen zu neutral, um es wirklich zu sein ... Marek fragte sich, was zwischen den beiden am vergangenen Abend vorgefallen sein mochte. Nachdenklich und schweigsam war Tom an diesem Morgen gleich nach dem Aufstehen als erster in Mareks Zimmer erschienen. Er war seinen Fragen ausgewichen, und Marek hatte nicht insistiert. Einzige Gewißheit: Der Amerikaner veränderte sich mit jedem Tag. Er verlor etwas von seiner Sicherheit oder zumindest von der Härte dieser Sicherheit. Das etwas künstliche Funkeln seiner Energie verblaßte zugunsten einer tieferen Kraft, die weniger impulsiv war. Und dies schien ebenso mit der Wendung der Ereignisse zusammenzuhängen wie mit Orits Gegenwart. Endlich, dachte Marek, beginnt Jerusalem ihn zu durchdringen, das ist es, was ihm widerfährt!

Ein reichhaltiges Frühstück war ihnen auf dem Balkontisch serviert worden, der dank der Markisen vor dem feinen Regen geschützt war. Calimani nahm sich eine weitere Tasse Kaffee und verkündete:

»Jerusalem ist gebaut als eine Stadt,
in der man zusammenkommen soll«

»Von wem ist das?« fragte Orit.

»Das ist ein Psalm von David.«

Der Professor setzte sich in den einzigen Sessel, als käme ihm das völlig selbstverständlich zu. An diesem Morgen trug er einen beigefarbenen Anzug aus edlem Stoff, ein makellos weißes Hemd und eine purpurne Krawatte mit blauen Punkten. Die geplante Konferenz an der Universität dürfte eine gewisse Wichtigkeit haben. Auf seine pomadisierten Haare hatte er bereits, obwohl man sich in geschlossenen Räumen aufhielt, einen braunen, leichten Borsalino gesetzt. Calimani erinnerte unweigerlich an einen Mafia-Boß, wie Scorsese ihn inszeniert hätte. Ein italienischer Mafioso – kein russischer –, und eine Karikatur des amerikanischen Kinos, das wußte Tom wohl. Gleichwohl wirkte es komisch. Es sei denn, alle Italiener leisteten sich mit ihrer Kleidung solche Extravaganzen …

»Hören Sie, wie es weitergeht, hören Sie, wie schön das ist!« beharrte Calimani.

»Wünschet Jerusalem Glück!
Es möge wohl gehen denen, die dich lieben!
Es möge Friede sein in deinen Mauern,
und Glück in deinen Palästen!
Um meiner Brüder und Freunde willen
Will ich dir Frieden wünschen.
Um des Hauses des Herrn willen,
unseres Gottes,
will ich dein Bestes suchen.«

»Amen!« sagte Orit lachend.

Tom warf ihr einen vorwurfsvollen Blick zu. Mit einer etwas zu ruppigen Bewegung schwenkte er das alte Manuskript der Beichte des Achar von Esch in Richtung Calimani:

»Wir haben diesen Text mit Marek sorgfältig gelesen. Der Mönch sagt: *Zu unserer Rechten ließen wir den Berg Skopus hinter uns, dessen Gipfel als erster den Tag anzeigte, und Hazor umgingen wir, weil der Ritter wollte, daß unsere Expedition sich so heimlich wie möglich vollzöge.*

In Mizpa, oben auf dem Hügel, standen wir vor einer halb verfallenen Festung. Pater Nikitas erklärte uns, daß ihre Grundmauern aus der Zeit des Jeremia stammten. Etwas entfernt konnten wir das Dorf erkennen mit Bauern, Schafen und Dromedaren. Auf der Südseite des Hügels erahnte man den Eingang von mehreren Höhlen. Ich fragte mich, ob wir sie wohl alle untersuchen müßten, da sagte Pater Nikitas: ›Wir müssen die Zisterne der Festung finden. Es wird die Höhle sein, die zu Füßen der Zisterne abgeht.‹ Das gibt uns zwei entscheidende Informationen: Mizpa liegt im Nordwesten von Jerusalem – links vom Skopusberg und weiter nördlich, und die Höhle geht von der Zisterne ab.«

»Und weil es zu Lebzeiten Jeremias mehrere Mizpa gab, glaube ich, daß es sich um die Umgebung von Tell Nasbe handelt«, fügte Marek hinzu, wobei er auf eine Karte an der Wand zeigte. »Im Nordwesten von Hazor oder Hakor ...«

»Anders gesagt, kurz vor Ramallah«, faßte Tom mit Blick auf Calimani zusammen. »Den aktuellen Karten zufolge liegen die Ruinen nicht mehr als zwei Kilometer von der Autobahn entfernt.«

»Hm«, machte Calimani, kniff die Augen zusammen und rümpfte die Nase über der Tasse. »Ich werde diesen Leuten vom Hotel beibringen müssen, wie man das macht, was sich Kaffee nennt! Na schön, ja ... Unter der Bedingung, daß wir die neunhundert Jahre alte Schrift eines jungen Mönchs für bare Münze nehmen!«

»Er hat es gefunden … Also, die, die bei ihm waren, haben Gold gefunden«, unterbrach ihn Tom. »Außerdem hatte dieser Mönch nicht den geringsten Grund zu lügen, ganz im Gegenteil.«

»Aber auch keinen Grund, die Wahrheit zu sagen«, erwiderte Calimani mit einem Augenzwinkern. »Mein lieber Tom, ein Text, und sei er auch aus dem elften Jahrhundert, ist nicht per se Ausdruck der Wahrheit. Im besten Fall ist er eine Interpretation dieser Wahrheit, nicht mehr und nicht weniger als ein heutiger Zeitungsartikel. Dieser Kreuzritter hat, bevor er zur Feder griff, eine Folge von besonders, wie wir heute sagen würden, ›destabilisierenden‹ Erlebnissen gehabt: die Eroberung Jerusalems, die Gewalt, die In-Frage-Stellung seines Glaubens, seines Wissens, die Begegnung mit diesem Pater Nikitas, der vielleicht selbst Jude war, und so weiter. Er hat Beeindruckendes durchlebt und schreibt es auf diese Weise nieder, so gut er es versteht, wobei er Tatsachen und Gefühle so eng miteinander verstrickt, daß sie nicht mehr voneinander zu unterscheiden sind.«

»Aber das Gold?« beharrte Tom.

»Auch Sie haben gestern einen Goldbarren gefunden. Na und? Steht er deswegen auch nur im geringsten Zusammenhang mit den Verstecken der Kupferrolle? – Nebenbei bemerkt, der Papyrus befindet sich in den Händen meiner Freunde. – Nein, die Geschichte dieses Goldbarrens ist ohne Zweifel eine ganz andere. Haben der Mönch und der Ritter tatsächlich einen Teil des Schatzes entdeckt? Nehmen wir die Analyse von Pater Nikitas noch einmal unter die Lupe. Ich bin mit ihm einverstanden, was den ersten Punkt betrifft: Die dreikonsonantische Wurzel MRH aus der Rolle kann auf hebräisch, da die Vokale ungeschrieben bleiben, gelesen werden als Merah, der Aufständische, Mareh, der Standhafte, und Marah, der Traurige, der Leidende. Na schön. An welche Orte erinnert das? Es gibt ein arabisches Dorf, Bet Ummar, das diesem ›Bet ha-MRH‹ entsprechen könnte. Außerdem befindet sich dort das Grab von Amittai, dem Vater von Jona, das die Bewohner als das Grab des Nabi Motta oder des heiligen Matthias ausgeben …

Vorsichtig stellte Calimani seine Tasse ab, wobei er sich der Blicke, die sich auf ihn richteten, wohlbewußt war.

»Oder ein Dorf, das man mit dem ehemaligen Maroth in Michäa gleichsetzt, im Süden von Jerusalem«, fügte er mit einer tanzenden Bewegung seiner Finger hinzu. »Aber der Trick des Pater Nikitas besteht in der Verbindung mit *›der Alte‹*, also mit Jeremia. Dieses Dorf wäre demnach das, in welches der Prophet Jeremia gegangen ist, um die Zerstörung Jerusalems durch die Babylonier zu beweinen, und wo Nathanias Sohn Ismael Gedalja, den Statthalter von Nebukadnezar, getötet hat.«

Der Professor strich über die Krempe seines Hutes und wandte sich insbesondere an Marek.

»Äh, Sie wissen, daß einige behaupten, das biblische Mizpa läge eher weiter im Nordwesten, auf der Seite von Nabi Schemuel … Aber gehen wir alles der Reihe nach durch. Bevor wir herausfinden, wo Mizpa liegt, geht es darum herauszufinden, warum in Mizpa ein Schatz versteckt sein sollte. Mizpa – wo auch immer wir es verorten – liegt zur Zeit der Rolle vergleichsweise weit von Jerusalem entfernt. Dieser Ort muß also verlockende Eigenschaften haben, damit man aus ihm ein Versteck macht.«

Mit einer einzigen Bewegung zog er aus dem Jackett seine Brille und eine Bibel in der Größe einer Streichholzschachtel.

»Josua, Kapitel achtzehn, Vers sechsundzwanzig«, verkündete er. »Dort sind die Namen der Städte verzeichnet, die zum Stamme Benjamin gehören: Mizpa, Kephira, Moza … Es gibt eine Stelle aus dem Buch der Richter … Entschuldigen Sie mich, die Buchstaben sind winzig …«

»Ich habe eine andere Bibel«, unterbrach ihn Marek.

»Nein, nein, diese ist mir angenehm … Also … Kapitel zwanzig, Vers eins, hier ist es: *Da zogen die Kinder Israels aus, und die Gemeinde versammelte sich wie* ein *Mann – von Dan bis nach Beerseba und vom Lande Gilead – vor dem Herrn in Mizpa*. Wozu man folgende genauere Angabe hinzufügen könnte ... Hm ... Zweites Buch der Chronik, Kapitel sechzehn, Vers sechs ... Dann wollen wir doch mal sehen: *Aber der König Asa bot ganz Juda auf, und sie nahmen die Steine und das Holz von Rama weg, womit Baesa gebaut hatte, und er baute damit Geba und Mizpa aus*. Da schau her!«

»Ja?« fragte Orit wie ein Kind, das einen Zauberer bewundert.

»Wir wissen, daß Gedalja in Mizpa getötet wurde, aber ... Ich erinnere mich gerade daran, daß der König Asa in Mizpa eine Zisterne gegraben haben soll, in der, Jeremia zufolge ... Warten Sie einen Moment!«

Fieberhaft durchblätterte Calimani den Text.

»Hier: *Die Zisterne aber, in die Ismael die Leichname der Männer warf, die er erschlagen hatte samt dem Gedalja, ist die, welche der König Asa hatte anlegen lassen im Krieg gegen Baësa, den König von Israel.* Jeremia und Mizpa, Mizpa und die Zisterne ... Die Verbindung scheint in der Tat plausibel. Auch kann man annehmen, daß Mizpa ein Ort ist, der sicher genug und heilig ist und an dem genügend große jüdische Familien wohnen oder verkehren, damit die ›Strategen‹ der Kupferrolle ihn als ein vertrauenswürdiges Versteck für immerhin fünfundsechzig Goldbarren auswählen! Was die besagte Zisterne anbelangt, die in der Beichte des Mönches erwähnt wird, so ist die Idee doch schlau, nicht wahr? Diese Zisterne dürfte einen besonderen Status haben, nachdem man dort den Körper des Statthalters hineingeworfen hatte! Anders gesagt, dies würde aus ihr einen wunderbaren Anhaltspunkt für uns machen.«

Tom unterbrach ihn.

»Und nun?«

Giuseppe Calimani betrachtete ihn lächelnd.

»Also: Mizpa ist richtig ... Aber wo liegt Mizpa? Vor nicht allzu langer Zeit haben Archäologen bei Tell Nasbe eine Stadtmauer aus der Eisenzeit entdeckt. Diese Stadtmauer, die fünf bis sieben Meter dick ist, wurde neunhundert Jahre vor der christlichen Zeitrechnung erbaut, was die These von einer gut befestigten Siedlung stützt, die bedeutend und alt genug war, daß Jeremia sie zu seinem Rückzugsort gemacht haben könnte, und die man mit Mizpa gleichsetzt – wie Sie in allen Reiseführern lesen können, in denen manchmal merkwürdig mit der historischen Wahrheit umgegangen wird … Deswegen neige ich zu der Annahme, daß Ihre Wahl gut ist!«

»Jeesus!« stöhnte Tom, während Orit applaudierend auflachte. »Zum Glück haben Sie nicht mehr viel Zeit!«

»Höre ich da so etwas wie Ironie aus Ihrer Bemerkung?« rief Calimani scherzend aus und erhob sich behende aus dem Sessel. »Sie irren sich! Die mehrmalige Überlegung muß der Handlung immer vorausgehen. Bevor nicht die Tat vollbracht und ihre Auswirkungen eingetreten sind, ist zwar nichts sicher. Aber dann ist es auch zu spät.«

Calimani legte Tom eine Hand auf die Schulter.

»Da Sie zu einer Zusammenkunft mit Jeremia aufbrechen werden, wenigstens in einer gewissen Hinsicht, werde ich Ihnen eine Geschichte erzählen.«

»Professor …«

»Doch, doch, hören Sie mir zu! Sie glauben, daß die Sekunden Ihnen wie Kugeln an der Nase vorbeizischen. Irrtum! Nehmen Sie den Kopf zurück, und die Sekunden sind wie Kugeln, die ihr Ziel verfehlen: für immer im Nichts erstarrt. Man erzählt also, daß eines Tages das Orakel von Delphi Sokrates verkündet habe, er sei unter der Sonne nur der zweite im Range der Weisen. ›Der zweite?‹ verwunderte sich Sokrates. – ›Ja, der klügste Mann heißt Jeremia und lebt in Jerusalem.‹ Zutiefst getroffen, nimmt Sokrates das erste Boot nach Joppe – heute Jaffa – und macht sich auf, mit Jeremia bekannt zu werden. Er findet Jerusalem zerstört vor, und er befragt die Bewohner: ›Wo ist Jeremia?‹ – ›Steigt diesen Hügel dort, den Berg Morija, hinauf. Zwischen den Ruinen, die Ihr dort seht, den Ruinen unseres Tempels, wohnt er.‹ Sokrates findet einen in Fetzen gekleideten Mann vor, der den Schmerz der Welt zu verkörpern scheint. Den Schmerz ja, sagt er sich, aber die Weisheit? ›Wie ist es möglich, daß du, den man den klügsten der Menschen nennt, so niedergeschlagen bist von dem Verlust eines Gebäudes aus Stein und aus Holz?‹ ruft er vor Jeremia aus. – ›Ah, fremder Freund‹, antwortet Jeremia, ›wenn es sich doch bloß um Stein und Holz handelte, wie wäre dein Vorwurf angebracht! Aber meine Niedergeschlagenheit rührt von etwas anderem her. Früher geschah es auch mir, daß ich dunkle Tage erlebte, aber ich brauchte nur in dieses Gebäude zu gehen, und alle Traurigkeit fiel von mir ab. Seit seiner Zerstörung bin ich von einem neuen Gefühl erfüllt, das mir die Seele zerreißt.‹ – ›Von welchem?‹ – ›Vom Zweifel!‹«

Tom rieb sich den Nasenrücken, und sein Blick traf zuerst den von Marek, der lächelte, und dann den von Orit. Er schloß halb die Augen, als versuche er zu verstehen.

»Zweifeln Sie daran, daß wir überhaupt irgend etwas finden werden in Mizpa?«

»Ich zweifle an allem, und ich hoffe auf alles, mein lieber Freund! Man muß es versuchen, um es zu wissen.«

Nach einem kurzen Augenzwinkern in Richtung Orit blickte Calimani auf seine Uhr und verdrehte die Augen.

»*Oje, Oje!* Sie haben recht. Ich werde mich verspäten!«

20

Nachdem der Professor im Trab zu seiner ihm so wichtigen Konferenz aufgebrochen war, verließen Tom und Orit das Hotel mit der Ungeduld von Jagdhunden, die bereits das Halali hören. Ich ließ mich mit einer Tasse Tee in der Hand auf der Terrasse nieder, recht froh darüber, in dem gedämpften Frieden dieses Tages voller Nieselregen in Jerusalem allein zu sein.

Ich war müde. Die ganze Nacht über hatten sich Worte, Schreie und Bilder von der Heiligen Stadt auf den kurvenreichen Wegen meiner Träume ineinandergeschoben. Der Angriff auf Rab Chaim hatte mich sehr beunruhigt. Wenn auch seit meiner Operation der Tod mir keine Angst mehr einjagte, so betrübten mich dafür die von dem betagten Buchhändler erduldeten Mißhandlungen in höchstem Maße. Rab Chaim war mir, vielleicht aufgrund seiner altmodischen, aber scharfsinnigen Art, die Zeit und die Erinnerung, die Texte und das Wesen der Vergangenheit zu verwalten, sehr ans Herz gewachsen. Als gehörten wir beide durch eine feine und nicht faßbare Verbindung derselben Familie an.

Weil ich nur schwer in den Schlaf fand, hatte ich den Fehler begangen, spät noch fernzusehen. Anfangs wollte ich nur einen kurzen Blick in die Abendnachrichten werfen, um zu sehen, ob von dem Überfall berichtet wurde. Aber die Meldungen befaßten sich ausschließlich mit dem Attentat in den frühen Morgenstunden des Tages davor, nahe dem Damaskustor. Alle Fernsehsender wiederholten die unerträgliche Litanei dieser Massenmorde, wobei sie beharrlich und mit zahlreichen Details immer wieder die Haufen blutverschmierter Körper präsentierten. Die Bilder im jordanischen Fernsehen, die der BBC und die des Zweiten israelischen Programms zeigten den Premierminister vor einem Strauß von Mikrofonen. Beim Weiterzappen kam ich zu NBC. Die Amerikaner übertrugen live dieselben Szenen, dieselben Beschwörungen. Ganz offensichtlich, sagte ich mir, gibt es Götter, deren Durst niemals gestillt ist!

Ein Blutbad mitten in der Stadt war in Jerusalem leider keine Seltenheit. Jeden Tag mußte man gefaßt sein auf den Ausbruch der Gewalt. Wenn man bedenkt, daß Adam in diese Stadt geflüchtet war, um der Gewalt seiner eigenen Söhne zu entgehen! Es war immer die Ablehnung des anderen, immer dieselbe brudermörderische Geste! Mit einer lähmenden Wut fragte ich mich, wer als nächster an die Reihe käme.

Bald bemerkte ich, daß ich auf einen stummen Bildschirm starrte: Unbewußt hatte ich den Ton abgestellt. Aber der Ton war in mir, mit dem, was ich von dieser Stadt und ihren Einwohnern wußte und nicht wußte und was in ihren Stadtmauern, unter Kuppeln, Türmen, Dächern, auf Straßen und in geheimen Verstecken raunte. Ich vernahm ihr Getöse und ihr Schweigen, sah ihre in dem intensiven Licht nahezu weiße Unendlichkeit, die sich hinter den Judäischen Bergen im Toten Meer verlor, das Sodom und Gomorra verschlungen hatte. Das Wogen seiner salzigen Wellen erfüllte nach und nach meine Brust, als würde es mit dem Rhythmus meines Herzens verschmelzen.

Ich hörte nur noch das Meer, nur seinen Wellengang, als könnte nur das Meer allein sich mit dieser abgeschiedenen Welt ohne Töne in Einklang bringen, Jerusalem neues Leben einhauchen und dem unablässigen Zerbrechen des Heiligen einen Sinn verleihen. Ich erinnerte mich, im Museum von Kairo Vasenscherben und Bruchteile von kleinen Statuen gesehen zu haben, die in Theben und in Sakkara entdeckt worden waren. Die Archäologen hatten sie restauriert und so die Inschriften wieder zutage treten lassen, in denen es von Beschimpfungen und Verfluchungen nur so wimmelte. Sie betrafen meist Männer, Familien oder feindliche Herrscher und die Könige von Kanaan und Syrien. In diesen Verwünschungen hatte ich bekannte Namen wiedergefunden: Salem (Jerusalem), Aschkelon, Tyrus, Hazor, Schemesch, Sichem. Mein ägyptischer Führer hatte mir genau dargelegt, daß diese Texte aus dem neunzehnten Jahrhundert vor unserer Zeitrechnung stammten – aus jener Zeit also, in der Abraham den geheimnisvollen Melchisedek besucht hatte. Hatten die Archäologen, als sie diese Bruchstücke von Vasen und kleinen Statuen wieder zusammenfügten, bedacht, daß sie damit Gefahr liefen, auch die Verwünschungen und den Haß neu zu beleben?

Und wir, was machten wir eigentlich, wenn wir unsere Suche fortsetzten? Selbst wenn wir den Schatz nicht finden sollten, was sehr wahrscheinlich war, welche unheilvollen Kräfte würden wir freisetzen? Bis wohin würde unser Leichtsinn gehen?

Ich war kurz davor, aufzustehen, um an Toms Tür zu klopfen und ihm zu sagen, ich gäbe das Rennen auf. Dann wieder sah ich Rab Chaim vor mir, wie diese russischen Schlägertypen ihn zugerichtet hatten. Wir saßen richtig in der Falle. Aufgeben hieße, diesen Gangstern ohne Gefühl für Gut und Böse freien Lauf zu lassen. Seit dem wundersamen Fund vom Vortage allerdings fing ich an zu befürchten, daß wir allzusehr dazu neigten, uns ernsthaft für Schatzsucher zu halten. Und man mußte schon sehr überheblich sein, um zu glauben, wir seien in der Lage, einen solchen Schatz wirklich zu beschützen!

Schließlich war ich eingeschlafen mit dem Entschluß, diese Frage bei der für morgen, vor Toms und Orits Abfahrt nach Mizpa anberaumten kleinen Versammlung anzusprechen.

Aber dann kam es doch anders. Ich hatte Platz genommen vor dem regenverhangenen Jerusalem. Professor Calimani hatte seinen glänzenden Gelehrtenauftritt hingelegt. Tom wartete darum nur noch ungeduldiger darauf, auf die Jagd gehen zu können, und Orit wirkte so sicher, so verläßlich, als würde ihre wachsame, in ihrer Schönheit verkörperte Intelligenz an sich schon eine Art Schutz für uns alle darstellen. Ich hatte schließlich nicht den Mut – oder die Willensstärke –, sie mit meinen Gewissensproblemen zu belasten!

Besteht das Schicksal nicht auch aus diesen Entscheidungen, die wegen eines Nichts, einer Laune, eines Zitterns in der Stimme oder eines Blicks gefällt oder aufgeschoben werden und die uns, sogar ohne daß wir es wahrnehmen, unendlich viel stärker beeinflussen als die großen und lautstark angekündigten Beschlüsse?

Mir blieb nur noch, auf meine Art und Weise mitzumachen. Mit der Absicht, später Rab Chaim zu besuchen, rief ich den Rabbiner Adin Steinsaltz an.

»Kommen Sie vorbei, ja, kommen Sie!« sagte er sofort zu mir, als stünde für ihn die Zeit still. »Kommen Sie einen Augenblick zum Plaudern!«

Wir hatten uns kennengelernt zu der Zeit, als ich *Abraham: Wege der Erinnerung* schrieb. Als Talmud-Übersetzer war Steinsaltz seit jeher der einzige, der es vermochte, mir Antworten auf die Fragen zu geben, die ich mir stellte, auch auf sehr beunruhigende.

Der Rabbiner, ein Mann von bleicher Gesichtsfarbe, der einen chinesischen Spitzbart trug und immer einen schelmischen Blick hatte, empfing mich mit seinem gewohnten Kinderlächeln. Er besaß ein phänomenales Gedächtnis, gab aber aus Prinzip sein Wissen nie direkt preis. Unterbreitete ich ihm ein Problem, zog er es vor, mich auf einen Kommentar, einen Midrasch, ein biblisches oder zeitgenössisches Ereignis hinzuweisen, das mich auf den richtigen Weg brachte und mir das Gefühl gab, die Antwort selbst gefunden zu haben. Er bewohnte ein Haus im arabischen Stil in der jüdischen Neustadt: schmale Säulenreihen, Kuppeldächer und winzige Fenster mit Spitzbögen, vor denen Balkone mit kunstvoll gefertigten Gittern angebracht waren. Dort lebte er in einem ständigen Halbdunkel. War dies der Grund für seine Blässe?

»Sie haben Sorgen«, sagte er mir gleich eingangs in jiddisch, wobei er mir einen Sessel anbot.

Dann aber wechselte er mit seiner gewohnten Diskretion das Thema, während ich Platz nahm.

»Woran also arbeiten Sie zur Zeit?«

Ich zögerte. Wahrscheinlich schämte ich mich, ihm die ganze Wahrheit preiszugeben.

»Sagen wir mal, daß ich Material sammle für ein Buch.«

Lächelte er? Jedenfalls formulierten die Augenbrauen, die er hochzog, eine unausgesprochene Frage.

»Einen Roman, den ich gerne *Die Geheimnisse von Jerusalem* nennen würde«, fügte ich ohne nähere Angaben hinzu.

Seine Finger hörten auf, über seinen Bart zu streichen, um seine Kippa geradezurücken.

»Es ist viel geschrieben worden über Jerusalem.«

»Das hat mir Rab Chaim auch gesagt.«

»Der Buchhändler?«

»Ja. Ich war gestern in seinem Laden, als er überfallen wurde ...«

»Ah! Sie waren das also ... Man hat es mir erzählt.«

»Ich will ihn nachher im Krankenhaus besuchen.«

Der Rabbiner nicke zustimmend.

»Soweit ich weiß, sind die Nachrichten über seinen Zustand nicht sehr gut ... Möchten Sie Tee? Kaffee?«

»Ja gern, einen Tee.«

Er verschwand hinter einer grüngestrichenen Metalltür. Leises Getuschel war zu hören. Dann kam er zurück und setzte sich mir gegenüber auf einen Stuhl.

»Man hat Rab Chaim eine Reihe von Schriftstücken gestohlen, nicht wahr?«

»Ja.«

»Diese Schriftstücke waren für Sie bestimmt, wie ich vermute?«

Er klemmte seine rechte Locke hinters Ohr. Ein Schweigen machte sich breit, das von seiner Frau unterbrochen wurde, die ein Tablett hereintrug. Sie schien sehr zerbrechlich, blaß und hatte ihre Haare unter einem weißen Kopftuch verborgen. Da sie gebürtige Belgierin war, wandte sie sich auf französisch an mich. Wir wechselten ein paar Worte, dann verschwand sie.

»Ich verstehe«, sagte der Rabbiner, wobei er seine Tasse wieder auf den Tisch stellte, »ich verstehe die Versuchung ... Die Versuchung, jene Geschichte zu rekonstruieren, von der in der Bibel kaum die Rede ist. Nehmen wir das Beispiel des Königs Achab. Im Rahmen eines antiassyrischen Bündnisses im Jahre 853 vor der christlichen Zeitrechnung hat dieser Herrscher an einer der größten Wagenschlachten teilgenommen, die in der Antike ausgetragen wurden. Stellen Sie sich vor: Der König von Assyrien stellt 2000 Wagen und 5542 Reiter dem von Israel geführten Bündnis entgegen, das seinerseits 3900 Wagen, 1900 Reiter und 1000 Kamele in den Kampf schickt. Und diese Schlacht ist in der Bibel nur am Rande erwähnt! Daß derselbe König Achab dagegen einem armen Bauern, Naboth, seinen Weinberg wegnehmen wollte, nimmt ein ganzes Kapitel ein.«

Der Rabbiner erzählte mit halbgeschlossenen Lidern und sich unmerklich wiegend, als würde er beten. Dann schwieg er, öffnete die Augen und beobachtete mich mit einer Eindringlichkeit, als wollte er sich vergewissern, daß ich zuhörte.

»Die Bibel«, setzte er seine Rede fort, »ist auf die Ethik konzentriert. Auf die Moral, die man aus der Geschichte ziehen kann, und nicht auf die Geschichte an sich.«

Er lächelte.

»Aber Sie, Sie interessieren sich vor allem für die Geschichte, nicht wahr?«

»Um aus ihr eine Moral zu ziehen.«

»Es gibt nur eine einzige Moral«, sagte der Rabbiner schroff.

»Aber es gibt eine Fülle von Geschichten, aus denen man eine Moral ziehen kann«, erwiderte ich.

Steinsaltz lächelte wieder.

»Wo werden Sie anfangen?«

»Vielleicht mit der Gihonquelle: Jerusalem ist aus einer Quelle entstanden.«

»Einer Quelle? Warum eine Quelle? Darüber habe ich noch nicht nachgedacht ...«

Ich nutzte seine Verwunderung, um ihm eine Frage zu stellen, auf die ich schon zahlreiche, zumeist widersprüchliche Antworten erhalten hatte.

»Wer waren die ersten Bewohner Jerusalems?«

Der Rabbiner schaute mir direkt in die Augen. Während er wieder begann, über seinen spärlichen Bart zu streichen, stellte er eine Gegenfrage:

»Was sagt die Heilige Schrift?«

»Daß es die Jebusiter waren.«

Er griff nach der offenen Bibel auf dem Tisch und reichte sie mir. Dann, mit einem Tonfall, der keine Widerrede zuließ:

»Sehen wir uns den Text an!«

Als geleite er mich durch das Labyrinth, in das er uns führte, machte er die genaue Angabe:

»Richter eins, einundzwanzig ...«

Ich fand den Abschnitt ohne Schwierigkeiten und las ihn laut vor:

»*Aber Benjamin vertrieb die Jebusiter nicht, die in Jerusalem wohnten.*«

Und ich fragte:

»Aber wer waren die Jebusiter?«

»Sehen Sie nach in Hesekiel sechzehn, Vers drei und Vers fünfundvierzig.«

Wieder las ich:

»*Dein Vater war ein Amoriter, deine Mutter eine Hetiterin.*«

»Gehen Sie jetzt ins Vierte Buch Mose, Kapitel dreizehn, Vers neunundzwanzig.«

»*... die Hetiter und Jebusiter und Amoriter wohnen auf dem Gebirge.*«

Als ich den aufmerksamen Blick meines Gastgebers streifte, bekam ich plötzlich Lust, ihn zu beeindrucken.

»Ephron, der Abraham die Höhle von Machpela in Hebron verkauft hat, war auch ein Hetiter«, gab ich zu bedenken.

»In der Tat«, stimmte der Rabbiner zu.

»Dann«, fuhr ich mit etwas festerer Stimme fort, wie ein Kind, das seine Lektion soeben begriffen hat, »hießen alle Einwohner von Jebus-Jerusalem Jebusiter. Genau wie alle Bewohner von Paris, unabhängig von ihrer Herkunft, Pariser sind!«

Der Rabbiner lächelte.

»Jerusalem ist aus einer Quelle entstanden«, sagte er mit einem Funkeln in den Augen. »Es war König Hiskia, der 727 vor der christlichen Zeitrechnung einen Kanal von der Gihonquelle bis zum Siloah im Herzen der Stadt graben ließ. 533 Meter lang: für die damalige Zeit eine Glanzleistung! Zwei Arbeitstrupps haben, jede von einer Seite und mit dem Ziel, sich in der Mitte zu treffen, unter Tage gearbeitet. Wußten Sie das? Eine in den Felsen gemeißelte Inschrift auf hebräisch besagt es.«

Er erhob sich wieder, machte ein paar Schritte durch das Zimmer, schloß die Augen, um sich besser konzentrieren zu können, und zitierte aus dem Kopf den Text der Inschrift:

Dies ist die Geschichte des Durchstichs. Die Männer haben ihre Arbeit an den Enden begonnen. Als nur noch wenige Ellen sie trennten, hörten sie sich auf den beiden Seiten arbeiten. An dem Tag, an dem die Grabung vollbracht war, rissen die Arbeiter die Wand nieder, die sie trennte. Dann strömten die Wassermassen auf tausendzweihundert Ellen von der Quelle bis zum Becken.

Ich wollte gerade etwas erwidern, als die Frau des Rabbiners erschien, um mir zu sagen, daß mich jemand am Telefon verlange. Ich erhob mich mit einer Entschuldigung:

»Verzeihen Sie, wenn ich mir erlaubt habe, Ihre Nummer im Hotel zu hinterlegen für den Fall, daß jemand mich erreichen muß und nicht ...«

»... warten kann?«

Der Blick des Rabbiners blitzte auf. Sein Lächeln wurde breiter, und er fügte hinzu:

»Da führen Sie ja ein sehr aktives Leben zur Zeit. Nun los, ich bitte Sie!«

Ich erwartete Toms, Orits oder auch Calimanis Stimme zu hören. Aber es war eine unbekannte männliche Stimme, die auf meinen Gruß antwortete.

»Herr Halter?«

»Ja ... Mit wem spreche ich?«

»Arie Doron. Mein Name wird Ihnen nichts sagen, aber ich würde Sie gern sehr bald sehen. Im Bikur-Holim-Krankenhaus.«

»Rab Chaim!« sagte ich und spürte, wie mein Herz sich zusammenzog.

»Es tut mir leid, wenn ich es Ihnen so ohne Umschweife sagen muß: Er ist vor zwei Stunden gestorben ... Ich würde gern mit Ihnen reden, es ist sehr wichtig.«

»Aber wer sind Sie?« fragte ich nach.

»Sagen wir, jemand von der Polizei. Ich werde es Ihnen erklären. Wir erwarten Sie. Ich kann Ihnen einen Wagen schicken, aber es wäre unauffälliger, wenn Sie im Taxi kämen.«

21

Es war kurz nach elf Uhr, und der Sprühregen über Jerusalem ließ unmerklich nach, als ein weißer BMW mit Tel Aviver Kennzeichen auf den Parkplatz des King David fuhr. Der Fahrer war höchstens fünfundzwanzig Jahre alt, blond, er hatte einen Ring im rechten Ohr und trug ein Hawaiihemd über einer karierten Hose. Neben ihm saß ein älterer Mann in grauem Anzug mit einem offenen weißen Hemd, aus dem sein dünner Hals ragte. Er hielt eine lederne Schreibmappe auf seinen Knien.

Der Parkplatzwächter, dessen betreßte Schirmmütze zum Schutz in eine Plastikfolie eingeschlagen war, wies ihnen einen Platz zu. Aber der Parkplatz war halb leer, und so parkte der Fahrer des BMW genau gegenüber dem Ausgang. Der Wärter zog die Schultern hoch und ging zu seinem winzigen Häuschen zurück.

Die beiden Männer stiegen aus dem BMW. Der Mann im Anzug, dessen feines, knochiges Gesicht zum Teil von einer jugendlichen Haarmähne verdeckt wurde, die kaum ergraut war, hinkte und stützte sich auf einen Stock. Der Jüngere schien ihm zum Hotel folgen zu wollen, doch verwies ihn der Ältere durch eine schroffe Bewegung seines Stocks zum Eingang des Parkplatzes. Mit einem Ausdruck von Gleichgültigkeit ging der Bursche lässig auf die Schranke zu, die die meiste Zeit offenstand. Ein paar Schritte weiter blieb er stehen und zog ein Päckchen Winston aus seiner Brusttasche. Mechanisch steckte er sich eine Zigarette zwischen die Lippen und begann mit gelangweiltem Blick die King-David-Avenue zu betrachten.

Der Mann im grauen Anzug betrat das Hotel über den Eingang im Untergeschoß. Sein hinkender Gang oder vielleicht auch das saloppe Schwenken seines Stocks verlieh ihm eine aristokratische Eleganz. Als er auf der Höhe des Tresorraums ankam, stieß er beinahe mit einer sehr hübschen jungen Frau mit blonden kurzen Haaren zusammen, die ihren Mund mit einem fast schwarzen Lippenstift umrandet hatte. Mit einem einschmeichelnden Lächeln, das sein verlebtes Gesicht fältelte, entschuldigte er sich in perfektem Englisch. Die junge Frau schaute ihn eine Sekunde zu lange an, bevor sie ihm mit einem schlichten Kopfnicken antwortete.

In der Eingangshalle angekommen, setzte sich der Mann an die Bar und bestellte einen Fruchtcocktail, von dem er nur einen Schluck trank. Seinen Stock lehnte er gegen den Oberschenkel seines kranken Beins, bevor er eine Ausgabe der Zeitung *Ha'arez* vom Vortag zu sich heranzog, die auf einem in der Nähe stehenden Sessel lag, auf seine Uhr schaute und dann ein paar Seiten überflog.

Während einer guten Viertelstunde geschah nichts. Schließlich kam der Parkwächter mit einem Zettel von der Hotelwäscherei aus seinem Häuschen, auf dem von Hand zwei Zahlen geschrieben waren. Er ging zwischen den Autos umher, als suche er etwas. Nachdem er einmal an ihm vorbeigegangen war, schien er seine Meinung zu ändern und kehrte auf die Höhe des BMW zurück. Mit einer nachlässigen Bewegung klemmte er den Zettel, mit den Zahlen nach unten, unter den Scheibenwischer.

Der junge Mann im Hawaiihemd ließ den Wächter bis zu seiner Rückkehr zum Häuschen nicht aus den Augen. Im selben Augenblick aber kam ein Auto an, der Wächter kehrte um und geleitete es zu einem Platz. Da die Neuankömmlinge viel Gepäck hatten, war der Parkplatz für gute zehn Minuten belebt.

Der Russe zündete seine dritte Winston an, als der Mann mit dem Stock wieder aus dem Hotel kam und auf den BMW zuging. Mit einem Seufzer warf er die kaum begonnene Zigarette auf den Boden und trat sie mit der Schuhspitze aus, bevor er zu dem BMW zurückging.

Sie verließen den Parkplatz, fuhren aber nur wenige Meter, kreuzten die Straße und bogen in den Parkplatz des YMCA ein. Dort zog der Mann mit dem grauen Anzug ein Handy aus seiner Aktentasche, wählte eine Nummer und sprach kurz auf russisch. Dann stieg nur der Fahrer aus dem Auto und zog den Zettel unter dem Scheibenwischer hervor. Der Wolkenschleier über Jerusalem war nun so zart, daß die Sonne als eine große weiße Scheibe, die immer heißer wurde, hindurchschimmerte. Zusammen mit seiner Zigarettenschachtel zog der Mann eine Sonnenbrille aus seiner Hemdtasche. Der Fahrgast im BMW klopfte mit seinem Stock gegen die Scheibe und gab ihm ein Zeichen, wieder ins Auto zu steigen.

Zwanzig Minuten vor Mittag rollte eine rote 500er Kawasaki, auf der zwei Männer in Lederkleidung und mit Integralhelmen saßen, langsam auf den Parkplatz des King David. Mehrere Hotelgäste waren dabei, sich für die Abfahrt bereitzumachen. Das Motorrad drehte eine Runde und fuhr wieder weg. Eine Frau beobachtete es verwundert; sie drehte sich fragend zu dem Wächter um, aber der war beschäftigt.

Das Motorrad fuhr, ohne schneller zu werden, die Straße wieder hoch bis zum Hotel King Salomon, bog rechts ab in die Keren-ha-Yessod-Straße, bog noch einmal auf der Höhe des Amerikanischen Kulturzentrums rechts ab, um einer kleinen, kurvenreichen Straße zu folgen, die auf der Höhe des King David wieder auf die Avenue traf. Schließlich fuhr es wieder auf den Parkplatz des Hotels, und dann ging alles sehr schnell.

Mit einem Satz sprang der Beifahrer ab und verschwand im Eingang zum Untergeschoß. Er brauchte nur Sekunden, um den Tresorraum zu erreichen. Seine rechte Hand hielt einen 44er Ruger Redhawk umschlossen, den die Lichtreflexe auf dem blanken Stahl noch beeindruckender erscheinen ließen, während er in der linken Hand vergleichsweise locker ein kleines schwarzes Gehäuse hielt, kaum größer als ein elektrischer Schalter. Mit dem Fuß stieß er die Glastür zum Tresorraum auf, einem einfachen tapezierten Gang mit gepanzerten Türen. Hinter einem Schreibtisch blätterte ein junger Wachmann in einer astrophysikalischen Zeitschrift. Verdutzt blickte er zu der Erscheinung aus Leder und Metall hoch, die vor ihm auftauchte.

Der Motorradfahrer brüllte etwas unter seinem Helm, setzte den Lauf des Redhawk unter das Kinn des Wächters und stieß ihn zum Tresor Nummer sechzehn. Der Wächter schrie auf, aber der Druck der Waffe verwandelte seinen Schrei in ein angsterfülltes Gurgeln. Die Tür des Tresors befand sich auf der Höhe ihrer Bäuche. Zwei dunkelrote Lippenstiftabdrücke, die auf dem hellen Metall sehr gut zu sehen waren, wiesen auf den versteckten Ort der Scharniere hin, die gegenüber dem Zahlenschloß lagen. Der Motorradfahrer setzte den schwarzen Schalter zwischen den Markierungen an; er blieb dort mit dem Klicken eines Magneten haften. Sogleich fing eine grüne Leuchtdiode an zu blinken. Der Motorradfahrer griff den Wächter am Arm und schob ihn vor sich her. Er stieß ihn gegen die Glastür, wo er zusammenbrach, während von der anderen Seite ein älteres Paar die Szene beobachtete und sich mit entsetzt aufgerissenen Augen an den Händen hielt. Mit einem lauten Schuß aus dem Redhawk zersplitterte die Glastür, und der Motorradfahrer sprang über den Körper des Wächters nach draußen. Die Explosion war ohrenbetäubend gewesen, hinterließ aber wenig Rauch. In der Eingangshalle des Hotels verharrten die Gäste wie auch das Personal regungslos. Einige fingen an zu schreien. Der Wachmann in dunkler Uniform war in ein sehr spannendes Gespräch mit der schönen blonden Frau vertieft; mit einem Aufschrei des Entsetzens klammerte sie sich an seinen Arm, während er seinen 38er Mass zu zücken versuchte.

Die Druckwelle der Explosion war kaum vorüber, als der

Motorradfahrer wieder in den Tresorraum zurückkam. Die Tür von Nummer sechzehn war zerborsten, als hätte man sie mit einem Rammbock aufgestoßen. Der Mann streckte seinen Arm durch die Öffnung und zog ein blaßblaues Handtuch heraus, das um einen länglichen Gegenstand gewickelt war. Er schien leicht erstaunt. Als er zu erkennen versuchte, ob noch etwas anderes im Tresor lag, stieß sein Helm an die verbogene Tür. In der Empfangshalle schrien die Leute noch immer, während sie Deckung suchten und sich dabei gegenseitig anrempelten. Endlich hatte der Wachmann die blonde Frau abgeschüttelt und stürmte mit seiner Waffe in der Hand durch die Halle. Panisch vor Angst, flüchteten die Gäste vor ihm. Er schrie und befahl ihnen, sich hinzulegen, aber er mußte auf englisch und auf hebräisch schreien. Außerdem hörte ihn niemand in der Aufregung.

Mit dem blauen Handtuch unter dem Arm rannte der Motorradfahrer, so schnell er konnte, zur Empfangshalle. Der Redhawk bellte erneut zweimal, eine der Kugeln zersplitterte das Glas, unter dem eine Luftaufnahme des Hotels aufgehängt war, die andere schlug in den Teppich. Entsetzensschreie. Ein fast kahlköpfiger, kräftiger Mann stolperte über eine am Boden liegende Frau und riß den Wachmann mit sich. Als dieser seine Waffe wieder gebrauchen konnte, erreichte die behelmte Gestalt den Parkplatz, wo die Kawasaki dröhnend startete, mit den beiden Männern den Parkplatz verließ und über die Straße raste, auf den Parkplatz des YMCA zu. Gleichzeitig startete der BMW, eines der Seitenfenster war heruntergefahren. Auf seiner Höhe angekommen, verlangsamte die Kawasaki ihre Geschwindigkeit, und der Beifahrer warf das Handtuch samt Inhalt auf den Sitz.

Jenseits der Parkplatzausfahrt ordneten sich das Auto und das Motorrad auf der rechten Spur ein. Hundert Meter weiter, an der Kreuzung Kikar Zarfat, bog das Motorrad nach links in Richtung Gaza ab, während der BMW über die King-George-Avenue die Straße nach Tel Aviv erreichte. Im Inneren des Wagens hatte der Mann mit dem grauen Anzug das blaue Handtuch ausgerollt und betrachtete entzückt den Goldbarren, den Tom in Hirkania gefunden hatte. Er streichelte ihn mit einem kurzen Lachen, das fast einem Schluchzen glich. Der Fahrer drehte sich um, nahm die rechte Hand vom Lenkrad und schnipste mit den Fingern.

»Na bitte! *Nje slyschno, nje widno*! Nichts gesehen, nichts gehört!«

22

Unter Anleitung Orits, die neben ihm saß, umfuhr Tom die Altstadt und nahm die großen Avenuen, die quer durch die Stadt verliefen – durch Morasha, Mea Shearim und Nahlat Shimon –, um sich schließlich durch die ganz neuen Viertel zu schlängeln, bevor es auf die Autobahn ging. Noch war die Straße naß, aber es hatte aufgehört zu regnen. Der Verkehr nahm seinen chaotischen morgendlichen Rhythmus wieder auf.

Plötzlich beschleunigte Tom, überholte zwei mit Kindern beladene Pick-ups und nutzte eine Lücke, um weiter zu beschleunigen. Die sechs Zylinder des Toyota antworteten etwas ruckartig. Orit sah zu Tom hin.

»Was tust du?«

»Man verfolgt uns.«

Sie drehte sich auf ihrem Sitz um.

»Was für ein Auto?«

»Der Kombi, ein nachtblauer Chevrolet ... Er stand eben noch vor dem Hotel, und seit wir am Sankt-Josef-Krankenhaus vorbei sind, ist er näher herangekommen.«

»Der dritte Wagen?«

»Ja ... Siehst du, er überholt auch!«

»Bist du sicher?« fragte Orit und lehnte sich seelenruhig zurück. »Es ist schwierig, das bei diesem Verkehr zu erkennen.«

»Gleich sitzen wir in der Falle. Ist die Autobahnauffahrt nach Ramallah noch weit?«

»Nein, fünfhundert oder sechshundert Meter. Gleich nach dieser Siedlung.«

Tom behielt ein gleichmäßiges Tempo bei. Auf der Höhe der letzten Häuser der Siedlung angekommen, als keine Querstraße mehr zu sehen war, bremste er und parkte auf dem Seitenstreifen zwischen zwei Autos von Anwohnern. Im Rückspiegel sah er auch den Kombi plötzlich langsamer werden, als würde sein Fahrer zögern, und dann erneut beschleunigen. Der Chevrolet überholte sie; von den beiden Insassen würdigte keiner sie auch nur eines Blicks.

»Irrtum!« sagte Orit mit spöttischer Miene. »Weißt du, wir sind auf der Straße zum Flughafen. Es ist nicht der von Tel Aviv, aber es gibt trotzdem Leute, die von dort abfliegen!«

An diesem Morgen waren ihre Haare wieder zu einem Knoten geschlungen, dessen Nadeln unsichtbar blieben. Sie trug eine ähnliche Uniform wie am Tag zuvor in Hirkania, und auch ihr Amberparfüm war dasselbe. Allerdings duftete es wohl wegen der fehlenden Sonne weniger intensiv. Tom verzichtete auf einen Kommentar und fuhr wieder los.

Kaum zehn Meter vor der Schleife, die auf die Autobahn führte, war der Kombi wieder da. Er stand am Straßenrand. Die Heckklappe war geöffnet, und ein Mann in einem grünen Hemd war offenbar damit beschäftigt, im Kofferraum aufzuräumen. Aber der Kofferraum war leer. Sobald der Toyota an ihnen vorbeigefahren war, schlug der Mann die Heckklappe eilig zu, stieg neben dem Fahrer ein, und der Kombi fuhr los.

»Überzeugt?« fragte Tom mit Blick in den Rückspiegel.

»Ich entschuldige mich in aller Form«, sagte Orit, offenbar wenig beeindruckt. »Glaubst du, daß es die Russen sind?«

»Wer sonst?«

»Was sollen wir tun?«

»Erst einmal nichts. Wir fahren ganz normal weiter.«

»Wir werden sie nach Mizpa führen ...«

»Das werden wir dort sehen. Sie sind nur zu zweit ... Und wenigstens sind sie diesmal nicht vor uns da!«

»Du willst sie wirklich zur Zisterne führen?«

»Noch haben wir die nicht gefunden! Meine Idee war es immer, ihnen eine Falle zu stellen, ihnen den möglichen Ort für ein Versteck zu zeigen und sie dann zu überraschen.«

»Und danach? Fotos machen?«

Orits Lächeln war nun mehr als spöttisch, fast aggressiv.

Tom zog die Schultern hoch, ohne zu antworten.

Orit drehte sich um und sah, wie auch der Chevrolet hinter ihnen auf die Autobahn fuhr. Sie schwieg einen Augenblick lang mit finsterer Miene. Tom warf ihr einen überraschten Blick zu.

»Was ist los? Hast du Angst?«

»Nein. Aber ich glaube nicht, daß das eine gute Idee ist.«

»Ach?« fragte Tom sarkastisch. »Warum? Werde ich eine falsche Karte anstoßen und das ganze Kartenhaus ins Wanken bringen, die bösen Geister herauslocken, wie dein Freund Rosen sagen würde?«

Orit zog die Schultern hoch.

»Es war nie die Rede von bösen Geistern! Aber ...«

»Aber?«

»Du bist nicht in der Lage ... Ich meine, ganz allein gegen eine organisierte Bande, entschuldige, aber das ist idiotisch. Du wirst nichts ausrichten können. Wenn sie dich nicht schon umbringen, bevor du überhaupt einen Finger rührst.«

Sie wurde etwas lauter und begann sich aufzuregen.

»Ich verstehe nicht mal, wie du auf solch eine Idee überhaupt kommen konntest! Eben vor Marek und dem Professor wollte ich nichts sagen, aber die Sache hat nicht Hand noch Fuß. Ihr steuert geradewegs in eine Katastrophe!«

»Ihr? Gehörst du nicht mehr dazu?«

»Red keinen Unsinn. Du weißt, was ich damit sagen will!«

Tom zuckte mit den Schultern und rieb sich den Nasenrücken, dann schüttelte er den Kopf.

»Nein, ich weiß es nicht! Ich bin sogar sehr überrascht. Gestern schien das alles dir noch überhaupt nichts auszumachen, im Gegenteil!«

»Gestern ist gestern!«

Sie hatte ihren schroffen Befehlston wiedergefunden, aber jetzt wußte Tom, daß sich dahinter eine andere Persönlichkeit verbarg. Es gab eine andere Frau unter diesem militärischen

Aufzug und dem Hang, zu widersprechen und zu befehlen. Eine Frau mit Amberparfüm und mit Haaren, die ein schützendes Netz bilden konnten, wenn man in einen Brunnen fiel. »Ich bin dein guter Engel«, hatte sie gestern nacht gesagt, als sei auch sie ihm eine Länge voraus.

Dieser Satz verfolgte ihn bis spät in die Nacht wie die Erinnerung an sein Verlangen, als sie ihm ihre Finger auf die Lippen gelegt hatte. In Wahrheit hatte er sich selbst in seinen wildesten Phantasien niemals träumen lassen, eine Frau wie Orit kennenzulernen. Aber lernte er sie denn wirklich kennen? Andere Sätze, andere Ausdrücke und andere Empfindungen, die zu einer weniger erfreulichen Schlußfolgerung führten, hatten ihn wachsam sein lassen: der unangenehme Verdacht, von Anfang an getäuscht worden zu sein. Die so alte und so banale Geschichte vom weiblichen Charme ... Allerdings stellte er sich nicht eine Sekunde lang vor, daß Orit im Auftrag von Sokolow arbeiten könnte. Und nun? Es blieb ihm nur der Zweifel, wie Calimani so schön gesagt hatte.

Tom fragte sich, was wohl passieren würde, wenn er jetzt versuchte, Orits Hand zu streifen, wozu er, seit sie sich in Mareks Zimmer wiedergesehen hatten, zwanzigmal Lust gehabt hatte. Dennoch gelang es auch ihm, spöttisch und provozierend zu lächeln, wobei er mit dem Finger auf die Ledertasche zeigte, die wieder zu Orits Füßen lag.

»Aber nein, ich riskiere nichts! Du bist ja da mit deinem Revolver! Du wirst ihn doch nicht vergessen haben?«

Orit begnügte sich damit, genervt die Augen zusammenzukneifen. Während der fünf, sechs Kilometer, die noch vor der Abzweigung zum Flughafen lagen, drehte sie sich alle zehn Sekunden ängstlich um. Der Chevrolet folgte ihnen noch immer im selben Abstand. Plötzlich ein Aufschrei des Triumphes:

»Was habe ich gesagt? Sie fahren zum Flughafen!«

Tom schaute gerade noch rechtzeitig in den Rückspiegel, um den Kombi auf die rechte Spur gleiten und in der Zufahrt verschwinden zu sehen.

Siegessicher und mit einem Lächeln entspannte sich Orit.
»Enttäuscht, Mister Hopkins?«
»Hm!«
Wieder trat Stille ein.
»Hast du schon einmal eine Schießerei erlebt?« fragte sie plötzlich ernst.
»Ja.«
»Wo?«
»In Kolumbien. Während der letzten Wahlen.«
»Hattest du Angst?«
»Ja.«
Orit pflichtete ihm bei.
»Es ist besser, wenn man Angst hat.«
»Hast *du* so etwas schon einmal erlebt?«
»Im Libanon. Und eigentlich jederzeit in Jerusalem, wenn ich es recht bedenke.«
Tom ließ einen Moment verstreichen, dann fragte er mit zusammengezogenen Augenbrauen:
»Wozu diese Frage?«
»Leute, die keine Angst haben, sind gefährliche Idioten«, sagte Orit ernst.
»Du sprichst, als würdest du in Stoßtrupps kämpfen. Ich dachte, dein Gebiet sei die Informatik.«
»Ist sie auch. Aber du vergißt immer, wo wir sind. Es wird Zeit, daß du dich daran gewöhnst.«
Nachdenklich schaute Tom auf die Straße. Schließlich legte sich Orits Hand auf seinen Arm.
»Vorsicht, ich glaube, an der nächsten Ausfahrt müssen wir raus.«
Tom bremste. Zwei Autos mit Kennzeichen aus den besetzten Gebieten überholten sie, danach noch ein Reisebus. Eine große graue Kumuluswolke hatte den Himmel eingenommen, dicke Tropfen schlugen gegen die Windschutzscheibe. Als habe sie in seinen Gedanken gelesen, sagte Orit, während sie ihre Fingerspitzen bis zu Toms Handgelenk gleiten ließ:

»Das macht nichts. Zu dieser Jahreszeit regnet es nie lange.«

Er lächelte sie an und fragte sich, ob sie ihm tatsächlich den Arm gestreichelt hatte.

Zwanzig Minuten fuhren sie langsam auf einer holperigen Straße, die sich im Sand zu verlieren schien. Alles wirkte merkwürdig trübsinnig, mehr noch als am Ufer des Toten Meeres. Hundegebell antwortete auf das gereizte Gekläff einer Hyäne oder eines Schakals, ohne daß man die Tiere sehen konnte. Die Strecke wand sich zwischen Huckeln und Schlaglöchern, und plötzlich führte sie sie hinter einer engen Kurve zum Rand einer Häusergruppe, die von Kakteen umgeben war. An den Weiler grenzte im Norden ziemlich überraschend ein Hügel, der mit Olivenbäumen bestanden war. Zwei Beduinenfrauen blieben stehen, um sie mit einem Handzeichen zu grüßen. Sie trugen Gewänder mit spitz zulaufenden langen Ärmeln, die wie Flügel an ihnen herunterhingen.

»Sind wir da?« fragte Tom.

»Ich glaube nicht«, antwortete Orit mit Blick auf die Karte. »Tell Nasbe muß noch ein Stückchen weiter sein. Halt trotzdem an.«

Sie stieg aus und ging auf die Frauen zu. Sie sprachen arabisch, mit vielen Gesten, und berührten sich statt eines Abschiedsgrußes leicht mit den Fingern.

»Sie meinen«, erklärte Orit, während sie die Tür wieder zuzog, »fünfhundert Meter weiter auf der rechten Seite gebe es Ruinen. Sie sagen, man finde dort auch eine antike Zisterne, die aber ›tot‹ sein soll, was bedeutet, daß niemand sie mehr benutzt.«

Ganz vereinzelt fielen noch ein paar Regentropfen. Tom fuhr sehr vorsichtig ein paar Minuten dicht an einem Hügel entlang, bevor er plötzlich anhielt und den Motor abstellte. Orit beobachtete ihn, ohne ein Wort zu sagen. Er griff nach dem Fernglas auf dem Armaturenbrett und stieg aus.

Orit ließ ihn nicht aus den Augen. Aufmerksam suchte er

die unübersichtliche Landschaft ab. Nach einer Drehung über den gesamten Horizont setzte er das Fernglas ab, während er unwillkürlich den Kopf schüttelte und sich den Nacken rieb.

»Nichts«, sagte er, als er wieder zum Wagen zurückkam. »Überhaupt nichts.«

»Der Regen läßt nach«, bemerkte Orit lediglich mit einem Blick gen Himmel.

»Ich verstehe das nicht«, sagte Tom wieder kopfschüttelnd.

»Was denn?«

»Warum sind sie uns nicht auf den Fersen? Das macht keinen Sinn.«

»Fahren wir weiter?« fragte Orit genervt. »Es sei denn, du möchtest ihnen eine kleine Mitteilung zukommen lassen: ›Journalist sucht heiße Reportage, Mafia bitte melden!‹«

»Sehr komisch.«

Ein paar Minuten später fuhr der Wagen mit noch immer verlangsamter Geschwindigkeit in ein karges Becken, das verlassen aussah. In seiner Mitte erhoben sich massige Ruinen. Sehr weit im Osten kam in schmalen Streifen wieder blauer Himmel zum Vorschein. Die Sonne entsandte einen Strahl in ihre Richtung. Mit dem Geruch von feuchter Erde und Staub kehrte auch die leichte Wärme der Luft zurück. Massive, unbehauene Steinblöcke, rötlich wie der Boden rundherum, schienen im Schatten einer Befestigungsmauer aus der Erde aufzutauchen. Durchbrochen von Löchern und Rissen und von der Zeit gezeichnet wie ein hundertjähriges Antlitz, erschien die Mauer mit dem viereckigen Turm an ihrer Seite in dieser einsamen Landschaft um so wuchtiger.

»Das sieht ganz und gar nicht nach der Beschreibung des Mönches aus«, murmelte Tom.

Doch nachdem sie einige, kürzlich in den Stein gehauene Stufen hinaufgestiegen waren, standen sie plötzlich vor einer beeindruckenden Zisterne. Wind und Regen hatten sie zum Teil freigelegt, indem sie den Boden rundherum ausgehöhlt hatten. Behauene Gesteinsbrocken von zyklopenhaften Ausmaßen, wie sie für die Bauwerke der Antike typisch waren, lagen über die festgetretene Erde und zwischen den Sträuchern verstreut.

»Das ist sie«, sagte Orit, »die Zisterne.«

Toms Gesichtsausdruck blieb zweifelnd, aber trotzdem sprang er auf den Rand des bearbeiteten Steins und reichte Orit die Hand.

Die Zisterne war von einem flachen Felsstein bedeckt, in dem man die Löcher für die gewaltigen Bronzegriffe, von denen Achar von Esch gesprochen hatte, noch ebenso erkennen konnte wie die Kerbe in ihrer Mitte, durch die einst der Stab geführt wurde, der die Zisterne verschloß.

»Das ist sie«, wiederholte Orit.

»Das könnte sie sein«, knurrte Tom.

Er wandte sich nach Süden, in Richtung der Hügelkette, und setzte sich auf den Brunnenrand. Orit beobachtete ihn einen Augenblick, fuhr sich mit der Hand durchs Haar und ging dann zu ihm. Zum ersten Mal an diesem Tag nahm Tom ihr seidenweiches Amberparfüm mit derselben Intensität wahr wie am Tag zuvor. Er lächelte, ohne die Augen von dem kümmerlichen Wäldchen hinter den Ruinen zu wenden, wo die ersten Schatten sichtbar wurden.

»Erklärst du es mir?« fragte Orit sanft.

»Vielleicht ist es die Zisterne«, sagte er und verschränkte die Arme. »Man kann sie sich jetzt vorstellen. Aber das bringt uns kaum weiter. Dem Mönch zufolge suchen wir eine Höhle, die zu Füßen der Zisterne abgeht. Siehst du das Gelände vor uns? Die ›Südseite des Hügels‹, von der er spricht, gibt es nicht mehr. Oder wir sind nicht am richtigen Ort.«

»In tausend Jahren hat sich das Gelände zwangsläufig verändert, vor allem in dieser Region. Die Erosion hat den oberen Teil der Zisterne freigelegt, und die Erde hat den Hügel eingeebnet, von dem der Mönch spricht; da, wo die Eingänge zu den Höhlen waren ...«

»Möglich«, gab Tom zu. »Sogar wahrscheinlich. Das würde also heißen, daß der Eingang zur Höhle nun irgendwo unter der Erde liegt. Daraus folgt: Aus mit dem Schatz!«

»Aber die Zisterne ist noch da!« protestierte Orit.

»Na und?« gab Tom etwas gereizt zurück. »Sie wurde hundert-, vielleicht tausendmal schon untersucht. Calimani hat uns gesagt, daß Archäologen hier waren. Das bedeutet, daß sie jeden Stein unter die Lupe genommen haben, im Innern der Zisterne wie außerhalb. Wenn es etwas zu entdecken gegeben hätte, ein Versteck, einen Gang, hätten sie es schon längst gefunden!«

Orit schwieg.

»Entweder – oder«, meinte Tom. »Entweder enthält die Zisterne den Schatz nicht, weil sie ihn nie enthalten hat und er beispielsweise in der Höhle ist. Oder sie hat ihn enthalten, vielleicht in einem Gang, der sie mit den Höhlen verbunden hat, und in diesem Fall ist er seit langer Zeit verschwunden.«

Orit schwieg, aber sie nickte.

»Im Grunde geht mir dieser Gedanke seit Paris nicht mehr aus dem Kopf. Es ist mehr als wahrscheinlich, daß die Geschichte, die der Mönch erlebt hat – die brennende Höhle, die lebendig verbrannten Pilger –, nicht unbemerkt geblieben ist. Man kann sich sogar vorstellen, daß sie die Kreuzritter und die in der Gegend wohnenden Menschen genauso neugierig gemacht hat, wie sie sie erschreckt haben wird. Irgend jemand hat sicher den Goldbarren gefunden, den der Mönch dort zurückgelassen hat. Er wird nicht durch Zauberhand verschwunden sein!«

»Die Leute in jener Zeit hatten Angst vor Dingen, die sie nicht verstanden. Der Ort dürfte als unheilbringend angesehen worden sein«, gab Orit zu bedenken.

»Ja, wahrscheinlich. Aber schließlich ist Zeit vergangen, und eines Tages war das Verlangen nach dem Gold größer als die Furcht oder der Aberglaube.«

Wieder schwiegen beide. Tom wedelte mit den Händen, um die Fliegen zu verscheuchen, die sie immer mehr belästigten.

»Vielleicht hast du recht«, gab Orit zu.

»Jedenfalls haben wir nicht das nötige Material, um diese Steinplatte hochzuheben«, seufzte Tom, wobei er auf den schweren Stein deutete. »Aber ich bin sicher, es brächte auch nichts.«

»Trotzdem könnten wir nachsehen, ob hier nicht irgend etwas aussieht wie der Eingang zu einer Höhle«, schlug Orit vor. »Wenn wir schon einmal da sind.«

Über eine Stunde gingen sie systematisch die rötlichen und von Steinen übersäten Lehmhänge ab, wobei sie am Fuße größerer Felsen mit ihren Schaufeln zu graben anfingen in der vagen Hoffnung, irgendeine geheimnisvolle Spur zu entdecken. Tom zwang sich dazu, doch suchte er ohne große Überzeugung.

Außerdem bemühte er sich, von der Zisterne aus jene Sicht zu finden, die Achar von Esch beschrieben hatte. Aber wie er auf den ersten Blick vermutet hatte, gab es keinen Berg mehr, der bis zu den Ruinen reichte, nur eine Abfolge kleiner Hügel, die kaum höher waren als ein Mensch. Auf dem Rücken von Menschen herangetragen oder durch eine Laune der Natur entstanden, war die Erde zu einem so sanften Hang aufgeworfen worden, daß man Olivenbäume und Wein darauf anbauen konnte. Von den Olivenbäumen waren nur noch graue, glatte Stümpfe geblieben. Aber aus den Weinstöcken, obwohl sie wegen ihres Alters und der mangelnden Pflege vollkommen verkrüppelt waren, sprossen hier und da noch immer einige kümmerliche Reben.

Die Wolken waren zu Haufen zwiebelförmiger Watte aufgerissen. Die Hitze kam zurück und mit ihr das Gezirpe der Insekten. Zwei- oder dreimal hatte Tom geglaubt, ein Auto zu hören. Aber es war nur ein weit entferntes, unbestimmtes Brummen.

Die Zisterne lag schon nahezu fünfhundert Meter hinter

ihnen, als Orit durch die stachlige Vegetation hindurch die Überreste einer Mauer erkannte. Es waren braune, vom Schimmel fleckige Steine, aber sie waren sorgfältig aufeinandergeschichtet.

»Tom! Schau mal hier!«

Mit ihren Schaufeln bahnten sie sich einen Weg. Zwischen dem Flechtwerk der Sträucher bildeten die behauenen Steine von über einem Meter Breite eine regelmäßige Reihe. Merkwürdige Insekten, die an den Pflanzen klebten, leuchteten in der Sonne wie Glühwürmchen. Tom streckte die Hand aus und zog sie sogleich wieder zurück. Orit lachte hell auf. Große schwarze Ameisen, dick wie Schaben, suchten mit ausgestreckten Fühlern ihren Weg durch diese Wildnis.

»Schau«, sagte Orit, »dort verschwinden sie.«

Sie zeigte auf einen großen Stein, der ganz eindeutig behauen war; es sah so aus, als wäre er genau am Fuße der Mauer plaziert. In einer Spalte des Steins verschwanden die Ameisen, um in einem nicht abbrechenden Strom wieder aus ihr hervorzukriechen.

»Sieht aus, als gebe es darunter einen Hohlraum«, fügte Orit mit einem Anflug von Hoffnung in der Stimme hinzu.

Tom hob die Augen zu den Ruinen, als hätte er etwas gehört, verzog die Mundwinkel und betrachtete den Stein.

»Wir könnten versuchen, ihn mit unseren Schaufeln umzukippen«, sagte er. »Aber zuerst müssen wir uns etwas Platz verschaffen.«

Mit ausholenden Bewegungen schlug er eine Schneise in das Gebüsch. Dann schoben sie die Schaufeln zwischen die Mauer und den Stein.

»Bereit?«

Ein Stoß, der zudem nicht sehr stark war, reichte aus, um den Stein in ihre Richtung zu kippen. Er riß einen guten Teil der Mauer mit sich. Um zu vermeiden, daß die Steine ihr die Füße zerquetschten, machte Orit einen Satz und fiel mit einem Aufschrei in die stachligen Äste.

Tom ließ seine Schaufel los und stürzte zu ihr.

»Es ist nichts«, sagte Orit lachend und mit schmerzverzerrtem Gesicht, »nur dieses pieksende Mistzeug!«

Tom half ihr. Ein großer Fetzen ihrer Bluse blieb in dem Geäst hängen.

Unter dem Stein befand sich nur ein schmaler Hohlraum, aus dem eine Armada aufgeschreckter Asseln in alle Richtungen flüchtete.

»So viel Mühe für nichts«, meinte Orit gereizt.

»Dein Rücken ist voller Blut«, bemerkte Tom.

»Kratzer ...«

»Warte.«

Er riß den Streifen Stoff los, der in den Dornen hängengeblieben war, um Orits blutigen Rücken abzutupfen. Mehrere kleine Kratzer verliefen über ihre zarte bronzefarbene Haut. Ein etwas längerer Dorn hatte den Spitzenstoff ihres Büstenhalters zerrissen.

»Vorsicht«, sagte er.

»Hey!«

Mit der einen Hand hob Tom den vom Gummi gestrafften Stoff hoch, während er mit der anderen den Dorn herauszog. An seinem Ende war er mit einem winzigen Widerhaken versehen, der wie eine Klinge durch die Haut ging. Orit schrie auf und sackte in die Knie. Er umfaßte sie, um sie zu halten, und spürte ihr weiches Lachen.

»Entschuldige ...«

»Merkwürdige Art ...«, murmelte sie, und sah ihn an.

Plötzlich hielt sie inne. Dieses Mal war deutlich vernehmbar das Motorengeräusch eines Autos auf dem Weg zu den Ruinen zu hören.

Tom trat aus dem Gesträuch und erblickte den Chevrolet Kombi, der gerade die Ruinen erreichte.

»Da sind sie! Mir war schon seit einer Weile so, als würde ich sie hören.«

Orit vergaß ihre Schrammen und suchte mit den Augen den

oberen Teil des Hügels ab. Als Tom sie beobachtete, war er überrascht, in ihren Augen eher Wut als Furcht oder Erstaunen zu erkennen.

»Was will du tun?« fragte sie mit eisiger Stimme.

»Hingehen und ihnen guten Tag sagen«, antwortete Tom ruhig. »Hast du eine bessere Idee?«

Sie schaute ihm erst in die Augen und betrachtete dann seine Hand, die noch immer das blutbefleckte Stück Stoff hielt. Ein bizarres Lächeln zeichnete sich auf ihrem Gesicht ab, fatalistisch und zärtlich zugleich, wie er es noch nie an ihr gesehen hatte.

»Ich habe eine bessere Idee, ja. Aber ich bin mir nicht sicher, ob es wirklich der richtige Moment dafür ist ...«

»Du kannst hierbleiben«, sagte Tom.

»Nein. Das hilft auch nichts.«

Eine schwere Tür wurde zugeschlagen, dann erschien der Mann in dem grünen Hemd bei der Zisterne. Er suchte die kleinen Hügel ringsherum ab, erblickte die beiden, blieb stehen, holte ein Päckchen Zigaretten aus seiner Tasche, steckte sich eine zwischen die Lippen, ohne sie anzuzünden, und wartete bewegungslos, an die Zisterne gelehnt.

»Gehen wir«, sagte Tom.

Sie kamen bei dem Mann an, als er endlich seine Zigarette anzündete. Die Ähnlichkeit war Tom schon von weitem aufgefallen, aber je näher er kam, um so verblüffter war er. Der Schnurrbart, die harte Stirn und die schmale Adlernase, das kantige Gesicht und die hohen Backenknochen: Alles stimmte. Der Mann sah aus wie der Zwillingsbruder von Stalin! Tom dachte bereits an den Scherz, mit dem er den Russen ansprechen würde, als Orit ihm vorauseilte. Ihr Hemd klebte ihr, schwarz von den geronnenen Blutstreifen, am Rücken. Tom dachte, sie müßte Schmerzen haben, aber sie schien sich nicht darum zu kümmern. In ihrem Gang lag etwas Herrisches, das ihn instinktiv auf der Hut sein ließ.

»Ari hatte mir versprochen, daß Sie nicht in Erscheinung treten würden!« schleuderte sie ihm auf hebräisch entgegen und baute sich wütend vor ihm auf.

»Die Befehle haben sich geändert«, sagte Stalin und pustete friedlich seinen Rauch aus.

Tom war stehengeblieben.

»Warum?« fragte Orit.

»Ihr Onkel wird es Ihnen sagen«, gab der Mann zurück, ohne den Tonfall zu ändern.

»Hey«, sagte Tom. »Kann ich eine Übersetzung bekommen?«

Orit drehte sich um, ihre Augen waren um eine Nuance sanfter geworden. Sie zog unmerklich die Schultern hoch, ihr Gesicht zuckte vor Schmerz. Sie verschränkte die Arme vor der Brust und kam zu Tom zurück, der sie ausdruckslos ansah.

»Du wirst böse sein auf mich, Tom. Aber was auch immer geschehen wird, ich schwöre, daß ich nichts getan habe, um dir zu schaden.«

»Sie sind nicht Russe?« fragte Tom den Mann in Grün.

»Israelische Spezialeinheit, Mister Hopkins«, erwiderte der Mann, wobei er die Zigarette aus dem Mund nahm.

»Mossad?«

»Wenn Sie so wollen.«

Bleich vor Wut drehte Tom sich zu Orit um.

»Du auch?«

Sie deutete einen Schmollmund an. Tom hatte den Eindruck, als führten diese Lippen ein Eigenleben und könnten sich jeden Moment auf seinen Mund legen.

»Nicht wirklich«, sagte sie.

»Nicht wirklich?«

Ungläubig schüttelte er den Kopf.

»Das kann nicht wahr sein! Ich träume!«

Durch das geöffnete Fenster des Chevrolet wurde das Geräusch eines Funkgeräts vernehmbar. Der Fahrer rief etwas. Orit drehte sich um, und Stalin richtete sich auf.

»Tom …«, flehte Orit und streckte ihm eine Hand hin.

»Aber nein«, lachte Tom spöttisch auf, »ich träume durchaus nicht! Hätte ich akzeptiert, den Dingen ins Gesicht zu sehen, hätte ich schon gestern abend verstanden! Bravo!«

»Das ist nicht wahr, Tom!«

»Also gut!« unterbrach sie der Mann mit dem grünen Hemd und warf seine Kippe in den Sand. »Sie werden auf dem Rückweg nach Jerusalem jede Menge Zeit haben, sich zu erklären. Der Chef erwartet uns im King David. Sie fahren vor. Aber bitte verfahren Sie sich nicht unterwegs.«

23

Tot wirkte Rab Chaim noch schmächtiger als zu Lebzeiten. Sein winziger Körper zeichnete sich kaum unter dem Laken ab, das ihn bedeckte. Doch mehr als alles andere war sein fehlender Blick für mich das Zeichen seines Entschwindens hin zu einer anderen Zeit des Lebens, die in der sichtbaren Welt nur durch die Kraft unserer Erinnerung Gewicht und Wirklichkeit erhält.

Bei meiner Ankunft im Krankenhaus hatten mich drei junge Leute empfangen und, nachdem sie meine Personalien überprüft hatten, zum Leichenschauhaus begleitet. Dort erwartete mich der Anrufer. Er hatte sehr kurze Beine und schien daher vor allem aus seinem Bauch zu bestehen, einem enormen, vorstehenden Wanst, der von dem weitgeöffneten Hemd über einer unbehaarten Brust nur schlecht gehalten wurde. Seinem Stiernacken, seinen schmalen Lippen und seinen Augen von einem so hellen Braun, daß man meinte, sie seien aus Glas, schenkte man da nur noch wenig Aufmerksamkeit. Eine Narbe verlief zickzackförmig von seiner Schläfe bis zu seiner fetten Wange. Der Körper, das Gesicht und das Wundmal, alles an ihm erinnerte an Halsstarrigkeit: einer dieser Männer, die glauben, nichts hätte die Größe, sie aufzuhalten.

Seine Stimme klang rauh wie die von Rauchern oder Leuten, die es gewohnt sind, viel und laut zu sprechen. Er hatte sich mit Namen vorgestellt – Ari Doron –, ohne eine weitere Bemerkung, und mir die Hand entgegengestreckt, als könnte angesichts des Körpers von Rab Chaim alles andere warten. Und ich war sehr einverstanden.

Mit einer fast zärtlichen Bewegung, die vom Rest seiner

Persönlichkeit wie abgespalten erschien, hatte er das Gesicht des Buchhändlers aufgedeckt; mit derselben Bewegung deckte er es nun wieder zu.

Meine Gefühle dürften erkennbar gewesen sein. Doron ergriff meinen Ellenbogen.

»Kommen Sie«, sagte er, »wir sprechen im Auto.«

Einen Augenblick später saßen wir auf der Rückbank eines zehn Jahre alten Mercedes, der von einem weiteren gefolgt und einem dritten angeführt wurde und dabei mit voller Geschwindigkeit durch Jerusalem fuhr. Doron las das Erstaunen in meinen Augen und verkündete mir mit einem halben Lächeln:

»Wir fahren nach Qiryat Hamemshala, zum Hauptquartier der Staatspolizei. Ich bin der Chef der Einheit, die mit dem Schutz des archäologischen Kulturerbes beauftragt ist.«

Ich nahm es zur Kenntnis, konnte aber nicht umhin zu fragen:

»Und Sie haben sich für einen alten Buchhändler in Bewegung gesetzt?«

Dorons Wanst zuckte, noch bevor ich sein bitteres, kurzes Lachen hörte.

»Ja … Und natürlich auch für etwas anderes. Vielleicht auch, weil ich es über die Maßen verabscheue, wenn man einen alten Mann angreift, wer immer es sei. Rab Chaim hat alles, was dieses Jahrhundert uns an Schlimmem zu bieten hatte, durchgemacht. Am Ende blieb nur noch die Zeit, die ihn besiegen konnte. Und dann zerstören ausgerechnet solche brutalen Kerle seine letzten Tage, das ist unverzeihlich.«

»Sie wissen, daß ich bei dem Überfall zugegen war?«

»Ja. Sie wurden selbst angegriffen, ich weiß.«

Er zog die Augenbrauen hoch und sah mich direkt an, wobei sich seine Narbe merkwürdig in Falten legte.

»Ich habe die Berichte der Polizei gelesen. Aber wenn es Ihnen recht ist, sprechen wir über all das gleich in meinem Büro … Es heißt, Sie sind Schriftsteller.«

Das war nur der erste Pas de deux eines recht sonderbaren Verhörs, das sich den Anschein einer völlig normalen Unterhaltung zwischen Leuten gab, die sich in angenehmer, kultivierter Gesellschaft befinden. Aber ich wurde mir dessen erst später bewußt. Die »Methode Doron« war bereits am Werk.

»Sie wollen mir doch nicht erzählen, daß Sie meine Bücher gelesen haben?« sagte ich leicht aus der Defensive heraus.

Dieses Mal klang Dorons Lachen heller.

»Nein! Aber es könnte sein, daß es nicht mehr lange dauern wird. Im Augenblick schreiben Sie über Jerusalem?«

»Nein. Im Augenblick schreibe ich gar nicht. Ich frage mich lediglich, ob ich es werde tun können und wie. Das ist die kritische Phase, nicht die angenehmste.«

Doron nickte zustimmend, als interessierte ihn das alles tatsächlich. Unser kleiner Zug schlängelte sich Richtung Norden, wobei er weiterhin mit voller Geschwindigkeit durch die Straßen glitt und sich mitunter auf zwei Spuren seinen Weg bahnte.

»Warum Jerusalem?« fragte Doron, wobei er mich musterte, als beinhalte sein Blick einen Lügendetektor.

Ich entschied mich zu antworten, indem ich mich wie beim Billard der Banden bediente.

»Weil ich gerne Geschichten schreibe. Im Buch der Schöpfung steht: *Es sind zweiundzwanzig Buchstaben, Er haute sie in Stein und formte sie, Er maß sie und brachte sie in unterschiedlichen Reihenfolgen zusammen. Durch sie schuf Er die Seele allen Lebens und die Seele aller Rede. Es sind zweiundzwanzig grundlegende Buchstaben auf einem Rad mit zweihunderteinunddreißig Speichen. Und das Rad dreht sich vor und zurück … Wie maß er sie, und wie brachte er sie in Bewegung?* Spiele, Buchstabenkombinationen, Wünsche, Gefühle … Der Talmud sagt, daß dem Menschen die Worte gegeben seien, damit er Geschichten zur Ehre Gottes erzähle. Also erzähle ich Geschichten.«

Wir überquerten die Kreuzung vor dem Hotel Mount Skopus, bevor Doron etwas erwiderte, so als hätte er ernsthaft über das nachgedacht, was ich soeben gesagt hatte. Letzten Endes erwies sich mein Bandenspiel als unnütz.

»Aber warum Jerusalem?« wiederholte er.

Worauf genau sollte ich eigentlich antworten, da er sich so liebevoll um meine Sorgen als Autor kümmerte?

»Es gibt tausend Gründe, über Jerusalem zu schreiben. Entschuldigen Sie, aber wie soll ich Sie anreden: Inspektor, Kommissar …?«

Erneutes Lächeln.

»Ich bin weder das eine noch das andere. Nennen Sie mich einfach Doron.«

»Wenn Sie wollen. Also, nehmen Sie zum Beispiel Freud. Er behauptet, wäre Jerusalem nicht zerstört worden, wären wir restlichen Juden untergegangen, wie so viele andere Völker in der Geschichte auch. Ihm zufolge konnte das unsichtbare Gebäude des Judaismus erst nach der Zerstörung des Tempels errichtet werden. Von da an sind es die Bücher und das Studium der Bücher, die dieses zerstreute Volk daran gehindert haben, sich aufzulösen.«

»Interessante Hypothese«, verkündete Doron geduldig.

»Was mich anbelangt, so würde ich gern herausfinden, wie Jerusalem vor seiner Zerstörung war und warum es zerstört wurde.«

Ari Doron lächelte. Dieses Lächeln nun war anders, eine neue, aber nicht überraschende Facette des dicken Mannes. Ein Lächeln, das ganz von einer fast väterlichen Überlegenheit geprägt war, ein leicht arroganter Anflug gönnerhafter Amüsiertheit, der mich auch sogleich verärgerte, obwohl ich selbst wußte, daß ich Doron eine Angriffsfläche bot, indem ich meine Geschichte so abwegig anging. Doron hob seine mächtige Hand und zeigte auf die Ansammlung von Neubauten, die über die Viertel im Norden verstreut waren.

»Aber die Geschichte Jerusalems ist schon geschrieben! Schauen Sie sich doch nur um!«

»Das hat man mir bereits gesagt.«

»Und damit hat man Ihnen die Wahrheit gesagt.«

»Ich glaube nicht, daß sie geschrieben ist, eher vielleicht in sich erstarrt«, beharrte ich. »Was geschrieben ist, drückt erstaunlicherweise immer das Bedürfnis aus, erneut geschrieben zu werden und sich unendlich fortzuschreiben. Hier in Jerusalem ist dieses Bedürfnis größer als an jedem anderen Ort. Andernfalls würde die Geschichte erstarren und zu einer Bedrohung werden. Wir kennen die Abfolge der Tatsachen, aber wir wissen nicht, warum sie in Jerusalem stattgefunden haben. Die Umtriebe seiner Könige, das Verhalten seines Volkes werden uns erzählt wie die Wiederholung einer einzigen Lektion, die der Allmächtige uns, und durch uns der ganzen Menschheit, erteilen wollte. Wenn das der Fall ist, dann wird diese Lektion immer wieder neu geschrieben, einfach weil sie für uns unaufhörlich neue Formen annimmt, in dem Maße, wie unser Leben in die Zeit eingeht. Schrift ist unlösbar mit Zeit verbunden. Eine Geschichte erzählen heißt die Zeit benennen und sie enthüllen.«

Ich begeisterte mich für dieses Thema etwas mehr, als angemessen gewesen wäre. Aber Ari Doron lächelte noch immer, und sein Lächeln hatte durchaus nichts Entmutigendes, im Gegenteil, es verleitete mich, weiterzuerzählen.

»Doron, Sie haben sicherlich schon einmal, wie jeder andere auch, die Wellen eines Ozeans betrachtet, die gegen das Festland schlagen. Sie faszinieren uns, weil sie einem gleichmäßigen, uralten Rhythmus folgen. Aber sind sie deswegen alle gleich? Nein, in Wirklichkeit unterscheidet sich jede Welle von der anderen durch ihr Ausmaß, den zurückgelegten Weg, die Kraft, mit der sie die Küste abträgt. Der offenkundigste Widerspruch der Geschichte ist sicherlich, daß ihr Gegenstand immer einmalig ist, einzigartig, daß jedes Ereignis nur einmal geschieht – obwohl ihr Ziel darin besteht, wie das der Bibel auch, zu verallgemeinern! Aber wir greifen nach Einzelheiten, um das Sichtbare festzuhalten. So haben auch die Dramen und

Katastrophen, die jahrhundertelang über das jüdische Volk hereingebrochen sind, der Tradition zufolge alle am selben Tag stattgefunden: am neunten Tag im Monat Av des hebräischen Kalenders! Von der Verwüstung Jerusalems durch die Babylonier, oder später durch die Römer, bis hin zur Vertreibung der Juden aus Spanien im Jahr 1492 – es vollzog sich immer am selben Tag, wie das Äquinoktium!«

Ich unterbrach mich, denn wir waren in Qiryat Hamemshala vor dem Polizeikomplex angekommen. Langsam fuhren wir unter den Fallgittern aus Metall und zwischen den Stacheldrahtrollen hindurch. Der Kontrollpunkt wurde bewacht von bewaffneten Männern in kugelsicheren Westen; zwei Maschinengewehre waren auf ankommende Fahrzeuge gerichtet. Nein, die Wirklichkeit hatte hier wahrlich nichts Romantisches. Alle Gewalt, der Jerusalem, das »friedliche«, unterworfen war, war in diesen Bildern schlagartig präsent.

Vor tausend Jahren hätten dieselben Männer Rüstungen, Hellebarden und Säbel getragen, und noch zweitausend Jahre früher wieder andere Rüstungen und andere Säbel. Scheinbar eine Wiederholung, und doch etwas unaufhörlich Neues in der Wirklichkeit, die eine Gegenwart über die andere schichtete.

»Ich weiß nicht, ob das in Ihren Augen ein gutes oder ein schlechtes Motiv ist«, sagte ich zu Doron, nachdem er den Gruß der Wachen erwidert hatte. »Aber ich würde gern über Jerusalem schreiben, damit die Geschichte nicht im Eis der Erinnerungen und Blicke erstarrt.«

Doron nickte bedächtig; wahrscheinlich hatte er etwas anderes erwartet. War ich von unserem Zusammentreffen überrascht, so war er es nicht minder.

Ein paar Minuten später durchschritten wir Korridore, in denen die fast banale Geschäftigkeit eines Ameisenhaufens herrschte, allerdings auch eine Art elektrische Spannung, die hier wahrscheinlich an der Tagesordnung war. Einer von Dorons Leuten rief den Fahrstuhl, wir betraten ihn, und die Männer stellten sich, genau wie ich, automatisch auf die gegenüberliegende Seite der Kabine, als wollten wir um jeden Preis die Berührung mit seinem dicken Wanst vermeiden.

»Das hat was«, bemerkte Doron plötzlich. »So habe ich die Dinge zwar noch nicht gesehen, aber es hat was.«

Wir ließen uns in einem großen Büro nieder, dessen schmale, hohe Fenster eine überraschende Sicht auf die Hebräische Universität boten. Überraschend waren auch die Papyri und Pergamente, die unter Glas an einer Wand hingen, sowie eine Bibliothek, die die übrigen Wände einnahm und die vollgestellt war mit Geschichtsbüchern und archäologischen Verzeichnissen. Das Zimmer war groß genug, um nicht nur einem Arbeitstisch mit zwei Computern, sondern auch noch haufenweise Büchern und Dossiers Platz zu bieten, die sich auf zwei langen Tischen und sogar auf dem Fußboden stapelten. Ich brauchte ein paar Sekunden, um zu begreifen. Und merkwürdigerweise war es eher der Geruch als der Anblick, der mich aufklärte, ein Geruch, der unter Tausenden zu erkennen gewesen wäre: der des Ladens von Rab Chaim!

»Genau«, bestätigte Doron. »Wir haben vorsichtshalber seinen Laden leergeräumt. Was Sie hier sehen, ist nur eine Auswahl, das, was uns auf den ersten Blick am wichtigsten erschien – also, nach unseren Kriterien. Ich kann Sie übrigens beruhigen, wir suchen schon nach Angehörigen, aber es sieht so aus, als gäbe es keine mehr oder als sei ganz Jerusalem, das vergangene wie das gegenwärtige, zu seiner einzigen Familie geworden.«

Er unterbrach sich, um einen seiner Männer zu rufen.

»Wollen Sie einen Kaffee?«

Ich verneinte.

»Ich brauche den ganzen Tag über Kaffee!« meinte er etwas mißmutig, als machte er es sich ernsthaft zum Vorwurf. »Wegen meines Bauchs glauben alle, ich würde viel essen, das stimmt zum Teil, aber es ist vor allem der Kaffee, der mich dick macht!«

Er wies mir einen Sessel gegenüber seinem Schreibtisch zu

und ließ sich mit der dicken, nervösen Männern eigenen Geschmeidigkeit auf seinen Stuhl fallen.

»Wie Sie sehen, messen wir dem Tod von Rab Chaim große Bedeutung bei. Und große Bedeutung hat auch Ihre Anwesenheit bei ihm zum Zeitpunkt des Überfalls.«

Er unterbrach sich, denn man brachte ihm eine Thermoskanne mit Kaffee und eine gelbe Tasse von der Größe einer kleinen Schüssel. Er nahm einen großen Schluck, legte seine Hände übereinander und betrachtete sie eine Sekunde lang, dann richteten sich seine forschenden Augen auf mich.

»Ich werde offen sein. Erstens, indem ich Ihnen sage, daß wir Sie und Ihren Freund Hopkins brauchen.«

Ich konnte eine Geste des Erstaunens nicht unterdrücken.

»Und zweitens kennen wir den Grund Ihres Aufenthalts in Jerusalem. Abgesehen von den literarischen Gründen, versteht sich. Obgleich ich nun einsehe, daß sie sich in Ihrem Fall tatsächlich überschneiden könnten.«

»Aber woher wissen Sie …?«

»Das ist sehr einfach«, meinte er und hob die Hand. »Ich werde es Ihnen erklären, aber vorher möchte ich, daß Sie begreifen, daß es sich in keiner Weise um Verrat handelt.«

»Calimani!« rief ich unwillkürlich aus.

»Nein«, sagte Doron mit einem spitzen Lachen. »Nein, nicht Professor Calimani. Orit.«

»Orit?«

»Dann kann ich Ihnen auch gleich die ganze Geschichte erzählen, denn so werden Sie es besser verstehen. Sie erfahren sie ja ohnehin. Der Zufall will, daß Orit meine Nichte ist und daß sie ihre Eltern während des Sinaikrieges verloren hat, als sie kaum zwei Jahre alt war. Die Familie lebte damals in einem Kibbuz. Können Sie sich vorstellen …« Doron zögerte, bevor er weitersprach. »Ich war Angehöriger der Panzertruppen von Moshe Dayan.«

Er deutete auf seine Narbe, als erzählte die von allein diesen Teil der Geschichte.

»Gleich nachdem ich die Armee verlassen hatte, habe ich Orit zu mir geholt und mich um sie gekümmert. Das ist fast zwanzig Jahre her. Sie ist sozusagen meine Tochter geworden.«

Wieder zögerte er, trank seine Tasse aus und fuhr erst dann fort:

»Ich habe lange Zeit ohne Frau gelebt, auch habe ich ihr sicherlich eine Erziehung angedeihen lassen, die, sagen wir ... Aber Ihnen brauche ich nicht zu erklären, wie die Dinge hier ablaufen. Leuten von außerhalb, ich meine außerhalb Israels, erscheinen wir vielleicht wie Paranoiker. In Wahrheit müssen wir die meiste Zeit einfach wachsam sein; wir sind sozusagen gezwungen zu Solidarität und geistiger Aufmerksamkeit. Orit ist ein großartiges Mädchen. Eine Frau ohnegleichen. Ich bin sicher, Sie haben das bemerkt. Ein bißchen draufgängerisch, mag sein, vielleicht auch ein bißchen zu ... Nicht sehr konventionell, jedenfalls!«

Doch das Leuchten in seinen Augen veranschaulichte, was er sagen wollte.

»Letztlich wie viele junge israelische Frauen! Man läßt sie in den Krieg ziehen und kann darum nicht erwarten, daß sie gleichzeitig unschuldige kleine Gänschen bleiben, oder? Ich weiß nicht, ob sie Ihnen das bereits gesagt hat, sie ist Leutnant der Reserve. Sie hat im Libanon im Bereich der Informationsbeschaffung Hervorragendes geleistet.«

»Sie meinen als Spionin?«

Ich konnte nicht glauben, was ich hörte.

»Gelegentlich, nur gelegentlich! Aber sie hat dabei einen Einblick in den Beruf gewonnen, das ja ...«

Er goß sich Kaffee nach und trank einen großen Schluck, die Augen halb geschlossen.

»Um unsere Geschichte abzuschließen: Zuerst war sie einfach stutzig geworden angesichts der Dokumente, die sich Ihr Freund von der Zeitung zugeschickt hatte. Und den Rest kennen Sie. Sie begegnete Ihnen und ... nun, sagen wir mal, dieses ungewöhnliche Duo sprang ihr ins Auge! Lust auf ein Abenteuer, Neugierde vor allem – wenn sie auch nicht allzusehr daran geglaubt hat, denn der Tempelschatz ist, unter uns gesagt, die jüdische Ausgabe des Ungeheuers von Loch Ness.«

Ein Lachen erschütterte seinen Wanst, verebbte dann aber in einer leichten Wehmut.

»Vielleicht, ich geb's zu, wenn Ihr Amerikaner nicht so ausgesehen hätte wie dieser … dieser … Redford, hätte sie ihm seine Diskette wohl einfach übergeben, und fertig! Aber so geht's nun mal im Leben.«

Doron suchte meinen Blick und meine Zustimmung, aber ich gab ihm dieses Zeichen nicht, und so leerte er noch eine Tasse Kaffee.

»Halter, ich kann Ihnen, Hand aufs Herz, versichern, daß Orit mir bis dahin nichts erzählt hatte. Erst gestern abend, nachdem sie mit Hopkins den Goldbarren gefunden hatte, fing sie an, sich zu fragen. Sie wußte nicht, was mit Rab Chaim geschehen ist, aber der Goldbarren hat gereicht, um ihr deutlich zu machen, daß die Ereignisse außer Kontrolle gerieten. Daß es keine Landpartie mehr ist! Verstehen Sie? Sie weiß, daß Gold immer die Wölfe anlockt. Also hat sie mich angerufen. Ich habe den Zusammenhang mit dem Überfall auf den Buchhändler hergestellt; man hatte uns ja gleich am Morgen davon unterrichtet. Ja, und dann habe ich mich an die Arbeit gemacht und Ihren Namen unter den Zeugenaussagen gefunden. Den Rest können Sie sich vorstellen.«

Ich gab in der Tat mein Bestes, um mir all das vorzustellen, was er mir zu verstehen geben wollte.

»Wenn Rab Chaim nicht gestorben wäre, hätten Sie mich nicht … Also, sagen wir mal, daß wir dann in diesem Moment nicht hier säßen. Sie hätten uns lediglich über Orit beobachten lassen, oder? Mal sehen, was wir so gefunden hätten …«

»Nicht nur über Orit«, sagte er mit einem flüchtigen Lächeln. »Sie werden seit gestern abend überwacht.«

»Ich verstehe.«

Ein Schweigen trat ein, und ich dachte an Tom. Dieses Mal aber stellte ich mir seine Reaktion, wenn er von Orits Rolle erfahren würde, lieber nicht vor.

»Ich glaube, ich weiß, woran Sie denken«, fügte Doron hinzu, wobei er vorsichtig einen Kaffeerest in der Tasse bewegte. »Deswegen habe ich es vorgezogen, mich zuerst an Sie zu wenden. Sie zumindest werden wohl verstehen, daß sie recht gehabt hat. Zunächst einmal ist es absolut illegal, archäologische Recherchen ohne Genehmigung durchzuführen – und der Tempelschatz gehört natürlich dazu. Einen Diebstahl konnte sie nicht decken! Aber das ist es nicht, was sie dabei am meisten beunruhigt. Und mich auch nicht – wenn auch aus einem ganz anderen Grund. Sehen Sie mich nicht so an, verdammt! Sie sind Schriftsteller, Herrgott noch mal – und nicht Polizist! Dieser Hopkins mag Journalist der *New York Times* oder was auch immer sein, er hat keine Ahnung, auf was er sich da einläßt! Entschuldigung, aber man muß ganz schön naiv sein, um zu glauben, man könne der Russenmafia auf eine Weise die Stirn bieten, wie Sie das tun. Sie haben nicht die geringste Chance, außer der, plötzlich in den Vermischten Nachrichten zu erscheinen! Das wäre sicherlich bedauerlich für Sie, aber auch für uns, denn es würde uns überhaupt nichts nützen!«

»Das ist auch meine Meinung«, bemerkte ich vorsichtig und mit einem kleinen Lächeln, fast erleichtert, daß er sich so plötzlich echauffierte. »Und wenn ich Ihnen gestehen würde, daß ich im Grunde selbst nicht mehr genau weiß, was wir da tun? Der Jerusalem-Effekt, denke ich. Als wir von Paris aufbrachen, schien alles recht einfach. Gewagt und vielleicht sogar ein bißchen verrückt, aber ein nicht allzu schlechter Weg, um in das lebende Herz einer Stadt wie Jerusalem vorzustoßen. Jetzt erscheint es mir leider so, als versuchten wir Fäden zu entwirren, die sich um so mehr verschlingen, je weiter wir vorankommen!«

»Ein sehr treffendes Bild!«

Doron fand sein gönnerhaftes Lächeln wieder, und sein Wanst erbebte. Seine Stimme allerdings war kalt, als er mich plötzlich fragte:

»Und wenn Sie mir alles von Anfang an erzählten? Ich wüßte sehr gern, wie weit Sie gekommen sind und auf welchem Weg.«

Es kostete mich etwa zwanzig Minuten. Doron nutzte die Zeit, um seine Thermoskanne gänzlich zu leeren. Als ich schwieg, trat Stille ein. Schließlich warf er einen Blick auf die Digitaluhr seines Büros, es war nach zwölf Uhr mittags.

»Macht es Ihnen etwas aus, wenn Ihr Mittagessen sich heute auf ein Sandwich beschränkt?« fragte er mich.

»Ich esse häufig nicht zu Mittag.«

Er hob seinen Telefonhörer ab und bestellte ein paar Salate. Sobald er wieder aufgelegt hatte, verkündete er:

»Wir kennen diesen Sokolow gut. Hier gibt er sich seit Jahren für einen englischen Juden aus: David Wilberhaim. Ziemlich einfallsreich! Es ist der Name eines englischen Agenten, der während des Zweiten Weltkriegs von den Russen festgenommen wurde. Und 1954 gestorben ist! Seit zehn Jahren fälscht er Papiere und archäologische Schriftstücke. Aber wir wissen erst seit kurzem von seinen Verbindungen zur Mafia … Also, wir vermuten sie!«

Doron wirkte auf einmal verlegen und rieb sich die Wange, wobei er seine Narbe mit einiger Zärtlichkeit befühlte.

»Um Ihnen die ganze Wahrheit zu sagen, der Mossad hat sich seiner seit 1991 mehrere Male bedient, vor und während des Golfkriegs. Sokolow verfügt über solide Beziehungen zum Irak und zur russischen Nomenklatura der alten Zeit. Für seine Geschäfte fährt er in den Irak, wie er gerade lustig ist, er kann in Bagdad spazierengehen, soviel er möchte … Auf den ersten Blick ist das von großem Vorteil für uns, wie Sie sich vorstellen können.«

»Sie verlangen meiner Vorstellungskraft einiges ab!«

»Persönlich weiß ich das erst seit fünf oder sechs Monaten,

seitdem wir ihn offiziell unter Beobachtung haben. Wie dem auch sei, der Zweck heiligt die Mittel. Das wichtigste ist, wie ich befürchte, daß Sokolow ein …«

Einer der Männer, die uns am Morgen begleitet hatten, betrat plötzlich das Büro. Doron hielt inne.

»Können Sie mal kommen, Chef?«

»Warum?«

Der Mann warf mir einen Blick zu.

»Okay«, sagte Doron, wobei er sich behende aus seinem Sessel wand.

»Entschuldigen Sie mich«, fügte er hinzu, als er an der Tür angekommen war. »Sarah wird gleich die Salate bringen. Fangen Sie ohne mich an, wenn Sie Hunger haben.«

Und er verschwand im Flur. Nach ein paar Sekunden des Zögerns erhob auch ich mich, um in den Büchern und den Ordnern von Rab Chaim herumzuschnüffeln. Ich hatte kaum die Zeit, einen ziemlich abgegriffenen Ordner in die Hand zu nehmen, als die Tür schon wieder aufging. Wie bei einem Fehltritt ertappt, drehte ich mich hastig um. Eine junge Frau brachte lächelnd das Tablett mit den Speisen. Sie schaffte gerade Platz auf dem Schreibtisch, als Doron in den Raum walzte wie ein Stier in die Arena, mit leuchtenden Augen:

»Es tut mir leid, Sarah! Du wirst andere Abnehmer für die Salate finden müssen!«

»Was ist passiert?«

»Die Dinge geschehen etwas schneller als geplant. Ihr Goldbarren hat den Wolf bereits aus seinem Bau gelockt«, erwiderte Doron mit einem breiten Lächeln. »Wir fahren zum King David!«

24

Schneller noch als am Morgen und mit Sirenengeheul durchquerten wir nun Jerusalem in der Gegenrichtung. Die halbe Fahrt über hielt Doron sich an seinem Telefon fest. Zwischen den einzelnen Anrufen berichtete er mir, wie der Tresorraum im King David gestürmt, unser Tresor aufgebrochen und der Goldbarren gestohlen worden war.

»Ein kleines Meisterstück. Alles war millimetergenau vorbereitet. Dem Hotelpersonal und den Gästen zufolge hat der Typ keine vier Minuten gebraucht von dem Moment an, als er vom Motorrad stieg, bis zu dem, als er wieder aufsaß.«

»Sokolow?« fragte ich.

»Das ist mehr als wahrscheinlich. Sehen Sie, in Wirklichkeit … Baruch, reich mir bitte den gelben Ordner.«

Der Inspektor, der neben dem Fahrer saß, reichte ihm die Akte. Doron zog ein Schwarzweißfoto daraus hervor.

»Dieses Gesicht haben Sie noch nie gesehen, nehme ich an.«

Sokolow war darauf zu sehen, wie er aus einer Bank in der Neustadt kam. Ein gutaussehender, geradezu eleganter Mann, dünn bis zur Magerkeit und recht auffällig durch seine Haare und seinen Stock.

»Nein, nie.«

»Hm … Ich wäre nicht überrascht, wenn Sokolow sich im Hotel hätte blicken lassen, kurz bevor die Motorradfahrer dort eintrafen. Er ist ein peinlich genauer Mann.«

Ich konnte Dorons genußvolle Ungeduld förmlich spüren, sein stattlicher Körper vibrierte geradezu. Vielleicht waren die Wölfe wirklich aus ihrem Bau gekommen, aber ein anderes Raubtier fand bereits großes Vergnügen an ihrer Verfolgung!

»Warten Sie«, wandte ich ein. »Haben Sie mir nicht eben gesagt, daß Sokolow unter Ihrer Beobachtung steht?«

»Stand, ja. Seit über einem Monat ist er verschwunden. Er hat einen Flug nach New York gebucht – jetzt weiß ich, warum.«

»Sind Sie sicher, daß er in Jerusalem ist?«

»Nicht in Jerusalem. In Tel Aviv, ja, dafür würde ich meine Hand ins Feuer legen. Er wird wohl unauffälliger als sonst zurückgekommen sein, und wir haben ihn verpaßt. Anzeichen dafür, daß er etwas plante.«

»Sagen Sie mal«, fragte ich plötzlich besorgt, »ich denke an Tom und Orit! Sie sind heute morgen losgefahren.«

»Machen Sie sich um die beiden keine Sorgen! Sie wurden von uns begleitet ... Sie werden sowieso gleich dasein; ich habe darum gebeten, daß man sie zurückbringt.«

Dorons Wanst hüpfte wieder einmal, aber sein Lachen blieb stumm.

»Wenn ich mir einen Rat erlauben darf«, sagte ich, »gehen Sie vorsichtig mit Tom um. Er ist ein ziemlich impulsiver junger Mann. Ich bin mir nicht sicher, ob er Ihre Begeisterung teilen wird. Orit könnte dafür bezahlen müssen.«

Sein Lachen stockte, und sein Blick heftete sich an meinen.

»Oh, ja, ich weiß ...«

Ich unterdrückte ein Lächeln. Doron, der grausame Bulle? Ganz bestimmt, aber mit einem rührenden Beschützerinstinkt.

Die Eingänge des King David waren abgeriegelt, Polizei- und Krankenwagen füllten noch immer den Parkplatz. Ärzte versorgten den jungen Wächter aus dem Tresorraum, der seit dem Überfall und der Explosion unter Schock stand. Man erzählte etwas von einem Gast, der einen Herzanfall erlitten hätte. Flüchtig dachte ich an meines, aber mit lebhafter Freude. Ganz offensichtlich hatte es zu seiner alten Stabilität zurückgefunden!

»Warten Sie in der Empfangshalle auf mich«, sagte Doron zu mir. »Ich habe noch mit Kollegen zu sprechen.«

Das Souterrain des Hotels wies die üblichen Spuren von Gewalt auf. Die Hotelgäste waren in kleinen Gruppen zusammengerufen worden, Inspektoren befragten sie, das Personal räumte auf. Ein junger Mann von der Direktion sah mich und kam auf mich zu.

»Sind Sie der Bekannte von Mister Hopkins?« eröffnete er das Gespräch.

Er wollte wissen, ob Tom das Hotel verklagen würde. Ich beruhigte ihn, so gut ich konnte. Er ließ nicht locker und gab mir zu verstehen, daß der dem Hotel durch den Überfall entstandene Schaden an sich schon beträchtlich war. Zwischen seinen höflichen Worten wurde mir klar, daß niemand sich entrüsten würde, wenn wir umzögen! Ich versicherte ihm, daß wir besonders mit dem Service des Hotels sehr zufrieden wären – was der Wahrheit entsprach – und daß wir von jetzt an mustergültige Gäste sein würden. Aus dem Augenwinkel sah ich Doron in die Empfangshalle stürzen und mir ein energisches Zeichen geben. Ich nutzte die Gelegenheit, um dem düsteren und verständnislosen Blick des stellvertretenden Direktors ruhmlos zu entfliehen.

»Hopkins wird in wenigen Minuten hier sein«, sagte er. »Wir gehen am besten in Ihr Zimmer hinauf, das wird unauffälliger sein.«

Das hatte nichts von einem Vorschlag, es war ein Befehl. Ich befolgte ihn wortlos. Während wir den Fahrstuhl nahmen, spürte ich, wie Dorons Betriebsamkeit einer sorgenvollen Wut Platz machte; offensichtlich hatte er soeben etwas erfahren, das ihm wenig gefiel. Sobald wir im Zimmer angekommen waren, griff er zum Telefon, um einen Kaffee zu bestellen.

»Da Sie schon einmal dabei sind, bestellen Sie auch etwas zu essen«, sagte ich kühl. »Und für mich keinen Kaffee, danke.«

Zuerst schaute er mich an, als hätte ich etwas Ungehöriges gesagt, dann lächelte er schief.

»Salate?« fragte er, als würde er kein anderes Nahrungsmittel kennen.

Nachdem er die Bestellung aufgegeben hatte, pflanzte er sich wortlos vor den Karten auf, die an den Wänden befestigt waren, und blätterte dann die Bücher und die Dokumente durch, die sich auf meinem Tisch stapelten. Mit der größten Selbstverständlichkeit begann er schließlich ein paar herumliegende Notizen durchzusehen, wobei er die Augenbrauen zusammenzog. Ich war nahe dran zu protestieren, aber auf den Blättern, die er in Händen hielt, stand nichts Persönliches. Außerdem siegte meine Neugier über meinen Zorn. Dorons Persönlichkeit weckte trotz seiner schlechten Manieren mein Interesse – das Interesse des Schriftstellers. Zum ersten Mal entdeckte ich in ihm den Polizisten, wenngleich einen etwas theatralischen. Er ließ sich Zeit, und um ihm meine Gereiztheit zu zeigen, ging ich auf die Terrasse hinaus und ließ ihn in seiner Polizistenrolle zurück.

Der graue Nebel vom Morgen hatte sich aufgelöst. Unter einem Himmel, der nur leicht mit Kumuluswolken betupft war, schien das Licht so kristallklar wie selten. Die grünen Wiesen im Hinnomtal waren vom Staub reingewaschen. Eine Gruppe Kinder spielte dort mit einem roten Ball; ihr Geschrei und sogar das Geräusch, wenn sie den Ball wegkickten, drangen durch das Brausen der Stadt deutlich zu mir herauf. Eine Frau mit einem kleinen Kind begann genau unter meinem Balkon am Swimmingpool zu lachen. Ihr fast unangemessenes Lachen zerriß mit einem Schlag die ganze Spannung der letzten Stunden, als fände ich auf einmal meine Fähigkeit wieder, über den Moment hinauszublicken. Jedes winzige Stück von Jerusalem erschien mir näher, reiner, zu einer Einheit mit klaren Konturen verschmolzen und mit starken Schatten gezeichnet, wie um seine Kraft und Solidität zu betonen.

Ich setzte mich in einen der beiden Terrassenstühle, weil ich mich plötzlich seelisch wie körperlich unendlich müde fühlte. Ich hörte, wie die Zimmertür sich öffnete, ich hörte Dorons

Stimme, dann erschien er auf der Terrasse, das Tablett mit unserem Mittagessen und seinem heiligen Kaffee in Händen. Erstaunlich geschickt stellte er es auf dem kleinen Tisch ab, bevor er seine Körpermasse in den anderen Stuhl zwängte, der knarrte.

Sofort griff er nach der Kaffeekanne.

»Genau, was ich mir gedacht habe«, begann er halblaut. »Sokolow war ein paar Minuten vor der Ankunft der Motorradtypen im Hotel.«

Ich tat mir auf, ohne ein Wort zu sagen.

»Die Tür des Tresors wurde mit NFTE gesprengt.«

Ich zog fragend die Augenbrauen hoch.

»*Nitroglycerin Focus Timing Explosive* – ein Apparat, kaum größer als eine Streichholzschachtel, mit einer winzigen Ampulle Nitroglyzerin und einem Timer. Durch die Berührung mit einer metallenen Oberfläche fängt er an zu laufen. Sehr präzise, sehr effektiv, ohne überflüssige Schäden.«

Er schwieg einige Sekunden nachdenklich.

»Und sehr selten, denn es ist ein militärisches Gerät! Man verwendet es bei Einsätzen in geschlossenen Räumen, um Türen gewaltsam zu öffnen, oder setzt es ein, um gegnerische Sprengladungen zu vernichten, derlei Dinge. Grundsätzlich gehört es noch nicht zum Arsenal der Mafia. Und das bestätigt leider, was ich mir bereits dachte, wie alles andere an diesem Überfall. Zu präzise, zu geplant ...«

Ich wartete, daß er zum Kern seiner Überlegung käme. Als nichts folgte, stellte ich die Frage, die mich beschäftigte, seit wir sein Büro verlassen hatten.

»Woher wußten sie, daß wir den Goldbarren hatten und daß er im Hoteltresor lag? Und zwar genau in diesem Tresor, auf den der Mann dann direkt zugegangen ist?«

Doron nickte. Er stellte die Kaffeetasse auf seinem Wanst ab.

»Wer wußte, wo sich der Goldbarren befand?«

»Tom und ich. Orit und auch Professor Calimani.«

»Die Leute vom Hotel?«

»Ja, wir mußten uns den Tresor ja zuweisen lassen. Aber aus Vorsicht haben wir zwei angemietet.«

»Zwei Tresore? Sieh an!« sagte Doron, wobei er mir die Güte eines überraschten Blicks erwies.»Was enthält der andere?«

»Nichts, er ist leer.«

»Interessant! Wer hat Sie gesehen, als Sie den Goldbarren hineinlegten?«

»Niemand. Nicht einmal der Wächter, weil ich ihn abgelenkt habe, während Tom das Gold in die Nummer sechzehn legte.«

»Calimani wußte es nicht?«

»Nein«, sagte ich verlegen. »Eigentlich war es auch aus Mißtrauen ihm gegenüber, daß wir auf diese Kriegslist verfallen sind!«

Dorons Wanst hüpfte.

»Calimani arbeitet seit Jahren für uns! Gelegentlich und als Freundschaftsdienst. Er hilft uns, Texte zu entziffern und zu verstehen, sagt uns was über ihre Herkunft … Und er kennt die illegalen Vertriebsnetze für Antiquitäten. Schlimmer als die Schlimmsten der Mafia gibt er sich den Anstrich eines Mafioso, aber ich kann Ihnen versichern, er ist so rein wie Quellwasser!«

Er löste das Handy von seinem Gürtel und rief einen seiner Mitarbeiter an, um durchzugeben, was ich ihm soeben in Bezug auf die Tresore gesagt hatte.

»Meiner Meinung nach werden wir es bald wissen«, meinte er und legte das Handy auf den Tisch.

Die Zimmertür öffnete sich, ohne daß man ein Klopfen gehört hatte. Tom kam wutschnaubend herein und baute sich vor uns auf.

»Guten Appetit, die Herren!«

Er zitterte bis in die Fingerspitzen. Die Lippen zusammengekniffen, warf er mir einen eiskalten Blick zu, bevor seine

Augen sich auf Doron richteten, der sich mit provozierender Langsamkeit erhob. Toms Mund verzog sich zu einem verächtlichen Lächeln, das nichts Gutes verhieß.

»Sie also sind der Onkel«, stieß er hervor.

Doron begnügte sich damit, ihn anzublicken. Auf hebräisch rief er :

»Jossi, kannst du mal hier zu Herrn Halter kommen?«

In einem holprigen Englisch fügte er, an Tom gewandt, hinzu:

»Wir werden drinnen mehr Ruhe haben.«

Ein Mann trat auf uns zu, den ich trotz seiner Größe und seines schreiendgrünen Hemdes nicht hatte hereinkommen sehen. Sein Gesicht erstaunte mich. Es paßte alles: ein geklonter Stalin!

Doron ging rücksichtslos an Tom vorbei, der, nicht ohne mir erneut einen vorwurfsvollen Blick zuzuwerfen, zur Seite gehen mußte, um ihn durchzulassen. Als meine Zimmertür zuging, hörte man Toms ersten explosionsartigen Wutanfall. Jossi-Stalin schenkte mir etwas, das entfernt an ein Lächeln erinnerte, und zog ein Päckchen Zigaretten aus der Tasche. Eine Zigarette steckte er sich zwischen die Lippen, ohne sie anzuzünden.

»Essen Sie ruhig weiter«, sagte er zu mir. »Die beiden werden einen Augenblick beschäftigt sein, schätze ich.«

Plötzlich öffnete sich die Tür. Sehr geschickt griff Doron sich das Tablett, auf dem sein Kaffee stand, und verschwand wieder. Jossi schloß die Tür hinter ihm, und die Stimmen auf der anderen Seite wurden eine Nuance lauter.

Es wurde viel über Ausweisung gesprochen. Ich aß, etwas peinlich berührt, mit spitzen Fingern. Um das Schweigen zu brechen, das uns jedes Wort der Unterhaltung mit anhören ließ, bemerkte ich unvermittelt:

»Man wird Ihnen sicherlich schon öfter gesagt haben, daß Sie Stalin sehr ähnlich sehen.«

Er nickte, wobei er auf seiner Zigarette herumkaute.

»Scheint so, ja.«

»Ich bin Stalin einmal begegnet. Sie ähneln ihm tatsächlich, es ist unglaublich!«

Jossi sah mich interessiert an, aber er schwieg. Hinter mir hörte ich immer wieder Dorons aufbrausende Stimme. Was blieb mir also weiter übrig, als mich in meine Geschichte zu stürzen?

»Ich war ein Junge, ein ›Bandit‹ in Kokand, in Usbekistan. Zumindest nannte man uns so, ›Bandity‹! Ich wollte nichts weiter als etwas zu essen für meine Eltern auftreiben. Als der Krieg zu Ende war, haben die Pioniere, die kommunistische Jugendbewegung, versucht, ein paar dieser Nichtsnutze, zu denen ich gehörte, aufzugreifen, um sie auf den richtigen Weg zu bringen. So kam es, daß ich plötzlich zu einer Delegation der Pioniere von Usbekistan gehörte, die an der Siegesfeier in Moskau teilnehmen sollte. Und im letzten Moment wurde ich aus irgendeinem Grund dazu bestimmt, Stalin Blumen zu überreichen. Da saß ich nun auf der Tribüne zwischen den zwanzig Vertretern anderer Delegationen. Der Reihe nach mußte jeder von uns ihm seinen kleinen Blumenstrauß überreichen. Bei jedem Strauß bedachte er uns mit einem freundlichen Wort, und die Menge applaudierte. Als ich an die Reihe kam, war ich so ergriffen, daß ich nicht einen Schritt tun konnte! Man hat mich buchstäblich bis zu Väterchen Stalin hingeschubst. Er nahm meine Blumen entgegen und sagte, während er mit der Hand über mein Haar strich: ›Charoschy maltschik.‹ Danach bin ich nach Kokand zurückgekehrt, wo ich wie ein Held empfangen wurde!«

»Charoschy maltschik, braver Junge«, übersetzte Jossi brummend, als würde es ihm großes Vergnügen bereiten, sich die russischen Silben auf der Zunge zergehen zu lassen.

»Verstehen Sie Russisch?«

»Ich bin in Rußland geboren, aber zur Zeit der Refushniks bin ich nach Israel gekommen. Sind Sie lange in Kokand geblieben?«

»Nach dem Krieg? Nein. Von meinem Ruhm konnte ich

nicht lange profitieren. Eben zu dieser Zeit gestattete ein Abkommen zwischen der sowjetischen und der polnischen Regierung den polnischen Flüchtlingen, in ihre Heimat zurückzukehren.«

»Eine schöne Geschichte«, sagte Jossi und zündete sich schließlich die Zigarette an, auf der er nun schon seit einigen Minuten herumkaute. »Jeder von uns kann eine schöne Geschichte über die UdSSR erzählen; das läßt uns die anderen vergessen.«

Wieder ging die Tür auf, Doron richtete seine stechenden braunen Augen auf mich und sagte: »Kommen Sie!«

Tom stand an die Tür gelehnt, die Arme verschränkt, die Mundwinkel verächtlich herabgezogen. Ich setzte mich mit einem Seufzer auf mein Bett und fragte mich dabei, wo all das hinführen sollte. Tom lachte bitter auf.

»Super, Marek! So wie es aussieht, haben wir uns auf der ganzen Linie reinlegen lassen! Meine Anerkennung im übrigen für Ihre Rekrutierung. Auf ihre Art ist Miss Karmel sehr erfolgreich. Und was Calimani angeht, wenn wir schon einmal dabei sind, hätten wir bei unserer Ankunft gleich an den ganzen Mossad Einladungskarten verschicken sollen, finden Sie nicht?«

Ich verkniff es mir, im selben Tonfall zu antworten, und fragte lediglich Doron:

»Wo ist Orit? Warum ist sie nicht hier?«

Tom antwortete für ihn:

»Sie läßt sich den Rücken verarzten, den sie sich aufgeschrammt hat, als sie Schatzsucherin spielte. Ich habe sie nicht gezüchtigt, leider nein, sie ist in ein Gebüsch gefallen! Machen Sie sich keine Sorgen um sie.« Er warf Doron einen wütenden Blick zu. »Wenn ich richtig verstanden habe, hat sie bei ihrem Onkel gelernt, auch mal einen Kratzer wegzustecken.«

»Sind Sie jetzt fertig mit Ihrem Blödsinn?« brummte Doron.

»Der Onkel versucht uns einzuschüchtern«, fuhr Tom fort.

»Zu allem Überfluß auch noch mit Erpressung. Ich vermute, Sie sind auf dem laufenden: entweder Ausweisung oder Zusammenarbeit. Aushilfspersonal bei irgendeinem obskuren Dienst des Mossad! Ich glaube, ich träume ... Sie, Marek, können ja machen, was Sie wollen, aber ich sage nein.«

»Was Sie getan haben, ist absolut verboten, verdammt!« schrie Doron außer sich. »Wo, glauben Sie, daß Sie sind? Im Wilden Westen? Ich werde Ihnen mal was sagen: Wenn ich es will, verlassen Sie dieses Zimmer mit Handschellen, da können Sie noch so ein toller Journalist sein!«

In seinem geröteten Gesicht glänzte die Narbe sahnig-weiß. Er atmete schwer, sein Bauch hob und senkte sich. Unbeirrbar richtete er seinen Zeigefinger auf Tom.

»Sie haben meine Nichte angemacht, aber es hat nicht funktioniert, das ist Ihr Problem, mein Lieber.«

»Irrtum, da kennen Sie sie schlecht. Wenn Sie ein paar Informationen einholen, wird man Ihnen sagen, daß sie nicht zu der Sorte gehört, die man anmacht. Das übernimmt sie selbst.«

»Ich sehe wirklich nicht, was das damit zu tun hat«, sagte ich, entsetzt über die Wendung, die der Disput nahm.

»Ich habe vergessen, es Ihnen zu sagen«, fügte Tom spöttisch hinzu. »Der Onkel ist nämlich auch noch ...«

»Wenn Sie mich noch ein einziges Mal ›Onkel‹ nennen, schlage ich Ihnen ins Gesicht!« brüllte Doron.

Das war kein Scherz, aber Tom strahlte, er hatte seine kleine Genugtuung erhalten. Doron seufzte, während er wie ein Raubtier den Kopf schüttelte, dann schaute er Jossi an, der, vollkommen gleichgültig, mehr denn je aussah wie Stalin. Schließlich wanderte sein Blick zu mir. In ruhigem Ton fragte ich ihn:

»Was erwarten Sie von uns?«

»Jeesus!« entfuhr es Tom. Eigens für ihn fügte ich hinzu:

»Beruhigen Sie sich, Tom! Ich habe nicht gesagt, daß ich einverstanden bin. Aber bevor ich das entscheiden werde, will ich wissen, worum es geht, das ist alles.«

»Nein!« kreischte Tom. »Das ist eine grundsätzliche Frage! Ich bin Journalist. Wie wollen Sie …«

»Journalist und Grabschänder!« unterbrach ihn Doron.

»Journalist im Urlaub«, warf ich ein.

»Ein Journalist ist *immer* Journalist! Vierundzwanzig Stunden am Tag und unabhängig davon, was er gerade tut!« rief Tom pathetisch aus.

Ich mußte lächeln.

»Das ist in der Tat manchmal sehr unbequem.«

»Quatsch«, meinte Doron ziemlich undiplomatisch. »Soweit ich weiß, waren Sie nicht Journalist, als Sie Israels Gold in Ihren Tresor legten!«

»Doron, bitte, machen Sie es nicht noch schlimmer!« sagte ich. »Tom, lassen Sie uns die Dinge klarstellen, einverstanden? Sie haben das Recht, alle Grundsätze zu haben, die Sie wollen, und sie anzuwenden, wie Sie wollen. Das ist absolut ehrenwert. Aber auch ich habe meine Grundsätze, die mich veranlaßt haben, Ihnen hierher zu folgen, und die mich jetzt veranlassen, Doron zu fragen, wie wir – wie ich ihm helfen kann. Denn mein wichtigster Grundsatz, wenn ich das so sagen darf, ist, daß man immer versuchen muß zu verstehen!«

Tom machte eine resignierte Geste, als gebe er allen Widerspruch auf. Ein drückendes Schweigen hing im Raum.

Schließlich wandte Doron sich meinem Tisch zu und schickte sich an, in den Blättern und Dokumenten herumzuwühlen, hielt sich aber im letzten Augenblick zurück und fragte mich:

»Gestatten Sie?«

Ich machte meinerseits eine schicksalsergebene Geste.

Er zog einen Text aus dem Stapel, den ich kurz vor meiner Abfahrt aus Paris abgeschrieben hatte, und begann ihn laut vorzulesen:

Zu der Zeit zogen herauf die Kriegsleute Nebukadnezars, des Königs von Babel, gegen Jerusalem und belagerten die Stadt. Und

Nebukadnezar kam zur Stadt, als seine Kriegsleute sie belagerten. Aber Jojachin, der König von Juda, ging hinaus zum König von Babel mit seiner Mutter, mit seinen Großen, mit seinen Obersten und Kämmerern. Und der König von Babel nahm ihn gefangen im achten Jahr seiner Herrschaft. Und er nahm von dort weg alle Schätze im Hause des Herrn und im Hause des Königs.

Er hielt inne und sah Tom an. Dieser sagte kein Wort.

»Eine Passage aus dem Zweiten Buch der Könige, die von der bedingungslosen Übergabe Jerusalems handelt«, fuhr Doron fort, wobei er nun zu mir herübersah.

»Genau. Das war ungefähr im Jahr 600 vor der christlichen Zeitrechnung und ein paar Jahre vor der Zerstörung des Tempels«, fügte ich hinzu.

»Wozu haben Sie die Stelle noch einmal abgeschrieben?«

»Weil darin der Schatz erwähnt wird, natürlich, aber ... Sagen wir mal, daß meinem Verständnis nach diese Geschichte auch die Umstände selbst ins Gedächtnis ruft, die seine Verteilung begleitet haben, und den Grund, aus dem er versteckt worden ist. Ich hoffte bei Rab Chaim Texte zu finden, in denen diese Zeit erwähnt wird, die des Einflusses von Babylon auf Juda.«

»Sie haben angenommen, er besäße so alte und so seltene Dokumente?«

»Vielleicht. Er hatte mir von gewissen Texten erzählt, die Mönche zur Zeit des ersten Kreuzzugs an sich genommen und gerettet hatten und die man in einer Synagoge wiedergefunden hat. Möglicherweise sind diese Texte von allergrößter Bedeutung. Calimani kann Ihnen mehr dazu sagen als ich.«

»Glauben Sie, daß das die Texte sind, die gestohlen wurden?«

»Das werden Sie wohl besser wissen, oder?«

»Und hatten Sie den Plan für diese Suche noch weiter ausgearbeitet?« fragte Doron, anstatt mir zu antworten.

»Doron, wie wäre es, wenn auch Sie mir mal auf eine meiner Fragen antworteten?« fragte ich, nun selbst gereizt.

»Hm …«

Er wandte sich Tom zu.

»Sie vertrauen mir nicht, Herr Journalist, aber *ich* werde Ihnen vertrauen. Ich könnte Sie auffordern, dieses Zimmer zu verlassen. Ich werde es nicht tun. Ich könnte Ihnen das Versprechen abnehmen, nichts über das zu schreiben, nichts von dem zu enthüllen, was Sie jetzt hören werden. Aber ich weiß, daß Sie nur tun werden, was Sie für richtig halten. Nur bedenken Sie, was dabei auf dem Spiel steht, und machen Sie das mit Ihrem Gewissen aus.«

Er bedeutete Jossi, seine Kaffeetasse abzuräumen, die schon lange leer war.

»Wir glauben nicht … *Ich* glaube nicht, und schon seit einiger Zeit, daß Sokolow und seine russischen Freunde in Israel selbständig arbeiten. Bis zu Ihrer Ankunft war uns, ehrlich gesagt, nicht klar, was sie suchten. Ihnen haben wir, wie ich eingestehen muß, zu verdanken, daß wir es jetzt wissen. In Hirkania haben Sie es selbst festgestellt: Bei dem versteckten Gold finden sich meistens auch Schriftstücke. Diese Schriftstücke datieren aus der Zeit der Zerstreuung des Schatzes, die der Zerstörung Jerusalems durch Rom vorausgegangen ist, vielleicht sogar seiner ersten Zerstörung zur Zeit der babylonischen Vorherrschaft. Anders gesagt, diese Papyri enthalten vielleicht grundlegende Zeugnisse über die Geschichte der Region. Wir glauben, daß die Russenmafia über Sokolow als Mittelsmann einen Handel mit einer anderen Seite abgeschlossen hat. Das Gold für sie, sofern sie welches finden, die Schriftstücke für die anderen …«

»Der Irak«, murmelte ich unwillkürlich.

Es lag auf der Hand. Warum hatte ich nicht daran gedacht? Doron stimmte mit seinem schrägen Lächeln zu.

»Fangen Sie an zu verstehen? Ja, der Irak. Aus mehreren Gründen«, fuhr er fort, jetzt ganz in seinem Element. »Zuerst einmal, weil es enge und gewachsene Beziehungen gibt zwischen gewissen Vertretern der alten russischen Nomenklatura, die zu einem guten Teil heute Mafiabanden leiten, und dem Irak. Dabei geht es gleichzeitig um einen politischen – antijüdischen – und einen kommerziellen Einfluß: Waffen, Technologie ... Seit dem Zusammenbruch des Sowjetsystems und seit dem Golfkrieg hat das Embargo diese unterirdischen Verbindungen gefestigt. Zudem ist es so, daß niemand besser geeignet ist als die Russenmafia, um für die Iraker in Israel zu arbeiten. Sie brauchen sich nur unter die russischen Juden zu mischen und verschwinden wie ein Tropfen im Meer. Ganz einfach. Die Art und Weise, wie heute morgen Ihr Tresor aufgebrochen wurde, die Verwendung eines Mikrosprengkörpers und auch die generalstabsmäßige Planung der Operation, scheinen diese Hypothese zu bestätigen. Die Leute, die den Coup ausgeführt haben, haben diese Präzision nicht in Straßenschlachten erlernt, sondern in einem militärischen Ausbildungslager.«

Tom und ich hingen an seinen Lippen. Mir war, als würde sich unter unseren Füßen eine Schlangengrube auftun!

»Im Gegenzug«, fing Doron wieder an, nachdem er sich einen neuen Kaffee hatte reichen lassen, »glaube ich, daß die Iraker den Russen gestatten, Labore zur Herstellung von Heroin im Norden Iraks einzurichten. Natürlich wird auch der Handel mit groß- und kleinkalibrigen Waffen fortgesetzt, und der Irak kann im Bedarfsfall die notwendigen Rückzugsbasen zur Verfügung stellen ... Ja sogar, wenn das Embargo eines Tages aufgehoben sein wird, ein funktionierendes Bankensystem, mit dem man Geld waschen kann, was für sie ein echter Segen sein wird!«

»Merkwürdiger Einfall, sich in dem meistüberwachten Land der Welt zu verstecken«, bemerkte Tom, dessen Neugierde jetzt geweckt war. »Die Awacs und die Satelliten des Pentagon suchen rund um die Uhr jeden Quadratzentimeter des Irak ab.«

»Ja«, antwortete Doron. »Wir haben ihre Berichte. Allerdings versteckt man sich immer noch am besten, indem man sich zeigt. Das ist das älteste Gesetz des Untergrunds! Wenn die Basen der russischen Mafia im Norden des Landes liegen, dann nicht ohne Grund: Sie gleichen den kurdischen Camps wie ein Ei dem anderen! Damit schlägt Saddam zwei Fliegen mit einer Klappe: Er kann die Kurden überwachen, sie, falls nötig, infiltrieren und unter den rivalisierenden Parteien Zwietracht säen. Man muß nur darauf kommen!«

Tom konnte nicht umhin, ihm fast bewundernd zuzustimmen. Ein kurzes Schweigen trat ein, das er schließlich brach.

»Was ich immer noch nicht verstehe: Warum sind die Schriftstücke für die Iraker so interessant.«

»In Bagdad wird man diese Schriftstücke als Teil des irakischen Kulturerbes betrachten«, bemerkte ich nun meinerseits. »Sie beschreiben auch ihre Geschichte. Ja, mehr noch, diese Texte könnten *den* Beweis dafür enthalten, daß der Irak immer stärker war als Israel. Hat nicht Babylon einst Jerusalem zerstört?«

»Und sie würden gern zeigen, daß sie in der Lage sind, es erneut zu tun!« folgerte Doron.

»Der Einbruch bei Rab Chaim, waren das nicht die Russen?« fragte ich mit Blick zu Doron.

»So ist es. Sokolow hoffte, vor Ihnen eines der Verstecke zu finden, aber ebensogut konnte er hoffen, auf etwas noch Interessanteres, Älteres zu stoßen, das von den Irakern direkt verwertet werden könnte.«

Doron wies mit der Hand nach Westen.

»Sie werden versuchen, die Dokumente aus Israel herauszuschmuggeln und sie in der Nähe von Bagdad zu verstecken, was nicht sehr schwierig sein dürfte. Dann brauchen sie nur noch der internationalen Presse zu erklären, daß diese Dokumente im Irak entdeckt wurden, und die Sache ist perfekt. Wer könnte ihnen widersprechen?«

»Ich verstehe immer noch nicht«, unterbrach ihn Tom. »Inwiefern können Texte, die älter sind als zweitausend Jahre oder wie alt auch immer, in diesem Maße nützlich oder gefährlich sein? Papyri! Ganz ehrlich, abgesehen von Ihnen und Leuten wie Calimani, wer interessiert sich denn für so was?«

Dorons Wanst erbebte, und auf seinen Lippen fand ich das herablassende Lächeln wieder, das mich heute morgen so verärgert hatte. Doch diesmal verstand ich den Grund. Jossi steckte sich eine Zigarette in den Mund, ohne sie anzuzünden, und wandte sich mit demonstrativem Brummen ab. Ich nahm Anlauf und stürzte mich in die Materie, in der Hoffnung, einer sarkastischen Antwort Dorons zuvorzukommen:

»Vor einigen Jahrzehnten hat ein Pater der Ecole biblique von Jerusalem, Pater Jérôme Murphy-O'Connor, eine These aufgestellt, die zunächst wie eine Bombe einschlug: Der Ursprung der Sekte der Essener gehe auf das Exil der Juden in Babylon zurück. Diese Hypothese stützt sich im besonderen auf einige historische Anspielungen der Damaskus-Schrift, eines Textes, der zusammen mit anderen Schriftstücken am Toten Meer gefunden wurde. Danach sei Damaskus in Wirklichkeit ein symbolischer Name, der Bagdad bezeichne. Diese Symbolhaftigkeit ginge klar aus einer Passage im Buch des Propheten Amos hervor, die in der besagten Damaskus-Schrift erwähnt wird. Gott spricht darin von den Exilierten, die Er aus seinem Zelt nach Damaskus verbannt habe – ein Name, der ganz offenkundig Babylon bezeichnet. Besagte Stelle aus dem Buch Amos ist noch einmal in der Apostelgeschichte erwähnt, aber dort wird der Name Babylon genannt, nicht Damaskus. Ein großer amerikanischer Archäologe und Bibelspezialist, William Albright, hat dazu angemerkt, daß einige assyrisch-babylonische Wörter aus der berühmten Rolle von Jesaja, die in einer Höhle am Toten Meer gefunden wurde, die Existenz eines früheren babylonischen Textes nahelegen, der diese Damaskus-Schrift sein könnte. Verstehen Sie, was das bedeutet?«

»Damaskus ... Also, Ihr ›Babylon‹ wäre der Ursprung von, sagen wir mal, von alldem?«

»Sozusagen«, brummte Doron und übernahm die Fortsetzung. »Man könnte noch hinzufügen, daß die Karäer wiederum, die den Talmud ablehnen, weil sie ihn als einen unechten Zusatz zum Bibeltext ansehen, sich im Sinne einer sogenannten größeren Reinheit auf diesen Text von Damaskus berufen!«

»Super, Sie können gern wieder hebräisch sprechen, ich verstehe auch so kein Wort«, meinte Tom ironisch.

»Erinnern Sie sich, Tom«, warf ich ein, »Sie selbst haben mir gesagt, daß Ihr Freund Aaron vielleicht Karäer gewesen ist.«

»Das stimmt. Die jüdische Sekte, die nicht ganz jüdisch ist. Aber wo ist der Zusammenhang mit dem Schatz?«

»Nicht so hastig. Zwischen Essenern und Karäern gibt es Ähnlichkeiten. Heute spricht man kaum noch von den Karäern, sie sind ziemlich in Vergessenheit geraten.«

»Hitler«, bemerkte Doron, »wollte sie ausrotten, genau wie uns. Um sie zu retten, hat die rabbinische Obrigkeit beschlossen, daß sie keine Juden sind. Heute gibt es noch ein paar Tausend Karäer in Israel, und sie besitzen eine Abschrift des Damaskus-Textes, die aus der Kairoer Genisa stammt.«

»Also gut, die Karäer, wenn Sie wollen. Und weiter?«

»Erstens«, sagte ich im Tonfall von Calimani, wobei ich jedes Wort mit den Fingern unterstrich, »bestehen große Ähnlichkeiten zwischen den Karäern und den Essenern, was die jüdische Abstammung angeht, wenn ich das so sagen darf. Zweitens gibt es seit langem schon eine These, die besagt, Jesus sei ein Essener gewesen, vielleicht sogar ihr ›Meister der Gerechtigkeit‹. Es wird heute selbst von der Kirche angenommen, daß Christentum und Essenismus sehr eng miteinander verbunden sind. Es gibt zahlreiche Parallelen bei den Regeln für das tägliche Leben wie auch in symbolischen Werten: Geld wird abgelehnt, Vergnügen ist verpönt, sie leben freiwillig in Armut, praktizieren die Taufe, und dann gibt es noch die rituellen Mahlzeiten der Essener, die unweigerlich an das Abendmahl erinnern. Ganz abgesehen von dem Kult um den ›Meister‹, der von Gott bestimmt und auserwählt ist, um die

Botschaft des Neuen Bundes zu verkünden, und manchen anderen Übereinstimmungen! Für viele Forscher ist Jesus im Umkreis der Essener oder in einer ihrer Familien geboren. Drittens: Wenn man all das zusammenfügt und den Beweis erbringt, daß die Essener babylonischen Ursprungs sind oder die Damaskus-Schrift ein großer Gründungstext, ein sozusagen vorbiblischer Text ist, dann wird das geistliche Jerusalem implodieren. Dann ist es nicht mehr die Heilige Stadt, die Quelle und die Gebärmutter der drei großen monotheistischen Religionen. Dann ist Juda nicht mehr das vom Herrn auserwählte und gesegnete Land. Dann ist es Babylon, das heißt: der Irak!«

Es folgte ein merkwürdiges, fast verlegenes Schweigen.

Doron fügte hinzu:

»Das wäre ein Krieg um den Ursprung, um den Anfang der Anfänge, und damit ein Krieg um die Geschichte und das geschriebene Wort. Der Krieg um die Macht der Wörter. Um den Ursprung, wie er sich aus den Schriften herleiten läßt! Und der kann genausoviel Schaden anrichten wie ein Atomkrieg, glauben Sie mir.«

Ich begann nun wirklich zu verstehen und war erschrocken.

»Wie also können wir Ihnen helfen?«

»Indem Sie weiter nach dem Schatz suchen, als ob nichts wäre. Ich will, daß die ›anderen‹ sich zu erkennen geben. Nicht nur die Russen, nicht nur die Mafia. Ich will genau wissen, wer dahintersteht.«

Tom schrie auf:

»Und wer also über uns herfallen wird! Na, toll! Wie nennen Sie das auf französisch?«

»Die Ziege«, schlug ich vor.

»Wie?«

»Eine Ziege, die an einen Pfahl gebunden wird, um die Wölfe anzulocken.«

»Genau! Wirklich toll. Aber da irren Sie sich, Doron. Die Rätsel des Schatzes sind tatsächlich Sackgassen. Es gibt nichts zu suchen und nichts zu finden in Mizpa, fragen Sie Ihre liebe Nichte. Absolut nichts. Die Höhlen aus der Zeit der Kupferrolle gibt es nicht mehr, das ist alles!«

Doron betrachtete den Boden seiner Tasse mit einer Konzentration, als läse er im Kaffeesatz.

»Gestern abend haben wir die Männer festgenommen, die Rab Chaim überfallen haben«, sagte er leise. »Wir haben die Schriftstücke, die Papyri, all die aus dem Laden gestohlenen Dokumente. Seit heute nacht beschäftigen sich zwei Forscher damit herauszufinden, ob sie in einem Zusammenhang mit dem Schatz stehen, ob sie Angaben zu einem Versteck enthalten ... Sokolow hat den Diebstahl des Goldbarren wahrscheinlich überstürzt vorgenommen, als er erfahren hat, daß wir seine Leute geschnappt haben. Seine Auftraggeber werden nicht sehr zufrieden sein. Er will Ihnen Angst machen oder aber sich einfach einen Gewinnanteil sichern, für den Fall, daß er abhauen muß. Wir tun uns etwas schwer damit, ihn zu schnappen, weil die beiden Kretins, die den Buchhändler umgebracht haben, nicht viel wissen. Dennoch bin ich überzeugt, daß wir weiter an der Kokospalme rütteln müssen. Von nun an haben wir fast eine Länge Vorsprung. Wir müssen sie provozieren, sie auf unser Terrain locken. Sie wenigstens glauben machen, daß Sie kurz davorstehen, bedeutende Dokumente zu entdecken! Ansonsten werden all diese netten Leute sich in Luft auflösen und wiederkommen, wenn wir sie nicht mehr erwarten. Dann aber sind *sie* diejenigen, die eine Länge Vorsprung haben werden.«

Doron schaute häufig zu mir hin, während er sprach. Aber ich sagte nichts. Sekunden verstrichen. Jossi-Stalin nahm die kalte Zigarette aus seinem Mund, grinste und steckte sie wieder dahin zurück.

»Ich habe nein gesagt, und ich bleibe bei nein«, wetterte Tom los. »*Jeesus*, man möchte meinen, Sie hätten noch nie etwas von Berufsethos gehört! Wenn ich die Ziege spielen oder mir Kokosnüsse auf den Kopf fallen lassen soll, dann geht das auf meine Rechnung, auf die meiner Zeitung. Das ist doch wohl nicht schwer zu verstehen!«

Das Schweigen war ebenso bedrückend, wie es lang erschien. Tatsächlich aber waren Toms Worte kaum verklungen, als es an der Tür klopfte. Zuerst erschien Calimanis Hut, dann sein Gesicht, schließlich sein ganzer Körper. Er trat ein, als hätten wir ihn selbstverständlich dazu aufgefordert, schaute uns der Reihe nach an, nahm seinen Hut ab und fuhr sich mit der Hand über seine pomadisierten Haare.

»Äh ... ich habe den Hauptakt des Stücks wohl verpaßt«, sagte er, wobei seine linke Hand durch die Luft flatterte. »Und unsere schöne Orit, wo ist die?«

Tom griff nach der Türklinke.

»Keine Sorge, Professor. Die Herrn werden überglücklich sein, für Sie noch einmal von vorne anfangen zu dürfen. Was Mizpa anbelangt, so hatten Sie recht ... der ›Zweifel‹!«

Calimani verneigte sich dankend, wie bei einem tosenden Applaus. Tom öffnete die Tür einen Spaltbreit, sah zu Doron und schüttelte noch einmal den Kopf.

»Zählen Sie nicht auf mich. Ich will darüber nachdenken, ob ich über das, was ich hier gehört habe, schweigen werde. Sollten Sie mich ausweisen, wird diese Überlegung sicherlich kurz ausfallen. Aber bitten Sie doch Ihre Nichte darum, die Kokosnüsse aufzusammeln! Sie bringt alle Voraussetzungen mit, da bin ich sicher.«

Er ging ab wie von einer Bühne.

»Scheißamerikaner«, brummte Jossi-Stalin und zündete sich nun endlich eine Zigarette an. »Müssen sich immer aufführen, als seien sie der Boß.«

25

Da die Stimmen aus dem angrenzenden Zimmer immer noch zu hören waren, stellte Tom den Fernseher an und drehte den Ton auf. Er ging ins Badezimmer und duschte sich lange und sehr heiß.

Erschöpft, wie er war, zog es vor, an nichts zu denken. Eine Spur von schlechtem Gewissen nagte unmerklich an ihm. Der vehemente Hinweis auf seine journalistische Integrität war ihm, schon als er ihn ausgesprochen hatte, grotesk erschienen. Während seiner Reportage über Little Odessa hatte er sich mit dem berühmten Berufsethos viel zu gut arrangiert, als daß er nicht bemerkt hätte, wie lächerlich es war. In Wirklichkeit hatte sein Groll gegen Doron nicht viel mit Journalismus zu tun. Auch nicht mit der Schatzsuche, der Mafia oder den Irakern!

Er schlang sich ein Handtuch um die Hüften, nahm eine Flasche Bourbon aus der Minibar und streckte sich auf dem Bett aus. In kleinen Schlucken trank er den Alkohol. Um dem Gedanken auszuweichen, der hartnäckig versuchte, sich in seinem Kopf einen Weg zu bahnen, hielt er den Blick auf den Fernseher gerichtet – erst Werbung für Schuhe, dann für elektrische Zahnbürsten.

Er fragte sich, ob er traurig darüber war, daß er den Goldbarren verloren hatte. Ja, das war er. Nicht wegen des vergleichsweise geringen Wertes, den der besaß, denn er hätte nie gewagt, davon zu profitieren, sondern wegen des eigentümlichen Kontaktes mit der Vergangenheit, den dieses Objekt darstellte. Als brächte ihn die Berührung mit dessen lauer, glatter Festigkeit Menschen näher, die vor Tausenden von

Jahren gelebt hatten. Als würde aus jener so fernen Zeit ihr kaum wahrnehmbares Gemurmel bis zu ihm emporsteigen.

In Wirklichkeit war er längst dabei, sich von Jerusalem mitreißen zu lassen. Nichts verlief so, wie er es wollte. Der Tag war abscheulich gewesen, sonderbarerweise erahnte er aber, auch wenn dieser Gedanke ihm dumm erschien, daß die Stadt es so wollte. Sie wollte, daß er demütig wurde. Ja sogar, daß er litt.

Und obwohl solche irrationalen Überlegungen nicht seine Sache waren, mußte er sich eingestehen, daß sie ihm in den Sinn kamen!

Er trank den Bourbon aus, ohne den Gedanken an Orit noch länger unterdrücken zu können. Der Schatz war nicht mehr wichtig. Keiner der Beweggründe, die ihn bis zu diesem Punkt gebracht hatten, war mehr wichtig. Er hatte seine Wut an Doron ausgelassen, aber Orit war der einzige Grund dafür gewesen. Schlimmer noch, sie war die fortdauernde und überschäumende Quelle seines Schmerzes geworden. Und den Namen dafür, den kannte er wohl.

Angesichts dieser »Sache«, dieses Taumels, angesichts der unerträglichen und schwachsinnigen Hoffnung, angesichts des Verrats, angesichts ... Es gab nur eine mögliche Antwort: ab mit dem nächsten Flugzeug nach New York! Flüchten, um sich nicht lächerlich zu machen! Was hatte er mit Essenern oder Karäern und dem ganzen Mittleren Osten zu schaffen? Mein Gott, waren diese Leute verrückt! Sich zu bekriegen, um herauszufinden, ob das Christentum oder der Talmud aus Babylon kamen! Man hatte das Gefühl, mit offenen Augen in einen Alptraum geraten zu sein ...

Jedenfalls hatte er ausreichend Stoff, um einen erstklassigen und sogar ziemlich überraschenden Artikel zu schreiben. Pech für Doron! Er war ihm wirklich nichts schuldig. Und er hatte ihm auch nichts versprochen!

Marek war erwachsen genug, um allein zurechtzukommen. Und außerdem würde er vielleicht auch etwas finden, um sein ominöses Buch schreiben zu können!

Unglaublich, sagte sich Tom immer wieder im stillen. Gestern noch hatte er einen Goldbarren von biblischem Alter in Händen gehalten, und heute blieb ihm nur noch die Flucht!

Er stand auf und trat wieder vor das große Glasfenster. Die Kuppel des Felsendoms glühte im Widerschein der Sonne; dort auf dem Felsen sollte Abraham, der jüdischen Überlieferung zufolge, seinen Sohn Isaak opfern, und von ebendiesem Felsen war nach muslimischer Überlieferung Mohammed auf seinem treuen El-Burak ins Paradies aufgestiegen, um Allah zu begegnen.

Zu dieser Stunde waren, wie an jedem Nachmittag, viele Menschen am Swimmingpool. Er überlegte, ob er ein paar Runden schwimmen sollte, dann dachte er an die Frauen am Beckenrand, und er dachte an Orit. Schließlich griff er zum Telefonhörer.

Er wählte eine Nummer, die er auswendig kannte. Es klingelte lange, und schließlich wurde abgehoben.

»In Gottes Namen, wer auch immer Sie sind, was ist in Sie gefahren?«

Tom lächelte. Ed Bernsteins Stimme war wie Balsam, auch wenn sie rauh klang wie das Bellen einer Bulldogge!

»Hier ist Hopkins, Ed!«

»O Gott, Hopkins! Sie sind noch am Leben? Verflucht seien Sie! Wo sind Sie?«

»In Jerusalem.«

»In Jerusalem? Wissen Sie, wie spät es hier ist?«

»Ed, ich habe den Stoff für einen klasse Artikel ...«

»Sie haben gar nichts und vor allem nicht für drei Pfennig Verstand! Man sollte Sie einsperren! Rufen Sie mich zu einer anständigen Zeit an, im Büro, und scheren Sie sich ...«

Bernstein legte auf, bevor er seinen Satz beendet hatte.

Tom legte ebenfalls auf und sah auf die Uhr. In New York war es in der Tat erst vier oder fünf Uhr morgens. Ein kleines sarkastisches Lachen kam über seine Lippen. Er sollte diesen Tag wohl besser vorübergehen lassen. Er würde ganz entschieden nichts Vernünftiges mehr zustande bringen.

Eine halbe Stunde später verließ er das Hotel. Er beschloß, den Toyota auf dem Parkplatz stehenzulassen und zu Fuß durch die Straßen zu gehen. Es war ihm ein Bedürfnis, die Stadt intensiver zu fühlen, Gesichter in sich aufzunehmen, zu laufen.

Er umging die Altstadt und war bald am Anfang der King-George-Avenue. Der Verkehr war dicht, und die Bürgersteige waren überfüllt. Aber die Leute auf den Straßen hatten ein Lächeln auf den Lippen, ein Gefühl der Leichtigkeit, ja fast der Gelassenheit wurde von Blick zu Blick weitergegeben. Ein Wassermelonenhändler rief ihn und zeigte ihm lachend seine aufgeschnittenen roten Früchte. Kinder rannten vor ihm weg. Aus einer Kleiderboutique drang laute Rapmusik. Zehn Meter weiter entlockte ein dicker Mann auf einem Klappstuhl den abgebrochenen Tasten eines Akkordeons eine schmalzige Melodie. Ein mit Leben angefüllter Lärm umgab Tom wie eine Blase voller Freude. Lächelnd ging er weiter und kam zu dem Einkaufszentrum am Rand des Machane-Yehuda-Markts, als die Bombe explodierte.

Die Druckwelle überdeckte alle anderen Geräusche. Sie schlug gegen Toms Brust und ließ ihn auf der Stelle erstarren, wie Hunderte von Männern und Frauen um ihn herum. Den Bruchteil einer Sekunde glaubte Tom, er werde für immer in dieser Haltung verharren. Dann sah er wie in Zeitlupe Arme hochgehen, Münder sich öffnen, Finger sich vor Gesichtern verkrampfen, Menschen auf die Knie fallen, eine Frau in einen Laden stürzen und Dutzende andere aus ihm herauskommen. Dann erst hörte er die Schreie.

Schwarzer Rauch stieg zum Himmel, zwei oder drei Straßen weiter. Leute fingen an, dorthin zu rennen, ganz mechanisch folgte er ihnen.

Noch bevor er den Markt erreicht hatte, erhob sich Sirenengeheul in den benachbarten Straßen. An den Kreuzungen leiteten Polizisten und Soldaten bereits den Verkehr um. Die Jaffastraße war bis zum Davidkaplatz verstopft von einer

Autobuskolonne, die sich immer zu dieser Tageszeit wie eine Herde nach Tel Aviv hinunterschlängelte.

Ein Schwarm von blaulichtbewehrten Wagen ergoß sich auf den Davidkaplatz. Aus einem Arkadengang zwischen zwei niedrigen Häusern sah Tom Krankenpfleger herausrennen mit blutüberströmten Körpern auf ihren Tragen, und er bemerkte, als hätte es irgendeine Bedeutung, daß ihre Schatten ihnen vorauseilten. Er wagte es, einen Blick auf eine der Tragen zu werfen, auf der purpurrotes Blut wie seidiger Samt leuchtete. Als er begriff, daß, was er sah, ein zerfetztes Gesicht war, blieb er stehen. Neben ihm schrie eine Frau auf, Tom ergriff ihren Arm und drückte ihn fest, aber die Frau riß sich schluchzend los.

Er wollte zum Davidka vordringen, als ein Polizist ihm den Weg versperrte. Tom zeigte seinen Presseausweis, doch der Polizist stieß ihn zurück, ohne auch nur einen Blick darauf zu werfen. Als er den Platz schließlich über Umwege erreichte, sah er als erstes zwei junge Araber, die von Soldaten an den Handgelenken festgehalten wurden. Die Jungen wehrten sich schreiend, aber man zwang sie, an Ort und Stelle niederzuknien. Die Soldaten umringten sie, und es begann, was man ein Verhör nennen konnte.

Obwohl die Bombe am anderen Ende des Einkaufszentrums explodiert war, waren im Umkreis von zwanzig Metern alle Marktstände umgekippt und die Waren zertreten. Verletzte Männer und Frauen wurden in aller Eile verarztet und, ebenso wie die Toten, auf Berge von Orangen, Avocados, Kohl, Gewürzen, zerbrochenen Parfümflaschen und sogar Fleisch gebettet, das so rot war wie die Wunden derer, die darauf ausgestreckt lagen.

Vier Krankenwagen fuhren langsam auf den Platz. Soldaten bahnten ihnen einen Weg durch die Scherben. Als er sich umdrehte, um sie vorbeizulassen, stand Tom ihr gegenüber.

Zuerst begriff er nicht, daß sie es war, obwohl sie keine zehn Schritte von ihm entfernt stand. Ihre offenen Haare verdeckten die Hälfte ihres Gesichts und ihres Oberkörpers; sie trug ein schlichtes khakifarbenes Baumwollkleid, das in Höhe der Hüfte zerrissen war. Ein großer Strauß Flieder hing unpassend in ihrer rechten Hand. Selbst aus so großer Entfernung sah Tom, daß ihre Augen tränenüberströmt waren.

Er ging auf sie zu, sie sah ihm erstaunt, mit offenem Mund und heftig atmend entgegen. Der Fliederstrauß zitterte.

Als er fast neben ihr stand, roch er ihr Parfüm stärker als je zuvor, selbst hier. Sein Magen zog sich zusammen. Mit einer Stimme, die tief aus seiner Kehle kam, fragte er:

»Bist du verletzt?«

Aber sie sah ihn nicht an, ihre Augen blickten starr auf die ankommenden Krankenwagen, deren Türen hastig aufgerissen wurden. Eine alte Frau schrie auf, als man sie hochhob. Vom anderen Ende des Platzes drang das Geräusch eines Metallschneiders, mit dem man Verletzte aus Autos befreite. Funken sprühten aus dem Dunkel und erloschen im Sonnenlicht.

»Ich war so schlecht drauf«, sagte Orit mit einer Stimme, die von weither kam. »Ich war dermaßen wütend auf mich, da habe ich beschlossen, mir Blumen zu kaufen, um etwas Schönes zu sehen.«

Ihre Tränen erreichten nun ihre Lippen. Tom wandte den Blick ab. Plötzlich wurde der Platz hinter ihnen von lautem Geschrei erfüllt. Von irgendwoher waren Männer und Frauen aufgetaucht, die sich in geschlossenen Reihen näherten, als würden sie sich zum Angriff auf den Tod vorbereiten. Männer mit Locken unter schwarzen Hüten schritten mit Plakaten, die in aller Eile angefertigt worden waren, an ihnen vorüber, und bei jedem Schritt schlugen die Schöße ihrer langen Gehröcke aneinander. Während sie sich den Leichen näherten, zogen sie Chirurgenhandschuhe über und holten Plastiktüten aus ihren Taschen. Gebete murmelnd und mit von Leid und Haß starrem Blick, knieten sie neben den zerfetzten Körpern nieder und fingen an, Teile von Fingern, winzige, blutige Hautfetzen, Knochensplitter und manchmal auch einen Körperteil einzusammeln. Behutsam ließen sie sie in ihre Plastiktüten gleiten. Noch bevor der Tag zu Ende ginge, würden Fingernägel, Zähne, Haare, Gliedmaßen, würde jedes Stück gemarterten Fleisches gemäß dem Gesetz bestattet sein.

»Komm«, flüsterte Orit ihm ins Ohr. »Komm, bitte!«

Sie zog ihn hinter sich her, wobei sie den Fliederstrauß wie eine Waffe schwenkte, um sich einen Weg durch die Menge zu bahnen. Kaum verlangsamte sie ihren Schritt, um die Krankenwagen durchzulassen.

»Komm«, wiederholte sie, während sie sich zu ihm umdrehte. »Bitte, komm! Ich wohne gleich um die Ecke.«

Es war eine kleine, schmale Wohnung in der dritten Etage eines modernen Hauses, gegenüber dem Sacker-Park, am äußeren Ende der Bezalelstraße. Sie kamen fast rennend dort an und so atemlos, als wären sie aus einer brodelnden Hölle geflüchtet. Orit ließ seine Hand erst los, als sie das Gebäude betreten hatten.

Tom achtete kaum auf die Möbel, auf das lange Sofa, das mit einem weißen Tuch bedeckt und übersät war mit purpurroten und goldenen Kissen, auf die Bücher, auf die merkwürdigen dunklen Glasmalereien oder auf die Spiegel, die, in Holz gefaßt, an den Wänden hingen. Er konnte Orits Gesicht kaum erkennen, aber es schien ihm, als würde er ihren Duft und ihre Haut mit jedem Atemzug einsaugen. Er hob seine Hände und ließ die Träger ihres Kleides mit einer einzigen, fast müden Bewegung heruntergleiten.

Langsam streifte er ihre Arme, die zitterten, und zögernd glitten seine Handflächen, als seien sie der einzige noch lebendige Teil seiner selbst, unter die entblößten Brüste, hin zu den dunklen Spitzen. Sie wogen schwer wie seidige Steine. Orits Finger berührten sein Gesicht, seinen Mund.

»Ja«, flüsterte sie, »ja«.

26

Von einem benachbarten Minarett rief die Stimme eines Muezzin über einen Lautsprecher zum Gebet.

Bald würde es dunkel werden. Nachdem er die letzten Wolken vom Himmel gefegt hatte, brachte ein Westwind nun fieberhafte Hitze. Es sei denn, diese Fieberhaftigkeit kam von der Atmosphäre in der Stadt nach dem Massaker auf dem Machane-Yehuda-Markt. Die Sirenen heulten nicht mehr, die üblichen Geräusche waren zurückgekehrt, obwohl sie mir schwächer erschienen als sonst, gleichsam gedämpft und gedehnt.

Diese Attentate nährten in mir den Zweifel. Über Jahre hatte ich mich für einen Dialog im Nahen Osten eingesetzt. Über Jahre hatte ich Begegnungen zwischen Juden und Arabern organisiert, Israelis und Palästinenser zusammengeführt. Und wie viele andere hatte ich mich über die ersten Friedensabkommen gefreut. Nun aber begriff ich, daß eine einzige frische Brise nicht den in Jahrhunderten angestauten Haß auflösen noch den Massakern Einhalt gebieten konnte. Der Frieden braucht, wie eine Blume auf einem frischbepflanzten Grab, Zeit, um Wurzeln zu schlagen. Dennoch, welche Gewalt könnte Menschen, die auf ein und derselben Erde leben, auf Dauer davon abhalten, miteinander zu reden? Sich gegenseitig zu helfen? David, der später König von Israel werden sollte, bekämpfte die Philister und tötete ihren Helden Goliath. Dennoch, als er von dem eifersüchtigen Saul verfolgt wurde, flüchtete er zu den Philistern. Sie nahmen ihn auf und übertrugen ihm sogar die Befehlsgewalt über eine ihrer Festungen. Einmal König, zögerte David nicht, seine Leibwächter aus seinen treuen Gefolgsleuten unter den Philistern zu rekrutieren.

Ich hielt den Originaltext des Rabbiners Petahia von Ratisbona in Händen, der die Heilige Stadt im Jahr 1177 besucht hatte:

In Jerusalem gibt es ein Tor, welches »Tor der Barmherzigkeit« genannt wird. Es ist mit Steinen und Kalk zugemauert. Kein Jude darf sich ihm nähern, und die Nichtjuden um so weniger.

Einmal wollten Nichtjuden die Steine wegnehmen und das Tor öffnen. Da bebte die Erde in Israel. In der Stadt brach eine Panik aus, bis sie ihr Unterfangen aufgaben …

Calimani hatte mir dieses wertvolle alte Dokument geliehen, kurz nachdem Doron gegangen war. Er hatte mich gleich nach dem Attentat angerufen, um mir mit dumpfer und niedergeschlagener Stimme Einzelheiten zu berichten, die ich lieber nicht gewußt hätte, fehlte mir doch schon der Mut, den Fernseher einzuschalten, um mir das immer gleiche Schauspiel des Wahnsinns anzusehen.

Ich hatte nur diese wenigen Zeilen in dem schweren, knarrenden Pergament gelesen – vielleicht weil die Parallele zu dem, was wir gerade erlebt hatten, zu offensichtlich war, und auch weil ich erschöpft war von diesem langen Tag. Ich saß zusammengesunken in meinem Stuhl auf der Terrasse, kraftlos, mutlos, und ließ meinen Blick über diese unerträgliche und zugleich so geliebte Stadt gleiten, als müßte ich von meiner Loge herab immer aufs neue denselben Akt einer Tragödie erleben, die ihr Ende nicht fand.

Toms Zimmer lag zu meiner Rechten im Dunkeln. Ich nahm an, daß er als guter Journalist – ein Status, auf den er mit allzu verdächtigem Eifer pochte – sich in die Nähe des Blutbads begeben hatte … Vielleicht hätte er nach seinem Disput mit Doron und seinem geräuschvollen Abgang gern mit mir gesprochen? Aber wovon hätte ich ihn überzeugen sollen? Es gibt Ansichten, über die man nicht diskutieren kann, und außerdem war er mir so kindisch erschienen in seiner Weigerung, so erkennbar unaufrichtig, daß ich daraus geschlossen hatte, für ihn zählte allein Orits »Verrat«.

Aus seiner heftigen Reaktion sprach der verletzte Stolz eines Mannes, der sich in eine attraktive Frau verliebt hatte, die sich plötzlich, wie das höhnisch lachende Hexengesicht auf dem Kürbis, zur Nichte und Agentin gemausert hatte. Armer Tom! Eine einfache und schwere Lektion in Sachen Liebe. In Wirklichkeit war Orit eben eine richtige Frau, die unter der Maske ihrer Schönheit eine andere, kompliziertere und noch viel anziehendere Orit verbarg.

Ich verstand seine Verwirrung, doch ich muß gestehen, sie erheiterte mich auch. Dem Alter verdankte ich den Nachteil, daß ich nicht an seiner Stelle sein konnte, aber vielleicht auch die nötige Erfahrung, um hinter Orits strahlender Schönheit den tiefen Reichtum ihres Innern wahrzunehmen. Es sei denn, es war reine Selbstgefälligkeit, wenn ich mir das als Privileg anrechnete.

Das kreidige Weiß der Steine dieser Stadt trat mit fortschreitender Dunkelheit immer stärker hervor, während die grauen Tupfer der Olivenhaine im Hintergrund, am Berg Zion, das schwindende Licht förmlich aufzusaugen schienen. Und als der letzte Farbfleck an diesem unbarmherzigen Abend erloschen war, überkam mich die Sehnsucht. Ich dachte an all die, die an Jerusalem geglaubt hatten, an alle, die enttäuscht, vernichtet, verraten worden waren – in der Vergangenheit wie in der Gegenwart. Mir war fast, als könnte ich ihre dumpfe Klage hören, die über die Jahrhunderte hinweg das Hinnomtal erfüllte. Und durch einen jener aberwitzigen Sprünge unseres Denkens war ich plötzlich bei Moses William Shapira.

Heute erinnert sich niemand mehr an diesen Namen. Ich war auf seine Geschichte gestoßen wie auf alle anderen auch: durch Zufall. Shapira besaß am Ende des neunzehnten Jahrhunderts ein Antiquitätengeschäft in der Heiligen Stadt. Eines Tages im Jahre 1878 erfuhr er von einem Beduinen, der in der Nähe des Toten Meeres, in einer Höhle im Wadi Mujib, Stoffballen gefunden hatte, in denen braune Lederrollen eingewickelt waren. Stutzig geworden, suchte er den Beduinen auf und kaufte ihm diesen merkwürdigen Fund ab: fünfzehn Schriftrollen von neun mal achtzehn Zentimetern.

Nach einer gründlichen Prüfung stellte Shapira bald fest, daß er nicht nur eine sehr alte, sondern auch eine von der Bibel abweichende Fassung des Deuteronomiums in Händen hielt. Voller Vertrauen zeigte er diese Rollen einigen Spezialisten, die ihn dazu ermutigten, sie unverzüglich nach London zu bringen. Shapira schloß seinen Laden und trat die Reise an. Die englischen Gelehrten erklärten das Dokument mit dem ganzen Gewicht ihrer Gelehrsamkeit für authentisch. Kurz darauf erschien in der *Times* auch schon eine Übersetzung.

Die Angelegenheit hatte so viel Staub aufgewirbelt, daß der damalige Premierminister Gladstone höchstpersönlich kam, um den Fund des Beduinen zu begutachten, mit dem Ziel, ihn Shapira abzukaufen. Es war von einer Million Pfund die Rede.

Da aber kam ein französischer Historiker, ein Spezialist für diese Zeit, dem Shapira bedauerlicherweise die Rollen nicht hatte zeigen wollen und der aus unbekannten Gründen seit langem mit dem Antiquar aus Jerusalem verfeindet war, und erklärte sie für unecht. Sofort stürzte sich ein ganzer Schwarm von Historikern und Gelehrten aller Art, ohne sich die Originale überhaupt anzusehen, auf den Fall und schrie Skandal. Vor aller Welt diskreditiert und ruiniert, nahm Shapira sich 1884 in einem Hotelzimmer in Rotterdam das Leben … Wieder einmal, und auf dem verschlungensten aller Wege, war es Jerusalem gelungen, sein Gedächtnis zu verschleiern und ins Dunkel zu rücken – wo ebendieses Gedächtnis doch die Quelle seiner Entstehung ist.

Ein Streit kam mir in den Sinn, viertausend Jahre alt, der Abraham und die Hetiter anläßlich von Sarahs Tod zusammenführte. Die Hetiter boten ihr eigenes Grab an, um Abrahams Weib dort zu bestatten, weigerten sich aber, auch nur das kleinste Stück Land an den Hebräer zu verkaufen.

Abraham und Ephron, der Besitzer des Bodens, versuchten sich gegenseitig von der Gewichtigkeit ihrer Standpunkte zu überzeugen. Vor dem Volk des Landes rief der jüdische Patriarch aus: »Gefällt es euch, daß ich meine Tote hinaustrage und begrabe, so höret mich und bittet für mich Ephron, den Sohn Zohars, daß er mir gebe seine Höhle in Machpela, die am Ende seines Ackers liegt; er gebe sie mir um Geld, soviel sie wert ist, zum Erbbegräbnis unter euch.«

Da antwortete Ephron: »Nein, Herr, sondern höre mir zu! Ich schenke dir den Acker und die Höhle darin ...«

Abraham jedoch wollte nichts wissen von einem solchen Angebot, das ihn zum Schuldner des Hetiters machte und seinen Wunsch, sich in der Nähe von Sarahs Grab niederzulassen, durchkreuzte. Er beharrte weiterhin darauf zu bezahlen: »Wenn du mich doch nur anhören wolltest! Ich würde dir das Geld für das Feld geben. Nimm es doch aus meiner Hand an, und dort werde ich meine verstorbene Frau begraben.« Ephron fuhr unablässig fort zu beteuern, daß Abrahams Geld ihn nicht interessiere.

Das lange Hin und Her wurde schließlich einvernehmlich beendet. Für vierhundert Silbertaler sollte Abrahams Stamm die Höhle und das besagte Feld erwerben – und zusätzlich zu dem Landbesitz das Recht, sich etwa fünfundzwanzig Kilometer von Hebron entfernt niederzulassen.

Ich habe mich oft gefragt, wie ein solcher Handel heute in der Region aufgenommen würde. Mit folgender zusätzlicher Problematik: Im Gegensatz zu dem, was der Bibeltext glauben macht, war Abraham nicht allein mit seiner Familie aus Mesopotamien bis zur Ostküste des Mittelmeeres gewandert, es begleiteten ihn mit Sicherheit Tausende, wenn nicht Zehntausende Männer, Frauen und Kinder, die sich in seinem Gefolge auf den Weg gemacht hatten. Und es ist durchaus denkbar, daß auch die Hyksos in diese Migrationsbewegung verwickelt wurden.

Der Ursprung der Hyksos, dieses geheimnisvollen Volkes,

das im achtzehnten Jahrhundert vor der christlichen Zeitrechnung in das Niltal kam, ist den Historikern noch völlig unbekannt, obwohl gleichzeitig erwiesen ist, daß dieses Volk Ägypten anderthalb Jahrhunderte beherrschte. Ausgrabungen, die in unserer Zeit in einer Totenstadt durchgeführt wurden, die etwa dreißig Kilometer von Kairo entfernt liegt, haben einen erstaunlichen Tempel zutage gefördert, der dem Tempel in Jerusalem in allen Einzelheiten gleicht. Noch heute wird der Ort Tell Al-Jehudia genannt: der Hügel der Juden.

Sollte zwischen dem Stamm Abrahams und dem Volk der Hyksos eine verwandtschaftliche Beziehung bestehen? Dann würde man besser verstehen, warum die Pharaonen Joseph, den Urenkel Abrahams, so freundlich aufnahmen, als er von seinen Brüdern verkauft wurde.

Das Geräusch einer Tür war zu hören. Aus meinen verschlungenen Gedanken gerissen, fuhr ich hoch. Im Halbdunkel erkannte ich Calimani in seinem hellen Anzug, wie er über die Terrassen der zwischen uns liegenden Zimmer auf mich zukam. An diesem Abend trug er ein gelbes Hemd, Krawatte und Hut fehlten, dafür aber hatte er ein wunderbares Einstecktuch aus Seide. Als er an der Terrasse von Toms Zimmer angekommen war, näherte er sich ungeniert dem großen Fenster und sah hinein. Kopfschüttelnd ging er weiter, dann stieg er mit einer gewissen Behäbigkeit über das letzte Mäuerchen hinweg und setzte sich in den Stuhl neben mir.

Calimani war ein im höchsten Maße ungenierter und zugleich sehr geselliger Mensch. Ich war mir nicht sicher, ob er sich seiner Eingriffe in die Privatsphäre der anderen wirklich so wenig bewußt war, wie er sich den Anschein gab. Allerdings waren selbst seine ungebührlichen Manieren nie ohne Charme. So war denn auch meine erste Regung, eine Art Rückzugsbewegung, reine Formsache. Ich schätzte, wie jedesmal, seine Anwesenheit.

»Ich habe mir gedacht, daß ich Sie auf Ihrer Terrasse finden werde, in Gedanken versunken, wie sich das für einen Schriftsteller gehört!« sagte er mit einem vagen Lächeln zwischen Traurigkeit und Belustigung. »Außerdem dachte ich mir, wenn ich Sie nicht einlade, werden Sie heute abend überhaupt nicht zum Essen gehen.«

Seufzend streckte er die Beine aus.

»Ein harter Tag, nicht wahr?«

»Ebenso hart wie sonderbar«, bestätigte ich. »Einer dieser Tage, an denen man den Eindruck hat, in einer Pfanne zu schmoren. Auf der einen Seite verbrennt man in seinen Emotionen, auf der anderen wird man gegrillt wie ein gewöhnliches Beefsteak ... Und man würde verdammt gern wissen, wer den Pfannenstiel hält!«

Er lachte auf und wies mit dem Kopf auf Toms Zimmer.

»Schönes Bild. Unser Journalistenfreund scheint auf seine Weise vor dieser Ungewißheit geflohen zu sein! Es sei denn, er ist zum Markt gegangen, um die Ausmaße des Massakers in Augenschein zu nehmen ... Journalistischer Voyeurismus?«

»Dachte ich auch.«

Calimanis rechte Hand flatterte hilflos wie ein Vogel, der dem Ast nicht traut, auf den er sich setzen möchte.

»Oder er hat sich mit der schönen Orit getroffen. Mir schien, als ob er ... Nicht wahr?«

»Doch. Auch das ist möglich.«

»Wie aggressiv er gegenüber diesem armen Doron war!«

Er lachte kurz auf, aber sein Gesicht wurde schnell wieder ernst.

»Glauben Sie wirklich, daß er alles hinschmeißen wird? Ich meine Hopkins.«

»Offen gesagt, ich weiß es nicht.«

»Hm ... Und *Sie*, haben *Sie* wenigstens Ihre Meinung nicht geändert? Kommen Sie morgen früh mit zu Doron?«

»Ja. Ich wüßte schon gern, was für Erkenntnisse diese beiden Wissenschaftler aus den Schriftstücken von Rab Chaim gezogen haben. Danach sehen wir weiter. So haben wir es doch vereinbart, oder? Er stellt uns seinen Plan vor, und wir entscheiden, mit oder ohne Tom.«

»Ehrlich gesagt, mein lieber Freund, aber ich will Ihnen nicht zu nahe treten, kann ich mir nicht vorstellen, wie ich mit Ihnen auf der Suche nach einem Schatz durch die Wüste renne, unter dem Kreuzfeuer von Dorons Männern und den Irakern. Vorausgesetzt, die Iraker sind da, woran ich leider keinen Zweifel habe. Nein, mein lieber Marek, Überzeugung hin oder her, wir brauchen die Muskelkraft unseres jungen Mannes.«

»Ich rate Ihnen nicht, ihm die Dinge unter diesem Gesichtspunkt darzustellen!« erwiderte ich mit einem Lächeln.

Calimani gluckste, aber wieder erstarb sein Lachen sofort. Er schwieg eine Weile, und ich wußte, woran er dachte. Schließlich murmelte er, als würde er etwas gestehen, das er zu lange zurückgehalten hatte:

»Über zwanzig Tote und mindestens hundert Verletzte. Was für ein Gemetzel! Die Hamas hat vor wenigen Stunden eine vage Erklärung veröffentlicht, in der sie bekanntgibt, an dem Attentat nicht beteiligt zu sein, es aber auch nicht verurteilen zu können, und so weiter. Sie muß es nicht gewesen sein, aber merkwürdig ist es schon. Vor einer Viertelstunde habe ich Doron angerufen. Er schien auch ratlos zu sein. Den ersten Ergebnissen der Untersuchung zufolge ist der Modus operandi ungewöhnlich. Mehr hat er mir nicht verraten wollen.«

Ich sagte nichts dazu, ich hatte keine Lust zu reden, ich sah nur, wie die Stadt sich nach und nach in ihre Lichter hüllte, als sei jedes einzelne von ihnen das unverzagte Zeichen einer brüderlichen Wärme.

Calimani, der seinen eigenen Gedanken nachhing, ertrug dieses Schweigen nicht.

»Und dabei ist es eine so wundervolle Stadt, nicht wahr?« rief er mit dumpfer Stimme aus. »Wunderbar und grauenhaft, ja, über dem Tehom erbaut, dem Abgrund, wo den Muslimen zufolge die toten Seelen stranden. Sehen Sie, dort hinter dem

Berg Morija, da spürt man sogar nachts die Aura des Josaphattals – oder des Kidrontals oder auch des Tals der Könige, weil es, angefüllt mit Katakomben, Grabmalen und Grabsteinen, genauso viele Namen hat, wie es Erinnerungen birgt. Dort wird auch das Jüngste Gericht stattfinden. Millionen und aber Millionen Tote werden durch unterirdische Gänge dorthin gelangen … die Toten von heute, von vorhin, unser lieber Rab Chaim ebenso wie die Ladenbesitzer und Gelehrten vergangener Jahrtausende. Ach, ist es nicht Ironie und höchster Ausdruck für die Ambivalenz dieser Stadt, die auf einem der sagenhaftesten Friedhöfe erbaut ist, wenn sie den Tod so sehr verdrängt, daß es verboten ist, sterbliche Überreste auch nur eine Nacht innerhalb der Stadtmauer aufzubewahren? Und sobald ein Archäologe, ein Forscher oder auch nur ein schlichter Maurer ein Grab antastet, schreien die Wächter der Ewigkeit auf vor Schmerz und Wut.«

»Oder auch die *Diebe* der Ewigkeit«, korrigierte ich vorsichtig.

Giuseppe Calimani runzelte die Stirn.

»Wissen Sie«, sagte ich mit einer Lebhaftigkeit, die mich selbst erstaunte, »für mich liegt das eigentliche Jerusalem auf der anderen Seite, in der King-George-Avenue mit ihren Geschäften, auf der der Ben-Yehuda-Straße mit ihren Cafés, in Rechavia mit seinen rosa getünchten Häusern oder auch in Talpiyyot mit seinen zwischen Kiefern gebetteten Villen …«

»Und was machen Sie mit der Altstadt?«

»Das ist keine Stadt mehr, sondern ein Überbleibsel aus der Vergangenheit. Schauen Sie sich die Lichter an, in der Nacht ist es noch offensichtlicher als am Tag. Was sieht man da? Ein Viereck, das von einer Mauer umgeben ist, damit die Vergangenheit nicht entfliehen kann und alle Erinnerungen in diesem einen versteinerten Herzen miteinander konfrontiert werden. Wie in einer römischen Arena, mit dem Unterschied nur, daß die Gladiatoren von heute sich vor den Augen der ganzen Welt umbringen.«

»Warum sagen Sie, daß die Erinnerungen ›konfrontiert‹ werden?« entrüstete sich Calimani. »Ist das Gedächtnis der Völker nicht das Fundament der Menschheit?«

»Es ist das Fundament der Menschheit, gewiß. Aber die Völker haben ihr Gedächtnis oft in der Auseinandersetzung und im Haß auf andere Völker geschmiedet. Sehen Sie uns an. Wir Juden erinnern uns an die Zerstörung des ersten Tempels von Jerusalem durch Nebukadnezar im Jahr 587 vor unserer Zeit und an das babylonische Exil, das darauf folgte. Wir erinnern uns an die Zerstörung des zweiten Tempels durch Titus im Jahr 70 nach Christus. Wir erinnern uns an die Vertreibung der Juden aus Spanien im Jahr 1492, an die Pogrome von Bogdan Chmelnizki im Jahr 1666. Wir erinnern uns an Auschwitz. Und nun versuchen Sie mal, dieses Gedächtnis mit anderen zu teilen.«

Ich redete mich in Fahrt. Die durch das neue Attentat entstandene Wut, aber mehr noch die Aussichten, die Doron uns mit seiner »irakischen Hypothese« eröffnet hatte, ließen meine Stimme lauter werden.

»Das ist, als wenn die Kambodschaner sich wünschten, andere teilten mit ihnen ihre Erinnerungen an die Massaker von Pol Pot, zum Beispiel.«

»Aber von diesen Massakern wissen wir, sie berühren uns als Menschen, sie sind Teil unserer Erinnerung«, wandte Calimani ein.

»Sie sind Teil unseres Wissens, einer kalten historischen Bestandsaufnahme, aber mitnichten unserer Anteilnahme, unserer Tränen. Wenn wir ehrlich sind, ist es uns unmöglich, die amerikanischen oder vietnamesischen Toten in Vietnam zu betrauern, nicht einmal die der jüngsten Genozide in Afrika. Ihnen gelten unsere Tränen nicht, nein, es wäre scheinheilig, das zu behaupten. Sehen Sie, die Erinnerung der Franzosen an Jerusalem heißt Gottfried von Bouillon, die der Juden heißt Judas, genannt Makkabäus! Und doch sind beide Teil ein und derselben Geschichte.«

Ich schwieg. Man hörte die Glocken vom französischen Dom, sie klangen wie ein merkwürdiges, willkürliches Echo meiner Worte. Calimani blieb ausnahmsweise einmal nachdenklich angesichts meines Wortschwalls. Aber die Wut hatte mich aus meiner Melancholie gerissen.

»Diese Stadt ist keine Wirklichkeit, sie ist ein Traum. Nun wird aber jeder Traum in der Einsamkeit des Schlafes geträumt. Man kann ihn nachträglich erzählen, wenn man sich an ihn erinnert, und ihn so mit anderen teilen – aber erst nach dem Erwachen, nachdem man ihn geträumt hat. Ich habe mich immer gefragt, warum Jerusalem – nach vierzig Jahrhunderten! – immer noch soviel Haß und soviel Liebe hervorruft, soviel Bewunderung und unteilbares Begehren. Und wegen dieser Frage, dieses Rätsels habe ich beschlossen, diesen Roman zu schreiben. Jerusalem an sich ist ein Paradoxon, beunruhigend und erhaben zugleich, und es nährt sich unaufhörlich von sich selbst, dank den Zeugnissen, den Abenteuern, den Erwähnungen von Menschen, die die Stadt besucht oder in ihr gelebt haben.«

Ich war auf einen Einspruch Calimanis gefaßt, doch er nickte nur zustimmend. Also fuhr ich fort.

»Und dabei rechtfertigt nichts von dem, was ich über Jerusalem gelernt habe, daß die eine Hälfte ablehnt, mit der anderen zusammen zu leben und sich die Stadt zu teilen. Schaut man sich die Rechtsprechung an, stellt man fest, daß die ersten Könige von Salem, sprich Jerusalem, bereits ›Könige der Gerechtigkeit‹ hießen. Denkt man an den Frieden, so ist er schon im Namen von Jerusalem – Jeruschalajim – enthalten. Und denkt man schließlich an die Liebe, stellt man fest, daß das Teilen überall notwendig ist. Alles kann geteilt werden: das Brot, ein Haus, ein Feld und sogar ein Land. Es gibt nur eine Sache, die man nicht teilen kann: den Traum.«

»Man träumt immer von dem, was man nicht hat, zumindest nach Freud«, merkte Calimani an. »Der Traum schenkt uns, wovon wir fern sind, aber wonach wir uns sehnen.«

»Ja, das glaube ich gern. Der Traum von Jerusalem begründet den Glauben an Jerusalem. In Mesopotamien geboren und in der Wüste Sinai erstarkt, träumte das Judentum vom Lande Kanaan und der Stadt Jerusalem. Das Exil, das allzu lange Exil, hat diesen Traum bestärkt und genährt. Der Islam ist in der Wüste Arabiens geboren. Auch er träumte von Jerusalem und von grünen Weiden. Das Christentum aber, wie es uns in den Evangelien erscheint, ist in Jerusalem selbst geboren. Der Leidensweg Christi und die vierzehn Stationen der Via Dolorosa bezeugen es. Aber genau darum geht es. Wenn Dorons Hypothese sich bewahrheitete und wir erfahren sollten, daß auch das Christentum im Exil geboren wurde und daß es ebenfalls davon träumte, durch seinen Messias den geheiligten Raum von Jerusalem zu erreichen ...«

»Man wird uns wohl morgen mehr dazu sagen können«, stimmte Calimani mit klarer Stimme zu. »Die Texte, die Dorons Wissenschaftler analysieren, werden uns sicherlich überraschen. Ja, ich beginne zu begreifen, was Sie sagen wollen.«

Vielleicht verstand er es in Wirklichkeit besser als ich selbst, der ich diesen Gedanken nur fassen konnte, indem ich ihn formulierte. Es war ein merkwürdiger Augenblick der Verzauberung. Der Gedanke schien sich selbst zu denken. Es war auch ein tragischer Augenblick, als sei es der aufgestachelten Gewalt des Tages schließlich gelungen, wer weiß welchen Moloch zu sättigen, der uns nun für ein paar Stunden den Traum vom Frieden gewährte.

Als wollte sie dies durch einen sichtbaren Zauber bestätigen, durchquerte eine Sternschnuppe den klaren Himmel.

»Der Traum ist ein Geständnis«, setzte ich leise hinzu. »Wir träumen vom Frieden, den wir nicht zu leben verstehen, von der Achtung für die anderen und der Brüderlichkeit, die wir nicht kennen, wir träumen von der Schönheit der Zukunft, während wir in den Schatten der Vergangenheit vor uns hin schmoren ... Aber wir träumen nicht davon, unsere Träume zu teilen. Und dabei ... Bis zum Überdruß wiederholen wir, daß die Völker sich für Land, für Raum, und um ihre Götter anderen aufzuzwingen, gegenseitig umgebracht haben – aber solcherart Kriege enden immer mit einer Lösung, einem Kompromiß. Der Krieg hingegen, der heute Jerusalem, Israel und den ganzen Mittleren Osten zerreißt, das ist der Alltag zweier Träume, die sich unaufhörlich dieselbe Quelle, denselben Mangel streitig machen. Ja, der Traum ist das einzige, das man auf dieser Erde nicht teilen kann.«

Calimani verharrte so lange reglos mit über dem Bauch verschränkten Händen und offenem Mund, daß ich einen Moment glaubte, ihn verletzt zu haben, indem ich ihn so rücksichtslos in das Labyrinth meiner Gedanken hineingezogen hatte. Es sei denn, er war verärgert, weil er schon allzulange nicht mehr seine Bildung hatte unter Beweis stellen können.

Aber dem war nicht so. Plötzlich löste sich seine linke Hand von seinem Körper und legte sich vertrauensvoll auf meinen Arm. Ich war so überrascht, daß ich vor Verlegenheit fast ein wenig zusammenfuhr. Leider sollte ich noch oft die Möglichkeit haben, mich an diese Geste der Zuneigung zu erinnern. Calimani war genau wie ich empfänglich für den Zauber dieses Augenblicks.

Mit seinem singenden Akzent sagte er, mir noch mehrmals den Arm drückend:

»Unter diesem Gesichtspunkt habe ich noch nie an Jerusalem gedacht. Vielleicht hätte ich das tun sollen. Die Wissenschaftler besitzen ein Wissen, das sie leicht wie einen Schirm um sich herum aufstellen – wie ein der Kälte ausgesetzter Mensch, der sich mehrere Schichten Kleidung übereinander anzieht, um sich zu schützen, statt auf die Idee zu kommen, ein Feuer anzuzünden! Das Feuer ist eine Erfindung und letztendlich die Synthese einander entgegengesetzter Elemente, die sich in einem Augenblick aneinander verzehren. Im Grunde ist genau das die Arbeit des Romanciers. Bei Ihnen brennt die Einbildungskraft ...«

»Sicherlich verbinden sich in einer guten Geschichte Wahrheit und Lüge miteinander«, gab ich mit einem leichten Lächeln zu. »Obwohl die Einbildungskraft nicht wirklich der Lüge entspricht, sondern nur dem Versuch, etwas anderes als die Wirklichkeit zu erschaffen.«

»Man könnte es auch Spuren-Verwischen nennen«, meinte er lachend und nahm seine Hand von meinem Arm. Ich kann mir sehr gut vorstellen, wie Sie die Wirklichkeit von mir abziehen, um mich in einer Figur nach Ihrem Geschmack wiederauferstehen zu lassen! Ein fiktiver Calimani mit all meinen kleinen Macken und meinem Hut!«

»Vor allem mit Ihrer Eleganz! Ja, ganz genau.«

Und wir brachen in unbändiges Gelächter aus wie zwei Schuljungen, befreit von der Last der Angst und in tiefstem Einverständnis miteinander glücklich, lachen zu können, weil uns noch einen Augenblick zuvor das Lachen so unerreichbar erschienen war.

»Da Sie nun einmal in Schwung sind«, fing Calimani wieder an, wobei er noch gluckste und vorsichtig eine pomadisierte Haarsträhne nach hinten strich, »vertrauen Sie mir ein Geheimnis an! Wie sind Sie eigentlich Schriftsteller geworden?«

»Durch einen Esel und den Tod.«

»Oje, oje!«

»Es war in Kokand, in Usbekistan. Ich erinnere mich noch, als sei es heute morgen gewesen. Vor mir trappelte ein Esel dahin, und sein Reiter wippte auf und ab. Ich rannte barfuß im Staub hinter ihnen her. Der Boden war brennend heiß, weil er seit dem Morgengrauen von einer Sonne erhitzt wurde, die von den Gletschern des Pamir wie durch Spiegel verstärkt wurde. An den Flanken des kleinen Esels baumelten zwei Reissäcke. Der Reis war unsere Rettung. Zu der Zeit besaß man noch keine Antibiotika. ›Treibe Reis auf‹, hatte mir der Arzt am Vortag gesagt. ›Treibe Reis auf, wenn du deine Eltern retten willst!‹ Mein Vater und meine Mutter lagen mit Typhus und Ruhr im örtlichen Krankenhaus. Ich holte den Esel ein … Ein Schnitt in einen der Säcke genügte. Ach, wie schön sie waren, die kleinen weißen Körnchen, die da in Strömen aus dem Sack rieselten! Wie an einem Brunnen habe ich damit meine Mütze gefüllt. Der Mann auf dem Esel hat nicht mal geschrien. Er hat wohl Angst gehabt und nur an Flucht gedacht ... Aber die Sache kam trotzdem raus. Und danach hat man mich den ›Bandity‹ zugerechnet, die in Horden umherstreiften. Eines Tages, als ich meinen Eltern einen Korb Nahrungsmittel brachte, haben drei Strolche in meinem Alter aus einer dieser Banden mich überfallen, um mich nun ihrerseits zu bestehlen und mir zu beweisen, daß sie die Stärkeren waren. Drei gegen einen, da war der Kampf schnell entschieden; trotz meiner Wut war ich ihnen nicht gewachsen! Weil ich mich aber gut geschlagen hatte, brachten sie mich zum Kalwak, einem brachliegenden Gelände in der Unterstadt. Dort trafen sich die Banden, um Rechnungen zu begleichen, sich Geschichten zu erzählen, gemeinsam zu singen, ihre geglückten Coups zu feiern und die ›Verräter‹ zu verurteilen. In Wirklichkeit waren diese Jungen hinter ihren Messern herzensgut, sie träumten von einem anderen Leben, einer anderen Gesellschaft. In ihren Geschichten zählte die Kameradschaft mehr als der Eigennutz, siegte die Gerechtigkeit über den Betrug, und ihre Helden riskierten ihr Leben für die Ehre. An jenem Abend am Kalwak habe ich, um nicht verprügelt zu werden, angefangen, ›Die drei Musketiere‹ zu erzählen, und beim Morgengrauen war mein Ruf wiederhergestellt. Fortan war ich Marek, *kto charascho balakajet*, Marek, der gut Geschichten erzählen kann. Da war ich neun Jahre alt.«

»Eine sehr schöne Geschichte! Sie erinnert mich an ein persisches Sprichwort: ›Der Schakal, der in den Ebenen von Mazarderan haust, kann nur von den Hunden aus Mazarderan bezwungen werden.‹«

»Das bedeutet ...?«

»Daß man nur besiegen kann, was man gut kennt. Wissen Sie was? Meine Kehle ist trocken wie die Ufer des Toten Meeres, und ich habe einen Bärenhunger!«

27

Sie waren eingeschlafen, aufgewacht, wieder eingeschlafen ... Die Zeit hatte ihr Gewicht und die Nacht sogar ihre Dunkelheit verloren. Ihre Haut und ihre Hände, ihre Lippen und ihre Zungen schienen alles an Leben und jedes Gefühl in diesen wenigen Stunden verdichtet erleben zu wollen.

Tom beobachtete ihr Gesicht, die Veränderung ihrer Züge, wenn er in sie eindrang. Manchmal stieß sie ihn fast zurück, um sich in einer fast erschreckenden Nacktheit zu zeigen, und schloß ihre Augen, als könnte Toms Blick ihren Körper versengen. Dann wieder fing sie an, sich sanft auf und ab zu bewegen und zu erzittern, noch bevor er sie wieder eingeholt hatte.

Mitten in der Nacht stand Orit plötzlich auf, und nackt unter ihrer schwarzen Haarmähne, die dunkler war als die Nacht, begann sie im Zimmer auf und ab zu gehen. Schließlich pflanzte sie sich vor dem Bett auf und sagte:

»Nach der Drei ist die Sieben die wichtigste Zahl in den orientalischen Kulturen. In den Texten der Sumerer und der Akkadier findet man sieben Dämonen, die durch sieben Punkte dargestellt werden, welche dem Sternbild der Plejaden entsprechen. Bei uns, bei den Juden, äußert sich die orientalische Sieben in den sieben Armen der Menora, die auf den Lauf des Mondes in achtundzwanzig Tagen verweist – vier mal sieben, und so bis zu den sieben Planeten.«

Tom goß sich einen Schluck Wein ein und lachte.

»Ja, und?«

»Gib zu«, sagte sie mit großer Ernsthaftigkeit »das wußtest du nicht.«

»Stimmt ... Aber ihr habt nicht das Monopol auf die Zahl

sieben. Mein Großvater, ein Wanderprediger, hat mir beigebracht, daß es in der Offenbarung des Johannes die Botschaft an die sieben Gemeinden, ein Lamm mit sieben Hörnern, ein Buch mit sieben Siegeln und auch sieben Schalen des Zorns gibt! Und nun?«

»Nun, das besagt, daß du überhaupt nichts weißt von dem, was wir sind, auch nicht von dem, was ich bin …«

Er glaubte zu verstehen, was sie sagen wollte, aber sie stellte mit einem spöttischen Lächeln plötzlich ihr Glas weg und preßte ihren Bauch an seinen Mund. Später, als sie einschlief, lag noch lang eine kleine Falte in ihrer Stirn. Ihr Haar bildete einen dunklen Teppich auf dem Laken, ihre Haut erschien noch weißer als sonst, milchiger. Noch immer sehnte er sich danach, in ihrem Körper zu sein.

Als sie, vielleicht von seinem eindringlichen Blick geweckt, wieder erwachte, flüsterte sie:

»Das habe ich ganz vergessen: Du mußt mich auch siebenmal lieben, damit ich sicher weiß, daß ich es bin, die du begehrst, und du nicht nur dein eigenes Begehren bewunderst!«

Noch später fragte sie, während sie sich an seiner Schulter ausruhte:

»Erinnerst du dich daran, wie wir in den Brunnen gefallen sind?«

»Ja. Fast hätte ich dich in diesem Augenblick genommen.«

»Warum hast du es nicht getan.«

»Ich hatte Angst, du könntest nur eine Betrügerin sein.«

»Fürchtest du das noch immer?«

»Ich weiß nicht. Aber du hast das Seil ausgesucht, das es mir ermöglicht hat, mit einem Goldbarren wieder aus einem Brunnen herauszukommen. Das gibt zu denken. Vielleicht war dieses Seil der beste Kauf meines Lebens.«

»Das Seil ist gar nichts. Die beste Sache deines Lebens ist, daß du mich kennengelernt hast!«

Vor der Morgendämmerung wachte er noch einmal auf. Die Laken verströmten den Geruch ihrer Liebe. Der Tag würde heiß werden. Über Jerusalem lag der Chamsin – ein weißer Schleier wie aus Daunen, durchsichtig fast. Tom stand auf und öffnete vorsichtig die Terrassentür, um Orits Schlaf nicht zu stören. Der Ruf eines Muezzin erhob sich, gefolgt von Dutzenden anderer, irgendwo in weiter Ferne, es klang wie ein dissonanter Chor.

Zum ersten Mal seit dem gestrigen Tag sah Tom die Bilder des Massakers wieder vor sich, er sah die beiden arabischen Jungen, die von den israelischen Polizisten auf dem Boden festgehalten wurden. Ein Schauer lief ihm über den Rücken.

»Komm!«

Er wandte sich um, Orit streckte ihm mit halb geschlossenen Augen die Arme entgegen. Für einen langen Augenblick hielten sie sich fest umschlungen, ohne ein Wort zu sagen.

Er schlief bis weit in den Vormittag hinein. Als er erwachte, war er allein im Bett, aber er hörte Orits Stimme, wie sie leise mit jemandem sprach. Es klang auf eine unbestimmte Weise bedrohlich, fand er, aber dann begriff er: Sie sprach hebräisch.

Er stand auf und ging hinüber ins Wohnzimmer. Sie trug eine lange, purpurfarbene Tunika aus Baumwolle, auf die mit einem goldenen Faden ein Muster gestickt war. Es kam ihm komisch vor, so nackt vor ihr zu stehen, während sie angezogen war.

Obwohl sie noch immer leise sprach, bemerkte er ihre Wut und daß sie mit ihrem Gesprächspartner stritt. Es genügte ihm, sie ein paar Sekunden lang anzuschauen, um zu begreifen, daß die Liebesnacht zu Ende war.

Abrupt legte sie auf, griff nach ihren Haaren, schlang sie auf der einen Seite zusammen und schaute ihn an.

»Wer war das?«

»Mein Onkel.«

»Das habe ich mir gedacht.«

»Er weiß, daß du die Nacht hier verbracht hast.«

»Und?«

»Er möchte wissen, ob du deine Meinung vielleicht geändert hast. Sie sitzen da alle in seinem Büro, Marek, Calimani.«

»Du weißt sehr gut, daß ich meine Meinung nicht geändert habe, da brauchst du mich nicht zu fragen.«

»Er macht es mir zum Vorwurf, daß ich die Nacht mit dir verbracht habe.«

»Ah?«

»Er sagt, ich hätte im Grunde schlecht gearbeitet und die Dinge nur noch komplizierter gemacht.«

»Ich verstehe wohl nicht ganz recht. Ist Doron eifersüchtig, oder meint ihr beide das ernst? Hast du nur mit mir geschlafen, damit ich meine Meinung ändere?«

Orit schaute ihm unerschrocken in die Augen. Dann sagte sie schließlich mit einer provozierenden Härte in der Stimme:

»Das mußt du selbst wissen.«

»Verdammt!« warf Tom ihr an den Kopf, wobei er plötzlich die Kühle des Morgens auf seiner Haut spürte. »Verdammt! Ihr seid ja alle völlig verrückt!«

Keine fünf Minuten später rannte er voller Bitterkeit die Treppen hinab.

Orit hatte sich nicht gerührt. Nur ihre Hände zitterten.

28

»Ja … also, Professor, bedenken Sie, daß die Bibel aus 391 300 Zeichen besteht. Diese Zahl ist ein Vielfaches von 26. 26 aber steht in der hebräischen Gematrie für die Summe der vier Buchstaben, die das göttliche Tetragramm darstellen, den unaussprechlichen Namen Gottes …«

»Ja, ja! Und zwischen Adam und Mose liegen 26 Generationen!« rief Calimani lachend aus. »Aber sicher, mein Lieber, ich kenne diese kleinen Zahlenspielchen. Dazu gehört auch, daß der Herr im 26. Vers des ersten Kapitels der Genesis verkündet: ›Lasset uns den Menschen machen, ein Bild, das uns gleich sei‹, und daß das vierte Kapitel der Genesis, welches mit dem Wort ›Adam‹ anfängt und mit dem Tetragramm aufhört, aus 26 Versen besteht.«

Calimani rieb sich die Hände und war zufrieden, seinem Gegenüber die Sprache verschlagen zu haben. Sein Eau de Cologne verströmte einen so starken Duft, daß ich mich etwas abseits hielt. Der junge Mann, mit dem er seit ein paar Minuten die Säbel kreuzte, errötete vor Verlegenheit. Doron hatte ihn uns bei unserer morgendlichen Ankunft in seinem Büro vorgestellt. Angus Wilson, ein namhafter Forscher englischer Herkunft, mit schütterem Haar, obwohl er kaum die Dreißig überschritten hatte, und etwas beleibt, schien der klassische Junggeselle zu sein, der sich um sein Äußeres nicht kümmert und seine Tage und Nächte in der Gesellschaft schwerverständlicher Dokumente verbringt. Seine sehr hellen kurzsichtigen Augen hinter dicken Brillengläsern verliehen ihm einen etwas verlorenen und ziemlich irritierenden Blick. Calimani in seinem seidengrauen Anzug, darunter ein rosafarbenes Hemd mit grauweißkarierter Krawatte, besaß dagegen die Vornehmheit eines Fürsten des Geistes.

Doron hatte uns Angus Wilson wie einen neuen Rekruten vorgestellt, er war Spezialist für die Texte der Essener und Assistent von Professor Rosenkrantz an der Hebräischen Universität. Beide hatten gerade die Schriftstücke untersucht, die bei Rab Chaim gestohlen und zum Glück wiedergefunden worden waren. Rosenkrantz jedoch war noch immer nicht eingetroffen, ebensowenig Orit und Tom. Unsere kleine Truppe schien mir wie Schnee in der Sonne zu schmelzen.

Nach der obligatorischen Tasse Kaffee und ein paar belanglosen Worten, die seine Gereiztheit – oder Unruhe – nur schlecht verbargen, war Doron plötzlich aus dem Büro gestürmt, wobei er uns gebeten hatte, zu warten. Calimani konnte sich angesichts dieses unverhofften Glücksfalls das Vergnügen nicht versagen, die Gelehrsamkeit des Engländers zu testen; seit einer guten Viertelstunde übertrafen sie sich beide mit ihrem Wissen.

Der arme Wilson, der mit der Nervosität eines Studenten vor seiner ersten mündlichen Prüfung an einer alten Aktentasche herumspielte, warf mir einen flehenden Blick zu. Doch schon zog Calimani auch mich mit vor Vergnügen funkelnden Augen als Zeugen für sein horrendes Wissen heran.

»Lieber Marek, wissen Sie, daß der Stammbaum Sems 26 Nachkommen aufweist? Daß die Anzahl der Wörter auf dieser Ahnentafel ein Vielfaches von 26 ist? Daß die Anzahl der Zeichen, die diese Wörter ausmachen, ebenfalls ein Vielfaches von 26 ist? Daß die Summe der Zahlenwerte der Buchstaben der dreizehn ersten Nachkommen von Sem sowie die der dreizehn weiteren ebenfalls ein Vielfaches von 26 ist? Daß die Ahnentafel von Esau sich um die Zahl 26 herum aufbaut? Und daß zu guter Letzt sogar der Zahlenwert der Wörter, die sich auf den ewigen Gott beziehen, wenn man sie gruppenweise für jeden Tag der Genesis nimmt, ebenfalls 26 ergibt?«

Zu einem anderen Zeitpunkt wäre es sicher spannend gewesen, alle diese Übereinstimmungen genauer zu betrachten, aber ich hatte nicht die Muße für dieses Spiel. Ungeduldig wartete ich darauf, endlich etwas über den Inhalt der Dokumente zu erfahren, die die beiden Wissenschaftler untersucht hatten. Zudem schien mir Toms Abwesenheit bei unserer Zusammenkunft wenn auch nicht überraschend, so doch zumindest ein schlechtes Vorzeichen zu sein. Ich wollte Calimani meine Besorgnis mitteilen, als die Tür wieder aufging und ein wütender Doron hereinstürmte.

»Gibt es ein Problem mit Rosenkrantz?« fragte ich.

Doron gab ein Grummeln von sich. Die Narbe auf seiner Wange war heute glatter und bleicher.

»Nein, mit Rosenkrantz nicht.«

»Wie ... Was ... Sollte der Professor irgendwelche Schwierigkeiten haben?« fragte Wilson besorgt, als hätte er nicht zugehört.

Doron warf ihm einen vernichtenden Blick zu.

»Nein! Es ist nichts, oder fast nichts. Der Professor hat sich den Knöchel verstaucht, als er aus dem Taxi gestiegen ist. Idiotisch, aber so was kommt vor! Machen Sie sich keine Sorgen, man kümmert sich schon um ihn, er wird in fünf Minuten hier sein ... Jossi, hol ihm ein Paar Krücken!«

Mit erschöpftem Ausdruck, der den Schwung seiner Worte widerlegte, ließ Doron sich in seinen Sessel fallen.

»Ah, es gibt Tage, die einfach schlecht anfangen ...« brummte er, wobei er meinen Blick suchte. »Ich werde Ihnen sagen, mein lieber Marek, was mich so wütend macht: Es ist Ihr verdammter amerikanischer Journalist! Der gute Herr spielt uns was vor! Ich brauche ihn, und das weiß er, aber Ihr Hopkins stellt sich stur und glaubt, er sei ein Kinostar: der Reporter mit den sauberen Händen! Wie heißt gleich dieser Schauspieler, dem er angeblich so ähnlich sieht?«

»Robert Redford!« flüsterte Calimani, um ein bißchen Öl ins Feuer zu gießen.

»Richtig, Redford«, sagte Doron gereizt.

»Das finde ich aber überhaupt nicht«, unterbrach ihn Calimani, als sei das der Punkt. »Tom ist schmaler und sehniger. Finden Sie nicht, Marek?«

»Wie schön für ihn!« schnitt Doron ihm das Wort ab. »Also, Ihr Pseudo-Redford ziert sich. Er möchte sich nicht die Hände schmutzig machen, das verbietet ihm sein Berufsethos! Es hat einen breiten Rücken, das Berufsethos, und ist ein braves Mädchen, wie so manche andere auch, die ich kenne ...«

Doron schwieg und schaute mit düsterem Blick mal wieder auf den Grund seiner Kaffeetasse. Calimani und ich wechselten einen einverständlichen Blick: Damit war Orit gemeint.

Dorons feistes Gesicht sah wieder auf. Er ließ seine Hand auf den Tisch niederfahren, und sah uns mit einem verächtlichen Ausdruck an, der unter anderen Umständen beleidigend gewesen wäre.

»Und wie soll ich, bitte schön, einen vernünftigen Plan aufstellen mit ...«

Er unterbrach sich, als fürchtete er, zuviel zu sagen. Calimani gluckste, und seine beringte Hand strich nachlässig seine Krawatte glatt.

»... mit so alten Männern wie uns, nicht wahr?«

»Das ist es nicht, was ich sagen wollte«, verteidigte Doron sich.

»Doch, doch. Ich kenne Sie, Ari! Sie glauben immer, daß man den Kopf schön von den Beinen trennen muß. Aber vielleicht müssen Sie dieses Mal mangels Taube mit Spatzen vorliebnehmen.«

»Giuseppe!« seufzte Doron, und sein Wanst bebte sichtlich. »Ohne Sie verärgern zu wollen, aber Sie sind weder eine Taube noch ein Spatz. Jetzt mal im Ernst, können Sie sich vorstellen, wie Sie in der Wüste buddeln, während Kerle, die zu allem bereit sind, nur den richtigen Augenblick abzupassen brauchen, um über Sie herzufallen?«

»Oh, Sie werden doch auch da sein, Ari. Wenn auch nicht in

Ihrer beeindruckenden Person, so doch mit allen ›Beinen‹, über die Sie verfügen …«

Doron begnügte sich damit, sich eine neue Tasse Kaffee einzuschenken. Calimani drehte sich befriedigt zu Wilson und dann zu mir um, strich achtsam seine makellosen Strähnen nach hinten und verkündete mit einer angedeuteten förmlichen Verneigung:

»Also gut, meine Herren, auf die Gefahr hin, Sie zu überraschen, möchte ich Sie darüber informieren, daß ein bißchen Aktivität mich reizt. Doron, nehmen Sie zur Kenntnis, daß ich mich hier für Ihren Coup bewerbe, über den wir allerdings noch immer nichts wissen, nicht mal, wo er stattfinden soll.«

»Giuseppe«, beharrte Doron, »ohne Hopkins können wir nichts ausrichten, das wissen Sie genau. Er ist der Motor der ganzen Maschine, weil er sie angeworfen hat! Ohne ihn werden die die Falle aufspüren, noch bevor wir sie aufgestellt haben.«

»Wer denn … ›die‹?« fragte Wilson, als sei er gerade aufgewacht.

»Warten wir, bis Rosenkrantz da ist, und wenn Sie uns dann Ihre kleine Zusammenfassung gegeben haben, stelle ich Ihnen meine Überlegungen vor«, antwortete Doron ihm zögernd.

»Und Orit?« fragte ich so normal wie möglich. »Erwarten wir sie nicht auch noch?«

»Ich habe gerade mit ihr telefoniert«, knurrte Doron, wobei er meinem Blick auswich. »Sie war es, die mir gesagt hat, daß Ihr Amerikaner uns verläßt.«

»Ah«, sagte Calimani spitzfindig. »Sie hatte also inzwischen die Möglichkeit, ihn noch einmal danach zu fragen?«

Bevor er antwortete, warf Doron einen Blick auf Wilson, als wollte er sich vergewissern, daß der Engländer in der Tat hilflos verloren war bei all unseren Anspielungen.

»Ja, die hatte sie! Und sie hat es offenbar mit viel Herz getan. Die beiden haben sich zufällig gestern abend auf dem Machane-Yehuda-Markt getroffen, gleich nach dem Attentat, und …« Er beendete seinen Satz mit einer andeutungsreichen Geste.

»Ah«, sagte Calimani noch einmal, wobei er mir kokett zuzwinkerte, was ich zu ignorieren versuchte.

»Komischer Kandidat, Ihr Freund«, meinte Doron, nun aschfahl vor Wut. »Ein schlechtes Gewissen hat der nicht gerade, was? Ein Schönling, ein Frauenaufreißer, ein Schnüffler, ein Schwätzer … und damit nicht genug!«

Ehrlich gesagt, dachte ich ähnlich. Aber mir war auch sehr wohl bewußt, daß unser Urteil über Toms Entscheidung leicht getrübt war von Eifersucht. Mein schlechtes Gewissen zwang mich zu etwas mehr Objektivität.

»Ich verstehe Ihre Wut, Doron«, fing ich wenig überzeugend an. »Aber wir können Tom nicht die Schuld für alles geben. Schließlich kann man verstehen, daß …«

Ein krächzendes Lachen, das einem nicht enden wollenden Schluckauf glich, unterbrach mich. Während wir uns alle zur Tür umdrehten, rief eine sehr hohe Stimme:

»Meine Herrn, meine Herrn, es tut mir so leid! *Oje!* Also wirklich, was für eine Dummheit! Ich habe den Fuß auf den Boden gesetzt, und … just in dem Augenblick hat es dem Herrgott gefallen, meine Beweglichkeit zu prüfen.«

Wieder dieses Krächzen, und mit dem rechten Arm auf eine Krücke gestützt, am linken Ellenbogen von Jossi-Stalin gehalten, der gleichzeitig seine Aktentasche trug, betrat der Professor, ein buchstäblich klapperdürres Männlein, das Büro. Wie eine Feder legte Jossi ihn auf Dorons Sessel ab, während Wilson ihn wie eine Fliege umschwirrte. Doron indessen hielt sich ein bißchen abseits. Den Bruchteil einer Sekunde fragte ich mich, ob er das nicht tat, um dem Vergleich mit dem alten Professor aus dem Weg zu gehen, so eindeutig schienen beide die jeweils extremsten Formen des menschlichen Körpers angenommen zu haben.

Nachdem durch Calimani alle einander vorgestellt waren, tauchte Rosenkrantz seine langen, knochigen Hände in seine

Aktentasche und holte einen Stoß Notizen daraus hervor, von denen er Wilson ein Paket gab, bevor er uns mit großem Ernst ansah.

»Meine Herren«, sagt er mit einer Stimme, in der auch sehr viel Bewegung mitschwang, »unser verehrter Rab Chaim – gesegnet sei sein Andenken – besaß mehr als einen Schatz. Er wußte es, daran zweifle ich nicht. Er wußte auch, daß die Stunde, in der menschliche Augen diese wichtigen Worte lesen sollten, noch immer nicht gekommen war. Es finden sich unter den Schriftstücken, die Sie uns anvertraut haben, Major Doron, drei ganz seltene Dokumente. Sie sind sehr, sehr bedeutend – ja außergewöhnlich!«

29

»Kommt nicht in Frage«, brüllte Bernstein. »Jetzt sind Sie dort, jetzt bleiben Sie dort! Sie haben das so gewollt, nicht ich!«

»Ed«, protestierte Tom, wobei er an sich halten mußte, um ruhig zu bleiben. »Ich erzähle Ihnen keinen Unsinn. Mit dem, was ich habe, kann ich einen guten, einen Superartikel schreiben.«

»Der einzige Artikel, den ich gern von Ihnen lesen würde, das wären dreißig Zeilen über das Attentat von gestern abend auf dem Markt von Jerusalem – da Sie mir gesagt haben, Sie seien dort gewesen. Und der wird nicht mit Ihrem Namen gezeichnet sein. Wir werden ihn als einen Artikel von Zylberstein ausgeben, der ist noch nicht zurück. Verdammt, sind die Leitungen da unten immer so schlecht?«

»Ich höre Sie sehr gut.«

»Ich Sie nicht. Von wo aus rufen Sie an?«

»Von meinem Zimmer.«

»Warum nicht vom Büro?«

»Ed, hören Sie, es ist völlig egal, von wo aus ich anrufe! Ist Ihnen klar, was dieser Typ von mir will? Sie werden mir doch jetzt nicht raten, eine Hilfskraft des Mossad zu werden!«

»Ich rate Ihnen überhaupt nichts, mein Lieber. Übrigens hat dieses Gespräch nicht stattgefunden. Und damit die Dinge klar sind. Erstens: Hier wird es verdammt heiß für Sie, und ich kann Ihnen sagen, daß ich mich ganz schön angestrengt habe, um das Feuer zu löschen. Die Polizei hat versucht, Aarons Mutter zu bewegen, daß sie Sie verklagt, weil Sie ihren Sohn in Gefahr gebracht haben. Aber offenbar hat sie etwas für Sie übrig, und Sie haben die Chance, mit einem blauen Augen davonzukommen. Aber kehren Sie mir nicht in die Zeitung zurück ohne etwas, das wirklich Hand und Fuß hat. Zweitens: Sie sind ins Wasser gesprungen, jetzt müssen Sie da durch. Schließlich sind Sie es, der die Schwimmweste abgelehnt hat, oder? Drittens: Zieren Sie sich nicht so mit dem Mossad, wenn Sie denken, daß Sie dabei wirklich auf etwas Konkretes stoßen werden.«

»*Jeesus!* Ich traue meinen Ohren nicht. Ausgerechnet Sie sagen mir das, Ed?«

»Die Verbindung ist wirklich schlecht, es ist normal, daß Sie mich nicht verstehen!«

»Ed, wenn ich mache, was Doron mir vorschlägt, versprechen Sie mir dann, meine Reportage zu drucken, sobald sie geschrieben ist?«

»Unter der Bedingung, daß Sie den Goldbarren mitbringen.«

»Er ist gestohlen worden!«

»Das ist nicht mein Problem. Finden Sie ihn wieder. Ihre Freunde vom Mossad werden Ihnen dabei helfen. Die sind gut, wenn sie wollen. Wenn Sie mit diesem Goldbarren als handfestem Beweis für diese unglaubliche Geschichte zurückkehren, ja, einverstanden, dann kommen Sie durch den Haupteingang rein.«

»Ed, es gibt schon einen Toten, reicht Ihnen das nicht als Beweis?«

»Nein! Jeden Tag sterben viele Leute aus allen möglichen Gründen, vor allem in Israel …«

»Glauben Sie mir nicht? Glauben Sie nicht an den Schatz?«

»Doch, mein Junge, ich glaube Ihnen. Aber was bedeutet das schon? Im Augenblick haben Sie nichts in der Hand. Worte, Unterhaltungen in irgendwelchen Hotelzimmern, Vermutungen, Geschichten, die zweitausend Jahre alt sind, und Zweifel. Der einzige Beweis ist Ihr schöner Goldbarren. Und nun erzählen Sie mir, daß er verschwunden ist … Also, was jetzt? Machen Sie mir ein Interview mit diesem Sokolow, wenn es ihn gibt! Oder stürzen Sie sich mit Ihren Israelis in das Getümmel und klammern Sie sich an Ihren Notizblock!«

»Okay. Ich verstehe …«

»Seien Sie nicht sauer, Hopkins. Ich behaupte nicht, Ihre Geschichte sei nicht interessant. Sie ist nur unvollständig. Im Augenblick kann ich nicht mehr für Sie tun. Sie sind von ganz alleine in das Loch gefallen. Jetzt müssen Sie auch das Seil finden, um wieder herauszukommen …«

»Das Seil, um wieder herauszukommen«, sagte Tom mit einem spöttischen Lächeln. »Ich habe gerade vor zwei Tagen ein schönes neues Seil gekauft, und es hat mir bereits genutzt …«

»Na, wunderbar!« sagte Bernstein lachend und legte auf.

30

Die merkwürdig brüchige Stimme von David Rosenkrantz fesselte uns.

»Sie wissen ja, wie das ist mit so empfindlichen Dokumenten … Das einzige, was wir Rab Chaim vorwerfen könnten, wäre, daß er sie ohne große Vorsichtsmaßnahmen aufbewahrt hat. Er wird wohl geglaubt haben, der Allmächtige hat ein Auge darauf …«

Er holte eine Papierrolle aus seiner schwarzen Ledertasche und breitete sie auf dem Schreibtisch aus.

»Die Originale sind selbstverständlich an einem sicheren Ort. Es handelt sich sowohl um einen Papyrus als auch um Lederstreifen. Wir haben sie Stück für Stück mit Infrarotlicht und, was das Leder angeht, mit dem sogenannten progressiven Spektrum abfotografiert, um die Ablagerungen besser von der Tinte unterscheiden zu können. Anschließend haben wir durch einen Vorgang, den zu beschreiben ich Ihnen ersparen möchte, eine Vorlage erhalten, die wir fotokopieren konnten. Nach diesen Fotokopien stellen wir schließlich eine räumliche Nachbildung her, wir geben dem Dokument sein ursprüngliches Aussehen wieder, zumindest so weit, wie wir annehmen können, daß es sein Aussehen war. Sehen Sie, hier …«

Mit seinen dürren Fingern strich der Professor eine Rolle Fotokopien glatt, wobei er so vorsichtig mit ihnen umging, als hätte er Originale gestreift. Teile des weißen Papiers waren mit einer eckigen Schrift bedeckt, einzelne Fragmente waren aneinandergeklebt, und da, wo Sätze oder Worte fehlten, klaffte eine Lücke. Die Ränder waren mit zarten Schriftzeichen aus blauer oder roter Tinte bedeckt, die mir ebenso rätselhaft erschienen wie die Originalzeichen: Rosenkrantz' Notizen und Kommentare. Als ich dieses banale und so heutige Arbeitsdokument sah, mußte ich fast mit einem Schauer an die antiken Originale denken; ein Mensch hatte sie einmal in Händen gehalten, sie waren das Werk seines Lebens, und dieses Leben hatte aus Licht und aus Tragödien bestanden. Wie unendlich geduldige, stille Wesen waren diese Texte von Jahrhundert zu Jahrhundert, von einem Leben zum anderen gewandert, bis sie eines Tages unter dem kostbaren und auch nichtssagenden Gerümpel im Laden von Rab Chaim lagen. Wie vieler Geheimnisse, wie vieler Opfer hatte es bedurft, daß sie dorthin gelangten? Und sogar noch den Tod des alten *mocher sefarim* auslösten, der an ihrer Bedeutung offensichtlich nicht gezweifelt hatte.

Um Dorons Tisch herumstehend, verfolgten wir Rosenkrantz' Bewegungen, als handelte es sich um einen Zauberkünstler.

»Der erste Text, den wir untersucht haben, ist aramäisch und stammt etwa aus dem Jahr 100 vor der gemeinhin üblichen Zeitrechnung, das heißt aus der Zeit der hasmonäischen Priesterkönige, die von den Makkabäern abstammten, welche in Jerusalem die beiden Mächte, die priesterliche und die königliche, in ihren Händen vereint hatten. Dieser Text erwähnt, wie auch die Damaskus-Schrift, die in einer Grotte unterhalb des Toten Meeres gefunden wurde, einen ›Lehrer der Gerechtigkeit‹, der einer Gemeinde der Essener vorgestanden haben soll. Die dort verwendeten Begriffe, Zahlen, Bezüge sind dieselben wie in den Schriftstücken, die bereits von anderen Forschern weitgehend entschlüsselt wurden. Nun ist aber …«

Da wir hiermit Wilsons Spezialgebiet betraten, unterbrach dieser ihn mit einer ganz neuen Leichtigkeit.

»Ja. Also, halten wir gleich eingangs fest, Professor, daß dieser Lehrer der Gerechtigkeit Jonathan sein könnte, der seit 152 vor der üblichen Zeitrechnung Hohepriester war …«

Rosenkrantz stimmte mit einer ruckartigen Bewegung seiner hohen Stirn zu, als entledigte er sich einer lästigen Fliege.

»Das stimmt, Angus, er hieß Jonathan.«

Er streckte seinen schmalen Zwergspitzmauskopf nach vorne.

»Nun steht aber«, fuhr er etwas erregter fort, »in dem einen Fragment, das wir untersucht haben, daß der erste Lehrer der Gerechtigkeit, der die Bewegung der Essener ins Leben gerufen und die Regeln der Gemeinschaft aufgestellt hat, nicht in Jerusalem und nicht einmal in Qumran gelebt hat, sondern in ... Babylon zur Zeit des Exils. Das verweist auf das sechste Jahrhundert vor unserer Zeitrechnung. Ein Wort, das keinen Zweifel daran läßt, ist ›pichra‹. Dieser aramäische Ausdruck, der häufig im Buch Daniel vorkommt, bezeichnet die symbolische Entschlüsselung der Träume Nebukadnezars sowie jener rätselhaften Inschrift, die von der Hand des Engels auf die Mauer aufgetragen wurde. Ich sage Ihnen gleich, daß es dort ...«

Er unterbrach sich, um die lange Fotokopie bis zum Ende auszurollen.

»Sehen Sie, diese Bruchstücke hier sind in einem sehr schlechten Zustand und darum viel schwieriger zu transkribieren. Wir hatten noch nicht die Zeit, sie genauer zu analysieren, aber ich wäre nicht überrascht, wenn ...«

Er unterbrach sich erneut, um Luft zu holen. Seine dunklen Augen, die tief in den Augenhöhlen lagen, beobachteten uns.

»Also ... nicht erstaunt, wenn es sich um ein Fragment des Gründungstextes der Sekte in Babylon handelte!«

Calimani strich nervös seine Krawatte glatt, wobei er Duftwolken von Eau de Cologne verströmte. Ich war mir nicht sicher, ob ich ermessen konnte, was Rosenkrantz' vage Äußerung bedeutete. Und hätte ich es vermocht, so hätte ich doch, wie wir alle, geschwiegen. Nur Doron unterbrach die allgemeine Erstarrung.

»Wenn ich Sie recht verstehe, Professor«, erklärte er, jedes seiner Worte abwägend, »so erzählen Sie uns, daß Christus gewissermaßen ein erstes Mal schon sechs Jahrhunderte vor dem Zeitalter Jesu in der Gestalt eines jüdischen ›Lehrers der Gerechtigkeit‹ in Babylon erschienen sei.«

»Und wenn diese Vermutung richtig wäre«, ergänzte ich, noch bevor Rosenkrantz selbst antwortete, »dann wäre auch das Christentum außerhalb von Jerusalem entstanden!«

»Ihre Theorie vom Traum, den man nicht teilen kann«, murmelte Calimani, »von der Sie mir gestern abend erzählten.«

»Ja, ich glaube, daß es unsere Träume sind«, erklärte ich noch einmal, »die uns zerreißen und uns so oft gegeneinander aufbringen. Und was wäre eine Religion ohne die bewegende Macht der Träume, die sie hervorbringt? Dennoch müßten, damit meine Theorie Bestand hat, alle drei großen monotheistischen Religionen außerhalb Jerusalems entstanden sein. Wenn aber die Wurzeln des Christentums bis nach Babylon reichen, weil es gleichfalls im Exil entstanden ist und wie zu einer fernen Hoffnung auf Himmelfahrt nach Jerusalem strebte, ohne dort geboren zu sein, ja, dann hätten wir den Schlüssel zu all dem Grauen, den Massakern, dem Haß! Es gibt, ich wage es einmal so zu sagen, eine innere Logik, die einen dazu verleitet zu glauben, das Christentum könnte außerhalb von Judäa, gewissermaßen außerhalb seiner Wiege, als eine jüdische Sekte entstanden sein. Gerade der Gedanke eines ›Gesalbten‹ des Herren gehört zu den Vorstellungen, die im Leid des Exils geboren werden. Der Wille zur Erlösung und zur Vereinigung entsteht in entwurzelten Menschen, die von einer Rückkehr träumen. Die Vorstellung eines Messias, eines Sohnes Gottes, der erschienen ist, um die Sünden der Menschheit auf sich zu laden, hätte also weitab von dieser Stadt entstanden sein können, weitab von Jerusalem, der Stadt des Weltenschöpfers. Jetzt müssen wir nur noch den Beweis dafür erbringen. Dann würde so einiges einen Sinn ergeben.«

Je länger ich sprach, um so stärker spürte ich, daß Wilson wie auf glühenden Kohlen saß, so daß Rosenkrantz schließlich ausrief:

»Los, Angus, nun fangen Sie schon an. Zu diesem Thema haben Sie etwas zu sagen!«

Hinter seinen dicken Brillengläsern flatterten Wilsons Augenlider vor Freude wie Schmetterlinge. Er hantierte mit seinen Notizen herum, blätterte sie fieberhaft durch und begann mit einem entsetzlichen Gestotter:

»Ja ... Also ... vielen Dank, Professor. Der Punkt ist, äh ... Seit vier Jahren arbeite ich genau zu dieser ..., also Hypothese ... Man kann schon sagen Hypothese, obwohl ich heute, mit diesen Dokumenten ... also, ja, ich bin einen Schritt vorangekommen, und ich glaube, sagen zu können ...«

»Ja, dann sagen Sie es doch, Wilson!« meinte Calimani genervt. »Bitte, sagen Sie es ohne Umschweife, und lassen Sie uns nicht länger warten!«

Wilson starrte ihn verdutzt an, wobei sein Mund sich zweifelnd und vorwurfsvoll verzog.

»Ja ..., also, natürlich«, stotterte er, wobei er wie ein Taucher Luft holte. »Ja ..., also. Ich bin fast in der Lage, beweisen zu können, daß die Sekte der Essener auf babylonischem Boden entstanden ist. Was bedeutet, daß, äh ...«

»Wilson«, sagte Doron.

»Ja ..., also, daß der Christus, der von Liebe sprach und seine Wange seinen Feinden hinhielt, mehrere Jahrhunderte vor jenem anderen gelebt hat, von dem die Evangelien erzählen, und daß er ebenfalls gekreuzigt wurde. Was den Jesus aus dem ersten Jahrhundert anbelangt, den der heilige Paulus zu seinem Gott gemacht hat, so war er ein Führer der Zeloten, umgeben von Männern mit Waffen.«

»Moment mal!« unterbrach Calimani ihn mit hochgezogenen Augenbrauen. »Sind Sie sich dessen sicher, was Sie da vorbringen, mein Freund?«

»Ja ..., also, Professor, ich ... Nicht zu hundert Prozent, nein ... Es fehlen noch ein paar Schriftstücke, um einige Daten mit Sicherheit bestätigen zu können ... Aber mit achtzigprozentiger Gewißheit, ja. Die detaillierte Beweisführung würde sehr lange dauern, und unsere Zeit ist begrenzt, aber ...«

Er hatte seine Souveränität wiedergefunden, und seine vorstehenden Augen glitten aufgeregt über unsere Gesichter. Trotz dieser bedauernswerten Unbeholfenheit verwandelte ihn die Leidenschaft, er sah nun tatsächlich nach dem aus, was er war: ein besessener Forscher.

»Ja ..., und dann ist da noch die Logik, verstehen Sie?« fing er wieder an. »Es gibt immer noch die Logik der Tatsachen, die den Wahrheitsgehalt der Dokumente über alle Analysen, die chemischen und die anderen, hinaus bestätigt, nicht wahr? ... Wenn sie also keine Gewalt angewendet hätten, wie wären Jesus und die Seinen dann in den Tempel hineingekommen und hätten alle Händler aus ihm vertreiben können, deren Umsatz zu jener Zeit ungefähr dem einer heutigen Nationalbank entsprach? Wie hätten sie mehrere Tage in dem Tempel bleiben und ihn wieder verlassen können, ohne daß ihnen auch nur das geringste geschah, wenn man die Anzahl der Menschen bedenkt, die dort arbeiteten: über zwanzigtausend – ganz zu schweigen von der Tempelpolizei, die gut bewaffnet war, oder auch der römischen Garnison, die in Jerusalem stationiert war und etwa fünfhundert bis sechshundert Männer zählte? Haben Sie schon mal darüber nachgedacht, warum Jesus seinen Jüngern, deren Zahl man nicht genau kennt, befohlen hat, ihre Habe zu verkaufen, um Waffen zu erwerben? Und hatte er nicht selbst verkündet, daß er das Schwert und nicht den Frieden bringe? Warum war Petrus – und vielleicht sogar alle, die mit ihm auf dem Ölberg waren – bewaffnet? Und können Sie mir schließlich erklären, warum Jesus zum Tode verurteilt wurde, weil er sich gegen Rom aufgelehnt hatte, und nicht einfach, weil er sich blasphemisch über seine eigene, die jüdische Religion geäußert hatte?«

Schweigen. Seit ein paar Minuten beobachtete Rosenkrantz, dessen dürres Gerippe in Dorons Sessel versunken war, uns mit einem schmerzlichen Lächeln, wobei er seinen zerbrechlichen Oberkörper vorsichtig hin und her wiegte.

»Das gibt zu denken, nicht wahr, meine Herren?« bemerkte er, wobei er seine Fotokopienrolle wieder zur Hand nahm und von neuem glättete. »Angus hat seine eigene Art, die Dinge zu formulieren. Aber im Grunde bin ich mit seiner Analyse einverstanden. Um so mehr, als der erste unserer Texte hier merkwürdigerweise mit derselben Anrede beginnt wie die Damaskus-Schrift: *Nun höret, Ihr alle, die Ihr die Gerechtigkeit kennt und die Werke Gottes versteht!* Das würde die These bestätigen, wonach die Autoren derselben Sekte angehörten wie die der Schrift, die vor nunmehr fünfzig Jahren in der Nähe des Toten Meeres gefunden wurde. Sicherlich wußten wir schon, daß mehrere Schriftstücke vom Toten Meer die Stadt Babylon erwähnen. Jedoch waren wir mit unseren Kollegen übereingekommen, daß diese Texte im zweiten Jahrhundert unserer Zeitrechnung geschrieben wurden. Vorschnell haben wir alle daraus geschlossen, daß sie eine symbolische Erinnerung an einen der ersten Orte des jüdischen Exils darstellten. Irrtum! Und darüber haben wir die Tatsache vernachlässigt, daß ein bedeutender Teil der Schriftstücke nicht in Qumran verfaßt worden ist und daß die, die wir in Händen hielten, nur Abschriften waren, von Essenern angefertigt, die sich in die Nähe des Toten Meeres zurückgezogen hatten; unter ihnen gab es zahlreiche Schreiber.«

»Ja, ja! In En Feschkah und in Qumran gab es richtige Mannschaften von Kopisten«, unterbrach Wilson ihn. »So etwas wie Werkstätten, die Bücher an die …, an die …, also, wie soll ich sagen, an die Gemeindebibliotheken der damaligen Zeit lieferten.«

Wilsons siegreiches Lächeln verwandelte sich in ein ersticktes Lachen, als sei sein Vergleich tatsächlich komisch.

»Diese Transkription des Manuskripts«, faßte Rosenkrantz zusammen, wobei er jedes Wort einzeln betonte, »beweist, daß die Texte, von denen man seit über fünfzig Jahren spricht, mit Ausnahme einiger deuterokanonischer Schriften wie dem Buch Sirach, den Büchern der Makkabäer oder auch dem Buch Baruch, in der Tat in Babylon verfaßt wurden!«

Calimani stieß einen italienischen Fluch aus. Doron zeigte mit seinem wulstigen Finger auf die Kopien des Professors.

»Texte wie dieser können in Gold aufgewogen werden und sind zumindest explosiv. Sehr reiche Leute, Atheisten wie Gläubige, Amerikaner, Italiener oder Araber, bezahlen regelrechte Armeen, um in ihren Besitz zu gelangen. Mehrere Menschen haben dabei schon ihr Leben gelassen, oft Unschuldige …«

»Und Sie glauben, daß eines der Verstecke des Schatzes den entscheidenden Beweis für diese Theorie enthalten könnte?« fragte ich, zu ihm gewandt.

»Genau. Meiner Meinung nach sind, wie ich Ihnen schon sagte, die Iraker diejenigen, die zur Zeit das größte Interesse daran haben, solche ›revolutionären‹ Texte zu entdecken.«

»Das ist Spekulation, reine Spekulation!« sagte Calimani mit schriller Stimme. »Eine Anhäufung von Vermutungen!«

»Ja …, aber nicht nur!« widersprach Wilson. »Ich glaube, daß …«

»Es stimmt, daß es eine Vermutung ist«, ging Doron dazwischen. »Einverstanden. Und deswegen muß ich sie auch überprüfen – bevor es zu spät ist. Bevor wir vor irgendeinem Durchgeknallten stehen, der Papyri schwenkend einmal mehr die Zerstörung Israels rechtfertigen will!«

»Doron, ich frage mich, ob Sie nicht gerade dabei sind, uns einen Anfall israelischer Paranoia vorzuführen!«

»Ich bereue nicht gern, Calimani«, brummte Doron wütend, wobei er vorsichtig über seine Narbe strich. »Reue kann man vermeiden. Ganz zu schweigen davon, daß meine Arbeit genau darin besteht, paranoid zu sein, wie Sie es nennen. Man könnte auch sagen: vorausschauend.«

»Schon gut, schon gut«, meinte Calimani und wedelte beschwichtigend mit der Hand. »Wie dem auch sei, um Ihre Vermutung zu überprüfen, brauchen Sie eine Ziege, die den Wolf aus dem Wald lockt, oder?«

»Meine Ziege ist der Amerikaner. Aber dieser Idiot macht alles kaputt!« seufzte Doron, wobei er mich von der Seite ansah. »Der Wolf folgt ihm bereits auf Schritt und Tritt. Seit vorgestern abend haben wir zwei Gruppen ausgemacht, die ihn abwechselnd beschatten. Vielleicht Russen, vielleicht nicht. Wir wissen es nicht. Unsere einzige Gewißheit ist, daß sie ihn nicht einen Moment aus den Augen gelassen haben – wir übrigens auch nicht. Und ohne daß dieser Idiot es gemerkt hat!«

»Einen Augenblick«, unterbrach ich ihn empört. »Bin ich auch so ein überwachter Idiot?«

»Nein ..., also, ich meine, wir auf unserer Seite haben lediglich ein paar Vorsichtsmaßnahmen ergriffen. Ich glaube nicht, daß von der anderen Seite ...«

»Glauben Sie es nicht, oder sind Sie sicher?«

»Nein, nein! Seien Sie unbesorgt, Marek. Gegen Sie haben die nichts«, fuhr Doron, für meinen Geschmack etwas zu lässig, fort. »Die haben schon verstanden, daß Sie Hopkins nur dabei helfen ...«

»Entschuldigen Sie, Major Doron«, unterbrach ihn Rosenkrantz, der mit Wilsons Hilfe seine Dokumente wieder in seiner Aktentasche verstaut hatte, »ich möchte nicht behaupten, daß dieser Aspekt Ihrer Arbeit nicht von Interesse sei, aber Angus und ich, wir würden gern wieder zu unseren Aufgaben zurückkehren. Wir haben noch viel zu tun. Sie gestatten?«

Mit seinem knarrenden Gelächter wand er sich, von Wilson unterstützt, aus seinem Sessel.

Wilson reichte uns förmlich die Hand, wobei er uns mit einem letzten »Ja ..., also« beglückte, das Calimani ihm erbarmungslos zurückgab.

Während Doron die beiden Wissenschaftler zum Fahrstuhl begleitete, zog Giuseppe mich am Ärmel und führte mich in die Nähe des Fensters. Jetzt konnte ich sein säuerliches Parfüm in vollen Zügen genießen. Als würden böse Ohren mithören, flüsterte er:

»Marek, jetzt mal im Ernst. Doron scheint die Sache nicht zu begreifen! Hopkins oder nicht, die eigentliche Frage besteht nach wie vor darin, ein Versteck des Schatzes ausfindig zu machen, das für uns, bedenkt man Ihre Theorie, von Interesse sein könnte. Und da reicht es nicht aus, irgendwo in der Wüste zu buddeln! Entschuldigen Sie, wenn ich etwas hart bin: Ihre beiden Versuche in Hirkania und in Mizpa waren nicht sehr überzeugend.«

»Das schien aber nicht Ihre Meinung zu sein, als Tom aus Hirkania mit dem Goldbarren wiederkam«, antwortete ich etwas pikiert.

»Seien Sie nicht eingeschnappt, mein Lieber! Sie und ich, wir beide wissen sehr gut, daß Hirkania nur ein Zufallstreffer war. Ich spreche von dem echten Schatz, den Texten, von Ihrer Theorie, die ich aufregender finde als die von Doron.«

»Sie gehören zusammen.«

»Marek, mein Freund«, fing er wieder an und faßte meinen Arm, »wir werden uns doch nicht über Nebensächlichkeiten streiten! ›Ja ..., also‹, wie Wilson, dieser Kauz, sagen würde, nach unserem Essen gestern abend und Ihrer sehr interessanten Theorie über den Traum habe ich viel nachgedacht ... Erstes Ergebnis: das Rätsel Nummer 36!«

Ich sah ihn kalt an, noch nicht zu Applaus bereit.

»Es tut mir leid, Giuseppe, ich kann mich nicht mehr erinnern. Das Rätsel von Versteck 36?«

Wir wurden durch das Klingeln des Telefons unterbrochen: Auf Dorons Schreibtisch fing ein grünes Lämpchen auf den Tasten des Telefons an zu blinken. Dann setzte das Klingeln aus, das grüne Lämpchen erlosch, und nun leuchtete ein stilles orangefarbenes.

»Ja ..., also, die 36! Ich werde Ihr Gedächtnis etwas auffrischen: *In dem Aquädukt, der entlang der Straße im Osten von Beth Hazor verläuft, was im Osten von Hazor liegt: ein Gefäß mit Gewürzen und Büchern, versuche nicht, es zu besitzen!* Verführerisch, oder?«

Die Tür des Büros ging auf, und das Gesicht von Jossi-Stalin erschien.

»Der Chef ist nicht da?«

»Im Flur mit Professor Rosenkrantz«, sagte ich.

»Und Herrn Angus Wilson«, fügte Calimani hinzu und tippte sich mit dem Finger an die Schläfe.

»Das Rätsel Nummer 36 ... Wunderbar, diese Anweisung: *Bücher – versuche nicht, sie zu besitzen!* Außerordentlich. Was folgern Sie daraus?«

»Nun ja, Gefäße, die wertvolle Texte enthalten.«

»Genau.«

»Und vor allem religiöse.«

»Natürlich, und dem können sie noch hinzufügen, daß sie in dem Versteck nur mit Gewürzen und nicht mit Gold vergraben sind, damit sie nicht besudelt werden, was nochmals die Wichtigkeit und den heiligen Wert bestätigt, den die Autoren der Rolle beimaßen.«

»Einverstanden.«

»Das Problem ist, daß es drei mögliche Hazor gibt. Zuerst ein Baal Hazor, nördlich von Mizpa. In der Bibel ist angegeben, daß dieses Dorf auf dem Boden des Stammes Benjamin liegt. Dann gibt es, etwas näher an Jerusalem, zwischen Beth Hakerem und Mizpa noch ein Dorf, das Hazor genannt wird, aber es ist nicht sehr überzeugend. Interessanter ist das dritte. Es liegt oberhalb des Sees von Hule, in Galiläa, und wird seit dem vierzehnten Jahrhundert vor unserer Zeit auf den ägyptischen Schreibtafeln von Tell el-Amarna erwähnt ... Hier, schauen Sie!«

Er zog ein Blatt aus seiner Tasche, das mit seiner breiten Schrift beschrieben war.

»Das ist ein Auszug aus einem Apokryph zur Genesis und heißt ›Die Geschichte Abrahams‹. Der Text befand sich unter den Schriftstücken vom Toten Meer, und Hazor wird darin erwähnt. Es sei einer der höchsten Orte Israels; von Hazor aus habe Abraham das vom Herrn für seine Nachkommenschaft auserwählte Land betrachten können, und so weiter.«

Ich war beeindruckt von seiner Energie und seinen Kenntnissen, aber darum noch nicht überzeugt.

»Das liegt von Jerusalem aus ziemlich weit im Norden«, sagte ich, »und außerdem auf der Straße nach Damaskus.«

»Ja, leider«, Calimani seufzte. »Zu weit, befürchte ich.«

»Und vor allem abwegig. Warum sollte man einen Teil des Schatzes auf der Straße nach Damaskus vergraben, wo doch die, die ihn versteckten, vor allem darauf aus waren, sich vor den Babyloniern zu schützen, die genau auf dieser Straße ankamen? Je mehr ich darüber nachdenke, desto mehr bin ich davon überzeugt, daß wir mehr den Süden erkunden müssen.«

»Bravo, mein Freund!« rief Calimani und ergriff meine Hände. »Bravo! Genau dieselbe Überlegung hatte ich auch.«

»Und nun?« fragte ich, während ich mich befreite.

»Nun lassen wir die 36 fallen und kümmern uns um das Rätsel von Versteck 46! Warten Sie, warten Sie, ich werde Ihre Erinnerung auffrischen. *In dem Graben, der sich nördlich des Eingangs der Schlucht von Bet Tamar befindet, in dem steinigen Gelände nahe des Cairn bei dem Gesträuch: Alles, was sich dort befindet, ist Banngut.*«

»Ja ..., also?« fügte ich meinerseits mit einem kleinen Lächeln hinzu.

»Ich hatte dieses Rätsel zunächst beiseite gelegt, wie Sie vermutlich auch, weil es auf den ersten Blick zu vage erscheint. Das ›Banngut‹ aber hat mich meine Meinung ändern lassen, das Banngut und Ihre Theorie. Auch hier geht es nicht um Gold, nicht um Reichtümer. Nicht einmal um Gewürze oder Bücher, sondern einzig und allein um das Banngut. Das ist eine Information und in gewisser Weise eine Provokation. Was soll man daraus schließen, außer daß das Versteck Geheimnisse enthält, die sicher verwahrt bleiben sollten? Texte wahrscheinlich, aber Texte, die schon damals tabuisiert waren, einverstanden?«

»Einverstanden.«

»Also habe ich nach einem Ort namens Tamar gesucht. Und dieses Mal habe ich nur einen gefunden: En Tamar, das wegen einiger Ruinen erfaßt ist. Es liegt, als sei es ein Zufall, im Süden von Sodom. Banngut! Was halten Sie davon?«

Ich kam nicht dazu zu antworten. Doron betrat mit einem siegessicheren Lächeln den Raum und ließ sich in einen Sessel plumpsen.

»Es geht wieder los, meine Herren! Raten Sie mal, mit wem ich soeben telefoniert habe?«

»Tom«, antwortete ich, ohne zu zögern.

»Gut erkannt«, sagte Doron, und sein Bauch wackelte vor Wohlbehagen. »Er ist einverstanden weiterzumachen.«

»Sieh mal an«, sagte Calimani erstaunt. »Hat die liebe Orit ihn also rumgekriegt?«

Doron ging auf die niederträchtige Bemerkung nicht ein und begnügte sich damit, die Thermoskanne zu sich heranzuziehen.

»Das würde mich erstaunen. Er hat in New York angerufen, bevor er sich entschieden hat.«

»Wird sein Telefon abgehört?« fragte ich entsetzt.

»Nicht nötig. Wir brauchen uns von der Telefonistin des King David nur eine Aufstellung seiner Anrufe geben zu lassen.«

»Ist das legal?«

»Bei jemandem, der kurz davorsteht, aus Israel ausgewiesen zu werden, schon«, meinte Doron spöttisch lächelnd, während er seine Tasse anhob. »Ihr Tom, Marek, ist nicht gerade ein Engel. Er akzeptiert es, sich uns anzuschließen, aber unter bestimmten Bedingungen.«

»Was heißt das?«

»Er möchte dafür den Goldbarren von Hirkania wiederhaben.«

»Aber Sie haben ihn nicht! Erst müssen Sie Sokolow festnehmen und …«

Dorons Lächeln verstärkte sich.

»In der Tat. Im Augenblick habe ich ihn nicht.«

»Großartig, perfekt!« rief Calimani aus, wobei er in die Hände klatschte. »Ari, das ist großartig! Um so mehr, als Marek und ich uns gerade für unsere nächste Ausgrabung entschieden haben. Sie brauchen nur noch Ihre kleine Kriegslist zu entwerfen.«

31

Mit seiner klaren, warmen Stimme las der Rabbiner Steinsaltz:

Jerusalem zählt ungefähr zweitausend Einwohner, von denen dreihundert Christen sind, die den Verfolgungen durch den Sultan entkommen konnten. Die Juden sind nicht sehr zahlreich; einige sind vor den Tataren geflohen, andere wurden ermordet. Zwei Brüder empfingen vom Statthalter das Vorrecht zur Färberei. In ihrem Haus werden die Gottesdienste abgehalten und auch die Sabbatfeiern. Wir haben sie gedrängt, einen anderen Ort zum Beten zu suchen, und schließlich haben wir ein verlassenes Haus mit Marmorsäulen und einem schönen Dachgewölbe gefunden, daraus wir eine Synagoge gemacht haben. Die Einrichtung des Besitzes ist in dieser Stadt unbekannt – jeder, der möchte, kann sich nach Belieben ein leeres Gebäude nehmen, ohne Streit zu erfahren. Wir haben Tische und Bänke in das Haus gestellt. Dann haben wir die Thorarollen holen lassen, die wir in Sichem verwahrt hatten, als die Tataren Jerusalem eingenommen haben. Die Synagoge wird bald fertig sein, und Gottesdienste werden hier regelmäßig abgehalten werden. Denn die Leute kommen ständig von überallher, aus Damaskus, aus Algier und aus allen vier Himmelsrichtungen, um die Stätte des Tempels zu besichtigen, zu beten und ihr Leid zu klagen. Möge der, welcher gewollt hat, daß wir Jerusalem zerstört sehen, uns die Freude gewähren, es wieder aufgebaut zu erleben und an der Wiederherstellung Seiner Gegenwart in all Seinem Ruhm teilzuhaben …

Der Rabbiner unterbrach seine Lektüre, und seine Finger glitten über das Pergament.

»Das ist sehr bewegend, nicht wahr?« sagte er und sah zu mir herüber. »Es ist es nun acht Jahrhunderte her, daß dieser Brief geschrieben wurde, und doch erschienen mir die Worte so aktuell.«

Am unteren Rand des Pergaments stand der Name des Autors und das Datum: 1267, Nahmanid, der berühmte Kabbalist aus Gerona in Katalonien.

Der Rabbiner strich über seinen schütteren Bart und kniff die Augen in einem Lächeln zusammen.

»Ich bin froh, daß man die bei Rab Chaim gestohlenen Dokumente sicherstellen konnte und die Polizei die Güte hatte, Ihnen einige davon anzuvertrauen.«

»Ich weiß nicht, ob ich sie aufbewahren werde. Sie enthalten nichts wirklich Außergewöhnliches, und ich bin mir auch nicht sicher, ob es Rab Chaim gefallen hätte, daß man sie aus Jerusalem entfernt.«

»Hatte er sie nicht eigens für Sie aufgehoben?«

Ohne ihm zu antworten, senkte ich den Blick und sah auf die Pergamentrollen und die drei alten Bände, die auf dem Tisch vor uns ausgebreitet lagen. Ich schuldete sie wohl weniger Rab Chaim als Dorons plötzlicher Güte. Er stand mit Calimani über eine Generalstabskarte gebeugt, um seine »kleine Kriegslist« auszuarbeiten, als ich den Entschluß faßte zu gehen. Ich für meinen Teil verspürte nicht die geringste Berufung, die »Ziege« zu spielen, und meinte, daß ich für diesen Vormittag bereits genug gehört hatte.

Allerdings gingen mir zu viele widersprüchliche Gedanken durch den Kopf. Ich hatte das Bedürfnis, an die frische Luft zu gehen und meine Gelassenheit wiederzufinden. Aber Doron, der seit Toms Anruf sehr gut gelaunt war, hielt mich zurück:

»Warten Sie, Marek! Ich habe eine Überraschung für Sie!« Eine Minute später trat Jossi-Stalin in das Büro mit einem Köfferchen aus rotem Leder, das er mir übergab. Darin fand ich Bücher und Schriftstücke.

»Das ist für Sie«, sagte Doron. »Hopkins klagt seinen Goldbarren ein, da verdienen Sie doch zumindest dies hier. Ich bin sicher, Rab Chaim hätte das auch gewollt. Im übrigen war alles in diesem Koffer mit einer großen Schnur zusammengebunden, daran ein Zettel mit Ihrem Namen.«

Die Geste hatte mich gerührt, sowohl von Rab Chaim als auch von Dorons Seite, und mir war danach, dieses nachgelassene Geschenk mit einem der klügsten Menschen zu teilen, der zudem seinen Wert am besten ermessen konnte. So hatte ich mich unverzüglich zu dem Rabbiner begeben, der zwar überrascht war von meinem Besuch, mich aber wie immer herzlich empfing. Gemeinsam machten wir uns an das Studium der Schriftstücke.

Einer der Folianten enthielt Berichte von arabischen Reisenden, von denen ein besonders ausführlicher, aus dem Jahre 1287, mit Bourha ad-Din ibn al-Fikah al-Farazi unterschrieben, in Damaskus verfaßt worden war. Er begann folgendermaßen: *Im Namen von Abu Umama heißt es: Der Gesandte Allahs sagt: »Der Koran wurde mir an drei Orten übergeben: in Mekka, in Medina und in Syrien, das heißt in Jerusalem …«* Noch ein Zeichen von Rab Chaim: Sollte auch er an die Damaskus-Schrift gedacht haben?

Es war ein wenig übertrieben, Zufälle nach Calimanis Art in Vorsehung umzudeuten. Aber wie dem auch sei, ich zog es vor, mich mit Steinsaltz nicht auf das Gebiet unserer »Hypothesen« vorzuwagen.

»Sie scheinen mir heute recht nachdenklich zu sein«, sagte er mit einem freundlichen Kopfnicken. »Ich würde sogar fast sagen, besorgt. Sind diese Schriftstücke der einzige Grund für Ihren Besuch, oder gibt es noch etwas anderes?«

Ich deutete eine Geste der Entschuldigung an.

»Verzeihung! Meine Tage hier verlaufen in der Tat recht unvorhersehbar. Manchmal habe ich den Eindruck, auf einem der unsichersten Flüsse an Bord einer schwankenden Piroge dahinzutreiben. Und wie Sie wissen, machen aufregende Stunden betrunkener als Wein! Aber ich möchte Sie damit nicht langweilen. Oder vielleicht habe ich auch nicht den Mut, vor Ihren Augen die Widersprüche anzugehen, die mich im Augenblick beschäftigen.«

Ich lachte, um mich zu entspannen, und fügte hinzu:

»Es gibt eine Weisheit, die ich sehr schätze, und sie kommt mir dieser Tage oft in den Sinn, ohne daß ich zu sagen wüßte, woher ich sie habe: ›Frage nie jemanden, der ihn kennt, nach deinem Weg, denn danach wirst du dich nicht mehr verlaufen können!‹«

Der Rabbiner lachte seinerseits, wobei er sich unter seiner Kippa am Kopf kratzte.

»Dieser wunderbare Satz stammt von dem Rabbiner Nachman aus Preßburg.«

»Ich für meinen Teil«, fing er wieder an, »habe noch einmal über unsere Unterhaltung von vorgestern nachgedacht und über Ihre Fragen zum Ursprung Jerusalems wie auch seines Namens … Erinnern Sie sich an Gottes Wort, als er sich an Abraham, unseren ersten Patriarchen, wandte: *Und er hieß ihn hinausgehen und sprach: ›Sieh gen Himmel, und zähle die Sterne, kannst du sie zählen?‹ Und er sprach zu ihm: ›So zahlreich sollen deine Nachkommen sein.‹*«

Der Rabbiner zitierte aus dem Gedächtnis, und er wußte, daß ihm das meine Bewunderung einbrachte.

»Der berühmte Kommentator des Pentateuch«, fuhr er fort, »Raschi von Troyes, hat vor tausend Jahren diese Stelle folgendermaßen interpretiert:

Im wörtlichen Sinne ließ Gott Abraham aus dem Zelt treten, damit er die Sterne betrachte, aber der midrachischen Lesart zufolge sagte Gott zu ihm: Obwohl du in den Sternen gesehen hast, daß du keinen Sohn haben wirst, so trete doch aus deinem Schicksal heraus! Avram hat keine Söhne, aber Abraham *wird einen Sohn haben. Sarai kann nicht gebären, aber* Sarah *wird gebären können. Ich werde euch einen anderen Namen geben, und euer Schicksal wird ein anderes sein …* Vielleicht kann Ihnen das in irgendeiner Weise nützlich sein«, fügte er mit rätselhaftem Lächeln hinzu.

Er schwieg einen Moment, dann wies er auf die Bücher, die Pergamente und den knallroten Koffer.

»Meiner Meinung nach sollten Sie diese Schriften behalten. Ich glaube wie Rab Chaim, daß sie auf Sie gewartet haben.«

»Ich hatte eigentlich vor, sie Ihnen vor meiner Abreise zu schenken.«

»Das weiß ich zu schätzen«, sagte er, während er aufstand, »allerdings glaube ich, daß es für diese Entscheidung noch zu früh ist. Bitte entschuldigen Sie mich, wenn ich Sie jetzt allein lasse. Ich komme sonst zu spät zur Synagoge. Aber ich würde mich freuen, Sie in den nächsten Tagen wiederzusehen. Vergessen Sie nicht, daß ich Jerusalem in der nächsten Woche verlasse, weil ich in die Vereinigten Staaten reise.«

In dem Wunsch, etwas von der Gelassenheit zu bewahren, die ich bei dem Rabbiner wiedergefunden hatte, beschloß ich, obwohl ich vom Hotel ziemlich weit entfernt war, ein paar Schritte zu laufen, bevor ich ein Taxi nahm. Die Frühlingsluft über Jerusalem würde mir guttun.

Mit dem roten Köfferchen am Arm ging ich in Richtung der King-David-Avenue, wobei ich mich vom Zufall durch das Labyrinth der Höfe und Läden mit ihrem Duft von Gewürzen treiben ließ, durch Moshavat ha-Germanim, das »Deutsche Viertel«, eines der friedlichsten der Stadt.

In den dreißiger Jahren erbauten viele aus Mitteleuropa eingewanderte Juden neben den arabischen Häusern mit ihren feinen Verzierungen niedrige Häuser aus Stein, wie man sie in Ungarn, in der Tschechoslowakei oder in Deutschland kennt, von einem kleinen Garten umgeben und gedeckt mit den berühmten roten Ziegeln, die ein paar Jahrhunderte zuvor den Ruf und den Reichtum der Juden in der Champagne ausgemacht hatten. In den letzten Jahrzehnten war Moshavat ha-Germanim das Wohnviertel par excellence der Atheisten, der

Intellektuellen und Künstler geworden. Seitdem aber waren hier auch einige Rabbinerschulen eröffnet worden, und in den Straßen mischten sich Tradition und Moderne.

An diesem Morgen erschien mir Moshavat ha-Germanim allerdings fast zu ruhig. Nachdem ich etwa zehn Minuten gelaufen war, war ich schon im Begriff, doch ein Taxi zu rufen, um wieder nach Ben Yehuda zu gelangen, in seine quirligen Gassen mit dem Klang russischer Klarinetten und dem unbeschreiblichen Falafelduft – da geschah es.

Ich bog in die Zvi-Graetz-Straße in Richtung Bahnhof ein, weil ich damit rechnete, dort ein Taxi zu finden. Schon seit einem Moment lief eine junge Frau in Jeans mit einem Kinderwagen vor mir her, und ich folgte ihr, wobei ich unwillkürlich meinen Schritt dem ihren anglich. Zwei Autos kreuzten unseren Weg, dann noch eines, schließlich überholte uns ein alter brauner Golf und hielt etwa hundert Meter weiter. Es trat eine Art wattierter Stille ein, der ich keine besondere Aufmerksamkeit schenkte, in der ich jedoch jemanden hinter mir rennen hören konnte.

Instinktiv drehte ich mich um, wobei das Köfferchen an meinem Arm durch sein Gewicht leicht weggeschleudert wurde. Dann sah ich das Gesicht des jungen Arabers: sehr dunkle Augen, eine schmale Nase, hohe Wangenknochen; sein Mund war geöffnet, als wollte er schreien. Ich dachte, er würde mich anspringen, aber er faßte im Vorbeirennen nur nach dem Koffer, und sein Tempo verlieh ihm solche Kraft, daß ich überrascht losließ, wobei ich mich einmal um mich selbst drehte und mich mehr schlecht als recht an parkenden Autos festhielt.

Dann folgte ein genau einstudiertes und dramatisches Ballett. Der junge Araber rannte fünf oder sechs Meter weit, bevor er in der Mitte der Straße hochsprang. Ich wollte gerade schreien, als ein Mann die Straße überquerte, mich bei den Schultern griff und zum Stehen brachte.

»Nicht bewegen! Ducken Sie sich, ducken Sie sich!«

Um mich in die Knie zu zwingen, stemmte er sich auf meine Schultern. Ich schlug um mich, da erkannte ich Jossi-Stalin, dessen Bart inzwischen blond geworden war.

»Sind Sie verrückt?« flüsterte ich.

»Gehen Sie hinter dem Auto in Deckung, und bewegen Sie sich nicht!«

Ich drehte mich um und sah den Jungen, wie er noch immer rannte, den Koffer an die Brust gedrückt. Am Ende der Straße ging die Tür des VW auf. Im selben Augenblick griff die Frau in ihren Kinderwagen, dorthin, wo das Kind hätte sein müssen. Auch sie rannte in die Mitte der Fahrbahn, die Arme nach vorn gestreckt. Zwei Männer überholten uns im Laufschritt. Jossi schrie ihnen zu, auf den Mann in dem Golf zu achten, der, vor der offenen Tür stehend, seine Arme dem Araber entgegenstreckte. Der hielt den Koffer wie einen Ball, den er gleich werfen würde. Noch bevor die beiden Leute von Jossi die Frau erreichten, blieb sie stehen, ging halb in die Knie und schoß. Ein einziger Schuß. Der Junge rollte wie ein getroffener Hase über den Asphalt, stöhnend vor Schmerz hielt er sich den rechten Oberschenkel. Für den Bruchteil einer Sekunde zögerte der Mann, der aus dem Golf ausgestiegen war, und starrte auf den Koffer zehn Schritt vor ihm, dann sprang er ins Wageninnere, schlug die Tür heftig zu und raste los. Die junge Frau und die beiden Männer, die sie inzwischen eingeholt hatten, zielten auf den Flüchtenden. In diesem Augenblick kam ein Lieferwagen aus entgegengesetzter Richtung. Der Fahrer bremste scharf vor den Revolverläufen, ein paar Meter von dem Jungen entfernt, der noch immer am Boden lag. Der Golf verschwand an der nächsten Kreuzung, und die drei Agenten ließen die Arme sinken.

Jossi ließ meine Schultern los und sah mich vorwurfsvoll an.

»Ich hatte Sie gebeten, sich zu ducken. Das hätte übel enden können.«

Ein paar Minuten später saß ich auf dem Rücksitz von Dorons Mercedes. Während er auf den roten Koffer klopfte, der wie ein *casus belli* zwischen uns plaziert war, schenkte er mir ein buddhaähnliches Lächeln, das, wie seine ganze Person, sehr große Zufriedenheit ausstrahlte. Seine Narbe, die zur Zeit babyhaft rosa war, verschwand in seinen Falten.

»Sie müssen mich verstehen, Marek. Wenn ich Sie informiert hätte – und angenommen, Sie hätten sich mit unserem kleinen Spiel einverstanden erklärt, was nicht sicher war –, wären Sie nicht so natürlich gewesen!« verteidigte er sich. »Was für eine ausgezeichnete Idee, durch diese kleine Straße zu gehen! Ich hatte befürchtet, Sie könnten in das erstbeste Taxi steigen und zum Hotel zurückfahren, was die Dinge sehr viel komplizierter gemacht hätte.«

»Wie Sie sehen, bin ich wirklich überglücklich, Ihre Pläne so gut erfüllt zu haben.«

»Marek, Marek! Sie verstehen das falsch.«

»Sie lügen mich an, Sie steuern mich wie eine Marionette, Sie setzen mein Leben aufs Spiel, und Sie möchten, daß ich Ihnen um den Hals falle?«

»Niemand, mein Lieber, hat Sie gezwungen, bei uns herumzuschnüffeln! Sie können die Sache jederzeit abbrechen. Calimani …«

»Oh, ich bitte Sie, lassen Sie diese lächerlichen kleinen Spielchen bei mir weg! Wenn Calimani seinen Spaß daran hat, den Hilfsspion zu spielen, dann bitte schön. Ich erinnere Sie daran, daß ich persönlich nie vom Mossad bezahlt worden bin und auch nicht das geringste Verlangen danach habe. In diesem Punkt bin ich mit Tom einer Meinung. Was das übrige anbelangt, so waren wir in der Tat unvorsichtig, oder sagen wir mal: Uns war nicht bewußt, was wir möglicherweise auslösen könnten, indem wir uns in dieses Unternehmen stürzten. Aber daran müssen Sie uns nicht alle naselang erinnern. Die Wahrheit ist, daß Sie uns seitdem zu Geiseln machen. Sie bedienen sich unser ganz nach Belieben und in diesem Fall sogar mit der Taktlosigkeit, mich nicht zu informieren. Das ist mehr als unerfreulich!«

»Beruhigen Sie sich, Marek! Ganz ehrlich, Sie waren praktisch keinem Risiko ausgesetzt!«

»Das hat Jossi eben noch ganz anders gesehen.«

»Jossi neigt dazu, die Dinge zu dramatisieren, genau wie Sie. Das muß der russische Einfluß sein.«

»Was wäre passiert, wenn der Junge mit dem Koffer verschwunden wäre?«

»Dazu hatte er nicht die geringste Möglichkeit. Von der ersten Minute an waren wir hinter ihm.«

»Seine Komplizen aber sind sehr wohl entkommen!«

»Weil ich es so wollte! Diese Festnahme ist nur eine Botschaft, mehr nicht. In jedem Fall enthält dieser Koffer nicht ein Dokument, das den Schatz betrifft, darauf haben wir geachtet.«

»Vielen Dank für das Geschenk.«

»Ich habe nicht gesagt, daß sie wertlos sind! Außerdem befindet sich ein kleiner Sender im Griff. Falls es nötig gewesen wäre, hätten wir ihre Spur verfolgen können.«

»Sie halten die Leute für Idioten, Doron. Glauben Sie, daß die so was nicht bemerken? Einen leeren Koffer hätten Sie wiedergefunden, das ist alles!«

Dorons Wanst begann zu zittern, und der Sitz des Autos vibrierte als Antwort darauf. Wir kamen vor dem Hotel an.

»Gut gebrüllt, Löwe ...«

»Wozu dieses ganze Theater?« fragte ich müde. »Sie wollen mir doch nicht weismachen, daß es für Sie so wichtig ist, einen zwanzigjährigen Burschen festzunehmen. Er sitzt am unteren Ende der Kette, das wissen Sie genau!«

Dorons schweres Gesicht blieb für einen Moment verschlossen, dann stimmte er zu.

»Stimmt. Das Ziel besteht darin, Hopkins und Calimani zu ermöglichen, Jerusalem mit unseren ›Freunden‹ im Schlepptau zu verlassen. Wir wissen, daß Sie alle drei beobachtet werden. Und uns liegt daran, denen zu verstehen zu geben, daß auch wir Sie beobachten und daß wir folglich auch sie überwachen. Mit anderen Worten, wir blockieren uns gegenseitig. Aber wenn sie es wissen, wie sollen wir sie dann in die Falle locken? Das ist wie beim Schach, jetzt müssen wir erst wieder die Oberhand gewinnen. Können Sie mir folgen?«

»Das ist so einleuchtend wie ein Teufelskreis!«

»Ja. Also müssen wir versuchen, ihnen einen Schritt voraus zu sein. Dafür ist es nötig, daß einer von Ihnen – in diesem Falle Hopkins, das ist am plausibelsten –, sich Gedanken darüber macht, wie er uns im Stich lassen könnte, um den Schatz am Ende für sich allein zu haben. Das zumindest sollten unsere Freunde glauben. Deswegen habe ich die Aufmerksamkeit auf Sie gelenkt und die anderen glauben lassen, wir würden sofort loslegen, wenn einer von Ihnen das Ding allein drehen will. In einer knappen Stunde werden Hopkins und Calimani das Hotel verlassen. Wir werden uns nicht von der Stelle rühren, damit sie denken, sie seien uns entwischt. Und so werden unsere ›Freunde‹ von gegenüber dank des kleinen Zwischenfalls, der sich soeben ereignet hat, nicht eine Sekunde daran zweifeln, daß wir die letzten Blödmänner sind. Und so muß es sein.«

»Ich verstehe.«

»Und nun kann ich Ihnen auch sagen«, fuhr Doron mit etwas mehr Ernst fort, »daß mich der Junge, der versucht hat, Ihnen den Koffer zu stehlen, sogar sehr interessiert. Ich möchte gern wissen, wer ihn rekrutiert hat und wie. Es ist irgend etwas faul an dieser Geschichte, von Anfang an.«

»Ist er schwer verletzt?«

»Nein, eine Kugel in die Hüfte. Nur damit er genug Angst zu hat, um zu reden.«

»Damit er ausreichend leidet, wollen Sie sagen.«

»Aber, aber! Wir sind doch keine Folterknechte.«

»Nein! Nur Pragmatiker, nicht wahr?«

Dorons Narbe färbte sich dunkelrot, als würde sie mit einem

Schlag aufgehen; ich konnte sehen, wie sie im Rhythmus seines Herzens zuckte.

»Ihr europäischen Juden seid immer so voller guter Gefühle«, ereiferte er sich. »Aber es gibt Dinge, die ihr nicht mitbekommt, solange die Opfer nicht auf dem Bürgersteig verstreut herumliegen oder in einem Bus verbrennen. Wir aber kennen den Terror mit jeder Faser unseres Körpers! Hier bringt man den Kindern schon in der Vorschule bei, sich bei Sirenengeheul unter ihre Tische zu werfen. Unsere Feinde wollen uns nicht erobern, sie wollen uns zerstören. Verstehen Sie, was das bedeutet? Was um uns herum vor sich geht, ist einmal mehr die Bedrohung, ausgelöscht zu werden. Da ist kein Raum für einen Fehler. Und es macht einen nicht gerade großherzig.«

Der Mercedes blieb vor dem Eingang des Hotels stehen. Während ich Dorons Einspruch anhörte, suchte ich mit den Augen nach den Männern, die die Aufgabe hatten, uns zu bewachen. Er erriet meine Neugierde und setzte, als wollte er die Atmosphäre etwas auflockern, ein kleines Lächeln auf.

»Sie werden sie nicht sehen. Es sind Profis.«

»Und ich noch immer ein armer Naivling, oder? Das haben Sie mir bereits gesagt.«

»Jedem seinen Job.«

Er schob den Koffer in meine Richtung, während er mir die Hand reichte.

»Das ist wirklich für Sie bestimmt. Und ich möchte mich bei Ihnen entschuldigen. Es stimmt, ich hätte Ihnen vorher Bescheid sagen müssen. Aber ich hatte befürchtet, auch Sie würden nein sagen.«

»Ich hätte nein gesagt«, sagte ich mit einem Schmunzeln.

Er lachte. Als ich die Tür öffnete, hielt er mich zurück.

»Ich muß Sie noch etwas fragen, etwas Persönliches ... Zwischen Orit und dem Amerikaner ... äh, hat sich etwas ereignet. Also, sie haben die Nacht zusammen verbracht, und am Ende gab es ein Problem, und ...«

»Und?«

»Ich glaube, daß es ihr nicht besonders gut geht. Ich bin nicht sehr geschickt in solchen Dingen. Aber ich hatte das Gefühl, daß sie Ihnen vertraut.«

»Hm.«

»Könnten Sie sie anrufen? Oder bei ihr vorbeifahren? Es heißt doch, daß Schriftsteller sich auf Frauen verstehen.«

»Jedem seinen Job, nicht wahr?«

32

Tom mochte nicht glauben, was er sah. Calimani trug schwarze Turnschuhe, einen grauen Jogginganzug mit blauen Streifen, ein gelbes Seidentuch, einen Hut aus grünem Stoff, und in der Hand hielt er einen prachtvollen Blouson von Lacoste aus Leder und dunkelblauem Wollgewebe.

Ein Schmunzeln zurückhaltend, wich Tom einen Schritt zur Seite, wobei er seine Zimmertür weit öffnete. Calimani trat ein und zeigte auf seinen Blouson.

»Nehmen Sie etwas sehr Warmes für die Nacht mit. Es kann kalt werden in der ...«

Da bemerkte er Toms Blick.

»Was ist los? Mein Outfit? Nun ja, Doron hat mich gebeten, ›auffällig‹ zu sein. Und weil es für mich auch wichtig ist, daß ich mich wohl fühle ...«

»Sehr gelungen«, prustete Tom. »Selbst die Eidechsen werden Sie von weitem erkennen!«

»Machen Sie sich ruhig lustig, Sie Ignorant!« seufzte Calimani nachsichtig. »Wo wir hingehen, da gibt es mehr Schlangen als Eidechsen, in Wirklichkeit wie im übertragenen Sinn. Aber das reicht, wir sollten jetzt keine Zeit verlieren. Ich möchte gern, daß wir noch einmal alles durchgehen.«

»So, wie es aussieht, sind Sie der Chef.«

Calimani schüttelte etwas betrübt den Kopf.

»Mein Junge, wollen Sie uns bitte in den kommenden Stunden diese nichtssagenden Bemerkungen ersparen? Ich bin für diese Art Humor nicht empfänglich, und so unterschiedlich unsere Beweggründe auch sein mögen, wir sitzen im selben Boot.«

»Hm ...«

»Gut, fangen wir an. Der neue Geländewagen, den Sie bei der Autovermietung abgeholt haben, ist jetzt mit einem Satellitensender ausgerüstet. So kann Dorons Mannschaft immer unseren Standort ausmachen. Sie haben auch einen Kurzwellensender installiert, was uns erlauben wird, Botschaften zu empfangen oder zu versenden. Allerdings nur sowenig wie möglich, weil sie vielleicht abgefangen werden.«

»Und warum keine Handys? Das wäre doch einfacher, oder?«

»Mein lieber Freund!« stöhnte Calimani niedergeschlagen auf. »Was meinen Sie denn, wo wir hingehen? In die Bronx? Glauben Sie, daß es mitten in der Wüste Negev Relaisstationen gibt?«

»Okay, okay. Da ist trotzdem noch etwas, das ich nicht gerade schön fand: Für diese Superausrüstung in diesem Supergeländewagen mußte ich eine Kaution von dreitausend Dollar bei der Vermietung hinterlegen. Und dann waren sie immer noch nicht zufrieden, weil ich nur eine Kreditkartennummer dagelassen habe!«

Calimani zog arglos die Augenbrauen hoch.

»Ich vermute, Doron möchte, daß Sie sich als Herr Ihrer eigenen Angelegenheiten fühlen. In berufsethischer Hinsicht, meine ich. Nein, machen Sie sich keine Sorgen, das ist nur für den Fall, daß ›die anderen‹ einen Zweifel haben sollten und überprüfen, ob Sie nach Belieben das Auto wechseln können. Man muß schließlich an alles denken, mein Freund! Da fällt mir übrigens ein, wir brauchten auch alles nötige Material zum Graben, Wasser, einen Campingkocher und Schlafsäcke.«

»Ist alles da.«

»En Tamar ist ein merkwürdiger Ort, nackt und flach wie ein Handrücken. Doron braucht die Dunkelheit, um seine Mausefalle aufzustellen, um so mehr, als wir dort in der Nähe der jordanischen Grenze sind. Eine Nacht des Lebens im Salz und im Gestank von Sodom, das ist unvergeßlich. Danach weiß man wirklich, wie die Hölle aussehen kann.«

»Na, toll!«

»Denken Sie an Ihren Goldbarren, Ihren Ruhm.«

»Ich zittere schon vor Ungeduld.«

Calimani schien noch etwas hinzufügen zu wollen, hielt sich aber zurück. Toms schönes Gesicht sah wirklich besorgt aus, auch wenn die Ringe unter seinen Augen keineswegs von dieser Besorgnis herrührten. Calimani verspürte einen Anflug von Zuneigung für diesen ungeschickten Amerikaner, der allerdings eigensinniger und mutiger war, als er schien. Als ein Mann mit Erfahrung wußte er, woher Toms Anspannung kam. Er erlebte gerade einen außerordentlichen Moment. Zum ersten Mal drang er zur verborgenen Seite der Dinge vor, sah er hinter die Kulissen der Geschichte und des Schicksals. Auf einmal bestimmten Liebe, Gewalt und Geheimnis seine Wirklichkeit, aber dessen wurde er sich gerade erst bewußt. Es fehlten ihm Orientierungspunkte, es mangelte ihm an Intuition, er mußte sich an den Tatsachen erst stoßen, um sie zu verstehen, so wie ein Blinder sich anfangs an den Möbeln stößt, die bald seine unerläßlichen Anhaltspunkte sein werden, um sich in der Dunkelheit zurechtzufinden.

»Machen Sie sich keine Sorgen«, fing Calimani wieder mit etwas mehr Herzlichkeit an. »Alles wird gut gehen. Also, ich wiederhole: Ich fahre mit dem Wagen los. Ich steige aus, gehe am Hotel vorbei, tue so, als hätte ich etwas vergessen, und komme wieder zum Haupteingang zurück. Kurz, ich zeige mich sehr auffällig, und dann fahre ich schließlich los. Dorons Mannschaft rührt sich nicht vom Fleck. Die anderen auch nicht. Wer bin ich, ich, Giuseppe Calimani? Eine *quantité négligeable*, ich zähle nicht! Währenddessen nehmen Sie unauffällig den Touristenshuttle, der in … fünfundzwanzig Minuten zur Besichtigung des Ölbergs fährt. Der Parkplatzwächter kontrolliert die Fahrscheine, ein kleiner Fülliger, fast glatzköpfig. Offensichtlich ist er damit beauftragt, über Ihr Kommen und Gehen mit dem Auto zu wachen. Eine gute Idee übrigens, da er seine Zeit ohnehin auf dem Hotelparkplatz verbringt. Doron hat ihn im Verdacht, am Anfang des Goldbarrendiebstahls zu stehen. Kurz, er wird Alarm schlagen, und seine kleinen Freunde werden Ihnen geschlossen folgen. Dorons Mannschaft wird sich nicht von der Stelle rühren, weil sie Sie nicht gesehen hat – was man gesehen haben nennt –, als Sie mit dem Shuttle weggefahren sind. Okay, Mister Hopkins?«

»Ja! Ich mache Sie darauf aufmerksam, daß Sie mir all das bereits erklärt haben, Professor.«

»Na, na, na! Dann erinnern Sie sich wohl auch an die Fortsetzung?«

»Ich fahre mit dem Shuttle bis zum Ölberg. Dort, wo die El-Mansurya-Straße den Weg kreuzt, der zum Mariengrab führt, erwartet mich ein Taxi. Ich vermute, daß ich darin Dorons besonderen Humor erkennen soll.«

»Möglich«, gluckste Calimani. »Aber es erlaubt Ihnen vor allem zu überprüfen, ob man Ihnen auch schön folgt. Danach?«

»Das Taxi wird ein blauer Subaru sein mit einem Davidstern auf dem rechten Außenspiegel.«

»Großartig. Er wird Sie bis zum Sportklub Emeq Refa'im fahren, wo ich mit dem Geländewagen auf Sie warte ... Nach diesem Zickzack-Kurs werden unsere lieben unbekannten Freunde verstanden haben, daß es Ihnen gelungen ist, die Israelis hinter sich zu lassen, und sie werden den Braten riechen. Wenn alles gut geht, werden sie uns fortan nicht mehr aus den Augen lassen.«

»Darf ich Ihnen eine Frage stellen, Professor?«

»Bitte!«

»Ich habe den Eindruck, es ist nicht das erste Mal, daß Sie in eine so krumme Sache verwickelt sind.«

Calimani lächelte, sein Blick glitt über Tom hinweg und verlor sich in der Ferne, jenseits der Mauern der Altstadt.

»Sagen wir mal, daß mir vor langer Zeit die Aktion sehr viel sinnvoller erschien als das Wissen. Wenn wir uns einmal langweilen sollten, werde ich Ihnen das erzählen. Ich bin sicher etwas aus der Übung gekommen«, fügte er hinzu, wobei er kokett sein Halstuch neu knotete. »Aber wir werden auf gleichem Level sein, machen Sie sich keine Sorgen.«

Tom schüttelte den Kopf.

»Ich mache mir Sorgen! Hier sind die Schlüssel des Wagens, werden Sie damit umgehen können?«

»Ich werd's versuchen«, sagte Calimani mit einem Augenzwinkern.

Salem Chahin el-Husseini mußte zweimal den Bus wechseln, bevor er En Kerem und das Hadassah-Krankenhaus erreichte. Vor dem beeindruckenden Krankenhauskomplex fühlte er sich so verlassen wie mitten in der Wüste. Die Hinweisschilder, die in drei Sprachen verfaßt waren, Hebräisch, Arabisch und Englisch, schienen alle Richtungen auf einmal anzuzeigen und keine richtig, völlig orientierungslos wußte der alte Mann nicht, ob er nach links oder nach rechts gehen sollte. Nach einem langen Augenblick des Zögerns entschied er sich, dem Pfeil mit der Aufschrift »Auskunft« zu folgen.

Bevor er im Inneren des Gebäudes ankam, wurde er von einer dichten Besuchermenge mitgerissen: Alte, Junge, Frauen und Männer, Familien mit Kindern, Araber und Juden. Er sah und hörte, wie weiter hinten, vor einem anderen Eingang, Rettungswagen mit lautem Sirenengeheul ankamen, die dann im Gebäude verschwanden. Weil er den Unterhaltungen um ihn herum lauschte, verstand er, daß es sich dort um den Ort handelte, an dem Kranke und Verletzte aufgenommen wurden, und er dachte, daß Ahmed sich vielleicht in diesem Gebäude befinden könnte. Als er sich von der Menge löste, kam ein Junge in Ahmeds Alter auf ihn zu und nahm ihn vorsichtig am Arm.

Der alte Mann blieb stehen, der Junge murmelte:

»*Er straft, wen Er will, Er vergibt, wem Er will, Allah ist stark über allem.* «

Unter anderen Umständen hätte Salem Chahin el-Husseini

in diesen Worten lediglich die fünfte Sure des Korans wiedererkannt. In diesem Fall aber erkannte er vor allem den Satz wieder, den er am Telefon gehört hatte, als man ihn darüber informierte, daß sein Enkel soeben verletzt worden sei und er zum Krankenhaus gehen solle. Dennoch antwortete er fast automatisch:

»Sei gesegnet. *Allah akbar*.« Dann fügte er hinzu: »Ich bin gekommen, so wie man es mir gesagt hat, und ich möchte Ahmed sehen.«

»Nicht jetzt«, flüsterte der Junge. »Du darfst das Krankenhaus nicht betreten.«

»Warum?«

»Die israelischen Polizisten sind bei deinem Enkel. Wenn du zu ihm gehst, werden sie dich festnehmen. Komm, du mußt mir folgen.«

»Wohin?«

»Nicht weit. Mach keine Schwierigkeiten, wir fallen sonst auf. Folge mir.«

Schnell ging der Junge voraus, ohne sich umzudrehen. Einer hinter dem anderen kamen sie auf dem großen Parkplatz des Krankenhauses an. So schnell, wie der Alte ihm folgen konnte, glitt der Junge zwischen den Autos hindurch. Als er auf der Höhe eines Mazda-Kleinbusses angekommen war, drehte er sich zu Salem Chahin um und klopfte vorsichtig mit seinen Fingern gegen die Karosserie. An der Seite öffnete sich die Schiebetür. Salem Chahin stand zwei Männern gegenüber.

»Steig ein«, sagte er Ältere mit einer einladenden Handbewegung.

Salem Chahin el-Husseini schaute seinem Führer zu, wie er zwischen den unzähligen Autos wieder verschwand. Im Grunde hatte er sich schon, als er am Telefon diesen Losungssatz erhielt, gedacht, daß die Sache so enden werde. Er brauchte die beiden Männer nicht lange zu betrachten, um in ihnen militante Mitglieder der Hamas zu erkennen.

Der Ältere war stämmig und rundlich. Sein Schnurrbart, der

einem kleinen schwarzen Viereck glich, das unter seiner Habichtsnase angeklebt war, verlieh ihm ein friedfertiges Aussehen, aber seine Augen, die so schwarz waren, daß man die Pupillen nicht erkennen konnte, verrieten die ganze Entschlossenheit und Aufmerksamkeit ihres Besitzers. Der andere, der größer und jünger war, hatte ein schönes Gesicht, das jedoch eine Narbe entstellte, die vom Hals bis zum Ohr verlief; ihn konnte man nicht vergessen, nachdem man ihn einmal gesehen hatte. Salem Chahin war sich ziemlich sicher, ihn schon einmal in einem der Cafés in Bethlehem gesehen zu haben, wo er vor den Gästen eine Ansprache hielt.

»Steig schnell ein«, wiederholte der Mann, wobei er ihm nun die Hand reichte, um ihm zu helfen.

Salem Chahin bemerkte, daß der Motor lief. Er verschwand in dem Kleinbus und rückte, wie ein alter Vogel, der seine Flügel anlegt, vorsichtig die Schöße seiner Dschellaba zurecht, dann setzte er sich auf den Platz, den man ihm zuwies. Sogleich schloß sich die Schiebetür wieder, und der Bus fuhr von vom Parkplatz herunter, ein braunkarierter Vorhang verhinderte, daß man von den hinteren Sitzen den Fahrer sehen konnte.

Der Mann mit dem gespaltenen Ohr sagte:

»Wir wissen, daß dein Enkel von der Polizei angeschossen worden ist. Es ist nicht sehr schlimm, eine Verletzung am Oberschenkel oder an der Hüfte. Wenn die israelische Polizei ihn nicht tötet, wird er überleben.«

»Warum? Warum haben sie auf ihn geschossen?«

»Er hat versucht, einem ausländischen Juden einen Koffer zu stehlen. Es war eine Falle.«

In einer Bewegung des Erstaunens war Salem Chahin el-Husseini der Keffieh in die Stirn gerutscht. Er schob ihn mit seinen gichtigen Fingern wieder hoch, seine großen Augen waren voller Schmerz und Unverständnis.

»Warum sollte Ahmed einen Juden bestehlen?«

Der Mann mit dem Schnurrbart antwortete mit sanfter Stimme:

»In diesem Koffer war etwas sehr Wichtiges. Jemand hat deinen Enkel darum gebeten, ihn zu stehlen. Er hat es nicht für sich selbst getan.«

Es verging ein langes Schweigen, während dessen Salem Chahin nachdachte über das, was er soeben erfahren hatte. Er bemerkte, daß der Kleinbus auf der Straße nach Hebron war, mitten im Baq'a-Viertel.

»Wo fahren wir hin?«

»Wir können dich nach Hause bringen, nach Bethlehem, oder wir können in Beit Sefafa anhalten, das liegt auf deinem Weg. Von dort aus wirst du auf die Straße nach Bethlehem kommen und kannst einen Bus nehmen, um zu dir zu fahren. Wie du willst.«

»Und warum Beit Sefafa?«

»Dort wohne ich – manchmal«, sagte der Mann mit dem Schnurrbart, »und wir hätten einen Ort, wo wir in Ruhe miteinander reden könnten. Ich heiße Yussef Saleh. Und er«, fügte er hinzu, »ist Ghassan Tawill. Wir sind Glaubenskämpfer, Mudschaheddin. Scheich Ahmed Yassin ist unser Chef.«

Salem Chahin el-Husseini grüßte, wobei er in einem kurzen Lächeln seine wenigen, vom Gebrauch der Wasserpfeife gelb gewordenen Zähne sehen ließ.

»Reden, worüber?« fragte er.

»Wir wüßten gern, wer deinen Enkel gebeten hat, den Juden zu bestehlen«, antwortete Ghassan Tawill.

»Ich weiß es nicht. Ahmed hat mir nichts gesagt.«

Saleh schüttelte mit einem aufmunternden Blick den Kopf.

»Du kannst uns trotzdem helfen, es herauszufinden. Das ist sehr wichtig, und wir haben nicht viel Zeit, es in Erfahrung zu bringen.«

»Andernfalls können wir Ahmed nicht retten«, fügte Tawill hinzu.

»Denk nach, während wir fahren. Wir zeigen dir etwas, wenn wir da sind.«

Der Kleinbus nahm Straßen, die zunehmend überfüllt und ausgefahren waren. Seit langem schon war die Ortschaft Beit Sefafa von modernen Gebäuden eingekreist, die auf den benachbarten Hügeln entstanden waren. Das alte Palästinenserviertel, das im Norden von den bewaldeten Höhen des Katamon und der Kuppel des Klosters Sankt Simeon bestimmt wurde, im Westen an das jüdische Viertel Meqor Hayyim und im Osten an die Industriezone von Talpiyyot grenzte, war im Laufe der Jahre zu einem Stadtteil von Jerusalem geworden, einem der archaischsten.

Von ganzem Herzen hätte Salem Chahin gern verstanden, wie es so weit kommen konnte, daß Ahmed zum Dieb geworden war und die »Israels« auf ihn geschossen hatten. Aber es gab so viele Gründe für die gewalttätigen Aktionen der Jugend heute, daß man sich bei der Suche danach ebenso schnell verirrte wie bei der Suche nach der Nadel im Heuhaufen!

Als der Bus ihn schließlich rumpelnd von einem Schlagloch zum nächsten beförderte, erinnerte sich Salem Chahim an eine Seite aus den Heiligen Schriften:

Gabriel führt Mohammed in das Innere des Tempels der Heiligen Stadt Jerusalem. Auf einem Tablett reicht er ihm drei Kelche: der erste enthält Wein, der zweite Wasser und der dritte Milch. Der Prophet entscheidet sich für die Milch und führt den Kelch an seine Lippen. Er nimmt ein paar Schluck, dann stellt er den Kelch wieder ab.

»Gesegnet sei deine Wahl!« ruft Gabriel aus. »Hättest du die Frucht der Weinrebe gekostet, hätte dein Volk sich der Trunkenheit ergeben. Hättest du das Wasser getrunken, wäre es in der Armut untergegangen. Die Milch aber bürgt für das Heil deiner Brüder. Und wenn du diesen Kelch vollkommen geleert hättest, wären sie alle errettet worden.«

»Gib ihn mir zurück«, fleht Mohammed, »damit ich beenden kann, was ich begonnen habe.«

»Das liegt nicht in meiner Macht«, antwortet der Engel sanft.

»Die Tinte im Buch des Schicksals kann nicht gelöscht werden, und was geschrieben steht, steht geschrieben.«

Der neue Wagen war ein Range Rover 4,6 HSE, der Rolls-Royce unter den Geländewagen, was Komfort und Motorleistung angeht, ausgestattet mit einem Tempomaten und Automatik. Aber er war sehr schwer – über zwei Tonnen! Folglich reagierte er auch nicht so sensibel auf den Straßenzustand wie der Toyota, den Tom darum fast vermißte. Die Erschütterungen übertrugen sich jedoch kaum auf das Lenkrad, und die Servolenkung war so effektiv, daß man das Gefühl hatte, ein Fahrzeug auf einem Luftkissen zu steuern und nicht einen Geländewagen.

Im übrigen war alles so verlaufen wie geplant. Sogar Calimani war ohne Zwischenfälle zu dem Treffpunkt gelangt. Tom mußte zugeben, daß Doron seinen Part gut gemacht hatte. Als er in der Nähe des Mariengrabs aus dem Shuttle gestiegen war, war ihm ein alter weißer Fiat ohne große Vorsicht gefolgt, während er auf das Taxi zuging. Derselbe Fiat war dann dem Taxi bis über die Hälfte des Weges in Richtung Sportclub nachgefahren, bevor er plötzlich verschwand. Tom hatte sich zunächst Sorgen gemacht und befürchtet, das Verfolgerauto nicht richtig erkannt oder »die Freunde«, wie Doron sagte, sogar versehentlich abgehängt zu haben. Aber als sie Emeq Refa'im verließen, um nach Talpiyyot und auf die Straße nach Jericho zu gelangen, zeigte Calimani ihm einen alten, mit Lackreparaturen übersäten Nissan Patrol, der etwa fünfzig Meter hinter ihnen blieb, wobei er sich manchmal zurückfallen ließ, um dann immer wieder in Sichtweite zu erscheinen.

An diesem frühen Nachmittag war die Straße nach Jericho sehr befahren. Eine endlose Reihe von Tanklastern krauchte asthmatisch die Küste in Richtung Jerusalem hoch, während in der anderen Richtung ein unvermeidlicher Militärkonvoi den Verkehr verlangsamte.

Fünf Kilometer hinter der Ausfahrt nach Jerusalem entschied

Tom, auf dem kurzen Stück Autobahn, das sich zwischen den Hügeln hindurchschlängelte, einen Test durchzuführen. Er scherte aus, um die Militärkolonne zu überholen, und trieb dann schrittweise den V8-Motor des Range Rover hoch. Die pfeifenden Ventile klangen mitleiderregend, aber der Geländewagen meisterte den Berg problemlos.

Calimani, der, in seinen Veloursitz gezwängt, mit seinem Jogginganzug wie ein dickes Baby aussah, regte sich auf.

»Hey, so eilig haben wir es nicht!«

»Ich möchte sicher sein, daß sie uns folgen.«

»Ich hasse überhöhte Geschwindigkeiten.«

»Daran müssen Sie sich gewöhnen.«

Der Patrol hinter ihnen scherte ebenfalls aus und begann, den Militärkonvoi zu überholen. Tom hielt sich den Weg mit der Lichthupe frei, legte den fünften Gang ein und gab Gas. Der Drehzahlmesser schlug aus, und der Range Rover fing an, wie ein zahmes Raubtier zu brummen, während seine zwei Tonnen bald mit hundertneunzig Stundenkilometern über den unebenen Asphalt getragen wurden. Auf der rechten Spur verschwanden die Autos wie Schatten.

»Machen Sie keinen Unsinn«, flüsterte Calimani, der sich mit der rechten Hand am Haltegriff des Armaturenbretts festklammerte. »Jetzt ist nicht der Zeitpunkt, unser Leben aufs Spiel zu setzen!«

»Machen Sie sich keine Sorgen.«

»Und auch nicht der richtige Moment, uns wegen Geschwindigkeitsüberschreitung ertappen zu lassen.«

»Sie werden dann ein SOS an Doron senden«, scherzte Tom und zeigte auf das Funkgerät. »Schauen Sie sich lieber an, was hinter uns passiert. Das ist sehr interessant!«

Mühsam und sehr vorsichtig, als müßte er sich gegen die Luft stemmen, die auf die Windschutzscheibe drückte, drehte Calimani sich um und sah den Patrol, der ihnen in hundert oder hundertfünfzig Metern Entfernung folgte, ohne sich abhängen zu lassen.

»Ja, und? Sie folgen uns, dafür sind sie schließlich da … Ich hatte Ihnen doch gleich gesagt, daß sie es sind.«

»Und es gibt nichts, was Sie beunruhigt?«

»Abgesehen von Ihrem Fahrstil, nein!« schnaufte Calimani.

»Genau das meine ich«, sagte Tom lächelnd. »Wir reisen hier fast mit Tempo zweihundert durch die Gegend, und die folgen uns mit ihrem Schrotthaufen ohne alle Probleme. Selbst neu dürfte der kaum hundertvierzig schaffen!«

»Ja, und?«

»Nun wissen wir, daß es ein frisiertes Auto ist, mindestens mit einem aufgebohrten Motor ausgestattet.«

»Hm …«

»Ich vermute, daß wir daraus noch mehr ableiten können …«

»Jedenfalls ist unser Ziel nicht, sie abzuhängen, nicht wahr?«

»Es ist aber auch nicht unser Ziel, uns dem Wolf zum Fraß vorzuwerfen, ohne zu wissen, wieviel Zähne er hat«, sagte Tom, während er abbremste und mit erhobenem Finger deklamierte: *Wenn ein Starker gewappnet seinen Palast bewacht, so bleibt das Seine in Frieden. Wenn aber ein Stärkerer über ihn kommt …«*

»… und überwindet ihn, so nimmt er ihm seinen Harnisch, darauf er sich verließ, und teilt den Raub aus. Lukas, Kapitel elf, Vers einundzwanzig bis zweiundzwanzig. Ja, ich weiß! Hatten Sie Zweifel daran, daß wir es mit starken Leuten zu tun haben? Na schön, dann werden Sie ja jetzt beruhigt sein«, knurrte Calimani. »Sie können wieder normal fahren.«

Tom fragte sich, ob der Professor tatsächlich Angst hatte oder nur Theater spielte. Jedenfalls pflegte Calimani seine Eigenheiten wie ein Gärtner seine Rosen.

Tom verlangsamte die Geschwindigkeit und fuhr wieder auf die rechte Spur. Fast im gleichen Moment bemerkte er das merkwürdig fahle Glitzern in der Talsenke, reglos wie bei einer riesigen Schlittschuhbahn: das Tote Meer. Ein paar Kilometer weiter erkannte er die rostroten, sienabraunen, gelben und ockerfarbenen Streifen wieder, die an dieser unermeßlich flachen Küste aufeinanderfolgten, sich vermengten und hier und da plötzlich von Adern aus Flachs oder Hanf durchzogen wurden, die in der ersten Frühlingsblüte wie mit feinem Gold bestäubt waren. Dieses Schauspiel hatte er das erstemal mit Orit entdeckt.

Aber er durfte vor allem nicht an Orit denken und die Bilder der vergangenen Nacht in sich wiederaufsteigen lassen, er mußte seine Hände daran hindern, sich an Orits Haut zu erinnern. Zwei- oder dreimal war es ihm seit dem Morgen so ergangen, und jedesmal war es entsetzlich gewesen. Er mochte sich noch so oft sagen, daß Orit ihn manipuliert hatte, daß sie überhaupt nichts für ihn empfand und nur von Dorons Überlegungen besessen war – sein Körper klagte die Zärtlichkeiten ein, mit denen sie ihn überhäuft hatte.

Etwas anderes aber war noch schlimmer. Er konnte seine Gedanken und sein Herz der Zensur unterwerfen, sich einen Idioten schimpfen und sich schämen, weil er so leicht auf dieses Rührstück hereingefallen war – belügen konnte er sich nicht. Selbst wenn Orit ihn nur aus Berechnung zu sich gelockt hatte – aber wie konnte sie ihm ohne jede Scham diese Komödie vorspielen? –, so mußte er doch zugeben, daß er gerade die schönste Liebesnacht seines Lebens hinter sich hatte.

»... und deswegen bin ich ziemlich sicher, was diese ... Hey, Hopkins! Hören Sie mir überhaupt zu?«

»Entschuldigung ...«

»Ich muß nicht ins Leere sprechen. Ich kann auch darauf verzichten.«

»Nein, nein, ich bitte Sie! Ich dachte an dieses Auto hinter uns, an diese Leute, die wir nicht kennen.«

»Hm.«

»Und was haben Sie gerade gesagt?«

»Interessiert es Sie?«

»Aber sicher!«

Calimani knotete sein Seidentuch neu, wobei er Tom mit einem kleinen Lächeln beäugte.

»Ich glaube zu wissen, was die Explosion in der Höhle von Mizpa ausgelöst hat, von der der Mönch von Esch spricht ...«

»Ach ja?«

»Das Versteck dürfte gleichzeitig ein Lager für Lampenöl gewesen sein. Wollte man den Dieben eine Falle stellen, so bedeckte man die großen Tonkrüge stets mit einem Stück Stoff, das durchtränkt war von einer äußerst flüchtigen terpentinhaltigen Flüssigkeit. Eingeschlossen in der Höhle, verwandelte diese sich in eine Art latenten, gasförmigen Sprengstoff. Offenbar kannte Pater Nikitas als guter Orientale diesen Trick – Ritter Gottfried nicht! Man durfte auf keinen Fall mit Fackeln in die Höhle gehen, sondern nur mit Leuchten, die kurze Dochte hatten und die man knapp über dem Boden im Luftstrom trug.«

»Interessant.«

»Nicht wahr?«

Sie näherten sich dem Toten Meer und der Kreuzung von Almog, von wo aus die Küstenstraße nach En Gedi abging. Der Patrol folgte noch immer in sicherem Abstand. Nach einem Augenblick des Schweigens seufzte Calimani, kniff die Augen zusammen und schien mit seinen unruhigen Händen ein Bild vor sich in die Luft zu zeichnen.

»Das Tote Meer ... Strabon nannte es den Asphaltsee. Der Talmud nennt es das Meer von Sodom, während die Araber es nach einer Oase, die an seinem äußersten Ende im Süden liegt, das Meer von Zohar nennen, und manchmal auch das Meer von Loth. Ah, und wenn ich Ihnen nun sagen würde, daß mich jedesmal ein tiefes Gefühl überkommt beim Anblick dieser kreideartigen, kalten Weite, die im Gegensatz zu allen anderen Spiegeln der Natur nicht ein einziges Stück von dem Land reflektiert, das sie umgibt, als sei es ihr von Grund auf fremd, ja feindlich! Mir scheint, als stehe ich hier dem ersten Beweis der Existenz Gottes gegenüber. Wer außer ihm hätte Himmel und

Erde in dieser Weise formen können? Wer außer ihm diese kahlgeschorenen, jeglichen Lebens beraubten Gesteinshaufen mit seiner Wut zeichnen, wer sonst in die Tiefen des Bodens diesen erstaunlichen Hohlraum graben können, in dessen Abgrund er fünf ganze Städte versinken ließ, mit Wassermassen überschwemmte und schließlich mit Salz bedeckte, weil sie Seinem Gesetz nicht gehorcht hatten? Mein Freund, wenn ich den Dunst betrachte, der ewig über diesem Salzmeer schwebt, habe ich das Gefühl, daß Verdammung wie göttlicher Segen dort vor uns liegen, sichtbar, fühlbar und fast zum Greifen nah.«

Tom schwieg, seltsam berührt von diesem lyrischen Erguß, der sehr nach einer Beichte aussah.

»Nachdem nun diese schönen Dinge gesagt sind«, meinte Calimani nach einer Weile, »glaube ich, erraten zu können, was Sie so zerstreut und einsilbig sein läßt.«

»Ah ja?«

»Ja. In Wirklichkeit bereuen Sie bereits, daß Sie sich mit Orit gestritten haben und daß nicht sie an meiner Statt hier ist, in diesem luxuriösen, aber gefährlichen Fahrzeug! Sie vermissen ihr Parfüm, ihren schönen Körper, ihre feuchten Augen … Ach, wie ich Sie verstehe! Sie vermissen sogar ihre Schärfe und ihr exzentrisches Wesen. Alles Dinge, da stimme ich zu, gegen die ich nicht ankommen kann. Schon gar nicht in diesem kriegerischen Aufzug!«

Tom konnte ein Lächeln nicht unterdrücken:

»Was wissen Sie denn von der Geschichte?« fragte er etwas trocken.

»Ach, mein lieber Tom!« sagte Calimani, indem er ihm die Hand auf den Arm legte. »Wenn das Leben mir in meinem Alter solche Dinge nicht beigebracht hätte, was hätte es mich dann gelehrt?«

Yussef Saleh stieß eine grüngestrichene Metalltür auf.

»Sei uns willkommen«, sagte er, wobei er zur Seite trat, um den alten Salem Chahin el-Husseini eintreten zu lassen.

Ghassan Tawill trat als letzter ein und schloß die Tür, wobei er einen Blick nach draußen warf. Das Haus war geräumig; die Zimmer gingen von einer achteckigen gefliesten Halle ab. Saleh forderte Salem Chahin auf, in einen Raum zu treten, der vollgestellt war mit goldfarbenen Puffs und in dessen Mitte auf einem niedrigen Tisch mit einer Spitzendecke überraschenderweise ein Computer stand.

An der Wand hinter den roten Ledersofas mit goldenen Mustern war auf einem riesigen Plakat der Felsendom abgebildet. Am unteren Ende des Plakats stand in großen goldenen Lettern AL QUDS, »DIE HEILIGE«.

Die drei Männer setzten sich wortlos. Tawill stellte den Computer an, und Saleh wartete, bis eine junge verschleierte Frau Tassen mit türkischem Kaffee brachte, bevor er anfing zu sprechen.

»Was du hier hören wirst, darf nicht nach draußen dringen.«

Der alte Mann nickte und nippte an dem kochendheißen Kaffee. Er wußte, daß diese Warnung keine Formsache war.

»Seit ein paar Wochen«, fuhr Saleh mit einem Blick auf den Bildschirm fort, »rekrutiert jemand junge Palästinenser, um sie in Aktionen einzusetzen, die nicht im Sinne der Hamas sind. Wir wissen nicht, wer es ist und wie er vorgeht. Ahmed, dein Enkel, ist einer von denen, die auf diesen Aufruf geantwortet haben. Bei ihm war es für einen Diebstahl, andere machen es für ein Attentat. Wir sind nicht prinzipiell gegen Attentate, das weißt du. Wir führen selbst welche durch. Aber sie müssen Teil eines Plans sein. Attentate sind eine schwerwiegende Sache, es geht nicht, daß irgend jemand sie beschließt. Und kein Mensch hat das Recht, in unserem Namen Krieg gegen Israel zu führen. Eben das aber geschieht. Wir müssen wissen, wer diese Jugendlichen rekrutiert, ihnen Befehle gibt und wozu.«

Salem Chahin schüttelte mit Bedauern den Kopf.

»Wie könnte ich Ihnen helfen? Ein Enkel erzählt seinem Großvater nicht seine Geheimnisse.«

»Das wirst du schon können, mach dir keine Sorgen. Ein

paar Dinge wissen wir bereits. Weißt du, was ein Computer ist?«

»Diese Maschine? Ja.«

»Weißt du, was Internet ist?«

Salem Chahin stellte sein Glas wieder ab und deutete eine Geste an, die sowohl ja als auch nein bedeutete.

»Mit dem Computer könntest du, wenn du ihn an das Telefonnetz anschließt, jemandem am anderen Ende der Welt schreiben und mit ihm sprechen, mit einem Muslimen in Indien oder in Afrika. Es sieht so aus, als sei dein Enkel und all die anderen Jungen, die wie er handeln, rekrutiert worden, weil sie ins Internet gegangen sind. Verstehst du?«

»Bei Allah, was soll das alles heißen?«

Yussef Saleh strich sich über den Bart, während er den Blick des Alten erforschte. Tawill fügte hinzu:

»Auf diese Weise gibt man ihnen Befehle, nennt ihnen ihr Ziel. Über den Computer hat Ahmed erfahren, daß er den ausländischen Juden bestehlen soll, vielleicht sogar, wann und wie er es zu machen hat.«

»Kann denn dein Enkel mit einem Computer umgehen?« fragte Saleh.

Das zerfurchte Gesicht des Arabers drückte Traurigkeit und Verzweiflung aus. Er bejahte.

»Letztes Jahr hat er drei Monate in Ramallah bei einem Cousin von uns verbracht. Er sollte Buchhalter werden. Er hat gelernt, mit diesem Apparat umzugehen, aber nicht, Buchhalter zu werden.« Er zögerte, dann fügte er hinzu: »Es gibt bei uns keinen Computer. Wozu sollten wir einen haben?«

»Du hast also Ahmed nie einen Computer benutzen sehen?« fragte Tawill und fingerte an seinem Ohr herum.

Fasziniert betrachtete Salem Chahin die Finger, die über die Narbe glitten. »Doch. Einmal.«

Es kurzes Schweigen trat ein. Tawill warf Saleh einen Blick zu. Dieser wandte seine Augen nicht von dem alten Mann ab.

»Was wird aus Ahmed?« fragte Salem Chahin.

»Wir werden versuchen, ihn aus dem Krankenhaus zu holen und ihn im Gazastreifen in Sicherheit zu bringen«, antwortete ihm Saleh.

Salem Chahin richtete einen hoffnungsvollen Blick auf die beiden Männer, bevor er sich entschied.

»Vor zwei Monaten fand bei diesem Cousin aus Ramallah, von dem ich erzählte, eine Hochzeit statt. Ich hatte Zahnschmerzen, und der Lärm des Festes bereitete mir Kopfschmerzen. Also suchte ich einen ruhigen Ort und fand das Zimmer, in dem mein Enkel vor dem Computer saß. Um zu gucken, was er macht, bin ich zu ihm gegangen, und er hat mir gesagt: ›Es ist ein Spiel.‹ Ich konnte nur Schriftzeilen in der Maschine sehen und habe nicht verstanden, inwiefern das ein Spiel darstellen sollte. Aus Neugier habe ich zugeschaut, was er da gemacht hat.«

Yussef Saleh trank seinen Kaffee, dann gab er Tawill ein Zeichen, der sich zur Tastatur des Computers umdrehte. Die Tasten begannen unter seinen Fingern zu klicken. Saleh fragte:

»Kannst du lesen, Salem Chahin?«

»Ja.«

»Erinnerst du dich an die Wörter und die Namen, mit denen Ahmed spielte?«

Salem Chahin zupfte an den Schößen seiner Dschellaba, ohne zu antworten, wobei er aufmerksam den Bildschirm betrachtete.

»Ich werde jetzt mit Leuten verbunden werden«, sagte Tawill. »Das ist vielleicht nicht die Verbindung, die Ahmed hatte, aber das Prinzip ist dasselbe.«

Sein Finger zeigte auf ein Fenster, das rechts oben auf dem Bildschirm zu sehen war.

»Schau, hier ist eine Namensliste. Es sind die Namen der Leute, mit denen man sprechen kann, ich meine, mit denen man sich am Bildschirm schreiben kann. Es sind keine echten Namen.«

Saleh ergriff den Arm von Salem Chahin und murmelte ganz nah an seinem Gesicht:

»Diese Namen, die Ghassan dir zeigt, sind wie Kodes. Erinnerst du dich an die Namen der Personen, mit denen dein Enkel Sätze ausgetauscht hat?«

Salem Chahin spürte die Ungeduld in der Stimme des Mannes von der Hamas. Er spürte die Unruhe so deutlich wie einen Duft, auch wenn Yussef Saleh äußerlich ruhig blieb und sich nur etwas zu oft über den Schnurrbart strich. Bei dem anderen mit der großen Narbe, bei Ghassan Tawill, der so geschickt mit dem elektronischen Gerät umging und dessen Finger wie Grashüpfer über die Tastatur liefen, spürte er nicht die geringste Unruhe, nur Grausamkeit. Und er fragte sich, was wohl aus seinem Enkel werden würde, wenn er sagte, was er wußte. Den Namen hatte er nicht vergessen. Es war ein Name, den man nicht vergessen konnte.

»Erinnerst du dich, ja oder nein?« fragte Tawill noch einmal, ohne ihn anzusehen, wobei er nervös mit der Maus hantierte.

Salem Chahin el-Husseini zuckte zusammen und rückte seinen Keffieh zurecht. Er sah zu, wie sich auf dem Bildschirm die Zeilen und das Licht verschoben und wie eine Art Raum sichtbar wurde, der nicht ganz so war, wie man ihn im Fernsehen sieht, noch so wie auf einer Zeichnung, aber doch anders als in der Wirklichkeit. Schattenhafte Figuren gingen dort umher. Dann trat ein langer Willkommensgruß an die Stelle des Bildes. Dem alten Mann wurde bewußt, daß er Angst hatte, Angst vor dieser Maschine, die voll war mit unkörperlichen Wirklichkeiten, Angst vor den beiden Männern, die ihn befragten, und Angst, seinem Enkel nicht so helfen zu können, wie es nötig war. Aber er vertraute dem Allerhöchsten, und er kannte keinen anderen Weg als den der Wahrheit.

»Ja, ich erinnere mich«, sagte er.

Saleh schaute ihm fest in die Augen und nickte ein einziges Mal mit dem Kopf.

»Es ist ein Name, den man nicht vergißt«, setzte Salem Chahin wieder an. »Als ich ihn sah, dachte ich, mein Enkel würde wirklich spielen. Wer konnte schon einen solchen Namen tragen?«

Tawill zeigte sich leicht ungeduldig, aber Saleh sagte sanft:

»Wir werden deinem Enkel helfen.«

Salem Chahin schlug sich mit der rechten Hand auf die Brust und sagte:

»Es wäre nicht gerecht, wenn er vor mir sterben müßte … Der Name lautet: Nebukadnezar.«

»Nebukadnezar?« wiederholte Tawill ungläubig. »Bist du sicher?«

»Soweit meine Augen und mein Gedächtnis sich sicher sind.«

Es entstand ein Schweigen. Salem Chahin bemerkte, daß Saleh lächelte. Dann wandte sich der Mann von der Hamas an seinen Kameraden mit dem gespaltenen Ohr und sagte:

»Jetzt müssen wir nur noch rauskriegen, welchen Provider er benutzt. Mit einer guten Suchmaschine dürfte das möglich sein.«

»Vorausgesetzt, er hat sich registrieren lassen«, sagte Tawill nachdenklich, wobei er erneut auf den Bildschirm sah. »Und wir haben kein Programm, das in der Lage ist, ausgehend von einem einzigen Namen alle Websites zu durchsuchen.«

»Darum«, sagte Saleh, »kann ich mich kümmern. Jetzt müssen wir uns beeilen.«

Salem Chahin schien, während er ihnen zuhörte, daß sie ihn bereits vergessen hatten. Würden sie so auch Ahmed vergessen?

»Komm«, sagte Saleh zu ihm, »wir werden dich zur Straße nach Bethlehem zurückfahren.«

»Und Ahmed?«

»Ich habe es versprochen. Wir werden tun, was möglich ist.«

»Wer ist Nebukadnezar? Warum benutzt er Jungen wie Ahmed?«

»Vergiß diesen Namen«, antwortete Tawill, während er den Computer ausschaltete. »Vergiß ihn für immer!«

Der Raum versank im Halbdunkel, und das Brummen, an das Salem Chahin sich gewöhnt hatte, verstummte schlagartig. Tawill blickte Salem Chahin tief in die Augen und wiederholte:

»Vergiß ihn!«

»Sie folgen uns nicht mehr«, verkündete Tom, nachdem er noch einmal in den Rückspiegel geschaut hatte. »Sie sind jetzt schon seit zwei Kilometern verschwunden.«

»Sind Sie sicher?«

»Sie haben sich gleich hinter der Kreuzung von Newe Zoha irgendwo in Luft aufgelöst. Dort waren diese verdammten Lastwagen. Ich habe noch gesehen, wie der Patrol einen davon überholt hat, aber dann nichts mehr!«

Er verlangsamte sein Tempo und ließ den Range Rover auf den Seitenstreifen rollen, bevor er hielt und den Motor abstellte.

»Wollen Sie auf sie warten?«

»Warum nicht?«

»Warum nicht? Weil Sie nicht wissen dürfen, daß man Ihnen folgt, deswegen!«

Tom zuckte mit den Schultern.

»Alle spielen hier Katz und Maus. Wenn man sich immer für den Schlausten hält, wird man sich in den Schwanz beißen!«

Nachdem ein Bus vorbeigefahren war, öffnete er eine Tür, und es war, als würde ihm im Unterschied zu der klimatisierten Luft im Wagen ein heißer, feuchter Handschuh ins Gesicht gedrückt.

Er suchte die Straße Richtung Norden ab. Nicht ein einziger Patrol mit verrotteter Karosserie war zu sehen. Auch Calimani stieg aus.

»Tom, wir können hier nicht bleiben! Daß Sie sie nicht sehen, heißt nicht, daß sie uns nicht überwachen. Wir müssen weiterfahren. Wir sind nur noch etwa zwölf Kilometer entfernt! Es wäre unklug, Sie werden alles kaputtmachen!«

»Hören Sie das?« fragte Tom, während er sich um sich selbst drehte.

Es war ein dumpfes, gleichmäßiges Rumoren wie von einem riesigen Nagetier, zuweilen unterbrochen von einem Geräusch, das wie brechendes Holz klang oder wie das Aufplatzen von Blasen im Öl. Dieser gleichermaßen gewaltige wie dumpfe Lärm konnte sowohl aus dem Innern der Wüste als auch aus den Tiefen des Toten Meeres kommen.

»Das ist das Chemiewerk von Sodom«, antwortete Calimani genervt und wies mit dem Zeigefinger in die Richtung. »Man gewinnt dort Kaliumhydroxid, Magnesium, Chlorate und so weiter. En Tamar liegt gleich dahinter.«

»Wie schön. Dort unten also werden wir Archäologen spielen?«

»Hören Sie auf zu stöhnen, und steigen Sie ein!«

Tom kehrte in die Kühle des Geländewagens zurück, ohne zu einer Entscheidung zu gelangen.

»Wir könnten Doron mitteilen, daß sie uns haben laufenlassen. Dazu ist das Funkgerät doch da, oder?«

Calimani schüttelte seufzend den Kopf.

»Sie haben uns nicht laufenlassen, Tom. Wollen wir wetten? Wenn ich verliere, zahle ich Ihr Rückflugticket nach New York. Wenn ich gewinne, werden Sie sich bei meinem Schneider einen Anzug machen lassen.«

Tom schaute ihn verblüfft an, dann brach er in lautes Gelächter aus.

»Sie sind wirklich verrückt!«

»Ganz und gar nicht«, sagte Calimani, während er sein Halstuch wieder aufknotete, um sich den Schweiß vom Hals zu wischen. »Das erste Mal in Ihrem Leben werden Sie aussehen wie ein Gentleman. Sie werden sehen, das ist ein tolles Gefühl. Und mit Ihren Locken und Ihrem Gesicht wie ein kapriziöser Engel wird Ihnen das bei den Frauen nicht nur zum Nachteil gereichen! Los, fahren Sie, junger Mann!«

Der Autobus arbeitete sich ruckelnd und sehr gemächlich die Landstraße hinauf. Salem Chahin el-Husseini war noch ganz benommen von dem Zusammentreffen mit den beiden Männern der Hamas. Er dachte auch an Ahmed und an all die Jungen, denen eine Art Monster ohne Gesicht, aber mit einem unvergeßlichen Namen von einem Computer aus Befehle gab, so wie man den umherstreunenden Hunden am Mangerplatz in Bethlehem einen Knochen hinwarf.

Salem Chahin machte sich Sorgen um Ahmed. Es ging ihm schlecht, weil er nicht wußte, was er Nützliches tun konnte. Sein Sohn Ali, Ahmeds Vater, hielt sich geschäftlich in Amman auf. Seine Mutter weilte schon lange nicht mehr auf dieser Erde. Ein ungutes Vorgefühl beschlich ihn. Gern wäre er zu den »Israels« gegangen und hätte ihnen gesagt: Laßt meinen Enkel am Leben. Leider wußte er, daß das nicht möglich war. Ahmed mußte sich allein gegen die »Israels« verteidigen, und vielleicht auch gegen das Monster im Computer.

Der alte Salem Chahin erinnerte sich an einen Vers des Suffi Ghazali: *Ich bin ein Vogel, dieser Körper war mein Käfig. Aber ich bin weggeflogen und habe ihn dabei wie ein Zeichen zurückgelassen.* Fatam hatte einst den kleinen Ahmed wie ein Zeichen zurückgelassen, und er, der Großvater, hatte bislang alles getan, sie zu ersetzen. Ja, er hätte ihn trotz der Warnung der beiden Mudschaheddin an seinem Bett im Krankenhaus besuchen sollen. Dann hätte er eben vor der israelischen Polizei etwas aussagen müssen.

Aber allein der Gedanke daran reichte aus, ihn sich alle Konsequenzen ausmalen zu lassen.

»Vergiß!« hatte der Mann mit dem gespaltenen Ohr ihm befohlen. Wie konnte er vergessen?

Nachdem der Autobus ihn am Busbahnhof von Bethlehem abgesetzt hatte, dachte Salem Chahin daran, anstatt nach Hause zu gehen, seinen Schwager Daud zu besuchen, der einen Stoffhandel in der Nähe von Beit Jala unterhielt. Ja, mit Daud konnte er sprechen. Ihm erzählen, was passiert war, und die Entscheidung gemeinsam mit ihm fällen. Daud war ein friedfertiger Mann. Er zitierte gern aus dem Koran: *Es wird ihm geraten, seinen Bruder zu töten, und er tötet ihn: von da an erscheint er unter den Verlierern.* Er war nicht wie so viele andere, die mit ihren Worten um so gewalttätiger waren, je mehr Angst sie hatten.

Ja, Daud würde einen guten Rat wissen.

Salem Chahim machte sich auf durch die Menge, wobei er unwillkürlich an die Warnung des Propheten dachte: *Wenn ihr straft, straft, wie ihr gestraft wurdet. Seid ihr aber nachsichtig, so ist es besser.*

Als er vor der syrisch-orthodoxen Kirche ankam, entdeckten seine Augen die Umrisse zweier vollkommen schwarz gekleideter Männer, die in der Paul-VI-Straße verschwanden. Aber der Anblick dieser dunklen Gestalten, die so flüchtig wie Schatten waren, hatte mittlerweile schon nichts Ungewöhnliches mehr.

Etwas weiter, nahe der Lutherischen Kirche, blieb der alte Mann plötzlich stehen, weil er glaubte, Ghassan Tawill erkannt zu haben, wie er aus einem Café kam. Er fragte sich, ob Tawill ihm folgte, aber da hatte er ihn schon aus den Augen verloren. Vielleicht war es in Wirklichkeit gar nicht Tawill, sondern nur eine Silhouette, die ihm ähnlich sah. Manchmal spielten ihm seine müden Augen einen Streich; sie sahen Dinge, die es nicht gab.

Das macht die Angst, dachte Salem Chahin. Dieser Mann hat dir Angst eingejagt, und die Angst ist ein schlechter Ratgeber. Geh zu Daud, und danach entscheide.

Er ging weiter, erleichtert, daß er nun in die bunte, lärmende Menge der Wad-Ma'ali-Straße eintauchen konnte. Eine orientalische Musik, die aus einem Verkaufsstand drang, vermischte sich mit den Geräuschen der Straße. In zärtlichen, sehnsuchtsvollen Rhythmen beklagten die Saiten des Instruments einen tiefen Liebesschmerz.

Es waren so viele Leute unterwegs, daß Salem Chahin nur in

kleinen Schritten vorankam. Plötzlich packten feste Hände seine Arme. Der alte Mann wandte den Kopf nach links und rechts und erblickte zwei sehr junge Gesichter, deren Augen von schwarzen Sonnenbrillen verdeckt waren. Gesichter, so schön, wie sie vielleicht die Engel der Unterwelt hatten, aber voller Verachtung.

»Mach dir keine Sorgen, Großvater«, lachte der Junge zu seiner Linken. »Du wirst den Propheten noch vor deinem Enkel sehen!«

Dann spürte Salem Chahin die Klinge des Messers, die ungeschickt in seinen alten Körper eindrang.

»Da ließ der Herr Schwefel und Feuer regnen vom Himmel herab auf Sodom und Gomorra«, murmelte Calimani.

Sie waren mitten im Nirgendwo. Der Schatten des Geländewagens schien jeden Augenblick vom weißen Staub des Bodens verschluckt zu werden. Tom hatte eine Art Mondlandschaft erwartet, wie die Reiseführer sie abbildeten. Was er aber vor Augen hatte, war von so großer Fremdartigkeit und von einer Unmenschlichkeit, die jede Vorstellungskraft überstieg. Im Nordwesten, keine zwei Kilometer Luftlinie entfernt, glich das Salzgebirge einem gefolterten Körper mit aufgerissenen Flanken, während riesige Baggergeräte eines Steinbruchs, die sich wie seelenlose Insekten in diesen brennendheißen Schnee gruben, ihn unaufhörlich weiter in Stücke rissen.

Näher zu ihnen zeichneten sich riesige zerklüftete Steinsalzblöcke in absonderlichen Formen in der weißen Ebene ab. Einer von ihnen, der etwas höher war und von einer gelblichen, fast runden Masse überragt wurde, die leicht zu einer Seite hing, erinnerte stark an eine weinende Frau.

»Loths Weib«, meinte Calimani, Toms Blick folgend. »Darunter gibt es ein ganzes Netz von Gängen und Höhlen; von hier aus kann man ihren Eingang nicht erkennen. Wissen Sie, welche Marter Rom den jüdischen Rebellen auferlegte? Flavius Josephus zufolge hat man ihnen die Hände abgehauen, dann hat man sie auf ein Floß gebunden. Dieses Floß hat man anschließend hinaus aufs Tote Meer gezogen, dahin, wo Flavius die Überreste von Sodom gesehen haben will. Dort ließ man es los. Dahinten, wo das Wasser sich in pures Salz verwandelt!«

Er zeigte auf den in der Hitze flirrenden Horizont, wo, begleitet vom Kreischen der Maschinen, die Fabriken von Sodom in ihrer Schornsteinlandschaft versanken. Über Schaufelbaggern, Werkzeugmaschinen und Abwasserrohren drehten sich im rauchgeschwärzten Himmel riesige Kräne, als wollten sie den Himmel zerkratzen.

»Und dort«, Calimani wies auf den anderen Rand des flachen Tals, »liegt Jordanien, keine zwei oder drei Kilometer entfernt.«

Tom schaute noch einmal auf das Thermometer im Armaturenbrett, das eine Außentemperatur von 34,8 Grad Celsius anzeigte. Er hatte den Range Rover in der Nähe zweier romanischer Säulen geparkt, die ihre angeschlagenen korinthischen Kapitelle wie Finger eines im Salzstaub untergegangenen Skeletts in den Himmel streckten. Ein paar Meter weiter markierte ein schlichtes Stück Wellblech die Ausgrabungsstätte mehr, als daß es sie schützte.

Tom hatte nicht die geringste Lust, aus dem Wagen auszusteigen. Er stellte die Klimaanlage ab und ließ die Fenster herunter. Sogleich drückte eine glühendheiße, schweflige Woge ins Wageninnere. Der Professor schützte seine Nase mit seinem Halstuch und hustete. Tom betätigte den Schalter, und die Fenster gingen wieder hoch.

»Nein, nein«, widersprach Calimani mutig. »Lassen Sie sie unten! Wir werden uns wohl daran gewöhnen müssen.«

»Sind Sie sicher, daß man den Schatz nicht woanders suchen könnte?« knurrte Tom.

»Diese Idee erschien mir am besten«, antwortete Calimani, während er die Augen schloß. »Marek war einverstanden. Als nachdenklicher Weiser, der er ist, hat er sich seinen edlen Bart gestrichen und zu mir gesagt: ›Gute Arbeit, mein lieber Giuseppe! En Tamar, etwas Besseres gibt es nicht!‹«

Tom schüttelte den Kopf.

»Können Sie denn nie ernst sein?«

»Sie sind es doch für zwei, mein Guter. Das ist Ihre baptistische Ader!« Calimani räusperte sich. »Die Hitze wird nicht das schlimmste sein, sondern der Luftdruck. Wir befinden uns vierhundert Meter unterhalb des Mittelmeeres. Es ist der tiefste bewohnte Ort der Welt. Das ist schon etwas!«

»Toll. Also, fangen wir an?«

Als er seine Tür öffnete, hörte Tom einen schrillen Schrei. Sehr weit oben, als sei er der Herr des Himmels, schwebte ein Bartgeier langsam über das Tal. Calimani schnaufte und hustete, zog sich den Hut etwas tiefer ins Gesicht und zeigte auf das Wellblech der Ausgrabungsstätte.

»Wir werden das Rätsel zunächst einmal beim Wort nehmen. Erinnern wir uns: *In dem Graben, der sich nördlich des Eingangs der Schlucht von Bet Tamar befindet, in dem steinigen Gelände nahe des Cairn bei dem Gesträuch …*«

»Unpräziser könnte man es nicht machen. Was genau ist das, ein Cairn?«

»Mehrere Dinge. Zuerst einmal ein kleiner Hügel aus Erde und Steinen. Kommen Sie.«

Nach drei Schritten waren ihre Schuhe weiß von Salzstaub, und Tom fühlte, wie der sich auch auf seine Zunge legte. Verdammt, das war der reinste Wahnsinn! Wie sollte er nur an einem solchen Ort mit Calimani als einzigem Assistenten graben? Und wie sollten sie gar eine ganze Nacht hier überstehen?

»Ein Cairn«, fuhr Calimani fort, wobei er seine Augen mit der Hand beschattete, »kann auch eine Pyramide sein, die von Menschen erbaut wurde, um einen Weg zu markieren. Und weil En Tamar ein Grenzort war, gab es so etwas hier. Hesekiel sagt: *So spricht Gott der Herr: Dies sind die Grenzen, nach denen ihr das Land den zwölf Stämmen Israels austeilen sollt …*«

Während sie sich der Wellblechumrandung näherten und allmählich die Ruinen in einer Art Graben erahnen konnten, murmelte Calimani den Text im Eiltempo leise vor sich hin, setzt dann aber wieder gut hörbar ein:

»*Aber die Grenze nach Osten: von Hazar-Enan, das zwischen dem Hauran und Damaskus liegt, der Jordan zwischen Gilead und dem Lande Israel bis hinab ans östliche Meer nach Thamar. Das soll die Grenze nach Osten sein. Aber die Grenze nach Süden läuft von Thamar bis an das Haderwasser von Kadesch und den Bach Ägyptens hinab bis an das große Meer. Das soll die Grenze nach Süden sein* ... Soviel zum Cairn!«

»Nach zweitausend Jahren wäre es natürlich ein Wunder, wenn dieser Steinhaufen noch erkennbar wäre«, sagte Tom spöttisch.

»Natürlich«, gab Calimani lächelnd zu. »Aber ich gehöre zu denen, die an Wunder glauben, sobald sie sich als absolut notwendig erweisen.«

Sie gingen einmal um die Ausgrabungsstätte herum. Man konnte ganze Gebäudeteile erkennen, Zisternen und in eine Außenmauer geschlagene Nischen, die Calimani zufolge den Badenden als Garderobe gedient haben mochten.

»Das hier ist die Treppe, die zum Schwimmbassin hinabführte«, sagte er, wobei er auf ein eckiges Becken zeigte, dessen Wände und Boden noch mit Marmor ausgekleidet waren.

»Es ist die Rede nicht nur von einem Cairn, sondern auch von einer Schlucht und also von einem Fluß. So etwas sieht man hier überhaupt nicht.«

»Strengen Sie Ihr Hirn an, Tom. Sie haben es gerade gesagt: zweitausend Jahre. Wenn es schon ein Becken, ein Schwimmbad und Thermen gibt, dann muß es hier auch eine Quelle oder einen Wasserlauf geben. Es sei denn, was damals eine Schlucht war, ist heute nur noch eine vage Furche in der Ebene.«

»Ja, und? Davon sehe ich Dutzende, von diesen vagen Furchen, dazu noch in jeder Richtung.«

»Ich mag Ihren Optimismus! Zuerst einmal streichen Sie alle, die nicht nur vertrocknet, sondern auch ohne Vegetation sind. Wenn das Wasser nicht mehr an der Oberfläche fließt, bildet es unterirdische Strömungen, die ausreichen, um ein Minimum an Vegetation am Leben zu erhalten.«

Tom wollte schon antworten, daß es im Umkreis von Kilometern überhaupt gar keine Vegetation gebe, als ihm auffiel, daß er sich irrte. Von den Ruinen aus in Richtung Norden wie auch in Richtung Süden gab es sehr wohl hier und da zaghafte Reihen niedriger, verkrüppelter Büsche und dorniges Gestrüpp, das von dem salzigen Staub bedeckt war, vereinzelt aber winzige fleischige Blätter trug, von dunkelgrüner oder roter Farbe.

»Stimmt«, gab er zu.

»Danke«, sagte Calimani zwischen zwei Hustenanfällen. »Ich hatte vergessen, daß es so stinkt, wie ich zugeben muß. Na gut. Jetzt müssen wir nur noch unsere unterschiedlichen Bruchstücke zusammenbringen: eine Schlucht oder eine Furche, ein Cairn oder was davon übrig ist, ein Graben oder was davon übrig ist ...«

»Und ein Wunder!«

»Wenn möglich, ja.«

Während einer guten halben Stunde gingen sie immer wieder um die Ruinen herum und versuchten, irgendeine Linie auszumachen, die einen Sinn ergeben könnte. Aber sie fanden nichts! Die Hitze war ermüdend, die Luft schwül, man konnte sie kaum atmen. Tom war überrascht von Calimanis Ausdauer, der klaglos im Staub umhertrottete, während er selbst alle fünf Minuten stehenbleiben mußte, um Luft zu holen.

Überzeugt von dem Mißerfolg, der sie erwartete, ging er wieder zum Auto zurück, um Wasser zu holen. Da sah er das Leuchtsignal des Kurzwellenempfängers blinken. Er nahm das Mikrofon in die Hand, drückte auf verschiedene Tasten und hörte schließlich ein tiefes: »Hallo, Hopkins!«

»Ja, ich bin's.«

»Ich weiß, daß Sie es sind! Das hat ja lange gedauert! Ich rufe Sie seit über einer Viertelstunde an. Haben Sie das akustische Signal nicht eingeschaltet?«

»Wer sind Sie?«

»Jossi Atkowitsch, der Väterchen Stalin so ähnlich sieht!«

»Aha.«

»Der Chef möchte Sie sprechen.«

Der Ton verstummte. Tom drehte sich um und sah Calimani, der in dem Graben verschwand, voller Eifer wieder zum Vorschein kam, etwa fünfzehn Schritte tat, einen Punkt im Norden fixierte und dann noch einmal zu den Ruinen ging.

»Hopkins?«

»Ja.«

»Doron. Einmal ist keinmal: Sie haben Ihren Job hervorragend gemacht …«

»Ach ja?« brachte Tom zähneknirschend hervor. »Indem wir ›sie‹ abgehängt haben?«

Dorons Lachen glich einem Kieselsteinschlag.

»Aber nein, Sie haben sie nicht abgehängt! Deswegen rufe ich Sie ja an. Sobald Sie aufgehängt haben, nehmen Sie das Fernglas und schauen vorsichtig nach der Seite, auf der Loths Weib steht! Genau am Fuße des dritten Steingebildes, von links aus gesehen. Aber unauffällig!«

»Wo sind Sie?«

»Machen Sie sich keine Sorgen. Jossi ist nicht weit. Behalten Sie nur die Höhlen und die jordanische Grenze im Auge. Um den Rest brauchen Sie sich nicht zu kümmern. Nur um Ihre Ausgrabungen, natürlich!«

»Wir werden nichts finden!« erwiderte Tom gereizt. »Hier gibt es nichts als Staub, keinen einzigen Anhaltspunkt. Calimani glaubt an den Weihnachtsmann, und wenn er so weitermacht, wird die Sonne ihm schließlich das Hirn verbrennen! Sie können schon mal eine Ambulanz bestellen.«

»Hopkins, hören Sie mir zu, Hopkins! Wir müssen es kurz machen … Setzen Sie Ihre Suche fort. Wir sind auf dem richtigen Weg, das verspreche ich Ihnen. Hier tut sich was, hier tut sich eine Menge. Unsere ›Freunde‹ fangen an, unruhig zu werden. Machen Sie weiter, und passen Sie auf sich auf.«

»Na, großartig!«

»Ganz genau. Bis bald.«

Das Echo, das Dorons Stimme begleitete, verschwand schlagartig mit den letzten Worten. Tom kramte in seiner Tasche nach dem kleinen Fernglas. Er ging zurück zu den Wellblechen und begann aus dem Schatten heraus, die Steinbrüche und die Schornsteine der Chemieanlage abzusuchen. Dann wandte er sich unmerklich der Höhle zu und ging weiter nach oben. Er sah nichts, blieb aber vorsichtshalber nicht an derselben Stelle stehen. Erst beim vierten Mal entdeckte er vier Männer in weißer Kleidung, die dort saßen, als würden sie in der Sonne friedlich ihren Tee trinken. Neben ihnen konnte er am Boden etwas ausmachen, das zum Teil schwarz, zum Teil bunt, aber nicht genau zu erkennen war.

»Und, sind Sie jetzt sicher?«

Tom drehte sich schlagartig um. Calimani stand hinter ihm in seinem schweißdurchtränkten und von weißem Staub überzogenen Jogginganzug und tupfte sich das rote Gesicht. Tom bemerkte, daß er Atemnot hatte.

»Ja, sie stehen genau über der Höhle. Wir haben einen Anruf von Doron erhalten.«

»Wunderbar. Sie haben Ihre Wette verloren, mein Lieber. Ich werde Ihnen die Adresse meines Schneiders geben, versprochen! Könnten Sie mir noch mal die Karte holen, die ich Ihnen heute morgen gezeigt habe?«

»Wir haben uns im Ort geirrt, stimmt's?«

»Kein bißchen. Aber Dummköpfe sind wir trotzdem.«

Salem Chahin konnte die Dinge, die ihn umgaben, kaum erkennen, jedoch wußte er, daß er nicht tot war. Er fragte sich, ob der Junge genau das sagen wollte, bevor er ihm sein Messer in die Brust gestoßen hatte: daß er langsam sterben würde.

Er spürte seine Schmerzen immer weniger, außer beim Atmen. Und er spürte etwas auf seinem Gesicht, das ihn fast daran hinderte.

Plötzlich näherte sich ihm etwas Undeutliches, bis es ganz nahe war, und Salem Chahin verstand, daß es ein Gesicht war, ein großes Gesicht mit einer glatten, bleichen Flamme auf der Wange. Der Mann fragte ihn auf arabisch:

»Salem Chahin el-Husseini, hörst du mich?«

An dem Akzent erkannte der alte Mann, daß ein Jude ihm diese Frage stellte. Demnach war er bei den Juden! Er schloß die Augen, ohne Bewußtsein dafür, daß dies wie eine Zustimmung verstanden werden konnte, und fragte sich, ob es gut oder schlecht sei, daß er in den Händen von Juden starb. Dann dachte er an Ahmed und beschloß, daß er vorher die Wahrheit wissen müsse.

»Salem Chahin«, fing der Jude wieder an, wobei er ganz nah an seinem Gesicht sprach, »weißt du, wer dir ein Messer in die Brust gestoßen hat?«

Salem Chahin schüttelte den Kopf, und seine Hand ging langsam, sehr langsam zu seinem Mund und fühlte Kunststoff. Dann traf eine andere Hand sehr sanft mit seiner zusammen und führte sie weg.

»Du kannst unter der Maske sprechen«, sagte der Jude.

»Ahmed«, flüsterte Salem Chahin, erstaunt darüber, daß er Worte in seinem Mund formen konnte. »Ahmed.«

Das Gesicht des Juden entfernte sich, und der alte Mann sah wieder nur verschwommene Formen. Er hörte, daß man um ihn herum Hebräisch miteinander sprach. Dann näherte sich das breite Gesicht erneut.

»Es tut mir leid, Salem Chahin, dein Enkel ist tot. Die, die dich überfallen haben, haben ihn getötet. Glaub mir, Salem Chahin, es tut mir sehr leid. Das ist die Wahrheit. Ich habe nicht genug getan, um zu verhindern, daß sie zu ihm gelangten.«

Salem Chahin spürte, wie der Schmerz durch seinen ganzen Körper rann. Er ging von der Brust aus, drang bis in seine Zehen vor, schlängelte sich an seinen Knochen und Venen entlang bis in seinen Mund; er überschwemmte seine Hände und sogar sein altes Geschlechtsteil. Er verbrannte ihm die Seele, wie die Hölle den verbrennt, dem nicht vergeben werden kann.

Dieser Zustand dauerte an. Schließlich begriff Salem Chahin, daß andere als der mit dem breiten Gesicht um ihn herumstanden. Er begriff auch, daß er solche Schmerzen hatte, weil er weinte und weil seine Brust, die innen durchtrennt war, das Schluchzen nicht ertrug.

Einen langen Augenblick, in dem er nichts dachte, ließ man ihn allein. Dann näherte sich ihm das breite Gesicht mit der Flamme auf der Wange noch einmal.

»Kannst du mich hören, Salem Chahin?«

Dieses Mal schloß Salem Chahin nicht die Augen. Unerwartet kam ihm ein merkwürdiger Gedanke. Warum hatten die Juden das Bedürfnis verspürt, die Namen der Tore von Al Quds zu ändern? Bab el-Kzalil, das Tor des Vielgeliebten; Bab el-Dahud, das Tor des Propheten David; Bab el-Maugrabe, das Tor des Maghrebiner; Bab el-Darathie, das Goldene Tor; Bab el-Sidi-Miriam, das Tor der Heiligen Jungfrau; Bab el-Zahara, das Tor der Morgenröte oder Reifentor; Bab el-Hamon, das Tor der Säulen. Warum wollten die Juden sich sogar die Wörter und die Namen der Dinge aneignen? Warum schossen sie auf Ahmed und lieferten ihn danach den Mördern aus, die seine Blutsbrüder waren?

»Salem Chahin, hörst du mich?«

»Allah sei gedankt!« flüsterte Salem Chahin. »Ja ... gedankt!« Aber wußte Allah, warum Ahmed gestorben war, wo er doch noch nicht einmal ein Viertel des Alters seines Großvaters erreicht hatte? Salem Chahin vermutete es; der Allerhöchste konnte es unmöglich nicht wissen.

»Salem Chahin, hörst du mich?«

Salem Chahin hörte nur die schöne Geschichte, die sein Vater ihm erzählt hatte, bevor er sie selbst seinem Sohn, dann seinem Enkel und dann allen, die sie hören wollten, weitererzählt hatte.

»Hishal ibn Ammar – der es selbst von Al-Haiham ibn al-Abbassi hat, der wiederum behauptet, es von seinem Großvater Abd Allah ibn Abu abd Allah zu haben – erzählt, daß Omar, als er Kalif geworden war, eine Reise nach Syrien unternahm. Zuerst habe er am Dorf Al-Jabiyya gehalten, von wo aus er einen Mann vom Stamme Jadila in die Heilige Stadt gesandt habe. Kurz darauf habe Jerusalem kapituliert. Daraufhin sei der Kalif, begleitet von Ka'ab, einem Juden, in die Stadt gegangen. Ihn habe er gefragt: ›Abu Itzhak, weißt du, wo sich der Felsen befindet?‹ – ›Du brauchst nur soundso viele Meter von der Mauer aus zu gehen, die sich im Wadi Jahannem erhebt‹, habe ihm Ka'ab geantwortet, ›dort mußt du nur etwas graben, und du wirst fündig werden.‹ Er habe hinzugefügt: ›Heute ist dort nur noch ein Haufen Trümmer.‹ Also hätten sie an der angegebenen Stelle gegraben und in der Tat den Felsen gefunden. Dann habe Omar Ka'ab gefragt: ›Wo sollten wir deiner Meinung nach unsere Moschee, die Qibla, erbauen?‹ ›Baue sie hinter dem Felsen‹, habe Ka'ab geantwortet, ›so, daß der Ort zwei Qiblas aufnehmen kann, die von Moses und die von Mohammed.‹ – ›Du willst also weiterhin die Juden unterstützen, o Abu Itzhak!‹ habe Omar zu ihm gesagt. ›Aber die Moschee wird sich über dem Felsen erheben.‹

Auf diese Weise ist die Moschee in der Mitte des Haram errichtet worden. Später habe al-Walid, der Anhänger von Kulthum ibn Ziyyad, erzählt, daß Omar Ka'ab noch einmal gefragt habe: ›Wo sollen wir deiner Meinung nach den Tempel der Muslimen an diesem heiligen Ort erbauen?‹ – ›Im Norden‹, habe Ka'ab geantwortet, ›beim Tor der Stämme.‹ – ›Im Gegenteil‹, habe Omar erwidert, ›uns steht der Süden des Heiligtums zu.‹ Also habe sich Omar nach Südwesten gewandt und begonnen, mit seinen eigenen Händen den Unrat aufzusammeln, der den Boden bedeckte, und ihn in seinen Mantel zu stecken, wobei alle, die mit ihm waren, ihm bald gefolgt seien und ihn nachgeahmt hätten, wie er den Inhalt des Mantels in den Wadi warf, den man Wadi Jahannem nennt. Alle,

Omar genauso wie die anderen, mußten viele Male hin und her gehen, um schließlich den Ort, an dem sich heute die Moschee erhebt, freizuräumen.«

»Salem Chahin«, fragte der Jude noch einmal nach, »wer hat deinen Enkel aufgefordert, uns zu bekriegen?«

»Nebukadnezar«, flüsterte Salem Chahin, wobei er fühlte, wie alles in ihm weiß und kalt wurde. »Nebukadnezar!«

»Wo haben sie sich getroffen«, fragte der Jude.

»In Wörtern«, sagte Salem Chahin noch. »Nur in Wörtern. Warum wollt ihr alle uns unsere Wörter stehlen?«

»Salem Chahin!«

»Bemühen Sie sich nicht mehr«, sagte eine andere Stimme. »Er geht von uns.«

Salem Chahin wußte, daß dies die Wahrheit war. Er wurde in seinem Inneren immer farbloser und kälter, während er anfing, ein Gebirge aus hellem und brennendheißem Salz zu erklimmen, weiß wie der Esel des Propheten und weiß wie der Wille des Allerhöchsten, in dem er schließlich aufging.

Der Cairn sah aus wie jeder andere Steinhaufen rund um den Ausgrabungsort. Aber er war der einzige, der an das Wadi grenzte, dessen ausgetrocknetes Bett sich vielleicht zur Regenzeit füllte.

»Der Nahal Hamazyahu!« sagte Calimani schweißnaß und erschöpft, während er die Militärkarte gegen seinen Oberschenkel schlug. »Wir haben Richtung Norden und Süden gesucht, und dabei hätten wir die Ostachse Richtung Jordanien nehmen sollen. Wegen dieses *›nördlich des Eingangs‹* habe ich das durcheinandergebracht. Jetzt aber glaube ich, daß wir auf dem richtigen Weg sind.«

Die Abenddämmerung brach herein. Alles sah anders aus. Die Beleuchtung der Anlage schwebte im Dunst und ließ das Tal nun noch unwirklicher erscheinen. Abendkühle legte sich in die Senke, Tom spürte, wie kleine Schauer ihn überliefen, als huschte Fieber über seine Haut.

»Sie werden sich erkälten«, sagte er zu Calimani.

Der Professor, überrascht von dieser ungewöhnlichen Fürsorge, warf ihm einen kurzen Blick zu.

»Ja, ich will mich umziehen.«

Leicht angewidert zupfte er an seinem durchnäßten und staubigen Jogginganzug.

»Aber machen Sie sich keine Hoffnungen, ich habe dieses Ding in zweifacher Ausführung. Sie werden nichts gewinnen durch den Tausch.«

Tom mußte laut loslachen, was bald auf Calimani übergriff. Zwischen zwei Schluchzern nahm dieser seinen Stoffhut ab, um sich das Gesicht abzuwischen; seine pomadisierten Haare waren ziemlich durcheinandergeraten, die einzelnen Strähnen standen in alle möglichen Richtungen vom Kopf ab wie Tentakel.

»Es tut richtig gut zu lachen!« meinte er zu Tom.

»Ja, vor allem, wenn man Grund dazu hat! Es wird bald dunkel sein, und wir sind weit davon entfernt, auch nur das geringste Versteck gefunden zu haben, die anderen stehen noch immer da oben und beobachten uns, und wir sitzen hier fest und dienen ihnen als Zielscheibe!«

»Dafür wird es im Morgengrauen zum Graben angenehm kühl sein«, unterbrach Calimani ihn. »Kommen Sie, wir werden einen Schluck trinken. Ich habe guten Weißwein in der Tiefkühltasche, den haben wir uns verdient. Machen Sie sich keine Sorgen wegen der Nacht und unserer ›Freunde‹ da oben! Solange wir noch nichts gefunden haben, sind wir unantastbar.«

»Weil Sie noch immer an das Wunder glauben?«

»Wissen Sie, welcher Zahl im Hebräischen das Wort ›Schatz‹ entspricht?«

»Schon wieder? Sind Sie auch ein Meister in der Verwandlung der Wörter in Zahlen? Das ist wohl eine jüdische Krankheit?«

»Tss, tss, tss! Die letzten Stunden über waren Sie reizend,

Sie werden doch jetzt nicht wieder unangenehm werden? Los, gehen wir zu unserem Wagen zurück, ich will Ihnen etwas erklären.«

Er faßte nach Toms Arm und führte ihn weg wie ein bockiges Kind.

»Heute morgen habe ich in Dorons Büro einen verrückten Engländer getroffen, dem Sie vielleicht auch noch eines Tages begegnen werden. Mister ›Ja …, also‹!«

»Bitte?«

»So werden wir ihn vorläufig nennen! Nun gut. Er hat mir diese Spielchen mit den Wörtern und den Zahlen wieder in Erinnerung gerufen. Also unser Rätsel, wenn es auch gewisse Anhaltspunkte liefert – Cairn, Norden, Eingang –, bietet es doch im Gegensatz zu vielen anderen präzisen Hinweisen keinerlei Maß für die Lage des Verstecks im Verhältnis zu diesen Anhaltspunkten … *In dem Graben* … Das ist ungenau.«

»Ja, das ist mir auch aufgefallen.«

»So habe ich mich an Mister ›Ja …, also‹ erinnert und mich gefragt: Welcher Zahl entspricht im Hebräischen das Wort ›Schatz‹?«

»Und?«

»Der 297. Im Hebräischen heißt ›Schatz‹ *otsar*. Und das ist noch nicht alles. Über den Inhalt des Verstecks heißt es in der Kupferrolle: *Alles, was sich dort befindet, ist Banngut*. Es geht also um eine Wahl zwischen dem Guten und dem Bösen. Und nun ergibt die Addition der hebräischen Worte ›gut‹ und ›böse‹ genau diesen Wert: 297 … Überrascht?«

»Ein bißchen schon.«

»Das ist auch noch nicht alles. 297 ist die Zahl, die der Gesamtheit der Wörter in dem Ausdruck ›Geheimnis vom Baum des Lebens‹ und dem Wort ›Medizin‹, *ha-refuah* auf hebräisch, entspricht.«

»Ja, und?«

»Jetzt wissen wir, daß dieses Rätsel sozusagen verschlüsselt ist. Wir haben die erwähnten Anhaltspunkte Cairn, Graben und so weiter. Und dann die, die indirekt angegeben werden: die Zahl 297, die ›Medizin‹ und das ›Geheimnis vom Baum des Lebens‹. Jetzt müssen wir herausfinden, wie man sie zueinander in Beziehung setzen kann, um sie an einem Punkt zusammenzuführen, an dem wir dann nur noch zu graben brauchen.«

»Großartig!«

Sie erreichten den Geländewagen. Inzwischen hatte die Nacht den Osten verschluckt. Im fahlen Mondlicht, das die Ebene bedeckte, erschienen die römischen Säulen, die die Ruinen des Bassins überragten, dunkler und bedrohlicher. Calimani ergriff Toms Arm und zeigte auf den zusammengerollten Schatten am Boden des Beckens.

»Das ist die ›Medizin‹: Die Römer bedienten sich dieser mit Schwefelwasser gefüllten Becken, um Hautkrankheiten und Rheuma zu heilen. Zu diesem Zweck kamen die Leute zu den Thermen von En Tamar.«

»Und das ›Geheimnis vom Baum des Lebens‹?«

»Noch weiß ich es nicht. Wir haben die Nacht, um darüber nachzudenken. In jedem Fall werde ich, sowie der Morgen anbricht, 297 Ellen vom Beckenrand Richtung Cairn ausmessen. Wir werden ja sehen, was das bringt.«

Calimani öffnete die Heckklappe des Range Rover und kramte in seiner Tasche. Er zog ein großes gelbes Handtuch hervor.

»Tom, könnten Sie sich umdrehen, während ich mich umziehe und dieses Handtuch zwischen uns und unsere ›Freunde‹ dort oben halten?«

»Ja, ich … Warten Sie, Professor, es ist dunkel. Ich drehe mich ja gern um, aber die da oben können doch ohnehin nichts sehen!«

»Muß man Ihnen denn alles beibringen, mein Freund? Haben Sie nie von Ferngläsern gehört, die mit Infrarot funktionieren?«

»O Gott!«

»Sie sagen es! Können Sie sich vorstellen, wie mein Schamgefühl unter dem Infrarotlicht dieser Herren leidet?«

Seit über drei Stunden las ich aufmerksam in den Dokumenten von Rab Chaim, die Doron mir »geschenkt« hatte. Und ich fand etwas, das mich verärgerte.

Im Namen Abu Umamas, sagt der Gesandte Allahs: Der Koran wurde mir an drei Orten übergeben: in Mekka, in Medina und in Syrien, das heißt in Jerusalem.

Warum hält man in diesem Teil der Welt so oft einen Ort für einen anderen? Und warum taucht in den unterschiedlichen Kombinationen und bei dem Tausch der Namen immer wieder Jerusalem auf? Ich ließ meinen Gedanken freien Lauf. Sagt man nicht, daß etwas benennen sich etwas aneignen ist? Entzog sich Jerusalem, das von jedem anders genannt wurde, nicht aus diesem Grund der ganzen Welt – mit Ausnahme Gottes vielleicht?

Seit einer Stunde war es dunkel. Ich hatte keinen Hunger oder keine Lust, allein zu essen. Meine Gedanken wanderten zu Tom und zu Calimani, die irgendwo an der Küste des Toten Meeres umherirrten, und ich hatte kein gutes Gefühl dabei. Ich dachte auch an Orit, sogar ziemlich oft, die ich trotz meines Versprechens, das ich Doron gegeben hatte, noch immer nicht angerufen hatte. So blieb es mir erspart, den Tröster spielen zu müssen.

Im Grunde ärgerte mich alles an diesem Abend. Der Überfall am Morgen, als ich vom Rabbiner Steinsaltz kam, hatte mich verstört. Ich bedauerte, nicht mit Tom und Calimani nach En Tamar gefahren zu sein. Dorons Verhalten regte mich auf, aber ich hatte keine Lust, ihn anzurufen. Von jeglicher Information abgeschnitten zu sein erwies sich allerdings als noch unangenehmer … Der weise Marek saß auf dem trockenen.

Plötzlich verspürte ich das Bedürfnis, Orit anzurufen:

Kommen Sie, wir gehen zusammen essen. Das war nicht besonders schwierig!

Statt dessen aber blätterte ich in dem Folianten, den ich in Händen hielt, und wieder las ich darin: *Also heißt es im Namen von Wahab Ibn Munabbih: die Bewohner Jerusalems sind wie Nachbarn Allahs, und Allah obliegt es, gegen seine Nachbarn keine Strenge zu zeigen.*

In diesem Augenblick klopfte es. Zuerst dachte ich an Doron, dann sofort an Orit. Schon mit einem Lächeln auf den Lippen öffnete ich die Tür und war erstaunt, als ich einen Kellner des Hotels erblickte, der offensichtlich Araber war und auch um einiges älter als die, die hier für gewöhnlich bedienten. Er war gedrungen und leicht rundlich – seine Uniform engte ihn etwas ein, aber am meisten fielen mir sein makelloser Bart und sein Blick auf. Er trug ein Tablett mit zwei Tassen Kaffee. Vorsichtig sagte ich:

»Ich befürchte, Sie haben sich geirrt. Ich habe nichts bestellt.«

Der Mann warf einen ängstlichen Blick in den Flur. Ich war im Begriff, die Tür zu schließen.

»Herr Halter«, sagte er auf hebräisch.

Seine Stimme war klar, wenn auch ein wenig beunruhigt, was mich innehalten ließ.

»Was wollen Sie?«

»Ich würde gern fünf Minuten mit Ihnen reden.«

»Gehören Sie nicht zum Hotelpersonal?«

»Bitte, in Ihrem Zimmer?«

Ich zögerte noch immer. Sehr schnell fügte er hinzu:

»Sie gehen kein Risiko ein, ich bin derjenige, der die Risiken auf sich nimmt.«

»Gut, also kommen Sie herein.«

Ich schloß die Tür hinter ihm und beobachtete, wie er plötzlich verlegen wurde und nicht mehr so recht wußte, was er mit seinem Tablett anfangen sollte.

»Stellen Sie es auf den Tisch, neben die Bücher«, sagte ich.

»Ja, sehr gut.«

Er deutete ein Lächeln an, von dem sein Schnurrbart kaum bewegt wurde.

»Ich bin es nicht gewohnt ... diese Rolle. Der Kaffee geht selbstverständlich auf meine Rechnung!«

»Wer sind Sie?«

»Mein Name ist Yussef Saleh.«

Ich wartete auf die Fortsetzung. Der Mann knöpfte den oberen Teil seiner Uniform auf, die ihm den Hals einschnürte, und warf einen flüchtigen Blick in mein Zimmer. Ich spürte, daß seine Verlegenheit wuchs und er sich selbst fragte, was er hier tat.

»Es war keine leichte Entscheidung, zu Ihnen zu kommen«, bestätigte er, als erriet er meine Gedanken. »Es gehört nicht gerade zu unseren Gewohnheiten, mit unseren Feinden zu sprechen, und ...«

»Ich bin niemandes Feind!«

»Ich wollte sagen mit ...«

»... einem Juden?«

»Meine Brüder glauben nicht, daß dieses Zusammentreffen eine gute Idee ist.«

»Ihre Brüder?«

»Wir sind die Söhne Gottes.«

»Wollen Sie sagen, daß Sie der Hamas angehören?«

Er nickte, und wir verharrten ein paar Sekunden lang schweigend, Auge in Auge.

»Ich vermute, daß Sie nicht nur wegen des Kaffees gekommen sind«, sagte ich schließlich.

»Wir wissen, daß Sie ein Buch über Al Quds schreiben und daß Sie auf der Suche nach alten Dokumenten sind ...« Er öffnete seine Arme, als wollte er die Landschaft umschließen und deutlich machen, daß wir von derselben Stadt sprachen. »Sie und der Journalist von der *New York Times*. Und wir wissen, daß Sie heute morgen von einem jungen Palästinenser überfallen worden sind.«

»Sie wissen viel!«

»... und daß es eine Falle von der Militärpolizei war.«

Ich schwieg beeindruckt und zunehmend neugierig auf das, was noch kommen würde.

»Es ist normal, daß wir wissen, was bei uns vorgeht«, fügte er etwas herausfordernd hinzu.

Ich reagierte nicht.

»Der Junge, der Sie überfallen hat, ist inzwischen gestorben. Hat man Ihnen das gesagt?«

»Nein! Ich dachte, er sei ...«

»Es war nicht die israelische Polizei, auch wenn sie ihn nicht gut genug geschützt hat. Und auch wir sind es nicht.«

»Wer dann?«

»Die anderen.«

»Welche anderen?«

»Das ist die Frage.«

Erneutes Schweigen. Wir ließen uns nicht aus den Augen.

»Die Israelis sind nicht unsere Freunde«, erklärte Saleh.

»Soweit hatte ich geglaubt, verstanden zu haben.«

»Wir sind für unser Leben und unser Land im Krieg, und ich ...«

»Ersparen Sie mir die Propaganda, die kenne ich. Ich verstehe nicht, was Sie von mir erwarten.«

»Jungen wie der, der Sie überfallen hat, werden täglich zu Dutzenden rekrutiert, um uns zu schaden. Uns genauso wie den Israelis. Wir sind eine Befreiungsbewegung mit einer Strategie und einer Politik. Die anderen aber verteidigen nicht die Interessen Palästinas! Unsere Ziele sind nicht dieselben. Im übrigen versuchen sie uns zu zerstören, uns, die Hamas, und auch die Israelis. Verstehen Sie?«

»Da bin ich mir nicht ganz sicher. Wenn Sie nicht wissen, wer ›die anderen‹ sind, warum glauben Sie dann, daß die Sie zerstören wollen?«

»Das ist einfach. Weil ihre Aktionen uns ebenso schaden wie den Israelis. Weil sie sich nicht vor uns zu verstecken brauchten, wenn sie für unsere Sache kämpfen würden! Sie rekrutieren ihre

Soldaten und werben sogar unsere ab, um sie gegen uns einzusetzen.«

Die Erregung hatte ihn lauter werden lassen. Er warf einen Blick zur Terrasse, bevor er seine Jacke noch weiter öffnete. Dann zog er eine Diskette aus der Tasche seines Hemds und reichte sie mir.

»Ich vermute, daß Sie die Kommunikationsmöglichkeiten des Internets kennen? Auf diesem Wege rekrutieren sie ihre Kämpfer. Es wäre uns möglich, bis zu ihnen vorzudringen mit unseren eigenen Mitteln, aber …«

Er zögerte, ich wartete.

»Vielleicht gibt es unter uns jemanden, der …«

»Der sie verrät?«

Er neigte verlegen den Kopf, bevor er sehr schnell antwortete:

»Es würde uns Zeit kosten. Und wir haben keine Zeit. Etwas bahnt sich an, und wir müssen uns beeilen. Auf dieser Diskette sind Kodes, Namen von Websites und E-Mail-Adressen, von denen die Jungen ihre Befehle erhalten. Ihre israelischen Freunde könnten das benutzen. In diesem Fall hätten wir mehr Aussicht auf Erfolg, wenn wir unsere Informationen teilen würden.«

»Was für eine angenehme Zusammenarbeit!« bemerkte ich, ohne meine Ironie ganz verbergen zu können.

Yussef Saleh strich mit der Rückseite seines Zeigefingers über den Schnurrbart.

»Wir haben keine Wahl«, sagte er mit einem halbherzigen Lächeln.

»Haben Sie keine Vorstellung, wer diese ›anderen‹ sein könnten?«

Wieder zögerte er, noch verlegener als zuvor. Diese Verlegenheit schien mir der beste Beweis für seine Aufrichtigkeit zu sein. Ganz offensichtlich nahm er mit dieser merkwürdigen Botschaftertätigkeit große persönliche Risiken auf sich. Schließlich schüttelte er scheinbar bedauernd den Kopf.

»Wir haben eine Ahnung. Ich hoffe, daß es eine falsche Ahnung ist. Aber jetzt muß ich gehen. Vielleicht sehen wir uns wieder.«

Er reichte mir die Hand.

»Ich danke Ihnen. Ich hoffe, daß, was ich tue, nützlich und gut ist für ... für uns alle! Inch Allah!«

Als er hinausging, zeigte er auf den Kaffee.

»Sie sind bezahlt.«

Aber sie waren bereits kalt.

Die Nacht war gelb. Von ihrem Atem beschlugen die Scheiben des Geländewagens, und die grotesken Formen draußen verschwammen. Die starke Beleuchtung der Anlage wurde von dem umgebenden Weiß überall reflektiert. Das Salzgebirge wirkte noch gespenstischer als sonst, es schien von einem Volk geduldiger, schmerzerfüllter Gnome bedeckt zu sein, die, an die Hänge geklammert, das Ende der Nacht erwarten mochten und dabei über ihr eigenes ewiges Gefängnis wachten. Das Getöse der Maschinen brach nicht ab.

Manchmal konnte Tom trotz der Bequemlichkeit der heruntergeklappten Sitze im Range Rover ein Zittern vom Boden her spüren, als würde ein riesiges Tier in der Tiefe darin graben.

Calimani schlief, erschlagen von der Müdigkeit wie vom Wein. Auch Tom hatte der Wein schläfrig gemacht. Mit trockenem Mund und verwirrt war er schließlich aufgewacht und konnte sich nicht mehr an ihre Unterhaltung während der Mahlzeit erinnern, mitten in dieser Weite außerhalb allen Lebens. Dann hatte er an Orit gedacht, und jetzt befürchtete er, nicht wieder einschlafen zu können. Bei seiner Rückkehr nach Jerusalem, so sagte er sich, würde er nicht vor ihr fliehen können, und er fing an, sich seine Fragen an sie zurechtzulegen.

Dann versuchte er, an etwas anderes zu denken. Trotz aller Bemühungen Calimanis und auch seines immensen Wissens hatten sie kaum eine Chance, auch nur die geringste Spur eines

Schatzes zu finden. Dagegen konnten sie versuchen, den Männern, die sich da am Salzberg versteckten, eine Reaktion zu entlocken, sie glauben zu machen, daß sie etwas gefunden hätten, ihnen etwas vorzuspielen, um sie zu zwingen, ihre Deckung aufzugeben! Besser, als unverrichteter Dinge zurückzukehren ... Das war keine schlechte Idee, und Calimani wäre sicherlich einverstanden.

Tom malte sich aus, wie die Dinge vonstatten gehen könnten. Am Ende war er wieder soweit, sich vorzustellen, was aus dieser Nacht und dieser Falle geworden wäre, hätte er Orit an seiner Seite gehabt. Etwas ganz, ganz anderes.

Dann schlief er wieder ein und sah sich selbst, ganz in Weiß gekleidet, den Salzberg erklimmen. Je höher er stieg, um so mehr belebte sich das Gelb des pulverartigen Steins, aus dem Lots Weib war, und ...

»Schlafen Sie, Hopkins? Hey, Tom! Schlafen Sie?«

»Ich glaube, ja! Ja, verdammt, ich habe geschlafen.«

»Dann wachen Sie auf!«

»Was ist los? Kommen sie?«

»Aber nein! Wieso sollten ›sie‹ kommen? Wir sind hier nicht in einem Western, mein Kleiner! Ohne unseren Willen geschieht hier nichts ...«

»Na toll! Ist das nun jüdischer oder italienischer Humor?«

»Ich hab's, Tom!«

»Was?«

»Seit gestern abend sucht ein Teil meines Gehirns, und schließlich ist er fündig geworden.«

»Scheiße! Gleich werden Sie mir sagen ...«

»... was das ›Geheimnis vom Baum des Lebens‹ ist.«

»Ja, und?«

»Der ›Baum des Lebens‹ bringt die chthonische und die uranische Welt zusammen, anders gesagt: In seinen Wurzeln kriechen Schlangen, und in seinem Geäst fliegen Vögel. Der ›Baum des Lebens‹ trägt die Früchte des himmlischen Jerusalem, die goldenen Äpfel aus dem Garten der Hesperiden … Was aber ist das *Geheimnis* vom Baum des Lebens?«

»Die Uhr dort auf dem Armaturenbrett zeigt zehn Minuten nach zwei, und morgen …«

»Schweigen Sie, und hören Sie mir zu! Der Baum des Lebens ist ein zentraler und Einheit stiftender Baum. Dennoch hält die Kabbala sich bei dem zweiten Baum auf, bei dem der Erkenntnis von Gut und Böse – dem Baum der Erkenntnis, der der Grund für Adams Fall war und im Gegensatz zum Baum des Lebens eine Dualität darstellt. Man muß nur darauf kommen … Diese Gegenüberstellung ist im dreiteiligen Prinzip der drei Säulen des zephirotischen Baumes dargestellt. Zwei-eins! Dreiteiliges Prinzip, das man, nebenbei bemerkt, einigen Exegeten zufolge auch im Kreuz Christi wiederfindet, weil der Querbalken zwei Drittel des Hauptbalkens mißt und am Schnittpunkt des oberen Drittels angebracht ist. So verwandelt sich das Kreuz als Antwort auf den Baum des Lebens in ein symbolisches Werkzeug der Erlösung … Zwei-eins! Das ist es!«

»*Jeesus!* Das ist *was?*«

»297, der Zahlenwert des Wortes ›Schatz‹ – erinnern Sie sich! –, aufgeteilt in zwei Drittel und ein Drittel, ergibt: 99 und 198. Also müssen wir vom Becken aus in Richtung Cairn, dem Wadi folgend, entweder 99 oder 198 Ellen abzählen, was wir im Morgengrauen tun werden. Und meiner Meinung nach sind es 198 bis zu dem Graben … Das ist das Geheimnis vom Baum des Lebens!«

»Jeesus!«

»Haben Sie das Wasser? Ich habe einen entsetzlich trockenen Mund!«

»Darf ich Ihnen eine Frage stellen?«

»Sicher.«

»Sie haben gesagt: ›Seit gestern abend sucht ein Teil meines Gehirns.‹«

»Ja.«

»Was hat der andere gemacht?«

»Je nachdem, geträumt oder sich ausgeruht.«

Mit kleinen Bewegungen der Maus ließ Orit eine Namensliste über den Bildschirm des Computers laufen. Wir waren bei ihr, im Wohnzimmer ihrer Singlewohnung. Sie trug ein weites Baumwollhemd über engen weißen Jeans. Ihr Haar war über der linken Schulter in einer Spange zusammengenommen.

Als ich sie angerufen hatte, hatte sie trotz der späten Stunde gleich gesagt: »Kommen Sie, kommen Sie sofort!« Sie hatte mich empfangen, als sei ich die einzige Person auf der Welt, die sie Lust hatte zu sehen.

Bis jetzt hatten wir uns über nichts anderes als den Mann von der Hamas unterhalten. Sie hatte ihre Computer eingeschaltet, wobei sie mir technische Einzelheiten erläuterte, von denen ich nichts verstand und die mir auch gleichgültig waren. Im Licht der beiden großen Monitore nahm ihr Zimmer einen unangenehm bleichen Farbton an. Geduldig wiederholte sie:

»Das Verfahren ist einfach. Sie richten überall im Netz ein paar elektronische Briefkästen ein. Jeder ist kodiert, und die zukünftigen Kämpfer finden dort ihre Befehle vor. Sie können sich auch in Chatrooms treffen, das sind virtuelle Räume, in denen die Anführer wahrscheinlich mit den Rekrutierten sprechen, sie überzeugen und ihr Herz mit Haß und Gewalt füllen, wobei sie gleichzeitig ihre Folgsamkeit prüfen. Vermutlich ist das Ganze untereinander so vernetzt, daß zumindest die Chefs den Gesamtüberblick haben.«

Sie unterbrach sich, um mit ihren Händen über ihre Schultern zu streichen, als sei ihr kalt.

»Die erste Schwierigkeit«, fuhr sie fort, »besteht in den Kodes. Es kann so viele davon geben, wie Personen teilnehmen, und sie können sie so oft wechseln, wie sie wollen … Die zweite besteht darin zu erfahren, ob es sich um ein pyramidenartig aufgebautes System handelt, mit einem großen Chef an der Spitze und ihm unterstellten, kleinen Chefs auf den unteren Ebenen bis hinab zu den Kämpfern, oder um eine lineare Organisation. Wahrscheinlich handelt es sich um eine Pyramide, die komplexer und für den Anführer sehr viel sicherer ist. Sie gibt ihm die Möglichkeit, sich von seinen Untergebenen abzuschneiden und unerreichbar zu sein. Aber er muß sicher sein, daß seine Befehle korrekt weitergegeben werden, und dazu muß er die unterschiedlichen Websites aufsuchen, was ihn angreifbar machen könnte … Wollen Sie etwas trinken?«

»Wodka, wenn Sie haben?«

»Habe ich und mag ich unheimlich.«

Sie erhob sich, wobei sie sich auf meinen Arm stützte; absichtlich oder unabsichtlich streifte mich ihre Brust.

»Klicken Sie mit der Maus auf den Streifen dort«, sagte sie, während sie ihre Spange löste und ihr Haar im Nacken zusammenschlang. »Schauen Sie nach, ob die Namen Ihnen etwas sagen. Man weiß nie! Ich komme gleich wieder.«

Ich ließ eine Abfolge arabischer Vornamen über den Bildschirm laufen, die in kleinen Gruppen zusammengefaßt waren. Die Gruppen selbst trugen Bezeichnungen wie: NEBUKA-ERSTER TAG, NEBUKA-OSTEN, NEBUKA-SONNE, NEBUKA-RACHE, NEBUKA-PALÄSTINA … Die angegebenen elektronischen Adressen hatten mehrheitlich englische Namen.

Orit kam mit einer eisgekühlten Flasche und kleinen Gläsern wieder, die sie auf dem niedrigen Tisch abstellte.

»Also, dem Mann von der Hamas zufolge heißt die Gruppe in ihrer Gesamtheit Nebukadnezar?«

»Das schreibt er in seiner Erläuterung. Wenn ich darüber nachdenke, habe ich den Eindruck, das Ganze gleicht den Strukturen einer Sekte oder einer terroristischen Vereinigung.«

»Dieses ›Nebukadnezar‹ scheint eine richtige Unterschrift zu sein. Es bestätigt die These Ihres Onkels: der Irak …«

»Ja, außer, daß es nicht einfach sein wird, den oder die Befehlsgeber auszumachen. Zuerst muß man ohne die Kodes zu den E-Mails oder den Chatrooms Zugang finden, was einem guten Informatiker eigentlich gelingen müßte. Wenn aber das Kommunikationsnetz pyramidenartig aufgebaut ist, kann der Chef-Nebukadnezar von einer gewissen Ebene ab jede Kommunikation stören, irreführende Botschaften aussenden und so weiter. Macht er es nicht, ist er ein Dummkopf. Es kann Monate dauern, bis wir ihn finden. Selbst mit den Rechnern vom Mossad.«

»Also?«

»Also müssen wir über die Spionagesatelliten der Amerikaner gehen. Doron dürfte dazu die Genehmigungen erhalten … Wir werden das morgen mit ihm besprechen. Kommen Sie?«

Ich drehte mich zu ihr um. Etwas gezwungen lächelte sie mich an. Mir schien es, als seien wir beide gleichermaßen vorsichtig. Sie erstrahlte in ihrer ganzen Schönheit, doch war sie von einem Ernst, den ich an ihr nicht kannte.

Kaum hatte ich mich dem niedrigen Tisch genähert, stand sie auch schon genau vor mir, wobei ihre dunklen Augen zu mir aufblickten.

»Und wenn ich Sie bitten würde, mich zu umarmen, würden Sie das tun?« flüsterte sie.

Ich wich leicht zurück. Sie murmelte:

»Täusche ich mich, oder können Sie verstehen, was ich empfinde?«

»Sie täuschen sich sicherlich«, sagte ich und versuchte zu lächeln.

»Nein!«

Es gibt Versuchungen, denen man selbst mit dem besten Willen nur schwer widerstehen kann. Das dürfte in meinen Augen zu lesen gewesen sein. Orit machte einen Schritt nach vorne, ich spürte ihr Gewicht und ihre nach Amber duftende Wärme an meinem Körper. Meine Arme legten sich um sie.

»Mit einem anderen würde ich mich schämen, das stimmt!«

»Ich weiß nicht, ob ich das als ein Kompliment auffassen soll.«

»Das müssen Sie.«

Ihr Mund näherte sich meinem, ihre Lippen waren kühl und begierig. An meine Brust geschmiegt, verspürte sie offenbar das Bedürfnis hinzuzufügen:

»Es stimmt, ich bin seinetwegen unglücklich und würde ihn gern verletzen. Aber Sie dürfen nicht glauben, daß ich nur daran denke.«

Ich mußte lächeln.

»Aber denken Sie nur daran!«

»Psst«, flüsterte sie, während sie erneut ihren Mund auf meinen legte. »Es reicht doch, wenn man Lust hat, oder?«

Ich konnte dem Vergnügen, die Finger in ihr schweres Haar zu tauchen, nicht widerstehen. Ihre Augen schlossen sich unter meinen Zärtlichkeiten, und ich spürte das Beben ihrer Hüften an meinen Oberschenkeln.

»Es ist nicht die Lust, die fehlt, Orit, aber ich glaube aus vielen guten Gründen, daß dies wirklich nicht das Beste für uns ist.«

Orit ergriff meine Finger, die gerade bei ihren Schläfen angekommen waren, und schob meine Hand unter ihr Hemd auf ihre nackte Brust.

»Und wenn wir später darüber diskutieren würden?« flüsterte sie.

Im Osten ging sehr schnell die Sonne auf. Freigelegt, war der Rand des großen Tonkrugs gut sichtbar. Der Deckel aus rosafarbenem Sandstein mit etwa fünfzig Zentimetern Durchmesser war von einem grauen Lack bedeckt, der zum Großteil abgeplatzt war. Ein faustgroßes dreieckiges Loch ließ das Dunkel im Innern erkennen. Die ockerfarbene, manchmal ziegelrote oder auch von breiten weißlichen Salzadern durchzogene Erde, die Tom und Calimani seit dem Morgengrauen umgruben, wurde zunehmend weicher. Um sie herum, an dem

Punkt, wo das ausgetrocknete Wadi mit seinem Nebenfluß aus Sand und Geröll zusammentraf, war der Boden wie eine von Würmern zerfressene Diele völlig durchlöchert.

Unablässig seine Schaufelladungen hinter sich werfend, sagte Tom:

»Diesen Krug kann man unmöglich herausziehen, er ist viel zu groß.«

»Es geht nicht darum, ihn herauszuholen«, sagte Calimani besorgt.

»Wir werden aber auch nicht wie die Idioten weitergraben!«

»Nein.«

Fast gleichzeitig hielten sie mit der Schaufel in der Hand inne.

Calimani konnte seinen Blick nicht von dem Deckel des Kruges wenden. Alle möglichen Gefühlsregungen glitten nacheinander über sein Gesicht: Skepsis, Freude, Zweifel, Hoffnung ...

»Und wenn ich Ihnen sagen würde, daß ich nicht daran geglaubt habe!« flüsterte er, als befürchte er, einen Geist aufzuschrecken. »Ich habe das Spiel mitgemacht, aber ich habe nicht daran geglaubt. Freuen wir uns nicht zu früh. Aber trotzdem ...«

Tom warf einen Blick auf den Range Rover und runzelte die Stirn.

»Wir hätten den Wagen nicht so weit entfernt stehenlassen dürfen.«

»Warum?«

»Weil wir so zuwenig Deckung haben.«

»Ach«, sagte Calimani, als fände er wieder in die Wirklichkeit zurück. »Ja, richtig, unsere Freunde dort oben!«

Tom bemerkte, daß dieser Gedanke ihn kaum berührte.

»Sie werden sich wohl bald bemerkbar machen«, sagte er.

»Vielleicht, aber nicht, bevor wir den Krug geöffnet haben.« Calimani lüftete seinen Hut, der bereits wieder Schweißspuren aufwies. An diesem Morgen war seinen Haaren nicht die übliche sorgfältige Aufmerksamkeit zuteil geworden. Man konnte seine kahle Kopfhaut erkennen. Wie in ein unbekanntes Land wagte sich seine Hand zu der sehr weißen Haut seines Schädels vor.

»Möglicherweise«, fuhr er nachdenklich fort, als zweifelte er noch an seinem Glück, »ist es nur ein Krug für Korn oder Öl.«

»Warten Sie doch, bevor Sie den Deckel abnehmen! Ich hole den Wagen, und wir öffnen ihn mit den Seilen.«

»Hm«, meinte Calimani, wobei er sich fasziniert hinkniete. »Wissen Sie, was das heißt? Wissen Sie, was das heißt? Nein! Das wissen Sie nicht.«

Mit seinen Fingerspitzen strich er über die Patina des Sandsteins. Langsam, als würde er die Wange eines Kindes streicheln, nahm er vorsichtig den Staub und die winzigen Splitter weg.

Seltsamerweise sah Tom erst ihre Zunge und dann den Kopf. Er schrie auf. Calimani hatte sie im selben Moment erblickt. Reflexartig warf er sich nach hinten, wobei er sich aufrichtete, aber seine Ferse glitt in der lockeren Erde weg und verfing sich unter dem Stiel einer Hacke. Man hörte ein Knacken. Calimani fiel der Länge nach hin, wobei er vor Schmerz aufschrie.

Majestätisch durch die aufgeblasenen Nasenlöcher zischend, starrte ihn eine Kobra mit vorschnellender Zunge an. Nachdem sie sich aus der schmalen Öffnung des Deckels herausgeschoben hatte, kroch die Schlange Kleopatras vorsichtig einen Meter an den schwarzen Turnschuhen des Italieners vorbei, aus denen mit fast lächerlicher Blässe sein Knöchel ragte, der unter der eisernen Kralle der Hacke festsaß. Schon fing er an zu schwellen.

»Nicht bewegen!« gebot Tom mit unterdrückter Stimme, während er den Stiel seiner Schaufel zu sich heranzog. »Nicht bewegen!«

Calimani, vom tödlichen Blick der Kobra wie gebannt,

machte keinerlei Anstalten, sich zu bewegen. Eher hatte man den Eindruck, er böte sich ihr an.

»Nicht bewegen!« wiederholte Tom etwas ruhiger, als wollte er sein eigenes Entsetzen beschwichtigen.

Die platte Nase der Kobra zitterte. Das schwarzgelbe Auge blieb ungerührt, während ihre gespaltene Zunge in kurzen Schlägen vorschnellte. Erschreckend langsam dehnte sich ihr Hals, wobei sich ihr breiter Schild, von goldenen Einsprengseln übersät, wie eine Blumenkrone öffnete. Mit noch immer derselben Langsamkeit begann sie, vollständig aus dem Krug zu kriechen, ohne ihre geschlitzten Augen von Calimani abzuwenden. Die Windungen ihres Körpers wollten überhaupt kein Ende nehmen; sie schien über zwei Meter lang zu sein. Calimanis Mund zitterte. Tom spürte, wie der Schweiß ihm die Sicht nahm. Er wagte nicht einmal, sich die Augenlider abzuwischen. Gebetsmühlenartig wiederholte er: »Nicht bewegen, nicht bewegen!«

Langsam, genauso langsam wie die Kobra, ging er in die Knie. Mit erhobener Schaufel näherte er sich Zentimeter um Zentimeter Calimani. Die Kobra hatte ihr Nest im Staub noch immer nicht gänzlich verlassen.

»Ich komme jetzt näher«, murmelte Tom. »Hören Sie mich, Calimani?«

»Ich habe mir den Knöchel verstaucht. Oder vielleicht auch gebrochen. Ich werde mich nicht aufrichten können …«

»Kriechen Sie! Langsam, sehr langsam …«

Die Kobra neigte sich mit aufgespanntem Schild zur Seite und fixierte nun Tom, wobei sie sich auf über einen Meter aufrichtete.

»Passen Sie auf, Tom! Die springen, diese Mistviecher!«

Auch der Schwanz der Kobra ging in die Höhe.

»Kriechen Sie doch, verdammt!«

Das geöffnete Maul der Kobra schnellte nach vorne. Tom warf die Schaufel wie eine Sense, um ihr den Weg abzuschneiden und sie hinter dem Kopf zu treffen, aber die Schlange zog sich so schnell zurück, daß die Schaufel mit einem dumpfen Laut in den Sand fiel.

Calimani richtete sich auf, stöhnte, fiel wieder hin und krallte sich mit seinen Fingern an der Erde fest, um sich schließlich, auf allen vieren kriechend, zu entfernen.

»Es tut mir leid«, sagte Calimani, »das war wirklich dumm von mir.«

»Dafür können Sie nichts!« sagte Tom, während er die Kobra im Auge behielt. »Haben Sie Schmerzen?«

»Nein, solange ich nicht laufe, wird es gehen.«

»Okay! Sie werden die Schaufel nehmen, um ihr Angst einzujagen, und ich laufe los und hole den Wagen, klar?«

»Achten Sie auf die anderen«, sagte Calimani, wobei er einen Blick auf Lots Weib warf. »Die werden das sicher ausnutzen.«

»Und Doron?«

»Er wird warten, bis sie kommen.«

»Na, toll!«

»So ist das Spiel«, sagte Calimani mit verzerrtem Gesicht. »Das schlimmste ist, daß wir immer noch nicht wissen, was sich in diesem Krug befindet!«

»Wahrscheinlich eine Kobrafamilie!« rief Tom genervt.

Er reichte Calimani den Stiel der Schaufel.

»Wir hätten eine Waffe mitnehmen können!« knurrte er mit dem Gedanken an Orits Revolver.

»Wir haben eine. Unter Ihrem Sitz! Machen Sie nicht so ein Gesicht. Ich hatte Angst, Sie könnten sie zu früh hervorholen.«

Kaum war Tom bei den römischen Säulen angelangt, als er sie sah. Noch waren sie ziemlich weit weg. Aber plötzlich begriff er, was er am Tag zuvor mit dem Fernglas gesehen hatte: zwei Motorräder! Mit voller Geschwindigkeit kamen sie auf ihn zu.

Mit ein paar Sätzen war er beim Range Rover und versuchte alles auf einmal zu tun, was ihm auch fast gelang: den Motor anzulassen, unter seinen Sitz zu fassen, um dort einen Colt Cobra – welch Ironie des Schicksals! – zu finden, und das Sendegerät einzuschalten.

Er warf den Colt auf den Beifahrersitz und legte den ersten Gang ein, während er den Rückspiegel im Auge behielt. Die zwei Motorräder waren keine fünfhundert Meter mehr entfernt, man hörte das Brüllen der Doppelzylinder, die bis zum Anschlag ausgefahren wurden.

Die 220 PS des Range Rover produzierten das erste Geräusch, das Tom neue Kraft gab. Sogleich wühlten sich die vier Triebräder in den Salzstaub, der Zweitonner erzitterte, die Motorhaube ging leicht hoch, und Tom wurde in den Sitz gedrückt. Er sah Calimani noch immer auf Knien, wie er mit der Schaufel kreisende Bewegungen vollführte, wobei er, so gut er konnte, zurückwich. Er legte den zweiten, dann den dritten Gang ein und riß das Mikrofon des Senders zu sich heran, ohne zu wissen, ob man ihn verstehen konnte.

»Calimani sitzt fest, und sie kommen! Calimani sitzt fest! Verdammte Scheiße, wo bleibt ihr?«

Er mußte das Mikro wegwerfen, um gegenzusteuern. Bei voller Geschwindigkeit konnte er der Ausgrabungsstätte gerade noch ausweichen. Der Geländewagen drehte sich wie ein Kreisel und schwankte, bevor er über einen Buckel hüpfte. Dann geschah alles gleichzeitig. Zu seiner Rechten sah er das erste Motorrad, dessen Beifahrer, auf den Pedalen stehend, eine Salve in Richtung Calimani feuerte, während eine Stimme aus dem Funkgerät, die nicht die von Jossi-Stalin war, bellte:

»Wir wissen Bescheid, wir wissen Bescheid! Bleiben Sie ruhig, und achten Sie auf die Motorräder!«

Der Range Rover, der durch eine Bodensenke aus dem Gleichgewicht gekommen war, lag schräg in der Fahrbahn des Motorrads und wirbelte eine mächtige Staubwolke auf. Zu seiner Linken hatte Calimani sich zusammengekrümmt, als die Kugeln um ihn herum regelrecht Salzfontänen aufwarfen. Tom meinte die Kobra hochschnellen zu sehen und fragte sich, ob sie wohl einen Treffer abbekommen hatte.

In dem Augenblick traf er die Entscheidung, von der er niemals wissen sollte, ob es die schlechteste seines Lebens war oder nur die in dieser Situation am wenigsten verheerende.

Genau vor ihm, in zwanzig Metern Entfernung, raste das Motorrad, von dessen Rücksitz der Schütze pausenlos feuerte. Das andere Motorrad sah Tom nicht. Er drückte den Fuß fest aufs Gaspedal und fuhr den dritten Gang voll aus. Der V8-Motor zerriß die Luft. Als er ihn kommen sah, ließ der Schütze auf dem Motorrad sich auf den Sitz zurückfallen während er dem Fahrer auf die Schulter klopfte. Als auch der den Geländewagen hinter sich erblickte, schwenkte er heftig nach rechts aus.

Von seiner Geschwindigkeit und dem Gewicht der beiden Männer mitgerissen, rutschte das Motorrad schwerfällig in ein von Salz verkrustetes Wadi und kam mit einem Schlag zum Stillstand. In voller Fahrt rammte die Stoßstange des Range Rover sein Hinterrad. Der Beifahrer wurde auf die Windschutzscheibe des Geländewagens geschleudert, während das Motorrad wie ein Geldstück in die Luft flog, genau in dem Augenblick, als die Achsen des Geländewagens den Fahrer erfaßten.

Tom fand mehr schlecht als recht das Gleichgewicht wieder, ohne wirklich zu verstehen, wie alles vor sich gegangen war. Aber als er wendete, um zu Calimani zurückzufahren, sah er gleichzeitig die zwei Hubschrauber, die knapp über dem Boden aus der Richtung der Chemieanlage kamen, und den Beifahrer des zweiten Motorrads, der wieder auf Calimani schoß.

Zu allen Heiligen des Himmels betend, beschleunigte Tom. Calimani lag noch immer bewegungslos da.

Mit Vollgas fuhr das Motorrad jetzt Richtung Jordanien, verfolgt von einem der Hubschrauber.

Der Lärm war unerträglich geworden, aber Calimani konnte ihn schon nicht mehr hören.

33

Ich hatte es vor kaum sechs Stunden erfahren.

Tom war in seinem Zimmer mit Orit, ich saß allein auf der Terrasse, wo ich einmal mehr Jerusalem betrachtete. Es war fünf Uhr nachmittags.

Auf ihre Weise hatte die Stadt, hatte der Schatz, hatten Sodom mit seinem Salz und auch die geheimnisvolle Gruppe Nebukadnezar Giuseppe Calimani umgebracht. Ich hatte sein Gesicht im Leichenschauhaus gesehen. Gemessen an den entsetzlichen Umständen, unter denen er gestorben war, erstaunte mich die Ruhe seiner Züge. Bevor er von den Kugeln der Mörder getroffen wurde, war es der Kobra gelungen, ihn in den Arm zu beißen. Doch sein Gesicht war friedlich. Es war das Gesicht eines Mannes, der sich, ganz seinem Glauben hingegeben, den Entscheidungen des Schicksals gestellt hatte.

Weder besaß ich diese Gelassenheit noch diese Ruhe. Ganz im Gegenteil, ich hatte den Eindruck, wir hätten soeben vierundzwanzig Stunden im größten Chaos verbracht. Jerusalem wehrte sich gegen unser Eindringen in seine Geheimnisse und versuchte, wie Moloch, seine Kinder zu fressen.

Ich hatte nicht die Zeit gehabt, Calimani wirklich kennenzulernen. Aber nach dem Tod von Rab Chaim erschütterte mich sein Verlust wie der eines Bruders. Kein Giuseppe würde morgens mehr erscheinen, wie aus dem Ei gepellt in seinen prachtvollen Anzügen, um mich mit seinen Gedanken zu überfallen, die mich mehr fasziniert hatten, als ich mir eingestehen wollte. Ich hatte mit ihm diese feine Vertrautheit unter Männern geteilt, die durch ein und dieselbe Liebe miteinander verbunden sind: Jerusalem.

Wieder einmal rief der Muezzin zum Gebet. Schwermut überkam mich. Diese Aufforderung von der Höhe der Minarette, diese Modulation der Stimme erinnerten mich an die chassidischen Gesänge meiner Kindheit.

Ich rief mir die verschlungenen Wege ins Gedächtnis, die mich hierhergeführt hatten, als wollte ich mit demjenigen, der nicht mehr war, die Erinnerungen aus einer langen Vergangenheit teilen, die in mir aufstiegen.

Wie waren wir, meine Eltern und ich, aus Warschau entkommen? Ich erinnerte mich nicht mehr ganz genau. Katholische Freunde meines Vaters, Drucker und Gewerkschafter wie er, hatten uns nachts im Ghetto abgeholt. Auch sie wollten mit Hilfe einer sicheren Mittelsperson nach London gelangen, um sich am Kampf gegen die Nazis zu beteiligen. Dort saß zu der Zeit die polnische Exilregierung, dort waren auch die Angehörigen der Armee, die den rechtmäßigen Institutionen des Landes treu geblieben waren.

Weil wir nicht den geeigneten Weg hatten nehmen können, war unsere kleine Gruppe nie in England angekommen. Am Ende eines langen Marschs hatten wir uns schließlich auf die feindliche Seite begeben, in den Teil Polens, der von der Roten Armee besetzt war; das war drei oder vier Monate bevor die Sowjets und die Deutschen gegeneinander in den Krieg zogen. Man schickte uns zuerst nach Moskau, das jedoch bald unter Bombenhagel lag, von wo aus wir in langen, langsamen Konvois nach Kokand evakuiert wurden, einer Stadt am Fuße des Pamir.

In Kokand, auf dem Dachboden unseres Hauses, entdeckte ich auch den ersten Atlas meines Lebens. Und ich fand in ihm die Namen unbekannter und doch vertrauter Städte: Jerusalem, Safed, Tiberias, Jericho, Jaffa … Sie waren mir so nah wie die Namen der Städte, die ich kannte: Taschkent, Samarkand, Buchara. Ich war acht Jahre alt, als ich im tiefsten Usbekistan Israel entdeckte.

Im Februar 1946, ein paar Monate nach Ende des Krieges,

als wir nach Polen zurückkehrten, wurde unser Zug von polnischen Bauern überfallen. Sie warfen Steine auf uns. »Drecksjuden! Hat man euch doch nicht alle umgebracht?« schrien sie. »Geht zurück nach Palästina!«

Ich war zehn Jahre alt, und der Antisemitismus überraschte mich nicht: Mein Gedächtnis war geprägt davon. Dennoch ließ ich mich nicht entmutigen. Während dort in Erez Israel die Juden für einen jüdischen Staat kämpften, fühlte ich mich da, wo ich war, mobil gemacht. Und so wurde ich einer der Leiter der Borochow-Jugend, einer linken zionistischen Bewegung, und war ein ernstes Kind unter ernsten Kindern.

Für den Tag, an dem das Mahnmal für die Kämpfer des Warschauer Ghettos eingeweiht werden sollte, wurde ein Aufmarsch durch die Stadt organisiert. In Zügen und Lastwagen kamen alle, die von mehr als drei Millionen polnischen Juden übriggeblieben waren: 75 000 Überlebende aus Lagern und aus dem Untergrund – einer von vierzig.

Das war im Monat Mai. Es war schönes Wetter, und die Sonne blinzelte durch die zerbrochenen Scheiben in den Häuserwänden, die noch standen. Wir hatten in den verwüsteten Straßen einen Durchgang freigeschaufelt. Schweigend marschierten wir durch die Alleen dieses Friedhofs, zu dem Warschau geworden war. Ich erinnere mich an dieses Schweigen, das nur vom Geräusch unserer Schritte und dem Schlagen der Fahnen unterbrochen wurde – der roten und der blau-weißen Fahnen. Polen, die aus den unzerstörten Stadtvierteln kamen, schauten uns zu. Sie schienen erstaunt, daß wir nicht alle umgekommen waren. Einige spuckten vor sich in den Staub. »Wie die Ratten«, hörten wir hier und da. »Sie sind wie Ratten! Auch wenn man sie alle umbringt, sind sie immer noch da.«

Schweigend ballten wir die Fäuste. Die Anweisung lautete, nicht zu antworten. Wie gern hätte ich diesen Leuten, die sich in dem eingerichtet hatten, was von unseren Häusern geblieben war – Treppenhäuser, Mauerreste, verkohlte Schornsteine –, mit dem *Lied der jüdischen Partisanen* geantwortet.

Vom grünen Palmenland bis weit zum Land voll Schnee
kommen wir mit unsrer Pein, mit unserm Weh.
Und wohin ein Tropfen fiel von unserm Blut,
sprießen für uns neue Kräfte, neuer Mut.

Drum sage nie, du gehst den allerletzten Weg,
wenn Gewitter auch das Blau vom Himmel fegt.
Die ersehnte Stunde kommt, sie ist schon nah,
dröhnen werden unsre Schritte: Wir sind da!*

Ja, unsere Schritte dröhnten, und wir waren da. Nachdem ich Franzose geworden war, ohne daß diese neue Nationalität meine Leidenschaft für Israel vermindert hätte, habe ich 1951 das erste Mal Jerusalem gesehen. Als nach fünf Tagen auf See der Berg Karmel und die Stadt Haifa flimmernd in der Hitze vor uns auftauchten, war ich so ergriffen, daß mir die Tränen kamen. Später bin ich durchs Land gefahren und habe in einem Kibbuz gearbeitet. Wenn ich nicht dort geblieben bin, dann, weil ich Maler werden wollte, und damals war es offensichtlich, daß man Maler nur in Paris werden konnte.

Als 1967 verschiedene Armeen Israel einkreisten, fühlte ich mich wie 1948, zur Zeit des Unabhängigkeitskrieges, wieder einmal mobilisiert. Mir schien, ich könnte auf meine Weise helfen, indem ich das suchte, was mir für das Überleben des Landes unerläßlich schien: den Frieden. Damals verbrachte ich Jahre damit, Plädoyers zu halten, andere zu überzeugen, Menschen in Palästina, Israelis und Araber, zusammenzuführen und an die Türen der Mächtigen zu klopfen – mal in Kairo, mal in Israel, mal in Beirut. Ich traf mich mit Staatschefs, aber auch mit Terroristen. Ich weiß nicht mehr, wie oft ich in aller Eile ein Flugzeug bestieg, das mich letztendlich nirgendwohin brachte, Begegnungen organisierte, die zu nichts

* Nachdichtung Heinz Kahlau

führten, Verabredungen traf, bei denen ich dann der einzige war. Ich weiß nicht mehr, wie viele Stunden ich damit verbrachte, mit Leuten zu verhandeln, die das Prinzip Verhandlung an sich ablehnten, wie viele Nächte ich über Texten saß, von denen ich nicht wußte, wer sie lesen würde, nicht einmal, ob sie überhaupt gelesen werden würden. Und wozu das alles?

Im Lauf der Geschichte haben weder der Tempel noch das Schwert das jüdische Volk vor dem Exil bewahren können, nicht mehr, als die Schrift und die Erinnerung, die jahrhundertelang gepriesen wurden, es vor der Barberei geschützt haben.

Mit der Zeit ist mir das geringste Quentchen Wissen über die Bibel und ihre Kommentare, von den antiken Schriftgelehrten bis hin zu den heutigen wissenschaftlichen Exegeten, zu einer immer lebhafteren Freude geworden und gleichzeitig zu einer inneren Kraft. Steht nicht geschrieben, das Studium bewahre sogar vor dem Tod? Der Talmud erzählt, wie der Engel des Todes sich dem Rabbi Hisda nicht hat nähern können: *Der Engel des Todes wollte sich auf eine Zeder setzen, die vor dem Studierhaus wuchs. Der Ast drohte abzubrechen. Als aber der Rabbi Hisda beim Aufsagen der Lektion einen Augenblick innehielt, da bemächtigte sich seiner der Tod.*

Es waren dieser Wissensdurst und diese innere Freude, die in Calimanis Augen geleuchtet hatten.

Nachdem wir ein jeder die Rätsel unserer Schicksale durchlaufen hatten, teilten wir wahrscheinlich die friedliche Überzeugung, daß am Ende keine bessere menschliche Tätigkeit blieb als das Studium. Die einzige, bei der das Leben nicht nach dem Bilde des Todes geschaffen war!

Als Joseph Hacohen, ein jüdischer Arzt aus Avignon, 1575 *Das Tal der Tränen* vollendet hatte, eine Chronik der Leiden Israels von der Vertreibung bis ins sechzehnte Jahrhundert, griff ein anderer, anonymer Zeuge zur Feder, um sein Werk fortzusetzen. Statt einer Einleitung schrieb er ein paar Sätze, die ebenso merkwürdig wie erschütternd waren: *Im ersten Kapitel der Abhandlung* Shabbat *steht: Die Rabbiner lehrten: Wer hat das Buch des Fastens geschrieben? Hamania und seine Getreuen, die an der Niederschrift der Unglücke Israels Gefallen fanden. Auch uns reizt die Schilderung so vieler Prüfungen, aber was sollen wir tun? Und wenn wir sie unternähmen, so könnten wir ihrer doch nie genügen. Und so habe ich beschlossen,* fuhr der anonyme Schreiber fort, *in diesem Buch zumindest alles niederzulegen, was den Juden zugestoßen ist von da an, als jener Joseph seine Chronik beendet hat, bis zum heutigen Tag, um das Gebot zu erfüllen: damit du es den Ohren deines Sohnes und deines Enkels erzählst.*

Wenn es nun aber unsere Aufgabe ist weiterzugeben, können wir dann auch sicher sein, daß die Kenntnis des Bösen vor seiner Rückkehr bewahrt? Ich hätte diese Frage gern Calimani gestellt und warf mir vor, es nicht getan zu haben. Eben das war der Tod: Fragen nicht mehr miteinander teilen zu können und sich im Schweigen der Antworten allein wiederzufinden.

An diesem Abend schienen mir die Mauern von Jerusalem stummer als je zuvor.

Die Terrassentür von Toms Zimmer öffnete sich, Orit trat heraus und sah mit unsicherem Blick zu mir herüber. Das Haar trug sie offen.

Ich gab ihr ein Zeichen, näher zu kommen.

Sie stieg über das Mäuerchen und stellte sich so dicht hinter mich, daß ich ihren Atem in meinem Nacken spüren konnte.

»Doron hat soeben angerufen«, sagte sie leise. »Er erwartet uns.«

»Wie geht es Tom?«

»Ganz gut. Langsam akzeptiert er, daß er nicht besser handeln konnte, als er's getan hat, und daß Calimani sehr wohl um die Risiken wußte, die er einging.«

Ich nickte zustimmend.

»Ich habe ihm erzählt, was ich von meinem Onkel Ari wußte«, fuhr sie im selben neutralen Ton fort. »Als Calimani 1967 Mitglied des Kommandos von Mordechai Gur war ...«

Es folgte ein Schweigen. Ich versuchte mir Calimani als jungen Mann vorzustellen, wie er an einem bewaffneten Kampf um Jerusalem teilnahm, das damals zu Jordanien »gehörte«. Er hatte mir nichts davon erzählt, und nichts in seinem Verhalten ließ eine solche Vergangenheit vermuten. Aber sicherlich gab es noch andere Geheimnisse im Leben des Professors Giuseppe Calimani.

Orits Hände legten sich auf meine Schultern. Durch mein Hemd streichelten ihre Finger meine angespannten Muskeln.

»Ich bereue nichts«, sagte sie.

34

Dieses Mal saßen wir nicht in Dorons Büro, sondern in einem zwielichtigen, durch gepolsterte Doppeltüren verschlossenen Konferenzraum mit weißen Wänden, in die ein Dutzend Fernsehbildschirme und eine elektronische Karte von Jerusalem eingelassen waren. Das Mobiliar bestand nur aus einem langen ovalen Tisch und einem Dutzend Sesseln aus Stahl und gelbem Leder. Es war einer der Räume, in die man sich einschließt, um die Dinge anzuhören, zu sagen und zu entscheiden, die später zu Geheimnissen werden. Ich malte mir lieber nicht aus, was diese Mauern schon alles mit angehört haben mochten.

Wir waren alle da: Orit, Tom, Professor Rosenkrantz – befreit von seinen Krücken –, Wilson mit seiner großen Brille, Doron natürlich und sogar Jossi-Stalin. Alle waren wir da, außer einem, der schon zu seinen Lebzeiten viel Raum eingenommen hatte und durch seine Abwesenheit noch gegenwärtiger schien.

Die Gesichter waren wie versteinert. Doron begann sehr feierlich mit einer Hommage auf Calimani und sagte uns, daß sein Leichnam noch in derselben Nacht nach Venedig überführt werde; Calimani hatte sich immer gewünscht, dort bestattet zu werden. Mir fiel auf, daß sich gar keine Tasse oder Thermoskanne mit Kaffee in Dorons Reichweite befand, und ich fragte mich nicht ohne Gehässigkeit, ob das seine Art war, um einen Mann zu trauern, den er seit über dreißig Jahren kannte.

Er fuhr fort, indem er in allen Einzelheiten wiederholte, was sich in En Tamar ereignet hatte, wobei er sich darum bemühte, Jossi, der nervös auf einer kalten Zigarette herumkaute, von aller Verantwortung freizusprechen. Er habe peinlich genau die Anordnung befolgt, um die Mörder lebendig zu fangen, was unter den gegebenen Umständen nicht geglückt war. Zu meiner Überraschung zeigte Doron sich auch Tom gegenüber sehr herzlich und bemüht, ihm gleichfalls jedes Schuldgefühl zu nehmen.

»Ich sage Ihnen ehrlich – und Sie wissen, daß das aus meinem Munde keine Schmeichelei ist –, Sie haben mich beeindruckt. Und ich sage Ihnen, ich hätte genau dieselbe Entscheidung getroffen. Ihre Chance, Calimani aufzulesen, bevor die Motorradfahrer ankommen würden, war gleich null. Selbst wenn die Hubschrauber eingetroffen wären, hätten sie auf diese Scheißkerle nicht schießen können, ohne auch Sie zu treffen. Wahrscheinlich wären Sie dann beide umgekommen.«

»Ich hätte den Geländewagen ranholen sollen, bevor wir anfingen zu graben«, ließ Tom mit dumpfer Stimme verlauten. »Das wissen Sie genau.«

»Möglich. Aber die Wahrheit ist, daß wir alle ein Problem mit dem Timing hatten. Die Schlange hat es durcheinandergebracht! Mit allem konnten wir rechnen, außer mit dieser Kobra! Aber nichts läuft so wie auf dem Papier. Man nennt das auch Risiko oder den Preis, den man zahlen muß. Und alles hat seinen Preis. Giuseppe wußte das besser als jeder andere.«

Angus Wilson blinzelte hinter seinen Brillengläsern, während Rosenkrantz' Lider geschlossen blieben. Orit, deren Haar zu einem makellosen Knoten geschlungen war, hielt den Blick auf ihre Hände gesenkt.

Erneut ergriff Doron das Wort, wobei er dieses Mal mich anschaute und das Zusammentreffen mit dem Mann von der Hamas erwähnte.

»Im großen und ganzen haben wir die Vorgehensweise verstanden. Der junge Ahmed hat uns einen kleinen Einblick gegeben, bevor er ermordet wurde, und sein Großvater hat den Namen Nebukadnezar ausgesprochen, bevor er starb. Aber im Augenblick sind wir, wenngleich ich meine kleine Vermutung habe, kaum weitergekommen. Wir arbeiten mit allen Mitteln daran, im Internet die Sites zu identifizieren, die dieser Nebukadnezar aufgesucht hat. Und natürlich, woher er kommt. Aber die Struktur der Gruppe können wir nicht fassen. Es sieht so aus, als gebe es eine ganze Anzahl von Kodes, die wir noch nicht beherrschen. Ich hoffe, in dieser Nacht mehr darüber zu erfahren, wir werden dann gleich wieder darauf zurückkommen.«

Doron zog verächtlich die Mundwinkel herab.

»Die ›Mitarbeit‹ der Hamas weiß ich durchaus richtig einzuschätzen. Meiner Meinung nach bedeutet es in erster Linie, daß sie dieses Mal von noch Radikaleren als sie selbst am Schlafittchen gepackt wurden! Ich rate Ihnen, Marek, weiterhin wachsam zu sein, sollten Sie erneut von denen kontaktiert werden. Für einen Juden ist die Hamas gefährlicher als eine Kobra!«

Ich enthielt mich jeden Kommentars.

»Schade, daß wir die vier Motorradfahrer von En Tamar nicht befragen können. Yossi hat den Befehl gegeben, die beiden Mörder Calimanis zu erschießen, weil sie andernfalls die jordanische Grenze erreicht hätten. Der dritte Mann, der unter unseren Geländewagen geraten ist, liegt im Koma. Der letzte hat sich das Hirn weggeblasen, bevor er festgenommen wurde … Na schön, so ist das eben. Ich bezweifle, daß sie viel über den Aufbau von Nebukadnezar gewußt haben. Allerdings hätten wir erfahren können, wo und von wem sie ausgebildet worden sind … Der Älteste dürfte dreiundzwanzig oder vierundzwanzig Jahre alt sein. Die Identität des Jungen im Koma haben wir herausbekommen; er ist neunzehn und wurde in Nablus dreimal wegen Steinewerfens festgenommen. Das sind die Jungs, die Nebukadnezar, wer auch immer sich hinter diesem Namen versteckt, zu seinem Kanonenfutter macht.«

Doron seufzte und richtete den Zeigefinger auf mich:

»Wie Sie, so zweifle auch ich nicht mehr daran, daß es sich um Iraker handelt.«

»Das ist ein bißchen einfach«, meinte Tom, »es könnte eine Finte sein. Im Web kann jeder sich Nebukadnezar nennen und damit den Irakern den Schwarzen Peter zuschieben!«

»Das stimmt«, gab Doron zu. »Es ist noch immer nur eine Möglichkeit. Dennoch hat diese Gruppe ein Ziel, ein Motiv, womit ich zum Anlaß dieser Sitzung zurückkomme. Professor Rosenkrantz hat seinerseits – natürlich mit Wilson – große Fortschritte gemacht, und was sie uns zu sagen haben, wird ziemlich … heikel sein. Also muß ich Ihnen die Frage stellen.«

Seine schwere Hand wies auf mich und auf Tom.

»Wenn Sie aufhören möchten, dann jetzt. Ich könnte es sehr gut verstehen. Und damit eines klar ist: Sie schulden mir nichts.«

Diese Möglichkeit hatte ich nicht einmal in Betracht gezogen. Tom richtete sich auf, fuhr mit den Fingern durch seine Locken und entspannte sich. Seit einer Weile schon hatte ich an Tom eine Veränderung bemerkt, und auch in diesem Augenblick wurde mir nicht ohne Erstaunen bewußt, daß er sich inzwischen seiner selbst sicherer fühlte. Er hatte nicht mehr diese Arroganz an sich, die einem auf die Nerven gehen konnte. Zwar war es keine Gelassenheit, weit gefehlt, aber er schien mir wie mit einer neuen Verantwortung beladen zu sein, so als sei etwas von Calimani auf ihn übergegangen – eine gewiß etwas romantische Überlegung. Wahrscheinlich aber lag es daran, daß er das erste Mal um sein Leben gekämpft und gewonnen hatte – und daran, daß es Orit gab.

»Sie sind es, der mir etwas schuldet«, erwiderte Tom und deutet ein Lächeln an.

Doron runzelte die Stirn, dann zuckte sein Wanst.

»Sehr richtig. Noch habe ich ihn nicht wieder.«

»Genau das habe ich mir schon gedacht«, sagte Tom. »Also mache ich weiter, zumal Orit und ich auch noch ein paar Kleinigkeiten zu regeln haben.« Er unterbrach sich und blickte zu ihr. Mit einem strahlenden Lächeln legte Orit ihre Hand auf seinen Arm.

Auch ich hatte keine Bedenken. Wie Doron soeben erklärt hatte: Jede Sache hat ihren Preis.

Doron wandte sich zu Rosenkrantz.

»Fangen Sie an, Professor«.

Rosenkrantz nahm sich die Zeit, mit seinen dürren Fingern die spärlichen Haare seines Bartes glattzustreichen.

»Ich muß einen Irrtum eingestehen«, fing er an. »Doch bevor ich darauf zu sprechen komme, muß ich Ihnen sagen, daß Angus und ich gerade eine Stunde über dem Staub verbracht haben, den wir aus dem Krug von En Tamar geborgen haben. Ich sage Staub, weil vor der Schlange leider die Nager in dem Tongefäß waren – wahrscheinlich bevor sie ihr als Mahlzeit dienten. Unserem armen Professor Calimani ist diese Enttäuschung erspart geblieben. Man könnte im übrigen über die Symbolik dieses Schicksals nachdenken: Dokumente aus biblischer Zeit werden von Wüstenratten vertilgt, bevor diese selbst von der Kobra verspeist werden, der Schlange der Pharaonen, die schließlich den Wissensuchenden umbringt ...«

Doron trommelte nervös mit den Fingern auf den Tisch.

»Schön. Kommen wir zum Wesentlichen. Meine Herren, wir sind nun in der Lage festzustellen, daß wenigstens eines der Dokumente, die bei Rab Chaim schlummerten, nachdem sie der zerstörerischen Wut der Jahrhunderte entkommen waren, von unschätzbarem Wert ist. Schon jetzt beseitigt es zahlreiche Lücken und Unwahrscheinlichkeiten in den historischen Interpretationen und eröffnet neue Perspektiven des Denkens.«

Rosenkrantz schwieg, sah uns reihum an und schloß die Augen. Bevor er jedoch fortfuhr, atmete Doron hörbar ein:

»Bitte, Professor! Da draußen stehen Leute, die sind bereit, in Jerusalem Bomben hochgehen zu lassen wegen dieser ...«

Rosenkrantz strafte ihn mit einem vernichtenden Blick, bevor ein rasselndes Geräusch seinen halbgeöffneten Lippen entwich. Er lachte.

»Major, ich dachte just an die Mühen, die von Ihnen und

den hier anwesenden Herren aufgebracht wurden, ganz zu schweigen von denen, die Sie noch erwähnen, um den Tempelschatz zu finden, mit dem Sie die Hoffnung auf außergewöhnliche Dokumente verbinden – und dabei hat der demütigste aller Juden in dieser Stadt, unser lieber Rab Chaim, sozusagen auf ihnen gesessen. Wenn der Herr, gesegnet werde Sein Name, uns eine Lektion erteilt, so sollte man sie sich auch anhören.«

Erneutes Schweigen. Tom sah Rosenkrantz an, als entdeckte er eine neue menschliche Spezies. Orit biß sich auf die Lippen, um ein kleines nervöses Lachen zu unterdrücken, welches Wilson bereits ergriffen hatte. Doron faltete seine Hände über seinem Wanst.

»Jossi, du kannst in den Flur gehen, wenn du eine rauchen willst, und bring mir bitte einen Kaffee mit«, sagte er mit der Stimme eines Mannes, der sich auf eine schwierige Geburt einstellte.

Und mit einem Fingerzeig Richtung Decke fügte er hinzu:

»Die ist nämlich mit Elektronik gespickt. Bei dem geringsten Rauch würde das Sicherheitssystem uns fluten.«

»Kann ich fortfahren, Major?« fragte Rosenkrantz leicht verstimmt.

»Ja, ich fragte mich schon, ob Sie nicht Lust dazu hätten, Professor.«

Wilson zuckte zusammen, aber Rosenkrantz legte los:

»Alles, was ich geahnt hatte, alles, was Angus und ich selbst behauptet haben, seit wir die ersten Schriftstücke betrachten konnten, hat sich bewahrheitet – nur in einem entscheidenden Punkt habe ich mich geirrt.«

Er rollte die Fotokopien der Papyri vor sich aus.

»Mein Irrtum besteht darin, dieses Schriftstück für den Gründungstext der Essener gehalten zu haben. Dabei handelt es sich in Wirklichkeit um den Gründungstext der Sekte von Damaskus! Und dieser Punkt verdient eine Erklärung, die ich hoffe Ihnen plausibel darlegen zu können. Nach der Zerstörung Jerusalems und des Tempels durch Nebukadnezar, den König von Babylon, im Jahr 587 vor Christus, wurde ein Teil des jüdischen Volkes an die Ufer des Tigris und des Euphrat deportiert. Das war der Anfang eines langen Exils. Von diesen Entwurzelten wurde die Erinnerung an die ›kleine befestigte Stadt‹, die Jerusalem damals war, im Laufe der Jahre immer mehr verklärt: *An den Ufern der Flüsse von Babylon sitzend, weinten wir, wenn wir an Jerusalem dachten.* Auf diese Weise hat der Schmerz der Trennung die Sehnsucht nach der Rückkehr hervorgebracht, die Vorstellung von der Erlösung, die Hoffnung auf einen Messias, den Traum von Jerusalem, wie Monsieur Halter ihn uns vorgestern so schön dargelegt hat. Und jetzt bin ich in der Lage, auf Ihre Frage zu antworten, die offengeblieben ist: Ja, meine Herren, die Geschichte Christi beginnt in Babylon. Es ist in der Tat Babylonien, wo das erste Mal der Begriff ›Menschensohn‹ auftaucht, und in Babylonien entsteht auch der Mythos einer Tötung, auf die eine Auferstehung folgt.«

Rosenkrantz' blaue Augen schienen, obwohl sie auf mich gerichtet waren, aus der Tiefe ihrer Augenhöhlen auf etwas zu schauen, das sehr weit von mir entfernt lag. Sie erstrahlten in einem Glanz, den seine Konzentration kaum trübte.

»538 vor der christlichen Zeitrechnung«, fing er wieder an, »erlaubt König Kyros von Persien, der Sieger über Babylon, den Juden, wieder in ihr Land zurückzukehren. Daraufhin entsteht eine große, ›zionistische‹ Volksbewegung, wie man heute sagen würde, unter Führung eines weltlich orientieren, assimilierten Mannes, der den Mächtigen nahesteht: Nehemia. Er nimmt die Organisation der großen Heimkehr in die Hand. Die orthodoxen Juden allerdings, die Hüter des Gesetzes, die seinen genauen Wortlaut befolgen, empören sich gegen die Erschaffung eines neuen jüdischen Königreichs auf dem Boden Israels. Ihnen zufolge liegt es nicht in der Hand von Menschen, über den Zeitpunkt der Erlösung zu entscheiden. Allein der Herr, gesegnet werde Sein Name, könne das tun.

Und weil der Messias nicht erschienen war, entschieden diese Orthodoxen sich dafür, im babylonischen Exil zu bleiben, wobei sie meinten, mit der peinlich genauen Einhaltung der Regeln und der täglichen Praxis guten Handelns sein Kommen vorbereiten und beschleunigen zu können. Diese Leute, die unseren heutigen Orthodoxen so ähnlich sind, haben sich damals in einer Sekte organisiert: der Sekte der Essener.«

Wilson öffnete seinen Mund und hob die rechte Hand, um den Älteren zu unterbrechen, aber Rosenkrantz ließ ihm nicht die Zeit, sein »Ja ..., also« anzubringen. Leicht bestürzt sah Tom zu mir. Orits Hand zwang ihn mit einem leichten Druck zu weiterer Aufmerksamkeit.

»Mit der Zeit trennten sich die Essener mit den rigidesten Lebensregeln von ihren Brüdern, um eine neue Sekte zu gründen. Auch um der Intoleranz der Macht zu entgehen, wie man annimmt. Der größte Teil dieser Mitglieder emigrierte nach Beit Zabadai, in der Nähe von Damakus. Und hier sehen Sie die Verbindung zwischen Damaskus und Babylon. Diese Ortsveränderung hat ihnen ihren Namen eingebracht: die Sekte von Damaskus. Drei Jahrhunderte lang werden sie in Damaskus die Ankunft des Messias erwarten. Ihre Hoffnung? Zu denen zu gehören, die untadelig und wohlbehalten in den Tag der Prüfung gehen, während der Rest an das Schwert geliefert werden wird ... Dieser Sekte schreibt man den berühmten Damaskus-Text zu. Und jetzt passen Sie auf. Im Jahr 164 vor Christus, nachdem die Hasmonäer das von den Griechen besetzte Jerusalem befreit und ›gereinigt‹ hatten, räumten die Essener in Babylon schließlich ein, daß es zulässig sei, nach Judäa zurückzukehren. Die Sektenmitglieder von Damaskus allerdings verweigerten das noch zwölf Jahre lang. Erst im Jahr 152, als sie erfuhren, daß zum ersten Mal in der jüdischen Geschichte die weltliche mit der religiösen Macht in der Person des Priesters Jonathan, des Bruders von Judas Makkabäus, verschmolzen war, glaubten sie das Ende der Zeiten gekommen und entschieden, in das Land ihrer Vorfahren zurückzukehren.«

Rosenkrantz unterbrach sich, als Jossi mit einer Tasse und einer Thermoskanne den Raum betrat. Wilson nutzte die Gelegenheit und beugte sich vor:

»Also, im Gegensatz zu den Essenern versammeln sich die Mitglieder der Sekte von Damaskus in der Stadt Jerusalem selbst. Ich glaube … äh … Ja, aber der Königspriester enttäuscht sie. Sehr bald, nicht wahr? Sie werden ihn den ›schlechten Priester‹ nennen, nicht wahr, Herr Professor? Ja …, also, und dann ziehen sie erneut los, um sich den Essenern in Qumran, in der Nähe des Toten Meeres, anzuschließen. Das ist der Punkt. Die Sekte von Damaskus wird also bei den Essenern von Judäa die Regeln und mönchischen Praktiken von Damaskus-Babylon einführen, und da Jesus ohne Frage ein Essener ist, da bin ich mir sicher, erbt er sowohl von Damaskus als auch von Babylon … Verstehen Sie?«

Rosenkrantz nickte unmerklich, und Wilson ließ sich in seinen Sessel zurückfallen, wobei er mich durch die Lupen seiner Gläser mit einer Genugtuung ansah, die um meine Zustimmung warb.

Rosenkrantz war schon wieder in seinem Wortschwall fortgefahren. Um uns die Ähnlichkeiten zwischen Christen und Essenern aufzuzeigen, rollte er seine Fotokopien ganz und gar aus, wobei er Ausschnitte aus der Schrift von Damaskus las und sie mit den Ausdrücken verglich, die in dem entscheidenden Text von den Essenern verwendet wurden: *Der Krieg der Söhne des Lichtes mit den Söhnen der Finsternis …* Und dann ließ er einen Schwall von Fragen und Antworten auf uns niederregnen! Interessierte sich Habakuk in seinem Kommentar nicht in erster Linie für den »schlechten Priester«, der den »gerechten Lehrer« und seine Sektenmitglieder verfolgt hatte, den »Lehrer der Gerechtigkeit«, wie er auch manchmal genannt wurde, ein Begriff, der typisch sei für den Wortschatz der Essener? Bestand nicht die dem »Lehrer der Gerechtigkeit« zugefallene Rolle darin, den »Neuen Bund« zu verkünden, ein Schlüsselbegriff der Botschaft des zukünftigen Jesus? Das

Gebet zum Herrn, das Vaterunser, das auch für das zukünftige Christentum charakteristisch sei, stamme von den Essenern. Und doch würde Jesus, der »Sohn der Menschen und der Sohn Gottes«, unter den Augen von Pontius Pilatus von der Menge verdammt werden, weil diese Menge eher ihn, Jesus, wählte, damit man ihn töte, als den aufrührerischen Barabbas.

»Barabbas bedeutet wörtlich ›Sohn des Vaters‹. Wie auch immer die Entscheidung der Menge ausgefallen wäre, nicht wahr, es wäre in jedem Fall der ›Sohn des Vaters‹ gekreuzigt worden«, schloß Rosenkrantz mit einem stolzen kleinen Lächeln.

Ich war fasziniert und bedauerte mehr denn je den Tod Calimanis.

»Und wir wissen, daß ein Jahrhundert vor diesem Ereignis«, murmelte ich, »der Lehrer der Gerechtigkeit der Essener ebenfalls gekreuzigt worden war – vor ihm! Man kann also vermuten, daß die Person Jesus das Resultat einer Legende ist.«

»Ja ..., also!« stimmte Wilson zu.

»Es versteht sich von selbst, daß diese Vermutung in den Augen eines Christen ganz und gar ketzerisch ist!« rief Rosenkrantz aus.

»Ja ...«, protestierte Wilson. »Ich meine, nein! Weil Jesus die Synthese aus Barabbas und dem Lehrer der Gerechtigkeit sein könnte.«

»Selbst wenn wir die Perspektive umkehren«, schnitt Rosenkrantz ihm das Wort ab, wobei er mit seinen Fingern auf die Fotokopien pochte, »wenn wir annehmen, Jesus sei ein lebendiger Mensch gewesen – und davon bin ich überzeugt –, so beweist dieses Schriftstück, daß es sich dabei um einen Essener handelte, der ein Mitglied der Sekte von Damaskus, also tief gläubig war und nach strengen Regeln gelebt hat. Und dieser Jesus wird von Rom verurteilt. Hat er nicht selbst beteuert: Wahrlich, ich sage euch: Solange Himmel und Erde bestehen werden, wird vom Gesetz nicht ein Jota oder ein einziger

Buchstabenstrich genommen, bis alles vollbracht sei. Das war seit langem die Obsession der Orthodoxen, die Babylon verlassen hatten, um nach Damaskus zu gehen. Und eines noch. Wie Sie wissen, entsprach es der Sitte, daß die Familie des Gemarterten kam, um seine Überreste in Empfang zu nehmen und sie der Religion gemäß zu bestatten. Das war bei Jesus nicht der Fall. Das Lukas-Evangelium erzählt, daß ein Mann namens Joseph von Arimathia seinen Körper vom Kreuz nahm. Nun ...«

Rosenkrantz schloß die Augen.

»Nun ist Arimathia der griechische Name eines Dorfes, das auf hebräisch Ramat Efrayim hieß und in dem zu der Zeit zahlreiche bedeutende Mitglieder der Damaskus-Sekte lebten. Jeder kennt die Geschichte von der Auferstehung und dem leeren Grab. Und der letzte Zeuge der Wiederkehr Jesu nach seinem Tode war Paulus, der zu jener Zeit noch Saulus hieß. Die erleuchtende Begegnung, die er erlebte, hat auf dem ›Weg nach Damaskus‹, in einem kleinen Markflecken namens Beit Zabadai, stattgefunden ... Wo eine bedeutende jüdische Siedlung lag, die zum Großteil aus Mitgliedern der Sekte von Damaskus bestand.«

»Warten Sie, warten Sie«, explodierte Tom. »All das sind Worte. Findet sich in Ihren Dokumenten auch nur der leiseste Anflug eines Beweises für das, was Sie vorbringen?«

Rosenkrantz schluckte empört. Wie ein Fallbeil ging seine wütende Stimme nieder:

»Den gibt es!«

Mit seinem ausgestreckten Zeigefinger wies er auf Wilson. Wilsons Augenlider flatterten wie die Flügel von Fledermäusen, dann stöhnte er leise auf und verstand. Er bückte sich und stellte einen flachen Metallkoffer auf den Tisch, den Griff Rosenkrantz zugekehrt, der aus seiner alten Aktentasche so etwas wie eine Fernbedienung hervorholte. Wütend gab er eine Zahlenfolge ein. Die Verschlüsse des Koffers sprangen auf, wobei der Deckel sich mit einem Seufzen einen Spaltbreit hob.

Wilson klappte ihn vollständig auf und zog aus einem grauen Schaumstoffpolster eine milchige Glasplatte. Vor unseren Augen hielt er sie hoch.

In der Mitte des Glases erkannten wir ein brüchiges Papyrusfragment, kaum größer als eine Hand. Rosenkranz hielt Tom eine mit roten Anmerkungen versehene Fotokopie unter die Augen.

»Da, lesen Sie!«

»Was soll ich lesen?« brummte Tom wenig beeindruckt. »Ich kann kein Hebräisch.«

»Dann Sie.«

Rosenkrantz' knochige Finger schoben die Fotokopie in meine Richtung.

»Lesen Sie!«

»Du bist es, o Herr, der uns befohlen hat zu strafen … Wenn ihr bei euch in einen Kampf gegen einen Gegner verwickelt sein werdet, der euch unterdrückt … wird der Priester unter euch weilen und sagen: Höre, Israel! Ihr werdet keine Angst haben. Und ihr werdet nicht zittern, denn euer Gott wird unter euch sein, um eure Feinde zu bekämpfen … Die Gerechtigkeit in den Himmeln wird sich erfreuen, und alle Söhne des Neuen Bundes werden in der ewigen Erkenntnis frohlocken.«

Rosenkrantz schaute uns alle der Reihe nach an.

»Erinnert Sie das nicht an Massada? An die Rede von Eleazar ben Yair, den ersten Anführer der aufständischen Essener, der die Gefangenen anspornte, einen kollektiven Selbstmord zu begehen, um nicht in römische Gefangenschaft zu geraten?«

»Ja, und?« beharrte Tom.

Rosenkrantz nahm Wilson die Glasplatte aus der Hand und drehte sie um. Auf der Rückseite des Papyrus erkannten wir drei handgeschriebene Zeilen.

»Dieser Text stammt von der Hand Johannes des Esseners!« sagte Rosenkrantz mit donnernder Stimme. »Von einem Mann, der Jerusalem bis zum Tod gegen die Römer verteidigt hat, aber lange vor dem kollektiven Selbstmord von Massada.«

»Das ist kein Beweis!« schnitt Tom ihm noch einmal das Wort ab. »Kein Beweis dafür, daß Jesus zur Damaskus-Sekte gehört hat! Entschuldigen Sie, wenn ich Ihnen ungehobelt erscheine, aber ich kann einen Berg von Vermutungen von einem Beweis unterscheiden! Was Sie sagen, ist wahrscheinlich sehr brillant. Aber Sie haben keine Beweise.«

Doron trank seinen Kaffee aus und bemerkte trocken:

»Er hat recht.«

Der Mund von Professor Rosenkrantz wurde zu einem schmalen Strich. Wilson war fassungslos und wußte nicht mehr, wo er hingucken sollte.

»Er hat recht«, begann Doron wieder und räusperte sich. »Das Entscheidende fehlt. Wenn es das überhaupt gibt ... Wir kommen zum Ausgangsproblem zurück. Wir gehen von der Vermutung aus, die Iraker seien, aus welchen Gründen auch immer, zu demselben Schluß gekommen wie der Professor – vielleicht besitzen sie unvollständige, aber in dieser Hinsicht ausreichende Dokumente? Egal. Wenn sie die geistige Macht Jerusalems zerschlagen wollen und aus dem Tal von Euphrat und Tigris die Wiege des Christentums machen wollen, dann brauchen sie ein Dokument, das ohne jeden Widerspruch die direkte Verbindung zwischen Jesus Christus und der Sekte von Damaskus herstellt. Und das suchen sie, überall, ohne Unterlaß, bei sich, in Syrien, in Jordanien. Überall, wo die Essener und später die Sekte von Damaskus ihre Spuren hinterlassen haben könnten, und besonders an Orten, wo sie verfolgt wurden und Zeugnisse ihrer Existenz vergraben mußten. Aber wo erlitt die Sekte die stärkste Verfolgung? In Judäa, in Jerusalem, unter dem Joch der Römer! Sollte es diesen Beweis geben, so stehen die Chancen gut, daß er in einem der Verstecke des Tempelschatzes verborgen ist, der eben deswegen verteilt wurde, weil er den Römern nicht in die Hände fallen sollte. Doch es ist nicht leicht für sie, in Israel, vor unserer Nase zu suchen.«

Doron lächelte uns an, wobei er eine Augenbraue hochzog,

als wollte er uns einladen, ihm zu widersprechen. Zufrieden mit unserem aufmerksamen Schweigen, goß er sich eine weitere Tasse Kaffee ein und nahm nachdenklich zwei kleine Schlucke, bevor er fortfuhr:

»In einem ersten Schritt benutzen sie die Russenmafia, eine Kundschaftertruppe, wenn man so will. Bald aber reicht die nicht mehr aus. Also schaltet ›Nebukadnezar‹ sich ein. Eine schöne Idee, das muß man zugeben: eine virtuelle Terroristengruppe, die ihre Soldaten im Internet rekrutiert und dabei keine Struktur braucht, die wirklich im Land verankert ist! Nicht schlecht! ›Nebukadnezar‹ ködert Jungs von der Hamas, indem er ihnen absoluten Radikalismus verheißt, mehr Gewalt, mehr Tote und die definitive, programmierte Zerstörung Israels. Das läuft problemlos. Es gibt immer solche Kinder, die zum Äußersten bereit sind und sogar finden, daß das Äußerste noch nicht genug ist! Um so mehr, als ›Nebukadnezar‹ keine richtige politische oder religiöse Bewegung ist, sondern ein Schatten, Worte, etwas Ungreifbares, ein Alptraum. Fünfzig Fanatiker reichen ihm aus, um Jerusalem in Schutt und Asche zu legen. Und während wir noch damit beschäftigt sein werden, unsere Wunden zu lecken, graben andere Mannschaften im Boden von Judäa nach dem Schatz und dem Beweis ... Das war das ursprüngliche Programm von ›Nebukadnezar‹. Aber die Ankunft von Hopkins und Marek durchkreuzt ihre Pläne ... Was, wenn diese beiden vor ihnen das richtige Versteck entdecken? Wenn sie etwa eine bessere Spur verfolgen sollten? Und da macht ›Nebukadnezar‹ einen Fehler. Anstatt Sie einfach umzulegen, um sein Problem zu lösen, will er auf nichts verzichten. Er verfolgt sein ursprüngliches Programm und überwacht gleichzeitig die Ausgrabungen von Hopkins für den Fall, daß ... Dabei gibt er seine Deckung auf. Und jetzt machen wir ihm Feuer unterm Hintern!«

Doron lachte, aber Jossi verzog mißmutig die Mundwinkel. Zum ersten Mal ergriff er das Wort:

»Feuer unter dem Hintern ist leicht gesagt. Im besten Fall wird ihm etwas warm. Wir wissen nicht, wer er ist, dieser Nebukadnezar, noch wo er ist! Junge Männer lassen sich für ihn umbringen, ohne ihn jemals gesehen oder gehört zu haben. Alles, was sie über ihn wissen, hat man ihnen auf einem Monitor erzählt. Das ist der helle Wahnsinn!«

»Mach dir keine Sorgen!« sagte Doron mit einem schiefen Lächeln. »Mach dir keine Sorgen, aus Wärme wird Hitze, auch bei Nebukadnezar!«

»Massada«, äußerte ich vorsichtig, nachdem wir wieder einmal eine Weile geschwiegen hatten. »Es gibt ein Versteck des Schatzes in Massada. Ich erinnere mich nicht mehr genau ...«

»Versteck 47«, sagte Doron. »Ja, genau an das habe ich auch gedacht: *In dem Einstieg, der sich in ha-Masad befindet, in dem Aquädukt, südlich des zweiten Abhanges, wenn man von oben kommt: neun Talente.«*

»Wie immer glasklar«, bemerkte Tom. »Wollen Sie das Gleiche noch einmal machen? Sie wissen sehr wohl, daß wir wieder nichts finden werden!«

»Massada ist kein Ort wie die anderen« bekräftigte ich. »Es wurden dort bereits sechs Bibelfragmente entdeckt. Und unter den wichtigsten befanden sich zwei Kapitel des Deuteronomiums und Teile aus dem Buch Hesekiel. Ganz zu schweigen von den Kupferrollen der Psalter und noch vieler anderer Texte! Ja ..., wenn wir eine Chance haben, einen Beweis zu finden, ausgehend von dem, was uns Professor Rosenkrantz soeben erklärt hat, dann in Massada.«

»Und selbst wenn wir nichts finden sollten, Tom!« beendete Orit ihr langes Schweigen. »Du mußt dich in die Lage der Typen versetzen, die ›Nebukadnezar‹ erfunden haben! Nach dem, was heute morgen geschehen ist, wissen sie, wer auch immer sie sind, daß von jetzt an die Zeit läuft. Wir verfolgen sie, und das heißt Krieg. Wenn wir sie nicht provozieren, werden sie losschlagen – in Jerusalem. Wenn wir sie aber nach Massada führen, das ein Symbol für ganz Israel ist, wird dieser ›Nebukadnezar‹ dem Vergnügen, uns dort herauszufordern, nicht widerstehen können.«

35

Begleitet von einer bewaffneten Garde und ausgestattet mit elektronischen Sendern und Dorons Wohlwollen, waren sie eingetroffen. Die Einrichtung nannte sich Abhörzentrale, aber es sah so als, als würde von diesem Ort der ganze Planet überwacht.

Tom sagte sich, daß er bis auf wenige Ausnahmen einem Redaktionsraum glich, nur daß sie sich in einem Untergeschoß befanden, das durch gepanzerte Türen und Feuerschutzvorrichtungen vollkommen abgeschirmt war. Reihen von Computern standen hintereinander auf den Tischen, und in einem isothermen, sterilen Raum thronten zwei große Behälter an den nackten Wänden. Trotz der etwa einhundert hier arbeitenden Menschen herrschte eine Stille wie in einer Kathedrale.

Orit, die den Ort sehr gut kannte, zeigte auf den großen High-Tech-Kasten hinter den gläsernen Trennwänden:

»Das sind Rechner, die als multiple Systeme funktionieren«, verkündete sie in leicht dozierendem Tonfall. »Man nennt so etwas einen SISD. Sehr effizient. Und schwierig zu programmieren wegen der Interaktion zwischen der ihm zugrunde liegenden Architektur und der Programmiertechnik. Meistens sind die SIMD-Geräte mit einem SISD-Hostrechner verbunden – dem ›Master‹ –, der die sequentiellen Operationen durchführt. Dann werden sie an alle Prozessoren verteilt, jeder hat seinen eigenen Registersatz und seinen eigenen Arbeitsspeicher, und …«

Orit drehte sich um und sah Toms Blick.

»Gut, lassen wir das!« sagte sie lachend. »Halten wir einfach fest, daß sie schnell rechnen. Komm, wir gehen zu Baruch.«

Baruch Saelink war so alt wie Tom. Er war in New Jersey geboren, lebte seit über zehn Jahren in Israel, hatte sich aber seine Vorliebe für zu große Jeans und Sweatshirts mit dem Aufdruck »Buffalo« bewahrt.

»Wir scheitern jedesmal am selben Hindernis«, erklärte er. »Es gelingt uns zwar, alle möglichen E-Mail-Briefkästen ausfindig zu machen, aber es sind immer die der neu Rekrutierten. Sie sind gruppenweise mit anderen Briefkästen verbunden, von denen es dann nicht mehr so viele gibt. Und dort funktioniert der Kode ›Nebukadnezar‹ schon nicht mehr.«

»Ein pyramidales System«, seufzte Orit. »Das mußte ja so sein.«

»Wir haben, ausgehend von dem Wort, alle möglichen Kombinationen gesucht, aber es hat nicht funktioniert. Ich hatte den Einfall, diesen Text zu nehmen und dem Rechner zu befehlen, verschiedene, harmlose Botschaften aus dem darin enthaltenen Wortmaterial zu formulieren und abzuschicken ...«

Er nahm ein Blatt aus dem Wust der Papiere, die seine Tastaturen umgaben, und reichte es Orit und Tom:

Im neunten Jahr seiner Herrschaft, am zehnten Tag des zehnten Monats, zog heran Nebukadnezar, der König von Babel, mit seiner ganzen Macht gegen Jerusalem, und sie belagerten die Stadt und bauten Bollwerke um sie her. So wurde die Stadt belagert bis ins elfte Jahr des Königs Zedekia. Aber am neunten Tage des vierten Monats wurde der Hunger stark in der Stadt, so daß das Volk des Landes nichts mehr zu essen hatte. Da brach man in die Stadt ein. Und der König und alle Kriegsmänner flohen bei Nacht durch das Tor zwischen den zwei Mauern auf dem Wege, der zum Garten des Königs geht. Aber die Chaldäer lagen um die Stadt. Und der König floh zum Jordantal hin. Aber die Kriegsleute der Chaldäer jagten dem König nach, und sie holten ihn ein im Jordantal von Jericho, und alle Kriegsleute, die bei ihm waren, zerstreuten sich von ihm. Die Chaldäer aber nahmen den König gefangen und führten ihn hinauf zum König von Babel nach Ribla, und sie sprachen das Urteil über ihn. Und sie erschlugen die Söhne Zedekias vor seinen Augen und blendeten Zedekia die Augen und legten ihn in Ketten und führten ihn nach Babel. Am siebenten Tage des fünften Monats, das ist das neunzehnte Jahr Nebukadnezars, des Königs von Babel, kam Nebusaradan, der Oberste der Leibwache, als Feldhauptmann des Königs von Babel nach Jerusalem.

»Das ist aus dem zweiten Buch der Könige, Kapitel 25.«

»Ja, und?« fragte Tom.

Baruchs Gesicht hellte sich auf.

»Mit ›Babylon‹ hat es funktioniert. Wir sind auf der Leiter eine Stufe höher geklettert und haben ungefähr dreißig weitere E-Mail-Briefkästen ausfindig gemacht, die jeweils eine Ziffer als Anhängsel haben: Babylon 5, 6 und so weiter. Und auch Chatrooms, die durch dezimale Zahlenkodes gesichert sind, wie die Assyrer sie einst verwendeten, was uns erlaubt hat, zu verstehen, daß die meisten der Befehle an die neu Rekrutierten oder die Berichte über eine erfolgte Operation, die zurückgesandt werden, von fünf anderen Kommunikationsbündeln kommen und weitergeleitet werden.«

»Abgeschirmt«, sagte Orit. »Ich vermute, daß sie nichts voneinander wissen.«

»Ja. Und das wird weiter oben dasselbe sein, auf mindestens zwei Stufen. An dieser Stelle dürften die echten Chefs in Erscheinung treten, und man müßte dort auch die physischen Adressen der Sites erhalten. Aber wir beißen uns die Zähne daran aus.«

Baruch hielt mit einem kritischen Gesichtsausdruck inne.

»Die Palästinenser ihrerseits sind auch auf der Jagd! Die Diskette, die sie uns gegeben haben, hat uns erlaubt, am Anfang etwas schneller voranzukommen, allerdings glaube ich nicht, daß sie das fortsetzen können …«

»Woher wissen Sie, daß sie noch immer auf der Suche nach ›Nebukadnezar‹ sind?«

Baruch lachte fröhlich auf.

»Von Zeit zu Zeit treffen wir uns in den Chatrooms! Bevor wir bemerken, wer wer ist, spielen wir jeder auf seiner Seite so raffiniert wie möglich, wobei wir versuchen, den anderen dazu zu bringen, daß er sagt, wer Nebukadnezar ist! Das ist ziemlich lustig.«

»Man müßte doch trotzdem etwas erreichen«, murmelte Orit, als habe sie unaufhörlich über den Kode nachgedacht, der ihnen fehlte.

Fast eine Stunde lang versuchte sie mit Baruchs Hilfe, sich Ziffern- und Buchstabenkodes auszudenken, die mit den Namen »Babylon« oder mit »Nebukadnezar« verbunden waren. Ohne jeden Erfolg. Tom, den das alles überforderte, begann indessen einen Bildband über Babylon durchzublättern, den Baruch auf einem seiner Rollregale liegen hatte. Er blätterte zerstreut darin, bis ihm ein sehr barockes Bild auffiel. Darauf war das herrliche Tor von Ischtar dargestellt, das vor Tausenden von Jahren die Prozessionsstraße eröffnete, die zum Hof von Babylon führte. Eine ganze Weile betrachtete Tom das Bild, als sei er nicht sicher, was es ihm sagen wollte. Schließlich drehte er sich zu Orit und Baruch um.

»Schaut mal«, sagte er und zeigte auf das Bild.

»Ja«, antwortete Baruch, der ihn nur eines zerstreuten Blickes würdigte. »Ich kenne es, ziemlich beeindruckend.«

»Das ist ein Tor«, meinte Tom zu Orit.

Sie brauchte ein paar Sekunden, bis sie begriff.

»Du meinst …?«

»Ja. Ein Kodewort ist auch ein Tor, oder nicht?«

»Verdammt!« rief Baruch aus. »Bin ich blöd! Das Tor der Kriegsgöttin!«

»Wenn ich mich recht erinnere, hatte ich früher einen Comic, in dem dieses Tor abgebildet war. Dort wurde erklärt, daß jede Tierfigur eine babylonische Gottheit symbolisiert. Die Krieger gingen durch dieses Tor, bevor sie in den Kampf zogen, und …«

Er hielt inne, weil Orit ihn auf den Mund küßte.

»Sie sind genial, Mister Hopkins!«

»Das ist nur ein Vorschlag!«

»Denkst du! Das ist die beste Spur seit Stunden«, meinte Baruch lachend. »Scanne dieses Bild ein, meine Schöne ... Jetzt geht's los!«

Das Ischtartor erschien auf dem größten der Monitore. Baruch vergrößerte noch die Einzelheiten, wobei er sich mit den Tieren aufhielt, die es zierten: Schlangen-Drachen, Löwen, Stiere ... Auf einem anderen Computer startete er eine Recherche, ausgehend von diesen Tiernamen, indem er sie mit »Gott« und mit »Babylon« verband. Kaum zwei Sekunden später liefen die Namen und die Darstellungen der babylonischen Gottheiten über den Bildschirm. Marduk, der Göttervater, der Chef des Pantheons; Ischtar, die Göttin des Krieges und der Fruchtbarkeit; Adad, der Gott des Gewitters; Timak, der Gott des Chaos'.

Eine erste Botschaft mit dem Kode »Timak« ging ins Web. Es erschien die Adresse einer australischen Website und dann sogleich dasselbe Bild, das er soeben eingescannt hatte, während ein dreidimensionales Programm sie in das virtuelle Babylon führte. Als sie zu einer Plattform mit rosafarbenen Säulen gelangten, kam jemand auf sie zu, der eine kurze Tunika und einen verzierten Harnisch trug. Sein Gesicht war nur eine weiße Form, ohne Züge. Auf arabisch bat er sie, sich vorzustellen und ihm das Paßwort des Tages zu nennen.

Orit sprang zum Telefon.

»Ich muß Ari anrufen!«

36

»Sie haben gut daran getan zu kommen«, sagte der Rabbiner Steinsaltz mit einer Stimme, die weniger zerbrechlich war als sonst. Er schien nicht erstaunt, mich zu sehen.

»Es ist wirklich spät, und ich möchte Sie nicht lange stören.«

Er betrachtete mich eindringlich.

»Man könnte meinen, Sie seien müde. Jerusalem scheint Ihnen nicht gutzutun.«

Er setzte sich auf einen Stuhl und wies mir einen Sessel zu.

Nur von wenigen schwachen Lampen erleuchtet, lag das Zimmer im Halbdunkel. Der Rabbiner rieb sich geistesabwesend die Arme, als sei ihm kalt.

»Erzählen Sie«, sagte er zu mir, als wüßte er, daß ich mich hauptsächlich deswegen nach zehn Uhr abends bei ihm eingeladen hatte.

Also erzählte ich ihm. Er hörte mir mit gleichbleibender Aufmerksamkeit zu, wobei er mit seinen Barthaaren spielte. Von Zeit zu Zeit schloß er die Augen und wiegte sich im Rhythmus meiner Erzählung.

Dann ließ er ein Schweigen verstreichen.

»Immer dasselbe. Man dringt nicht ungestraft in die Geheimnisse der Vergangenheit ein«, sagte er schließlich. Er hob einen Finger zur Decke mit ihren breiten Gewölben, die kaum zu erkennen waren:

»Wir wissen nicht, welcher Art diese Geheimnisse sind. Der Talmud erzählt das Abenteuer von vier Rabbinern, Ben Azai, Ben Zoma, Ben Abuya und Aqiba ben Yossef, die gemeinsam in den Pardes, den mystischen Obstgarten, eindringen. Es befänden sich dort, so heißt es, Geheimnisse, die die Zukunft enthüllen können. Aber …«

Er öffnete weit seine Hand, die wie ein heller Fleck durch das Halbdunkel zu flattern schien.

»Aber nur der Rabbi Aqiba ben Yossef kam unbeschadet zurück: Ben Azai starb, Ben Zoma wurde verrückt, und Ben Abuya schwor seinem Glauben ab.«

Er unterbrach sich mit einem leichten Schaukeln.

»Wer die Illusion von der Wahrheit nicht zu unterscheiden weiß, das Gute nicht vom Bösen, das, was gewußt werden darf, von dem, was nicht gewußt werden sollte, der ist es nicht wert, die Weisheit zu entdecken. Wagt er es aller Erfahrung zum Trotz, riskiert er den Tod, den Wahnsinn oder die Lossagung von Gott.«

»Eine schöne Geschichte«, murmelte ich und runzelte die Stirn. »Calimani ist tot. Wer wird verrückt, und wer wird seinem Glauben abschwören?«

»Sie meinen, weil Sie nicht aufgeben werden?«

»Ich fürchte, nein.«

Ein Lächeln erstarrte auf seinen Lippen, und sein Blick wurde ironisch. Aber was hätte ich anderes sagen sollen? Nein, ich würde nicht aufgeben, meine Entscheidung, Tom und Orit nach Massada zu begleiten, war unwiderruflich. Das war ich Calimani schuldig. Und so verstand es übrigens auch der Rabbiner, ohne daß ich es ihm erklärten mußte.

»*Aber die Schlange war listiger als alle Tiere auf dem Felde …* In der Heiligen Schrift steht geschrieben«, fing er wieder an, »daß die Schlange ein Tier der Felder war, obwohl das Paar Adam und Eva in einem Garten lebte. Im Paradies. Sie waren nackt. Sie waren unschuldig. Und sie waren glücklich, denn sie waren vor dem Blick der anderen geschützt. Und sie waren frei. In den Grenzen ihres Gartens mit seinen Früchten. Aber dann verflog schlagartig ihre ungetrübte Gelassenheit. Es hatte nur des Eindringens eines Bewohners der Felder bedurft, des listigsten unter ihnen … Raschi sagt: *Die Schlange hatte sie gesehen, wie sie sich vor den Augen aller vereinigten, und sie begehrte Eva.«*

»Die Schlange begehrte Eva?« fragte ich verdutzt.

»Ja.«

»Sie meinen, es sei das Verlangen der Schlange selbst gewesen, das Scham und Zweifel in ihre unschuldige Existenz brachte, und nicht die Begierde Adams?«

Der Rabbiner stimmte mit schalkhaftem Blick zu, wobei er seine Kippa in den Nacken rutschen ließ. In Schwung geraten, fuhr ich fort:

»Anders gesagt, die Schlange hat Adam und Eva beigebracht, daß die Dinge des Lebens nicht einfach sind, daß man sich manchmal, um ein Verlangen zu stillen, über Verbote hinwegsetzten muß, über den ›Bannfluch‹. Und indem sie das taten, gingen sie das Risiko ein, begreifen zu müssen, daß sie eben nicht ›wie Gott‹ waren, obwohl die Schlange es ihnen versprochen hatte?«

»Ja, ja, ja«, sagte der Rabbiner. »So ist es, fast so ist es. Der Midrasch sagt: *Inwiefern war die Schlange listig? Weil ihr Augapfel dem des Menschen gleicht. Nur wer ihm gleicht, kann den Menschen in Versuchung führen*. Außerdem hatte die Schlange, wie Sie wissen, Beine, bevor sie in Ungnade fiel. Erst nach ihrer Missetat hat der Ewige, gesegnet werde Sein Name, sie dazu verdammt, bis zum Ende ihrer Tage auf der Erde zu kriechen.«

Nach einem langen Augenblick fügte er mit müder Stimme hinzu:

»›Nahasch‹, das hebräische Wort für ›Schlange‹, bedeutet auch ›göttlich‹.«

Er neigte den Kopf, wobei er seine Kippa wieder hochschob und an den richtigen Platz setzte.

»Die Schlange führt die Unordnung ein, aber sie lügt nicht. Sie hat Eva und Adam versprochen, daß ihre Augen sich öffnen werden: *An dem Tage, da ihr davon esset, werden eure Augen aufgetan, und ihr werdet sein wie Gott und wissen, was gut und böse ist.* Und in der Genesis steht auch: *Da wurden ihnen beiden die Augen aufgetan, und sie wurden gewahr, daß sie nackt waren.* Sie wurden ›wie‹ Gott und kannten von da an die Freiheit und die Verantwortlichkeit der Wahl.«

»Jetzt, da wir wissen, obliegt es also jedem von uns, seine Verantwortung zu übernehmen.«

»Sieh«, zitierte er noch einmal, *»ich habe heute vor dir das Leben und das Gute, den Tod und das Übel ausgebreitet …«*

»Ich weiß«, sagte ich unwillkürlich.

»Oje, oje, oje!« rief er aus, wobei er beide Arme zum Himmel erhob. »Sie wissen es schon, und doch versuchen Sie das Böse, als seien Sie sich seiner Existenz nicht sicher?«

37

Es war kurz vor elf Uhr abends, als ein Taxi mich auf der Höhe von Mischkenot Sha'anannim absetzte. Ich wollte ein paar Schritte gehen, um in Ruhe über die Worte des Rabbiners nachzudenken, bevor ich ins Hotel zurückkehrte. Die Nacht würde kurz werden, wir hatten geplant, uns beim Morgengrauen zu treffen, um in Massada zu sein, wenn die Drahtseilbahn ihren Betrieb aufnehmen würde.

Ich wollte gerade die King-David-Avenue überqueren, als ein arabischer Junge von etwa zehn Jahren sich neben mich stellte, um darauf zu warten, daß die Ampel auf rot umsprang und die trotz der späten Stunde noch zahlreichen Autos anhielten. Ich sah ihn an, etwas überrascht, ihn mitten in der Nacht in diesem Viertel zu sehen. Als ich meine Füße auf die Straße setzte, tat das Kind es mir gleich, wobei es darauf achtete, immer auf meiner Höhe zu bleiben. Wir waren auf der Mitte der Avenue, als er mir mit dem Ernst eines Gerichtsvollziehers erklärte:

»Der Mann, der Ihnen zwei Kaffees spendiert hat, erwartet Sie in einer halben Stunde am Eingang des Parks vom Onufrioskloster.«

»Wie?«

»Am Eingang des Parks vom Onufrioskloster«, wiederholte der Junge, bevor er wie ein Pfeil davonschoß und in der Dunkelheit verschwand.

Es fiel mir nicht schwer, den Ort der Verabredung zu finden. Das Kloster überragte das Hinnomtal, östlich des Bahnhofs, und lag mitten im arabischen Viertel. Ich dachte ein paar Minuten nach, wobei mir Dorons Warnung in den Sinn kam.

Sie erschien mir unter diesen Umständen übertrieben. Und ich hatte noch die Belehrung des Rabbiners im Ohr, die man in der ausdrücklichen Weisung: »Handeln Sie verantwortungsvoll!« zusammenfassen konnte.

Um nichts anderes hatte der Mann von der Hamas mich gebeten.

Vor dem King David hielt ich ein Taxi an, und in weniger als einer Viertelstunde stand ich unter den zwei Laternen, die den Eingang des Parks schwach erleuchteten. Da ich zu früh da war, schlenderte ich noch etwas am Saum ihres Lichtkreises entlang, wobei ich die Augen auf die Straße gerichtet hielt. Saleh aber kam aus dem Park. Wir trafen uns im Schatten. Mit einer gewissen Schüchternheit reichte er mir die Hand. Auch ich zögerte, aber schließlich begegneten sich unsere Handflächen.

»Danke«, sagte er sogleich.

»Wofür?«

»Dafür, daß Sie unsere Botschaft und die Diskette weitergegeben haben.«

»Woher wissen Sie, daß ich es getan habe?«

Ein stolzes Lächeln, das auch ein wenig ironisch war, zog seinen schmalen Schnurrbart auseinander.

»Ich hatte Ihnen gesagt, daß wir nicht die Macht Ihrer Freunde haben, um ›Nebukadnezar‹ auf die Spur zu kommen, aber wir sind nicht völlig blind.«

»Warum dieses Treffen heute abend?«

»Um zu erfahren, was die Israelis vorhaben … Wenn Sie damit einverstanden sind, es mir zu sagen.«

Unsere Blicke begegneten sich.

»Und Sie, was werden Sie tun?« fragte ich, ohne zu antworten.

Er sah mich erstaunt an, als sei meine Frage eine Taktlosigkeit.

»Sie vernichten! Mit oder ohne Ihre Hilfe! Eine andere Lösung gibt es nicht!«

Sein Gesicht bekam einen verschlossenen Ausdruck. Wir gingen in Richtung Kloster. Plötzlich murmelte er:

»Die, welche den Bund Allahs brechen, nachdem er geschlossen wurde, trennen, was Allahs Befehl zusammenfügt, sie zerstören die Erde – ihnen gilt die Abscheu, und ihnen gilt das Unglück der Erde!«

Ich sah ihn von der Seite an. Im Halbdunkel waren seine maskenhaft erstarrten Lippen voller Bitterkeit und Haß.

»Wir auch«, sagte ich. »Ich denke wohl, wir auch.«

»Wie?« fragte er unruhig. »Es ist Eile geboten. Es wird neue Attentate geben. Ich weiß, daß in Hebron und Nablus neue Aktionen bevorstehen. Bald wird überall Blut fließen, Israel wird uns unterdrücken, die Hamas wird für all die Anschläge verantwortlich gemacht werden. Das wird eine Lüge sein, aber niemand wird es wissen.«

»Ist das eigentlich alles, was Sie befürchten: von noch Grausameren, als Sie es sind, verdrängt zu werden?«

Er zuckte nur mit den Schultern.

»Ich war es, der die Entscheidung getroffen hat, mit Ihnen zu reden, nicht unser Scheich. Bei uns gibt es immer mehr, die bereit sind, für ›Nebukadnezar‹ zu kämpfen. Vielleicht tun einige es bereits. Wenn man bedenkt, daß wir nichts zu verlieren haben, wirklich nichts mehr, dann ist es immer leicht, sich für das Äußerste zu entscheiden. Man tut es sogar mit Freude. Ich glaube noch an einen palästinensischen Staat. Ich glaube nicht an Arafats Frieden, aber ich glaube an das Leben von Palästina … Wenn Israel uns nicht bis auf den letzten ausrottet.«

Ich schwieg.

»Wir können nicht lange beisammen bleiben«, begann er wieder, nun mit härterer Stimme. »Entweder Sie antworten jetzt, oder wir trennen uns.«

»Es wird in Massada geschehen. Morgen früh.«

Wortlos hörte er mir zu. Dann drehte er sich um und blickte mit verschlossenem Gesicht um sich.

»Ich glaube nicht, daß wir uns wiedersehen werden. Aber ich werde Sie nicht vergessen. Friede sei mit Ihnen. *La illahah ill'Allah u rassul Allah ...«*

Eine Dreiviertelstunde später erwartete mich eine weitere Überraschung in meinem Zimmer, oder vielmehr auf der Terrasse vor meinem Zimmer.

Doron schlief in einem der Stühle, zwei winzige Kaffeetassen neben sich. Ich weckte ihn, als ich die Tür zur Terrasse öffnete und die Außenbeleuchtung einschaltete.

»Entschuldigen Sie«, sagte er, wobei er seine große Hand über seine geblendeten Augen legte. »Im Augenblick nehme ich mir den Schlaf, wo ich ihn kriegen kann.«

»Wie sind Sie hereingekommen?«

Er zeigte auf Toms Zimmer.

»Ich habe Hopkins nach Hause begleitet. Er hatte wieder mal etwas Wertvolles im Hotelsafe abzugeben.«

»Den Goldbarren?«

Dorons Wanst erbebte, und diesmal war auch das Lachen zu hören. Überrascht setzte ich mich.

»Sie nehmen die Begleichung Ihrer Schuld vorweg«, bemerkte ich mit Ironie. »Das sieht Ihnen nicht ähnlich.«

»Ah«, gluckste Doron, »wenn Sie sein Gesicht gesehen hätten! Schade, daß Sie das verpaßt haben.«

»In der Tat ... Sie haben Sokolow festgenommen?«

»Ja und nein.«

»Das heißt?«

»Vorgestern abend haben wir ihn in einer Villa in Jaffa ausgemacht, ganz in der Nähe des Jachthafens. Er war im Begriff, mit dem Schiff nach Zypern zu fahren ...«

»Und?«

Doron zog zweideutig seine Augenbrauen hoch, bevor er aus seiner Hemdtasche ein Foto zog, das er mir reichte:

»Haben Sie diese Frau schon einmal gesehen?«

Das Foto zeigte sie, wie sie aus dem Auto stieg. Sie schien

groß zu sein und hatte ein breites slawisches Gesicht. Ihre kurzgeschnittenen blonden Haare umrahmten große Augen mit stark geschminkten Wimpern, aber der Blick war kalt. Ihr Mund war schön und durch einen sehr dunklen Lippenstift betont, das Kinn vielleicht ein bißchen zu plump. Das Foto war scharf genug, daß ich eine kleine Narbe in V-Form auf der linken Wange erkennen konnte.

»Nein, nie gesehen. Aber ich würde sagen, eine Russin, vielleicht auch Ukrainerin.«

»Hm ... Also, hiermit stelle ich Ihnen Sokolows Leibwächterin vor! Nicht schlecht, oder? Wir kennen ihren Namen noch nicht, aber einer der Wachmänner vom Hotel hat sie eindeutig erkannt. Sie unterhielt sich mit ihm, als die Explosion den Tresorraum erschütterte. Heute ist ihm klar, daß er ihretwegen zu spät in die Halle kam, um auf den Motorradfahrer zu schießen. Und auch der Wächter im Tresorraum hat sie wiedererkannt. Eine Viertelstunde, bevor er niederschlagen wurde, hat sie ihn um eine Auskunft gebeten. Ich vermute, daß sie es auch war, die den Tresor markiert hat, damit der Typ auf dem Motorrad wußte, wo er seinen Sprengstoff anbringen sollte.«

Ich sah ihn gespannt an.

»Und wo ist das Problem?«

Doron lächelte.

»Sie ist mit der Motorjacht nach Zypern abgehauen! Ganz allein ... Als die Tel Aviver Polizei die Villa stürmte, erwartete Sokolow sie in der Badewanne mit einer Kugel im Genick!«

»Ah ...«

»Mit der Dame ist nicht gut Kirschen essen!«

»Und sie hat den Goldbarren zurückgelassen?«

»Sie hat Schriftstücke mitgenommen, die für sie wahrscheinlich viel wertvoller waren als das alte Gold. Fragen Sie mich nicht, welche, ich weiß es leider nicht. Dafür hat sie uns interessante Nachrichten zwischen ›Nebukadnezar‹ und Sokolow hinterlassen. Die beiden haben auch über E-Mail miteinander kommuniziert, und wir haben seinen Computer sichergestellt.«

Ich ließ mehrere Sekunden verstreichen, während ich versuchte, Stück für Stück zusammenzusetzen, was Doron mir soeben erzählt hatte.

»Das wissen Sie seit zwei Tagen. Seit zwei Tagen haben Sie den Goldbarren!«

»Ja.«

»Aber warum haben Sie das nicht gesagt?«

»Es war noch nicht der richtige Augenblick.«

»Mein Gott, Doron, werden Sie denn nie jemandem vertrauen?«

»Verstehen Sie das nicht falsch. Sie als Schriftsteller müßten ausreichend Phantasie haben, um das nachvollziehen zu können. In einer Geschichte wie dieser habe ich nur verstreute Teile eines Puzzles in der Hand und …«

»… und wir stellen in Ihren Augen nur die Puzzelteile dar«, unterbrach ich ihn müde.

»Was nützt es, die Teile zu früh zusammenzufügen, wenn es offensichtlich ist, daß sie nicht zusammenpassen?« gab er kalt zurück. »Ich habe nicht das Recht, meine Zeit zu verschwenden.«

»Sehr gut! Wo sind Tom und Orit?«

»In Massada.«

»Was?«

»Sie haben mich richtig verstanden.«

»Aber …«

»War Ihre Verabredung vorhin am Onufrioskloster erfolgreich?«

Es verschlug mir die Sprache.

»Sie sehen, daß Sie noch viel zu naiv sind für derlei Geschichten.«

»Jedem seinen Job, nicht wahr?«

»Natürlich! Orit zufolge machen Sie den Ihren sehr gut. Ich meine: das psychologische Verständnis für die eine und die andere Seite, solche Dinge. Sie stellen sich die richtigen Fragen. Auch wenn Sie sie auf Ihre Art und Weise lösen.«

Schweigen.

»Haben Sie ihm das gesagt mit morgen?«

»Von wem sprechen Sie?«

»Von dem Kerl von der Hamas.«

Wozu Ausflüchte vorbringen?

»Ja, ich habe ihm gesagt, daß wir beim Morgengrauen in Massada sein werden.«

»Perfekt.«

»Er meint, ein Teil der Leute von der Hamas sei dabei, umzukippen und sich in den Einflußbereich von ›Nebukadnezar‹ zu begeben.«

»Das glaube ich auch.«

»Und wenn Sie mir jetzt mal die Wahrheit sagen würden? Wenigstens zum Teil! Ich habe auf das Puzzle überhaupt keine Lust mehr, das können Sie mir glauben.«

»Die Wahrheit für heute abend ist, daß ich Sie nicht beeinflussen wollte. Ich wußte, Sie würden bei einer direkten Begegnung mit dem Typen die richtige Entscheidung treffen. Entweder Sie würden ihm vertrauen oder nicht.«

»Was für ein Vertrauen in meinen Scharfsinn!«

»Aber nicht doch! Ich habe es Ihnen doch gerade gesagt: Sie stellen sich die richtigen Fragen. Aber Sie können nicht das Ganze überschauen, das ist normal!«

»Dann führen Sie mich in das Ganze ein, Doron!«

»Nichts leichter als das! Hopkins und Orit – also in diesem Fall eigentlich vor allem Hopkins, der sich als cleverer erweist, als ich dachte – haben schließlich einen Weg gefunden, um auf die Internetseite zu gelangen, auf der ›Nebukadnezar‹ seine Befehle gibt. Und wo steht der Provider? Ich wette hundert zu eins, daß Sie nicht darauf kommen!«

»Nun sagen Sie schon!«

»In Australien! Theoretisch könnte man, von dort ausgehend, den wirklichen Standort der Personen herausfinden, die etwas versenden. Und vielleicht sogar eine Aktion starten, um sie zu verhaften. Aber sie waren kaum zehn Minuten auf der Seite von ›Nebukadnezar‹, als ein Virus sich auf alle Verbindungen gelegt hat! Innerhalb von drei Sekunden, puff! Alles weg, schwarz, ausgelöscht aus dem großen Spinnennetz!«

»Wollen Sie damit sagen, daß Sie nun weder danach suchen noch herausfinden können, wer hinter ›Nebukadnezar‹ steht?«

»Ja, das war abzusehen. Man könnte natürlich Recherchen in Australien starten, aber es würde mich wundern, wenn sie viele Spuren hinterließen.«

»Was haben Sie also erreicht?«

»Nichts, aber es war ein Risiko, das wir eingehen mußten. Als ich das begriffen habe, habe ich versucht, die Situation zu unseren Gunsten zu wenden. Zwar sind die Kämpfer von ›Nebukadnezar‹ Waisenkinder und irgendwie in freier Wildbahn verstreut, aber ich habe mich Ihrer und Ihres Freundes von der Hamas bedient, um sie zusammenzutreiben und festnehmen zu können.«

»Ich verstehe nicht.«

»›Nebukadnezar‹ hat innerhalb der Hamas seine Nissen gelegt. Was Sie den einen sagen, sagen Sie damit auch den anderen. Ihr Typ weiß das, also wird er die Botschaft weiterleiten. Morgen werden sie in Massada sein, die einen in der Hoffnung, den Schatz zu plündern, und die anderen in der Hoffnung, denen ihr dreckiges Handwerk zu legen. Und wir, wir werden dasein, um ihnen zu helfen, sich gegenseitig auszulöschen.«

»Das ist … Sie können doch nicht … Verdammt, Doron! Dieser Mann vertraut mir, genauso, wie ich ihm vertraue! Wenn Sie ihn verraten, verraten Sie mich! Am Ende werden Sie doch auf die Verhandlungspartner, die da kommen werden, eingehen müssen.«

»Ich bitte Sie! Vielleicht vertraut er Ihnen. Aber glauben Sie, daß er uns, den ›Israels‹ vertraut? Mir? Er würde doch an meiner Stelle genau dasselbe tun. Er weiß es, das ist unsere beste Möglichkeit, um die Infektion aufzuhalten, bevor sie sich ausbreitet. Sicherlich wird der Ex-›Nebukadnezar‹ dann wieder von vorn anfangen wollen, aber bis dahin werden wir ihm ein Empfangskomitee bereiten. Marek, ich habe es Ihnen schon tausendmal gesagt: So ist das Leben hier! Hören Sie mir zu, bevor Sie Ihre großartigen Grundsätze anbringen! Erstens: Massada ist ein Mythos für Israel und zugleich eine Touristenattraktion. Sie glauben doch nicht, daß ich das Leben Hunderter von Touristen aufs Spiel setze, indem ich die Hamas ungebremst auf diese Leute zielen lasse!«

»Sie könnten den Ort abriegeln.«

»Ich werde den Ort abriegeln, natürlich! Aber sowie sie das bemerken, also sehr bald, sind selbst die Fliegen dort nicht mehr in Sicherheit, und von Ausgrabungen kann dann keine Rede mehr sein! Zweitens: Orit und Tom sind bereits vor Ort mit einer Spezialeinheit der Pioniere, die die Aquädukte am Westhaus noch vor Tagesanbruch untersuchen. Wir werden nicht weiter die Anfänger spielen. Wenn es dort etwas zu finden gibt, werden sie es finden, auch nachts. Sie haben alles dafür nötige Gerät. Und niemand wird wissen, daß wir diese Ausgrabungen durchgeführt haben, was sehr nützlich sein könnte.«

Darauf wußte ich nichts zu erwidern.

Jerusalem versank vor uns in der Dunkelheit, seine Schatten und sein Schweigen wie eingefroren im elektrischen Licht. Es schien mir ferner denn je.

Ich glaube, die Stille zwischen uns währte sehr lange. Dann sah Doron auf die Uhr und strich sich über seine Narbe.

»Ich muß los. Ein Hubschrauber bringt mich in einer Stunde nach Massada … Darf ich Ihnen eine Frage stellen?«

»Jedem seinen Job.«

Er lächelte und deutete mit der Hand eine versöhnliche Geste an.

»Wären Sie wirklich nach Massada gegangen? Mit dem Risiko, sich wie Calimani durchlöchern zu lassen?«

»Ich denke, ja.«

Er schüttelte ungläubig lächelnd den Kopf.

»Sie sind wirklich ein komischer Typ. Und, mit Verlaub, noch verrückter als wir!«

38

Ghassan Tawill überprüfte noch einmal den Initialzünder der Ladung unter der gelben Seilbahnkabine mit der Nummer eins, die nachts in der Bodenstation stand. Der Sprengstoff war zur Tarnung mit einer mattschwarzen Farbe überstrichen. Geschmeidig stieg er aus der Kabine und ging auf den Technikraum zu, von dem aus die gesamte Anlage gesteuert wurde. Abu Sufyan, der auf dem Kontrolleurssitz saß, gab ihm ein kleines Zeichen; er schien nicht sonderlich angespannt zu sein, und sein geschminktes Gesicht wirkte fast echt.

Tawill hatte ihn ausgesucht, weil er dem Israeli ähnelte, der für gewöhnlich an diesem Platz saß. Der Israeli aber war in seinem Bett bereits tot. Tawill war sich nicht sicher, ob Abu Sufyan die Täuschung lange würde aufrechterhalten können und ob er das Ganze durchstehen würde, er war zu unerfahren. Aber das hatte letztlich keine große Bedeutung.

Er ging hinter der Kabine vorbei bis zu den Außentreppen, von wo aus man den Parkplatz und das große Gebäude der Cafeteria überschauen konnte. Der Parkplatz war noch leer, aber das Personal der Cafeteria traf bereits ein.

Er kehrte in den Technikraum zurück und rief Taysir über die Sprechanlage der Drahtseilbahn. Taysir bestätigte ihm, daß alle Jungs an ihrem Platz waren – er in der Bergstation, die anderen verteilt zwischen der Zisterne der Bäder und dem Westpalast.

»Und die Drachen?« fragte Tawill.

»Im großen Becken, wie du gesagt hast. Ich habe es gerade überprüft«, antwortete Taysir ein wenig zu laut.

»Gut«, sagte Tawill. »Mach dir keine Sorgen. Und wenn,

dann bete. Das wird dich beruhigen. Von jetzt ab sprechen wir nicht mehr über diese Anlage.«

Tawill hatte sich Gedanken gemacht wegen der Jungs, die sich ganz oben auf dem Plateau befanden, im Winter- oder im Nordpalast des Königs Herodes, der sich auf der Steilwand gegenüber dem Toten Meer über drei Terrassen erstreckte. In der Nacht hatte er mal gemeint, im Süden Geräusche zu hören, und einen Augenblick hatte er sich gefragt, ob da nicht Licht gegen die Dunkelheit des Himmels zu erkennen war. Die Israelis konnten schlau sein. Leider konnte man von der Ebene aus nicht sehen, was dort oben in den Ruinen vor sich ging. Aber als die Jungs vor zwei Stunden auf dem Plateau angekommen waren, hatten sie alles sorgfältig untersucht, ohne etwas Ungewöhnliches festzustellen.

Tawill hob den Kopf. Golden und majestätisch trat das gewaltige Felsplateau von Massada in das Licht des Morgens. Nach und nach kamen die steilen Falten seiner kleinen Schluchten zum Vorschein und bildeten einen festen Panzer. Der leblose Spiegel des Toten Meeres zu seinen Füßen wechselte von Blau zu Schwarz, bevor er zu funkeln begann und das Ocker der Felsen wie das Weiß der Salzbänke brach. Schließlich, im vollen Sonnenlicht, erschien der Schlangenpfad, der über Jahrhunderte die herrliche Festung des Herodes uneinnehmbar gemacht hatte, und zog seine hellen Mäander über den Abgrund.

Tawill fühlte, wie sich ihm die Kehle zuschnürte. Da vor ihm erhob sich nicht nur die ungeheure Masse dieses Felsens. Gewaltiger und beeindruckender noch war das Gewicht seines Mythos'. Ja, Massada war für die Israelis der Mythos schlechthin. Man mußte sie sehen, wie sie hierher pilgerten, die Spuren ihrer Vorfahren im Staub zu suchen; manche heirateten sogar da oben in den Ruinen der Synagoge. Von überall kamen die Juden, sogar aus Amerika, um hier immer die alte Leier zu hören. Dort hatte sich der König von Juda gegen Antigone und Kleopatra verteidigt, dort hatte er in der Pracht seiner hängenden Gärten gelebt, über der Wüste und über dem politischen Haß. Er war es, der das Plateau rautenförmig befestigte und es mit Mauern umgab, riesige Warenlager einrichtete und so große Zisternen bauen ließ, daß es an Wasser, das über Aquädukte verteilt wurde, nie mangelte.

Später, als Jerusalem unter die römische Knute geraten war, wurde Massada zur letzten Bastion des jüdischen Widerstands. 960 Männer, Frauen und Kinder boten dem Feldherrn Flavius Silva die Stirn. Den Belagerern gelang es nicht, sie auszuhungern, und ihr Glaube blieb ungebrochen. Aber die Römer waren in der Überzahl, und die Zeit arbeitete für sie. Eleazar ben Yair, der Anführer der Rebellen, rief seine Gefährten dazu auf, keinen anderen Willen und keine andere Macht zu erdulden als die Gottes. So entschieden sich alle, sich lieber gegenseitig das Leben zu nehmen, als sich den römischen Geschützen zu ergeben.

Tawill lachte krampfhaft auf. Heute war nicht gestern. Heute trugen Stahlpfeiler eine Seilbahn senkrecht über den Schlangenpfad, und die Juden konnten ohne die geringste Anstrengung hinauffahren, um ihre Geschichte zu beweinen. Er aber, Ghassan Tawill, würde diese Geschichte für die Macht und den Ruhm derer, die man bald ehrfurchtsvoll die »Männer Nebukadnezars« nennen würde, in Staub verwandeln. Er würde den Mythos zerstören.

Ein Lächeln ging über sein Gesicht, er war sehr stolz auf seine Idee.

Sobald die Juden ihren Schatz gefunden hätten, würde ein Feuerwerk losgehen. Die Ruinen im Osten würden explodieren, Taysir und die fünf Jungen würden die Touristen angreifen, sofern welche da waren, und im selben Augenblick würde das Seil von einer Explosion in der Kabine Nummer eins zerrissen werden. Falls die israelischen Sicherheitskräfte irgendwo in der Nähe von Massada warteten, hätten sie nun einiges zu tun!

Aufgabe des anderen Trupps war es, die Archäologen und

den Amerikaner zu töten, um in den Besitz der Dokumente zu gelangen und sie den Jungen zu übergeben, die er ausgewählt hatte, die beiden Drachen zu fliegen. Bis die Hubschrauber angreifen würden, wären die Dokumente wortwörtlich davongeflogen, bevor sie über den Motorradfahrern abgeworfen würden, die auf der Straße nach Sodom warteten …

Tawill lachte leise. Er erwartete diesen Augenblick mit Ungeduld. Es würde Tote geben, viele Tote. Wenige von den Jungs würden heil aus der Sache herauskommen, vielleicht nicht einmal er. Aber was hatte das schon für eine Bedeutung, wenn nur die Dokumente über die Grenze nach Jordanien gelangten und »Nebukadnezar« sich ihrer bedienen konnte!

Am schwierigsten war es gewesen, sich in nur einer Nacht diese Drachen zu besorgen und sie nach Massada zu transportieren. Und was alles übrige anging … Möge Allah die Schuldigen strafen!

Es war kurz nach acht Uhr, als Tawill spürte, wie sein gespaltenes Ohr juckte. Ein Anzeichen dafür, daß irgend etwas nicht stimmte. Vorsichtig näherte er sich den Außentreppen und verstand. Es war fast halb neun, und der Parkplatz der Cafeteria war noch immer leer. Nicht ein Laster, nicht ein Auto!

Während er nach seiner Waffe griff, wandte er sich um, um Abu Sufyan Bescheid zu geben. Da erblickte er das Gesicht von Yussef Saleh und seine Hände, die den Kolben einer AK-47 umschlossen hielten.

»Ghassan, du hättest Ahmeds Großvater nicht töten sollen«, sagte Yussef ruhig. »Vorher hatte ich nur einen Verdacht. Mit dem armen alten Mann aber hast du mir den Beweis geliefert, der mir fehlte!«

Tawill lachte spöttisch.

»Und nun? Willst du die Arbeit der Juden tun?«

»Den Eindruck würdest du gern erwecken, nicht wahr? Du bist verrückt geworden.«

»Ich habe keine Angst vor dem Tod!«

»Niemand von uns hat Angst vor dem Tod«, erwiderte Saleh.

Und mit funkelnden Augen fügte er hinzu:

»Und auch ›Nebukadnezar‹ wird sterben.«

Tawill brach in ein irres Lachen aus.

»Niemals! Niemals!« schrie er. »Wenn es sein muß, wird er die ganze Erde in Flammen setzen! ›Nebukadnezar‹ ist der Auserwählte. Er allein! Es gibt keinen Gott außer Gott, und Mohammed ist sein Prophet!«

Die Pupillen von Yussef Saleh verengten sich. Haßerfüllt krümmte er seinen Zeigefinger. Die Salve riß Tawill nach oben und warf ihn gegen die Treppenbrüstung, an der er hinunterstürzte.

Kaum war das Feuer der AK-47 verhallt, hörte Saleh den Schuß. Die Kugel durchschlug ihm die Wirbelsäule. Er fiel auf den Rücken, und sein Kopf schlug heftig auf den Beton. Er sah einen zwanzigjährigen Burschen mit langen Wimpern und angsterfüllten Augen auf ihn zukommen, der einen Revolver hin und her schwenkte, den er kaum halten konnte. Saleh wollte mit ihm sprechen, aber sein Mund öffnete sich nicht. Er wollte den Abzug der AK-47 drücken, die er noch in der Hand zu halten meinte, aber seine tauben Finger gehorchten ihm nicht.

Mit beiden Händen, aber noch immer zitternd, richtete Abu Sufyan den Revolver auf das Gesicht von Saleh, der ihn unverwandt anschaute. Dann wurden Abus Hände ruhig. Er schrie »Allah akbar!« und schoß mit entsetzt aufgerissenen Augen.

Als er sich der Treppe näherte, sah er die gepanzerten Geländewagen der Israelis, die sich aus allen Richtungen näherten. Die Hubschrauber machten bereits einen Höllenlärm.

Abu Sufyan versenkte den heißen Lauf des Revolvers in seinem Mund.

Als sein Kopf zerbarst, traten etwa dreihundert Meter über ihm, auf dem Plateau von Massada, zwanzig israelische

Soldaten aus dem in den Fels gehöhlten Steinbruch. In ihren geschwärzten Gesichtern waren nur der hellere Ton der Lippen und das Weiß der Augen zu erkennen. Mit vor die Brust gepreßten Maschinenpistolen sprangen zwei Soldaten in den beweglichen Sand des Hügels, um zu der kleinen Mauer zu gelangen, die über die Stufen des Mikwa reichte, des einzigen rituellen Bades der Festung. Schußbereit gingen sie, einander flankierend, so in Stellung, daß sie sich gegenseitig Feuerschutz geben konnten. Sogleich glitt der Rest des Kommandos Mann hinter Mann aus der Deckung und erstürmte den Hügel. Geduckt, die Waffe im Anschlag, rannten die Männer an den Steinmauern entlang, wobei sie sich mit schlafwandlerischer Sicherheit durch das Labyrinth der Ruinen schlängelten. In weniger als vier Minuten waren sie auf ihren Posten rund um die Thermen verteilt, da, wo sich zwei Stunden zuvor noch einer der Trupps von Tawill versteckt hatte.

Ganz im Süden des Plateaus setzten zwei Hubschrauber einen zweiten Stoßtrupp in der Nähe des Kolumbariums ab. Als die Maschinen zwei Meter über dem Boden in der Luft standen, sprangen die Männer mit geschlossenen Beinen in den Staubstrudel, der von den Rotorblättern aufgewirbelt wurde, und formierten sich augenblicklich in einem Halbkreis, der für andere so lebensgefährlich werden konnte wie die Schneide einer Sense. An der Festung entlang bewegten sie sich zu den Ruinen im Herzen des Westpalastes, noch bevor die Hubschrauber abgedreht und sich außerhalb der Reichweite der AK-47 in Sicherheit gebracht hatten.

Auf den Stufen des großen Beckens an der Südwest-Spitze, etwa fünfzig Meter von der Absetzstelle entfernt, kauerten die zwei Männer von »Nebukadnezar«, die von Tawill als Drachenflieger rekrutiert worden waren, und beobachteten versteinert das Ballett der Hubschrauber und Soldaten. Bleich vor Entsetzten fragten sie sich, wie sie vor den israelischen Soldaten entkommen sollten, als sie überrascht erkannten, daß diese sich zurückzogen. Sie brauchten eine gute Minute, um wieder zu sich zu kommen. Nahezu gleichzeitig stürzten sie die glatten Stufen des Beckens hinunter zu den Drachen, die in seiner Mitte ausgebreitet lagen. Ungeschickt fingen sie an, das Aufhängungsgeschirr überzustreifen; beide waren sie noch nie zuvor Drachen geflogen.

Die ersten Feuerstöße hörte man rund um die Thermen, wo drei der jungen Araber, die den Auftrag gehabt hatten, den Juden die Schriftstücke abzunehmen, unter Anrufung Allahs starben.

Taysir, der in der Bergstation der Seilbahn festsaß, hatte gesehen, wie die gepanzerten Geländewagen der Armee den Busparkplatz umstellten. Auch er hatte verstanden, noch bevor er die Hubschrauber kommen hörte. Als die Gewehrsalven auf dem Plateau widerhallten, liefen ihm die ersten Tränen übers Gesicht; wie Tawill es ihm empfohlen hatte, fing er an zu beten.

Die Jungen, die gerade die weißgetretenen Trampelpfade der Touristen vermint hatten, hockten zusammengekauert zwischen den rekonstruierten Mauern der Gefängniszellen der Zeloten. Wie Mäuse, die vom Fauchen einer Katze gebannt sind, lagen sie, gelähmt von den nahen Feuerstößen, am Boden ihres Lochs. Aber ihr Warten hatte bald ein Ende. Die Männer der Zahal tauchten mit Gebrüll rund um die offenen Zellen auf und richteten die Waffen auf sie. Der Jüngste der Gruppe, er war kaum fünfzehn, schrie vor Angst auf. Er sprang auf das Gehäuse der Fernzündung zu, die sein Nachbar in Händen hielt, und drückte mit aller Kraft auf den Auslöser. Im Süden und im Norden explodierten die Ladungen auf dem Weg zur Hauptzisterne und zerfetzten die kleinen Hängebrücken, die zu den Säulen des Herodespalastes führten. Sie erbebten wie unter dem Schlag einer riesigen Faust.

Mit aufgerissenen Augen und offenem Mund erreichten die beiden Drachenflieger den Rand des Felsens. Krampfhaft versuchten sie sich an Tawills Ratschläge zu erinnern. Als die Sprengsätze explodierten, hoben sie ihre Drachen hoch, aber die vielen aufeinanderfolgenden Explosionen ließen sie in Panik geraten. Der eine, dessen Karabinerhaken am Gürtel verkehrtherum eingeklinkt war, schwankte und stürzte ins Leere. Reflexartig zog er das Gestell zu sich heran. Wie ein Papierflugzeug schoß der Drachen gegen den ersten Vorsprung der Steilwand, prallte ab, drehte sich, und der Körper des Jungen wickelte sich in den blauen Nylonstoff.

Der zweite spürte, wie die Luft die Tragfläche über ihm mit einem trockenen Pfeifen hielt. Vorsichtig drückte er auf das Gestell, und der Drache richtete sich schwungvoll auf. Mit einer unwillkürlichen Bewegung zog er es dann zu sich heran, und der Drache drehte nach links ab. Der Junge fing an zu lachen, er war überglücklich und dankte Allah. Er flog! Er flog weit fort vom Tod! Einige Sekunden lang glaubte er sich gerettet und im Besitz einer Freiheit, die das Leben ihm nie zuvor geschenkt hatte. Gleich einem Vogel sah er auf die Römische Rampe hinab, die vor über zweitausend Jahren in den Felsen geschlagen worden war. Da erst nahm er das Dröhnen des Hubschraubers wahr. Die Maschine donnerte mit voller Geschwindigkeit über ihn hinweg, drehte sich wie ein Kreisel und kehrte zu ihm zurück. Der Sog der Rotorblätter hatte den Drachenflügel bereits aus dem Gleichgewicht gebracht, noch bevor die Kugeln ihn zerrissen und Arme und Beine des Jungen durchschlugen.

Taysir auf der oberen Plattform der Seilbahn hörte die letzten Schüsse, dann trat eine befremdliche, tiefe Stille ein. Es war, als sehe er das Blut seiner Kameraden in langsamen Rinnsalen über den staubigen Boden des Plateaus laufen, der so fest war, daß er es nicht aufsaugen konnte. Ein entsetzliches Gefühl der Einsamkeit überkam ihn. In seinem Herzen fragte er sich, ob Allah ihn aufgegeben hatte. Er wollte sich vom Rand der Seilbahn ins Leere stürzen; aber dann stellte er sich seinen zerschmetterten Körper vor, aus dem seine Seele nicht würde entweichen können. Verzweifelt beschloß er, sich mit seiner Waffe das Leben zu nehmen. Aber seine Hand zitterte zu sehr, um den Revolver hochzuheben und den Abzug zu drücken.

So verharrte er weinend auf den Knien. Als die ersten Männer des Kommandos auf der Plattform erschienen, sah Taysir mit geschlossen Augen, wie er über das Blau des Toten Meeres lief, ohne daß seine Füße im Wasser versanken.

Epilog

Das lebhafte Licht eines Frühlingsmorgens ließ die unregelmäßigen Backsteinfassaden der Place des Vosges in ihrer Schönheit erstrahlen, es spiegelte sich in den hohen Fenstern und tanzte im durchsichtigen Grün der jungen Linden, von denen die kleine Grünanlage umrahmt war. Die glänzenden Knospen der hundertjährigen Kastanien schienen vor meinen Augen aufspringen zu wollen. Wie weit erschien mir Jerusalem! Und wie nah war es mir! Ich hatte seine Gerüche noch in der Nase.

Noch am Tag zuvor lag auf mir das Gewicht von zwei Jahrtausenden menschlicher Geschicke. Nun aber brauchte ich mein Leben nur wieder auf die Gleise des Alltags zu setzen, damit die Vergangenheit, mein gewalttätiger Begleiter in diesen letzten Tagen, sich in die Geschichte zurückzog.

Wie jeden Morgen frühstückte ich auf der Terrasse eines Cafés, immer wieder eine Schar von Spatzen verscheuchend, die schamlos von meinen Croissants pickte. Waren Rab Chaim, Calimani, Doron, Orit und Tom Wirklichkeit, oder waren sie Phantasiegestalten? Und der alte Salem Chahin el-Husseini? Und der Rabbiner Steinsaltz? Mußte ich ihn anrufen, um seine Stimme zu hören und mich zu vergewissern, daß ich nicht geträumt hatte?

Nein. Dieses alte Schriftstück, dieser Gründungstext, dessen Existenz ich schon seit Jahren ahnte und von dem sich ein Teil nun bei mir zu Hause befand, einen Katzensprung von der Place des Vosges entfernt, war der leibhaftige Beweis für die Realität der letzten Wochen, so fremd und ungewiß sie mir auch erscheinen mochten.

Bei dem Gedanken an die geheime Sitzung, die Professor

Rosenkrantz und ich bei dem Rabbiner abgehalten hatten, lächelte ich in meinen Bart. Es war einer der intensivsten, dramatischsten und romantischsten Augenblicke meines Lebens gewesen.

Aber ich muß noch einmal zurückgehen.

Dieses eine Mal gruben Tom und Orit, unterstützt von Dorons Männern, genau, wie es in der Kupferrolle angegeben war: am Eingang des Aquädukts von Massada, südlich vom zweiten Hang, und sie gruben einen in ein Ziegenfell gewickelten Text aus, der auf Lederstreifen geschrieben war. Später vertraute Tom mir an, daß dies ein ungewöhnlich erregender Augenblick für ihn gewesen sei, der leider bald von der Schießerei bei den alten Thermen zerstört wurde wie auch vom grausigen Anblick der beiden jungen Palästinenser, die, an ihren nutzlosen Drachen hängend, schreiend ins Leere fielen.

Am nächsten Tag waren wir beide erstaunt, in der *Jerusalem Post* nur einen kurzen Artikel auf Seite vier zu finden, der »den Angriff eines palästinensischen Terrorkommandos auf die touristischen Einrichtungen in Massada« beschrieb, »die jedoch durch das schnelle und wirkungsvolle Eingreifen einer in der Nähe von En Gedi stationierten Einheit der Zahal vor ihrer Zerstörung bewahrt werden konnten«. In der hebräischen Presse fand sich nichts. War dieses Drama für die Israelis zu banal, zu alltäglich gewesen?

Wie dem auch sei, diese Diskretion minderte in keiner Weise Dorons Befriedigung. Noch am selben Tag hatte er das Schriftstück Professor Rosenkrantz anvertraut, damit er es entschlüsselte.

Und Rosenkrantz rief mich schon am nächsten Abend an. »Wir müssen uns«, sagte er mit bebender Stimme, »dringend sehen.« Ich lud ihn ein, sich mit mir an die Hotelbar zu setzen. »Nein, nein!« protestierte er, noch immer im selben geheimnisvollen Tonfall. »Lassen Sie uns einen unauffälligeren Ort suchen. Kommen Sie in mein Labor in der Universität auf dem Skopusberg.«

Schon bei seinen ersten Worten verstand ich, was seine Stimme erzittern und seine Augen so leuchten ließ, die noch mehr als sonst in seinem hageren Gesicht versanken. Nachdem ich ihn, halb ungläubig und halb stolz auf meine richtige Intuition, angehört hatte, schlug ich ihm vor, gemeinsam zu dem einzigen Mann zu gehen, der uns unter diesen Umständen eine kluge, überlegte Antwort geben konnte: zu Rabbiner Adin Steinsaltz, der durch einen glücklichen Zufall seine Reise in die Vereinigten Staaten verschoben hatte.

Als wir im Halbdunkel seines hübschen Hauses Platz genommen hatten, das mir in den letzten Tagen so vertraut geworden war, hatte ich Schwierigkeiten, die richtigen Worte zu finden.

»Nehmen wir einmal an«, begann ich vorsichtig, ohne gleich Einzelheiten zu erwähnen, weil ich ihn nicht in Verlegenheit bringen wollte, »nehmen wir einmal an, wir hätten, ein bißchen absichtlich und ein bißchen zufällig, ein Schriftstück gefunden, das in Babylonien zur Zeit des jüdischen Exils, nach der Zerstörung des Tempels durch Nebukadnezar, verfaßt worden sei.«

»*Oje, oje, oje*«, murmelte der Rabbiner, wobei er interessiert die Augenbrauen hochzog.

»Ein Text, von dem der Schreiber wahrscheinlich später einige Abschriften angefertigt hat.«

»Hm«, meinte er, wobei er Rosenkrantz einen prüfenden Blick zuwarf, »die Karäer behaupten, einen Text dieser Art besessen zu haben.«

»Nehmen wir einmal an«, fuhr ich fort, »nehmen wir einmal an, dieser Text enthalte, sagen wir, unerwartete und vielleicht sogar ganz unerhörte …«

»… Enthüllungen?«

»Nehmen wir einmal an, aus diesem Schriftstück gehe hervor, daß die Ursprungstexte der drei monotheistischen Religionen alle in Babylonien und zur selben Zeit verfaßt worden seien, also im sechsten Jahrhundert vor Christus … Daß also diese drei Religionen in Wirklichkeit einen einzigen Ursprung besitzen, eine einzige Quelle, von der sie dann nur unter den verschiedenen politischen Umständen und den gegensätzlichen Interessen ihrer Verfasser abgewichen sind …«

»*Oje, oje, oje.*«

»Um es kurz zu machen, sagen wir, es habe in Wirklichkeit drei jüdische Sekten gegeben mit einander entgegengesetzten Vorstellungen, alle gleichermaßen unnachgiebig in ihrer Lesart und ihren Interpretationen der Gesetze und damit des göttlichen Willens …«

»Und wenn man«, schnaufte Rosenkrantz mit seiner krächzenden Stimme, »jedem der drei Monotheismen sein Fundament entzöge, entstünde, wie Sie wissen, eine entsetzliche Dynamik, in der jeder seine Identität bekräftigen wollte, was am Ende nur dazu führte, Fundamentalisten und Extremisten zu stärken …«

»… und die Ursachen für einen Religionskrieg zu mehren«, schloß ich düster.

»*Oje, oje, oje*«, wiederholte der Rabbiner mit halbgeschlossenen Augen.

»Es wäre sicher normal, diese – diese hypothetischen Dokumente weiterzuleiten. Obwohl der Professor und ich selbst der Ansicht sind, daß es klüger wäre, sie zu verstecken«, fügte ich, unwillkürlich etwas leiser, hinzu. »Zum Teil wenigstens. Wir müssen diese Entscheidung fällen, diese Wahl treffen, bevor die israelischen Behörden die Texte in die Hand bekommen. Eine schwere Verantwortung …«

Der Rabbiner blieb stumm, und mir war, als würde das Halbdunkel im Zimmer so dicht und bedrückend wie meine Unsicherheit. Plötzlich verkündete er, und er sprach sehr langsam und mit getragener Stimme:

»Die Schlange hatte es vorausgesagt: Wer die Frucht vom Baum der Erkenntnis ißt, wird ›wie‹ Gott. Nun verhält es sich aber wie folgt: ›wie‹ Gott sein bedeutet nicht Gott *sein*. Seit aber der Mensch aus dem Paradies vertrieben wurde, beharrt er auf dieser Verwechslung und hält sich für den Allmächtigen! Wie also sollte er nicht unendlich viel Unglück auf sich ziehen? Vielleicht fehlt ihm im Gegensatz zum Allmächtigen der Sinn für die Liebe.«

Er schwieg, und sein Schweigen erschien uns sehr lang. Wollte er uns Zeit lassen, über seine Worte nachzudenken?

Plötzlich begann er sich leicht zu wiegen:

Wer sich fragt
Was oben ist
Was unten ist
Was vorher ist
Was nachher sein wird
Für den wäre es besser
Nicht erschaffen worden zu sein!

Schließlich fügte er die Quelle hinzu:

»Talmud, die Abhandlung *Hagigah*.«

»Darf also der Mensch nicht versuchen, alles zu wissen, eben weil er nur *wie* Gott ist?« fragte ich.

»Genau das«, sagte er mit seiner dünnen Stimme.

»Und die Wahrheit?« fragte Professor Rosenkrantz.

»Die Wahrheit? Nur der Ewige kennt die Wahrheit.«

Der Rabbiner erhob sich mit einer Schroffheit, die uns erstaunte. Es war die Stunde des Maariv, des Abendgebets. Ohne ein weiteres Wort, aber mit seiner gewohnten Freundlichkeit, geleitete er uns zurück zur Tür.

Die Entscheidung war nicht leicht. Ich konnte mir nicht vorstellen, wem auch immer zu verkünden, das Evangelium von Babylon habe den vier Evangelien des Neuen Testaments als Vorlage gedient, der Prophet Mohammed habe vermutlich aus einem babylonischen Text einen Teil der Suren des Koran gezogen, und schließlich stamme auch die Abfassung der Thora aus derselben Zeit, demselben Ort und demselben Kulturkreis wie die anderen heiligen Texte! Das war etwas, was der Befriedung der Geister überall auf der Welt wahrlich nicht gedient hätte ...

Gleichzeitig erstaunten mich die Kraft des Lebens und seine Logik. Die ganze Zeit während dieser Schatzsuche, und seitdem ich die Beichte des Mönches Achar von Esch noch einmal aufmerksam gelesen hatte, hatte mich ein Satz beschäftigt. Es war die Empfehlung des Paters Nikitas an Achar, kurz bevor er in die Höhle ging und dort in den Flammen umkam: *Vergiß nicht: Über alles, was du heute siehst, über alles, was du sehen wirst, mußt du Stillschweigen bewahren, sonst ist dein Leben verwirkt!*

Ein Rat, der tausend Jahre alt war! Der Rat eines Weisen, eines vorzeitigen Marranen. Pater Nikitas hatte Achar eingeschärft, Stillschweigen zu bewahren, während er gleichzeitig unter einer in Trümmern liegenden Synagoge die Texte verstecken sollte, die aus der Zeit der Belagerung Jerusalems stammten. Texte, unter denen, daran zweifelte ich nicht, sich auch eine Abschrift des Manuskripts von Massada befunden haben muß.

Ein Rat, der ebensogut an mich gerichtet sein konnte und der die Empfehlung des Rabbiners Steinsaltz bekräftigte: »Der Mensch darf nicht danach streben, die ganze Wahrheit über die Welt zu erfahren.«

Meiner natürlichen Neigung allerdings entsprach es, unseren Fund öffentlich zu machen. Mußten wir nicht in erster Linie und aus Achtung vor denen, die uns vorausgegangen waren, sowie zur Belehrung derer, die uns folgen würden, die Weisheit, das Wissen und die Erfahrung – weitergeben? Selbst der gute Giuseppe Calimani hatte mir einige Tage vor seinem Tod voller Überzeugung gesagt, wobei er seine Hand auf meine Schulter legte:

»Es gibt einen Text von Rabba. Er erinnert uns daran, daß drei Elemente der Erschaffung der Welt vorausgegangen sind: Wasser, Luft und Feuer. Das Wasser empfing und zeugte die Finsternis. Das Feuer empfing und zeugte das Licht. Die Luft empfing und zeugte die Weisheit.«

Und indem er meine Schulter wieder losließ, schlußfolgerte er:

»Die Welt erhält sich durch die Kraft dieser sechs Elemente.«

Zufrieden mit der Wirkung seiner Worte, nahm Giuseppe Calimani sich die Zeit, über seine pomadisierten Haarsträhnen zu streichen, bevor er fragte:

»Und woher wissen wir das? Na?«

Angesichts meines unsicheren Blicks antwortete er selbst: »Weil es von Generation zu Generation aufgeschrieben und weitergegeben wurde. Moses hat die Gesetzestafeln auf dem Berg Sinai empfangen – das geschriebene Gesetz – und hat es an Josua weitergegeben und Josua an die Ältesten und die Ältesten an die Propheten. Und die Propheten haben es an den Hohen Rat weitergegeben.«

Während er mit seinem Zeigefinger seine Handfläche malträtierte, fügte er hinzu:

»Die Schrift, die Schrift und immer wieder die Schrift, mein lieber Marek! Sie ist der einzig wahre Schatz!«

Aber was sollten wir mit diesem Schatz, den wir in Händen hielten, anfangen?

Rosenkrantz entschied sich als erster. Nach einer durchdiskutierten Nacht, an deren Ende es uns schien, als seien alle Lösungen gleich gut oder schlecht, rief er plötzlich aus, wobei er in seine knochigen Hände klatschte:

»Nein, nein! Das können wir einfach nicht tun.«

Womit er zugleich auf den wissenschaftlichen Ruhm verzichtete, den ein solcher Fund für ihn bedeuten konnte.

»Ich werde Doron sagen«, fuhr er fort, »daß die Lederstreifen beim ersten Kontakt zwischen meinen Fingern zerfallen sind … Leider entspricht das meist der Wahrheit. Wir werden nur den am wenigsten ›explosiven‹ Teil veröffentlichen. Den anderen werde ich Ihnen am Flughafen übergeben, wenn Sie damit einverstanden sind, Marek.«

»Sie wollen also, nachdem wir soviel geredet und gearbeitet haben über das Wissen der Texte, über die Erinnerung und die

Geschichte, daß wir nun eine neue Art von Boten sind: die Boten des Schweigens!«

Rosenkrantz nickte, während er auf meine Antwort wartete. Ich sah, wie die Sonne über den Glockentürmen und Kuppeln von Jerusalem erwachte. Wie nach jeder Nacht trat die Stadt weißer denn je aus der Dunkelheit hervor.

So weit war ich in meiner Erinnerung an das gerade Erlebte, als ich, vom Tisch aufblickend, dem durchdringenden Blick einer blonden jungen Frau begegnete.

»Sie sind Monsieur Halter, nicht wahr?«

»Und mit wem habe ich ...«

Da bemerkte ich auf ihrer linken Wange eine zarte Narbe in Form eines V. Sogleich kam die Erinnerung zurück. Ich dachte an das Foto, das Doron mir gezeigt hatte. Die schöne junge Frau vor mir war keine andere als die ehemalige Leibwächterin Sokolows, die ihn schließlich umgebracht hatte und mit Dokumenten verschwunden war, von denen ich noch keines kannte.

»Jeesus!« hätte Tom gesagt. Stellte mich der Allmächtige auf die Probe? Würde alles wieder von vorn anfangen? Würde das Durcheinander von Realität und Fiktion niemals enden?

»Wie ich sehe, erkennen Sie mich wieder«, sagte die junge Frau mit einem Akzent, der angenehm anzuhören war.

»Sie wiedererkennen wäre zuviel gesagt, wir sind uns ja nie begegnet. Ich habe nur ein Foto von Ihnen gesehen.«

»Ach ja?«

Ihr Lachen war leicht und sorglos.

»Setzen Sie sich«, sagte ich. »Wollen Sie einen Kaffee?«

»Ja, gern.«

»Darf ich Ihren Namen erfahren?«

»Natürlich! Nina Firkowitsch.«

Ich rief den Kellner, und während ich die Bestellung aufgab, fühlte ich ihren Blick auf mir ruhen. Ich konnte nicht sagen, ob diese Frau – eine Mörderin! – mit dem fast harmlosen Äußeren einer Studentin mich beunruhigte oder verführte.

»Sagt Ihnen der Name Firkowitsch nichts?« fragte sie.

»Tut mir leid, nein. Sind Sie in Israel geboren?«

»In Sankt Petersburg.«

Wieder lachte sie.

»Und ich dachte immer, alle, die sich für alte Manuskripte interessieren, müßten Abraham Firkowitsch kennen!«

»Wer ist das?«

»Einer meiner Vorfahren! Ein Rabbiner der Karäer von der Krim. Er hat die Genisa von Kairo entdeckt, einen dieser berühmten Bücherfriedhöfe. Wie Sie wissen, darf man bei den Juden die Überreste von Büchern ebensowenig vernichten wie die von Menschen.«

Der Kellner stellte den Kaffee vor sie hin. Sie begann die Tasse mit einer langsamen Bewegung zu drehen und fügte hinzu:

»Zwei große Bibliotheken, die von meinem Vorfahren zusammengestellt wurden, gehören heute zur Hebräischen Sammlung der Saltykow-Schtschedrin-Nationalbibliothek von Sankt Petersburg.«

»Wie haben Sie Sokolow kennengelernt?«

»Oh, auf die alltäglichste Weise! Er hat in zweiter Ehe meine Großmutter Firkowitsch geheiratet. Damals war er versessen auf alte Schriftstücke. Dann haben die Zeiten sich geändert.«

Ich zögerte mit meiner Frage, aber meine Neugierde war größer als meine Vorsicht.

»Warum haben Sie ihn getötet?«

Kaum, daß sie mit den Augen blinzelte.

»Weil Geld für ihn das Wichtigste geworden war. Er wollte gewisse Dokumente verkaufen, die mir sehr am Herzen lagen.«

Ich schaute sie fragend an.

»Wichtige Dokumente für uns, die Karäer«, ergänzte sie in einem Ton, der erkennen ließ, daß sie mehr nicht sagen würde.

In der Tat, diese junge Frau verunsicherte mich. Ihr breites, aber anmutiges Gesicht wurde durch das Strahlen ihrer Haut veredelt, die fast durchsichtig schien unter ihrem frechen blonden Schopf. Ihre sehr weit auseinanderstehenden, veilchenblauen Augen faszinierten mich. Plötzlich verkündete sie mit einer Stimme, aus der dieses Mal die Härte sprach, zu der sie fähig war:

»Ich weiß, daß Sie etwas Wichtiges in Massada gefunden haben.«

Mein verblüfftes Schweigen war beredter als ein Geständnis.

»Es ist unwichtig, woher ich das weiß«, fügte sie hinzu.

»Absolut nichts Außergewöhnliches«, stotterte ich.

»Sie lügen.«

»Warum sollte ich lügen?«

Sie lachte und wurde erneut verführerisch.

»Weil Sie Angst haben.«

Sie hatte recht. Mit einem Schlag mußte ich an das Schriftstück denken, das bei mir eingeschlossen lag, und Panik erfaßte mich. War diese Frau gerade dabei, mich mit ihrer Schönheit abzulenken, während andere meine Wohnung plünderten, um die Lederstreifen zu stehlen?

»Warum interessiert es Sie so sehr, was wir in Massada gefunden haben?« fragte ich, wobei ich mein Geld suchte, um zu zahlen.

»Sie gehen?«

»Entschuldigen Sie mich, ich habe eine wichtige Verabredung. Aber Sie haben nicht auf meine Frage geantwortet.«

Sie erhob sich gleichzeitig mit mir.

»Sie hüten ein Geheimnis, ein für uns Karäer wichtiges Geheimnis. Es ist mehr wert als alles Gold der Welt.«

»Ich weiß nicht, worauf Sie anspielen.«

»Aber sicher. Sonst würde Sie jetzt nicht vor mir fliehen.«

Sie warf mir einen amüsierten Blick zu.

»Ich will Ihnen nichts Böses, im Gegenteil!«

Sie legte ihre Hand auf meinen Arm. Ihre Narbe, die auf ihrer Haut so zart wirkte, rührte mich.

»Wir könnten uns wiedersehen, zusammen essen gehen! Heute abend, wenn Sie wollen, und Sie erzählen mir nur das Wichtigste …«

Auch ich lächelte, wobei ich mich vielleicht ein wenig zu schroff abwandte.

»Nicht heute abend, das ist unmöglich. Aber wer weiß? Nächstes Jahr in Jerusalem!«

Ich mußte mich zurückhalten, um nicht nach Hause zu rennen, und ich vergewisserte mich ständig, daß Nina Firkowitsch mir nicht folgte. Aber das war völlig überflüssig, denn sicherlich kannte sie meine Adresse.

Mit klopfendem Herzen kam ich in meinem Büro an. Das Herz, mit dem alles begonnen hatte! Sobald ich den Schlüssel ins Schloß gesteckt hatte, wußte ich Bescheid. Die Tür ging von allein auf, man hatte sie aufgebrochen, und die Blätter meines Manuskripts lagen auf dem Parkett verstreut! Wütend eilte ich zu dem Versteck, in dem ich die wertvollen Lederstreifen deponiert hatte. Nichts. Sie hatten sie gestohlen. Die Komplizen der allzu schönen Nina Firkowitsch hatten sie geraubt.

Da erblickte ich einen großen Umschlag mit einer israelischen Briefmarke, den meine Assistentin auf meinen Schreibtisch gelegt hatte. Ich öffnete ihn und zog ein paar Blätter und eine kurze Nachricht heraus, die, wie ich sofort erkannte, von Rosenkrantz geschrieben war.

Lieber Freund,

bei der erneuten aufmerksamen Lektüre habe ich zahlreiche Fehler in meiner ersten Übertragung des Textes, den Sie kennen, gefunden. Sie können meine erste Version vernichten und diese hier für eine mögliche Publikation als die einzig relevante erachten.

Ich hoffe, Sie lesen sie mit dem gleichen Vergnügen wie ich.

Mein Herz klopfte, als ich diese Worte wieder vor mir sah:

Die Kinder Israels befanden sich im Lande Babylon und beklagten die Zerstörung Jerusalems. An den Ufern der beiden großen Flüsse sitzend, träumten sie vom Jordan, dem Fluß, der am Fuße des Berges Hermon entspringt und, nachdem er das vom Ewigen Gott der Nachkommenschaft Abrahams verheißene Land durchlaufen hat, sich in das Tote Meer ergießt. Sie weinten und fragten sich, warum sie von der Erde ihrer Väter verbannt worden waren. Ihre Gebete richteten sich an den Allerhöchsten, den Ewigen Gott, den Meister über Himmel und Erde. Zu ihm riefen ihre wunden Herzen und ihr verwirrter Geist, zu ihm, dem Ewigen, der mit Seiner starken Hand die Kinder Abrahams, Isaaks und Jakobs aus dem Lande Ägypten hatte ausziehen lassen, der sie auf den Berg Sinai geführt und unter allen Völkern dazu auserwählt hatte, daß sie Sein Gesetz bewahrten. Warum, so klagten sie, aus welchem Grund ließ der Herr die Kinder Israels aufs neue in einem fremden Land in Knechtschaft leben?

Untröstlich und voller Schmerz erhoben sich ihre Stimmen zu dem Allerhöchsten, dem Schöpfer allen Seins:

Unser Heiligtum steht verlassen,
unser Altar ist umgestoßen,
unser Tempel zerstört.
Unsere Harfen ruhen am Boden,
unsere Hymnen sind verklungen,
unsere Feste vorüber.
Das Licht unseres Leuchters ist erloschen,
unsere Bundeslade geplündert,
die heiligen Gegenstände besudelt,
und der über uns ausgesprochene Name entweiht …

Da entschloß sich der Ewige, als er Sein in der Seele bekümmertes und mit seinem ganzen Wesen für Zion leidendes Volk sah, ihm die Größe Seines Ruhms und den Glanz Seiner Schönheit zu zeigen. Er wählte unter den Kindern Abrahams, Isaaks und Jakobs den Gerechtesten aus ihrer Mitte und den Weisesten unter ihren Weisen, welcher Jesaja hieß, und Er erschien ihm im Traum und sagte im Traum zu ihm:

»Gehe den Gefangenen ihre Freiheit verkünden, denn Ich, der Ewige Gott, liebe die Gerechtigkeit, und Ich verabscheue den Raub und die Ungerechtigkeit. Ich werde ihnen treu ihren Trost geben, und Ich werde mit ihnen einen ewigen Bund schließen. Verkünde ihnen, daß Ich sie auserwählt habe, um unter den Völkern Mein Wort zu bewahren, damit sie überall Meine Gebote den anderen Völkern dieser Erde in Erinnerung rufen, diese Gebote, die Ich Moses auf dem Berg Sinai gegeben habe, diese Gebote, ohne die der Tag sich mit der Nacht vertauschte, das Gerechte mit dem Ungerechten, das Leben mit dem Tod, der Mensch mit der Hyäne. Damit sie wissen, daß ohne sie der Graben der Qualen sich auftäte und das Feuer von Gehenna wieder hochstiege.«

Jesaja hörte zu, und der Allerhöchste sprach weiter:

»Der Geist des Herrn, des Ewigen Gottes, ist über dir, weil der Ewige dich gesalbt hat, um die gute neue Kunde zu den Unglücklichen zu tragen. Jerusalem wird wiederaufgerichtet werden, und Ich werde Wachen auf seinen Mauern aufstellen. Weder tags noch nachts werden sie ruhen. Und Ich, der Ewige Gott, werde mit Meiner Rechten und Meinem starken Arm Jerusalem in seinem Ruhm auf Erden wiederaufrichten. In nämlicher Absicht habe Ich dieses Dorf in Judäa aus dem Schatten gehoben, habe es den Völkern bekannt gemacht, habe es durch David geläutert, damit es die Krone Israels werde, und durch Salomo Meine Wohnung dort errichtet, weil so Mein Wille und Meine Güte waren.

Sage ihnen auch, daß Ich auf dem Berg, der sich in seiner Mitte befindet, einen Baum von großer Höhe wachsen lassen werde. Und Ich werde ihn noch weiter wachsen lassen, damit er riesig und stark werde, damit seine Krone sich bis in den Himmel erhebe und man ihn von den Rändern der Erde sehen kann. Seine Blätter werden schön sein und seine Früchte reichlich. Er wird

Nahrung tragen für alle; die Tiere der Felder werden sich in seinem Schatten unterstellen; die Vögel des Himmels werden in seinen Ästen ihre Nester bauen, und jedes Lebewesen wird von ihm seine Nahrung erhalten.

Mein Volk wird der Stamm sein, dessen Wurzeln sich weit in den Boden der Erde graben werden, die Ich erschaffen habe, bis zu der Quelle des Lebens, die Ich erweckt habe. Es wird sein Saft sein, und die Zweige werden sich von ihm ernähren. Einer dieser Zweige wird der von Esau sein, dem Sohn von Isaak und Rebekka und Zwillingsbruder von Jakob. In fünf mal hundert Jahren, in sechs mal hundert Jahren wird ein Mann, der aus diesem Stamm hervorgegangen ist, eine neue Frucht ankündigen. Dieser Mann wird von der Liebe sprechen, die Meinem Ohr angenehm ist. Dieser Mann dort wird von der Treue zum Stamm und zu den Wurzeln des Baumes sprechen, aus dem sein Ast hervorgegangen ist, und Ich, der Allerhöchste, heiße seine Worte gut. Für diese Worte werden die Menschen ihn verfolgen und ihn töten, ohne ihn töten zu können. Und Ich in Meiner Gnade werde auf seinem Zweig mannigfaltige und unzählige Früchte wachsen lassen.

Ein anderer Zweig wird der von Ismael sein, dem Bruder Isaaks, dem Sohn Abrahams und Hagars. Fünf mal hundert Jahre, sechs mal hundert Jahre später wird ein anderer Mann, der aus diesem Zweig hervorgegangen ist, eine neue Frucht ankündigen. Dieser Mann da wird von der Gerechtigkeit sprechen, die meinem Ohr angenehm ist. Dieser Mann wird von der Treue zum Stamm und zu den Wurzeln des Baumes sprechen, aus dem sein Zweig hervorgegangen ist, und Ich, der Allerhöchste, billige seine Worte. Für diese Worte werden Menschen ihn verfolgen, aber er wird ihnen entkommen. Und Ich in Meiner Gnade werde auf seinem Zweig mannigfaltige und unzählige Früchte wachsen lassen.«

Der Herr, Meister über Himmel und Erde und alle Weisheit, sagte zu Jesaja noch:

»Ich werde Mein Volk in seinem Ruhm erheben. Aber es darf

sich nicht vermischen mit denen, die die Gebote mißachtet haben, und nicht zu denen zählen, die in großer Sorge leben, denn der Schatz ihrer Werke liegt in Meiner Hand, aber dieser Schatz wird ihnen nicht vor dem Ende gezeigt werden. Der Baum, der in Jerusalem stehen wird, die Bleibe, die ich unter allen für Mein Volk auserwählt habe, damit es der Wächter Meines Gesetzes sei, wird viele Äste haben. Wenn einer dieser Äste durch ein Unglück sich vom Stamm ablöst, verdorrt dieser Ast, und der ganze Baum ist davon verletzt. Wird der Stamm eines einzigen seiner Äste beraubt, kann der Baum keine Früchte mehr tragen. So wie diese vielen Äste, die nur leben, indem sie sich stützen und an demselben Stamm wachsen, sollten die Menschen als Zeichen der Unterwerfung unter Meine Barmherzigkeit mit ihren Nachbarn auf derselben Erde leben. Dann wird die Verderbtheit vorüber sein, die Maßlosigkeit wird nicht mehr herrschen, die Ungläubigkeit wird nachlassen, der Haß wird die Herzen und die Völker nicht mehr vergiften, und die Wahrheit wird Meine Liebe bezeugen.«

Das waren die letzten Worte des Allerhöchsten in Jesajas Traum. Da erwachte Jesaja und weinte.

Oberhalb der Wythe Avenue fuhr Tom den Windstar auf die 278. Straße. Auf Höhe der Manhattan Bridge verließ er die Schnellstraße, um auf die Flatbush Avenue zu gelangen. Das würde länger dauern, aber sie hatten alle Zeit der Welt. Und außerdem würde Orit auf diese Weise Brooklyn anders entdecken als in den Verkehrsstaus der Autobahn.

Es war ein strahlender, herrlich milder Frühlingstag. Eine Leichtigkeit lag in der Luft, die bis ins Herz der Stadt vordrang und die man am Gang der Leute auf den Bürgersteigen wahrnehmen konnte, an der Art, mit der die Frauen lachten, wenn sie sich dem Prospect Park näherten, ihre Kinderwagen schoben oder sich zu ihren Kleinen hinabbeugten.

Orit saß schweigend neben ihm, ihre Finger spielten in ihren Haaren. Obwohl er ihr Gesicht nicht sehen konnte, da sie, neugierig auf das bunte Treiben, ihren Kopf wegdrehte, wußte er, daß sie lächelte. Er atmete ihr Parfüm, und auch ein wenig von ihrem Lächeln war in diesem Duft. Tom versuchte nicht, sich dieses Gefühl zu erklären. War das vielleicht Verliebtheit? Zu wissen, daß man den anderen in sich trug, seinen Duft atmen konnte, bevor man dem unaufhörlichen Wahnsinn dieser Welt begegnen mußte?

Oder war es die Erinnerung an Jerusalem, die noch durch seine Adern strömte wie eine Trunkenheit, die er wohl niemals wieder loswerden würde?

Es war ein weiter Weg, den er hinter sich gebracht hatte, seit er das letzte Mal nach Little Odessa gefahren war. Seitdem entdeckte er immer aufs neue einen anderen, sichereren und ruhigeren Tom Hopkins in sich. Weniger besorgt um Erfolge und weniger aufgeblasen von seinen Gewißheiten. Wie lange hatte er übrigens nicht mehr das Bedürfnis verspürt, den Evangelisten Lukas oder auch seinen Großvater zu zitieren?

Als sie sich der Sheepshead Bay näherten, erinnerte er sich auf einmal an den Satz, den er zu Marek gesagt hatte, als er ihn zusammen mit Orit zum Flughafen von Tel Aviv begleitet hatte: »Ich habe das merkwürdige Gefühl, hier in Jerusalem ein zweites Mal geboren worden zu sein.«

Marek hatte nicht gelacht, doch in seinem makellos gekämmten Bart erschien ein gütiges Lächeln.

»Ich habe es Ihnen gesagt, niemand kommt unverändert aus Jerusalem zurück.«

Dann hatte er Orits Hände in die seinen genommen und sie angesehen, als teilten sie ein Geheimnis miteinander, das ihm, Tom, noch unbekannt war:

»Behüten Sie Orit. Sie ist einmalig.«

»Brighton Beach Avenue!« rief Orit und riß ihn aus seinen Gedanken. »Da war eben das Straßenschild! Also sind wir in Little Odessa?«

»Ja.«

Aufmerksam betrachtete sie die grauen Gebäude, deren Tristesse selbst das Licht des Frühlings nicht verdecken konnte, und sie schüttelte ungläubig den Kopf.

»Wenn man bedenkt, daß hier alles angefangen hat. Glaubst du nicht, daß wir sie trotzdem hätten anrufen sollen?«

Tom schüttelte den Kopf, fuhr langsam bis zur Nummer 208 und zeigte auf den Waschsalon.

»Eine Frage der Sicherheit ... Er scheint geöffnet zu sein. Ich suche einen Parkplatz. Schau mal nach, ob jemand drin ist.«

»Ich kann nichts sehen«, sagte Orit, die im Vorbeifahren in die offene Ladentür spähte.

Eine Viertelstunde später betraten sie den Waschsalon. Tom trug den Metallkoffer, den er in Jerusalem gekauft hatte. Eine Waschmaschine lief, aber es war kein Kunde da. Frau Adjashlivi, die damit beschäftigt war, Kleidungsstücke auszuzeichnen, bevor sie sie auf Bügel hängte, stand mit dem Rücken zu ihnen.

Als sie sich umdrehte, erkannte sie ihn sofort.

»Ah«, sagte sie und holte Luft.

Dann richteten sich ihre Augen auf Orit, die sie anlächelte, und das erste Mal, seit er sie kannte, schien sie ein wenig eingeschüchtert.

»Ich bin froh, Sie wiederzusehen, Frau Adjashlivi.«

Sie nickte höflich und fragte sofort:

»Und? Haben Sie gemacht? Die Erinnerung an Aaron, haben Sie gemacht?«

»Ja, Frau Adjashlivi. Ich glaube, man kann sagen, ja.«

Tränen glänzten in ihren Augen. Sie zog einen Hocker zu sich heran und setzte sich, die Arme auf den Tresen gestützt.

»Der Mann, der Aaron, Monja und Ihren Mann umgebracht hat, ist tot. Ich kann Ihnen versichern, daß niemand Sie jetzt mehr belästigen wird.«

Dieses Mal liefen ihr die Tränen über die Wangen.

»Muß vergeben. Das ist viel«, murmelte sie und versuchte sich zu fassen. »Ich war nicht sicher, und jetzt ist es viel für das Herz …«

»Das verstehe ich«, sagte Tom und berührte sanft ihre Hand.

»Gesegnet sei der Ewige Gott! Er hat es gewollt! Gesegnet werde Sein Name. Ich hatte Angst um Sie … Ich hatte Angst. Aber ich sagte, nein! Er wird es machen. Ja, ich habe immer geglaubt.«

Tom errötete über das Kompliment. Er wies auf Orit:

»Ich möchte Ihnen Orit Karmel vorstellen. Sie ist Israelin und lebt in Jerusalem. Auch sie hat viel für die Erinnerung an Aaron getan.«

Frau Adjashlivi nickte, als wollte sie ihm zwischen Lachen und Schluchzen zustimmen. Schließlich ließ sie Toms Hand los, um ein großes Taschentuch aus ihrer Bluse zu ziehen und sich die Augen zu trocknen.

Tom hob den Koffer hoch und stellte ihn auf die Theke.

»Wir haben Ihnen etwas mitgebracht, Frau Adjashlivi. Etwas, das Ihnen zusteht.«

Orit ließ die Scharniere aufspringen. In dem Kästchen aus grauem Schaumstoff erschien, eingewickelt in dünnes Papier, das Orit auseinanderschlug, der Goldbarren, den sie in Hirkania gefunden hatten.

Frau Adjashlivi schien nicht zu begreifen. Nach einem Augenblick des Schweigens fragte sie Orit:

»Ist Gold?«

»Ja. Gold, das vor zweitausend Jahren den Juden Israels gehörte.«

Frau Adjashlivi öffnete den Mund und schloß ihn wieder. Sie nickte, dann schüttelte sie den Kopf und wich mit dem Oberkörper ein wenig zurück, den zweifelnden Blick noch immer auf den Goldbarren gerichtet.

»Das ist für Sie«, verkündete Tom.

»Ich kann nicht!« flüsterte sie.

»Es wird weder Monja noch Aaron noch Ihren Mann wieder lebendig machen, aber Sie werden etwas haben, um von hier wegzukommen.«

»Ich kann nicht!«

»Aber gewiß«, sagte Orit entschlossen, wobei sie einen Umschlag aus ihrer Tasche zog. »Sie werden ihn nicht behalten, Sie werden ihn verkaufen. Er ist mehr wert als sein Gewicht in Gold, weil er so alt ist. Schauen Sie, ich habe alle offiziellen Papiere mitgebracht. Hier sind alle Stempel drauf, die Sie brauchen.«

Frau Adjashlivi nahm die Papiere, die Orit ihr reichte, und schaute mit gerunzelten Augenbrauen abwechselnd auf den Goldbarren und auf die Stempel. Langsam begann sie zu begreifen. Ein kleines, fast kindliches Lachen entschlüpfte ihr. Sie blickte zu Tom, wobei sie sich auf die Lippen biß.

»Ich werde nicht wissen, wie verkaufen! An wen?«

»Machen Sie sich keine Sorgen. Wir werden Ihnen helfen.«

»Und ich werde … was damit machen?«

»Wenn Sie wollen, können Sie in Jerusalem leben. Oder irgendwo anders in Israel. Sie werden dort zu Hause sein, und man wird Sie lieben.«

Die Wangen von Frau Adjashlivi zitterten, so stark, daß sie ihr Gesicht zwischen ihre Hände preßte, als wollte es ihr zerspringen. Schnell ging Orit um den Tresen herum und nahm sie in die Arme. Da schluchzte Aarons Mutter auf, ihre Kräfte verließen sie, zu lange hatte sie all das in sich verbergen müssen.

Als sie schließlich wieder sprechen konnte, fragte sie Tom: »Und Sie?«

Toms Augen leuchteten, und er griff nach Orits Hand.

»Ich auch«, sagte er. »Ich weiß auch, wie ich in Zukunft besser leben werde.«

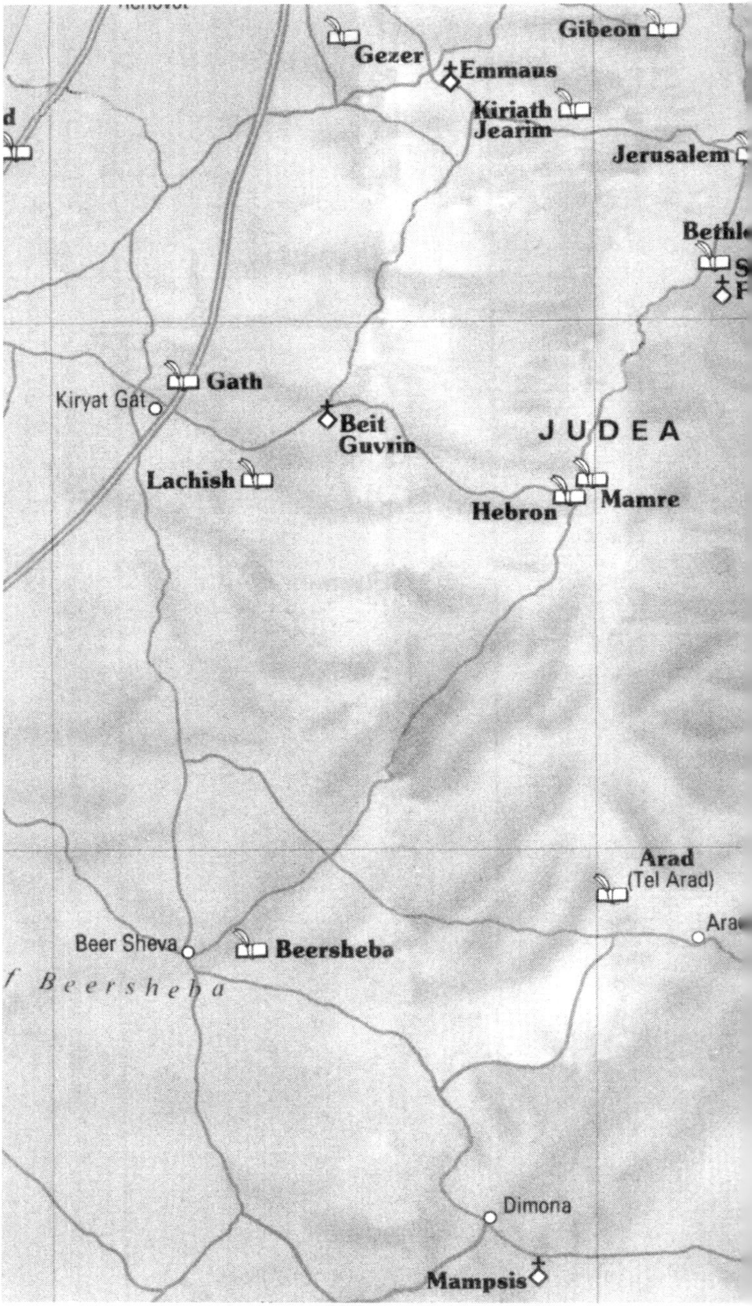
Gibeon
Gezer
Emmaus
Kiriath Jearim
Jerusalem
Gath
Kiryat Gat
Beit Guvrin
JUDEA
Lachish
Hebron
Mamre
Arad
(Tel Arad)
Beer Sheva
Beersheba
Dimona
Mampsis

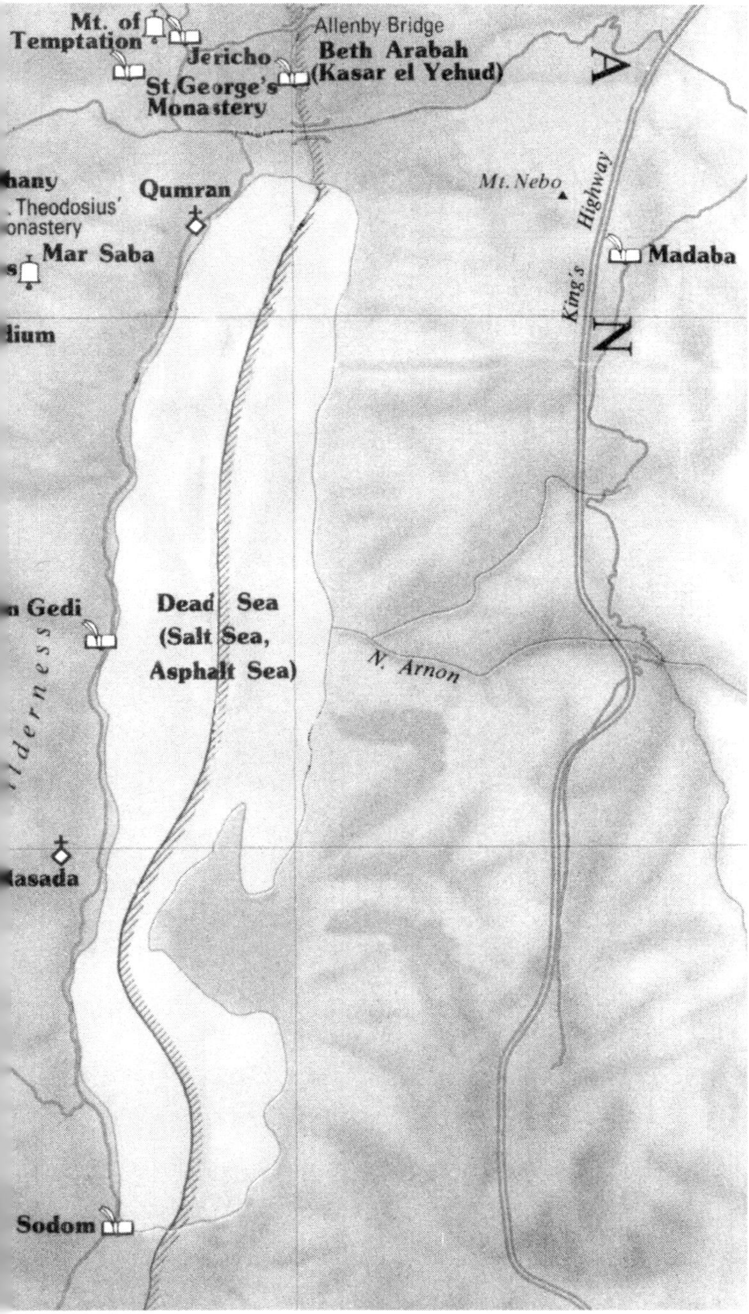
Mt. of Temptation
Jericho
Allenby Bridge
Beth Arabah (Kasar el Yehud)
St.George's Monastery
Qumran
Theodosius' Monastery
Mar Saba
Mt. Nebo
King's Highway
Madaba
Dead Sea (Salt Sea, Asphalt Sea)
N. Arnon
Sodom

Nicholas Clapp

Die Königin von Saba

Einer Legende auf der Spur

Aus dem Amerikanischen
von F. Florian Marzin

Mit zahlreichen Abbildungen
394 Seiten. Gebunden
ISBN 3-352-00639-3

Wer war die Königin von Saba? Verbürgte Beweise für die Existenz der rätselhaften Königin gibt es nicht. Nicholas Clapp, der amerikanische Archäologe, fragt sich: Hat es die legendäre Frauengestalt wirklich gegeben, oder ist sie nur eine Legende? Ausgehend von Bibel- und Koranstellen begibt sich der Autor auf eine wagemutige Spurensuche nach Israel, Äthiopien und in die noch immer unerforschten Wüsten des Jemen. Sein Buch, pendelnd zwischen Archäologie und Abenteuer, verknüpft geschickt Bibelzitate, archäologische Studien und eigene Reiseerlebnisse. Moderne Abenteuererzählung und spannend erzählter Forschungsbericht zugleich, erweist es sich auch als eine Hommage an die zeitlose Exotik und Schönheit der arabischen Wüste.

»Nicholas Clapp ist ein moderner Indiana Jones und ein meisterhafter Erzähler.«

Los Angeles Times

»Dieses Buch liest sich wie ein Roman, man kann es nicht weglegen.«

USA Today

Rütten & Loening

Michael Klonovsky

Der Ramses-Code

Roman

Mit einem Frontispiz
474 Seiten. Gebunden
ISBN 3-352-00575-3

»In seinem Roman ›Der Ramses-Code‹ beschäftigt sich Michael Klonovsky mit der Entzifferung der Hieroglyphen. Aus dem Wettlauf der Wissenschaftler zwischen Frankreich und Großbritannien, wer zuerst die ägyptischen Hieroglyphen entziffern würde, ist ein spannendes Buch entstanden. Vor einem dicht und überzeugend gezeichneten geschichtlichen Hintergrund lässt er seinen Helden Jean-François Champollion nach der Lösung eines Jahrtausende alten Rätsels suchen, verwebt geschickt die Fakten mit der romanhaften Handlung.«

Focus Online

»Wer Jules Verne, Dumas und Maupassant mag, der findet im ›Ramses-Code‹ ein Lesekolorit, das ihm gemäß ist.«

Lausitzer Rundschau

»Ich habe den Roman mit größter Faszination und atemloser Spannung gelesen. Was für eine tolle Geschichte!«

Jan Assmann, Professor für Ägyptologie an der Universität Heidelberg

R & L

Rütten & Loening

Guido Dieckmann

Die Gewölbe des Doktor Hahnemann

Roman

463 Seiten. Gebunden
ISBN 3-352-00585-0

Der erste große, hervorragend recherchierte Roman über den legendären Doktor Hahnemann (1755–1843), den Begründer der klassischen Homöopathie: Sachsen im Jahre 1765. Gegen alle Widerstände träumt Samuel Hahnemann, Sohn eines Porzellanmalers aus Meißen, einen großen Traum: Er möchte Arzt werden. Der junge Mann läßt sich mit Alchimisten und Geheimbündlern ein, zieht durch halb Europa, um die Wurzel aller Krankheiten zu finden, die angeblich in einer verschollenen Schrift des Paracelsus beschrieben ist – auch wenn er sich dem Kampf mit einer gefährlichen Loge stellen muß ... Ein kenntnisreiches, spannendes Buch über die »Erfindung« der Homöopathie, über den individuellen Lebensweg des bedeutenden Arztes und nicht zuletzt ein schillerndes und facettenreiches Bild seiner Epoche und der politischen Unruhen seiner Zeit.

R & L

Rütten & Loening

Eliot Pattison

Das Auge von Tibet

Roman

Aus dem Amerikanischen
von Thomas Haufschild

697 Seiten. Gebunden
ISBN 3-352-00584-2

Eine Lehrerin wurde ermordet, und ein Mönch ist verschwunden. Der Lama eines geheimen tibetischen Klosters bittet den Chinesen Shan um Hilfe. Der in Ungnade gefallene Ermittler hat viele Jahre im Arbeitslager verbracht. Seit seiner Flucht wartet er darauf, Tibet mit Hilfe der UN verlassen zu können. Doch zuvor begibt er sich auf eine gefährliche Reise zu einer versteckten Stadt im Norden des Landes. Dort warten die letzten muslimischen Nomaden darauf, gegen die chinesischen Besatzer losschlagen zu können … Außergewöhnlich gut recherchiert und brillant erzählt, führt der Roman in ein magisches Land, in dem Tibeter und Muslime die Hoffnung auf ein friedliches Zusammenleben noch nicht aufgegeben haben.

Eliot Pattison wurde in den USA mit dem begehrten Edgar Allan Poe Award ausgezeichnet.

»Ein unvergleichlicher Roman, der die Seele Tibets einfängt.«

Chicago Tribune

R & L

Rütten & Loening

Eliot Pattison

Der fremde Tibeter

Roman

Aus dem Amerikanischen
von Thomas Haufschild

493 Seiten
Band 1832
ISBN 3-7466-1832-0

»Gute Bücher entführen den Leser an Orte, die er nicht so einfach erreichen kann: ein ferner Schauplatz, eine fremde Kultur, eine andere Zeit oder in das Herz eines bemerkenswerten Menschen. Eliot Pattison leistet in seinem Roman all dies auf brillante Art und Weise.«

Booklist

Fernab in den Bergen von Tibet wird die Leiche eines Mannes gefunden – den Kopf hat jemand fein säuberlich vom Körper getrennt. Shan, ein ehemaliger Polizist, der aus Peking nach Tibet verbannt wurde, soll rasch einen Schuldigen finden, bevor eine amerikanische Delegation das Land besucht. Immer tiefer dringt Shan in die Geheimnisse Tibets ein. Er findet versteckte Klöster, Höhlen, in denen die Tibeter ihren Widerstand organisieren – und muß sich bald entscheiden, auf welcher Seite er steht.

In den USA wurde dieses Buch mit dem begehrten »Edgar Allan Poe Award« als bester Kriminalroman des Jahres ausgezeichnet.

AtV
Aufbau Taschenbuch Verlag

Philippa Gregory
Die Farben der Liebe
Historischer Roman

Aus dem Englischen
von Justine Hubert

544 Seiten
Band 1699
ISBN 3-7466-1699-9

Frances, mittellose Lady und ungeliebte Ehefrau eines Bristoler Kaufmanns, soll für ihren Gatten Sklaven von der Westküste Afrikas zu Hausmädchen und Butlern ausbilden, die er später verkaufen will. Unter Frances' ersten Schülern ist ein Schwarzer vornehmer Herkunft, viel gebildeter und sensibler als ihr rauhbeiniger Ehemann. In seinen Armen findet sie Zärtlichkeit und Leidenschaft.

»In dieses unwiderstehliche Buch ist das große Strömen und Tosen der Geschichte eingewoben.«

The Times

AtV
Aufbau Taschenbuch Verlag

Guido Dieckmann
Die Poetin
Roman

Originalausgabe

566 Seiten
Band 1661
ISBN 3-7466-1661-1

Deutschland im Spätsommer 1819: Mit Frau und Tochter reist der Tuchhändler Joseph Schildesheim nach Heidelberg. Tochter Nanetta, frühreif und wissensdurstig, fällt es schwer, den Verlokkungen der Heidelberger Altstadt zu widerstehen. Sie träumt davon, es ihrem Brieffreund Harry Heine gleichzutun und ihre Gefühle und Wünsche in Versen auszudrücken, statt als Jüdin ein zurückgezogenes, unauffälliges Leben zu führen. Heidelberg jedoch ist in Aufruhr. Nach dem Mordanschlag auf den Dichter Kotzebue im benachbarten Mannheim sehen die aufgebrachten Studenten nahezu in jedem Fremden einen Spion. Als Nanetta ein Treffen von Verschwörern belauscht, gerät sie plötzlich in den Verdacht, eine wichtige Depesche gestohlen zu haben. Nur einem besonnenen Studenten kann sie es verdanken, daß sie nicht in Gefangenschaft gerät. Noch in derselben Nacht brechen in Heidelberg die ersten, blutigen Unruhen aus.

Ein Roman, der auf einer wahren Begebenheit beruht: die aufregende Geschichte der jungen, jüdischen Dichterin Nanetta Schildesheim.